中国古代海上丝绸之路
最后的"帆影"

泰兴号

程嘉莹 / 著

东方的泰坦尼克

中国出版集团 | 全国百佳图书
中国民主法制出版社 | 出版单位

图书在版编目（CIP）数据

泰兴号：东方的泰坦尼克 / 程嘉莹著 . —
北京：中国民主法制出版社，2023.10
ISBN 978-7-5162-3064-0

Ⅰ . ①泰… Ⅱ . ①程… Ⅲ . ①长篇小说—中国—当代
Ⅳ . ① I247.5

中国国家版本馆 CIP 数据核字 (2023) 第 188330 号

图书出品人：刘海涛
出 版 统 筹：石　松
责 任 编 辑：刘险涛　高文鹏

书　　名 / 泰兴号——东方的泰坦尼克
作　　者 / 程嘉莹　著

出版·发行 / 中国民主法制出版社
地址 / 北京市丰台区右安门外玉林里 7 号（100069）
电话 /（010）63055259（总编室）　63058068　63057714（营销中心）
传真 /（010）63055259
http: // www.npcpub.com
E-mail: mzfz@npcpub.com
经销 / 新华书店
开本 / 16 开　710 毫米 ×1000 毫米
印张 / 30.5　字数 / 482 千字
版本 / 2023 年 11 月第 1 版　　2023 年 11 月第 1 次印刷
印刷 / 三河市宏图印务有限公司

书号 / ISBN 978-7-5162-3064-0
定价 / 88.00 元

【楔子】

晨光熹微。那红色渐渐在海面的东方显现，海上一片金红。我们突然看到，在前方海面上，有石头向我们的船纷纷涌来。我们不能不惊奇，犹豫着要不要更改航线。待船渐渐驶近，方辨认清晰，那不是石头，而是沉船的漂浮物——船板、木头、桌子、椅子……浩浩荡荡涌来，绵延数公里。

更惊奇的是，每块漂浮物上，密密麻麻趴着许多背着雨伞的东方人，大的木板上居然有四到六个东方人……

那晨阳已越加巨大，将半个海面染成一片血红，那些漂浮物就在血红的海面上荡来荡去，奔涌而来。那晨阳的光圈，像太阳的泪，氤氲了整个苍穹。

——《印第安纳号 Indiana　1822 年航海日志》

目　录

第一章　1999 年　新加坡玉家

我是谁？
我为何而存在？
我在我之外，
我为追寻而来，
为一场未尽的告白。

1

我是什么时候开始对"流亡"这个词生恨的，早已经不记得了。我爷爷在我很小的时候就告诉我，我们一直在流亡。即便我们已经在这里生活了6代，即便没有人知道我们在流亡。为此，我常常在这座繁华的城市里寻找，我从很小的时候起，一直到今天，已经追寻了27年。

我可以在牛车水（新加坡唐人街）待上一整天。小小少年坐在街边的台阶上，望着从他身旁走过的男人、女人、老人，以及与他同龄的孩子。有些男子头戴宋谷帽，穿着袖子阔大的巴汝和布质纱笼，有些男子用帽巾缠着头，也有些男子穿着蜡染花布的巴迪；有些女子身着宽大的袍裙上衣，下穿长及足踝的纱笼，有些女子头围纯色的丝巾，也有的女子身披彩色的纱丽，还有些女子身着做工繁复的娘惹可峇雅。这些男男女女穿着无比艳丽，三三两两从他的身边走过，像在舞台上唱一出永远不会完结的戏。可少年常常觉得那些纱笼和纱丽太过绚丽，绚丽得让人喘不过气来。他常常在这些纱笼和纱丽之间寻找另外一种色调。它温良、雅致，一如幽兰，完全不同于这些斑斓色彩的气韵。它是中国旗袍。那穿旗袍的女子就那样轻轻地向少年走来，从他的身旁经过，再从他的视线中走远。那或丝绒或绸缎的面料就随着女子袅娜的身姿轻轻摇摆，如水波粼粼，如云儿缥缈，不知是旗袍因女子而婀娜还是女子因旗袍而婀娜。总之，旗袍与女子两相辉映，无比雍容，让少年慨叹造物主的巧夺天工，竟赐予人间这样美的风景。

可是那些穿旗袍的容颜，都很模糊，少年从来都看不清她们的面容，在她们的面容上他只记住了一种东西——温婉。少年久久地沉迷，他的目光常常追随旗袍而去。少年就在这人群之中追寻中国人。直到夕阳落下，夜幕降临，少年也被家人找到。每找到一个中国人，少年就绽开笑脸。他就会觉得，不止他一个人在流亡，还有很多人。

据传 1324 年苏门答腊的室利佛逝王国王子桑尼拉乌它玛乘船来到此岛，发现了这座形如狮子的小岛，将其命名为信诃补罗（Singapore）。故而，连王子都曾流亡于此，谁还未曾流亡过。Singapore 就是一座流亡之岛。

少年也常常一个人去圣安德烈教堂。这座建于 19 世纪 20 年代的教堂，高高的塔尖直入云霄，总是有很多人走进教堂膜拜洗礼。少年却对它的建筑表面外墙痴迷。据说这外墙是将贝壳磨成灰，加入蛋白和糖调成糊状，再放入浸泡到柔软的椰子壳，成为美丽又坚韧的石膏。这石膏涂成的教堂表面，洁白光泽，一个多世纪以来无裂痕。少年常常抚摸那光滑的外墙，脑子里都是 100 多年前的人们，该是如何从海里捞出贝壳，将它们磨得细碎成粉，那坚硬的椰子壳又怎样经过浸泡，变得绵软如泥，它们又是经过怎样的工艺被混在一起。这高大的建筑，分不清哪里是椰子壳，哪里是贝壳，贝壳和椰子壳已经共同支撑了这座高大建筑一个多世纪。这是何等的神奇！

少年还常常去老码头，那些红色屋顶的建筑，据说以前是货舱，在很久以前停泊在码头的几千只小船将到达码头的大船上的货物接驳过来，这些货物就被送到这些货舱里。少年在码头逡巡往复，仿佛看见 100 多年前的船工从货船上搬运下一包包的货物，再运送进这些红色建筑里。那漂泊南来的祖祖辈辈中国人，也就此在这里流亡。

少年还喜欢深潜入海。正午的太阳从海面射下光芒，直温暖到海下深处，鱼儿也会游到海水表层来晒晒太阳，惬意徜徉。少年深潜下去，那些斑斓的鱼儿、漂亮的珊瑚和丛生的海藻都让他无比痴迷。还有那美丽却无比危险的水母，如海水中的罂粟，用透明清澈的外表掩饰自己的剧毒。当然少年也喜欢在海面寻找。他常常坐在海滩等海浪。那一波一波的海浪拍打过来，又忽而遁去。他站起身，撒欢儿地跑过去，在海浪刚刚拍打过的岸边寻找，自然有漂亮的贝壳，也会偶尔看到破败的玩具、酒瓶、罐头盒，甚至，小小的指环。这些漂流物，不知从何而来，也不知它们意欲何方。那个小小的指环，少年拾起来，放在手心里攥了一会儿，便又将它放进海里。因为，他知道，这指环，不属于他。那么究竟什么属于他呢？他也不知道。在某一天，少年自己买了个漂亮的瓶子，工工整整地写了一个纸条放进去，然后，他郑重其事地将瓶子放进海里。他希望，能收到他漂流瓶的人便会是他寻找和等待的人。

我不停地寻找，从牛车水的繁华绚丽到100多年前的印迹，寻找从未停歇。

2

在我寻找了27年之后，我终于找到了她。

她并不是穿旗袍来的，我也不是在牛车水找到她的，而是，在照片冲洗社里。

那是我第三次去那家冲洗社了。之所以会频频去那家冲洗社，是因为要帮爷爷修复一幅画像。我爷爷年纪大了，他心心念念地要将这幅画像用电脑打印成照片来，爷爷说这是我家祖传的一幅画像，画像本身并不值什么钱，但这幅画像务必要保留下去。

这幅画像一直是我爷爷的一个秘密，一个被我爷爷守护了很多年的秘密。我从记事起就看到这幅画像挂在堂屋里，它被装在一个透明的玻璃框里。家里还有很多画像，画像大多是中国画，爷爷和爸爸一直眷恋着中国故土，对中国画情有独钟。画上的内容不论是人物还是器具、花鸟，只要一有机会看到中国画，他们就要买下来。也有几幅西方油画，那些油画一看便知很贵重，都是数得上名字的欧洲画家的大作。而在所有的画中，唯独这幅画像不是名人之作，画作笔法简单粗糙，却丝毫不影响画像本身的美感。画像呈现出一种难以言表的自然之美。也唯独这幅画，爷爷对它情有独钟。他每天都要让家佣菲姐小心地擦拭它的外框，每到几个月或者半年又会将画像的画框拆下来，仔细检查画像前前后后是否有哪里受损。若有一丝损坏，他便会立刻修补，将其恢复完好，之后，再重新将画像装到玻璃框里，小心地挂起来。

几个月前，爷爷在报纸上看到一则用电脑技术使古画人物恢复的新闻，便让我来到这家本地最大的冲洗社咨询。冲洗社果然没有辜负爷爷的期望，承诺可以将古画人物打印成照片。爷爷欣喜若狂，亲自带着古画和我一同来到冲洗社。后来，我又来到这里取画像和照片。

那一天的天气已经记不清楚，晴天或者阴天都不重要，重要的是，那一天来了。我走进冲洗社直奔贵宾区，冲洗社的阿仔客气地给我倒了茶，让我耐心等候，照片很快就会冲洗出来。然后他回到玻璃门里面去工作了。

我拿起桌上的杂志慵懒地翻阅。不知为何我心烦意乱起来。或许是因为这冲洗社里好多台机器同时工作的噪声，也或许是因为天气过于闷热。我忽然隐约有些恍惚，我是应该在等待的，是在等待照片，也或许在等待……什么人？

于是我听到了身后的脚步声。是高跟鞋的声音。叮咚，叮咚，叮咚，像乐手在有节奏地击打着乐器。我的心跳骤然加快，像预知某种重大事情的发生。我很小的时候是有这种能力的。长辈们说，有的小孩子很小的时候天眼是开着的，能看见和感知到许多事情。可是那个能力，在我长大之后早已消失。然而那一天，那个时刻，我真真切切地感知到了，某个重大事情正在发生。

我慢慢转身。于是，我见到了她。

怎么会？我怀疑是我出现了幻觉。

她应该是从画像上走下来的，径直走到了我的面前。她就那样踩着高跟鞋，长裙飘飘，像一株粉色的莲花在我面前款款绽放。

我仿佛又坐在牛车水的街边台阶上看见了穿旗袍的袅娜女子。哦，那些穿旗袍的面容我从来没有看清过，原来，应该是她。

我的心口不知为何隐隐刺痛，有水汽开始涨满双眼。

"你是谁？"我艰难地站起来，费了好大劲才说出来，我的手也在微微颤抖。

"你？"她凝视我片刻，便露出明媚的笑容。

"我好像是在哪里见过你。"她又笑笑说，她的声音来自旷古，带着悦耳的回响。

我仍然不能自持，"你是谁？"我又颤抖着问。

"我……你？怎么了？"她莫名感觉到了什么，眼中充满疑惑。

"你叫什么？"我急迫地走近一步，握住她的手臂问。

"哦。美盈。谢美盈。你弄疼我了。"她说。

我松了一口气。至少，知道了她的名字，我就可以找到她了。

"你叫我美盈好了。"她又说。然后，她咬了咬唇，似乎后悔告诉我她的名字，向玻璃门走去。

我呆呆地看着她敲了玻璃门，里面的阿仔惊讶地站起来看着她。他立在那里如同石化，好一会儿才看向电脑，又看看站在玻璃门外的我。

我蓦然感受到了宇宙的力量。我和她、阿仔，恍若正处于宇宙的某个空间。宇宙浩渺，三个人在宇宙空间漂浮，而时间在这一刻定格。

好一会儿，我如同一个醉汉般有些跟跄地走进玻璃门。我不必看那电脑屏幕。那幅画像我已经看了27年了，我确定，电脑屏幕上的照片和她的面容分毫不差。

她看见电脑里的照片惊呆了。

"这不是我的照片吗？你们怎么能随便盗用？"她愠怒地说。

"姑娘，这不是你的照片。这是这位先生这幅画像恢复后的照片。"阿仔说。

"怎么可能？"她不可置信地说。

于是，我缓缓打开了桌上放置的那幅画像。

画像上，那女子微笑着看着她，看另一个如她一般的女子降临人间，和玉家有着千丝万缕的渊源。

3

美盈和我的相遇是一个传奇，也一定是一个神谕。

美盈是一个来自中国大陆的女孩，来自我们全家都魂牵梦绕的那块土地。她是厦门一家叫《时尚旅游》杂志的摄影记者，这一天到这里是来洗印她这次来新加坡采风的照片，准备下月的杂志出刊。我看见了好多张圣安德烈教堂照片。

我像个木偶一样看着她把相机里的胶卷交给阿仔。阿仔走到里间去帮她冲洗。她站在那里，望了我一眼，微笑了一下，又看看我手边的那幅画像，问了我一句什么，又粲然一笑，然后，小心翼翼地轻抚画像上的人物脸庞、眉宇、樱唇，又嚅动双唇隐约对画像说了什么密语，最后微微叹息。

然后，阿仔走出来将冲洗好的胶卷和照片交给她。她微笑着对他说了句什么，又微笑对我说了句什么，便转身离去。

我什么也听不见，整个世界都失去了声音。然而，她转身的刹那，我感受到了切肤之痛。

阿仔忽然推了我一下，将我从无声的世界唤醒。"你怎么了？"他问。

"哦。"我木然地看着她消失的方向，仿佛整颗心已经沉入大海。

然而，奇迹发生了！她又如一朵粉色的莲花向我款款绽放。

我不敢动，害怕又是幻觉，害怕我一动幻觉就会消失。

"嘿，我还没有问你的名字。你叫什么？"她又粲然一笑。

我的眼中又有热气在上涌。

"你的这幅画，我很喜欢，觉得很有缘，能卖给我吗？"她犹豫地问。

我摇摇头。"这是不可能的。"我说。

"哦，是哪位画家的作品？因为画中人和我很像，所以……我觉得我应该买下来。"她又说。

"抱歉，这是我家祖传的一幅画，来历我也不清楚，但不是名画。"我说。

"哦，那到底是哪位画家的大作呢？我想，至少，买个仿品也好。毕竟，今天遇见这幅画实在太奇怪了。"她说。

"这个，得问我爷爷。我爷爷从来没告诉过我这幅画的来历。"我又说。

"我猜，这幅画的背后一定隐藏着一个故事吧？我能见见你爷爷吗？哦，抱歉，我是个摄影记者，职业病，遇见有故事的人和事就很好奇。"她有些抱歉地笑了。

"好。合适的时候，我带你去见我爷爷。"我莫名地信任她，似乎带她去见我爷爷是一件再正常不过的事。

但其实，我爷爷，就在我们将画像送到冲洗社之后的第三天，便因心脏旧疾复发住进了医院。

我到底还是忘记了告诉她我的名字，没关系，她已然走进我的生命里。

4

她并不知道，我每天都跟她在一起。我每天都会追踪她的博客。我知道她每天的行程，她的心情，以及她那边的风景。我喜欢她的每一个笑容。她的左脸庞有个小小的酒窝。我曾听老人们讲起，脸上的酒窝是前世的印记。所以，我相信她此生是专程为我而来。所以我激动万分地给她写信，但每次在发送邮件之前，却又有一丝忐忑，害怕那万分之一拒绝的可能。于是，这邮件一次又一次被搁浅。

　　我忽然相信了人有轮回，就在我见到你的那一刻。我不得不相信命运的神奇。你是我命中注定要遇见的女孩，我也相信，你是为我玉家的渊源再来人间。

　　……

我给她写了第九封情书，尽管我还没有勇气发给她。其余的那八封情书，它们都静静地躺在我的邮箱里，它们沉睡着、等待着。我只需手指轻轻点击一个"发送"按钮，只需几秒，这些我冥思苦想的话便会从屏幕这端飞到她那里。但这个按钮对我来说重如千钧。我还是很忐忑，我怕这些冥思苦想的字飞到她那里之后，弹回来的只是冰冷的两个字——"抱歉"。哦，也可能会是三个字——"对不起"。也还可能是英文——"Sorry"。可是哪个都不是我想看见的。我看见它们便会崩溃。

就在此刻，我仍然端坐在屏幕前，对着已经修改了九遍的这第九封信发呆。外面，霓虹闪烁，对面的摩天大楼里人影绰绰，我多想在那里面看见她的身影。我仔细地辨认，一个，又一个……但显然，她们都不是。

这第九封信，我改了又改，经过了九次修改后，我觉得已经黔驴技穷，再也写不出一个字。可是，忐忑又习惯性地从心中冒出来捣乱，让我的这第九封信再一次搁浅，如同习惯性流产。我恨极了自己。这可不像我。

我蜷缩在黑暗里，点燃了一支烟。我看着白色烟雾从我的口中喷出，慢慢升腾，红色的火星在烟雾中忽隐忽现，烟雾在夜色中变得稀薄，渐渐散去。又一团烟雾升起，又渐渐散去，直飘到窗外，飘到夜色中消失无迹。若不是还有点点火星，我与黑夜已融为一体。

我没有想到我的手机会响起，更没有想到是她打来的电话。我看着手机屏幕上跳跃的名字手足无措。

我终于掐灭烟头，顾不上手指被烟头烫得很疼，按了手机的接听键。

"嘿，小玉先生，我是……"她还没有说完。

"谢小姐。"我立即说。

"哦，呵呵，小玉先生，我想问你呀，我最近还要再去趟新加坡，大概在那里停留三天的时间。不知道能不能有机会拜访你爷爷呀？"她说。

"好啊，你什么时候来？"我迫切地问。

"应该是在下个星期，星期二或者星期三，还没有最后确定。如果可以的话，很想见见你爷爷，我是真的很想买那幅画。"

"好，我带你去见我爷爷。"我毫不犹豫地说。

"那太好了，等我到了告诉你。"

"OK。"我说。

她挂断了手机，我又蜷缩在黑暗里，不过，我咧开了嘴角。我听见我的心脏跳得如擂鼓，这寂静的夜里如有千军万马在奔腾。我又往椅子里陷了陷，望着窗外的霓虹和摩天大楼。外面，星河辽阔，这样的夜晚，是应该有烟花的。我仿佛看见烟花在整个星空绽放，如巨大焰火，如火树银花，如彩蝶翩翩，如蓓蕾骤然开放，伴随着一阵阵激动人心的燃爆声，冲天电光璀璨万丈。

5

我的爷爷玉鹏程是个奇怪的老头，是一个极其神秘又能量极大的老头。他也只有在医院里才像个老人。他有永远使不完的精力和永远忙碌不完的工作要做。工作的范围也极其广大。从他基金会的高楼大厦一直延伸到我家的花园。每天早上太阳刚从东方升起，他已经在院子外完成了晨跑和晨练，吃过早饭匆匆换上工作装自己开车直奔基金会。到了中午结束正式的工作之后要和几个友人相约去打高尔夫或者骑马。待夕阳西下，他开车回来在花园里小坐，看书休闲，抑或是为花园除草灌溉。因而我家的工人极其清闲，每每惭愧地说："老爷，你这样我都不好意思要工钱了！"爷爷哈哈大笑，说："看来是我占领了你的领地，来来来，我来帮你！"

我的奶奶很早便去世了，我由爷爷抚养长大，我的父母在我十几岁时就开始在日本工作，每年只回来一两次。我的叔叔和姑姑也因工作的关系常住日本和新西兰。对此，爷爷非常有意见。因而这偌大的家里只有我和爷爷及我姑姑的女儿乔娅三个人。

在所有人看来，我爷爷是个极其和善的人，但那只是外人看来。事实上在我不算大的家族里，我爷爷是很专权的。他对于玉家的儿媳非常挑剔。我妈妈和我的婶婶比较而言，我爷爷对我妈妈要宽容得多，而我婶婶无论做什么，他都不满意。他的所有不满意追根究底只有一个原因，那就是婶婶是马来西亚人，而我妈妈是中国人。爷爷对于玉家要娶中国女子有很强的执念。他总是念叨，他的曾曾祖父、曾祖父、祖父、父亲，直到他自己，玉家男子娶的都是中国女子。只有中国女子才能进玉家的门。

那一年的事情我仍然记得清晰。叔叔要娶一个马来西亚女子进玉家，这显然违背了玉家的祖训。爷爷狠狠惩罚了口口声声高喊爱情无罪的叔叔。叔叔在祖辈的牌位前一连跪了三天三夜，最后昏厥过去，醒来仍然万死不服。爷爷实在没办法了，这才应允了叔叔的婚事。但也就是应允了，婶婶此后在家里的日子并不好过，爷爷看她哪里都不顺眼。终于，叔叔和婶婶去了日本生活。爷爷此后又很是想念，经常骂叔叔不孝，每次在电话里都说准备将叔叔逐出家门，可这句话说了十年，他也没有把叔叔逐出家门。

爷爷对娶中国女子进玉家这一执念后来又延伸到我身上。然而我似乎天生女生缘浅薄，在我学生时代，并没有哪个中国女孩对我暗送秋波，我也没有学会这项艰难的功课。故而，爷爷非常着急，常常利用各种便利打听，哪所大学最近又来了中国交换生或中国留学生。每学期他都会兴高采烈地亲自驱车去接一两位中国女留学生来家里小住，一个月、两个月甚至整整一个学期。他毫不吝啬他的热情和善意，更会替女孩子多方考虑，而我，一次又一次地成为中国女孩的保镖，她们享尽了贵宾级待遇。毫无疑问，这在异国他乡的贵宾级待遇将会在她们的人生中留下多么深刻的印记，她们也会因自己曾经获得过公主般的殊荣而爱上自己非凡的人生。而于我，除了尽了保镖的职责，什么也没留下。我总是后知后觉，当一个又一个女孩走掉之后，才蓦然明白，这个女孩某一天的那个眼神似乎是含情脉脉，那个女孩那天的口气似乎有些不同平常。但有什么用呢？这些中国女孩像走马灯一样地来我的王国观光之后，我对她们只有厌烦，心里掀不起丝毫涟漪。我爷爷为此一度怀疑我是不是心智不健全。他甚至拉着我去看了心理医生，心理医生专门为我做了测试，之后对爷爷说：放心吧，你孙子还没遇见喜欢的人。缘分还没有到来。

"真的？"

"真的。"

看着医生笃定的微笑，爷爷才又相信我心智正常。

"那他的缘分什么时候才能到呢？"爷爷叹息着问。

"这个，急不得呀，哈哈。时辰一到，自然来。"

6

那个时辰，我感知到了。就在那一天，我真真切切地感知到了。

那一天是1999年4月16日。我无比庄重地在日记里写下了这个日子。

毫不夸张地说，这个叫美盈的中国女孩在我漫长的人生历史长河中揭开了一个新的篇章。从这个娇柔的女孩身上，我感受到了巨大的洪荒之力，让我从漫长的懵懂中立刻觉醒。

我知道，我一直沉睡着的心灵就是在等待她的到来。

千真万确。

一种如钟磬般的乐音敲击着我的心灵，震耳欲聋，在我的心怀和脑海久久回荡。

在下个星期一的傍晚，我的手机又响了起来。她的名字又在手机屏上闪烁跳动，我压抑着激动，故意延迟了十秒才按了接通键。

"嗨！小玉先生，我是……"她的声音传来。

"美盈！"我脱口而出。这个名字我在心里已经念过好多遍，也曾多次在心里与之对话。

"哦，对，我是谢美盈。"她停顿了片刻说。

我已经因泄露了自己的心事面红耳赤，多亏她此刻看不见。

"额，美盈，你是明天要过来吗？"我还是忍不住问道。

"对，我今晚启程，明早就会到新加坡。接下来有一个星期的时间，我的时间比较灵活，很想去拜访你爷爷，不知道你那边什么时间方便？"她说。

"那就周三吧！周三我带你去见我爷爷。"我多想明天就见到她，但为了不将我的迫切表现得太过明显，我把时间往后拖了一天。

"那太好了，那我这边安排一下工作，明晚我们联络。"

"好。"

挂断电话我擦擦额头的汗，发觉自己像刚刚踢了一场足球赛，已经精疲力竭。我长舒一口气，走到洗手间扭开水龙头，用冷水洗了一把脸。我需要清醒一下。

我又对着镜子里面的自己审视起来。

怎么看都不太像原来的自己呢？到底是哪里发生变化了呢？

相由心生，果然是真的。对面这个男生，眼神胆怯，唯唯诺诺，哪里是爷爷口中那个目光如炬的少年？

"玉海东，你给我像个男子汉！"我对镜子里的年轻人凶巴巴地说。

我终于再次邂逅了这个令我朝思暮想的女孩。

女孩不会知道，那一天的玉海东经历了一夜未眠，又在一大早翻遍了衣柜里所有的衣服，最后还是匆忙去商场买了一套正式的西装。而后，又觉得太过隆重的西装将自己的心事暴露无遗，重新去买了一套休闲装，一直折腾了大半天，才在傍晚时分出发去和她见面。

而其实，我并没有安排好爷爷和她的见面。

爷爷住院已经两个月了，除了每日定时的吃饭和散步时间，其余时间都在卧床。我一直没有找到合适的机会跟爷爷说起这个女孩。

我还只是在一个星期前告诉爷爷那幅画像的照片打印出来了，爷爷喜出望外。我将照片拿给爷爷看，爷爷小心翼翼地拿着照片凝视，好一会儿，竟润湿了眼眶。然后他很快有些喘息，他手腕上连接的测试仪立刻发出警报声，测试仪的屏幕显示他心跳的曲线呈现出巨大的波动。很快，朴医生跑进来紧张地问出了什么事情，为什么爷爷忽然血压升高，心脏跳动厉害？爷爷无力地摆摆手示意没事。朴医生望着他手里的照片，又看了看我说："不要让玉老的情绪又波动，他心脏受不了强刺激。有些事情，请你一定斟酌，千万不要刺激他，会很危险！"

"好的，我知道了。"我说。

但爷爷的脸上分明洋溢着欣慰的笑容。他躺下来喃喃自语说："真好啊！我终于没有辜负我的爷爷。我可以骄傲地去见你们了。"

我立刻急了："爷爷，你说什么胡话呢！"

"你听不懂的。给爷爷点时间，等我好了，我给你讲他们的故事吧。"他轻轻晃了晃手中的照片。

"她是谁？他们又是谁？"我诧异地问，"爷爷，她到底是谁？"

爷爷却渐渐睡去了，他微笑着，脸上露出满足的笑容。那张照片上的女子，眼神温柔，似乎正看着他。

7

这里已经是四月，想必在那片大陆的首都北京，已经是春天了。我喜欢他们常常用"春暖花开"这四个字来形容一年初始，万物更新，一切都有新气象。虽然我们这里一年四季都是热烈的夏天，但我认为此刻于我的人生而言，也是春暖花开。我等待着她的到来。

我凝神看着玻璃窗外，夕阳金灿灿的，从天边映出一道道赤红，街上人来人往，人们都在奔向各自的目的地。就在窗外的十字路口，每天有数不清的人匆匆擦肩，奔向南北西东。而邂逅，真的是需要缘分的一件事。

"嗨！小玉先生，你来了？"是她。这个自我第一次听到便深深植入心底的声音，我已经在心底重复了无数次。多么熟悉，多么动听。再一次听到，我仍然有种要落泪的感觉。

"美盈，你来了。"我转身，站起来。

我忽然深深懂得了什么叫久别重逢。虽然，我和她才见过一面。可是，为什么我会有一种悲壮的痛楚的狂喜？我不知道该怎样理解此刻的我，我只知道，她是叩问我生命的人。我和她之间必有一段过往。我无法解释这种感觉，但我知道，我和她之间，存在着一种语言之外的隐秘的关联。

我带美盈去医院见我爷爷。直到这个时候，我才担心起来。但是担心也毫无用处，我只有默默祈祷。

二十分钟之后，我们的车到达了医院，我将车停下来。

"中心医院？"美盈诧异地询问。

"对，我爷爷一直在住院。"

"天哪！这，合适吗？"她犹豫着问。

"合适。我也想给爷爷一个惊喜。"

"爷爷是哪里不好？"

"心脏病。早年爷爷参军留下的病根，一不小心就会犯病。"

"哦，那，你先在门口等我一下。"她说着便下了车，环顾四周，然后向旁边的花店跑去。

过了一会儿，她抱着一大束花从花店走出来，匆忙跑到我跟前。馨香顿时沁入我的心脾。

"你该早告诉我的。"她笑笑说。

"没事。我爷爷是个很好的老头。"我说。

"我想象得到。"她认真地说。

我们走进医院大门，迎面是一片树林花园。病房在树林的后面。我们沿着花园外围的小路向后面的病房走去。树林里有病人三五成群在散步、下棋，也有人在舞剑。我在舞剑的那个长者不远处看见一个熟悉的背影。穿着病号服的爷爷正坐在轮椅上，看他们舞剑。

"爷爷！"我诧异地叫了一声。

爷爷没有听见，仍然在专心地看舞剑。

"爷爷！"我又喊了一声，爷爷才转过身来。

"海东啊，哈哈。"他笑着，忽然看到了我身后的花和捧花的美盈。

"啊！"他咳嗽起来，大喘起来，"你，是谁？"

我立刻意识到不妥，将美盈拉到我身后。

"哦，爷爷，你眼花了呀。"我说。

"不对。不对。"爷爷摇着轮椅就要奔过来，却发现摇不动，便索性从轮椅上站起来，却忽然重心不稳，跟跄着就要摔倒。我连忙跑过去扶住他。

"爷爷，你没事吧？爷爷？别激动。我慢慢跟你说。"我连忙说。

爷爷目不转睛地看着美盈。美盈吓得用花挡住脸。

爷爷却颤声说："你不要挡着，把花拿开！"

美盈犹豫着，只好慢慢将花拿下来，露出面容。

爷爷顿时大喘起来，艰难地坐在轮椅上，示意我，我从他的上衣口袋拿出药丸喂他咽下。好一会儿，他才说："小崽子，她是谁？"

我愣了下便说："哦，爷爷，你看我好不容易找到一个演员，这妆化得还很棒是不是？"

爷爷颤抖着声音说："姑娘，你是谁家的娃？长得这么好看，走过来，来，到我身边来。"

美盈似乎如释重负，战战兢兢地走过来说："爷爷，很抱歉，我不知道您生病这么严重。"

爷爷仍然颤着声音说："你从哪里来，孩子？告诉我。"

"我来自中国厦门，爷爷。我叫谢美盈。"美盈小心翼翼地说。

爷爷手中握着的小药丸瓶子落在了地上。

"中国？厦门？"爷爷颤声说。

"对，爷爷，我就来自那里，但是其实，我是北京人。"美盈说。

"呜呜！呜呜！"爷爷居然像个小孩子一样大声哭泣起来。

美盈吓得不知所措："爷爷，我，哪里说错了吗？爷爷，请原谅。"

"爷爷，你怎么了？"我诧异地问。

"要不，我们回病房吧，我去叫朴医生来。"我说着，便推着轮椅向病房走去。

爷爷没有拒绝，只是坐在轮椅上专心地哭泣。美盈紧张地跟在旁边，不敢作声。

我从没见过爷爷如此这般哭泣。爷爷一生历经坎坷，却一身虎胆，从来都是个乐观阳光的人，未曾对生活有过妥协。在我的记忆里，似乎只是在奶奶离开的时候，爷爷曾痛哭，此外从未见爷爷软弱。可今天这是怎么了？

我有些后悔，显然，这个时候带美盈来见爷爷，真的很不合适。是我高估了自己，也高估了爷爷的承受能力，我以为会给他个惊喜，可是他毕竟年纪大了。此刻，我不知如何是好，只有快速将爷爷送回病房，请朴医生过来。我很担心，在这不到两百米的距离里，爷爷千万别出什么事。

还好，七分钟后，我们进了病房大楼。我大大松了一口气。

出了电梯，我推着爷爷直奔他的病房。没有看见护士小姐，但我猜她用不了几分钟就会过来。不论怎样，在病房里，爷爷就已经安全了。

我匆忙推着轮椅进了病房，扶爷爷躺到床上。

"爷爷，别再哭了。你要保重身体呀，有话慢慢说。爷爷，你知道，你是我最亲的人了。你这样，我很害怕。"我说。

美盈胆战心惊地站在门口，不敢进来。

或许是我这句话终于起了作用，爷爷停止了哭泣。我用纸巾给他擦了泪水。

果然，朴医生一阵风一样地快步走了进来。

"玉老，怎么出去这么久！"他一边走进来一边说。

"快，我检查一下。"他说着便俯下身用听诊器听爷爷的心肺。

"还可以。对了，我刚才听护士小姐说，玉老刚才在哭？是发生了什么事吗？"他又说。

"什么事都没有！我怎么会哭？护士小姐也会说谎了！"爷爷忽然底气十足地说。

"那就好。千万不要刺激玉老。后果很严重！"朴医生说着，收拢了听诊器，走出去。

"好的，我知道。"我假装无事地说。但我知道，如果刚才爷爷不是吃了药丸，恐怕现在……我不敢想。

"那个女孩呢？我要见她。"爷爷说。

我这才想起，美盈一直还站在病房外，不知道是不是已经走了。

我连忙跑出来，她就站在门口。我松了口气。

"美盈，对不起呀。"我说。

"爷爷，怎么样了？"美盈急切地问。

"哦，爷爷没事了，他想见你。进来吧。"我说。

"可以吗？"她犹豫着说。

"进来吧。"我拉着她走进去。

爷爷似乎有些累了，微眯着眼躺在床上，呼吸均匀了许多。我们走到他身边，他便睁开眼道："孩子，吓着你了吧？让你见笑了。"

"是我打扰爷爷休息了。"美盈饱含歉意地说。

"小崽子，还骗我，什么演员。你以为演个戏就能骗过我吗？"爷爷又笑了说。

"孩子，你不知道我现在的心情，很复杂。你知道你让我想起了什么？"爷爷叹息道。

"什么？"美盈道。

"我家有一幅画像，画像上的人和你一模一样。所以，你让我产生了错觉，让我想起了太多。"爷爷又伤感起来。

"爷爷，我还没有来得及告诉你。美盈正是为这件事而来。"我说。

"哦？"爷爷惊奇地看着我。

于是，我告诉了爷爷，我和美盈的相遇。

爷爷动容地说："缘分吧，我活了这么大年纪，见多识广，却还是头一次听说这样的奇事，竟然发生在我玉家。"

美盈和我面面相觑。

"孩子，你是记者？"爷爷问。

"是的，爷爷，我是《时尚旅游》杂志的记者。"美盈点点头。

"那太好了，神灵保佑，你或许可以将我玉家的故事写下来，传承下去。"爷爷由衷地说。

"愿为之。不胜荣幸。"美盈说。

"画像上的这个女子，她叫谭昭儿，是我祖父的祖母。我祖父的祖父，叫玉庆瑜。我们玉家，也是中国人。在1822年玉庆瑜来到这里，从此再没回去。这是我们几代人的痛和遗憾。我们玉家当年就生活在福建沿海……"

我深深地沉浸在与美盈邂逅的巨大喜悦中不能自拔，我的脑海里已经在酝酿浪漫，我将为这个女孩倾尽我的柔情。可是我没有想到，我的无比美好的计划被一封邮件打断。

我的手机响起来，是我的电子邮箱新邮件提醒。

我打开电脑，便发现邮箱里弹出一封我的导师托马斯教授的邮件。

亲爱的海东：

你最近可好？如有闲暇是否可以帮我一个忙？

我受友人之托，需要到大英皇家图书馆查阅一些非常重要的资料对一艘沉船的身份加以确认。因我最近身体的原因，不能长途奔波。我又不想将这等重大的事情托付给别人，希望海东你能来帮我这个忙。

谢谢！望尽快回复。

——托马斯　于 1999 年 4 月 22 日

我隐约感觉到了某种神圣的使命。我迟疑了一会儿，立即写了回复：

尊敬的托马斯教授：

感谢恩师的信任。自当全力以赴。

请教授将相关信息告知于我，我将家里的事情安排一下，会尽快前去。

祝好！

——玉海东　于 1999 年 4 月 22 日傍晚

托马斯教授是我在英国伦敦大学读书时期的硕士导师，是海洋专家、文史学学者。我知道，托马斯教授信中所说的友人，便是凯恩斯。凯恩斯，一个有着神奇经历的专业沉船打捞者。一个让我又恨又爱的人。爱，缘于他是我导师多年的好友，曾给予我导师以极大的帮助。恨，缘于他是个钻营分子，他常年以打捞沉船为生，在打捞沉船方面没有人比他更在行。他最近几年将打捞的海域转向了中国南海海域，并且成功打捞了南海沉船。

我作为一个新加坡籍人，他在哪里打捞似乎和我并无关系，但恰好，我的祖籍是中国。我爷爷的教诲从我出生起便深深植入心底，无论何时，我的身体里都有中国人的血脉。这是无论如何也改变不了的事实。

我看着屏幕，久久不能平静。我已经感知到了，我即将踏上一场不同寻常的旅行。

而在此之前，我需要尽快安排好家里的事情。其实，就是爷爷的事情。

夜色渐浓，爷爷输了液，疲乏至极，渐渐睡去。我和美盈走出来，站在高高的桥上，遥遥地望着海那边那个遥远的村落。那里被笼罩在朦胧夜色中，一派祥和，而在近 200 年前又曾经发生了怎样一个隽永悠长的故事。

第二章　1820年　东石玉家

1

清嘉庆二十三年农历七月二十三。大吉。

"嘿呦嘿呦嘿，嘿呦嘿呦嘿……"

玉庆瑜是被洪亮的渔歌声吵醒的，他眯着眼看了看窗外。似乎为了应和这个大吉的日子，太阳的光亮也比平常多了一丝热烈，渔歌声也比平日都高亢，但他并不觉得这渔歌很动听。他闭上眼睛，双手枕在脑后，仔细听那被渔歌掩盖下的海浪的声音。海浪拍打着海岸，一声轻，一声重，轻的像谁在呢喃，重的像谁在叹息。他分明看见了层层海浪嬉闹着推挤着，白色的泡沫漫过海滩，向岸边涌来。

玉家上上下下早已热闹起来。玉庆瑜躺在床上没有动，即便不用看他也知道外面的一切。

爷爷奶奶虽然年纪大了，却是每天起得最早的，这个时候应该早已坐在堂屋里喝早茶，等着大家吃早餐。大伯玉平风应该已经和婉莹伯母去过船埠遛鸟回来，父亲想必应该在卧室读了两刻钟的书，母亲应该早已梳妆完毕，帮他整理好长衫，他们正准备去堂屋。而兄长庆松和招娣嫂子，自然早已被一岁多的侄儿伢仔的哭闹吵醒，招娣嫂子正忙着给小东西换尿布，兄长抱着他在屋子里走来走去；还有弟弟庆林，很是觉大，或许还没有醒来。而小妹筱女，应该在对镜贴花黄，也可能在舞刀弄枪。

没一会儿，堂屋里便有了声响，能隐约听见他们的说话声。女人们基本是不说话的，只是几个男人说话。他们彼此简单说了几句今天的安排。这些庆瑜是不感兴趣的，他感兴趣的只是今天长辈们对他的安排，其实也只是父亲对他的安排。终于，他听到了父亲玉平遥的声音：

"庆松，今天就带庆林和筱女一起去玩吧，也长长见识。"

"是，父亲。"兄长说。

"好啊好啊，我今天保证不给爹爹惹祸！"庆林说。

"好呀好呀，太好了。"筱女拍着手说。

哦，原来庆林今天并没有睡懒觉。难得这么勤快。庆瑜牵起嘴角笑了笑。

"庆瑜。"父亲顿了一顿。父亲终于说到了自己。庆瑜屏住呼吸，不知为何，他总是很怕父亲，虽然父亲是父辈三兄弟中脾气最好的一个，但在家里却最有威严，所谓不怒自威，说的便是父亲了。

"庆瑜……等他起来还是让他先去读书一个时辰，待一个时辰之后，再去吧，怎么也不能荒废了学业。"父亲又说。

"好的，父亲，我这就吩咐下去。"庆松应了一声，父亲沉稳的脚步声便远去了。

庆瑜闭着眼微笑着哼了一声。

一刻钟之后，外面变得静悄悄的，庆瑜的耳边就只有海浪敲打着耳鼓，海浪声越来越大，就要将他淹没。他忽地坐起来。

他穿好衣服和鞋子，从枕头下拿起弹弓，揣在怀里，走出卧室。堂屋空荡荡的，只有风穿堂而过，轻轻敲打着一排镶嵌着彩色琉璃的镂空木质屏风。因太阳投射，地板上现出斑斓光圈，这光圈也因风而微微摇摆。

庆瑜喜欢这样的空旷，仿佛整个世界都是他一个人的。屋子里的每扇窗、每一幅画、每张桌子和椅子都属于他一个人，他可以随便坐爷爷的位子、大伯的位子、父亲的位子。他在堂屋里背着手转悠了一会儿，踱步走出去。

今日大吉。大吉之日总归要做点什么，他心里蠢蠢欲动，却不知要做什么。但总归，今日是应该做点什么。

庆瑜在离船坞很远的地方便看到了那艘大船——福临号。它像一个刚嫁到陌生之地的小媳妇，怯怯地立在岸边，由着潮水般围拢而来的人群审视和评判。庆瑜找了个合适的隐蔽位置，坐在石头上，一边拿出弹弓打石子，一边远远地静静观看。

他看到了一个娇俏的身影，快速从他斜后方向大船方向走去，那女孩身着粉红色漳绣锦裙，头上只戴了支翠绿的步摇。一种莫名的力量促使庆瑜站起身跟随她。他一直跟在她后面不远的距离。她似乎感觉到了斜后方投射来的炽热的目光，不自觉地转身向他的方向望过来，眼光几经颠簸终于落在他的脸上，她迟疑地看了他一眼。他双眼颤颤巍巍地接受了这双美目的审阅，随即又笃定地回望她。她犹疑地偏了下头仔细看他，却被人群中一声"昭儿"唤走，她朱唇微启应答了一声"哎"，便慌忙回转身快步跑掉了。她头上翠绿的步摇却将他晃得心旌荡漾，她绵软的声音也将他的心挠得发痒。

庆瑜的心里陡然生颤，莫不是？随即他又否定了心中滋长的念头。她的身影消失在人群中。他的心里忽然间长了野草，越来越茂盛，脑海里曾经浮现过千百回的那张小小的俏脸又在他眼前晃来晃去，仿佛在和他捉迷藏，让他坐立不安。

一刻钟后，仪式就要开始了。船的两侧站着十多位老船长，手握着大粗麻绳。旁边是红衣黑裤的鼓手，他们前面是红彤彤的锣鼓。船舷上已经插满红色小旗，上面写着神仙的名字和大吉大利的字样。神堂已经在甲板上摆好，距离稍远，庆瑜看不清，但神堂里供奉的几位神仙自然是龙王、妈祖和观音。父亲穿着青蓝底色长衫，上面绣着暗红色的图腾，神色凛然，站在甲板上玉树临风。一切已准备就绪。

庆瑜忽然又见到了她，他欣喜万分。谭鸿业伯父和另外几个叔伯长辈远远地站在福临号的甲板上，就在父亲稍后的位置，想来他们是父亲请来的贵客，而她就站在谭伯父身旁。那么，他猜对了。她真的是谭昭儿，她回来了！脑海里的那张小小俏脸对他欢笑着，露出小豁牙，他笑了。

玉庆瑜望见父亲环顾四周，然后对管家附耳说了句什么，管家也环顾四周，然后快步走下甲板，又低声吩咐几个伙计。他快乐地看着他们着急地找他，不过他根本不打算过去，他只想在这角落里、人群中，在众人掩映下，肆无忌惮地看那个女孩。什么仪式，他根本不关心，他只关心那个女孩。此刻已近午时，太阳炽烈，她乌黑的头发在阳光下闪耀着彩色的光，美目微微含着晶莹，脸颊变得绯红。她的眼光在游弋，她该不是也在寻我？他的心里又抖了一下，他无比期盼起来，如果她真的是在寻我该有多好！多年以后，他才知道，他们的命运，就在那一刻，被紧紧绑缚在了一起。

2

锣鼓响起，仪式开始。庆瑜心中激动起来。他看过很多次新船开洋了，每一次新船的开洋，都需要一个隆重的仪式，眼前的情景每隔半年或者一年就会重现，但每次，观看的人都会激动不已，欢呼雀跃，为新船即将远航，也为新的希望。这一次，在人群中的庆瑜由衷地感到了兴奋，为这艘新船的开洋，也为了心中莫名升腾的情愫。

父亲点燃几炷香，虔诚地跪在神堂前，为几位神仙一一上香，之后叩首。甲板上的人也都跪拜叩首。观看的人无一不虔诚地双手合十，跪拜下来。少顷，父亲站起身来，大伯父走过来递给他一个红色卷轴。父亲拉开卷轴，朗声诵读："感恩诸神，感恩大海，保我玉家世代平安，今我福临号开洋，愿风暴无扰，年年顺利，更获丰收，岁岁平安！"二伯父已经备好整坛陈酒，倒在大碗中，父亲和大伯父将酒碗高高举过头顶，唱起了祝酒词："一敬酒，岁岁平安；二敬酒，鱼虾满舱；三敬酒，感恩大海。"他们将碗里的酒，洒向海面。父亲又对船上的舵手游涛科说："开洋！"船两侧的十几个船员如拔河般发力，将福临号船一点点"拔"入水中。

游伯父立刻喊起号子："拿橹喽！"

船上的水手齐声应和："嗨嗨！"

"起锚喽！"

"嗨嗨！"

"出海喽！"

"嗨嗨！"

随着游涛科的号子声响起，鼓乐喧天。福临号缓缓驶向大海。

谭昭儿随着福临号远去了，庆瑜的心里忽然害怕起来，他害怕又找不到她，尽管他知道，福临号不过就是在附近海域环绕一个时辰，之后就会回返。可是，毕竟，她消失了那么多年。他还记得她的小豁牙在他的胳膊上狠狠咬过一口，留下一个浅浅的血印。多年未见,血印早已不见了,但胳膊上丝丝缕缕的痛楚早已转移到心上,从未淡薄。福临号渐行渐远,人群渐渐散去。只有他站在那里,望着船越来越小的影子暗暗祈祷:你一定要回来呀!一定不要再消失了呀!他伸手掀起左衣袖,轻轻抚摸了下左胳膊,那个月牙齿印又仿佛清晰起来,它携带的一丝痛楚又清晰起来,连同心上的一丝甜蜜。

九岁的小庆瑜是喜欢去书院的,那时候他总是每天最先到书院。而谭昭儿,经常是最后一个才到。但是先生很喜欢她。即便她迟到了,她微微一笑,露出可爱的小龅牙,先生便只是颔首宽容地笑笑,从不责罚她。那样可爱的小龅牙谁忍心责罚呢?先生只是非常不客气地责罚男孩子。庆瑜也因为贪玩没少受先生的责罚。

九岁十岁的少年,还都在贪玩的年纪,都不肯老老实实地听大人的摆布,来书院读书大都是逼不得已,敷衍长辈而已。也不过是跟着先生摇头晃脑地读《诗经》,背"四书",晃得头疼。被先生发现敷衍,或者先生留的功课完成得不好,自然是会受责罚的。先生换过两三个,大都是狠心肠,责罚起不听话的少年来,一个比一个花样多。少年们哪个没有被藤条或者扁平的竹子教鞭打过手板、打过后背?最后一位先生更加厉害,将几个贝壳倒置在地上,令那几个尤其不听话的少年跪上去。跪上去的少年立刻就疼得眼含热泪求饶,而其他人都面面相觑不敢吭一声。先生则捋着胡须不慌不忙走到他的面前,一边拉他起来,一边让大家引以为戒。

小庆瑜从未受过跪贝壳的惩罚,他从不敢将先生惹怒到那个份儿上。他对读书也是敷衍的,但因为有昭儿的陪伴,他觉得每天去书院读书也是一件很幸福的事。从玉家到书院只有不到一刻钟的路程,小庆瑜要走近两刻钟,只因贪恋清晨路上的玩耍。他会用小罐子将露水收集起来,再将满满一罐子的露水送给那个小龅牙谭昭儿。他说谭昭儿的笑就像这清晨的露水,清澈得连小溪都比不上。这世间再没有比她的笑更清澈的了。他也收集贝壳,在海滩遇见好看的贝壳,他都要捡起来,拿回去晾晒,之后,让二哥乔培松帮忙穿起来,做成个手链,在节日里送给昭儿。当然,节日里昭儿收到的礼物不止他这一份。有位邹姓的富商之子,曾偷了母亲最昂贵的翡翠项链送给昭儿,昭儿说等长大了才能戴翡翠的,让邹公子拿回去。未料，邹公子的母亲带着丫鬟匆匆闯入书院，撞见邹公子正在向昭儿大献殷勤，邹母便上前揪住他的衣领将他拖出去，一边打一边骂，好你个小崽子，敢偷老娘的首饰了，你们邹家真是出贼子，老子偷人，儿子偷首饰，还反了你了！小崽子，你给我回去，看老娘打不死你！邹公子一路大喊再也不敢了，再也不敢了。书院里的少年们都纷纷跑出去看热闹，嘻嘻哈哈乐得翻天，只有庆瑜惴惴不安地望着昭儿，手里握着准备送给她的礼物，不知道她会不会收下。而昭儿，蓦然回头一笑，露出好看的小龅牙，问他，你的礼物呢？你不是带了礼物给我的吗？庆瑜有些忐忑地张开手掌，昭儿拿起他手心里精心编织的彩色贝壳手链，惊喜地"呀"了一声，"真好看！"她说。这三个字让小庆瑜心里莫名感动，眼角竟像有热泪要溢出来。那个时候，小小少年还不懂自己，不懂这莫名的感动和就要溢出来的热泪究竟为何。可是现在，就在此刻，他似乎懂了。

其实在当初昭儿离开的那一刹那他就懂了，只是，还不能正确为它命名。那一年的秋天来得特别快，或许是她带走了整个夏天。她走的第二天，秋天仿佛就来了，清晨的露水变得凉了许多，也不再那么清澈，他再也没兴趣去采集；贝壳也变得不再鲜亮，他懒得弯下腰去拾起，只是伸出脚赌气地将它们踢得老远。书院里的那些面孔让他讨厌，每天叽叽喳喳吵得他头更疼了。后来的先生眼神不太好，他和几个男孩子经常捉来虫子偷偷放在他的台子底下，先生摇头晃脑地念《诗经》，忽然发现有虫子爬到眼前来，总是吓得够呛。然后，男孩子们就幸灾乐祸地嘻嘻偷笑。先生吓得一边跳着躲开，一边大骂他们不懂事的东西，男孩子们笑得更欢了。这自然是枯燥读书日子里的一丝慰藉，但每每在这样大家欢笑的时刻，他都会望着昭儿的桌椅发呆，他的眼前会出现那个可爱的小龅牙的笑脸，心底都会莫名升起浓浓的惆怅，觉得周遭空空荡荡，无比寂寥。每到节日，那张小俏脸也会毫无征兆地出现在他的脑海里，他也会在人群中寻找，但是，自然是无果的。他会轻叹一声，像他的父亲那样。

对于父亲，庆瑜总是有种莫名的敬畏，或许是因为整个东石，没有人不敬畏他。作为玉家的三公子，他是很以父亲为傲的。父亲对待他，是跟对待其他孩子不同的。不知为何，父亲总是希望他将来能够考取功名，有朝一日能够加官晋爵，踏入京城，因而总是让他多读书。可是东石人自古就以渔业和海运为生，难道如父辈一样经商不是一件再自然不过的事吗？为何父亲要逼着自己考取功名，要去那么远的京城去效忠皇上？那样就再也听不到海浪声，再也见不到大海，再也不能常常给爷爷奶奶和家人请安。他想不通。但他也不敢当面违背父亲的意愿，毕竟，如大家所言，父亲对于他，是寄予了格外的厚望的。他便只好私下里偷偷长成了另一个庆瑜。

父亲眼里的庆瑜是知书达理的、温顺的、爱读书的，小小年纪就已经将"四书五经"背得很熟，功课常常被先生夸赞，还写得一手好字。每年书院的字帖比赛，庆瑜都能在东石所有富商之子中拔得头筹。而另一个庆瑜是偷偷跟随大伯父去附近出海打鱼、到德化逛龙窑和去船厂看造船的庆瑜；也是偷偷跟随大伯父的义子、二哥乔培松学几手功夫的庆瑜；更是在夜深人静，当父亲已经睡下，偷偷跑到外面去捉蟋蟀和萤火虫的庆瑜。

但是无论哪个庆瑜，小豁牙都深潜在他的心底，她会神出鬼没地出现，让他措手不及，黯然神伤。如今，他懂得了，她带走了整个夏天，留下的不只是秋天和冬天，还有比寒冷更难忍受的东西，叫思念。

这思念飘来荡去，丝丝缕缕，无影无形，却真真切切地网罗了他的整个身心，已经很多年了。今天，此刻，它越发膨胀，充斥了他的整个心脏，就要将其胀破。他无助地站在那里，忽然攒足全身的力气向着遥远的大海大喊起来："昭儿！昭儿！我等你回来！"然后，他颓然地跌坐在地上，眼角有温热的液体缓缓流下来。

庆瑜还从来没有这样认真地审视过大海。此刻它浩瀚、辽阔，宁静无波。但海边的人都知道，它又有多凶恶。每一年有多少人欢喜地乘船而去，却再也没有回来。他笃信在海的深处一定藏着龙王和他的龙宫。龙王法力无边，是大海最威严的主宰。那些没有回来的人，一定都是因为惹怒了龙王，被他的虾兵蟹将掳去，做了海底世界的守卫。所以，庆瑜每次拜神都尤其虔诚地跪拜龙王，甚至比拜妈祖更加虔诚几分。

而此刻，他后悔了，后悔刚刚为什么自己没有和他们一起拜神。他立刻站起来又很庄严地跪下，向着苍茫的大海无比虔诚地俯身叩首拜下去，一直维持着跪拜的姿势好久，他终于起来，望向远方，笑了。

庆瑜也从来没有觉得一个时辰是这样漫长。他已经用弹弓向远处打了无数个石子，当然，此刻他是不敢惹怒大海的，并没有向海面打一颗石子。他也已经来回踱步背了无数遍的"三字经"，练习了无数遍二哥教他的招式。炎炎盛夏，在偌大的海滩，只有他一个人在太阳下忙碌，他光滑的额头渗出汗珠，长衫的后背濡湿一片。

终于，在远方的海天交际处，出现了一个黑点。他立刻安静下来，双手握着拳站在那里纹丝不动，目不转睛地望着那个黑点。黑点越来越大，渐渐看清了轮廓。果然是福临号。庆瑜握紧的拳头舒展开来，他又欢喜雀跃起来。他对着渐行渐近的福临号喊，"昭儿！你回来了！我是庆瑜呀！昭儿！我是庆瑜！"

福临号雄风凛凛，如战胜归来的战士，正稳步向海滩驶来。庆瑜已经能清晰地望见船上人影攒动。他忽然又扭头跑向那块大石头后面，藏匿起来。没一会儿，福临号停泊下来，船上的人都有说有笑地走下来。即便是淹没在众人中，庆瑜一眼就找到了昭儿纤瘦的身影，她正和他的妹妹筱女手拉着手从船上走下来。他笑了，不自觉长吁一口气。众人从他身旁不远处经过。他清晰地听见父亲的声音："怎么没看见庆瑜？""我也奇怪，一直没看见他。"大哥庆松说。庆瑜嘴里含着笑，偷偷撒欢地向竹林跑去。

竹林里的小径是只有庆瑜和几个玩伴知道的。算起来，父亲玉平遥和哥哥们漫步回来的时间，足够庆瑜在小径上走三个来回了。所以，当父亲和哥哥们回来的时候，看到庆瑜身着月白长衫正在桌前专注地写字帖。他是那样专注，连父亲走进来的脚步声都没有察觉。父亲走近他的身旁，看着他一丝不苟地运笔、写字，轻抚他的辫子，由衷欣慰地说："不错，越来越有长进！"

庆瑜一惊，忙放下笔行礼："爹爹谬赞了，爹爹什么时候回来的？"

玉平遥朗声一笑："哈哈，真成了书呆子了！"

站在门边的庆松也笑了："我和父亲进来半天了。庆瑜，怎么没去看开洋？大家都去了。"

庆瑜一笑："我还有字帖没有完成，就没有去。"

玉平遥点点头："不错，字写得越来越好了。晚上家里摆宴，你也过来吧。"

庆瑜："是，爹爹。"

玉平遥："庆松，我们走吧，晚上来的人多，你再去安排一下厨房。"

庆瑜："怎么没看见小妹回来？"

庆松："她在和昭儿玩。"

玉平遥："对了，昭儿回来了。你谭伯伯的女儿，还记得吧？你们小时候还一起去过书院。"

庆瑜思忖了片刻："昭儿，哦，想起来了。她怎么回来了？"

玉平遥："哈哈，什么话。这都好几年了，她没事了，自然是得回来的。"

庆瑜："哦。"

玉平遥："好了，你继续写吧。"

庆瑜："是，爹爹。"

玉平遥和玉庆松走出房间，庆松轻轻关好门。庆瑜拿着笔呆坐了一会儿，放下笔，站起身，走到窗口。透过窗口，那大海一望无际，微风徐徐，海浪在彼此追逐嬉戏。他的心里也生出许多欢喜的海浪，又生出许多忧伤的海浪，这欢喜的海浪和忧伤的海浪彼此嬉戏着、敲打着他，他的心就要被它们的嬉戏捉弄而击破。他转身，回到桌前，继续写字帖，只有写字帖才能将心里那些不断升腾的海浪驱逐，他才能安静下来。

可是毛笔并不听他的话，那一撇一捺都像昭儿迎风飞起的裙裾，也像她被风吹起的头发，将他的心搅得乱糟糟的。他又仿佛看见那个夏日的海边，少年和女孩追逐着，女孩不停地嬉笑着拍打浪花。少年的衣衫被浪花打湿，却毫不介意，少年不时拾起漂亮的贝壳，欣喜地拿给女孩看。女孩娇笑连连，却忽然转身向海的深处跑去，一边跑，一边回头向他喊："我走了！我再也不回来了！"少年急忙扔掉满手的贝壳，一边追她一边喊："你去哪里呀？不要丢下我呀！"女孩只是笑笑，转过头，向海的更深处跑去。少年用尽全身力气去追，却怎么都追不上。他号啕大哭起来。

"呜呜，呜呜，你不要走啊！"庆瑜被自己的声音吓醒，才发现，原来自己不知何时伏在桌上睡着了，桌上的字帖已经被濡湿，分不清上面的水渍是汗水还是泪水。他赶紧擦擦湿漉漉的眼角，坐起来。这才发现，窗外一片火红，已经到了掌灯时分，外面早已热闹起来，府上已经在摆宴了。他立刻站起身，像母亲每日给父亲做的那样，用手指拈起长衫的两个肩膀处，用力抖了抖，将袖口抻一下，抚平长衫上的褶皱，这才走出门。

院子里灯火辉煌，人声鼎沸。玉家的院子很大，每一次这样的盛宴都能摆下三四十张大桌，村子里有身份地位的长辈都携着家眷坐在桌前有说有笑，一边品尝美酒美味，一边高谈阔论。庆瑜从前尤其喜欢这种盛宴，他总是乖乖地坐在这些长辈身边，听他们从京城逸事讲到村子里的秘密。他很崇拜他们，他们居然能知道皇宫里发生的事，还知道皇上，他的喜好、他的嫔妃、他怎样对文武百官发号施令，他是一个神秘的存在，他就在那一方宫殿里执掌整个苍生。而他的某个忤逆的臣子，流连于市井妓院，留下诸多民间传闻。村子里的秘密也很神秘，哪一家有神的保佑，哪家的府上纳了妾，哪家的婆娘不守妇道。

这些话长辈们只有醉酒后才会讲，平常是不会讲的。这些故事也因为泡了酒，变得醉人，直叫人面红心跳，庆瑜那张充满稚气的脸因红色灯笼的映照而更加绯红。这些遥远又神秘的故事给他的成长带来许多新鲜和刺激，原来这世上除了读书的白色，还有更多颜色，红色，黑色，什么颜色都有。小庆瑜在这些遥远的红色、黑色的伴随下渐渐隐秘长大。可是他的父亲还一直以为，他只见过一种白色。

此刻，庆瑜站在灯火辉煌中，那些长辈如以前每次盛宴一样，开始了高谈阔论，开始讲述那些曾无数次诱惑他的红色和黑色。可是他却根本不想坐在他们身旁，那些红的黑的对他忽然就失去了吸引力。他的眼睛在急切地寻找。他环顾四周，又走来走去好几遍，却只失望地看见，谭伯伯和谭家的兄弟与玉家人坐在一张桌前，在举杯开怀畅饮。谭伯母和昭儿没有来！他的心里有什么东西顿时陨落，他变得轻飘飘的，觉得自己化成了烟，就要散去。

庆瑜正失神地站在那里，准备离开，却听父亲叫他："庆瑜，过来，到这里来坐！"谭伯伯也热情地喊："啊，来来来，庆瑜啊，过来坐！"庆瑜定睛看着他们，又将桌上的每个人都审视一遍，确认没有昭儿，又踌躇了片刻，才说："是！谭伯伯。"他慢慢走过去，在那张大桌前拘谨地坐下来。

玉平遥很开心，大声吩咐道："来，给庆瑜加双筷子！"

"是，老爷！"有人很快小跑拿来筷子和盘子碗碟。玉平遥一改平日的威严做派，夹了一只蟹给庆瑜，又说："庆瑜今天一直做功课，丝毫没有被外事所扰，这才是读书的境界，为父很欣慰呀。来，吃吧。"

庆瑜低着头道："是。"他不太情愿地拿起筷子。

旁边的小妹筱女拉拉他的衣角说："三哥，今天开洋都没看见你呢！我和昭儿姐姐玩得可开心了！"

庆瑜立刻看向筱女道："哦？是吗？"

筱女笑嘻嘻道："是呀！我们去捡了好多贝壳。"

谭伯伯笑道："哈哈，是呀，庆瑜，昭儿回来了，你们好久都没见了。"

庆瑜抬起头问："哦，是吗？谭伯伯。"

谭伯伯说："哦，对，昭儿啊，刚回来，白天还去开洋了，你伯母怕她一下子太累，晚上就没让她来。"

庆瑜道："哦，是这样啊。昭儿，她还好吗？"

谭伯伯说："好，还好。"

玉平遥说："我看挺好的，还和从前一样，还很机灵，更漂亮了。"

谭伯伯又笑道："哈哈！小时候那么多玩伴，我看她就跟庆瑜对脾气，哈哈。"

庆瑜立刻觉得脸烧起来，为了掩饰，连忙拿起面前的酒杯站起身说："我来晚了，我敬各位伯伯一杯。"说罢立刻仰头将酒喝下。

谭伯伯立刻说："哎呀，这个孩子，这么喝酒使不得呀！"

庆瑜又将空杯斟满，又要喝下，被旁边的兄长庆松制止，他端起酒杯说："庆瑜常年读书，不胜酒力，这杯我来替他。"说罢，一饮而尽。

"好！"谭伯伯称赞道，"不愧为玉家铮铮儿郎，玉家教导有方啊！"

玉平遥朗声笑道："过奖了，过奖了！"

长辈甲问道："对了，玉兄，你家二公子去京城考武状元现在有消息了吗？"

玉平风："昨日刚收到家信，说是已到京城，不日就将进行大考。今年参加的人数众多，还不知结果如何。"

长辈乙："诶，不管参加多少人，二公子肯定金榜题名啊！"

玉平风："但愿但愿，哈哈！"

在这张桌上，庆瑜是听不到红的黑的的，那些别的桌上的红的黑的，引起的笑声和喧器仍然一浪高过一浪，但他毫不关心，只是老老实实地坐在这张桌前仔细聆听，不想错过一句关于昭儿的话。然而，遗憾的是，父亲和谭伯伯并没有更多地谈起昭儿。不过，他离谭伯伯那么近，便觉得离昭儿也更近了一些。

宴席持续到很晚，人们才渐渐散去。谭伯伯和父亲也喝得半醉，谭伯伯终于喝不动了，踉跄着要回去了。父亲命人抬来两顶轿子，送他们父子回府。庆瑜想说，让我去送吧，这样他就可以再见到昭儿，但又一转念，自己的心思是不是太明显，便又没有说出口，只是目送着两顶轿子远去。谭伯伯走后，父亲也倦了，站起身说："大家散了吧，都回去休息吧，太晚了。"小辈们也才散去。筱女正要回房，却被庆瑜拉住。

"小妹，昭儿姐姐好吗？"庆瑜低声说。

"好呀！她好漂亮啊。"筱女说。

"给我看看你们今天捡的贝壳。"庆瑜说。

"不，我要睡觉了。明天给你看。"筱女要走。

"那她明天来找你玩吗？"庆瑜又问。

"没说呀，她明天要去拜妈祖。"筱女说。

"哦。"庆瑜若有所思。

"我去睡觉了。"筱女挣开他的手，跑远。

第二天清晨玉平遥吃过早餐，走出堂屋，经过庆瑜的卧房，透过窗子依稀看到庆瑜坐在桌前写字帖的身影，驻足片刻，有些惊讶地对身旁的庆松说，庆瑜今天这么早就起来写字了？庆松也诧异地说，还真是，今天好早啊！玉平遥笑笑，两人走出院子。

庆瑜的耳朵早已变成了顺风耳，外面的风吹草动尽收其中。他的确很早就起来了，草草写完几页字帖，一直在耐心地等父亲。父亲走进堂屋、吃饭、偶尔儿句只言片语、吃完走出堂屋，倦怠地打哈欠，又轻轻咳嗽，走到窗下，停住脚步，和庆松低语，脚步声又渐渐远去。少顷，堂屋里的女人们也都散去。筱女叽叽喳喳嚷着好困，又回房去睡了。庆瑜终于放下笔，站起身，伸了个懒腰。然后，脸上溢出笑容，走出玉府。很快，他的身影便隐没在一片竹林中。

庆瑜是非常感谢这片竹林的。很多时候他都是一个人在这片竹林中度过的。只有竹林听过他说起自己的秘密和委屈，看过他独自落泪，每每风动，竹叶婆娑，轻声安慰他，偶尔风大些，竹林会给他唱起动听的歌。他曾给书院里的其他小伙伴讲起竹林的歌声，他们都觉得他是不是疯了，但那些歌他曾带昭儿来听过，昭儿也说好听。从那时候起，他就觉得，昭儿是天下最懂他的人了，书院里的其他人，都是蠢蛋。所以昭儿走了以后，他再也没有带别人来过这里，都是一个人来这里听竹林的歌。

这片竹林，其实是通往村子里很多地方的重要之处，但不知为何长辈们几乎都不经过这里，都要绕过竹林走大路。庆瑜小的时候想不通，后来长大些便想明白了。大概是因为长辈们到哪里去，都需要很多人前呼后拥，只有在大路上才能摆得下那样的气派和阵仗，而走进竹林，那些气派就毫无用武之地，都会被竹林淹没和吞噬。既然很少有人来，竹林便成了庆瑜的清净之所，他可以隐匿其中，任意玩耍。竹林也成了他去往村子里各处的最佳隐蔽通道。

从竹林到达妈祖庙，只需要不到两刻钟。庆瑜在太阳刚刚升到半空的时候，就已经到了那里。庙门洞开，参天的老榕树也已经在朝阳中醒来，精神抖擞，开始一整天的守卫。庆瑜还从没认真打量过妈祖庙，或许是因为出海、保平安这些事离自己一直很遥远，尽管也曾偷偷乘大伯的船出海，但毫无风险。妈祖，自他诞生到这个世上，就自然在保佑他了吧！而今，他认真打量起来。

妈祖庙的院落庞大，四周深红色的围墙虽年深日久，却因村民们的无限崇敬常常维护而保持着新鲜和威严。从大门到里面正堂的甬道砖石铺就，甬道旁立了几块碑文，上边的字已经模糊不清，是祖先膜拜的印记。正堂的屋顶檐饰飞翘，雄伟壮丽。堂内几根朱红柱子不动声色地昭告着威严，大堂的两旁墙壁上镶有几个长方形铜板，上面刻有先人的题铭。堂内有些空旷，并无过多装饰，只有妈祖的神像，她在一片静谧中微笑。在妈祖神像的前方，摆放着三只香炉和一对烛台。

庆瑜并没有走进去，只是站在正堂门口往里边望着，许久，他忽地叹了口气，双手合十俯身拜了拜妈祖。然后，他回转身，向院子角落的台阶走去。因树木的遮挡，这个台阶并不惹人注意，从这里恰好可以看见庙门。庆瑜满意地坐下来。

这一天不是初一或十五，并不是正式拜妈祖的日子，妈祖庙里显得比往日冷清许多。正式拜妈祖的日子，人们都会排到大门外去。但这一日格外重要，因为有个重要的人会来。果然，没一会儿，就见有人抬着顶轿子走进大门，那跟在轿子旁边的丫鬟，正是谭伯母的贴身丫头。他屏住呼吸，目不转睛地看着轿子在贴近榕树的地方停下来，丫头掀开轿子的帘子，谭伯母搭着她的肩膀走出来。然后，一支翠绿的步摇探出轿子，之后是一张似曾相识的俊俏脸庞。她的笑容，携着她的一身锦绣，从轿子里绽放出来。庆瑜觉得有刹那间的晕眩，那步摇和笑容，与脑海深处的小豁牙交替在他眼前晃啊晃，他仿佛刚喝了一坛酒，恍然若梦，就要醉过去。

他急急地站起身，就要跑下台阶奔过去，却忽然起了风。谭伯母不经意间望了望这边迎风飞舞的树叶，她的一双凤眼和睥睨万物的眼神让庆瑜停住了脚步。他忘记了，昭儿的身边还有谭伯母，还有一众人等，众目睽睽，他这样跑过去显然不合适。可是眼看着昭儿已经和她的母亲就要走进庙里，丝毫没有余暇注意到他的存在。庆瑜于是拉起弹弓，向她们的方向射去。

昭儿和她的母亲正往前走，就看见一颗石子斜射过来，那石子被射到树干上，又被弹到地上。谭伯母立刻瞪起丹凤眼大喊："这谁家的小贼没人管？敢欺负到我头上来啦？也不打听打听！小心我抓住你有你好受的！"

昭儿却停住脚步捡起石子若有所思，往庆瑜的方向看，她已经迈步要走过来，却被谭伯母一把抓回："干吗去！我们是来拜妈祖的。你刚回来，必须得拜拜妈祖保你平安才好！我们快走吧！"昭儿只好迟疑着跟随谭伯母走向正堂，踏过那高可及膝的门槛。

庆瑜只能在台阶上，透过斑驳的树枝隐约看见昭儿在正堂里跟随母亲在妈祖面前点香、跪拜和祷告。她和她的母亲跪拜了很久，这么多年，应该是攒了太多的话要对妈祖说吧。庆瑜也很想知道她这许多年是怎么过的，有没有想起过他和他的贝壳，以及他们的竹林的歌。庆瑜也有太多的话想要对她说。

可是终究是不能说。她和她的母亲从庙里走出来，又坐上轿子，与一众人等远去了。庙里又恢复了宁静，静得像她们从没来过一样。但那点燃的香、轻快的脚步、翠绿的步摇和一身锦绣，终究还是留下了印记。如从前她的小豁牙一般，刻骨铭心。

庆瑜惆怅地站起身，走到堂内，也点燃了三根香，将它们和那还没燃尽的香放在一起，对妈祖虔诚地叩首拜了下去。

此后，庆瑜每隔几天就去妈祖庙，又见过昭儿两次，但不巧的是，两次谭伯母都陪在她身边。终于等到昭儿自己去拜妈祖的日子，那已经是一个月后了。

第三章　1820 年　京城谭家

1

农历六月初七，已经定下来昭儿在次日启程，谭家的吴掌柜已经于下午到达，天明就要带昭儿踏上归程。而昭儿的大伯父谭振业也已乘船从东石启程，将于半个月后在山东与昭儿和吴掌柜会合，接昭儿回到东石。谭昭儿已经连着几夜未眠。这一夜，更是睡意全无。

夜已深，昭儿拿着那封已经看过无数遍的家信，坐在镜子前看着镜中的自己。她将薄薄的信纸贴在胸口。这许多年来，自己的模样一定有了很多变化，不知回去之后父母和村子里的人是否还认得。那些从前的玩伴，都一定也长大了吧，他们，他，还好吗？她望着镜中的女孩，她的眼中有喜悦，也有忐忑。但，镜子里的女孩终究还是对着她笑了，泪珠落在脸颊上，在烛火映照下，闪着晶光。姨娘来叮嘱过，明天就要启程，要早些休息。当然，姨娘那双如母亲一般的丹凤眼此刻变得尤其慈爱，她表达了许多不舍和眷恋，说着说着，还抱住昭儿啜泣起来。昭儿乖巧地哽咽着说："我的好姨娘，我怎能忘记你呢，这许多年来昭儿多亏了姨娘的照顾和爱护，才让昭儿能有今天返回故里。昭儿回到家里，定会时时记着姨娘的好，为姨娘和姨父、宇伦哥哥、嫂子和蕊姐姐祈祷。或许过不了几年，昭儿还会有机会再来探访姨娘也说不定呢，姨娘和姨父若有闲暇，也去东石小住，届时昭儿定陪姨娘姨父好好玩玩。"

"好啦。"姨娘终于放开她，"这几年，没觉得姨娘亏待了你就好。"她的丹凤眼中露出一丝探寻。

"姨娘说的哪里话，昭儿这条命，若不是在姨娘家里，有姨娘护佑着，还说不上如今是在还是不在，昭儿感恩还来不及。"昭儿一脸真挚地说。

姨娘收起那丝探寻，长叹一声："哎，终究还是要回到你母亲身边，姨娘不舍也不行。早点休息吧，明天就要启程了。"

"好，姨娘也早点休息。"昭儿看着姨娘的背影道。

昭儿终于从镜子前起身，将家信放到枕头下，熄了灯，卧在床上。她透过窗子看向外面，月光格外皎洁，树影婆娑，被风吹得沙沙作响，像在和她低语。她也有太多话，不知向谁说。

她等待这一天已经六年了。

2

六年前，她11岁，也是在这样一个月色格外皎洁的夜晚，母亲哭着和她告别。那一晚她觉得，此生可能再不能见到母亲。可是她忍着泪，只是笑着对母亲说："娘放心，我会好好回来给你看的。"那一夜，她在母亲的怀里入睡，她知道，母亲一夜未眠。第二天清晨，她便登上了姨父派来专程接她去往京城的船。船离开海岸，父母和家人的身影越来越小，越来越远，她却清晰地看见母亲摇摇晃晃倒了下去。

"娘！"她站在船头大声喊，哭得撕心裂肺。

六年来这一幕时时啮噬着她的心，让她常常感到剧痛。昭儿擦了眼泪，轻声呢喃："娘，我终于要回家了。"

姨娘长得和母亲很像，尤其她的那双丹凤眼，乍一看那就是母亲的眼睛。但昭儿从来都没有混淆过，姨娘就是姨娘，怎么能跟娘比呢！娘虽然有些严厉，但对自己身上掉下来的肉，是万般疼爱的，不舍得一丝丝的伤害。而姨娘就不同了，毕竟不是她的亲生女儿，对于昭儿的到来，除了因为她是姐姐的女儿，姨娘有自己的盘算。

昭儿从来没有觉得京城的月亮比东石的更圆，也从未觉得京城比东石更好。昭儿想过无数次，对于自己的颠沛，她怪不得父亲和母亲，怪不得姨娘；要怪，只能怪那个老巫婆。

老巫婆在东石是个神奇的存在。昭儿第一次见到她，是她6岁那年。那一年小昭儿生了一场热病，父亲给她请了东石最好的医馆里的先生，治了两个月不见好，后来父亲请来老巫婆。老巫婆伸手摸了摸昭儿的小手，就说："这孩子命太薄，恐怕活不长啊。"母亲吓得当时就给她跪下，叩首哀求："老神仙，求你救救我的女儿！"

老巫婆面无表情。父亲想起什么，立刻叫人拿来烟管递过来。老巫婆神色严峻地接过来使劲吸了一口，喷出云雾，闭上眼睛，掐指喃喃自语好一阵，忽地睁开眼说："顶多挨过11岁，到了11岁，命不久矣！"

母亲"啊"了一声，倒在地上。

小昭儿虽然病得厉害，听到她的话却使尽全身力气骂了一句："老巫婆！"

也不知道老巫婆是不是听见了骂她的话，她微笑了下又说："也不是救不得。"

母亲连忙又哀求："求老神仙救救我女儿，需要多少银两都好说。"

老巫婆闭眼摇头晃脑一番又说："到了11岁，就把这孩子送走吧！挨过15岁，如果16岁还活着，那就没事了。"

母亲愣了一下，然后高兴地跪拜："谢谢老神仙。"

从那之后，母亲经常偷偷落泪，更加给昭儿以百倍的疼爱。可是昭儿才不相信那个。到了8岁上，村里很多大户家的女孩子们开始缠足，可是昭儿的母亲斟酌再三，怎么也舍不得让自己命薄的女儿再受那个苦。于是，昭儿在9岁的时候，还跟着男孩子们一起去书院读书。

老巫婆是有神力的，村里人都这么说。据说她预言了很多人的命数。那些没有听她的预言的，他们的命数后来都真的应验了。父亲对于老巫婆的话本是半信半疑。但昭儿在8岁那年又得了一场大病，又是两三个月才好。而父亲也绝不敢拿自己女儿的性命来验证老巫婆的神力，于是父亲不得不相信了老巫婆的话。遂尔决定，等到昭儿长到11岁，便把她送走吧。当然最好是送到昭儿的姨娘家。

昭儿的姨父刘乃士是京城里的一个三品官员，虽非大富大贵，毕竟算官宦之家，如果昭儿过去，至少能衣食无忧；如果能有幸挨过这几年，也是昭儿的造化。

于是，昭儿在刚满11岁的那个早上，在晨曦中，踏上了那艘载她去京城的船。朝阳正要蓬勃升起，蓄势待发，昭儿却觉得，她接下来的日子都不会有太阳了。

初到京城，姨娘姨父一家人给予了昭儿很多温暖，但昭儿心里的太阳毕竟已经在东石滞留，京城的太阳无论如何都照不进那颗小小的心。

她还记得姨娘和姨父初见她的情景。她随人走进那个高宅深院，身后的门被人"嘭"的一声关上，她扭回头去看那扇门，它无声而威严，将她和外面的世界隔绝。她的心忽地沉下去，从此，她将和她的家人，和她的大海，真正天各一方，离别了。或许，是永别。

当她随姨娘家的管家怯怯地走进正厅，她的姨娘吴韵和姨父刘乃士正端坐在椅子上等候她的到来。姨娘一见她就惊喜地叫出来："昭儿，天哪！这么好看的娃！姐姐你真是会生啊！这么招人喜欢的孩子！"姨娘奔过来蹲下身上上下下打量她，之后欣喜地抱住她。

姨娘太像母亲了，昭儿看见她就想哭，但聪慧的她懂得要忍住哭泣。"姨娘好。"昭儿轻轻地、疏离地说。

"哎，哎，好，好。"姨娘乐滋滋地说。

"姨父好。"昭儿又轻轻地对姨父说。

"哈哈。好。"姨父点头笑着说。

"昭儿来，吃东西。"姐姐乖巧地拉着她的手坐下来。姐姐的乳名是一个单字"蕊"，甚是好听。还有哥哥宇伦也跑过来。

可是昭儿无比想念她的父亲、母亲、哥哥，还有东石的一切。

"快，写封家信给姐姐姐夫，告诉他们，昭儿到了，让他们放心，我会照顾好她的。"姨娘说。

"我可以写一句话吗？"昭儿问姨娘。

"哦？你想写什么话？我还没见哪个小孩子要写家书的。哈哈。"姨娘笑着说。

"让我自己写一句话吧。"昭儿说,"我很想念我娘。"她低下头说。

"好,好。姨娘懂。"姨娘摸着她的头说。

一天后的家书上附了昭儿写的一句话——娘,我很喜欢这里,姨娘一家人待我很好。娘和爹放心!

昭儿想着,母亲和父亲一定想不到,会看到昭儿自己写的话,他们一定会很开心。昭儿于是心情也好了很多。姨娘家的蕊姐姐和宇伦哥哥待她也很好,常常和她玩。但蕊姐姐因为缠了足,走路很慢,是没办法飞奔起来的,她更喜欢和宇伦哥哥一起玩。

3

昭儿来到的时候,正值夏末,按照大清朝的惯例,入了秋便是选秀进宫的日子。蕊姐姐每天都很忙,姨娘把她每天要做的事安排得满满的。昭儿还在奇怪,蕊姐姐怎么有那么多事要做,过了几天才知道,原来,蕊姐姐15岁了,已经到了选秀的年龄,姨娘和姨父正准备让姐姐参加这三年一次的选秀。蕊姐姐要做女红,要练习走路、仪态,以及各种本领。姨娘也让昭儿在旁边看。蕊姐姐会在锦缎上飞针走线,做荷包,还绣出漂亮的鸳鸯,蕊姐姐走起路来也是仪态万方。但蕊姐姐即便那么出色还一次次地被姨娘斥责得落泪,不过因为昭儿的到来,蕊姐姐原本辛苦的日子也有了很多乐趣。

昭儿偷偷问蕊:"进宫有什么好?"

蕊眉飞色舞道:"进了宫可以当皇妃呀!"

昭儿:"哦,进了宫就能当皇妃了?"

蕊又有些为难地说:"也不一定的。如果能被皇上看中,当了皇妃自然是好;如果不能,就要被关在深宫一辈子,据说很多秀女一辈子都没见到皇上一面。"

昭儿道:"蕊姐姐不会的,蕊姐姐这么好看。如果蕊姐姐不喜欢那里,就再回来呗!"

蕊："哪里有那么容易，进了宫就等于与世隔绝了，再无出来可能。"

昭儿："那姨娘和姨父不想你吗？他们怎么还让你去选秀？"

蕊："还不是我爹和我娘虚荣，一心妄想我将来能当个嫔妃，万一成了皇后呢，那至少光宗耀祖，少则这个府上也是宫里有人了。父亲将来加官晋爵也有很多便利。"

昭儿想起母亲曾说起过姨娘，姨娘虽然是个女子，却自幼就是个有抱负的人，在蕊姐姐这个年纪的时候，也曾想过要参加选秀，但后来阴差阳错没能如愿，不过后来有个机缘嫁到京城姨父府上，也算了了她一桩心愿。但看来她这许多年仍然惦念着这个夙愿，自己没能做到的，已经将希望寄托于女儿身上。

昭儿沉默了片刻道："那姐姐想去吗？"

蕊踟蹰地说："爹娘让我去，我怎敢不去？如果能中选，自然是好；如果不能中，我也不知道如何是好。"

昭儿当晚坐在院子里乘凉，数着星星想心事。如果把蕊姐姐换作是她，她绝不肯进宫的，进了宫，就只能看见皇帝一个人，再无可能看见自己的爹娘哥哥，也更加没有可能回到东石和那里的大海、浪花、大船在一起，那样她将失去世间的一切了吧！包括他。她将戴在颈上的贝壳珠链拿起来，贴在脸上。碧海，蓝天，细沙，斑斓的贝壳，嬉戏追逐的男孩和女孩，以及那片隐秘的竹林。那是她的整个童年啊，一切便又浮现在眼前。临行前她唯一没有忘记带的东西便是这个贝壳珠链。她把它戴在颈上，这样它就永远不会丢失。她带走了他送的这件珍贵的礼物，却没有来得及跑去告别。她完全想象得出，第二天清晨他一如往常地来到书院，却再也找不到她的影子，她的座位将会永远空着，她会一直缺席下去，或许会缺席他的整个人生。不知道他会不会遗憾。昭儿是很遗憾的，至少连一个告别都没有，连一个结束的仪式都没有，一个句号都没有，他们就这样天各一方，散落在天涯，热烈的童年戛然而止。因而昭儿始终觉得，她的童年尚未完成，但可能永远也完不成了。她默默啜泣，含泪入眠。

到了选秀的日子了。大清早，府上就喧闹起来，早早吃了饭，姨娘亲自给蕊姐姐换上最美的旗袍，给她好一番打扮，细细拍粉，描眉抹唇，又戴上最好的镯子耳环头簪，她的丹凤眼甚至比蕊的眼神还要神采飞扬，好像要去选秀的不是蕊，是她。打扮妥当了，蕊便登上了早已等在院子里的专门的骡子轿。蕊坐进去，面若桃花，喜悦中含着一丝娇羞。她向众人挥了挥手，下人将帘子放下来，骡子轿便向皇宫飞奔而去。

昭儿本来是想跟蕊姐姐抱一下的，但蕊姐姐穿着华丽的旗袍，一身高贵，脸上又新拍的粉，刚刚化好，万一这一抱不小心弄脏了她的衣裳，弄花了她的俏脸，那岂不是事大。于是就一直乖巧地站在旁边，安静地看着她，一直到蕊姐姐坐着轿远去。

"姨娘，蕊姐姐什么时候能回来？"昭儿问身边的姨娘。

姨娘收回望向远方的目光，凝神看了看昭儿，刮了刮她的鼻头，笑着说："蕊姐姐呀，如果当了皇妃，就不回来了。"

姨娘的话果然印证了昭儿心里的担忧，她神色黯淡地说："蕊姐姐走了，我会想她的。"

姨娘蹲下来抱了抱她："真是个好孩子，姨娘知道，可是姐姐长大了，终归是要有归宿的。"

昭儿不解："归宿是什么？就是不能留在家里了吗？"

姨娘笑了："归宿就是女孩子要嫁人，男孩子要娶亲、生子。人人都是这样过来的。昭儿还小，离这些还远着呢！我来看看，小昭儿就是个美人坯子，将来过几年要是选秀女，肯定能选上。唯一的缺憾就是没有缠足，不过现在开始也不晚。将来你和姐姐在宫里也是个伴儿，姐姐也不会孤单了。"

昭儿沉默不语看着她，忽而斩钉截铁地说："姨娘，我不想进宫，我不会进宫的。"

姨娘诧异地问："哦？为什么？女孩子哪个不想当皇妃？"

昭儿又肯定地说："不，我不想。"

姨娘一愣，然后笑了笑说："好啦好啦，小丫头，你还什么都不懂，将来再说吧！"

昭儿扭身向屋子里跑去："不，我不愿意。我要回东石！"

姨娘看着她的背影摇摇头叹道："如果真能进宫，那是你的造化了。还不知道能不能挨过15岁。"

蕊顺利通过了皇帝的选阅和复选，留在了宫中。有人来通报消息的那一天，姨父和姨娘很激动，姨娘立即上香叩拜神仙和先祖保佑。消息传得很快，很快有人来府上道贺并请姨父前往酒楼一聚。姨父换上簇新的衣服踱着步子走出门。而姨娘在家里拜完了神仙和先祖，喜极而泣。她激动万分地命人在花园里摆茶，和昭儿一起赏花。说是赏花，实则是对昭儿倾诉这许多年来终于得偿所愿。昭儿却没感到高兴，她的心随着花瓣一片一片掉落在荷塘里，连硕大的荷叶也救不上来。

又过了一些时日，姨娘和姨父焦灼起来，因为蕊姐姐迟迟得不到皇帝的翻牌子。昭儿不懂什么叫翻牌子，但能清晰地感觉到，蕊姐姐应该是正在经受莫大的考验。也不仅是蕊姐姐在经受考验，看起来姨娘和姨父也在经历天大的考验。昭儿眼见姨娘和姨父每日坐立不安，两人商量着找哪个官员，送多少银两。又见姨娘一边哭喊一边怒斥，嘴里念叨那些她记不住的名字。

这样的日子一直持续到初冬。北方的冬天冰天雪地，就该是个安静的季节，姨娘家里终于也安静下来了。但，蕊姐姐没有回来。昭儿此后也没有见过蕊姐姐。她真的被留在了深宫中，却迟迟得不到皇上的垂爱。偶尔听到蕊姐姐从宫里传来的消息，她说一切都好，让姨娘姨父不用挂念。这样的话昭儿是懂的，因为她也给远方的爹娘写同样的话，那不过是为了免于他们担心和牵挂而写的敷衍话罢了，爹娘自然不会知道，女儿写的时候，笔端都是泪珠。姨娘病了，病了整整一个月，人也消瘦了许多。但昭儿总是觉得，姨娘的病不是因为想念蕊姐姐，而是因为她自己的夙愿落空了。

春天又来的时候，经过一个冬天的休眠，姨娘又恢复了元气，她又变回以前的那个生机勃勃的女子。昭儿甚至不用看外面的草木，只从她的身上就感觉到了春天的复活。蕊姐姐的事已经尘埃落定，她终究成了与皇帝有缘无分的众多秀女之一，将在深宫中度过寂寞冷清的漫长人生。而她的母亲，似乎也只能送她到这里，她将为她的夙愿再次起航。这一次，她的撒手锏是眼前这个更伶俐俊俏的谭昭儿。或许这个薄命的女孩将能够拯救坠入深渊的蕊，也能够拯救整个刘府，那也该是她的宿命和造化。

4

那一年的月夕，京城里的月亮又圆又大，昭儿却怎么都觉得不如东石的月亮好看。在东石，她是可以在船上看月亮的，海面上波光粼粼，还有一个亮晶晶的月亮。天上的月亮莹白如玉，海面上的月亮润泽甜美。天上和海上，两个月亮遥相呼应，清辉耀人。而京城里只有天上的月亮，缺少了水光的映照，显得孤单而冷清。像姨娘家里，少了蕊姐姐，无论如何也不像团圆夜。姨娘仰望月亮，长叹一声：“我的儿，一个人在宫里，这可怎么是好！”姨父愠怒道：“怎么是好，怎么是好！还不是你一直想把她送进去！如今你如愿了？以后还哪有团圆？”

姨娘落下泪来，却不肯服输，争辩道：“我还不是为了她，还不是为了你们刘家！即便是现在，虽然还没有得到皇上宠爱，将来也是说不准的呢！唉，蕊这孩子哪哪都好，就是不够机灵，宫里的那些人，哪个不是人精，平日里钩心斗角，这谁不知道？一定是他们耍了花花肠子，得了先机！唉，不公平啊！选秀选的是美人，又不是选蛇蝎！真是不公平！”

姨父生气地站起身，甩下一句：“这个时候说什么都没用了，这历朝历代选妃选秀哪来的公平？哼！”

姨娘又落下泪来。昭儿乖巧地拿出帕子给姨娘擦眼泪。姨娘苦笑了一下，握住昭儿的小手说：“还好，我还有昭儿。”昭儿笑笑说：“姨娘，别难过了，蕊姐姐那么好看，将来皇上看见了一定会喜欢的。”

姨娘点点头，定睛看着昭儿。这女孩因南方水土的滋润，肤如凝脂，唇红齿白，眉如柳叶，眼神清澈，一颦一笑自带神韵，聪慧伶俐，小小年纪便初见不凡端倪，几年之后定是个绝代佳人。姨娘的丹凤眼渐渐充满光芒，她终于问道：“昭儿，今天是月夕，团圆日，姐姐一个人在皇宫里受人欺负，你心疼姐姐吗？”

姨娘的注视让昭儿感到了某种不寻常，她下意识地从姨娘手里抽回自己的手，只是点点头。

姨娘又问：“昭儿如果去选秀女，皇上一定会选你当皇妃，甚至将来还有可能当皇后呢！那样的话，昭儿就可以和蕊姐姐一起在宫里，蕊姐姐和昭儿就都不孤单了，对不对？"

姨娘的话让昭儿很不安，她立刻说："我是不会去皇宫的，我不喜欢皇上，我也不稀罕做皇妃。我将来是要回东石的。姨娘，一定还有别的办法救蕊姐姐的，可能，可能明天皇上就召见姐姐了。"昭儿说完，撒腿就向屋子跑去。她一直跑到卧房，使劲关好门，背靠着门站了好久，似乎这样就可以将一切洪水猛兽拒之门外，她才安全。可是那危险，自那日起便丝丝缕缕从姨娘那双丹凤眼中时时扑来，凶猛，隐秘，让昭儿避之不及。

此后姨娘并没有再提及日后要昭儿去选秀女的话，她只是怜爱地劝说昭儿缠足，又找了京城里很有名的婶娘教昭儿做女红。昭儿很喜欢做女红，看着那些五颜六色的彩线在那位婶娘手里像变戏法一样，经过一根细针的穿引缠绕，居然就能变成花朵彩蝶、世间万物，实在是很神奇。婶娘也夸赞昭儿有双灵巧的双手，学得有模有样。姨娘看着昭儿很快就有了长足的进步非常欣慰，但让昭儿缠足的事，却着实让她很头疼。她已经几次三番使尽了办法，都没能劝动这个小东西同意缠足，她不得不暗地里长吁短叹。这个小东西实在是个机灵鬼，自己不乐意做的事，谁劝都不行。只得先搁置着，待有了合适的时机再议。

昭儿那一阵子经常做噩梦，梦见自己被姨娘绑起来，府上的人将她的双脚用长长的白布缠紧，使劲勒住，鲜血染红了白布，并滴滴答答落在地板上。她疼得呼天抢地晕过去，而姨娘一边呷着茶，一边得意地笑着。清晨醒来她一身冷汗，第一件事就是掀开被子看自己的脚，是不是被绑着，是不是鲜血淋漓。所幸，那样的剧痛和惨烈的哭喊只发生在她的梦里。姨娘并没有强行逼迫她缠足。这对于她，或许已经无比宽容了，毕竟，姨娘对自己的儿子都是下得了手往死里打的。

姨父的生辰那天，府上来了很多人，有穿着官服的男人，也有穿着华丽长褂的男人，还有戴着很多名贵珠钗的美丽女子。全府上下从正午一直忙到天黑。直到很晚，姨娘才发现，宇伦哥哥不见了。姨娘心情很好，便说带昭儿出去逛逛，顺便找找宇伦哥哥。昭儿还是第一次看京城的夜景，小小的她坐在轿子里一直掀开帘子向外看。京城里的夜也是喧闹的，红红火火的。灯火通明，街巷嘈杂，人群拥挤，路上经过一些小摊位，摆着四方小食、杂耍玩具，摊主高声唱着、吆喝着，引来更多的人围观，将本来就已经很拥挤的街道堵得更加水泄不通，轿子也是走走停停。

"好看吗？"姨娘笑着问昭儿。

"真好看。"昭儿说。

"是不是比东石热闹？"姨娘又笑问。

"嗯嗯。"昭儿乐滋滋地说。

"那还不是京城好？"姨娘又笑。

"京城是很好。"昭儿说。她还想说，但也没有东石好。不过，聪慧的女孩只是在心里说了。

姨娘宽容地笑笑。

"阿旺，去问问，有谁看见我们家宇伦了。"姨娘冲前边的家仆喊。

"是，夫人。"

没一会儿，阿旺气喘吁吁地跑回来说："夫人，打听到了。"

姨娘掀开帘子问："跑哪儿去了？"

阿旺咽了口唾沫，犹豫着说："夫人，少爷他……"

姨娘立起丹凤眼："嗯？说，去哪里了？"

阿旺支支吾吾地说："有人看见少爷进了巷子。"

姨娘惊呼："巷子？什么巷子？烟馆巷子是吗？"

阿旺点点头小心翼翼地说："夫人，您别生气。"

姨娘腾地就下了轿子："带我去！还反了他了！"忽然又停下脚步对着昭儿说："昭儿，你就在这儿等我。"

昭儿下了轿子拉住她："我自己不敢呀，姨娘。我跟你一起。"

姨娘想了想便拉着昭儿快步跟阿旺走进巷子。

那是一个很长的巷子，巷子里面有很多扇门，每扇门上面都高悬着几个红得耀眼的灯笼，红色灯笼从巷子头一直延伸到巷子深处，那红色是黑沉沉的天幕垂下的诱惑，在红色光晕四周隐约升腾的香气充盈着这里的空虚。阿旺终于推开一扇门，走进去。昭儿牵着姨娘的衣襟，也跟进去。

里面人听到外面的响动，立刻跑出来，见到姨娘，立刻惊讶地打哈哈："哎哟，这不是刘夫人吗？这哪里是刘夫人该来的地方啊！"

姨娘瞪了瞪她的丹凤眼，一把推开他，喝道："刘宇伦你给我出来！"

姨娘径直往里闯。里边又有人跑出来拦截："刘夫人请留步，你家公子并不曾来我们烟馆啊！"

姨娘并不听他的话，只是径直往前走，推开两旁一间一间的门。那每一间里面，都有人横七竖八地躺在床榻上，拿着长烟管，迷醉地吸着，一缕缕青烟从烟管里冒出来。昭儿想，这些人就是乘着这些烟腾云驾雾，瞬间到达极乐世界的吧。在他们的旁边，床榻上，还有穿着长袍裙的女子坐在那里小心地侍候。姨娘终于推开宇伦哥哥所在的那扇门。屋子里因为烧了火炕很热，他只穿了件月白长衫，正卧在一个姿色艳丽的女子怀里，闭着眼喷云吐雾。那女子见到门被推开，也丝毫不惊讶，似乎已经习以为常，只是镇静地坐在那里，看着即将发生的一切。

"刘宇伦！"姨娘大喊一声，便上前去抓哥哥的衣领。正在沉醉中的宇伦听见母亲的大喊无疑如当头棒喝，吓得一骨碌坐起身，难以置信地看着眼前站着的母亲一行人。

姨娘叉起腰，气得浑身发抖："你个不争气的东西，小小年纪居然跑到这下三烂的地方来偷偷吸这破东西！我看你是不想好了！你给我回府！看我打不死你！"

宇伦哥哥立刻丢了烟管穿上外衣和鞋子，跟着姨娘跑出来："娘，娘，你听我说。"

姨娘已经带着昭儿上了轿子。

当晚，宇伦哥哥毫无悬念地被痛打了一顿，昭儿还从来没有见过姨娘生那么大的气。宇伦哥哥一直在房间里趴了三四天才能下地行走。

昭儿后来想，或许那天宇伦哥哥真是犯了天大的错吧，姨娘才会那样狠心拿家法惩罚他。相比之下，对于缠足这件事，对于她的不妥协，姨娘还从来没有那样责罚过她。昭儿有时候觉得，姨娘对她，其实也还是蛮好的吧。

京城里四季格外分明，昭儿数着每个春夏秋冬，三个轮回不知不觉就过去了。姨娘和姨父就为宇伦哥哥娶了亲，昭儿有了嫂子，嫂子也很争气，隔年便给刘府添了个公子，姨娘和姨父乐得合不上嘴。刘府添丁热闹了起来，但新媳妇和小公子也并没有让宇伦完全收住心，他还是偶尔偷偷去那个地方，只是尽量瞒着姨娘。姨娘因小公子的到来忙碌了起来，也欣慰了许多。

蕊在宫里三年，终于等到了一次皇帝的召见，怀了孕，已经得到皇上的旨意搬去了别殿，却在怀孕不久便小产。而姨娘和姨父，一家人的心情自然是随着蕊姐姐的状况起起伏伏，蕊姐姐怀孕，姨娘喜极而泣，蕊姐姐小产，姨娘又悲伤不已，蕊的皇妃梦忽而走近，忽而又飘远，终究成了泡影。姨娘一直坚信，一定是那些皇妃嫉妒蕊姐姐，偷偷给蕊姐姐下了药，才导致她会小产。姨娘后悔没有亲自去宫里陪着女儿，或许那将有一个不一样的前程。但又有什么办法呢，宫里又哪是随便住下的呢！

这三年里，姨娘唯一的慰藉便是昭儿。昭儿越发出落得标致，也更加聪慧可人，已经做得一手好女红。姨娘还请琴师教昭儿弹琴，在琴师的调教下，昭儿弹得一手好琴。姨娘总是听着昭儿的琴音玩笑地说："我若是个男子，立刻就会对昭儿垂涎的。"昭儿只微微一笑，回姨娘一句："姨娘又来开昭儿玩笑。"

转年又到了夏天，昭儿快 15 岁了。京城里的这个夏天清晨总是有雾气，姨娘的丹凤眼仿佛也蒙上了这个夏天的雾，她的眼神昭儿总是有些看不透。昭儿感觉得到，那雾的深处隐藏着的危险气息日渐浓重。

果然，盛夏的那日下午，赏花之时，姨娘仿佛不经意对着满池塘的荷花说："这满塘荷花都不及我的昭儿美啊，皇上身边就缺这样的美人，那些嫔妃啊，我看见都腻，也不知道她们是怎么被选上的。"昭儿听罢，心里有什么东西沉了下去，又直沉到那荷塘深处。昭儿佯装没听懂，只是专心捉荷叶上的露珠。

这清澈的露珠让她又想起那个小小的身影来。那个小小的身影曾经总是在清晨大汗淋漓地跑到书院，将手里一罐子的新鲜露珠送给她。她打开罐子，隐约的树木馨香溢出来，新鲜、清冽，让她觉得仿佛在水中游，那样畅快而自由。如今，已经第四个年头，他和他的露水在东石还好吗？昭儿眼眶忽然就红了，哽咽了一下。姨娘又凝视了昭儿一会儿，便没有再继续说。

但，姨娘是个很执着的人，打算好的事，终究不会轻易放弃的；更何况，昭儿是这么好的一棵苗。几天之后吃过早饭，姨娘和姨父就把昭儿叫到房里，很正式地对她讲，他们决定要让昭儿参加这一年的选秀。按照大清朝的规定，每隔三年才有一次选秀，选秀的女孩年龄要在 13 岁到 16 岁之间，而昭儿这一年已经 14 岁，这是昭儿唯一的机会了，自然也是姨娘唯一的机会了，她是否能攀上人生巅峰，她的蕊是否能够被拯救，就全仰仗昭儿了。故而，她自然是要拼尽全力的，是一定要让昭儿妥协，老老实实参加选秀的。

昭儿听懂了，这不是商量，是命令，是她寄人篱下几年来须报答姨娘一家的责任，她不可以说不。她思忖了片刻，说道："选秀这件事，昭儿还想问问我的爹娘。"姨娘和姨父对视了一下，才说："那当然。"姨娘果然让姨父言辞恳切地写了信给昭儿的母亲，但昭儿的母亲回信却说，还是不要参加选秀的好，因为再过一年，就要接昭儿回去了。自然地，还表达了许多的谢意。姨娘气急，将信压下，并告知昭儿说，她爹娘派人传了口信，说一切听姨娘姨父的就好。昭儿有点怀疑，却不敢质问。昭儿知道，姨娘这回是下了决心的，这是她人生的唯一一次机会，但昭儿还是决定——不妥协。

昭儿按照姨娘的安排，很配合地加紧了各种本领的练习，女红、弹曲、礼仪，样样都很出色，也对选秀表现出了渴望。姨娘对于昭儿选秀成功这件事胸有成竹，已经差人给昭儿特意做了一件非常漂亮的旗袍，再过一个星期，就要进行正式的选秀了。

那一天是阴天，刚吃过晚饭天就暗了下来，也起了风。将夜，外面有人提着锣高声喊，"天干物燥、小心火烛！"昭儿长吁一口气，她已经等了好多天了。因天气不好，府上早早安静了下来，姨娘和姨父也早回房休息去了。昭儿坐在镜子前看着旁边的烛台，蜡烛已经燃烧了很久，在烛芯的四周汪了一个小小的水潭。昭儿拿起蜡烛对着自己的脖颈就倾泻过去，那一汪水潭里的水便倒在脖颈上，昭儿疼得"啊呀"一声，却没有动。等那蜡水全数倒在脖颈上，脖颈已经起了泡，昭儿满意地看着镜子里脖颈上的水泡，又将烛台打翻在地，将另一个蜡烛的蜡水滴在衣服上、手臂上，然后倒在地上，高声喊："啊！啊！"佣人闻声赶来，见状，慌忙将她扶起。

姨娘已经睡着，被外面的声音惊醒。下人来禀告说，昭儿要去如厕，下地不小心碰翻了烛台摔倒，结果被烫到脖颈。姨娘慌慌张张来到昭儿房间，看见昭儿，心凉了半截。她的雪白脖颈因被烫伤红肿一片，还胀起半个手掌大的水泡。姨娘立即命人去请来郎中，郎中给上了草药，说无大碍。姨娘只关心两件事，她问道："这女孩要参加选秀的，要多久才能好？会不会落下疤？"郎中摇着头包扎，说道："至少也要一两个月才能好吧，落下疤是一定的了，毕竟烫伤了这么大一块。怎么这么不小心，多水灵的姑娘，真是的！"

姨娘像傻了一样坐在那里再没言语，只是默默地看着郎中离开，她像被抽离了血肉，只剩下魂魄，木然地站起身，毫无生气地慢慢踱步走出去。

此后的大半个月，昭儿都在房间里安静地养伤，姨娘没过几天去了静心斋小住，又过了十几天才回来。自然，这一年的皇上选秀是错过了。

姨娘自然知道，哪会那么巧，就在选秀的前几天昭儿就烫伤了，还不是她故意的？但姨娘借此知道了，这个孩子柔软外表下刚烈的心，是万万逼迫不得的，再进一步，她大概要以命来搏了。而她之所以来到这里，还不是因为要保一条命嘛，姐姐的商号每年派人送过来大额银两和银票还不是要换她女儿一个平安嘛！她毕竟是姐姐的亲骨肉，她有自己的命数，或许上天并不允许旁人来主宰她的命数。姨娘只是看着自己的皇宫梦越飘越远，已经了无踪迹，也只好认命。

昭儿的脖颈上添了一道疤，却让她的心里充满快乐。她觉得，似乎离回家的梦不远了。

剩下来的大半年时间，昭儿在平静中度过。姨娘经常去寺庙烧香，即便对小公子也没有太多热情，她的丹凤眼失去了往日的凌厉，又蒙上了一层厚厚的雾，昭儿总是觉得看不清晰。

宫里常常传来消息，蕊姐姐似乎还是继承了姨娘的血统，也忽然在某一天开了窍，并不甘心自己的命数，开始了在宫中的漫长战争。

5

六年，终于过去了。

自烫伤那件事之后，姨娘也已经在等待着将昭儿完好交付。

终于等到这一天。昭儿看着漆黑的夜幕一点点变薄，再一点点变成墨蓝，又添了一丝红晕，变成蓝紫，终于蓝紫驱散了黑幕，天空渐渐变成粉白，再添了红晕变成淡蓝。月亮还没褪去，高悬在空中，稀薄得像个遥远的梦。而东方，朝阳正在升起，已经光芒万丈。

吃过早饭，一家人送谭振业、吴掌柜和昭儿启程。

"昭儿，姨娘舍不得呀！你蕊姐姐姨娘是见不着几回了，你这一走，姨娘这心里更是空落落的。这一别，不知还能不能再见了。"姨娘泪水涟涟，握着昭儿的手依依不舍。昭儿也落下泪来说："姨娘别难过，昭儿也舍不得姨娘，昭儿会常常写信给姨娘的。"姨娘抱了抱昭儿道："真是个乖孩子。"昭儿踏上轿子，掀开帘子向一家人挥手。姨娘含泪望着车马终究远去。

农历六月二十一傍晚，谭昭儿和伯父谭振业、吴掌柜乘的船已经接近东石海岸。昭儿一直站在甲板上看海。有海风迎面吹过来，她两鬓散落的发丝轻盈飞舞，她的心也跟着在起舞。

"嘿呦嘿呦嘿，嘿呦嘿呦嘿……"久违的渔歌响起来，船速已经渐渐缓下来，昭儿知道，船已经驶入东石海岸。远处有点点灯火，两边已经清晰可见久违的村落、房屋的轮廓。一排排红砖大厝参差交叠，像一群巨大的鹏鸟在窃窃耳语，正要振翅飞翔。而这古厝之中，有一扇门，正在敞开，等待着她的归来。

昭儿晶亮的眸子被闪光的水面映得更加晶莹。

"就快到了。"谭振业不知何时站在身后。

昭儿一笑说："我知道。"

"还都记得吗？"谭振业笑问道。

"那是自然，不会忘的。"昭儿一边说，一边指着前方两侧说这是哪里，那是哪里。谭振业含笑地看着她。

蓦地，她看见前方不远海岸线上，停泊着一艘双层大船，船上高悬着许多大红灯笼，人影绰绰，却如醉汉般跌跌撞撞，隐约有香气迎风荡过来。昭儿忽然觉得这大红灯笼及这香气似曾相识，让她想起那一年宇伦哥哥在烟馆巷子被姨娘捉回去的情景。她便了然，原来东石也有烟馆，设在船上。这香气烟雾缭绕，从京城蔓延到东石，迷醉着中国人，他们于是腾云驾雾登上极乐世界；这香气像蜘蛛精吐出的层层毒丝，铺天盖地，连绵不绝，织成密不透风的网，将中国人牢牢捆缚。

"那船上是烟馆吗？伯父？"昭儿问。

"是呀，唉。"谭振业长叹一声。

吴掌柜跑上来喊："老爷，小姐，我们马上下船了！快下来吧。"

几个人从舷梯走下来。船终于停住，他们下了船。谭鸿业早已等在岸边。

"父亲！"昭儿飞快地奔过去。海面上灯光映照，谭鸿业泪光闪闪，拉住女儿，上下打量，半晌才说："我的儿，回来就好，回来就好！"

回到家，母亲吴媚肿着眼睛抱住女儿喜极而泣，直说："我的女儿，我的昭儿，我的昭儿没事了，我的女儿回家了。"

昭儿久久抱住母亲，任泪水泛滥："娘，我回来了。"

当晚谭家摆了家宴，没有请外人来，只是家族里的人到齐，庆祝昭儿归来，直喧闹到半夜。

阔别六年，昭儿又回到自己的房间，思绪万千。她终于和久违的亲人团聚，如愿以偿。但，昭儿还想见一个人，她期盼着久别重逢。

隔日，便是玉家新船福临号开洋。按照家乡的习俗，父亲谭鸿业作为东石商号巨头之一——定会去的，即便没有这样的习俗，单说玉家和谭家两家的关系，玉伯伯也必会请父亲带家里人前去。世代生活在这里，玉家和谭家从上辈人开始就积攒下来深厚的交情，两家的商号也是附近商号中关系最密切的。故但凡一家有事，另一家必会捧场。父亲定会带家人同去，那么，自然是会见到庆瑜了吧？六年，现在的他会是什么样子？开洋前那两晚，昭儿都是含着笑睡着的。

但开洋的那一天，昭儿见到了所有人，却唯独没有找到庆瑜的身影。那个曾经给她采过很多露水，送给她贝壳珠链的少年，似乎故意藏匿了起来，无影无踪。像是在惩罚她这六年杳无音信。只是，在人群中她回眸望见的那个少年，似曾相识，他是不是就是庆瑜？她还没来得及辨认清楚，便被父亲叫走，匆忙离开了。那张面孔和曾经的小庆瑜在她的脑海里不断地循环往复，他们都有一双无比闪亮的眼睛。小时候，昭儿曾指着他的眼睛说："你的眼睛好亮啊，眼睛里有星星。"他骄傲地说："没错，我的眼睛里有整个星空。"昭儿说："那你要一直在我身边，我就不害怕黑夜了。"庆瑜很有气魄地说："我当然要在你身边，我来保护你。"在京城的六年里，昭儿仍然常常想起他眼中的星空，那样浩瀚的星空，她从没在别人的眼里见过。也因为那片星空一直在她的心里，她从来没有害怕过京城的黑夜，也终于历经千险，回到了这里。她太熟悉那片星空了。所以，她还是见到了他。是的，一定是他。虽然只匆匆一瞥，来不及相认，但毕竟，她已经回来了，来日方长，终究还是会再次相遇。昭儿莞尔一笑，那一夜，她睡得很安稳。

第四章　1999年　新加坡玉家

1

1999年4月23日，托马斯再次发来邮件，是有关沉船的资料。

亲爱的海东：

我的朋友凯恩斯目前正在苏门答腊岛和婆罗洲之间的格拉斯海峡打捞一艘巨轮残骸。按照我的推测，这艘巨轮彼时行驶在中国和巴达维亚的路上，途经加斯帕岛，最终在贝尔维得暗礁附近沉没。这里属于中国南海海域，这片海域下因贝尔维得暗礁造成的海难不计其数。我觉得，这艘巨轮也有很大可能是因贝尔维得暗礁而沉没。

我不得不说凯恩斯就是个疯子，虽然你是我的学生，但我也不避讳在你面前这样来说他。他的确是个疯子，一个冒险家。我不知道自己是在贬斥他还是夸奖他。的确，我的心情也是很矛盾的，很复杂。

你知道，这个疯子这次的冒险完全就是因我的一句话而引起。而我万万没有想到，他居然会因为我这句不确定的推测便花大量资金去冒险。当然，我也还是要肯定他的冒险精神。毕竟，没有他这样的冒险王存在的话，恐怕我们至今对于相当多的世界海难都一无所知，那就不会发掘出那么多的海洋历史及曾经的黄金、古物，以及许许多多奇异的东西。或许从某种意义上讲，他们还原了一部分历史，从某个角度上说，是历史的功臣；当然，如果你把他们当成是海洋的强盗，我也不会反对。因为我的心情也是复杂的。

好了，说了这么多，还是希望海东你能帮凯恩斯这个大忙。在我的学生中，你是我最看重的。而且我有理由相信，你即将开启一段神秘的历史。很遗憾，我不能亲自和你同行，但我能和你一起见证一个奇迹，我也很荣幸。

还是说一下这艘巨轮和这次冒险。

几个月前，我在格林尼治国家海事博物馆找到了一份含混不清的文献，它记录了某一场海难的概况。这场海难发生在中国南海海域。我无意中和凯恩斯提及此事，凯恩斯便决定了这次最新的冒险。

目前，凯恩斯正在贝尔维得暗礁和加斯帕岛之间的155平方千米的范围进行地毯式的搜索，他们已经搜索了半个多月时间，却一无所获，因而他有些灰心，但依照我掌握的那份文件，在这片海域必有沉船遗骸。

凯恩斯需要我为他提供更为细致和具体的文献信息，而那就是我希望你代替我去做的。对凯恩斯来说，不是一日千金，而是每一天要豪掷3万美金的费用。即便他停下来，就在加斯帕岛上乘凉吹风，每天也要支付这笔不菲的费用，哈哈。实在是够这个疯子受的。

他是个疯子，但其实我也是半个疯子，否则我也不会这么多年在背后一直帮他寻找线索。不过，我已经老了。我已经打算把这个事情交给你去做，按照中国话叫"拖你下水"。哈哈，你知道，我是多么喜欢你，可爱的小伙子。如果可能，我真打算把我毕生所有的知识和智慧都传导到你的大脑、你的肌体，那即便将来我不在人世，这世上也有另一个我在做着很有趣的事，岂不是很美妙？

那么，如果你已经安排好了家里的事情，就尽快去帮这个疯子吧！他需要救赎，而你就是那个唯一能救赎他的人了。哈哈。

亲爱的海东，自从你来到我的世界，我忽然就爱上了中国和汉字。现在，我的手边还放着你写的中国字帖，那些墨迹别有风韵，真是让我爱不释手。你教会我写的中文名字，是我和朋友炫耀的资本。不过，我会的实在是太少了，下次你来看我，一定要教我更多的汉字。简直太美了。

好了。祝亲爱的海东，一切顺利！

——托马斯亲笔

看到托马斯教授的邮件，我红了眼眶，不仅仅是因为他的极度信任，更是因为他在信中不止一次地提到"中国、汉字"，甚至"中国南海海域"，但凡与中国相关的一切，都会让我热泪盈眶，那是源自血脉的一种莫名的亲切。如此，即便我很不喜欢凯恩斯，我也会尽全力去做好这次的文献探索，为海洋历史，为"中国"两个字贡献我的一份拳拳之心。

我知道，我必须要启程了。

我不得不将爷爷托付给美盈代为照顾。爷爷并不为我的远行担忧，反倒似乎很开心，不知道是因为喜欢美盈还是因为我此行的责任重大。

我喜欢海，喜欢有关海洋的一切。小时候爷爷常常带我在海边玩，偶尔拾些贝壳，在细软的海滩跟我赛跑追逐。我们爷孙俩常常坐在海滩上直到夕阳西下。爷爷看着远方的落日，静静地，也不说话。他常常指给我看，告诉我说，海的那边，就是中国了，那是我们祖辈生活的地方。

"很远吗？"我常常问。

"不远。就在海那边。"爷爷说。

"那爷爷带我去看看。"我说。

"会的。爷爷总有一天会带你回去的，总有一天。"爷爷看着我的眼睛说。

我每次都问同样的话，而爷爷每次回答得都很用力。我总是觉得，爷爷这些话里藏着许多秘密。

后来，我长大了。我学了海洋专业，爷爷很开心。似乎我离海洋近一点，也离他的秘密更近了一些。爷爷很喜欢我给他讲我学的海洋知识，求知欲如此旺盛的老头我从来没见过。爷爷总是鼓励我好好学习，将来成为一个海洋专家。

我成为海洋专家托马斯教授的得意门生，这是不是离我自己成为海洋专家近了一点？我拿到托马斯教授亲笔签名的入学通知书那一天，爷爷喜极而泣，亲自下厨给我做了一桌子美餐。他说这是他这辈子最开心的事了，他的孙子将来会取得辉煌的成就，将来一定会光宗耀祖，先辈泉下有知会欣慰和自豪的。他带着我来到祠堂对先辈的牌位叩拜，请他们庇佑。

我很懂事地跟爷爷跪拜了先祖，但其实，我如何会取得辉煌的成就，如何就光宗耀祖了，我自己都不知道，也不知道爷爷的信心从何而来。

不过，管他呢？他高兴就好了。

此刻，得知他的孙子，这次受托马斯教授之托，要参与一艘沉船的调查和确认，爷爷开心得像个小孩子一样手舞足蹈。他立刻说："快去，快去，随时跟我保持联系，让我也知道你的进程。最好是一艘中国船，哈哈。唉！那该有多好！"他笑着笑着又伤心起来。

"你放心去吧，爷爷就交给我来照顾。我接下来在这里工作半年，可以经常过来。"美盈说。

"美盈就来我家住吧！你知道，我家有很多空房间。"爷爷说。

"爷爷！"我及时打断，很怕爷爷把每年都接中国女留学生过来小住的事情说出来。

"爷爷，那你自己也要多注意休息，少激动。美盈，就辛苦你了。"我说。

鉴于爷爷的状况平稳与爷爷的极力要求，我给爷爷办了出院。美盈答应来我家里小住，以便于照顾爷爷。当然，爷爷说我家的那个故事很长很长，她也还需要听爷爷慢慢讲来。

远行前，按照我家的祖训，我要在祠堂各位先辈的牌位前行大礼。爷爷不顾身体，和我一起虔诚地叩拜。之后，我扶他起来。他擦擦湿润的眼睛，握着我的手说："孩子，去完成你的使命吧！"

"好的，爷爷！"我感受到了千钧之力。我很担心，若不能研究出来什么成果，甚至对不起我的爷爷。

2

夜航。

飞机舱外从灯火阑珊渐渐陷入夜色之中，只有飞机舱内一点点微弱的光线。大部分人都已昏昏入睡。向舱外看，是黯淡的厚厚云层，三万英尺的高空让人晕眩。眼前，杯中的红色琼浆摇摇荡荡，像谁的血液还带着泡沫发出痛苦的叹息，又在光影中变成黑色液体。我盯着手中的杯子，看到了波涛汹涌和巨浪滔天。

我看到了那一场海难。人类何其渺小，纵然能够上天下海，可是在真正的大自然的威力面前，又有谁能逃脱那厄运的藩篱。那该是怎样惊心动魄的一场洗劫，又有多少人在其中留下无尽的遗憾和荡气回肠的故事。

这人间，这渺小的人，究竟如何能够写就一段生命的历史，抑或一段传奇？每个人又都能在这纷扰的世间，在这短暂的人生中，留下些什么片刻的欢愉和刻骨铭心的印记？那些因海难丧生的人啊，他们可还会再来人间？那些因海难而颠沛流离的人啊，可会与心上人再次相遇？这人间，人们来了又走，走了又回。可是到底是物是人非还是故人又归？

这生生不息的人间，两两相逢，可曾还有前世记忆？

以及，我又想到了你，亲爱的美盈。我还没有到目的地，就已经开始在想你。我好像，记得你。虽然我不记得，是在哪里见过你。但，我觉得，你就是我前世的记忆。

有清澈的水滴滴落在那汹涌波涛中。我才发现，我在垂泪。在夜色里。

唉，到底是怎样一个男人，才会在一个人的时候垂泪，像个女人一样？那一定是，他恋爱了。对，我恋爱了！这是幸福的泪滴。因为想念。我忽然发现，多愁善感是一件幸福的事。

小时候，爷爷常常在海边和我玩一个游戏。他说，海底藏着很多的时光宝盒。每一个海螺都是一个时光宝盒，它里面都藏着很多秘密。海螺身上的纹路像极了波浪的曲线，从波峰到波谷，又从波谷到波峰。爷爷说，海底有很多沉船，它们是更加珍贵的时光宝盒。每一艘沉船，都承载着一段远古的岁月。我多希望，我能像大话西游里的至尊宝，能打开紫霞仙子的月光宝盒，将那段不为人知的岁月的秘密昭示出来。

我摇摇杯中的红酒，仰头一口饮了下去。然后，我微笑了。

夜色里，我忽然发现一束光，它来自过道对面座位的小女孩，那小女孩见我侧过头去，连忙眯起眼来。我扭头回来，余光看她，她又睁大双眼紧盯着我。她一定是看到了我刚刚的表演。

我还以为全世界都在沉睡。原来，终于还是有人发现，我是个疯子。

对，我也成了一个疯子！我又转过头，冲她夸张地笑了。

疯子，正在奔赴一个疯狂的行动。

小女孩宽容地微微笑笑，非常体谅。一看就是个很有教养的孩子。我向她竖了竖大拇指，她很礼貌地也回我以大拇指。

在这夜色之中，在三万英尺的高空，我看到了渺小人类的微笑和鼓励。

航班于第二天的傍晚时分在伦敦希思罗机场落地。走出机场，毫无悬念地，迎接我的是一场小雨。街上很多人都手撑雨伞，也有几个漂亮的金发姑娘因淋雨而惊慌失措地在路上一边吵嚷一边奔跑，高跟鞋踩踏着大理石路面，溅起阵阵水花。她们似乎有些破坏了伦敦这座城市的优雅风范，却也为它增添了一丝生动。

金发女郎很耀眼，但我又想起了黑发的美盈。我喜欢她的黑发、黄皮肤和流利的中国话。她一张口便让我有流泪的冲动，像寻找到了失散多年的亲人。对，就是这样的感觉。但，却又不仅仅是亲人，当然还有更深层的爱恋。虽然认识她时日不多，但不知为何我就觉得已经积蓄了太久的深情。

事实上，我在英国读书六七年，随处可见欧洲面孔，他们的皮肤无论男女都白得耀眼，尤其来往的荷兰人，他们薄薄的皮肤白里透着红。那种白里透红和中国人的"白里透红"是完全不同的。中国姑娘永远不懈地努力变白，但无论如何努力，那种白和欧洲人的白皮肤也要差上好多个色号。中国姑娘总体上仍然跳脱不出"黄种人"的称谓，但我却爱极了中国姑娘的白。那是一种不够耀眼的、大自然赐予的温润而生动的亚白，亚白皮肤下是滚烫的灵魂。而欧洲人的白则是缺少温度的冰白。是的。即便是在西北高原上的被晒得通红又或者是被冻得发红的

"白里透红"，我也觉得那是大自然的赐予，那样亲切，无须缀饰，是中国广大辽阔的土地所孕育。我虽然是新加坡籍，但爷爷言传身教，从来都自认为是个中国人。在所有欧洲人的面孔中，我始终是个外乡人。

这一刻，在伦敦，我又有了来作客的感觉。我并没有急于去拿包里的雨伞。这淅淅沥沥的小雨，落在我的心里，即将汇成我心中的滚滚洪流。我的这一次探险，就将从这小雨开始。我漫步在小雨中，看着湿漉漉的街道、楼宇、人群及沉默的高塔，一切都因这小雨而蒙上神秘的面纱，而我，又能开启一个怎样的神秘传奇？

我也在拭目以待。

我给托马斯教授发了信息：

> 亲爱的托马斯教授，我已落地伦敦。尽快着手工作。

没想到几分钟后便收到教授的回复：

> 亲爱的海东，你速度好快，为了能让你尽快进入工作状态，我已经帮你办好了居住事宜。地址是×××大街206号×××酒店，你现在就可以去入住。祝你一切顺利，工作愉快！

> 这……感谢教授的周到。我又回复说。

然后，我拦了个的士，直奔×××酒店。

到了酒店，我报上名字。前台小姐很客气地带我去托马斯教授为我预订的房间，并告诉我说，这里的对面就是国家海事博物馆，托马斯教授每次来伦敦都会住在这个房间。

服务生帮我把箱子放到衣柜里，并说，有任何需要可以随时叫他。然后，他出去了。

我站在房间里环顾四周。这是一个很大的房间，房间由中间的一个缓台隔断为上下两个区域。台阶下面是休闲区域，陈设着宽大的床、长条沙发和漂亮的小餐桌，书报架、电视、音响设备一应俱全。台阶上边是工作区，宽大的桌椅和电脑，桌上摆放着一些办公用具。托马斯教授果然缜密，随时随地都将工作和休息区分精确。

超大的玻璃窗几乎占了南面一整面墙，拉开丝绒窗帘，打开窗，雨丝便从窗口飘进来。我笑笑，在明媚的天气，阳光也会这样肆无忌惮地射进来吧！

我恍然有了某种继承者的感觉，想在这里寻找托马斯教授的蛛丝马迹。这里的一切，也应该有托马斯教授的痕迹吧？虽然我看不见。我哑然失笑。

我的手机铃声响了起来。正是托马斯教授！

"Hello, Professor Thomas ！ I was just about to call you."（我正要给您打电话）我说。

"你又忘了，我们在一起要说中国话！"手机里传来托马斯教授生硬的汉语。

"哈哈，好的，托马斯教授，感谢您把自己的房间让我来住。"我改成了汉语。

"啊哈哈，我猜你这个时间应该已经到达。还满意吗？海东先生？"托马斯又用汉语说。

"哈哈，托马斯教授，受宠若惊啊！"我说。

"看，我又学到了一句话，那叫什么，中国的成语，'手鼓乐金'，是什么意思？"他好奇道。

"哈哈，是受—宠—若—惊，就是想不到有这样好的意思。"我耐心地解释。

"非常好听。受宠若惊。下次你来要教我写。"他很郑重地说。

"好的，一定。托马斯先生，别来无恙，很是想念。"我又说。

"海东，你是什么意思？想念我的意思还别来？"他又搞不懂了。

"哈哈，托马斯教授，别来无恙，就是我们分别了很久，你还好吗？我很想念你。"我又说。

"哎，海东，你知道我真是爱极了中国话，每句话都是有节奏的，韵律，哎呀，真是好听得很。我想我以后辞了工作就要专门学汉语了，实在是诱惑太大了。"托马斯再次表达了对中文的向往。

"托马斯教授一定会说得很流利的。"我说。

"嗯，我也相信。对，我要给你一个地址，你记一下，凯恩斯那个疯子已经等不及了。已经催我好几次了。你把电脑连接好之后，打开这个地址，跟他联络吧。你再不开始工作这个疯子就快要暴跳如雷杀了我了，哈哈。"他快乐地说。

"好的，托马斯教授。我尽快联络他。"我说。

"好，我随时在线，你也可以随时来找我。"他又说。

"当然，我一定会有很多问题要向你求教，希望不会给您造成困扰。"我说。

"哎，不会的，不会的，这本来就是我拖你下水，哈哈。你已经救赎了我，至少在这段时间我可以免于这个疯子的骚扰。你随时来困扰我吧！"他笑道。

"好的，托马斯教授，您保重身体！如果需要，我随时赶到。"我又说。

"不必了，你有重大的事要做，我这里还好，有人照顾我。我已经又给你发了邮件，你赶快准备工作吧。"他说。

"好，托马斯教授，再会。"我说。

我收了线，便叫了服务生帮我连接好房间的网络，准备给凯恩斯发邮件。

但是我还是放缓了连线。对凯恩斯，我也只是略知一二，在和他联络之前，我需要知道，他到底是个怎样的人，毕竟接下来要跟他有很多交集。

我看到了托马斯发来的邮件，是他耗时长久整理的一份重要清单。清单显示，自18世纪末到19世纪初加斯帕尔海峡附近这一小块区域约沉没了至少五十艘船。

我决定有必要先从托马斯教授注意到的那份语焉不详的资料查起，而首先要做的，是去寻访国家海事博物馆。

我打开浏览器，输入了"凯恩斯"三个字，顿时，关于凯恩斯的消息铺天盖地向我袭来。我慢慢浏览着网页，看到了以下文字——

最成功的寻宝人

在孤儿院中长大的凯恩斯希望有一天能像书中的主人公那样找到宝藏，让自己和孤儿院里的其他伙伴过上好日子。这是他后来寻宝的心理指南，影响了他的一生。

1970年，凯恩斯在澳大利亚阿德莱德成立了一家商业打捞公司，专门打捞第二次世界大战中沉没的商船和军舰，回收船上的橡胶、锡和其他金属物。

1980年，他听说一位菲律宾渔民在中国南海附近的一个海岛捕鱼时，打捞出许多瓷器。凯恩斯组织在新加坡附近海域的搜寻工作，打捞出了一艘15世纪的中国古商船，其中含2.2万件中国古瓷器。他将这些瓷器售出或拍卖，结果获利数百万美元。

凯恩斯从此将目光投向古沉船。自此，凯恩斯成了一名职业寻宝人，专门在南中国海领域寻找古代沉船。凯恩斯成了这个领域的传奇人物，打捞出古代沉船共计50艘。他被专业研究界视为海洋考古的敌人。

1984年，凯恩斯在荷兰东印度公司尘封的档案馆里读到"海尔德马尔森"号中国商船于1725年冬满载着瓷器和黄金，在广州驶往荷兰首都阿姆斯特丹的途中触礁沉没的消息后，费尽心机，经过一年多时间的打捞，终于在中国南海海域成功地将那艘沉船打捞出海。他将沉船拖入公海藏匿，并将船上几十万件瓷器人为地毁损过半。

1986年5月1日，佳士得将16万件瓷器与125块金锭全部卖出，总价共计3700万荷兰盾，相当于2000万美元，他的名字也在一夜之间家喻户晓。但是，他始终拒绝回答"哥德马尔森号"（南京号）打捞点的详细位置，成为考古界的一大谜题和遗憾。

这便是凯恩斯。

这便是凯恩斯！

一个强盗。中国的罪人！

看到最后，我忍不住哭了起来。为我满身创痛的中国，为我中国流离失所的宝藏。

我不能自已。

直到听到敲门声，我才抽出纸巾擦了擦眼睛，戴上眼镜。

"玉先生，您在吗？"服务生在外面小心翼翼地问。

我打开门。

"玉先生，给您送晚餐。抱歉啊，让您久等了。"他说。

"没关系。"我说，在服务生微微诧异的目光下关上门。

我将晚餐放到桌上，却毫无胃口。

我需要认真考虑一下，我此行的目的。我的疯狂冒险到底是伟大还是罪恶，我是要助纣为虐还是要获得历史的功勋。

我静静地坐在椅子上，任窗外的雨丝飘飞进来，打湿了昂贵的台布，在窗口附近的地板上汇成一汪小小的清泉。外面，夜晚将至，高大的建筑都披上了黯淡的色调，霓虹变得模糊。

整个伦敦都因蒙蒙细雨而散发着神秘的气息，隐秘而危险。

我似乎正在靠近一只猛兽。

3

黑暗中，电脑右下角出现红色的小喇叭，小喇叭不停地闪烁，发出"嘀嘀嘀"的声音，提示我有人发来新的邮件。我像雕塑般一动不动地看着它，任由它闪烁不停。它闪烁了好一会儿，终于停了。

我是个习惯与黑暗对话的人。只有在绝对的黑暗中，才能探知最深沉的秘密。夜，就是个藏有无限秘密的世界。这个世界就是由无数的秘密组成。世界的秘密，以及我自己的秘密，它们都藏在夜色里。在这绝对的黑暗和这绝对的静谧里，我身上的每个细胞都停止运转。只有这样，我才能进入深层探知。

我看到那只野兽张开獠牙正欲向我发起攻击，而我，穿好铠甲徐徐走去，准备应战。

电脑右下角的红色小喇叭又闪烁起来，发出"嘀嘀嘀"的声音。我猛地站起身，打开桌边的台灯，房间里立刻被一片暖光笼罩。我用鼠标点开新邮件，接收了文件，是一个视频。于是，我看到了凯恩斯。

一个拥有黄褐色眼睛，浅色卷发的典型的英国人，他身着休闲半袖和短裤，正在一艘大船的监控室里和我说话。他的背后是好多台监测仪器和各种设备，每台设备前都有人在操作。

"嗨！你好啊，玉海东，是托马斯的学生吧？"他完全没有托马斯的斯文。

"哈哈，这个托马斯，居然放我鸽子不管我了。你来了就好，我来跟你说一下情况。你看这里，我身后的这个透明玻璃外面，能看见吧？等一下。"他的图像开始抖动，好一会儿终于才稳定，他已经从操控室走出来，站在甲板上。

"你瞧，看见没？这就是加斯帕海峡。按照托马斯的推测，这里必有沉船。但是我已经和我的这些伙伴们在这里工作了大半个月，却一无所获。我把磁力计拖在打捞作业船的后面，它能接收到海底金属引起的任何微小的磁场干扰，但却无法分辨这些干扰信号到底是来自古木沉船还是现代钢船的残骸。我们在加斯帕海峡进行了地毯式的搜索，船员按照监视器上我们制定的路线航行，每周七天从清晨工作到黄昏，但是，磁力计与侧扫声呐的反馈结果非常模糊，潜水员一次次下水求证。但是几百次的潜水都一无所获。"

"海东先生，我现在已经有些慌了。到底能不能找到沉船，我甚至有些怀疑，但是我又不得不相信托马斯。我很希望你尽快开始工作，我很需要你进一步的信息确认。我和这船上的 50 多个工人都在这儿等你呢！小伙子！海上信号太弱了，玉海东你一有消息马上联络我吧！或者打我的电话，电话号码是 ××××××××。"

"视频已看到，凯恩斯先生，我明日就开始工作。我会尽力。"我回复了邮件，点击发送。那传输的虚线箭头从屏幕的左侧一点一点延伸，终于到达屏幕右方，转而消失。我的信息也从英国伦敦抵达遥远的加斯帕海峡。

红色小喇叭不再闪烁。整个世界又恢复了安静。

尽管此时的加斯帕海峡波涛滚滚，而我此刻的世界，重回宁静。

我的心中已经有了决定。我决定不会那么轻易让这个强盗成功。但是，我又渴望着，开启我的探险，我至少要确定，那是一艘什么样的沉船。

我的手机响了，美盈的名字在手机显示屏上闪烁起来，我的心忽然涌出一股暖流。

"美盈。"我接了手机，竟有千言万语在胸中的感觉。

"海东，你到伦敦了吧，都安顿好了吗？"她的声音传来，我闭上眼睛聆听。

"对，我已经到达伦敦，托马斯教授帮我安排好了酒店，你告诉爷爷一下，叫他不必惦记。对了，爷爷这两天怎么样？"我说。

"爷爷还不错，今天我还推他出去转了转。爷爷就是有些担心你。"她说。

"嗨，我又不是第一次出远门，我在英国读书六年呢，还不是一个人。"我说。

"可是现在爷爷年纪大了，会更加担心你。"她顿了片刻说。

"你说得对。那就拜托你有时间多陪陪爷爷吧，我爷爷，他很喜欢你。"我说，我的嘴角已经悄悄咧开。

"是因为，我像画像上的那位先辈吗？"她问道。

"也许，或许也不是。"我又偷偷笑了。

"那是，因为什么？"她奇怪地说。

"人与人之间很奇怪的。有缘千里来相见，无缘对面不相逢。"我此刻说话的口气，应该像个老学究。

"呵呵。"她轻声笑了。

"爷爷还在给你讲故事吗？"沉默了片刻，我问道。

"是的，爷爷的故事，很长。"我知道，她又微笑了。

"美盈，我可以给你写信吗？我可能要很长时间不能够回去。"我忽然说。

"当然。"她温柔地说。

"谢谢你，美盈。"我说。

"谢什么？"她又说。

"谢谢你，帮我照顾爷爷。"我说。还有，来到我的世界。我没说。

我第一次深深感觉到，被人牵挂的感觉无比美好。

我的肚子咕咕地叫起来，我才想起来，我还没有吃晚饭。我看着餐桌上已经凉透的晚餐摇摇头，笑了。不知道是我宽容了晚餐还是宽容了自己。

我决定出去转转。我拿起雨伞便走出去。

外面的小雨还在继续，大街小巷行人寥寥，只有各种车辆在疾驰。我撑着伞走在这寂寥的街上，霓虹忽然变得美好起来。走了一会儿，我找到一家餐厅，走进去吃了一碗意大利面。从餐厅走出来，经过一家 Waitrose 超市，又看见旁边有一家 M&S 烘焙店隐隐飘来面包的香味。透过宽大的玻璃窗，看得见里面的柜架上摆放着许多烘焙面包和熟食。我走进去挑选了几个烘焙面包和几根红肠，顺带买了一些牛奶。如此，我便接下来几天忙到通宵也不会担心饿肚子的问题。

我站在街上，街道的对面，便是英国国家海事博物馆。隔着雨幕，我看着这座高大的建筑。它威严而肃穆，不苟言笑，我与它对峙着。"明天见！"我说。

然后，我往酒店走去。

雨还在下。我忽然拿出手机，给美盈发了消息：

我：美盈，我现在走在伦敦的街头，这里下着小雨。这已经是我第五次来伦敦了，可是我对这里哪都不熟悉，你相信吗？

美盈：来也匆匆，去也匆匆吗？

我：可能，是因为它对我毫无吸引力。

美盈：是你对它不友好，而不是它对你不友好啊。

我：我只关注海洋。可能是我的不对。

美盈：看来你是个很专注的人。值得夸奖呀，我也喜欢海洋。我觉得蓝色是最浪漫和深情的颜色，海洋又是多么美丽和温柔。每每看到"大海""海洋"，和它们相关的一切，我就觉得无比美好。你知道我们这边有一首歌，好几代人都在传唱——阳光、沙滩、海浪、仙人掌，还有一位老船长。这样的情景，想想都好浪漫。我也是因为喜欢和向往大海，才来到了厦门。

我：这首歌一定很好听，什么时候你能唱给我听？

美盈：啊哈哈，好吧，等下次见面，我会唱给你听。

我：你喜欢海洋，那以后我带你去看海洋生物。

美盈：真的吗？

我：当然。那一言为定。

美盈：一言为定。

一阵风吹来，将我的伞吹翻。我握着伞柄，雨水却毫无遮挡地倾覆下来，淋湿了我的头发、我的脸庞、我的衣服，甚至钻到我的脖颈里，又从我的脖颈里偷偷顺着我的脊背流下去，凉丝丝地让我发痒。我笑起来，笑出了声。迎面过来的两个人看着我面面相觑，还以为我是个疯子。

哈哈！我索性将雨伞合拢，开心地在小雨中漫步，一会儿，奔跑起来。

海洋，在她的眼里是多么美好！在她看来，海洋是温柔和浪漫的代名词，然而，她并不知道，海洋的另一面有多凶残。古往今来，在各个海域又有多少海难发生。或许，海洋便是天使与恶魔的矛盾统一体。我宁愿这个纯洁的姑娘晚一点知道海洋的凶残，多保留一点海洋的美好。因为，她是那么美好。

此刻，你在干什么呢？美盈？是在看书还是和爷爷在一起，听他讲那遥远的过去？

我又想起画像上的先祖奶奶谭昭儿和先祖爷爷玉庆瑜。

第五章　1820年　德化龙窑

那一日庆瑜起得有些晚了，吃了饭，便匆匆忙忙向外走。管家叫住他道："三少爷，老爷吩咐过，这几天进伏天了，三伏天雨来得快，最好就不要出门了。"庆瑜犹豫了一下，说："雨来得快，去得也快呢。"他快步走出去。

"可是你去哪里呀？老爷吩咐了，不准你去海边！"管家在后边喊。

"我有事，知道了！"庆瑜头也不回地跑掉了。

"这三少爷最近在忙什么呢？能有什么事？"管家摇着头，纳闷地回了屋里。

天气闷热异常，日光稀薄，厚厚的云层正努力将太阳和它的光芒包围，不动声色地一点一点压下来，看来一场大雨是少不了了。但他还是要去的，他相信昭儿一定会去的，说不定就是今天。而他是不会再错过她的。庆瑜仰头向天空扮了个鬼脸，和云赛跑起来。他当然还是走了竹林的近路，只是，脚下的速度比平时要快了一倍。竹林的边上，是一个小小的荷塘。庆瑜经过的时候又停住脚步走回来，折了个很大的荷叶，又仰头冲天上的云戏谑地笑笑，之后，脚下生风，飞奔跑向妈祖庙。

瞧，还是我赢了！庆瑜到达的时候，云更低了，但雨还是没有落下来。他微微一笑。院子里很安静，还不是正式拜妈祖的日子，所以没有人来是应该的。庆瑜准备还是坐在那个最好的位置上——那个角落的台阶上等待昭儿的到来。

却有香气自正堂里面飘过来，已经有人来拜妈祖了。庆瑜放轻了脚步，想走近看一下。万一……万一是昭儿呢！

他走进正堂，看见一个纤弱的倩影跪在圆垫上，她头上的绿色步摇一晃一晃，将他的心搅成一江春水。

"昭儿？"他轻轻地叫了出来，手里的荷叶落在地上。

那步摇猛烈地晃起来，圆垫上的倩影听到身后一声唤，那声音中有欣喜，有胆怯，也有迟疑和疑惑。她慢慢转过头来回望他。

"庆瑜吗？"她轻柔地说。

庆瑜呆愣在那里，眼中有泪光在闪。他虽然隔几天就来这里等待她，但他其实也并不知道，见了面该怎么办。

"我是，庆瑜。"他只是呆愣着喃喃地说。他不知道为什么鼻子会突然泛酸，眼睛忽然就模糊起来。

她慢慢站起身，那双漂亮的眸子看着他静默了片刻，才盈盈向他走来。而他仿佛浑身已经脱了力，丝毫动弹不得。

"庆瑜，好久不见。"她慢慢走到他的面前停住说。

"好久。你怎么才回来。"庆瑜忽然委屈地说。他眼里有润泽的光一闪一闪，那样子分明像是玩输了的小孩在埋怨别人。

"庆瑜，你的眼里还是有星星。"昭儿红了眼眶，吸了吸鼻了笑了。

"可是你的小豁牙不见了。"庆瑜终于笑了。

"对不起，庆瑜。"昭儿抿了抿唇，又说。

"我还以为你不回来了。"庆瑜眼里的星星已成星河。

"我也以为我回不来了。"昭儿笑着，却有泪珠落下来。

"昭儿你别哭啊！"庆瑜急了，忽然浑身充满了力气，伸手拉住昭儿，又伸袖子去给她擦泪。昭儿微微躲闪了一下，"我没事。"她又笑着说。

"昭儿，你不会再走了吧？"庆瑜又担心地问。

"不会再走了。"昭儿很用力地说。

"那就好。"庆瑜放心下来。

"你今天怎么一个人来的？"庆瑜又问。

"你知道我和别人来过？"昭儿疑惑地问。

"我，一直在这儿等你。可是每次你都是和谭伯母一起来。"庆瑜红着脸，犹豫着说了实话。

"哦。"昭儿笑了，"那日那个石子是你用弹弓打的不？"她笑望着他。

"还是被你猜到了。"庆瑜不好意思地望了望天上的云。

云似乎改变了主意，变成了一团一团的棉花糖，正在天空中飘来荡去。棉花糖的背后也渐渐露出越来越多的蓝色背景来，纯净得让人心仪，转眼间棉花糖又被镶了一道金边，日光正从棉花糖的间隙射出耀眼的光芒。庆瑜的心里畅快起来。

"你来拜妈祖吧！庆瑜。我无论如何是要感谢神仙保佑的。"昭儿回头望着妈祖说。

"当然。"庆瑜大踏步向正堂走去。昭儿跟在后面。

庆瑜从未如此虔诚。他在神台前点燃了三炷香，又在圆垫上跪下来，闭上眼叩首。昭儿也在旁边的圆垫上跪下来，看着他。庆瑜拜完，睁开眼，看见昭儿就在自己身旁，和自己一样在圆垫上跪拜。阳光从正堂镂空的窗子照进来，将她的头发、脸庞都罩上一层朦胧的光晕，她鬓角细碎的发丝和她脸上细小的绒毛让他想起花蕊，这温柔的诱惑让他有刹那的窒息。若有将来，便该是这个样子吧，他和她，穿着大红衣裳，一同跪拜天地父母，缘定三生。

"好美。"他痴迷地喃喃道，眼中又有了闪烁的星星。

昭儿红了脸，说："起来吧。"便又站起身，向外走。

庆瑜随着昭儿站起来紧跟着问："昭儿，你饿不饿？"

昭儿道："还好。我该回去了，回去迟了，我娘会担心了。"

庆瑜道："那下次我带你还去吃糯米糕好吗？"

昭儿："好呀。"

庆瑜又说："那我和你一起回去，我们从竹林走吧。竹林，还记得吗？"

昭儿笑着点点头。

"走！"庆瑜拉住昭儿的手，昭儿躲闪了一下，庆瑜的兴致却丝毫没有削减，只是挠挠头，兴奋地说："跟我来。"昭儿小跑几步跟上他。

东石是海滨之乡，这里的一切都与大海有关。人们每天出海捕鱼、乘船远行，关注着每一次潮汐和日落。有时候庆瑜甚至觉得他们像海里的一族，生存和生长都离不开蓝色的大海。大海便是他们的一切，以至于，他们甚至忘记了陆地上的一切。他们每天都从这片翠绿的竹林经过，却很少有人注意到它。不过这片翠绿从未因他们的忽略而褪色，许多年来自己安静地生长，那绿色反倒是更加茂盛，更加鲜翠欲滴。那绿竹稠密挺拔，高耸入云，竹林深处，阳光从竹叶的缝隙直射进来，如一道绿光照着狭窄的小径。

昭儿和庆瑜靠着绿竹眯着眼仰望天空。

"真好。"昭儿说。

"京城里有竹林吗？"庆瑜看着她沉醉的样子忽然问。

"京城里怎么会有竹林？即便是有，也不会有这片竹林美啊。反正我没有去过。"昭儿仍然闭着眼说。

庆瑜点点头，满意地牵起了嘴角。

"昭儿，你在京城，你姨娘他们待你还好吗？"庆瑜又问。

昭儿沉默了片刻，仍然还是闭着眼，说："还好。但我很想念父母，想念这里。"昭儿没有睁开眼，庆瑜却听到她似有若无的一声轻叹，他从中感觉到了某种酸楚。他忽然就说："昭儿，你回来了就好，以后我不会让人欺负你的。"

"我知道的，庆瑜。"昭儿笑了，睁开眼睛看对面的庆瑜。庆瑜一脸真诚，双手握紧拳头，仿佛在给自己一个很大的承诺。

"回来了，真好。"她由衷地感叹道。

"我差点，就回不来了。庆瑜。"昭儿又轻轻叹息说。这一回，庆瑜听得很清楚，是一声叹息。

"为什么？"庆瑜一惊道。

"三句两句说不清楚，以后慢慢讲给你听吧。总之，现在回来了。真好。"昭儿说。

"那一定要告诉我。我也给你讲好玩的事。"庆瑜说。

"好呀，时间不早了，我要快点回去了，我娘该着急了。"昭儿往前走去。

"那你下次什么时候来拜妈祖？初十吗？"庆瑜紧随其后说。

"差不多啦。"昭儿没有停步。

穿过竹林，昭儿停下来，向他挥手道："我走了，庆瑜。"之后便快步向东南方向走去。庆瑜站在那里没动，看她的倩影消失在视线里，才踱着步子往东北方向走去。他的心雀跃着，却又有一丝忧虑，那是因为感觉到了昭儿的痛楚而泛起的一丝忧虑。在他未曾参与的过往，昭儿到底经历了什么？她一定偷偷哭过很多次吧？是谁舍得让那么可爱的小豁牙哭泣呢？庆瑜想着，又握紧了拳头。等二哥回来，一定要多学几招，为了保护昭儿，将来会派上用场。

庆瑜魂不守舍地回到家里，管家邱伯从后面厨房走出来问他要不要吃饭，他早上跑出去直到现在还没吃早饭。可是庆瑜眼神发直，嘴角却还含着笑，像没有看见他，也没有听到他的话，只是从他身旁径直走过去，轻飘飘的，直飘到自己的卧房去了。

玉平遥回来，邱伯特意走过来悄悄说："老爷，三少爷莫不是中了什么邪，有点不太对劲啊。出去了一趟回来便怪怪的，跟平常不一样。要不要给请个郎中瞧瞧？"

玉平遥于是去了庆瑜的房间看看，发现庆瑜是有些异样，眼神发直，精神涣散，对旁人视而不见，大概真是病了。玉平遥于是命人立刻去找来郎中给庆瑜看病。庆瑜瞧见郎中却乐了，说自己根本没病，瞧什么瞧。玉平遥觉得，这孩子大概是病得很重了，才会说这样的话。

郎中摸了好久的脉，左思量右思量，思忖半天才犹豫地说："玉老爷，公子这似乎不是实病啊。"

"那是什么病？"玉平遥问。

"这个，老夫也说不太好。但肯定不是实病。他最近是不是受了什么大的刺激或者受到了什么惊吓？玉老爷是不是平时对他过于严厉？他的心理或许留下一些阴影，假以时日，便会出现某种类似的症状。"

"你是说，这孩子是我害的？"玉平遥惊讶地说。

"这个，说不好。"郎中又说。

"那他，现在到底是啥病？"你直说。

"贵公子没有实病，只是有些精神错乱，通常小孩子受到惊吓之后便会出现这种症状。但奇怪的是，贵公子已经过了孩童的年龄，却又出现这样的症状，老夫也有点拿不准。"郎中又说。

"那该怎么治？"玉平遥有些焦灼地说。

"我给公子开些镇静的药，按照这个方子吃上五天，五天后我再来瞧一下，如果还不见效我再开个方子，加点别的药试试。"郎中又说。

"好好，那赶快吧！"玉平遥急得直跺脚，"怎么就这样了？昨天还好好的。对了，你今天到底去哪了？庆瑜？庆瑜？"

庆瑜也不回答，脸上仍挂着旁人难懂的表情，一半笑意，一半忧虑，像看不见一屋子的人，只是坐在那里写字帖，却写得歪歪扭扭，拿笔的姿势也笨极了，像小时候刚学写字。

郎中背着药箱走了。玉平遥和管家也走出去，给庆瑜关好门。

庆瑜听见父亲在吩咐："这几天给我看着点庆瑜，不要让他再出去了，他需要安静静养，你们也别去打搅他。"

"是，父亲。"庆瑜听见大哥的声音。然后，父亲的脚步声远去。

可是，没一会儿，庆瑜的房门就被轻轻推开了，是大哥。庆瑜抬头看了他一眼，便又继续写字帖。

"庆瑜。"大哥叫他。庆瑜不吭声。庆松叹了口气便回身走出去，又把门带好。

之后，没过一会儿，庆瑜的门又被推开了，是母亲。母亲站在门口好一会儿，似乎还擦了泪，之后走出去，小心翼翼地关好门。

此后，直到晚饭前，家里人一个一个，从小辈到爷爷奶奶来了个遍。庆瑜很多年从没受过这样大的礼遇，他感觉自己刹那间像个皇帝，在批阅奏章，那些大臣们，一个一个来递折子上奏。而他只轻轻一句话——有事禀告，无事退朝。于是，他们就都一个个散了。这种感觉让他感到很奇妙。但这种感觉并没有占上风很久便被一直充斥着的另一种感觉淹没了。那是从心底深处向外不断蒸腾的一种热气，从头到脚氤氲了他，直笼罩了他的整个天空，缥缈而有力，让他心慌、沉醉、发癫，让他不知所云，不知所往，飘飘欲仙，真真是大醉了。

他只听见母亲隐约埋怨父亲的声音，以及父亲懊悔地说："那就依你，最近就别让先生来了，让庆瑜好好休息。"

晚上，大家都睡了，万籁俱寂，庆瑜仿佛觉察得到身体里的血液都在汨汨流淌，毫无倦意。他乘着月色，走到外面草丛里去抓萤火虫。如果昭儿在就好了，她一定喜欢。庆瑜笑笑，又有些遗憾地把手里的萤火虫放掉。庆瑜在外面玩了很久才回房间睡下，东边的天已经泛白了。

第二天一早，玉平遥刚起来，邱伯就进来说，昨夜他去如厕，恰好看见三少爷大半夜的不睡觉，在外面跟萤火虫神神道道地不知念叨什么。大概真是走火入魔了。

"那你没让他去睡吗？"玉平遥问。

"老爷，我哪敢啊，万一冲撞了少爷，我怕会更麻烦啊。"邱伯说。

玉平遥点点头："也是。"

"我一直盯到快三更天了，少爷还不睡，我实在是撑不住了，上下眼皮子直打架，就只好去睡了。"邱伯又说。

"好，我知道了。"玉平遥长叹一声，走出卧室，去了庆瑜的房间。他轻轻推开门，那张年轻的还泛着稚气的脸上一派祥和，看不出一点病症的痕迹，睡得安然而香甜，也不知做了什么美梦，嘴角还挂着一丝笑意。玉平遥苦笑了一下，关好门，走到后厨吩咐厨子，今天单独给三少爷多做几个好吃的菜，再做个清淡的粥。这才心事重重地走出玉府。

庆瑜连着吃了三天药，也不见好，还是那副魂不守舍的样子。玉平遥急得团团转，发狠说，如果再过两天还不见好，就把这个庸医告到衙门去。奶奶还派人去找了老神仙，可回来人说，老神仙年纪大了，从去年开始，就已经不再给乡里人看病，改成让她的儿媳妇看了。奶奶不相信老神仙的媳妇，直说罢了罢了，还是先等等再想想别的办法，我孙子不是凡人，一定会好起来的。

自从那日回来之后，庆瑜的睡眠便任性起来，黑夜对他也不灵，常常要到天明才睡着，因而他起得越来越晚。这"病"已经第四天了，庆瑜是被外面的说话声吵醒的。

也万万不能说是吵，这声音庆瑜听一百年都听不够。是昭儿！她怎么来了？！

"哎呀，昭儿啊，快来快来！"是母亲的声音。

"伯母，昭儿给您请安了。我娘说，您和嫂子在绸缎庄定了几匹布要做衣裳，绸缎庄刚进了一批上好的料子，我娘想着，一定得让你们好好挑选一下，让我拿布料样子来给伯母和嫂子瞧一瞧。喜欢哪个，我回去让给多送一些来。"昭儿甜润的声音直叫庆瑜的心都要化了。

"好啊，好啊！快，邱伯，叫招娣过来，就说昭儿从绸缎庄拿布料样子来了。"母亲说。

"是。"邱伯小跑去叫招娣嫂子了。庆瑜一下子坐起来。

庆瑜的母亲董清芳拉着昭儿在堂屋里坐下来，嫂子招娣抱着伢仔快步走进来。

"昭儿来了？娘。"招娣问了好。

"招娣呀，快来，来看看昭儿带来的布料样子。"母亲说道。

昭儿将手里拿的布料样子放到台桌上。婆媳二人眼前一亮："哎呀，真是好看！真是好看！"

"我看娘你选这个，这个颜色漂亮。"招娣说。

"诶，太艳了呀，你们年轻人穿这颜色，我就算了。我还是这个，这个比较适合我。"母亲说。

两个人正全神贯注看着桌上的布料比来比去，却见眼前站定一个人。是庆瑜。

"庆瑜！哎哟你要吓死我吗？这么悄没声地就站在这儿了。怎么没听见脚步声？"董清芳嗔怒道。

庆瑜并没回答母亲的话，只是面带喜色地看着昭儿。

"哦，对，邱伯，庆瑜起来了，让厨房给他煎药！"董清芳喊了一句。

"是，夫人。"邱伯跑过来应了一声又走了。

"听说，庆瑜病了？"昭儿询问的眼光看看董清芳，又看看庆瑜。

"我没病。父亲请了个庸医偏说我病了。我哪来的病？我这不是好好的？"庆瑜喜滋滋地说。

董清芳发现，庆瑜的眼里忽然又有了光，眼神也不再涣散，目光炯炯地望着昭儿，像期盼一个新的日出。难道这是郎中的药终于见效了？

"哦。"昭儿疑惑地打量了一遍庆瑜，并没有看出异样，于是笑了，"那就好。"庆瑜总是想从她的口中看到那个小龅牙，但只是两排整齐的贝齿，如珍珠般晶莹，令庆瑜心里一颤。

"我选这两个，娘，您要这两个吧。昭儿，就给我们留这几个样子吧。"招娣嫂子认真地选好，将布料样子递给昭儿。

"好，嫂子，伯母，那我回头就跟绸缎庄里说一下，就这几样多留一些给你们。那，我就先回去了。庆瑜，你也好好休息。嗯，按时吃药。"昭儿说完，嫣然一笑，走出去了。

招娣嫂子送昭儿出门。

"多好的姑娘。"母亲啧啧道。庆瑜忽然觉得脸很烫，便立刻逃也似的跑回房间去了。董清芳忽然觉得哪里不太对劲，又说不上来。

第二天早上，玉平遥刚起来便问邱伯，昨晚庆瑜什么时候睡的。邱伯说："老爷，大喜呀，三少爷好像好了。昨晚他很早就睡了，今天起来也很早，一直在写字帖，还哼着曲。奇怪的是，昨天厨房那个丫头给少爷端错了药碗，少爷喝的不是药，是给大少奶奶的羹汤。"

玉平遥释然地说："好了就好，好了就好。"

连着几日，庆瑜又被渔歌叫醒，他静静地听那渔歌背后海浪的声音。然后，一骨碌起来，也顾不上整理衣衫，匆匆跑出门去。邱伯听到声音跑出来，只看到庆瑜的背影。

庆瑜要去海边。晨曦，硕大的红日正在从海面上升起，海面波光粼粼，被晕染得如烈焰一般赤红。海风离很远就吹过来，将他的衣衫鼓起来，他飞快地向着红日跑去。海浪一遍遍袭来，又遁去，像在跟他嬉戏，他就站在那里任海浪打湿他的鞋子、裤脚和长衫。他等待着每一次海浪带给他的礼物——美丽的贝壳。待海滩上已经积攒了很多的贝壳，他咧开嘴角，弯下腰挽起裤脚，脱下鞋子，开始仔细寻找。昭儿在京城里是看不到这么好看的贝壳的，她一定很想念这些贝壳。小时候庆瑜总是能从金黄的细沙里面找到特别的贝壳送给她。那些贝壳总是让昭儿痴迷，那些小小的，五彩斑斓的海星、贝壳和海螺上面神奇的螺纹总是让她爱不释手，昭儿还说她能从海螺的声音里听到千军万马和远古的回声。而庆瑜一直觉得，这些彩色的贝壳，不仅仅是看起来那么简单，它们来自深海，来自龙王的龙宫，或许曾经是龙王的一名侍卫，它们之所以会到海滩来，或许是龙王派来保护这里的人的。它们在海滩上等待着有缘人将其拾走、珍藏，从而成为这个有缘人的守护神。它们来到这里有着特殊的使命。他一直相信，贝壳有着某种神力，被他选中的这些贝壳，就是他的守护神；而他，当然要把自己的守护神送给昭儿，一直保护着她。

庆瑜拍掉贝壳上边的细沙，将它们揣到小布口袋里，将口袋扎口处的细绳仔细抽紧，这才拍打拍打裤脚和长衫上的细沙，快步往回走。朝阳已经离开海面。

等府上的人都醒来准备吃早饭的时候，庆瑜早已悄悄回到自己的房间。然后，气定神闲地出来跟大家吃饭，做功课，等待父亲的离开。父亲作为东石最大的总商，总是有忙不完的事情，是几乎没有闲暇的，他总是吃过早饭就会出去。庆瑜则希望，父亲再忙点才好，这样就不会想起来管他。

府上安静下来。庆瑜将小布袋拿出来，用手掂了下，攒了好几天的贝壳沉甸甸的。他满意地将小布袋揣在长衫里，轻轻走出门。他走进竹林，却觉得今日的竹林小径格外的长。他又想起二哥来，二哥会轻功，可以一下子从竹林这头飞到那头吧？庆瑜跑起来，跑得满头大汗，终于气喘吁吁穿过了竹林，又走了几步，便到了妈祖庙。

昭儿还没来，昭儿该不会不来吧？他忽然忐忑起来，心烦意乱地坐在角落的台阶上等待。没一会儿，便看到昭儿的身影。她眉目如画，着了一件玫红色的软缎长裙款款走来，比那日更加娇艳，头上的绿色步摇在太阳照射下如一汪清泉。

"昭儿！"庆瑜欢喜地跑过去。

"庆瑜，你来了？"昭儿绽开笑颜。她的额上渗出细密的汗珠，有碎发贴在额上，她的鬓角也有些濡湿，她的脸颊微微泛着潮红。他的心里一荡。

"我也刚刚来。"庆瑜不知为何觉得脸又开始灼烧。

"我带了好香来。"昭儿往他手里看了一眼，说道。

"哦。"庆瑜才想起来，似乎是应该带些好香来拜的。

"我们去拜妈祖吧！"昭儿说，便往里面走。

"好。"庆瑜忽然间有些沮丧，跟在后面。

两人走进正堂。昭儿将手里的香盒打开，拿出三支递给庆瑜，然后，又抽出三支拿在手上，走近烛火，点燃，之后将香插入香炉，在神像前跪下来叩拜。庆瑜瞄着昭儿的动作，也跟着她叩拜下来。他这才发现，自己的每个动作都是那么笨拙而难看。怎么昭儿回来，自己变笨了呢？父亲一直觉得他是三兄弟里最聪明的那个，可是怎么就突然间变得笨手笨脚了呢？

昭儿站起身，发现庆瑜还是保持着叩首的姿势，好半天不起来，便轻轻唤一声："庆瑜？"

庆瑜这才仿佛大梦初醒，抬起头，赶快站起来："哦，我也拜好了。"

昭儿奇怪地问："庆瑜，你怎么了？真的病了吗？"

庆瑜立刻否认："我才没病，他们瞎说。"

昭儿："那就好。"

昭儿见庆瑜沉默，便犹豫着说："庆瑜，没什么事，我先回去了。"

庆瑜急忙说："别，昭儿，看我给你带来什么了？"

昭儿："哦？"

庆瑜从怀里掏出小布袋子，递给昭儿："拿去，都是你的。"

昭儿捏捏小布袋子，便笑了："是贝壳吗？"她抿着唇，半信半疑地打开小布袋子的细绳，之后，便惊喜地叫了出来："真是好看啊！太好看了！天哪！我好久没有看到这么好看的贝壳了！庆瑜，你真厉害！总能找到这么好看的贝壳。快，我要好好看一看。"昭儿犹豫着要在哪里坐下来。

庆瑜拉着她向外走："我们去台阶上看。"

两个人在台阶上坐下来，昭儿将贝壳一个一个拿出来仔细看。

"太美了，真是太美了！庆瑜，你知道吗？从前你送我的那些贝壳，我那一年都没有能带走，因为京城实在是太远了，我娘说，路上最好就不要带太多东西了。不过，我带走了一个。你看。"昭儿将颈上的珠链拿出来，那颗颗珠子莹白如玉，珠链上的棕红色贝壳因昭儿佩戴多年，上面的螺纹摸起来已经平滑了许多。庆瑜忽然眼窝有些潮热，好一会儿才说："我还以为你早把它丢了呢。"

"怎么会呢！我最喜欢这串珠链了。我娘送我的那些珍珠链子，我都不喜欢。"昭儿说。

"我再给你穿。"庆瑜受到了鼓舞，用力地说。

"好呀。"昭儿又笑了，拿起贝壳，冲着太阳看。"真好看。"她说。可是庆瑜觉得，即便最好看的贝壳，也没有她好看。她的小豁牙不见了，可是现在的两排小白牙比珍珠还要美，她耳垂上的细密绒毛在太阳的照射下像伸长了纤细的触角，直伸到他的心里，搅得他的心发痒。

"昭儿，京城里好玩吗？"庆瑜又问。

"没什么好玩的。"昭儿还在专心看贝壳。庆瑜便没再问了，只是安静地看着昭儿玩贝壳。

"庆瑜，你这几年都干吗了？"昭儿又玩了一会儿，突然问。

"干了很多呀。"庆瑜忽然神气起来，站起来说，"先说最讨厌的事吧。你走了之后，书院就很没意思了。但我也不敢不去，不去的话会受家法。不过我就算是不好好做功课，功课也很好啊！所以，谁也不知道我是很讨厌去书院的了。后来终于可以不去书院了，但玉老爷又给我请了个周先生。这周先生是个很倒霉的人，但玉老爷说他很厉害。周先生考了几次进士，但都落了榜，后来出了洋，在暹罗国生活了几年，不知为什么又回来了，回来跟中国人做生意。他会暹罗国语，会中国话，还懂海上的事。所以玉老爷让我拜他为师。"

"哦，好厉害啊！"昭儿坐在台阶上，将手肘托着脸庞仰看着站在台阶上的庆瑜。庆瑜很喜欢这样向下俯瞰昭儿的感觉，昭儿的话让他觉得自己也很厉害。庆瑜咧咧嘴，继续说："但是我一点儿都不喜欢周先生。他是个怪人。"

"哦，是吗？"昭儿的眼睛晶亮，"但是玉老爷不是一直想让你考取功名吗？学暹罗国语做什么用？"

"也不知道玉老爷到底想让我成为一个什么样的人，可能他自己也不知道吧。又想让我考功名又想让我打理商号？但无论如何是玉老爷吩咐的，我也不想辜负玉老爷。毕竟他对我期望那么大。"庆瑜捡起一颗石子使劲扔到远处去了。

"那你给我说一句，庆瑜。让我听听。"昭儿说。

"我现在会的不多，不过，以后，我学会了就教你。"庆瑜说。

"好呀。"昭儿兴奋地拍起手来。

"暹罗国，离我们很远吗？庆瑜？"昭儿忽然问。

"在海的那边。也不算很远，大船要走一个多月吧。村子里有去过的人，他们说那里的人都很有钱。"庆瑜思忖说。

"比京城还有钱吗？"昭儿问。

"可能吧。我经常在海边看见很多暹罗国的人往大船上运很多东西。茶叶啊，茶具、瓷器啊，还有杭州的丝绸，什么都有。"庆瑜说。

"哦，是这样啊。"昭儿思量着说。

"昭儿，"庆瑜忽然说，"如果有一天，我可以去航海，我去暹罗国，或者更远的地方，你愿意跟我一起去吗？"

"是不回来了吗？"昭儿问。

庆瑜想了想，点点头。

昭儿看着他沉默了一会儿，轻轻说："我跟你去。"

庆瑜如释重负地笑了。

"其实这几年，我在京城里哪儿也没去过，只是在姨娘家里，过年过节的时候姨娘会带我去庙会和夜市。庙会，她后来也是一个人去了。"昭儿悠悠地说。

"京城那么大，你哪里都没去过，真是好没意思。"庆瑜说，"以后我去哪儿就带你去哪儿。"他忽然想起来什么，又说道，"对了，昭儿，我要带你去月记窑。"

"月记窑？就是那个做茶具和瓷器的地方吗？"昭儿有些惊异。

"对，在德化。我带你去龙窑。"庆瑜兴奋地坐下来，"那里太有意思了。我带你去看他们做瓷，我还要带你去看造船。昭儿，告诉你个秘密。玉老爷又订了一艘特大号的新船，叫泰兴号。我要带你去看那艘大船。福临号大吧？玉老爷说，泰兴号比福临号要大好几倍！我带你去看！"庆瑜有些激动地说。

"真好。"昭儿憧憬地望着他，他脑海里已经被漫无边际升腾而出的想法胀满，他又有了晕眩的感觉。他恨不得能够腾云驾雾，立刻把昭儿带到那些他曾一一去过的地方。似乎，这样便会将昭儿曾缺席的六年补救回来。他的光阴才算完整。

昭儿回来后，便一直安静地待在自己的房间里，庆瑜说的那些事——那些泥巴经过月记窑里工匠的拉坯、制坯、印坯、晒坯、施釉、烧窑、彩绘……最后成为润泽莹白的瓷器，那些平凡无奇的木头一块块搭建起来，再经过造船师傅的精雕细刻，最终变成一艘硕大无比又威风凛凛的大船。它们一直萦绕在昭儿的脑海里，它们实在是太绚烂了，她原本单调的日子增添了许多色彩，她期待着跟他一起去探险。

庆瑜果真带昭儿去探险了，就在半个月后。恰好昭儿的父母准备在那一天出门拜访一位要人。为了掩人耳目，行走方便，庆瑜让昭儿扮成男子。昭儿在前一晚偷偷去了哥哥谭维民的卧房，拿走了他的一件长衫。第二天清晨天刚亮，她便悄悄换上哥哥的长衫，又将长发梳起一个高高的发髻，从后门溜了出来，很快跑进竹林。

庆瑜早已在竹林里等，见她快步走来，仔细端详她，逗笑着："这位俊俏书生，这是要去哪里呀？"昭儿嗔怒道："你还笑，我快急死了。真被我哥哥撞见，我就惨了。我们快走吧！"

庆瑜："好，跟我来。"

庆瑜拉着昭儿穿过竹林，跑向海边。早有一艘小船停在岸边等候。那小船上的船夫戴着斗笠蹲坐在船里，见庆瑜跑来，便站起身，叫了一声："三少爷！"庆瑜将手指放到唇边做了个嘘声的手势，说："嘘！"他拉着昭儿上船，然后又环顾四周，对船夫说："常伯，快，德化龙窑。"

常伯点点头："好嘞，三少爷，你和这位公子坐稳了。"

昭儿的脸腾地就红了。庆瑜看了看她，心里笑成一团。

薄雾笼罩的晨曦，海面似乎也才刚刚苏醒，倦怠慵懒，异常平静，海岸两旁的村落、市镇如披着朦胧的轻纱，渐行渐远，渐渐隐去。薄雾在海面上轻歌曼舞，两只船桨奋力地向前划着，像是要划开这雾气的遮蔽，只是这雾这样轻薄，却仿佛怎么划都划不开。这轻薄的雾直飞到昭儿的眼睛里，直至她的心底。隐隐地，仿佛有什么种子正在发芽，迅速地向上生长。它的根须就如这虚无缥缈的雾，渐渐充盈着她。而庆瑜，尤其喜欢这薄雾。这薄雾，在他和昭儿之间平添了一层薄薄的屏障，但这屏障却给了他充分凝睇昭儿的时机。此刻的昭儿身着男装，却难掩秀美，她的脸庞因薄雾而有些朦胧，清风吹起她的长衫，让她有了一种异乎寻常的仙气。这薄雾变成水汽，将庆瑜的心里浇灌得湿漉漉的，让他觉得似乎偷饮了天上甘甜的琼浆。隔着薄雾，常伯更加分辨不清对面这位眼生的少年是谁家的公子。常伯也不去猜，只是安静地划桨。

一路上怕露出破绽，庆瑜少言寡语，昭儿几乎一直沉默。近两个时辰雾才渐渐散去，太阳已经升得老高。常伯回身说："三少爷，就到德化了。"庆瑜站起身向远处望，说："总算是到了。"昭儿向远处望去，周围群山之间，火光点点，雾霭茫茫。常伯将船停泊靠岸，说："三少爷，公子，脚下慢着点，这台阶很滑。"庆瑜和昭儿下了船，登上台阶。庆瑜回身对常伯说："常伯，你也去镇子上转转，大概要晚点再回去。"

"好嘞，三少爷。天黑前我们赶回去就行，你们去玩吧。"常伯说。

庆瑜拉着昭儿向镇子里走去。

"这便是德化了，昭儿，这个，这个，那个，都是龙窑。"庆瑜放慢脚步，终于松了一口气，像是完成了一项重大任务。

昭儿顺着庆瑜的手指四处环顾，只见龙窑遍布，烟雾缭绕，一派繁忙。庆瑜拉着昭儿一直向东，走进一个庞大的龙窑。

"哦，这就是月记窑吗！？"昭儿仔细打量这个传说中的神奇之地。

"对，就是这里。我家里玉老爷只让买这里的瓷器。还有，我还知道，你们谭家后厨里用的瓷器也几乎都是这里的。还有，那些暹罗国的人他们买的瓷器也都是从这儿拿走的。"庆瑜说。

"真的吗？"昭儿惊讶地看着庆瑜。

"当然真的！"庆瑜神气十足地领着昭儿走进去。昭儿惊呆了。

那是一个极其庞大的场子。场子里人头攒动，都忙碌异常。场子被分割成一条条狭窄的通道，每个通道的两端是许多间挨挨挤挤的或圆或方的砖石壁垒，每一个壁垒里都有人在制作瓷器。庆瑜告诉昭儿，这每一间壁垒，都是一家，他们没有自己的瓷窑，大家都把做好的瓷器坯子拿到这里来烧制。在场子的尽头，昭儿看见了那正在冒着浓浓火焰的大炉。

"跟我来。"庆瑜拉着昭儿七拐八拐，走到一个留着胡须的老者面前。老者正专心用竹管蘸蓝色的釉水，吹到一个白色瓷器的表面。竹管所吹之处，蓝色如墨却并不均匀，等蓝色渐渐将所有的白色覆盖，那用力小的地方露出浅淡的白来，如片片雪花。

"吹青。"庆瑜小声对昭儿说。

昭儿若有所思地点点头。

那老者又拿起笔，向上面描去，笔下洒金，笔下生花，金色的线条富丽堂皇，瑰丽华美，让昭儿想起开屏的孔雀。

"胡师傅！"远处有人喊了一句。老者微微抬眼，"诶"了一声，这才见面前站定两人，他惊讶地放下笔："三少爷，你怎么来了！你该不是自己来的吧？"

"我带我的伙伴来了，再说，我怎么就不能自己来了？胡老伯，你给我们讲讲。"

胡老伯看了看昭儿笑道："三少爷，还真是很胆大。这位公子是第一次来吧？好好好，我来给你们讲讲。瞧，你们家里用的那些个瓷碗瓷盘碟子上边的花纹啊，就是我用这个描上去的，但这已经差不多做完了。烧瓷呢，先要拉坯、制坯、印坯、晒坯、施釉、烧窑，最后才是烧制和彩绘。你们来的时候注意到了没有，外面放着很多陶坯，都是这里的人晒的，要晒好了，才可以施釉，然后就可以烧了。跟我来看烧瓷吧。"胡老伯捋了下胡须说。

"胡老伯是这里的坐庄师傅。"庆瑜说，"就是烧窑的师傅，做瓷的师傅很多，只有一个坐庄师傅可以烧瓷的。"庆瑜又补充道。

"是这样啊。"昭儿点点头。

"胡师傅,还添柴吗?"有人向老伯喊。

"来嘞!"胡老伯答应一声,便带领他们向尽头的火炉走去。

火炉一共三个,都在熊熊燃烧,火炉外壁有一个小孔,可以看见里面的火焰。那火焰奔腾跳跃又无比妖娆,昭儿立刻感觉到热浪袭来。胡老伯从小孔仔细看了一下火炉里的火,然后爬上旁边的梯子,登上窑顶,从上边火炉的小洞口俯瞰里边的火焰。斟酌了一会儿,他才下来,对旁边的几个伙计说:"添柴!"几个人开始迅速抱起旁边的松木,投进火炉下方的门仓。很快,火焰又变得白亮,胡老伯又说:"添湿柴!"那几个人又抱起一堆湿木投进去。胡老伯一直目不转睛地盯着火炉里的火光,突然说:"停火!"几个人立刻停止投柴,火光渐渐又变得柔和起来,昭儿感到似乎热浪也没有那么灼人了。终于,当昭儿不再觉得灼热,火炉的火已经几近熄灭。胡老伯说:"开炉!"几个伙计打开火炉。

于是昭儿看见,那些在托架之上的器物在烈火中涅槃,红得惊魂动魄,像瑰丽的梦,而后,因温度的骤降,又变得五颜六色,温润莹白。那不是瓷器,那是圣洁的宝物。这一定是神的赐予。昭儿忽然感到难以名状的感动。

"太美了。"她只轻轻地说,似乎害怕惊醒了沉睡着的宝物。

胡老伯见昭儿喜欢得不得了,便将托盘上的一个精致的小罐子送给她。昭儿感激地接下了。胡老伯让庆瑜也挑几件小东西。庆瑜拿起一个小圆盒子看了又看,胡老伯笑道:"这是女孩家用的粉盒,拿去吧,以后用得着的。"庆瑜瞄了一眼昭儿,愉快地说:"就这个了。"庆瑜又挑了一个茶杯,说是要送给那个他不喜欢的周先生。

胡老伯还带着他们去看制陶坯。眼见那棕色的泥巴在模子上旋转,转成陀螺,昭儿的纤手伸过去,轻轻抚着陶泥,随着陶泥旋转的节奏滑动,一种新奇的触感袭来,让她忐忑着,却也快乐着。庆瑜看得呆了,那双细腻的玉手明明沾满陶土,他却觉得它们像极了正在弹起琵琶,那转动的螺旋模糊起来,变成了一根根琴弦,正在弹出好听的曲子。

"很不错呀,公子。"胡老伯连连夸赞。

那陀螺终于停止旋转,庆瑜脑海里还充斥着琴音。昭儿洗了手,又向胡老伯道了谢。直到离开龙窑，庆瑜都是魂不守舍的，脑海里的琴音一直都绵延不绝。

"庆瑜，庆瑜，该往哪里走啊？"走出龙窑，昭儿停住问他。

"哦，往这边，这边走。"庆瑜使劲晃晃头，竭力把脑海里的琴音赶走。他们走到岸边，常伯已经在船上等他们了。

他们上了船，常伯道："三少爷，公子，坐稳了，我们往回赶了。"

太阳已偏西，约莫已是下午三四点钟光景。庆瑜的肚子叫了起来，这才想起，大半天没有吃东西，昭儿也还饿着。庆瑜赶紧从旁边的小袋子里拿出几个桂花糕，递给昭儿，又递给常伯。

"快吃吧，太饿了。"庆瑜说。

"我还不饿，三少爷，中午在镇上吃了东西了，你们快吃吧。"常伯笑吟吟地说。

"逛得好吗？常伯。"庆瑜一边吃一边问。

"还不错，还买了些东西。对了，包袱里还有我买的吃的，你和公子打开吃。"常伯回头又说。

"你买的带回去给小孙子吃。公子啊，他就喜欢吃桂花糕。"庆瑜说。

正在吃桂花糕的昭儿愣了一下，眨了眨眼，笑了。

"桂花糕太甜了，一定不要吃太多啊。"常伯笑哈哈地说。

"少爷玩得好吗？"常伯问。

"当然，开心极了。"庆瑜满意地摇头晃脑，"对了，常伯，今天的事一定别让我爹知道，还有我大伯。"

"放心吧，三少爷，今天的事只有你知我知和公子知，我不会告诉别人的。"常伯又笑道。

日落时分，船回到了东石。

昭儿从后门跑进府，蹑手蹑脚地走进回廊，却听见后边响起管家孙伯的声音："大少爷，您回来了？"

昭儿被吓了一跳，站在那里又立刻往前走，快步穿过回廊。身后的孙伯望着"大少爷"的背影摇了摇头，转身向后厨房走去。

昭儿跑进卧房关好门，快速脱掉长衫换上自己的衣服，将发髻拆开重新梳了头发，又将长衫用毛巾包好，拿着毛巾潜入哥哥的卧房，将长衫再放回到哥哥的衣柜里，再偷偷跑回自己的卧房。之后，才大大地松了一口气，躺倒在床上。昭儿闭上眼睛，却根本无法入睡。那瑰丽的红，那五彩斑斓，就飘到眼前。

天黑的时候，谭维民才踱着步子唱着小曲回到家，穿过回廊的时候，恰好撞上端着东西走进来的孙伯。孙伯说："哎哟，大少爷，你出去了？"

谭维民说："我刚回来呀！"

孙伯纳闷地："咦？你不是早回来了吗？"

谭维民："我刚回来呀！"

孙伯："不对呀，我明明看见你回来了。"

谭维民用手里的扇子敲了下孙伯的头："嘿，孙伯，你该不是花了眼吧，或者梦游了吧，我啥时候回来了？"谭维民嘻嘻哈哈地又哼着小曲穿过回廊，向自己卧房走去。

孙伯看着他的背影纳闷地自言自语："我明明看见大少爷回来了啊？我这是咋了？看花眼了？老咯！"

第六章　1821年　东石玉家

这一年的春节庆瑜觉得格外难熬。

大清朝各个地方过大年都一样，都是要到了正月十五才算结束。正月十五这一天是大年的最后一天，却也是整个大年的最高潮。因为这一天，东石和京城一样，既要闹元宵，也要看花灯。往年的过大年，庆瑜和二哥、筱女从除夕一直疯乐到正月十五。可是这一年的春节，玉府热闹非凡，上上下下人人喜气洋洋，唯有庆瑜闷闷不乐，即便是在除夕夜，家人拜神他也心不在焉，一连十几天他都萎靡不振，因为，一直要等到正月十五晚上才能看见昭儿。

好不容易挨到了正月十四，想着明天就能见到昭儿了，庆瑜神清气爽起来。他一改多日懒散，拾起荒废了多日的笔墨，写了一上午的字帖，一边写，一边还哼起曲儿来。中午时分，庆瑜肚子有些饿了，正准备出去到后厨问问什么时候开饭，却听到厅堂的门被大力突然推开的"哐当"声和嘈杂的脚步声。他停下笔，凝神仔细听。

"玉总商，这已经迫在眉睫了。你给拿个主意吧！大家伙都听你的。"有人说。

"是啊，玉老弟，这新道台两个时辰之后就到了，听说这位是督抚钱尚野的亲信，两个人串通起来整治我们，我们就没好日子过了。今天这见面礼到底是送还是不送，你倒是说句话呀！"

庆瑜辨认出了这个熟悉的声音，是昭儿的爹爹谭伯父。

"是啊，玉总商，我刚听说，之前的吴道台就是因为得罪了钱尚野，才被他给找了个名目上奏朝廷被流放了。这新来的，肯定是跟姓钱的一个鼻孔出气，我们说到底也是惹不起的，这见面礼要不就还是多送一些吧！也免得以后麻烦。"

这应该是刘总商。庆瑜猜测着。

一阵沉默之后，庆瑜听到了父亲的声音："诸位，感谢大家看得起我玉某。首先，我和大家这么多年，请大家相信，无论何时我和大家共进退。吴道台被流放，说起来惭愧，有很大原因是因为我们啊！如果不是吴道台这几年的庇护，我们这些总商，恐怕会被盘剥得倍上加倍。更别提东石的百姓会有个安宁的日子了。怎奈如今朝野上下奸佞当道，皇上被蒙蔽，在京城怎知我东石总商的难处。吴道台究竟势单力薄，被奸人所害，我等深感遗憾，也深深愧疚啊。这位新道台，我们也未曾接触，据说是和钱督抚走得很近。如果真如传言所说，那我东石百姓往后的日子堪忧啊，我们这些总商也少不了面临诸多困境和磨难。但如果那只是传言，他是个身系百姓的好官，那是我东石百姓的造化。玉某以为，且不管他是人是鬼，来到我东石，我们作为总商，必以东石总商的礼数相待。但礼数毕竟只是礼数，不是任人盘剥，我们更不能自己抹杀和羞辱东石总商的信条和体面，也大可不必闻风丧胆，只按照我们的惯例礼数迎接就好。不知大家是否赞成？当然，也不强求各位都赞成，如哪位兄台觉得不妥，提出来我们再商议。"

又是沉默。片刻之后谭伯父的声音又响起："那我看，大家就听玉总商的吧，他说得没错，我们不能自己送上去让人盘剥吧。"

"也是，还摸不清他的底细，这要是觉得我们太好欺负了，那以后哪还有好日子过？"刘总商说。

"对对，不管他是人是鬼，我们还得先按他是人来迎接。"

"也好，就以后再看吧。"

七八个人最终都同意了玉平遥的决定。玉平遥又说："那好，既然大家没什么异议，就按照我们之前议的去安排吧。时辰不早了，他很快就到了。"

"好好，那我们都快分头去办吧！"大家散去了。玉平遥叹息一声也走出去了。

庆瑜走到窗口看着他们的背影，父亲的脚步似乎沉重了许多。

庆瑜又坐在桌前写字帖，脑子里却仔细思量起他们刚刚的话。如果不是重大的事，这些总商是不会到家里来议事的，新道台来了，还是督抚的亲信，还把吴道台给赶走了，流放了……总商们似乎都很害怕……这个新道台来绝对不是什么好事……庆瑜的心里突然乱成一团，笔也抖起来，笔下的字丑极了。他生气地将纸揉成一团，扔到地上，摔了笔，跑出去。

庆瑜跑进后厨，就见邱伯正在往外走。庆瑜就问："新道台来了到底是好事还是坏事？"

邱伯立刻止步，一脸谨慎地说："三少爷，官府的事啊，你可别出去乱说。好与不好，跟咱们没有太大关系。"

"没有吗？那我怎么看父亲好像很担心的样子？"庆瑜疑惑地问。

"嗨！"邱伯将庆瑜拉到一旁说，"三少爷，你呢，就安心好好读你的书，这些个事啊，有家里的几位老爷呢。道台好与不好，总归对我们玉家不会有太大影响，放心好了！"邱伯笑着拍拍庆瑜的肩膀，走出去了。可是庆瑜隐隐感觉到了不安，但这不安立刻被一个念头代替："管他呢！明天就是十五了！终于可以和昭儿一起去看花灯了！"庆瑜喜形于色。

那一晚庆瑜因次日要与昭儿见面而心中激荡，躺在床上辗转反侧难以入眠，好不容易要进入梦乡，却被外面的声音惊醒。先是急促的敲门声，接着管家小跑出来开门，母亲也跑出来惊呼："老爷，你这是喝了多少？怎么醉成这样！"然后，是谭伯父的声音："今晚陪新来的道台，我们都没少喝，玉兄喝得最多，唉！"

"快，老爷，老爷慢点！"邱伯扶着父亲进了屋。父亲"哇"的一声吐出来。

"哎哟，这是喝了多少！"母亲又心疼地说，"茹云，快点！"

"夫人，我来吧，你快回屋里吧。"茹云跑来说。

"那我就回去了，你们好生照顾着，也让玉兄好好休息，别思虑过多。有些事，是福不是祸，是祸也躲不过啊！"谭伯父说。

"到底出了什么事？谭兄弟，今天这新道台到底是个怎样的人？"母亲问。

"哎，说不好，真说不好啊！看不透。"谭伯父叹息一声说，然后就走出去了。

"快，快把老爷扶到屋里去。"母亲又说。然后，散乱的脚步声渐渐离去，外面又恢复了宁静。

只是，庆瑜的梦里多了一场江湖追杀。他梦见自己和二哥骑马仗剑在和一群恶人厮杀，一支飞来的长矛直奔他的咽喉而来，正在厮杀的他躲闪不及，就要被刺中，千钧一发之际，一蒙面红衣女子凌空飞来，手中长剑一挑，那长矛顿时转了方向，直直地刺中了和他厮杀的恶人胸膛。红衣女子揭开面纱，却原来是昭儿，笑脸盈盈地看着他。

"昭儿！我们一起行走江湖好不好？"他激动地说。

昭儿也不说话，只是笑脸盈盈地看着他。

庆瑜不想醒来，因为梦境太美好了，就只这样站在她面前，什么也不做，也是幸福的、快乐的。所以，即便庆瑜已经听见整个玉家又已经欢腾起来，即便他的额头已经被直射进来的太阳照得渗出汗来，他也仍然眯着眼，沉浸在梦的边缘，拖着梦的尾巴，看着穿红衣的昭儿。直到筱女推开了他卧室的门。

"三哥，你还不起来，我们家就你最懒了。你快点给我起来！"小女孩携着一身凉气冲进屋，像海风裹着海浪奔涌而来，不容分说一下掀开他的被子，又把她汗涔涔的小手伸进庆瑜的衣领了。

"啊，啊！干什么！"庆瑜惊呼着坐起来。

"咯咯咯，哈哈哈，我让你起来！看你起来不起来！懒蛋！"筱女笑得前仰后合，得意地说。

"快点起来，跟我挂灯笼去！"筱女又要伸手过来。

庆瑜急忙讨饶："把你的魔爪拿走，我去我去！"

"咯咯咯，快点啊！"筱女一蹦一跳地跑出去了。

庆瑜很不情愿地穿上长衫，走出卧室。厅堂里整整齐齐摆放了一排红灯笼，筱女正在摆弄来摆弄去，见到庆瑜，欢快地跑过来说："三哥，这些都要挂起来。"

邱伯走过来笑着说："三少爷，我来帮你挂。"

庆瑜执意要自己挂，于是他爬上了竹梯，管家担心地直喊小心点，筱女拍着手叫嚷着三哥厉害。庆瑜将管家递过来的灯笼一个个地高高挂了起来，筱女又让他点燃了灯笼里的红烛才肯让他下来。红彤彤的灯笼让庆瑜又想起梦里昭儿的红衣，他呆立在那里看灯笼看得痴了。烛光摇曳，像极了那红衣飘飞的裙裾，他的心海又泛起层层涟漪。

终于等到暮色深沉，吃晚饭的时候筱女就嚷着要去看灯展，庆松立即说带招娣和她一起去。庆瑜低着头悄悄松了一口气。庆松又问庆瑜，要不要一块儿去？

庆瑜含混地说，有点累了，现在不想去。

很快，庆松便带着招娣和小公子，连同筱女一起出去看灯了。父亲因昨夜醉酒不舒服，和母亲就在卧房里休息。这一晚玉府的后厨和仆人也都放了假，都去赏灯和消遣去了。庆瑜回卧室小坐了一会儿便换了身衣服，也悄悄出了门。

果然，庆瑜刚到竹林没一会儿，昭儿便来了。她穿了件淡紫色紧身罗裙，外罩一件深紫色小斗篷，一根细细的发辫在头上绕了一圈，盘在发尾。最重要的是，昭儿戴着面纱，遮住半个脸庞，晶亮的双眼像夜的精灵。庆瑜愣在那里，恍惚起来。梦里的昭儿，就是这样戴着面纱的啊！只不过，梦里是红衣，现在是紫衣。

昭儿见庆瑜神色惶然，问他："庆瑜，你怎么了？我这身装扮不行吗？"

庆瑜回过神来："行的，行的，这样别人就认不出来了。那，我们走吧！"

庆瑜和昭儿向市集中心走去。

一路上所经之处灰瓦翘檐都已经挂上了大红灯笼，青石长巷里像姑娘羞红了脸，片片红霞飞舞。庆瑜和昭儿走过几个巷子，便到了最热闹的月牙桥，桥上桥下人群熙攘，正是灯展所在。庆瑜兴奋地叫昭儿快点跟上，昭儿紧跟庆瑜快步走上桥。只见桥的两侧都被摆满了各式各样的新奇玩意儿和各色小吃。昭儿看着琳琅满目的头饰、小灯笼、香袋、绣品爱不释手，庆瑜又在对面叫她过来买桂花糕。两个人目不暇接忙得不亦乐乎。

昭儿忽然被一个别致的小灯笼吸引，踱步走过去。她拿起来，惊讶地唏嘘一声"呀！"原来它是用贝壳做成的，在里面烛火的映照下，贝壳变得晶莹剔透，小灯笼捧在手里，像颗奇异的夜明珠。昭儿刚说："老板，这个小灯笼……"未料旁边有人大声说："这小灯笼我买了。"

昭儿诧异地扭头，便看见一位身着银色绸衫的富家公子站在她身旁，他怡然地摇着扇子，又从衣袖里拿出一个银锭放在摊位上，然后对昭儿说："这是我的了。"

昭儿急了："这明明是我先看中的。"

富家公子摇着扇子笑了："这明明是我先问的。我都付了钱了。"

昭儿气急，理论道："你这个人怎么这样呢？这是女孩子的东西，哪有大男人玩这个的？再说，本来我就拿在手里的，只不过被你抢了先。"

"昭儿！"庆瑜跑过来，将昭儿拉到身后问，"怎么回事？"

昭儿揭开面纱，委屈地说："这个人啊，这个贝壳灯笼明明是我先看中的，他却抢先付了钱。"

富家公子愣住了。

庆瑜也呆愣在那里，昭儿揭开面纱的这一刹那如梦境一般。她嗔怒的脸庞被灯笼映得绯红，像天边飘来的一朵红云，轻轻地在他的心上飘荡。

有人跑过来，问："少爷，有事吗？"随即，他将富家公子拉到身后。

富家公子却很生气地斥责道："你们跟过来干什么！"

来人："保护少爷是属下职责所在。"

昭儿见此人绛紫色短衣打扮，动作利落，又注意到这位富家子弟的衣着，从他们的话里她立刻意识到，这位不是普通人家的公子，她立刻拉着庆瑜跑掉。

富家公子见昭儿跑远，怒气冲冲对来人说："谁叫你带他们过来的？"

来人道："少爷，属下不敢怠慢，如有半分闪失，属下承担不起啊。少爷，我们回府吧，这里远山恶水，都是刁民。"

富家公子又道："老板，把这个灯笼给我包起来。包好点。"

"好。"老板说。

"老板，刚才那个叫……昭儿的姑娘，你可认识？"富家公子又问。

老板提防地说："不认识啊。"

富家公子又对来人说："你们去给我查一下，那是哪家的姑娘。"

昭儿和庆瑜又在别处买了灯笼和一顶头饰。他们不敢玩得太晚，要赶在灯展结束前回去，这样家人就不会知道他们来过。两人在竹林悄悄分头回府。昭儿迟疑地说："庆瑜，今天这公子我听说话不是本地人，像是京城人，他像是官府家的公子，如日后遇上，还是小心为妙。"

"那会是谁呢？对了，新道台来了知道吗？昨晚我爹喝多了，是你爹送他回来的，他们昨晚就是陪新来的道台来着。这个人莫不是道台家的公子？"庆瑜说。

"也说不好，总之以后小心点就是了。"昭儿说。

庆松带着筱女和招娣回来的时候，发现庆瑜已经睡着了。而谭家，等大家都回来的时候，昭儿也在自己房间里安然入睡。

第二天刚吃过早饭，昭儿正在染坊，就听见有人跑过来说，有位公子刚刚给送来一个灯笼，说是小姐昨晚定的。老爷和夫人叫小姐过去。

昭儿急忙跑到厅堂里，那小灯笼就摆在厅堂的桌上。谭鸿业和夫人吴媚已经端坐在那里等她了。

谭鸿业指着灯笼问："昭儿，这是怎么回事？"

昭儿说："父亲，女儿也不知道这是怎么回事啊。"

吴媚："昭儿，你昨晚是不是去看灯展了？"

昭儿："我，没有，我昨晚累了很早就睡了，你们看到的啊。"

谭鸿业拍了桌子："还撒谎！这物证都摆在这里了，真是胆大包天！"

昭儿立刻跪下来："爹爹息怒，女儿错了，我是去了，但，这个真不是我定的。这个灯笼女儿本来想买，可是被人抢走了，没买成的。"

吴媚："你干什么？别吓坏了我的女儿！快起来，来，我的儿，到底怎么回事，娘给你做主呢，别怕！你大晚上的一个人去的吗？"

昭儿："我，是跟……庆瑜去的。我正要买这个灯笼，有个人抢先付了钱，我就没买成了。"

吴媚："那怎么会说是你定的呢？"

昭儿："女儿真的不晓得。"

谭鸿业："来人！"

管家孙伯跑进来：老爷！

谭鸿业："让来送灯笼的人进来，我有话问他。"

孙伯跑出去叫来人进来。

送灯笼的人："谭老爷！"

谭鸿业："你家主子是谁？"

送灯笼的人："主子不让说。只说是给姑娘送到。"

谭鸿业："哦。"

吴媚："那去吧。"

送灯笼的人走了出去。

吴媚笑起来："看起来，这一定是哪家的公子看上我女儿了。"

谭鸿业又好气又好笑，"哼"了一声。

吴媚："不过，不管是哪家的公子，我当娘的，还是觉得庆瑜比较好，和我儿年少一起长大，知根知底。多好的一对孩子。"

昭儿羞红了脸道："娘，说什么呢。"

吴媚："哈哈，我的昭儿长大了。"

　　隔日上午，昭儿和贴身丫头幺妹乘坐轿子去谭家绸缎庄。穿过几条长巷，来到闹市，谭家的最大的绸缎庄就在一排店铺的中心，恰好正对十字路口。昭儿和幺妹下了轿子，吩咐下人们不必在此等候，回府就好了。两个人走进铺子。

　　时间尚早，铺子里人还不多，只稀稀落落几个女子在选衣料。正在打算盘的掌柜祁老伯见昭儿走进来，忙快步走出来言道："呀，小姐，您来了，也不说一声，我早点给您备点早茶呀！"

　　昭儿微笑说："祁叔，我喝口凉的就行。我好多天没来了，我娘让我过来看看，我也想看看最近都进了什么料子。"

　　祁叔："哎，好，那个阿楠啊，快先别忙了，先去帮小姐倒点凉茶来。"

　　阿楠："小姐，祁叔，我这就去。"

　　昭儿仔细看着架子上的每一匹布料，不时伸手轻轻摩挲，满意地点头。幺妹不时地说："真好看呀，小姐！"

　　阿楠手里端着一壶凉茶走出来，将凉茶倒了两杯放在铺子角落的桌几上，对昭儿说："小姐，幺妹，过来喝茶吧。"

　　昭儿冲她点点头："好。"

　　昭儿和幺妹正向桌几走去，却听身后响起不高不低的声音："不错，不错，是我喜欢的绸布！"

　　这个声音似曾相识，昭儿转过身来，便看见身后立着一个男子，正是前日晚上抢灯笼的那个富家公子。他身着浅黄色素雅长衫，领口处用绛紫色的丝线绣着繁复的花纹，每一颗盘扣，也是用绛紫色的花边包得整齐。他仍用一手摇着扇子，悠闲地踱步看着布料。

　　然后，忽然对昭儿说："这么巧，姑娘也在这里买绸缎。不知道姑娘喜欢的是哪一匹？我打算把这些绸缎都买走，姑娘如果想买哪个，不如我把它留给你。姑娘你看如何？"

昭儿冷眼看着他，沉默了一会儿说："不必了。"

富家公子笑笑，对祁叔和幺妹说："那就把所有这些，都给我包好，给我装到外面的车上，我一会儿带走。"说着，从衣袖里拿出两个银锭，放在桌上。

昭儿说："我说的是，公子不必破费了，这家的绸缎都已经被定完了。"

富家公子笑着说："姑娘开什么玩笑！这么多绸缎，再说你怎么知道？"

祁叔说："这位公子，这位是我们谭家大小姐，我们的绸缎真的已经都被定完了。公子如果喜欢，就以后有机会再来吧。"

富家公子故作惊讶道："原来是谭家小姐，幸会幸会！在下姓赵，名梦乾，刚来东石，初来乍到，有幸结识姑娘，实属赵某三生有幸。前日的灯笼，望谭小姐不要记恨，赵某也是一时兴起，绝无抢夺之意，希望小姐莫怪。谭家的绸缎，远近闻名，赵某刚来东石，还从未见过这么多的丝绸面料，尤其这几款，应该是漳绣吧，实在华丽耀眼，华美非凡，甚至要比紫禁城里的绣袍还要华丽几分，即便当今圣上见到，也会赞叹不已。瞧这印染的棉布，只蓝白两色，就生出这许多的图案和样貌，实在是本地的地域风情之物。这等风情之物，京城里是看不到的，看见了也要拍手叫好。所以，赵某要买下这所有的绸缎，是真的要买，绝无戏言。"

昭儿道："多谢赵公子对谭家绸缎的喜爱，也多谢公子对我东石绸缎和绣品的赞美。东石人杰地灵，人人都是能工巧匠，每家绸缎庄都有类似的绸缎和印染制品。我家现在摆的货品的确都被定完了，公子不妨再到别家铺子去看看，定会买到心仪的绸缎。至于前日灯笼一事，权当是场误会，公子不必费心。"

赵梦乾："那这两款，可否匀给我一些？实在是好看得很。过几天我表姐生辰，也好作为礼物送她。"

昭儿顺着赵梦乾手指的方向望去，这两款正是庆瑜的母亲和嫂子定的绸缎。她立刻说："哦，真的抱歉，这两款很早就被定完了。"

赵梦乾不甘心地看着那两款布料，沉默了一会儿说："好吧，谭小姐，那下次进货，请再帮我进几匹这两款。"

昭儿道："赵公子，每一匹布料，通常重复的机会不多，不过我会尽量试试。"

赵梦乾又摇起扇子微笑道："不急不急，就劳烦谭姑娘了。赵某下次再来。"他摇着扇子定睛看了昭儿一眼，点头行了礼，便心满意足地向门口走去。

昭儿一眼看见他放在桌上的银锭，叫他："赵公子，您的银锭！"

"就当下次的定金，先放这里吧！"赵梦乾径直走出去，没有回头。

昭儿对幺妹说："把这个赶快还给他，快！"

幺妹拿起银锭跑出去，追上赵梦乾，将银锭塞到他手里。

"这是我家小姐吩咐的，赵公子您拿好！"说完，幺妹撒腿便往回跑。赵梦乾愣在那里，只好揣起银锭，坐进车里。

昭儿道："以后他再来，就说定完了，不卖给他。"

祁叔："好，小姐，就按小姐的吩咐。"

马车上。

年轻的仆人阿元对赵梦乾说："少爷，你这招有效吗？按你的吩咐，我都把灯笼给谭小姐送去了，我们都在这儿等了两天才等来谭小姐，可是谭小姐还是在生气吧？你看你根本一匹布都没买来。谭小姐也没收你的定银，明摆着就是不想跟你来往。少爷，东石好看的姑娘有的是，就凭咱老爷，啥样姑娘你想要还不随你挑？对了，老爷不是说，等开了春，就给你物色个女子成亲吗？这个谭小姐，我看……"

赵梦乾："给我闭嘴！我就要她！谁我都不稀罕！"

阿元："可是，她好像不喜欢你呀！那天……那天她身边有个公子，跟她很亲密的样子……"

赵梦乾："哼，等着瞧，我看上的，就是我的。"

阿元："唉，这个谭小姐吧，是挺好看的，又水灵又聪明，咱在京城里还真没见过这么水灵的女子。东石还是好地方啊！她要是喜欢少爷就好了。"

赵梦乾："谁说她不喜欢我？"

阿元："哦哦，对，谁嫁给少爷真是上辈子的福气呢！"

赵梦乾攥起拳头："哼！"

阿元："那少爷，我们接下来怎么办？还继续吗？"

赵梦乾："当然继续。"

阿元咽了下口水，道："好！"

此后一连数日，在谭家不远处，都有一辆马车来回奔走。那辆马车看起来和平常人家的马车没有什么不同，车夫大热天的戴着个大檐的草帽，低着头，只微微露出一双眼睛，驾着车慢悠悠地走来走去。谭家门庭若市，前来拜访和议事的人很多，谭家的几个长辈和小辈也常常出门，但一连数日，都不见谭昭儿的身影。每天，赵梦乾都乘着马车落寞而归。但第二天，他还是乘马车又出现在谭家附近。

七天后的一天上午，在马车里的赵梦乾终于看见谭昭儿走出谭家大门。她身着一件桃粉色绣裙，一身娇媚，领口和裙裾镶了一圈华丽的漳绣，虽薄施粉黛，这身绣裙却将她衬得冰清玉洁。她的头发上只插了支绿色的步摇，那步摇一晃一晃闪着太阳的光。她没有乘坐轿子，也没有带丫头幺妹，只一个人，脚步匆匆，向竹林方向走去。

阿元掀开门帘的一角向外望，立刻道："少爷，出来了，出来了！总算是出来了！"

赵梦乾满面笑容地望着昭儿的背影，道："那还等什么！"

阿元立刻探头对车夫说："快追，没看见谭小姐出来了吗？"

赵梦乾道："快什么快！慢！"

阿元又道："对，慢点，不能快，别被她发现了！"

车夫："是。"

可是马车跟了一会儿便停下来。

阿元又探头道："怎么停了？"

车夫："少爷，那姑娘进了竹林，这马车进不去呀。"

阿元又将头缩回来问："少爷，那怎么办？那我们下来去跟？"

赵梦乾："那还不被她发现了？猪脑子吗你？"

阿元："那怎么办？"

赵梦乾着急地问："这竹林多长，通向哪儿的？"

阿元："这竹林通向哪儿？"

车夫："穿过这片竹林，哪儿都能去，竹林对面的地方挺多的。最近的是妈祖庙和祠堂。"

赵梦乾使劲合拢手里的扇子，兴奋地说："对，妈祖庙，她一定是去拜妈祖，她手里好像拿着什么东西！快，我们去妈祖庙！"

车夫："少爷您坐稳了。"

马车向前跑去。

昭儿刚走进竹林，恰好看见有一棵幼竹倒在路旁，才想起昨夜风急雨骤，这幼竹该是被风雨所摧。她停下脚步将幼竹扶起，将其贴在另一棵竹上。不经意抬眼，她从竹叶间隙看见一辆马车横在竹林入口处不远，那马车帘子半掀开，里面坐着两个人，其中一个正是那位赵公子。赵公子和他的仆人，以及车夫正望着竹林说着什么，似乎在商量什么事情。很快，似乎决定了，帘子被放下，车拐了方向，又向前跑去了。

怎么这么巧，又看见他？昭儿隐隐感觉到了不安。她加快了脚步。

昭儿在竹林里奔跑起来。不知道赵公子是不是发现了自己的行踪？一定要快点告诉庆瑜才好。昭儿一路跑着，等跑出竹林，已经满身是汗，气喘吁吁。她没有停留，快步又跑进妈祖庙。

"昭儿！"庆瑜已经在院子里等她。

"庆瑜。"昭儿上气不接下气地说。

"昭儿，怎么跑成这样？"庆瑜看着她脸颊上的汗珠直流下来，伸手要给她擦汗。

"快，庆瑜，快躲起来。"昭儿拉着庆瑜就往台阶跑。

"怎么了？"庆瑜不解地问。

"快点。"昭儿使尽力气拉着庆瑜跑，一直跑到他们秘密的地方才长吁一口气。

"这是怎么了？昭儿。"庆瑜又问。

"是……"昭儿正要开口，就听见马车停在庙门口。"嘘！"她又说。

过了片刻，马车并没有进来，而是赵梦乾和阿元走了进来。

庆瑜和昭儿贴着墙，看见他们环顾四周，寻寻觅觅，径直走进了正堂。

庆瑜询问地看昭儿，昭儿冲他点点头。

"没人啊，少爷！谭小姐也没来呀！难道是我们看错了？"阿元说。

"我明明看见她走进来了。"赵梦乾说。

"少爷，离那么远你大概没看清吧！从竹林口出来，那可去的地方太多了，或许她去的是旁边的祠堂。"阿元道。

"那我们再去那里找找。"赵梦乾说。

"少爷，这都多少天了，我看要不你就告诉谭小姐，她要知道你是谁，还哪用你费这么大劲！"阿元说。

"不许说。我要她真正喜欢我这个人，不是我爹的名号。"赵梦乾斥责道。

"哎，少爷，我算真见识了啥叫痴情种。"阿元无奈地叹了口气。

"少废话！"赵梦乾瞪了他一眼。

两个人渐渐远去。昭儿拍拍胸口，长吁一口气，懈怠地坐下来。庆瑜也坐下来。

庆瑜："这到底怎么回事？他们怎么会来？"

昭儿摇头："我也不知道。我刚进竹林，偶然看见他们的马车停在竹林口，我就担心，该不是跟着我的吧，我就跑着来的。还好，没被他们发现。"

庆瑜不开心地说："这赵公子到底是要干吗？看样子他喜欢你。"

昭儿："千万别，我可不喜欢他。看起来他十有八九跟新来的道台有关系，我躲还来不及呢。如果我贪恋权势富贵，那我就留在京城不会回来了。"

庆瑜紧紧握住昭儿的手："昭儿，我可舍不得把你让给别人呀。"

昭儿："如果我留在京城，那我就再也见不到你了。在京城的日子，每一天我都想念这里，想念我爹娘，想念大海。"

庆瑜："有没有，想念我？"

昭儿低头笑道："你说呢？"

庆瑜将她的两臂扳到身后，道："不行，你说给我听。"

昭儿求饶道："有的，有的。"

庆瑜道："有什么？"

昭儿："想念你啊！"

庆瑜满意地放开她。昭儿用力捶他胸膛，又道："我们今天就别上香了，就拜一下吧，我怕他们会折回来闻到烟火味道。不论怎样，还是别发现我们比较好。"

庆瑜点点头:"好。"

马车在街上慢慢行走,赵梦乾开始还坐在马车里寻找昭儿的身影,后来索性下了车,在街上寻找,看见穿桃粉色绣裙的就拦住。他一连拦住三个姑娘,却都不是,最后一个姑娘还破口大骂他是采花大盗和劫匪,引来路人围观和嘲笑。他一身狼狈,只得逃进马车,逃之夭夭。

只是,他发狠说:"这个死丫头肯定是去了妈祖庙,她手里拿的就是香,她一定是跟那个人在一起。你上次查那个人是谁了?"

阿元:"玉总商家的三公子,玉庆瑜。他们从小在一起。"

赵梦乾:"从小在一起,那又怎样!等着瞧!"

马车穿过闹市,终于停下来。

车大下了车,过来掀开帘子道:"少爷,到家了。"

阿元扶着赵梦乾下了车,走进院子。赵梦乾正悻悻然往自己的屋子走,却遇见父亲赵启胜穿着官服走出来,旁边跟着随从。随从姓夏,年纪不大,人很机灵,父亲的很多事都是他帮着拿主意,父亲总是亲切地唤他小匣子。在赵梦乾看来,他那不是机灵,那就是个坏,因而父亲不在的时候,赵梦乾对他总是没有好眼色。小匣子也不介意,总是笑呵呵地逢迎。赵梦乾知道,其实小匣子心里不知道骂了他多少次,不过是因为他有个当道台的爹,这个奴才才不敢造次。

"嗯?你这是从哪儿回来?"赵启胜止住脚步问他。

"哦,我,就是随便出去逛逛。"赵梦乾说。

"在京城里就游手好闲,那时候你年少,你娘一直宠着你,如今你年纪也不小了,该收收心了。在这儿不比京城,人人知书达理,这里离京城山高水远,这里的人都舞枪弄棒,大都不懂什么礼数。你以前有什么事你爹我能给你撑腰,在这偏僻之地刁民顽劣,未必买账。你给我收敛点,初来乍到,别到处去给我惹麻烦!"赵启胜说。

"知道,爹,我就是出去逛逛。我去看海了,以前哪看过海啊!"赵梦乾又说。

"罢了,在家里好生待着,出去也别给我惹麻烦!"赵启胜说完径直向大门走去，小匣子紧跟其后。

"好嘞，爹！"赵梦乾高声说。

赵梦乾看着他们的身影远去，哼了一声，踢了灌木丛一脚，之后，走进屋里。

第二天中午，赵梦乾正百无聊赖，阿元从外面回来，后面跟着几个年轻的公子。几个公子走进来都行礼，毕恭毕敬地喊："赵公子！"

赵梦乾一拍手中的扇子道："都免礼！"

阿元跑到赵梦乾跟前，说："少爷，给你找了几个人来玩，这几个家里都是东石有头有脸的人。"

赵梦乾低声笑道："一会儿有赏！"又指着椅子说："大家坐，大家随便坐，不必拘束。"

阿元叫人拿来两副五子棋放在桌上。赵梦乾在桌旁坐下来，道："来来来，我们玩棋！哈哈，来来来！"

几个人一看就是玩棋，毫不拘束，坐下来，很快玩得热火朝天。赵启胜晚上回来的时候见厅堂里灯火通明，吵闹非凡，正要发火，却见少爷正在和几个年轻人玩棋，便驻足看了一会儿，脸上泛起笑意。小匣子很有眼力见地说："这才来东石没几天，少爷就能交到朋友，实在是了不起，看他们玩得多尽兴！道台您也不必多操心了。"赵启胜说："是啊，还小看他了。"便满意地回房去了。

一连几天，赵梦乾都没有出门，只是待在府上和这几个年轻人玩棋。几日之后，也跟这几个年轻人混得很熟。赵梦乾从他们的口中探听到几个总商的事情，几个公子毫不避讳，七嘴八舌地告诉了赵梦乾很多关于玉家和谭家的事。

但知道得越多，赵梦乾越生气。原来，谭小姐一直在京城生活了五年，才刚回到东石不久。他懊悔不已，在京城的时候，怎么就不知道有个谭小姐呢！如果在京城就知道她，就和她相遇，那现在就没姓玉的什么事了。

接连玩棋玩了好几天之后，赵梦乾告诉阿元，他明日不见任何人。阿元深知少爷的脾性，到傍晚的时候，告诉少爷，他打听到了一个好去处。不甘寂寞的赵梦乾自然是跟着阿元来到那个他说的神秘之所。

那一天一直淅淅沥沥地下着小雨，傍晚的时候天色就已经完全黑下来。赵梦乾一身黑衣，戴了黑色斗篷，和阿元每人撑了一把油纸伞，乘着马车便去了一个巷子。在巷子入口处，马车停下来，阿元带赵梦乾走进一扇门。那扇门里面，灯火通明，传来悠扬的琴声和歌声。阿元熟门熟路地带着赵梦乾往里走，却被人拦住去路。拦路的是一位女子，因浓妆艳抹看不清年龄，只是眉眼间很有风情。

"这位爷，您找谁？"她媚笑着说。

"约了云姑娘。"阿元说。

"哎哟，是你呀，阿元，嗨！想必这就是赵少爷，少爷快请，云姑娘啊，早就在等了！这边来！"她扭着腰，快步在前面带路。赵梦乾和阿元跟在后面。

走过两个回廊，她推开一扇月牙门，喊道："云姑娘，贵客来了，好生伺候着！"又转过身对两人说："赵公子，快里边请，哪里不周，叫我就好！"

赵梦乾和阿元走进去。房间里轻纱罗帐，在几只烛台映照下有种朦胧之感，房间里有一个矮屏风，只挡住半边房间。整个房间里弥漫着浓郁的香气，不知为何，赵梦乾觉得被这轻柔的罗纱和这缭绕的香气缠得喘不过气来。

赵梦乾正要开口，就见有个女子在屏风后面坐定，轻言道："赵公子请坐，我先给赵公子弹个曲。"

那女子也不抬头，只是微微低头摆弄琵琶的琴弦，忽然起了调，弹拨起来。她的双手在琴弦上轻巧地舞动，那弦音便忽而婉转如丝如缕，忽而急切如爆豆，声声传入耳鼓。他惊讶地看着她的手指，直到最后一个乐音止息在她的手指间。他这才仔细打量，这位姑娘身着桃粉罗裙，冰肤玉肌，一双眉目顾盼生辉。这个距离望过去，似曾相识。

赵梦乾下意识地脱口而出："谭小姐？！"

阿元笑了，说："少爷，像吧？我就说像。"

姑娘放下琵琶起身行礼："赵公子见笑了，奴婢云姑娘，若是奴婢让公子想起了什么人，那是奴婢有幸了。"

赵梦乾望着她，有些失神，道："好像。不过，你终究不是，终究不是。"说罢，他转身往外走。阿元愣了一下道："少爷，再听一曲吧，好不容易来的。"

赵梦乾只是失望地喃喃自语："终究不是，终究，不是。"他径直走出去。阿元无奈地跟他走了出来。

外面的雨下得越发地大了，赵梦乾也不撑伞，直接走出大门。阿元撑着伞紧紧跟在后面，一面大声说着："我的爷，你这是闹的哪出，这么大雨，都淋湿了！唉，我真是昏了头！"

两个人走了一会儿才走出巷子，赵梦乾上了车，阿元吩咐车夫赶快回府。一路上，赵梦乾神情落寞，像被霜打的茄子。

阿元试探地说："少爷，云姑娘的曲是弹得最好的，改日，等少爷心情好的时候，我再带少爷来听。或者，云姑娘也可以到府上去弹曲给你听。哎哟，不行不行，道台大人的府上怎么能随便什么人都进呢！那还是改天再来吧！"

赵梦乾仿佛没有听见阿元的话，只是掀开帘子的一角，看着外面的雨。阿元试探地说："少爷，放下帘子吧，这都淋湿了。"但他似乎什么也听不见，仍然那个姿势，一动不动，也毫无回应。阿元自言自语道："这下麻烦了，少爷这是来真的了。"

第七章　1999年　伦敦

1

当我醒来，伦敦以明媚的清晨迎接我，似乎在预示着某种新奇迹的诞生。按照我爷爷教导我的玉家祖训，每逢大事之前，必有一番仪式，以示虔诚。我沐浴更衣，默默祈祷，之后吃了早餐，走出酒店，向那座雄伟的大厦走去。

我走过街道，从格林尼治公园穿行过去，便到了英国国家海事博物馆。这座建于1807年的建筑如今仍然端庄屹立，高耸的大理石圆柱擎起这座大厦，大厦外观以灰色和粉色相间，大厦的圆拱门和顶部的浮雕，是西方建筑特有的装饰。这座建筑已经有近200年历史，却依然散发着魅力，或许她因为囊括着太多的故事和传奇，所以典雅而迷人。

我远远地望着这座大厦，视线却不断被遮挡。有三五成群来旅行的人在大厦前拍照，还有人在大厦前面的草坪上玩耍。我向前走去，看到一群人围在一起拿着相机在拍地上的什么东西。我等了一会儿，他们拍完便散去，我才看清，地上镶嵌着一块方形金属，金属内雕刻着一个圆，圆里面含着个箭头，那是世界海事遗产标志。没错，这里的一切都与海洋有关。我也拿出相机拍了一张，然后我冲他们的背影笑了笑。

这组建筑包括海事陈列馆、皇家天文台和皇后之屋。我本来对皇家天文台和皇后之屋没什么兴趣，因为我倍感此行任务艰巨，但不知为什么，看着那些人散去的背影，我想起了美盈。此刻若是她在，该有多好，我必定会带她去看皇家天文台和皇后之屋的吧！何况她是个记者，对一切事物都很好奇，她一定会感兴趣的吧？

然而，她不在。我轻轻叹息，径直走进海事博物馆。

观光者只是为了欣赏一下这座建筑，领略它的威严；而我，要潜入它的腹地，探求它真正的宝藏。走入馆厅深处，我坠入浩瀚无边的馆藏海洋。四周寂静无声，书架林立如层峦叠嶂，我却隐约感受到那些书卷携着远古的海浪在向我涌来。在海浪的尽头，是一艘巨轮。

我在峰峦间穿行，仿佛在时光中穿梭。阳光从高大的玻璃窗投射进来，因峰峦的遮蔽形成一个个光柱，那些因我的脚步惊起的微小尘埃在光柱间飞舞。我多么希望，我也能够幸运地找到那一段历史的尘埃。

我走过那些崭新的现代馆藏书籍，向最深处走去。越往深处，越会清晰地闻到一种陈旧的气息，那是岁月的味道。我甚至喜欢这种味道。这些书籍，因年代久远，很多都经过了若干次再版，但都被保存完好。我要搜寻的，远不止是新版和这些旧版，而是要从最早的版本找起。我将在那些密密麻麻的英文字母间游行，我着实需要花费相当多的时间和精力来完成我的搜寻。

我终于走到更加隐蔽的最深处，那里陈列着远古时代的记录。这里空旷幽暗，高大书架几乎挡住了大部分光线，几乎没有什么人涉足。按照托马斯教授的清单，自18世纪末到19世纪初加斯帕尔海峡附近区域约沉没了至少50艘船。所以我决定，就先以加斯帕尔海峡为起点查起。我仔细辨认那些紫红色书脊上面的字母，却只发现两本有关加斯帕尔海峡的文献，我将它们从书架上取下来。

我在靠窗的桌子前坐下来，将这两本厚厚的文献放在桌上。我又从手提包里拿出放大镜、笔记本和两支笔。我的查阅工作真正开始了。我打开窗子和百叶窗帘，让阳光最大可能地照射进来。我看着这两本厚厚的文献静默了片刻，才拿起上面的一本，庄重地翻开它的紫红色封皮。因年代久远，字迹并不是十分清晰，古代的语句又诸多晦涩，这无疑给查阅工作带来很大难题。在托马斯教授的学生中，只有我谙熟古代语法，在过去的几年里也曾不止一次独立做过一些文献调查项目。这也是他放心把这件重要的使命交付给我的原因。

我一边翻阅，一边在笔记本上做笔记，勾勾画画。不知不觉，外面的天色渐渐暗沉下来，我的肚子也抗议起来，我才想起来，我忘记了吃午饭。我看了一下手表，我已经查阅了七个小时。面前这厚厚的两本文献，我已经几乎查阅完毕，却毫无收获。我合上文献，泄气地向后靠在座椅后背上，看着它们发呆。好一会儿，才起身拿起它们，准备将它们送回到原来的书架上。

我将它们搁置在原来的位置转身要离去，余光却瞥见挨着的书架上一个书脊上面似乎写着"东印度群岛"。我站定，又转身回头去看那个名字。没错，那紫红色的书脊上写着一排小字，是"驶向东印度群岛的航行路线"，下面是"詹姆斯·霍斯伯格"。天哪！这本正是詹姆斯·霍斯伯格的那本东方航海指南。我心中惊喜，隐隐感觉看到了一缕曙光。我迅速将它从书架上抽出来，它的紫红色封面上，印着烫金的大字——"驶向东印度群岛的航行路线 & 詹姆斯·霍斯伯格"。我迅速跑到桌前，迫不及待地翻开它，快速地浏览那些花体英文字母。

詹姆斯·霍斯伯格并没有让我失望。在深夜时分，我终于查到了一则重要消息。按照这本《驶向东印度群岛的航行路线》记载，曾有一艘中国的船只在东印度群岛的浅滩上遭难，部分船员随后抵达了加斯帕岛，其他漂浮在沉船碎片上的船员，被一艘加尔各答的国家船只救起。当时那艘巨轮可能载满了黄金和瓷器。但也只是可能，因为对沉船日期及沉船的名字一无所知。这无疑是一段重要的信息，但遗憾的是，文献上用的都是"Maybe""Perhaps"（可能，大概）这样表示不确定的词汇。

然而，我的眼睛湿润了。或许，这只言片语就是我即将解开迷津的钥匙。

"谢谢你，霍斯伯格先生！"此刻的我甚至要穿越到那个时代当面向他表示感谢了。

我认真做好了笔记，又用相机将文献拍了照。我又翻看了很久，再未找到其他信息。我合上书页，站起身将这本文献放回书架，这才拿起我的手提包向外走去。

外面，华灯初上，我终于还是无法按捺住自己，拿出手机给美盈发了一条信息："美盈，知道吗？我真的有可能是在发掘一艘中国船啊！"

我又在大街上欢喜雀跃狂奔起来。我知道我在路人眼里像个疯子，可是，这些路人又怎么会懂得我的心情。

2

我回到酒店，因挂念爷爷，还是给爷爷打了电话。电话响了好一会儿才被接起来。是家佣菲姐。

"少爷，是你吗？"菲姐几乎是喊着说的。电话里传出一片嘈杂声，确切地说，是音乐声。有人在弹琴和唱歌。

我正要发火，难道是又有留学生过来把我家当酒店了吗？仔细一听，似乎是爷爷的声音，还混杂着年轻的女声。

"是爷爷在唱歌？"我诧异地问。

"是啊是啊，少爷，哈哈，爷爷在弹琴，和谢小姐在楼下唱歌呢！"菲姐大声笑着说。

"天哪！爷爷好了吗？就搞得这么热闹？"我担心地问。

"爷爷这两天都很好，有谢小姐陪伴，爷爷心情很好，吃过晚饭就拉着谢小姐唱歌了。谢小姐真是个可爱的姑娘。"菲姐由衷地说。

"天，这，能行吗？他才刚刚出院。"我又说。

"哈哈，少爷放心吧，应该没事的。他一高兴，就什么病都没了。你也知道，爷爷他根本就闲不下来。你听他的嗓门多洪亮。"听菲姐的声音，我就能想象出她此刻涨红了脸兴奋的样子，不用说，她也一定轻声跟着哼唱了，像每次爷爷唱歌的时候那样。

"看来我的电话是多余了。"我好笑地说。

"哈哈，也不是，爷爷惦记你呢。"菲姐说。

"算了，我就不打扰他的雅兴了。"我说。

"那好吧，少爷，你以后换个时间再打过来吧。"菲姐忽然说。

"好家伙，这难道是要成为每天的重要内容了吗？"我忽然想到这个问题。

"爷爷已经跟谢小姐说好了，他每天晚饭后都会教谢小姐唱歌。"菲姐的语气中洋溢着喜悦。

"啊，爷爷要教……谢小姐唱歌？"我诧异地问。

"对，谢小姐说将来要组建个乐队，爷爷做主唱。"菲姐神秘地说。

"我已经听不下去了。家里不需要我了，他们玩得很开心。"我有些哭笑不得。

"哈哈，谢小姐真是个可爱的人，真是祝福少爷了。"菲姐又笑了。

"我还是先挂了。"我摇着头说。

放下电话，我疲惫地仰面躺在床上，闭上眼睛，压抑着的兴奋和喜悦又一点点升腾。我一个鲤鱼打挺从床上下来，将一袋牛奶倒进杯子，又打开一个三明治，狼吞虎咽地吃起来。吃完，我看了看腕上的手表，时间还早，于是又坐到桌前，打开电脑网页。果然，右下角的红色提示灯闪烁不停，凯恩斯的新邮件早已发过来。

不知道凯恩斯在加斯帕岛附近的状况如何，我今天倒是有收获。或许凯恩斯还在等我晚归回来跟他联络，但我很想，也只想，跟美盈分享我此刻的心情。

我犹豫了片刻，便开始写邮件。

亲爱的美盈：

在这万里之遥，我听见了你和爷爷美妙的歌声，我很开心。我不知道该如何描述我今天的心情，我只知道，我似乎在暮霭重重中，向那艘巨轮的方向走出了第一步。我不知道这艘巨轮离我有多远，我只能看见它相当模糊的轮廓，它在那遥远的距离，被黑沉沉的海浪吞噬……我不知道我需要多少步才能走到它的面前，但我感觉得到，我已经向它迈出了第一步。

知道吗？我今天的重大发现，我仿佛看到了那艘巨轮的模样，或许，它是一艘中国巨轮。当我意识到这一点，我的心里激荡着一股暖流。我也多希望，那真的是一艘中国巨轮。那是我的幸运，和我的使命。

请原谅，海洋在你的心里是如此美好，但我的工作，恰恰是揭开海洋美好之下的恐怖。海洋当然有美好的一面，它是美丽的、温柔的，带给人以无限畅想和浪漫，但同时，它也是恐怖的，自有人类历史以来，人类就一直同海洋以亦敌亦友的方式而共存。海难、潮涌吞噬了太多的人类，是人类的梦魇和灾难。

我是多么不想破坏你心中的美好，但我又多渴望能够与你分享我正在做的事业。

你还在唱歌吗？我还是不要破坏了你的雅兴。还是说说和你一起唱歌的这个怪老头吧。

此刻这个老头应该是在吹他的宝贝笛子了。他的确是把这笛子当宝贝一样看的，虽然这笛子已经颜色黯淡，非常老旧，看上去就像一个古董。事实上它真是个古董了。从我出生起我就知道它是爷爷的宝贝，即便我和乔娅是爷爷最疼爱的孙子和孙女，我们在爷爷心里的地位却都远远不及它，别看爷爷整天叫我俩宝贝。在小时候，有一次乔娅淘气拿笛子玩，不小心摔倒在地，笛子被摔出好远，乔娅膝盖被摔破了，结果爷爷连看都不看她一眼，恼火地去拾起笛子，心疼地又擦又吹，生怕笛子坏了。看笛子无碍，他才去扶乔娅起来。乔娅为此一直记恨爷爷。时过境迁了，乔娅也还常常提起。所以你瞧，这笛子才是爷爷的宝贝。这笛子说来话长，爷爷说，是祖辈传下来的。不过，我觉得这笛子应该和这画上的祖奶奶有关。但我知道的也就这么多，或许爷爷会告诉你，这笛子的来历。

我们玉家似乎有很多故事，可是我的爷爷一直守着他的故事从未向我们透露，或许，时机还不到。不过，你的到来，让爷爷很开心，据我所知，你是第一个让爷爷讲玉家故事的人。我是不是应该嫉妒你呢？

夜色已深，不知道你们睡了没有。

今天就写到这里吧，晚安了，美盈！代我向爷爷说晚安！

谢谢你照顾爷爷！

海东，1999年4月30日，于英国伦敦

我犹豫再三，还是又加了一句话：

> 其实，美盈，这是我写给你的第十封信，前九封一直没有发送给
> 你。今天，我如醉酒般，就连同前九封一并发给你。醉酒的感觉真好！

3

爷爷的笛声将我从梦中唤醒。我睁开眼，原来是新邮件提示音的嘀嘀声。我坐起来，将窗帘拉开，打开窗，晨曦的阳光带着清新的气息扑面而来。我在电脑前坐下来，接收了新的视频邮件，点开，屏幕立刻被凯恩斯的脸占满。

"嘿！海东，你昨天收获怎么样？"他迫不及待地问，眼睛瞪得很大，像极了被欲望填满的野狼。虽然我从未见过野狼，但应该，就是这个样子吧。

"天哪，海东，你知道我很急。你一定要尽快，尽快找到确切的信息，我们此行才算有意义。"

镜头又对准他的船上，大船就在加斯帕海湾，海天相接，海浪翻涌，有鸟儿拍打着翅膀在船的周围高旋低回。凯恩斯穿着一件灰色 T 恤和一条花短裤站在船上，他的身后有几个工人正坐在甲板上埋头吃饭，还有两个穿着救生服的潜水员正蹬着梯子从海里上船。

"有收获吗？"他转头问潜水员。

"只有这些。"潜水员将手里的东西扔到船板上。是一对岩石、一个锈迹斑斑的拖网。

凯恩斯蹲下身拿起岩石冲着太阳仔细看了看，恼火地说："这是什么破玩意儿！"然后他又冲着镜头喊："瞧，海东先生，这就是我的收获。我连日来就能找到这些东西。你知道我都要放弃了！这趟可能真的要失算了！"凯恩斯的头发和衣衫被海风吹起，他不断地伸手去整理他的头发。"海东，你要尽快呀！有消息就立刻告诉我！你今天是不是还要继续去工作？我还是晚上等你消息。"凯恩斯

迎着风说。

"视频已看到，我会尽力，请耐心等待。"我斟酌着，还是疏离又客气地这样回复道。我会告诉他我已经有了进展，只是，要等下次再告诉他。其实不止他需要我，我也需要他帮我找到那艘巨轮，所以不能让他放弃。

我点击了发送。

我吃过早餐，走出酒店，又从格林尼治公园穿行而过，去了英国国家海事博物馆。我希望今天能有新的发现。

我走向走廊的古代馆藏，一片静谧中我踩踏地板的脚步声格外清晰。阳光从高大的玻璃窗投射进来，含着烟尘的光柱倾泻下来，微微泛蓝。我从一个个光柱中走过，恍然如在历史中穿梭。此时此刻，整个世界一片静谧，却无人知晓，我的心激荡满怀。这里的陈旧气息，让我与遥远年代如此接近，似乎我一转身，便会在这林立的书架之中看到那遥远年代的人。一个，或者两个，也或者是一对璧人，更或者是很多很多人。他们仿佛都藏在这书架的深处，对我深情邀约，请我找到他们。

我在光柱中伫立良久，才又走向隐蔽的最深处。我又去那些紫红色封皮的文献里搜寻。我仔细辨认书脊上面的字母，找了许久，除了昨天的那两本有关加斯帕尔海峡的文献，并没有发现别的有关加斯帕尔海峡的文献。我又拿起这两本文献，走到桌子旁，仔细翻阅起来。但遗憾的是，经过整整一上午翻阅，并没有再找到新的信息。

我走出大楼，到外面吹吹风。海事博物馆的外面仍然有来游览的人在拍照和观赏。我漫步走到它后面的露天咖啡馆。这是一个安静之所，就设在露天，顶棚是硕大的遮阳伞，遮蔽炽热的太阳。有三三两两的人在此一边喝咖啡一边休闲。我要了一杯拿铁，在一处角落坐下来，遥遥地望向远处格林尼治公园里的参天树木。这些树木不知道是从什么时候起开始守护这座海事博物馆的，是不是和它一样，很早起就守护着人类的海上秘密？

我要查找的这个海上秘密，是不是就在这座大楼里？它究竟藏在哪个文献里？在这浩瀚的书海，我也如同一个不会游泳的人，在海上挣扎，不知漂向何方。

"先生，请问有人吗？"一个金发女郎走过来问。

"哦。"我未置可否，金发女郎坐了下来。

"先生，您一个人？"她又问。

"哦，是的。"我说。

"先生，看您的样子，不太像来观光。您一直愁眉不展。您是来……"她探寻地问。

我才发觉，原来她注意我很久了。

"我是来查点资料。"我说。

"你查什么资料，我经常来，我很熟悉，或许我可以帮你。"她热情地说。

"哦，不必了，谢谢。我还有事，先走了。抱歉。"我站起身冲她点点头便走了。

"喂！你是中国人吧！胆小鬼！"我没回头，但是我笑了，因为她说我是中国人。但，中国人不胆小，中国人只是很忙。还有，中国人心里已经被一个黑发姑娘占满。

我又走进大楼，我重新回到詹姆斯·霍斯伯格的那本《驶向东印度群岛的航行路线》，我又重新翻阅起来，不时地用放大镜将字母放大查看，生怕漏掉任何细微的线索。但直到夜幕降临，我仍然没有发现新的线索。整本书里有价值的信息仍然还是昨天的那一段只言片语。

我似乎已经陷入了瓶颈。

我走出海事博物馆，一边走一边思考着，晚上给凯恩斯的回复，我倒是期待起他的收获来。

我走进酒店，打开电脑，便看到小红喇叭嘀嘀作响。我以为是托马斯教授，点开一看却是凯恩斯的邮件，是一段超大的视频文件，我下载了好一会儿才能打开。

视频里凯恩斯正在一边穿潜水服一边说话。

他说："我就要放弃勘测工作了，我们已经在这里勘测了近一个月的时间，每天都花费大量资金，磁力计与侧扫声呐每天连续扫描，海员们连续一个月没有休息，每天从清晨开始一直到黄昏不停地工作，但是我们什么也没发现。我真的要放弃了。但是你知道吗？就在刚刚，我发现了一幅不一样的声呐图，磁力计也发出了微弱信号，这就代表海底应该有什么有趣的东西。我现在要去一探究竟。时间紧迫，你知道，这可能是我能够负担得起的最后一次潜水了，成败在此一举。我的资金几乎也用完了。如果这次还没发现什么，那我们就要回家了。一起祈祷吧！"

凯恩斯穿好潜水服，背着双氧气瓶纵身跳入海中。

他缓慢潜入水底，他的头上戴着装有内置灯的头盔，并与海面控制室保持语音和视频连接。随着他慢慢潜入深处，能见度越来越低。在他前方忽然出现了一些海洋生物。他继续游，接下来，他的前面便出现了一些铁圈。这些铁圈几乎完全被埋在沙子里，排成一条直线，延伸至远处。凯恩斯循着这些铁圈向前游行。突然前面又出现了一个土堆。凯恩斯又向前游去。他用手套拨开土堆，有沙土漂荡起来，海水变得浑浊。但很快，土堆里面露出了五颜六色的东西，是一堆瓷器。凯恩斯一只手拿起几只瓷器，另一只手向上竖起大拇指。

我惊讶地看着那些瓷器。那应该是中国瓷器吧！

我看着屏幕上的瓷器觉得心脏骤停。忽然屏幕右下角的小红喇叭又闪烁起来，凯恩斯又发来一个新视频。

我立即点了接收。

凯恩斯春风得意的面孔又出现在屏幕上。

"嗨！海东，我发你的视频看见了吗？哈哈哈！我们今天终于有了收获呀！上帝呀！瞧，我们晚上要庆祝一番了！"他向后指了指。海员们已经在甲板上摆好了桌子，桌子上放着啤酒和饮料，还有很多面包和香肠。

"哈哈，哎呀，上帝呀，终于有收获了，这就代表我们此行有意义。先说说你，今天一定有收获吧？"

我想了想，便写了回复：

视频已看到，凯恩斯先生。我今天应该算有收获。我发现了霍斯伯格的《驶向东印度群岛的航行路线》里面提到一艘大船曾在东印度群岛的浅滩上遭难，有一部分船员随后抵达了加斯帕岛，还有一些船员，被一艘加尔各答的国家船只救起。当时那艘巨轮可能载满了黄金和瓷器。但也只是可能，因为对沉船日期及沉船的名字一无所知。

我下意识地保留了那艘大船前边的定语——中国的船只。

他很快又回复过来文字：

> 海东，那也就是说，的确是有一艘大船在这附近。你看到我今天的视频了吧，我今天发现的这些东西，到底是什么呢？那些铁圈是什么东西呢？还有那些瓷器。

我想了想，又回复道：

> 我接下来去调查一下，这些铁圈是否来自一艘沉船。也请您继续收集足够的样本，以便进行更好的分析。

他又回复过来文字："那我们一起努力呀！我亲爱的海东！我急切地盼着你的消息呀！"

我："好，凯恩斯先生。"

心头的阴霾散去，我又开心起来。

4

第二天清晨，我匆忙吃了早餐，之后直奔海事博物馆。

我再次穿过现代馆藏，金色的阳光从窗户玻璃洒下来，我又依次穿过那一个个蓝色的光柱，在一片氤氲中来到古代馆藏。我已经很熟悉这个区域，我在那些高大的书架中来回逡巡穿梭。直到，我发现了奥德马德船长 1957 年写的《中国舶船的圣经》。我欣喜若狂，将它从书架中取下来，走到桌前翻阅起来。我用放大镜将字母放大反复查看。

果然，在书中清楚地描述了这些铁圈，并且说明，桅杆被聚集在一起，并用铁圈加固。

或者可以说，铁圈是中国船只上才有的标志物。

因而，凯恩斯所打捞的这艘巨轮有极大可能是一艘中国沉船！

凯恩斯找到的这些铁圈，最初一定是按照一定间隔放置在货船桅杆上，所以现在它们呈一条直线躺在海底，桅杆的木头早已腐烂。那么现在看起来凯恩斯确实发现了一艘货船！但它是否就是霍斯伯格所提到的那艘船呢？

我暂时还不能肯定。这就需要凯恩斯真正将其打捞出来才能确定。

我回到酒店，虽然很不情愿，但还是第一次主动给凯恩斯写邮件：

你好，凯恩斯先生。我已经查到，那些铁圈，应该是用来绑货船桅杆的。在奥德马德船长1957年写的《中国舶船的圣经》里面确有相应的记载和描述。所以，我有理由认为，这艘巨轮……很有可能是一艘中国巨轮。

我仿佛已经听到这个贪婪的家伙的话——中国巨轮，那就一定有数不清的财宝，我就要发大财了！我真想隔着屏幕伸出飞毛腿将这个贪婪的家伙踢倒让他喊救命。

但我还需要维持基本的礼仪，于是我停顿了一会儿又继续写道："我只是说，很有可能。也可能是欧洲船只，只是运用了中国船舶的技术。"

我发送了邮件，很快便收到凯恩斯的回复：

啊哈，玉海东，不管怎么说，这就是说明，这里的确是一艘巨轮。确定无疑。那太好了！那我们的打捞先暂时告一段落。我需要两个月的时间准备，准备就绪后返回这里进行全面打捞。谢谢你海东先生，你是我的主，阿门！哈哈！

"好的，祝你成功！"我沉默了片刻回复道。

"祝我们成功！哈哈！中国有句话叫，我的军功章里有我的一半也有你的一半。没有你的研究，我怎么敢实施作业！哈哈！谢谢你！"凯恩斯又发过来回复。

"但是海东先生，你的工作还没有结束啊！当我打捞完毕，还需要你帮我来查证，这是一艘什么船？如果它是一艘有名的船那我们这次打捞就有了更大的意义。"他又发来。

"好，等打捞完毕，我会继续查证。"我回复道。

无论如何，工作有了进展，我纠结的心情还是被开心占了上风。可是我的开心没持续多久，便被一通电话捣毁。

是堂妹乔娅的电话。

"Wah Lau Eh！（天！）玉海东，怎么回事？她是谁？什么情况？Then，我不在家这段时间发生了很多故事啊？！你给我说清楚！"高分贝的声音越过海洋，穿过厚厚的云层，直抵我的耳膜，就要把我的耳膜刺穿。

我开始头疼起来。

土匪乔娅怎么偏偏这个时候回来了？我开始担心起爷爷来。

第八章　1821 年　东石陈家船厂

庆瑜仍然每天都被渔歌叫醒,每天都会闭着眼听那海浪涌来拍打海岸的声音,再迷迷糊糊徘徊于半梦半醒之间。但奇怪的是,自从新道台来了之后,就很少见到父亲的身影。不知怎的,父亲和他就好像错开了时辰,很少碰到面了。庆瑜晚上睡着的时候,父亲经常还没有回来,早上他醒来的时候,父亲大都在卧室里睡觉。餐桌上大家也都很安静地吃饭。虽然以前碍于父亲的威严,大家吃饭的时候也很安静,但现在的安静和以前的安静是不一样的。以前的安静只是暂时的安静,大家的心里都是含着期待,轻轻压抑着清晨的雀跃,而现在的安静是毫无期待的,也是毫无生气的安静,仿佛不知道朝阳已升,万物醒来,尘世间又迎来了新的一天。

庆瑜偶尔还庆幸,父亲这样就没有闲暇来管他了。父亲也的确好长时间都没有过问他的事了。他有没有去周先生那里上课,他每天都在干什么?父亲好多天都没有过问了。但,父亲对自己不闻不问,庆瑜又有些失落,觉得自己像失去了指明灯的船,在海上毫无目的地漂泊。

这一日,庆瑜决定无论多晚都要等父亲回来。

夜已深,一片寂静,庆瑜卧室里的灯还亮着。他坐在椅子上,手捧着一本书恹恹欲睡,终于趴在桌子上睡过去了。但因为心里的执念,外面的轻微响动还是惊醒了他。是父亲回来了!他立刻起来扔下书,跑出去。

正是父亲。他微微有些醉意,正要向卧室走去。

"爹爹。"庆瑜跑过来扶住他。

"庆瑜啊,怎么还没睡?"因微微醉意,父亲的眼神里比平常多蕴含了些慈爱。

"我在等爹爹。"庆瑜说。

"哦，有事吗？"玉平遥问。

"也没什么事，就是想等爹爹回来。"庆瑜犹豫着说。

"哈，我这阵子都没顾上管你，你不是应该很开心吗？"玉平遥想了想，就在厅堂的椅子上坐下来。

"爹爹说笑呢。"庆瑜由衷地说。

"嗯，最近都按时去周先生家上课了吧？"玉平遥又问。

"都按时去了。"庆瑜点点头。

"周先生可还好？"玉平遥又问。

"他很好，还让我问你好。"庆瑜说。

"嗯，有机会请他到家里来一叙，也好久没有见到他了。对了，前日有人从京城给我带了几罐好酒，明天你给你先生带去一罐，再给谭伯伯送去一罐。"玉平遥若有所思地说。

"好的，爹爹。明天我送过去。"庆瑜说。

"爹爹还有什么事，我可以帮爹爹分担一些的。我看爹爹最近都好忙啊，是不是新来的道台不好应付啊？"庆瑜忽然又说。

"唉，新来的道台呢，是钱督抚的亲信。他一来，钱督抚就有了帮手，之前的那些旧账就都翻出来了，他是来帮钱督抚跟我们算总账来了。麻烦得很哪！"玉平遥沉默了片刻，抚额说。

"爹爹，他们是要银子吗？"庆瑜问道。

"当然是要银子。"玉平遥惆怅地说。

"要多少才够？"庆瑜又问。

"哈哈，大概要东石每家都倾家荡产，他们塞进自己腰包才好吧！爹爹之所以不想让你做生意，就是因为这个。我大清朝官大于商，无论我们经商作出多大努力，挣下多大的家业，究竟抵不过一纸文书，这偌大的家业甚至可能会在顷刻间毁于一个口谕，顷刻间就化为乌有啊。"玉平遥叹息道。

"天哪！"庆瑜惊叹。

"也没那么严重。"玉平遥勉强地笑笑。

"爹爹，我来帮你吧。需要我做什么，你就说。多一个人，多份力量。"庆瑜立即又说。

"眼下，爹还真有件事让你去办。你哥哥也没有工夫去。不如，这几天你去看一趟我们的新船吧，有日子没有去人了，也不知道新船现在造到什么程度了。"玉平遥思忖了一下说。

"爹爹，是泰兴号吗？"庆瑜提高了嗓门。

"对，就是泰兴号。你要是找不到船场，让邱伯陪你去。"玉平遥点点头。

"啊，太好了，爹爹。不用，我找得到，之前大伯带我去过。"庆瑜惊喜地说。

"呵，我就知道，你大伯背着我没少宠溺你。"玉平遥嗔怒道。

"嘿嘿。爹爹，时间不早了，我扶爹爹去睡吧。"庆瑜喜滋滋地说。

"我哪里老到需要你来扶。"玉平遥笑道。

庆瑜还是将父亲扶进卧房，母亲还没睡，见父亲进来，忙起身扶着他上床躺下。庆瑜这才回了房间。

不过，庆瑜因为窃喜又失眠了。

次日上午，庆瑜便按照父亲的吩咐，带着酒罐去了周先生那里上课。周先生很高兴，还倒了一小杯跟庆瑜同饮，连连称赞酒好甜。可庆瑜并没品尝出来甜味，他的心里长了草，只想快点结束，他还要去告诉昭儿，他要带她去看他玉家巨大无比的新船。

庆瑜带着酒罐来到谭家的时候，已经是午饭过后。谭家仆人给他开了门，告诉他小姐在后面的染坊，让他在厅堂等候，小姐一会儿就过来。庆瑜将酒罐交给仆人，自己去染坊找她。

走过几个回廊，庆瑜就来到了谭家染坊附近。染坊外面，宽阔的场地上，数十排青蓝印花棉纱被高高挂在栏杆上，整齐地迎风飘飞，远远望去，那些印花像蓝色的蝴蝶成群飞舞，蔚为壮观。阳光正好，这些飞起的棉纱在地上映出长长的影子，那些影子也在地上荡来荡去，甚是好看。而就在这些影子中间，现出一个窈窕的人影，庆瑜笑了。他开始寻找这个窈窕的身姿。这身姿就隐藏在这若干青蓝印花之间，他走过去，走过一排排的栏杆。这青蓝棉纱像故意跟他玩耍，因风舞动，不时蒙住他的眼睛，他用手拂开遮在脸上的棉纱，再去寻。那窈窕人影明明就在那里，他却怎么也找不到她。日头很大，他的额头已经渗出汗来。他有些急了，却听"咯咯咯"的笑声从对面那排栏杆传来。然后，昭儿从两排青蓝棉纱中走出来。她步履轻盈，双手背在后面，两眼含笑。阳光洒在她的面颊上、头发上，她被笼罩在毛茸茸的光晕里。忽地，两排棉纱又被风吹起，掠过她的面颊，她伸手轻轻拂开散落下来的发丝，继续走向他，笑意盈盈地走到他的面前。

庆瑜看得呆了。

"庆瑜，你怎么来了？"昭儿笑道。

庆瑜恍惚了好一会儿才说："哦，我来给谭伯伯送酒，是有人从京城给我爹带回来的，我爹让给谭伯伯送一罐来。"

昭儿："哦。那谢谢玉伯伯了。"

"昭儿。"庆瑜又压低声音，看了看四下没人，贴着她耳朵说。

"怎么了？"昭儿小声说。

"昭儿，我明天带你去看我家那大船。"

"真的？！"昭儿惊喜道。

"当然是真的。我其实就是来告诉你这个的。"庆瑜挠挠头说。

"那太好了！不过我爹娘明天都在家……有了，我就说我去看铺子。"昭儿思索着说。

"那就说定了，明早吃过早饭就去啊。"庆瑜道。

"好。吃过早饭。"昭儿道。

"那我先回去了。"庆瑜快乐地说。

"好。"昭儿点头道。

第二天庆瑜起得很早，很少见地和大家一起吃了早饭。奶奶奇怪地问庆瑜不睡懒觉吗？庆瑜说父亲让他去看看新船的进度，没想到筱女嚷着说要一块儿去。好在母亲说，筱女就要考试了，还是让庆松送她去书院，以后有机会再去。筱女不高兴，庆瑜一颗悬着的心总算放下了。奶奶又说让邱伯陪着同去，庆瑜急忙说不必，自己去就行。庆瑜草草吃过早饭，便匆匆出去了。奶奶担心地塞给他几个杌果，一边喃喃道："要走十里路呢，带着吃，免得口渴，天这么热。""我坐船去。"庆瑜说。

庆瑜心里欢喜着、雀跃着。他一路小跑跑进竹林，等候昭儿。半刻钟不到，昭儿便来了。她一身杏色丝绸罗裙，淡红色薄纱半掩面颊，匆匆赶来。

"昭儿，你来了。"庆瑜欢喜地说。

"是呀，庆瑜，还好我娘相信了我的谎话。"昭儿笑道。

"我们去坐船！"庆瑜说着便大步向前走去。昭儿小跑几步跟上。

两人穿过竹林，向海边走去。刚好海边停泊着一条小船，庆瑜拉着昭儿跑过去。船家问去哪里，庆瑜说不远，就邻镇。小船便向东南方向驶去。

两人都没有注意到，在海边，远处有个身影正凝神看着小船远去的影子。

半个多时辰，小船就到了邻镇，在岸边停泊下来。庆瑜和昭儿下了船，往镇子里走去。

从海岸边往镇子里面，地势越发低下来，举目望去是林林总总的木质桅杆和高耸入云的船帆，直将那些灰瓦翘檐也压了下去。

"哇！这里都是造船的吗，庆瑜？"昭儿惊讶道。

"对，整个镇子都是以造船为生。所以你看，到处都是船，造好的，修理的，废弃的，都有。你看，这里，每个区域都是一家的船，大家都有自己的区域。"昭儿举目四顾，海岸线上显然有很多家，各家的区域划分得很明显，中间都有很大间距。每一家的船只都停泊在一起，拥挤却很有秩序。

"哦，是这样啊。那我们去谁家？"昭儿问。

"我们去陈家，这里最厉害的就是陈家。"庆瑜拉着昭儿往前走。

"有多厉害？"昭儿问。

"你知道郑和下西洋吧？"庆瑜道。

"郑和谁不知道啊，当然知道。"昭儿说。

"当年郑和下西洋的大船，其中就有陈家先辈建造的。"庆瑜停下来。

"真的吗？"昭儿不相信地说。

"真的！而且，后来郑成功施琅收复台湾的战船，也有陈家长辈的功劳。"庆瑜又急匆匆地拉着昭儿向前走。

"这都是真的吗？"昭儿问。

"当然是真的。"庆瑜道。

"那太厉害了！"昭儿说。

"是啊，所以玉老爷只用陈家制造的船。玉家的每艘船质量都是上乘，这艘新船，更是巨大无比，除了陈家，谁家也没有这等实力建造啊。"庆瑜又说。

"玉伯伯也好厉害！"昭儿说。

"到了，昭儿，就是这里了。"庆瑜驻足望了望，便拉着昭儿快步走进一个场地。

一个偌大的场地。场地里摆放着数不清的木料，它们长短不一、薄厚不同、形状各异，都是船上的组成部分，却都是未完成品。数十名工匠正在忙碌着，有搬运的，有打磨的。场地里的噪声很大，工匠们打磨木料的声音、搬运的号子声、彼此喊话的声音交织在一起，让人应接不暇。

庆瑜拉着昭儿沿着场地的一边拐进一个高大的石门，石门里面是一个很僻静的庞大院子。昭儿从来没见过这么大的院子，她听姨娘说紫禁城很大，大到从南到北要走上一个时辰，这个院子该不会有紫禁城那么大吧。从这里根本看不到院子另一边的尽头。在这个庞大的院子里摆放着一个巨大的船体，只能看出来是船体，没有船帆，没有桅杆，它的表面也还是木头的颜色，光秃秃的什么都没有。它实在是太大了。

庆瑜拍了拍这艘巨船，说："瞧，这个就是泰兴号。"

昭儿不免有些失望："就这个啊。"

庆瑜看懂了她的心思："别着急呀，这还没造完呢，早着呢！造完之后会很漂亮的，会比福临号还漂亮。"

昭儿"哦"了一声。庆瑜又道："走，我带你去见个人，你就知道了。"

庆瑜带着昭儿快步走了一会儿，前面出现一个大屋子，庆瑜敲了门。里面有人问："是哪位？"

庆瑜道："耀云在不？"

里面又应道："哦，是三少爷来啦！快请进，快请进！"

庆瑜推门进去，昭儿也跟进去。

屋子很大，里面摆放着一些木料，应该是船的构架，但显然这些木料已经经过精细打磨，都很精致。屋子里有几个工匠在写写画画，都很认真，一丝不苟。陈耀云手里拿着毛笔，他的脚边放着十几个小铁桶，里面装着各种颜色的颜料。

他的毛笔上蘸满红色颜料，正在往身旁的一块木板上涂颜色。

陈耀云见他们进来，便放下笔。

"三少爷，好久不见。"陈耀云起身行了个礼说。

"是啊，我今天带个朋友过来玩。谭昭儿。"庆瑜说。

昭儿解下面纱道："陈公子好。"

昭儿只微微一笑，陈耀云便觉得心里有什么东西被撬动了，地动山摇。他顿了顿，缓过神来说："该不是谭总商家的千金吧？"

庆瑜道："还是耀云聪明，没错，就是谭总商的千金。哈哈，我爹让我来看看，我偷偷带她来玩的，别让我爹知道也别告诉谭总商。"

陈耀云："我知道，我知道。那我去给你们倒杯水来。"

庆瑜："不必客气啦，你干你的，给我们讲讲。那艘大船，泰兴号，什么时候能造完？我刚才看还没有模样呢！"

陈耀云："三少爷，您别急，造船哪是一天两天的事，我家虽然世代造船，像泰兴号这么大的船，我家这么多年也是头一次造。别的船还得造大半年呢，何况这么大一艘巨船。不过，也已经很快就有雏形了，再等几个月就能完工了。我爹说尽量在这个秋天完工。"

庆瑜："不急不急，还是按照该有的速度，父亲交代，一定要造好。"

陈耀云："那是自然，请玉老爷放心就好，我陈家世代造船，什么时候也没出过岔子。"

庆瑜："好。对了耀云，你这是在干吗呢？给我们讲讲，这都是些什么东西？怎么就造出一条大船来了？"

陈耀云："我在给这艘要完工的船上色。你看，这艘船，先要安放龙骨，这是龙骨，之后呢，安装这个隔仓板。这个是水密舱，根据船的大小不同，水密舱的设置也不同。之后呢就可以铺设'肋骨'了，就是这些。然后再雕刻船壳外板，还有舱面甲板，还有上色。我现在就是在给这个船壳上色。最后才能安装'龙目'，竖起桅杆和船帆。"

昭儿："哦，这么复杂的呀。"

陈耀云："是啊，很多程序的。"

昭儿："这些花纹好像妈祖衣服的花边图纹啊？"

陈耀云："对的，船侧身的这些花式，都是按照妈祖衣服花边的样式。"

庆瑜道："还有这些。"

陈耀云："对，这些是妈祖靴的花纹，雕刻在上面，都是保佑平安之意。"

昭儿："每艘船都要经历这么多的工序最后造成的吗？"

陈耀云："是啊，所以你们刚才来看见了吧，我们需要很多工匠，夜以继日地打磨，才能在大半年完成一艘大船。"

昭儿："好不容易啊。"

庆瑜："真是辛苦你们了，耀云。"

陈耀云："辛苦是辛苦，高兴也真是高兴。每一艘大船出海，都是我们的荣耀。自己亲手打造的东西能够游行于这个世间，是一件特别高兴的事。"

昭儿："我听庆瑜说，陈家长辈还造过郑和下西洋的船，还有郑成功的船？"

陈耀云脸上浮现出一丝自豪，指着墙上的一幅字说："这是当时我陈家先人去造郑和下西洋的宝船，明成祖朱棣赠送的诗句。"那幅字因年深岁久，已经辨认不清，但它一直被挂在这里，是陈家的至尊荣耀，也是陈家精神之最高表征。陈耀云又走到角落一个桌前，从衣袖里掏出把钥匙，用钥匙打开抽屉，从抽屉里小心翼翼捧出一本泛黄的书来。

"瞧，这是我们陈家先人留下来的《尺寸簿》，每一页都详细记载着所有内容，什么船的每个部位什么尺寸，都有详细记载。我们陈家代代相传的。"

"真好。"昭儿满含敬意地说。

昭儿和庆瑜抚弄着那些即将成为船舷、船帆、仓板的精致木料，感叹不已。陈耀云还让昭儿涂了几下颜色。

陈耀云望着她，竟然想将藏了一辈子的话都说给她听，他也不知道自己这是怎么了。直到庆瑜说，时间不早了，再不回去天黑之前就到不了家。陈耀云发现自己竟然很舍不得这个女孩离开，自己还有很多很多的话都没来得及跟她说。而此后，也不知道还有没有机会再见到她，那些还不知道是什么的话，也不知道还有没有机会跟她说了。只是，如果能再见，那些话自然会蹦出来吧！

陈耀云恋恋不舍地送别了两人，直送到海边两人上了船，看着那艘小船远去，又一个人坐在礁石上看着远方很久，才寂寥地慢慢回去。

回程的时候，昭儿一直看着乘坐的这艘小船。小船很小，只能乘坐四个人，并没有刚刚陈耀云说的那些复杂的构造，但昭儿一直盯着小船的每个部位看来看去，偶尔海面上有大船擦身而过，昭儿便更是看得仔细，直到大船遥遥远去。她蹙起眉认真的样子让庆瑜暗暗发笑。

已近黄昏。小船回到东石村，停泊靠岸。

等在海边不远处的阿元看见昭儿的身影，便撒腿向巷子口跑去。

就在上午，阿元来海边恰好看见庆瑜和昭儿上船，他望着两人乘船远去，便立刻跑回赵府向赵梦乾报告了此事。赵梦乾立刻怒了，骂他废物，问他跑回来做什么？还不乘船去追。阿元立刻又跑出去要乘船去追，赵梦乾又说罢了罢了，你跑回来折腾这么久，哪还追得上了。赵梦乾又想到两个人会不会是去私奔，便问阿元他们带了什么东西没有？阿元说没有，应该是去办什么事或者去哪里玩。赵梦乾咬着呀恨恨地说："敢带着我的姑娘偷偷出去，看我饶不了你！"于是在午饭后，赵梦乾午觉也没睡，换了衣服，索性和阿元乘马车去了海边等候，又不想马车在海边太过突兀，就停在了海岸附近的一处巷子口。

直等到黄昏，赵梦乾在马车里睡眼惺忪，却听见外面噼里啪啦的声音。他掀开帘子，便看到阿元气喘吁吁地跑过来。

"少爷，他们……他们回来了，船马上靠岸了。"阿元说。

"好，我去看看。"赵梦乾睡意顿消，麻利地下了车，向海边跑去。阿元停了片刻，又跟在他后面跑。

两人一路小跑到了海边，就远远地看见一公子拉着谭小姐的手下船。那公子小心翼翼，谭小姐笑意盈盈，两人下得船来，相互对视，眉目含情。看来今日一行两人更是增加了许多情意。

赵梦乾越看越气，右手使劲合上扇子，左手攥紧拳头，咬了咬牙。

"少爷，那个男的就是玉庆瑜。"阿元凑过来说。

"知道。"赵梦乾哼了一声，便冲他们走去。

庆瑜和昭儿正有说有笑，迎面看见赵梦乾走过来，庆瑜下意识将昭儿拉到身后。

赵梦乾压抑着怒气道："这么巧，在这儿遇见谭小姐和……这位公子是玉总商的公子吧？两位刚回来的样子，这是去哪里了？"

庆瑜："赵公子查过我？有什么事吗？"

赵梦乾："哦，只是碰巧，我来海边走走，也正好问下谭小姐，我上次想定的绸布，有货了吗？"

昭儿："很抱歉，赵公子，定同样的绸布通常是没有的。那条街上绸缎庄很多，公子多逛逛，一定能找到好看的料子。"

赵梦乾："我这个人啊，懒得很，就觉得谭小姐家的料子最合意，就懒得去逛别家铺子了。"

庆瑜："赵公子，我们还有事，就先走一步。"说完便拉着昭儿走开。

赵梦乾："谭小姐，我改天再去铺子看看。"

昭儿当没听见，没有回头，和庆瑜走远。

赵梦乾捡起一块石头使劲向海里扔去，却被忽然翻卷而来的浪花打湿了衣衫，脸上也被溅了水珠。他恼火地用衣袖擦了脸，大踏步往回走。

"回去！"他说。

"是，少爷。"阿元跟在后面不敢吭声。

赵梦乾和阿元回到赵府，赵府已经掌灯。赵道台已经回府，府上也到了吃晚饭的时辰。赵梦乾只吩咐阿元："就说我头疼，先不吃了。"他回到卧室换了衣服，阿元将湿衣服拿走，便小心地退出去了。

赵梦乾在桌前坐下来，又气恼地将桌上的书和纸笔推翻到地上，而后，一个人对着桌上的灯，竟落下泪来。

站在门外的阿元听到房间里的声响，轻轻叹息道："唉，少爷，这又是何苦呢！"他慢慢走远。

委屈、落寞、不甘。多年的情绪在赵梦乾的身体里堆积如峰峦，此刻就如要崩裂一般。对于父亲来东石任职道台一事他是很抗拒的，对于父亲他也是抗拒的。按照母亲的说法，她怎么也没想到，生出这么一个顽劣的少爷。可是他们从来都没有人真正懂过他。

他想念京城，想念京城的日子，更想念那个曾占据他全部身心的女孩。

五年前，他16岁，他第一次遇见她，是在一个雪日。那一日，已经两年没有雪的京城忽然天降瑞雪，白色的雪花铺天盖地。父亲一大早就出去了。他和阿元偷偷跑出去玩，一路跑到紫禁城的附近。遥遥地看见紫禁城被白雪覆盖，那红色的围墙越发鲜红，显出不同于往日的气派和神韵。两人正在望着，就见一女孩身披红色斗篷，站在不远处，正在向里面张望。这女孩让赵梦乾想起《红楼梦》里的女子来。该是《红楼梦》里的哪个女子呢？黛玉？不好不好，也不像，这女孩神色自若，毫无自怜之态。宝钗？也不太像，这女孩看起来很纯净天真，毫无心机。那么探春？也不是，探春自带一种决绝和英气，这女孩温婉得很。惜春？那更不像。元春？啊，呸呸，不会，元春是嫁到宫里的，她不该是元春。她还是不要做《红楼梦》里的女子了，那些女子都没有好归宿。她就……她就做她自己就好了。也不知道是谁家的女孩，因戴着斗篷，看不太真切，却仍见其身姿轻盈，温婉灵动，双目顾盼生辉，因冷气而隐约含着晶莹。

赵梦乾呆望着她，那一刻，这世间只有纯白的雪花和红色的佳人，再无其他。此后，这一幕就在他的心上封了印，再也不曾抹去。

那一年她 15 岁，她那日是因为要看雪，央求父亲带她一起出去。父亲要去早朝，她便在马车里等候。但她忍不住好奇，便从马车里跑出来看被雪覆盖的紫禁城。她感觉到了遥遥的目光，便转身去看，就见一少年正呆望着她。她好奇地看了他一眼，像明白了什么，嫣然一笑。那笑容如一汪泉水注入了他的胸腔，他受到了鼓励，走向她问："你是在等人吗？"

"是啊，我在等我爹爹。"

"你爹爹？"

"对，我爹爹在上朝。下了朝之后就会从这儿走出来。"

"哦，你爹爹是谁呀？"

"不告诉你。"

"哦。"

"你会玩雪仗吗？"

"我是女孩，我娘是不会允许我玩男孩子的游戏的。"

"哦。这样啊。"

"好冷，我要回车上去了。"

他追了过去，她上了车。

"嘿！"他在车下边说。

她掀开帘子看着他。

"我给你讲个故事吧。你知道这紫禁城晚上闹鬼的事吗？"他说。

"你吓唬谁呢？不过我也不害怕，我又不住这里。"她说。

有很多官员从紫禁城里走了出来。她看了他们一眼对他说："我爹爹他们下朝了，我该走了。"

"哦。"他看见有个官员往这边走过来，他便走远了一点。

忽然他又想起什么，又跑了两步过来对她说："你还什么时候来这里？"

"我也不知道，也可能就不来了吧。我爹爹不会答应我总跟着他的。"

"那我怎么才能找到你呢？"

"你为什么找我呢？到底有什么事吗？"

"就是，想跟你一起玩啊。"

"我很少出来呀，只是有时候会去沈绣娘的绣坊那里学刺绣。"

"那是哪里？"

"沈绣娘你都不知道？不说了，我爹就要来了。"她放下帘子。

"那，你叫什么名字呀？"

"我叫蕊。"

她的爹爹走了过来，他只好走远。他看见马车遥遥地走远。

"蕊，你的名字真好听！"他大声地喊。他的声音被淹没在漫天飞雪里，雪花落在他的脸上又融化了。

这个他一眼就看中的女孩，他以为她会是他的妻，他想着等他到18岁就会娶她。可是，没有料到，两年后，这个女孩成了秀女，走进了紫禁城，便再也没有出来。

他不知道，当年那个雪日，她站在紫禁城门口是不是就已经注定了她将走进那扇宫门。看见她的那一刻他还曾在心里猜度，她究竟应该是《红楼梦》里的哪个女子更为合适？那一刻他最不希望她成为元春。没想到，老天如此捉弄，她真的成了元春，只是，或许还未及元春。她踏进了这扇门，步步惊魂，命运如何，一切都只是赌注。他与她从此相隔，这紫禁城尘封了她的人生。而他，绝无半点办法。她成了他心底无法祛除的烙印和疮疤。

选秀前日，他见了她最后一面，她带了小妹一起来。那小妹是个可爱的小女孩，一笑露出两颗小豁牙，很懂事地站在门口处给他们把风，听到声音就赶紧让他们藏起来。他和她挥泪告别，遗憾此生都不能在一起。他将他祖传的玉佩给她戴上。她送他亲手绣的锦囊。他知道，以她的样貌，被选为秀女是迟早的事，只是，没有想到，她第一次参选就入选了，一切来得太快。怎奈，一切已成定局，他无力更改，更无法想象，她成为人人艳羡的皇妃受皇帝的恩宠抑或她被人陷害沦为素人都与他毫无半分瓜葛。她和他在两个世界，绝无丝毫交集。

此后，他病了很久，对一切都很厌烦，尤其厌恶父亲对圣上和官员那一副卑微的样子。他更加游手好闲起来。他最喜欢的女孩都被剥夺了，他还有什么怕失去的，无非换来父亲的一顿家法和母亲喋喋不休的絮语与责骂罢了。他甚至讨厌起自己的家世来，他倒宁肯做一介草民，至少草民还会有很多朋友和玩耍的伙伴。而他，除了阿元，什么都没有。

如今，来到了东石，离京城更加遥远，深宫中的蕊更加遥不可及。曾经，听说蕊在深宫中得不到皇帝的宠爱，他是很开心的，他爱的女子，是应该属于他的。但他同时又对她的安危非常担心，得不到皇帝的宠爱，便意味着接下来步步凶险，孤苦无助，那是他无论如何不愿意她承受的。可，又能如何？只能任由岁月在夜深人静之际在他心里千刀万剐。时间久了，就麻木了，也就不觉得疼了。至少，疼得不那么清晰。

一切的改观始于谭小姐的出现。他见她的第一面就觉得他们似曾相识。自那一刻起，他就知道，只有她能治愈他心里陈旧的伤疤。他如此渴望见到她，如此渴望她能陪在他身边，时时刻刻都不要离开。然而，这世间对他是何等的不公平，他好不容易又看中的女孩，为什么她早已心有所属，为什么那个玉公子会有机会陪伴她一起长大。为什么老天总是捉弄他，好不公平，好不公平！

他的心又开始绞痛起来，撕裂般疼痛。他捂着胸口抑制不住狂喊一声："老天爷，你要折磨我到什么时候！"

第九章　1821年　东石赵家

　　赵梦乾醒来的时候，四周一片寂静，他坐起来，仔细想也想不起自己是什么时候睡过去的。肚子咕咕叫起来，他才想起自己没有吃晚饭，肚子已经在抗议了。

　　"阿元！"他叫了一声。没有回应。他于是穿上鞋子，一边向外走一边嘴里嘟囔着："这是去哪了。"他隐约听见父亲的书房有说话的声音，便循声过去，走到窗户下，仔细倾听。

　　"道台大人，您就别客气了。这点小意思，不成敬意，还望笑纳。"

　　"闵总商客气了，总是让你破费，本道台过意不去呀！"

　　"闵总商？"赵梦乾不屑地哼了一声。来东石的第一天，这个姓闵的就来造访，还差人送来很多礼物。那个没出息的爹，就好像没见过世面一样，看着这个人送来的珠宝绸缎满眼放光，真是丢人！想来堂堂道台，从前在京城里大小也是见过皇上的人，那也是每天上朝下朝，要和皇上议事的，见到点小利就这般样子，真是羞辱了自己身份！

　　赵梦乾正要转身离去，却听闵总商说："道台大人，听闻贵公子今年二十二岁了，到了该成家立业的时候了，不知贵公子可有属意的姑娘？道台大人是否为他选了亲？呵呵，莫怪老夫多嘴，看贵公子英俊逼人，如众星拱月，实在是无法忽视啊。"

　　"啊哈哈，闵总商谬赞了。唉，我那个逆子啊，这件事说来也是让我很头疼。生来顽劣，像匹野马，难以驯服。这事恐怕得他自己选对了人，若要拧着他的脾气，恐怕也是对人家女孩不公，谁家的女儿也都是爹娘的心头肉。"

　　"道台说的是。不过，我倒是挺喜欢贵公子的，聪慧灵气。若道台不嫌弃，我是说，如果，我倒是有个女儿，今年刚好 17 岁，样貌呢，在这东石也算数一数二。小的不才，也就这么一个掌上明珠。当然，我们经商的总归比不过官宦人家。如果，恰好，我这女儿贵公子能看得过眼，那小的愿意把女儿嫁过来。哈哈。"

"啊，哈哈，闵总商还藏着个宝贝女儿呢？那就先感谢闵总商看得起我那顽劣的儿子。"

"道台大人真是说笑了。"

"哼。"赵梦乾生气地又哼了一声。

"对了，道台大人。督抚大人那里，还请道台大人多多美言。如道台大人和督抚大人有任何需要，小的自当效犬马之劳，不敢有半分懈怠。"

"我来东石也有一段时间了。我查看了之前的案卷，玉总商在东石一直是你们总商的群龙之首。他这些年也的确身先士卒为朝廷、为东石百姓，做了很多的事情。东石本地的庙宇修建，玉家总是首担其任，在东石也是有口皆碑，深受百姓尊崇。此前吴道台在任的时候，修缮天后宫，也是玉总商一家主持，花费巨额。玉总商生平慷慨，遇贫苦而好施，乐仁义，至今声名洋溢。天后宫还挂着圣上亲笔御赐给他的'急公好义'的匾额呢。就冲着这，他在朝廷上下那也是挂了号的。还有春天的时候修建东石到安海的东桥，整个桥长 296 坎，玉家就捐了176 坎，你闵总商可是捐的不多呀！"

"那是，那是。玉总商为东石百姓、为朝廷着实贡献卓著，小的自愧不如。说到这东桥，请恕小的斗胆坦言，吴道台真是命不好，他离开的时候就差那么一点，这东桥就修完了。"

"是啊，这么一件大功，他留给我了，哈哈。这东桥也是惊动皇上的大事。这东南沿海，平时没什么事，有事就是大事。京城离这里山高水远，陛下可以去扬州寻访，却没法到这里来寻访，实在是太远了。所以，皇上也是万分挂念着这里。"

"是啊，谁说不是呢！所以一切还不都得靠道台大人您和督抚大人督办和监管着嘛！"

"玉总商哪里都好，就是为人有些古板，督抚大人对他也颇有微词。不像闵总商你这样脑子灵光，而经商之精髓就在善于运筹帷幄，所以，像闵总商这样的人才总该要好好重用才是。以后机会成熟了，有些事自然水到渠成。"

"啊呀呀，那多谢道台大人如此看重，在下真是受宠若惊。对了，上次听闻嫂夫人身体一直不佳，不知现在身体如何？"

"唉！我夫人那个身体呀，多年的老毛病，也没什么大碍，就是不太禁得住折腾，大夫说，体质偏弱敏感，遇上个季节变换，就得病上一阵子。以前在京城里春天柳絮多，她只要一碰到那个柳絮，就会喘得厉害。夏天又热得出疹子。到了冬天，京城里的冬天天寒地冻，她经常会因腿疼走不了路。来到这里，似乎好了许多。"

"道台大人，咱东石这里天气虽然热了点，但水土还是养人，嫂夫人的身子啊肯定一天比一天好得多。不如，我找最好的郎中过来，给嫂夫人看看，调养调养。"

"那再好不过。"

"那小的回去就办。对了，道台大人，来了这么些日子了，咱东石你可有都逛一遍？这里虽说不比京城的繁华，但京城里该有的，咱这里，也都有。"

闵总商忽然压低了声音，又道："如果道台大人想听个曲，看个舞什么的，小的保证，都给大人找最好的。或者，道台大人如果想，嘿嘿，嫂夫人身体不太好，道台大人应该明白我的意思，我保证给大人找到东石最好的女子。管保大人您满意。"

"妈的！王八蛋！"赵梦乾气得跺了跺脚。

里面赵启胜听到了窗外的声音，喝道："谁在那儿？"他走出来，看见赵梦乾站在门口，便说："正好，你进来，我有话问你。"

闵总商早已恭敬地站在那里一脸柔和地看着赵梦乾道："少爷真是仪表堂堂，不知将来谁家女儿有这福气能嫁给少爷。"

赵梦乾厌恶地说："我有喜欢的人了。"

闵总商失望地说："哦，那真是恭喜少爷了。不知是哪家的姑娘？"

赵梦乾："这是我的私事，为什么要告诉你？"

道台："哎，逆子，闵伯伯刚才还在为你的亲事操心。"

赵梦乾："哦？是为我操心吗？是为他自己操心吧？也为爹爹你，哪轮得到为我操心。我没什么好操心的。"

道台："你怎么说话呢！"

赵梦乾："爹爹有什么话就问吧，我还有事。"

道台："大晚上的，你能有什么事？"

赵梦乾："我自有我的事。"

道台："过些日子，督抚大人举办家宴，我想带你一起去赴宴，你心里有个准备。最近也别老往外跑，在家里温习一下诗书，免得到时候丢人。"

赵梦乾："我还用得着温习？我才没兴趣参加什么督抚的家宴。"

道台："你个逆子，好大的胆子，真是被你娘宠溺坏了。"

赵梦乾："爹爹，不，道台大人，你犯得着在外人面前这么诋毁自己的儿子吗？他谁啊？闵总商，别以为你很聪明，你司马昭之心甚至连藏都不想藏啊，你糊弄得了我爹，可糊弄不了我，也别想拉我爹下水！别想随便找个女人来顶替我娘，你看哪个敢来我打断她的腿！别想欺负我娘！你家的千金，我没有任何兴趣。不是因为你的千金不好，是因为她爹！我最瞧不起你这种人！"赵梦乾说完甩了袖子推门离去。

道台："你个逆子，真是胡言乱语，看我不家法惩罚你！哦，闵总商莫怪，这逆子从小被我和夫人宠溺坏了。"

闵总商擦了擦额头的汗，满脸堆笑道："道台大人哪里话，小孩子，都是小孩子，没什么的，没什么的。哦，可千万不要责罚，只是，道台大人您知道我一番好意和一片赤诚之心就好了。那，没什么事，道台大人，也很晚了，就不打扰府上休息，那小的先告辞了。"

"好，闵总商慢走。"

隔日清晨，赵梦乾还没醒来，赵启胜便将阿元叫来问话。

赵启胜："阿元，我问你件事，你不准隐瞒。"

阿元："是，老爷。"

赵启胜："少爷是不是有了喜欢的姑娘？"

阿元："哦，这个……少爷不让说。"

赵启胜："那你就听他的？你就不怕我？"

阿元："老爷，少爷是有了个喜欢的姑娘。"

赵启胜："谁？"

阿元："姑娘叫谭昭儿，是谭总商的女儿。"

赵启胜："哦。谭总商的女儿，那她对少爷是否有意啊？"

阿元："这个，小的也不知道。"

赵启胜："好，你去吧，我知道了。不必告诉少爷我知道了。"

阿元："好，老爷。"

雪仍然在纷纷扬扬地下，蕊仍然披着那件初次见面的红色斗篷，向赵梦乾走来。脚下的雪很深，她跋涉得踉踉跄跄，他要冲过去，却都被风雪挡回来。他只能站在原地看着她一个人在雪地里摔倒，爬起来，又摔倒，又爬起来。倏地，雪地变成了海洋，他站在海岸上，看见谭小姐在大海里挣扎。他跳下海，向她游去。海浪不断翻涌，他好不容易靠近一点又被海浪推远，谭小姐就在不远的距离，他却无论如何游不到她身边去。他索性屏住气，深潜下去，从海面下向她奋力游过去。迎面而来的水草将他的双脚缠住，他使劲扯断那些水草，却看见谭小姐慢慢沉了下来，她的裙袂绸带在海底漂浮，如仙子的羽翼飘飘欲飞。她的姿势好美，像仙子在悠悠起舞，一点一点坠入深海。她的脖颈向上扬起，美丽的弧度让人想要亲吻。她的一只手臂也向上擎起，像要托起一束落入海洋的月光。那样轻飘飘地、那样缓缓地、那样美丽地从他的面前坠下去，坠下去……他狂喊着"不要啊""不要啊"，伸手去抓那些轻轻飘荡的绸带，它们却戏弄地飘走。

"不要啊！"赵梦乾大叫着醒来，发觉自己又是一身冷汗。

自从蕊入了宫，有一年之久，他都会做噩梦。好不容易不做噩梦了，自从遇到谭小姐，又开始做噩梦。这已经不是第一次梦见她溺水。每一次噩梦醒来，他都会害怕，觉得浑身发冷。

阿元正坐在他旁边，给他擦了汗："少爷，别怕。"

"阿元。"他握住阿元的手。

"少爷，又做噩梦了吧？唉，没事了，没事了哈。"阿元心疼地说。

"阿元，今天，跟我去趟海边。"他哑着嗓子说。

"好，少爷，先吃点早饭吧。"阿元说。

"我爹呢？"赵梦乾问。

"老爷已经去了衙门。"阿元说。

"好。"赵梦乾慢慢坐起来。

汛期已经来临，海浪从早到晚地翻涌不息。赵梦乾和阿元步行向海边走来，远远地就看见海浪翻卷着向海岸袭来，像谁惊醒了浪花的早觉，它们含着满腔的怒气簇拥着冲撞过来，毫不客气地打湿了两个人的衣衫，跑回海里，又积攒了力气重新冲撞过来。赵梦乾没动，任它们拍打，任它们喧闹，因着这些顽劣的浪花，他的心反倒平静下来。

"少爷，快站远点，瞧，你的衣服都湿了。"阿元拉着他站远了一点。

他反倒坐下来，看着又在赶来攻击的海浪，又看看正在升起的朝阳。今天的朝阳似乎也很懒散，已经这个时辰了，还没有完全脱离海面，像在贪恋昨夜的床榻。他又看向遥远的海面。

"阿元，你喜欢这里吗？"赵梦乾忽然说。

"说实话，我还是喜欢京城。京城里虽然冬天很冷，但玩的东西多呀，我们可去的地方也多。这里，哪哪都很陌生，总觉得像是来做客的。要真只是来做客就好了。少爷，你喜欢这里吗？"阿元道。

"我也不知道。"赵梦乾茫然地说。

"少爷？"阿元诧异地问。

"京城，也不知道还能不能回去了。这里离京城有几千里，可能就回不去了。不回也好，就这样吧。"赵梦乾抓起一把细沙，又松开手，看着细沙一点点掉落。

"我知道，少爷还是放不下……姑娘。"阿元小心翼翼地说。

"少爷，别折磨自己了，已经过去那么久了。姑娘，也还好，也是姑娘……狠心。你也该好好过自己的日子。"阿元又说。

"为什么我喜欢的姑娘最后都是别人的，我不服。"赵梦乾沉默了一会儿说。

"少爷，好姑娘多得是呀，以老爷的地位，少爷想要啥样的姑娘没有啊？少爷你就是较劲，跟自己较劲。"阿元小心翼翼地说。

"这天下之大，入得我眼的姑娘寥寥，可我不喜欢的，我是不会要的。"赵梦乾决绝地扔了个石子。

他忽然站起来脱下鞋子，又脱下衣衫。

"少爷你要干吗？"阿元吓了一跳。

"我下去游一会儿。"他说。

"天哪，少爷，这汛期，下水很危险的，少爷！"阿元胆战心惊地说。

"死不了。你不用跟着，我下去游一会儿。我总得……"他叹息了一声，又说，"我总得能把她救回来。"

"少爷，我的天哪！这又是发什么神经！"阿元惊慌道。

阿元紧跟着也脱了衣衫下了水，向少爷游去。

"少爷，我们快回去吧！"阿元跟在后面说。

赵梦乾也不说话，只是奋力向前游去，忽然就钻到水面下。

"少爷！"阿元惊恐地喊起来。

好一会儿，赵梦乾才露出头来，扭头甩掉一脸的水，回头冲阿元笑笑："我没事，瞎担心什么！"

"少爷，你这是要吓死我吗？"阿元担心地说。

"我是能救她回来的。"他又说。

"什么？"阿元不解地问。

"我是说，你游不过我的。"赵梦乾大声说。

"是是，少爷，我根本比不过你，你是正经学过的。我不过就会个狗刨，所以少爷你就别为难阿元了，真有个闪失，阿元这条命就没了。"阿元苦着脸说。

"好吧，回吧。"赵梦乾终于露出笑脸说。

"少爷，你瞧你笑起来多好看，你笑起来呀，这天上的云彩都散了。唉，我的少爷啊！"阿元在后面唉声叹气。

"今天有云彩吗？我怎么没看见？"赵梦乾一边上岸一边笑着说。

"我这不是打个比方嘛，少爷，你又在拿我开玩笑。不过，开玩笑能让你开心的话，你随便开。"阿元喘着气上了岸。

傍晚，赵启胜在衙门里还没回府，他还在等小匣子。一整天他都很少说话，眯着眼捋着胡须想心事。近日来少爷又神出鬼没、心不在焉的样子像极了几年前那个时候。那个女孩的失去让他患上了病，此后他的心就一直蒙上了阴影，连笑容都是敷衍，对尘世间的一切都失去了兴趣，也失去了信任。作为父亲，他即便位高权重也是使不上力，毫无办法。这一次，在儿子还没有陷得很深之前，他先要将女孩的底细摸个清楚才行。因而一大早他就差了小匣子去仔细查谭家人。

就快掌灯了，小匣子终于回到衙门。

"大人。"小匣子道。

"你们，都散了吧。"赵启胜对其他的吏使说，大家便都走出去，只剩下他和小匣子两个人。

"怎么样？快说说。"赵启胜道。

"大人，按您的吩咐，能查的都查了。谭家的三亲六故，包括下人，都查了个遍。也还挺好查的，因为谭总商的名号在这一带也是震天响的人物。"

"嗯，很好。说说。"赵启胜点头说。

"谭总商祖辈就是东石人，几代人经商挣下了今天这份家业。谭家主要是以经营绸缎绣品为主业，也经营一些茶叶、茶具，还有其他一些品类，品类很多，销路也很广，从广东到山东，都有商业往来。并且，谭总商这几年还和暹罗国人做过几桩大生意，据说是玉总商先跟暹罗国人做生意，后来因为两家关系很好，玉总商给谭总商也介绍了生意。总之就是谭家的生意范围很大。还有，原来谭总商和京城里的刘大人是亲戚。"小匣子一口气说道。

"哪个刘大人？"赵启胜问。

"就是刘乃士。"小匣子道。

"啊？"赵启胜站起身，"什么亲戚？"

"谭总商的夫人是刘夫人的妹妹。"小匣子又说。

"是真的？"赵启胜惊讶道。

"千真万确，大人。还有更有意思的，据说，谭家的小姐谭昭儿从11岁就去了京城，在刘夫人家里生活了好几年，也是今年才回来。"小匣子又神秘地说。

"你是说，谭昭儿在刘大人家里生活了6年？"赵启胜难以置信地问。

"对，属下打探是这样的。"小匣子点点头。

"谭昭儿为什么会去京城？"赵启胜开始踱步。

"据说，这位小姐自幼体弱，有位高人说，如若一直在父母身边，恐怕活不到15岁，只有离家才能躲过大劫。所以谭总商就把她送到了刘大人家里，一直在京城生活来着。后来，到了今年，等过了年谭小姐就到17岁了，已经躲过了劫难，谭家这才把她接回来了。"小匣子又说。

"哦，原来如此。"赵启胜若有所思。

"对了，小的还听说，这位谭小姐15岁的时候本来她姨娘已经准备好要让她参加皇上选秀，没想到临了临了，这姑娘被蜡烛烫伤，就没去成。"小匣子又猛然说。

"哦，还有这事？"赵启胜诧异道。

"对。小的听着也很惊奇。谭小姐小的也见过一次，生的貌美，和京城里的姑娘不太一样。不是有句话叫红颜薄命吗，长得好，老天爷也会嫉妒的吧。"小匣子似笑非笑道。

赵启胜沉吟着。

"谭总商和夫人对这个女儿极其喜爱，甚至超乎谭家的儿子。谭家还有两个儿子，一个常在谭总商左右，是经商的好材料，将来也是要接管谭家生意的；另一个还在读书的年纪。谭夫人为人和善，就是有时候有点脾气。谭总商呢，大多数时候为人都很仗义，在东石的口碑一直不错，对东石百姓也算尽心尽力，只是偶尔也会有点小心思。"小匣子又说道。

"他家的其他人呢？"赵启胜坐下来问。

"谭家下人们都很本分，都是东石人，基本没什么恶习。"小匣子说。

"好，我知道了。办得很好，不过，这件事不用说出去。"赵启胜点点头说。

"小的明白，大人放心。"小匣子道。

"好，你回去吧。"赵启胜说。

"好的大人。只是，还有件事，小的听说，谭小姐小的时候和玉家的三公子很是亲密，从京城回来之后，两人还常常一起出去玩。赏灯那天，这位谭小姐的灯，被少爷抢先买了来，少爷就是在那天遇见了谭小姐。"小匣子想了想又说道。

"好，知道了。"赵启胜有些心烦。

小匣子走出去。赵启胜叹息一声："真是孽缘啊！"

几日后的黄昏，赵启胜一身疲惫回到府上，便见夫人喜笑颜开迎过来道："老爷，你猜今天谁来了？"

"谁来了？"赵启胜纳闷地问。

"闵夫人。"赵夫人笑着言道。

"哪个闵夫人？"赵启胜停住脚步。

"就是闵大人家的夫人啊！"赵夫人道。

"她来，有事吗？"赵启胜不悦地问。

"哎呀，老爷，你不知道，这闵夫人啊真是貌美，年纪比我小不了几岁，人却年轻得紧，她还带来个郎中，是闵大人专程派来的，给我看了身子，她还送我一些很好的养颜的胎盘膏呢！以前在京城的时候我就听人说，宫里的嫔妃都用这个呢！也不知道闵夫人哪来的神通，居然能弄到这么好的东西！"赵夫人开心地说。

赵道台沉吟道："哦，你喜欢就好。"

"喜欢，当然喜欢！这比什么山珍海味啊，都好！对了，她还说，过几天是她的生辰，闵家要摆宴，要请我们都去吃酒呢！"赵夫人又说。

"呵，闵总商这只狡猾的狐狸，我就说无事不登三宝殿，在这等着我呢，他这是打定主意要把他的女儿嫁给我儿子。也好，那不如就去会一会，我倒要看看他的女儿到底是怎样个女子，毕竟我儿也到了适婚年龄，也该给他考虑下亲事了。"赵启胜思忖道。

"哦，原来是这样啊。那我看闵夫人年轻貌美，女儿应该也差不到哪里去。"赵夫人道。

"那女孩再好，还得你儿子乐意不是？得让这逆子心甘情愿才行。要不，又指不定惹出多少么蛾子呢。"赵启胜发愁地说。

"也是。唉，这都好几年了，这孩子还是过不去哪个坎儿。"赵夫人也叹息道。

"那个坎儿是要过去了，又有新的坎儿要过不去了。"赵启胜说。

"你说什么？新的坎儿？"赵夫人惊讶道。

"哼哼！"赵启胜生气地甩甩袖子。

三日后的傍晚，赵启胜急匆匆回到府上。夫人早已换上一件芋紫色的绣裙，坐在厅堂里等他。

"老爷你回来了。"赵夫人站起身迎上来。

"他呢？"赵启胜问。

"在睡觉，在外面玩了大半天，回来就睡下了，一直还没醒来。"赵夫人道。

"阿元呢？"赵启胜又问。

"我在，老爷。"阿元跑进来。

"去叫少爷起来，跟我出去。"赵启胜说。

"去，哪里啊，老爷？"阿元惊讶道。

"嗯？"赵道台瞪了瞪眼。

"是，我这就去，老爷。"阿元一溜烟向赵梦乾的卧房跑去，推门而入。

"少爷，不好了。少爷！"阿元推赵梦乾醒来。

"什么事啊，阿元？"赵梦乾不耐烦地坐起来。

"快，公子，老爷回来了。"阿元紧张地说。

"他又不吃了我！"赵梦乾揉揉眼睛说。

"老爷让你快点跟他出去一趟。"阿元又说。

"去哪儿啊？"赵梦乾打个哈欠。

"老爷没说。我看夫人也已经换上很正式的衣服呢，应该是带你去什么重要的地方吧。"阿元思忖道。

"这里还能有什么重要的地方，这里我爹就是天下第一。"赵梦乾又要躺下去。

"少爷，你快点吧，老爷在等呢！"阿元一下抱住他。

"着什么急！"赵梦乾不耐烦地说。

阿元拉拉扯扯，半扶着赵梦乾下了床来。赵梦乾打着哈欠推开卧房的门，走进厅堂。

"爹。"赵梦乾双手行了个礼说。

"你穿的这是什么？快去换一件得体的衣服来，跟我出去一趟。"赵启胜道。

"去哪儿啊？还需要换衣服？我这，不是挺好的吗？"赵梦乾打量了下自己说道。

"让换就去换！"赵夫人提高了声音说。言罢，忽然咳嗽起来。

"哎哟，你瞧你，这个逆子！你娘不能动气。"赵启胜提高了嗓门。

"哦，我这就去换！娘。"赵梦乾赶紧往回跑。

"咳咳，咳咳。"赵夫人还在咳嗽。

"你说你动什么气呢。"赵道台扶着她说。

"唉，我这身体呀，真是没法子，挺高兴件事，让我给扫了兴。我恐怕到了那儿，也会很累，还是不去了，你们去吧。"赵夫人说。

"哎，好吧，那来人，好好伺候夫人。"赵启胜道。

"是，老爷。"管家沈叔走过来。

"没事，我休息下就好了。你好好看看那姑娘，最好儿子能喜欢，说不定就能两相情愿，那就让儿子娶过来吧。"赵夫人道。

赵梦乾已经换了一身米黄色的半新长褂快步走进厅堂："这回可以了吧？"

"好，沈叔，车备好了没？"赵启胜又问。

"备好了，老爷。"沈叔道。

"我们走吧，去闵总商家。今天是闵夫人寿辰，你娘就先不去了，你和我一起去。"赵启胜说。

"就是那个闵大人？爹你还是自己去吧，我可不想凑那个热闹。我就在家陪我娘。"赵梦乾抗拒地说。

"你还想继续气你娘吗？"赵启胜又提高了嗓门。

"这，跟我去不去有关系吗？"赵梦乾想了想说。

"别废话，跟我上车！"赵启胜训斥道。

"那娘，你在家好好待着。"赵梦乾无奈地对赵夫人说。

"对了，爹，你是说，闵夫人的寿辰？"赵梦乾忽然想起什么，又说道。

"对，是寿辰。"赵启胜说。

"那闵家一定请了很多人了？总商们今晚都应该来吧？"赵梦乾感兴趣起来。

"那自然是少不了要请一些总商的。"赵启胜说。

"哦，那我去，爹，我们走吧！"赵梦乾忽然愉快地说。

"你小子又在打什么主意？"赵启胜问道。

"没有，爹，什么主意都没有。"赵梦乾说完，忽然喜笑颜开，飞快地上了车。

"少爷，老爷为啥要带你去闵家？"阿元在车上偷偷问赵梦乾。

"哼，那个闵大人家有个千金，上次姓闵的说想把他女儿嫁给我。有可能是因为这个。"赵梦乾低声说。

"哦，原来如此，那，少爷，你会娶吗？"阿元小声问。

"我为什么要娶？我已经有谭小姐了。"赵梦乾提高了嗓门。

"那你不娶，你去干吗？哦，知道了，你是……去见谭小姐？"阿元惊讶地问。

"嘘！"赵梦乾伸手捂住阿元的嘴巴。

赵家的马车刚到闵府附近，闵家门前的伙计就跑回屋里禀告，赵道台来了！闵总商急急忙忙拉着闵夫人，小跑到大门前等候，见车停下，便殷勤地过来扶着赵道台下车。

"哎哟哟，道台大人，公子，可算等到你们了。道台和公子光临寒舍，寒舍真是蓬荜生辉呀！小的，就怕请不动你们呀！快请进，快里边请！"闵总商说道。

赵启胜和闵总商一边寒暄一边走进院子。赵梦乾和阿元跟在后面，四顾环视。天色渐暗，闵家的大院里已经开始掌灯，起初稀稀落落，没一会儿便灯火通明。院子很大，却并没有摆满，只摆放着七八张桌椅。闵总商对各桌上的显贵言道："这位是赵道台和赵公子。"

众人都站起身行礼问候。赵启胜还了礼，和闵总商在中间的桌子前落座，赵梦乾也在父亲身旁坐下。闵总商说道："今天有幸请道台大人来寒舍，道台大人实在是给足了我闵某人的面子，以后，但凡道台大人有任何吩咐，小的和弟兄们，万死莫辞啊！来来来，我敬道台大人一杯，我先干为敬！"

赵梦乾小声对阿元道："阿元，你看一下，谭小姐来了没？我怎么没看见谭小姐？"

"少爷，我去找找看。"阿元悄悄弯着腰溜走。

赵梦乾等了半天，不见阿元回来，有点着急，便小声跟赵启胜说："爹，我去方便一下。"赵启胜正在举杯，没有听见，赵梦乾便站起身，向庭院里边走去。大家都在忙着喝酒，无人顾及赵梦乾的离席。

赵梦乾站在庭院的角落，仔细看每一桌上的人。来的女眷不多，所以很好辨认，谭小姐并没有在这里。她会不会也觉得酒桌人多吵闹，偷偷溜出来了呢？这样想着，赵梦乾便向庭院深处走去。经过一个长廊，来到一处幽静之所，烛光暗淡，却忽然听见风声骤然而起，接着，在朦胧中一个尖锐之物泛着寒光从他耳畔划过。他吓得呆立在那里。

"谁？"一个女子的声音响起，声音如尖锐之物一样带着凛冽。赵梦乾小心地环顾四周，一个女子和一个家丁装扮的男人站在他身后。夜色朦胧，看不清女子面容，只一双眼睛寒光凛凛盯着他。

"啊？"赵梦乾吓得一激灵。

"小姐，就是他，我都跟了他好半天了。"那家丁指着赵梦乾说。

"说，偷偷潜入我闵府所为何来？"女子道。

赵梦乾长吁一口气："哦，是闵如意？我是赵启胜的公子。"

"哦？哈哈哈，骗谁呢？道台大人的公子你也敢冒充！你是不是知道今天我闵家摆宴，趁机混进来的？说吧，是来干什么的？我知道我那个不争气的爹平日里得罪了不少人，你们都想来报复，都记恨他对吧？那也不能冒充道台公子啊！哈哈，就这一条，就可以治你的罪，知道吗？"女子笑起来。

"我，真的是赵公子啊！"赵梦乾申辩道。

"还不说实话！给我绑了！"女子厉声道。

"是！"那家丁也不知道从哪变出来的绳子，用绳子套住赵梦乾，不由分说，将他绑了起来。

"喂！你们好大胆子！居然敢绑我！"赵梦乾喝道。

"哈哈，为什么不敢，是你自己太倒霉，落到我手里。也不打听打听，本姑娘岂是你这样的假货好欺负的！我随便一个手指头，就能弄死你，信不信！"她慢慢逼近赵梦乾。

赵梦乾这才看清这个女孩。这女孩体态丰满，双目炯炯，高鼻厚唇，眉宇间显露出一丝英气。她身着一件漂亮的藏红色袍裙，这袍裙却没有给她增色，反而让他觉得像是游牧民族的女子穿上了汉族的衣服，显得极其窘迫。他脑海中忽然出现了身着藏红色袍裙的谭昭儿，这个颜色穿在谭小姐身上美极了，更衬得她肌肤雪白，玲珑温润。他看得呆了。

"你！竟然敢这样无礼地看着我！真是找死！"那姑娘咬着牙说。

忽然传来声音："赵公子！少爷！你在哪儿？"三个人转身，就见一片火光慢慢靠近——是闵大人带着家丁和赵启胜、阿元赶来了。

原来阿元没找到谭小姐，便回去告诉少爷，却不见了少爷身影。他又等了一会儿，还不见少爷回来，便有些担心，告诉道台少爷不见了，于是赵启胜便要闵总商来寻找赵梦乾。一行人举着烛火找到这里来了。

"啊，我在这！这里！"赵梦乾喊道。

"你还真是很大本事，我爹居然亲自来了。"闵如意不屑地说。

一行人已经到眼前。

"爹，抓了个小贼！"闵如意扬扬得意地说。

"你个逆子，给我跪下！还不快给赵公子松绑！"闵总商喝道。那家丁赶紧跑上前给赵梦乾松了绑。

"你个逆子，知道这是谁吗？这是我请的道台大人的公子！还不快点赔罪！"闵总商呵斥道。

"哦，原来你真是赵公子啊，我还以为是个假冒的。我就是闹着玩的。"闵如意说。

"你还不跪下！"闵总商喝道。

赵启胜道："好了，都是小孩子闹着玩，没事的。你，偷偷溜出来干什么？还不跟我回去！丢人现眼！"

赵启胜说完便甩甩袖子走了，赵梦乾紧跟其后。闵总商小跑跟上来一路赔笑："道台大人，真是对不住啊，小女顽劣，平日里宠溺坏了，回头我定会好好教训。公子，真是对不住了啊，公子受委屈了，改日让小女登门谢罪啊！"

"还是不必了吧！我平日里要事缠身，闵总商也是忙得很，就无须那些繁文缛节。天色已晚，就告辞了！"赵启胜和赵梦乾上了车。闵总商看他们的马车远去，转身走回庭院。大家也纷纷告辞，很快散去。

闵总商回到厅堂，气急，吩咐道："把她关两天禁闭！"

赵启胜和赵梦乾回到府上的时候，夫人还没睡。听到声音，她便走出来。

"你们回来了。"夫人说。

"娘，我先去睡了。"赵梦乾打了个招呼，悻悻地向卧房走去。

阿元也在后边说："夫人，我也先下去了。"

"这是怎么了，这孩子？"夫人纳闷地说。

赵启胜扶着她说："外边凉，进屋说。"

两个人走进卧房，赵启胜扶着她在床边坐下来。

"怎么样？闵家的姑娘，儿子不喜欢？"赵夫人问。

"别说儿子，我也没见过这样的姑娘。这姑娘平时被闵总商宠成这个样子，我还是第一次见到。别说儿子没看中，我也不可能让她进我赵家家门。"赵启胜生气地说。

"哦？到底怎么回事？"赵夫人惊讶地问。

"这姑娘居然把我儿给绑了！"赵启胜生气地说。

"啊？咳咳。"赵夫人咳嗽起来。

"还好我们赶去得及时，再晚点还说不准会闹出什么事来。"赵启胜拍着她的后背说，"但是，这个闵总商，也不能小看了他。我毕竟初来乍到，他和钱督抚还有点渊源。"

"什么渊源？"赵夫人问。

"你就不用管了，夫人就安心养身体就好。"赵启胜道。

"唉，老爷你现在也是道台了，我们别昧着良心做事就行了。"赵夫人道。

"这朝野上下哪个不是昧良心？吴道台就是不昧良心的下场。我可不想当个冤死鬼。你就安心养你的身体，其他的事不用你操心。"赵启胜说。

"那孩子对这闵家的姑娘不称心，这亲事该怎么办呢？"赵夫人说。

"谁知道该怎么办呢，睡吧。"赵启胜扶夫人躺下。

……

赵梦乾一夜未眠。

第二天清晨，赵启胜穿好官服，走出卧室，来到厅堂，便看见赵梦乾一脸憔悴，在桌前正襟危坐。

"你这么早起来，坐这里干吗呢？"赵启胜诧异地问。

"我在等爹。"赵梦乾说。

"等我？太阳打哪边出来了这是？"赵启胜好笑地说。

"我是在等爹。"赵梦乾一本正经地说。

"有事？我要赶着去衙门。"赵启胜迈开步子要走出门。

"爹，我的确有要事相求。"赵梦乾站起身说。

"什么要事？说来听听。"赵启胜停住脚步。

"我知道爹和娘已经在为孩儿张罗亲事了。昨天爹带我去闵家也不是为了要去喝酒，其实是想看看闵如意。但没想到昨晚被闵如意给绑了，孩儿不生气，但孩儿觉得是时候跟爹说一说我的亲事了。"赵梦乾道。

"嗯，你说。"赵启胜捋着胡子说。

"我知道几年前的事让爹娘很操心，但爹你知道孩儿的脾气，毕竟要找的是跟孩儿过一辈子的女人。如果孩儿不喜欢，那岂不是一辈子都很别扭，都很难过？孩儿不想一辈子都很难过。所以，孩儿还是要挑一个自己喜欢的姑娘。求爹爹成全。"赵梦乾跪了下来。

"你，又有喜欢的人了？"赵启胜沉吟道。

"是。孩儿喜欢谭总商的千金，谭昭儿。"赵梦乾说。

"她有什么好？"赵启胜问。

"在孩儿眼里，她哪都好。"赵梦乾说。

"姻缘，要有缘分。必要两个人两情相悦才好。你喜欢这姑娘，这姑娘可曾喜欢你？"赵启胜又问道。

"还……不知道。但孩儿就喜欢她一个。"赵梦乾道。

"唉，你这个脾气真是跟我一样，要栽跟头的。"赵启胜叹息道。

"孩儿不怕。孩儿喜欢便是喜欢，不喜欢便是不喜欢，一点也勉强不来的。孩儿非谭小姐不娶，还求爹爹成全。爹，孩儿此生就求你这一件事。"赵梦乾抬头看着父亲说。

"唉，快起来吧！"赵启胜伸手扶他，赵梦乾却拒绝道："爹爹不答应，孩儿不起来。"

"好，我答应。我看看该怎么帮你呢？哎，真是个麻烦。"赵梦乾站起来。

赵启胜摇着头走出门。

"爹，孩儿感谢爹！"赵梦乾冲他的背影说道。

第十章　1999 年　新加坡玉家

1

新加坡。

傍晚时分，刚刚吃过晚饭，玉鹏程卧在客厅的沙发上吹笛子，美盈在弹钢琴给他伴奏。菲姐正在厨房收拾餐具，听到门铃声响起，便跑出去开门。

朴医生并没有打来电话告知今天护士会来，并且，护士怎么这个时间才过来？菲姐一边纳闷一边快步走出去。走过小草坪，透过栅栏的缝隙，看见一对年轻男女站在那里。可是年轻女孩并没有如往常一样穿着护士服，背着药箱，而是穿着一件黑色长款 T 恤，T 恤下露出蓝色牛仔短裤，短裤的边缘参差不齐，还有破洞，脚上穿着凉拖，猩红色的脚指甲尤其醒目。旁边的年轻男孩也只是身着简单的 T 恤和短裤，脚蹬一双运动鞋。两个人都戴着阔大的草帽和墨镜，低着头，菲姐无论如何也看不清他们的脸，只是觉得有些奇怪。

菲姐走到栅栏门前，迟疑着停下脚步，问道："你们是？"

"开门！我找玉老头！"年轻女孩用粗野的声音说。

"对不起，你有什么事吗？"菲姐感觉到了对方的敌意，警觉地说。

"我有笔大生意要跟玉老头做，快开门！"粗野的声音又说。

"你们究竟是什么人，我们玉老爷不是做生意的。请赶快离开，不然我要报警了！"菲姐呵斥道。

"哈哈哈！哈哈哈！哎呀菲姐，看把你给吓的！是我呀！嘿嘿，快开门！"

年轻女子摘下帽子和眼镜，冲着菲姐大笑。旁边的年轻男孩也摘下墨镜和草帽笑着。

"我就说你别搞恶作剧，会吓着家人的。"男孩说。

菲姐拍着胸脯："天，原来是乔娅！快进来，快进来！"菲姐打开栅栏门，两个人快步走进来。

"Then 怎么样，都没想到我会回来吧？就知道，给你们个惊喜！哈哈！"乔娅笑道。

"我看是惊吓。"男孩笑道。

"惊吓也是甜蜜的惊吓，是吧，菲姐？"乔娅抱了抱菲姐。

"我都想死你们了！"她又说。

"我们也很想你，小姐。"菲姐说着，眼神飘忽起来。

"快点，我要去我的公主房，我有太久没看见我的公主房了。"乔娅拉着男孩向前快步走去。

菲姐跟在后面，忽然又想起什么，停住脚步，自言自语："哎呀，这可怎么办？天哪！"

"Then 怎么了？菲姐？发生什么事了吗？"乔娅回头问。

"哦，没什么……没事没事。就是，爷爷最近身体不太好，刚从医院回来，小姐……"菲姐犹豫着说。

"Alamak，爷爷又病了？玉海东怎么没说？我看看去。"乔娅拉着男孩快步往前走。

菲姐跟在后面担忧地望着乔娅，又说："少爷应该是怕小姐担心，就没有告诉你的。"

"玉海东从来都没把我当回事，等我教训他！他人呢？"乔娅环顾四周道。

"少爷，没在家。"菲姐说。

"Then，他去哪了？"乔娅停住脚步。

"少爷现在在伦敦，是去完成一个什么重要任务。"菲姐说。

"什么破任务！他那工作就是很无聊的事，能有什么破任务！他能不能干点有创意的事情，从故纸堆里只能嗅到腐烂的气息，都现代社会了，谁还去研究古文献，年纪轻轻的就这么老朽！真是没出息！"乔娅赌气地甩开男孩的手。

"你就这么说你哥哥！"男孩听不下去了，说道。

"凭什么不能说？ Then，我跟你讲哦……他敢把生病的爷爷放着不管，去干那些没用的事，我还不能说了？真是的！哼！"乔娅提高了嗓门。

音乐声传来，乔娅诧异地问："什么声音？爷爷在听音乐？咦？不对，这好像是，爷爷是在吹笛子吗？怎么还有钢琴声？我看看去。"乔娅快步跑向客厅，推开门。

"爷爷！我回来了！"乔娅一边说一边跑进去。

音乐声戛然而止。乔娅愣在那里。

正在吹笛子的玉鹏程停下来，脸上平和的笑容瞬间消失，代之以满目的惊讶。而在钢琴前面，坐着一个绝美的女孩，这个女孩她从来没见过。不，她见过这个女孩，已经很多年了。

乔娅怀疑自己出现了幻觉，或者是眼花了，她用手揉了揉眼睛，那女孩还是坐在那里。乔娅难以置信地后退，迟疑地问："你是谁？你不是我家那个画像……爷爷，她，是谁？"

"你是乔娅妹妹吧？你好，我叫谢美盈，是你哥哥的朋友。"美盈站起来，微笑说。

乔娅好半天说不出来话，只是呆呆地看着美盈。

"Then 爷爷，她？不是那个画像上的人吗？"乔娅还是目不转睛地看着美盈。

"乔娅啊，你怎么回来也不说一声？不过，回来就好。"玉鹏程说。

"我干吗要说一声，Actually 我跟你讲哦……本来想给你们个惊喜，看来是我想多了，你们都不需要我，还给我来个惊吓。玉海东他人呢？"乔娅怒道。

"他人呢？玉海东！你个王八蛋！我不在家给我弄这么一出大戏来！是给我预备的接风宴吗？兔崽子玉海东！他人呢！"乔娅愤怒地盯着美盈说。

"哎呀，乔娅，你哥哥他忙，别打扰他，美盈是受你哥哥之托来照顾我的。你好好说话。"玉鹏程皱着眉头苦恼地说。

"Then，看来我不在家这段日子你们都过得很不错呀！看来你把我爷爷哄得挺开心呀！你谁呀！敢来我家撒野！问过我了吗？玉海东他问过我了吗？"

乔娅愤怒地拿出手机拨了电话："Wah Lau Eh！玉海东，怎么回事？她是谁？

什么情况？我不在家这段时间发生了很多故事啊？！你给我说清楚！"

"乔娅，你回来了？"手机里传来海东的声音。

"Then，你是不是希望我永远不回来？"乔娅愤怒地挂断了电话。

"哎，乔娅，怎么会呢？我和你哥哥，你菲姐，家里人都盼着你回来呢！"玉鹏程说。

"瞎说！你明明刚才吹笛子那么开心，看见我就不开心了！对，爷爷居然又吹起这个笛子！我讨厌它！"乔娅的眼中饱含泪水，就要流下来。

"来，过来，陪爷爷说说话。你在新西兰这阵子，跟爸爸妈妈在一起都还好吧？"玉鹏程慈爱地说。

"哼！没有一个好人！"乔娅说着落下泪来，扭身向楼上跑去。男孩向爷爷鞠了个躬道："爷爷，我去看看她。"然后，便小跑着跟乔娅上了楼。

"哎，这个不让人省心的孩子。"玉鹏程叹息道。

"小姐，我炖了银耳汤，下来喝汤啊！"菲姐向楼上喊道，却只听"嘭"的一声门响，之后又是门开了又关上的声音。

"爷爷，您没事吧？"美盈问。

"哎，现在没事，这回可能就有事了。"玉鹏程又摇头说。

"爷爷，要不，我带您出去走走吧，好几天没出去了。"美盈说。

"好。"

美盈扶着玉鹏程坐到轮椅上，要推他出门。菲姐跑出来给玉鹏程搭了条毯子。"天快黑了，外面凉，别待太久。"菲姐说。

"好的，菲姐。"美盈说。

2

夕阳就要耗尽最后一缕嫣红，正在坠入山林。天边的湛蓝也黯淡下来，树木依次披上暗蓝色羽衣。浅白的弯月已经出现在东方的天空，淡淡的，像是谁不经意勾勒的一笔。

美盈慢慢推着轮椅走在林间小路上。玉鹏程看着远方的弯月叹息一声道："哎，乔娅这个孩子从小就叛逆，长这么大从来没有让人省心过。也难为她了，她爸爸妈妈从小就把她扔给我，两个人跑到新西兰享清静。小的时候，看见别人家的孩子都有父母陪伴，她没有，她总是很委屈，心里总是对父母有很多怨恨。所以她做什么事都是拧着来，越是父母不让做的，她越是去做。好不容易长大点，又早恋，那男孩又是个不太着调的坏孩子，我们不得不拆散，她又多了怨气。后来呢，乔娅就遇上了这个男孩，他叫徐行之，是个混血的孩子，是个好孩子，但我一直希望乔娅嫁个中国男孩，那样我才能放心。这几个月乔娅作为交换生去了新西兰，恰好有机会和父母住在一起待上几个月。前一阵子听说徐行之去了新西兰看望乔娅，应该是见到了乔娅的父母。我看乔娅的样子，应该是跟父母吵架了才回来的，如果我没有猜错，也是因为这个男孩。乔娅的父母是绝对不能接受一个混血儿做他们的女婿的。哎，对乔娅这孩子，我也不知道怎么办才好。好在，从小到大，海东都是很懂事的孩子，一直照顾妹妹。可这乔娅，一个女孩子，怎么就能这么叛逆！我到底是哪里做错了？"

"乔娅应该是渴望得到家人更多的爱吧？"美盈思忖说。

"这一点，是我们欠她的很多。他的父母，包括我，也给予的不够。"玉鹏程叹息说。

"爷爷，我觉得这个男孩很爱乔娅。"美盈说。

"嗯，都跑到新西兰去看她，说是什么思念成疾。哎，年轻人。"玉鹏程又说。

"哈哈，爷爷不也曾年轻过吗？"美盈笑道。

"哈哈，我们那个时候，哪能像你们这个时代这样。我们那时候啊，没有这么热烈的。"玉鹏程笑起来。

"爷爷，你看月亮升起来了。"美盈停住脚步，望着天空说。

月亮已经不是之前浅淡的一勾弯月，而是变成了明亮的半圆玉璧高悬在天空，里面隐约藏着云海苍松。

"是啊！也不知道海东那边月亮是不是有这么美。"玉鹏程又叹息道。

"伦敦的月亮当然没有这边的月亮美，伦敦雾气重，看不到这么清晰的月亮。"美盈说。

"爷爷!"美盈忽然听到后面有人喊，于是停住脚步，回过头来。玉鹏程也回过身来。

是徐行之。

"爷爷，你们在这里啊。听菲姐说你们出来了，天黑了，我出来找找。你们走了好远。"徐行之跑过来说。

"哦，行之啊，乔娅怎么样了？还在怄气？"玉鹏程问。

"乔娅好点了，不过，也还在怄气。"徐行之笑笑说。

"乔娅跟她父母吵架回来的吧？"玉鹏程又问。

"是，爷爷，你怎么什么都知道？"徐行之挠挠头。

"她爸爸妈妈说什么，你不用往心里去。"玉鹏程看向远方。

"不会的，爷爷。我很理解长辈。"徐行之说。

"不过，我家乔娅被惯坏了，从小就很叛逆，这么多年，别的本事没有，叛逆的本事越来越大。跟她在一起，你会受很多委屈。"玉鹏程抬头对徐行之说。

"我知道乔娅任性、坏脾气，但是我就是……就是很爱她。我也没有办法。"徐行之说。

玉鹏程笑了。

"爷爷，你相信缘分吗？"徐行之忽然说。

"你相信缘分？"玉鹏程问道。

"是的，爷爷，我觉得我和乔娅就是缘定三生之人。或许您和叔叔婶婶不相信，但我真的会守护她一生，未来可以做证。"徐行之诚恳地说。

"唉，我们回去吧。"玉鹏程叹息一声说。

"乔娅她回来为什么闹啊？跟你说了吗？"玉鹏程又问。

"乔娅她，呵呵，应该就是看见这个姐姐有些突然，觉得接受不了吧，我想。因为姐姐长得太像那个画像里的人。我之前听乔娅说，她觉得爷爷最爱的就是那个画像和那个笛子。爷爷把画像当宝贝一样，她觉得很不开心。"徐行之吞吞吐吐地说。

"唉，这个孩子，看来是我没有说清楚。那个画像上的人，是她的祖奶奶啊！是我们玉家世世代代都不能够忘记的人啊！你们回来得正好，我正在给美盈讲我们玉家的故事。或许听完了这个很长的故事，乔娅就会懂得，这幅画像的意义。她也就不会再纠结她是不是'公主'的问题了。"玉鹏程说。

"好呀，爷爷，我也很想知道。"徐行之又恳切地说。

———————————

3

———————————

深夜，美盈躺在床上难以入眠。

她是如何踏入玉家的？她恍惚觉得和海东的邂逅是一场宿命。玉爷爷所讲的故事是那么遥远，她却偶尔会觉得，历历在目，那么清晰，甚至，悲从中来。

美盈望着高悬的月亮，近200年前的月光也是如同今日一般吗？那清月如钩，可是近200年前的眼眸在注视着未眠人？从这清冷的眼眸中，又能望见些什么呢？那眼眸在夜色中慢慢游荡，似乎有些倦了，半阖起来，要打瞌睡，直藏匿到云中去了。天幕蓦地漆黑一片。

忽然，美盈听到了什么声响，像是什么东西被打翻的声音。她立刻坐起来，打开灯，向爷爷的房间跑去。

她轻而急促地推开爷爷的房门。果然，借着门厅的灯光，她看见玉鹏程躺在床上费力地呼吸，氧气瓶在地上翻滚。

"爷爷！"美盈跑过去，拾起氧气瓶，给玉鹏程戴上氧气面罩。

好一会儿，玉鹏程才睁开眼睛，说："我觉得闷，就想……"

"好了，爷爷，我知道，你想戴上氧气瓶，没想到把它弄掉了。"美盈说。

玉鹏程轻轻点点头。

"爷爷，哪里不舒服吗？心脏还疼吗？"美盈急切地问。

"没。"

"那就好。爷爷，我现在请朴医生来给你看一下。你安静躺着。"

"太晚了，不要打扰……"玉鹏程摆了摆手。

"不行的，爷爷，我还是让朴医生来看一下。你已经好多天不需要氧气瓶了。

今天应该是情绪波动大，我还是请他来看一下。"美盈说。

玉鹏程没再反对。

美盈走出房间，叫来菲姐看护爷爷，她走出去给朴医生打电话。

半个小时后，门铃响了。菲姐去开门。

朴医生带着护士急匆匆走进来。

"玉老，您还好吗？"朴医生俯身观察玉鹏程。

"我，没事。"

朴医生拿起氧气罩看了看爷爷的脸色和呼吸，又给他戴上氧气罩。然后拿起听诊器听爷爷的肺部，测试了爷爷的脉搏。之后，让护士将心脏测试仪连接上。

"这个测试仪，最近就放在这里，每天监测和看护，有情况随时告诉我。"朴医生说。

"好。"

"玉老今天是遇到什么刺激了吗？他病情一直很平稳，再持续大半个月就应该痊愈了，不应该再有这种情况发生的。今天这是怎么了？"朴医生问。

"今天的确是有点事情，爷爷的孙女回来了，爷爷可能是太高兴了，情绪比较激动。"美盈说。

"真的不可以啊！高兴和悲伤都是要尽量避免的。玉老年纪大了，承受不了太大的情绪波动。如果掌控不好，后果会很严重。这不是危言耸听，千万别当儿戏！"朴医生神色严峻地说。

"好的，朴医生，我跟家里人说。"美盈点点头。

"好。那我们先回去了。如有任何问题，随时告诉我。"朴医生站起身。

"好的，多谢了，这么晚打扰你们休息。"美盈说。

"哪里话，我是医生，更何况，玉老是我很敬重的人。先告辞了。"朴医生说。

美盈让菲姐去睡了，她伏在玉鹏程床边的软椅上看护，一夜未眠。

4

第二天清晨，菲姐做好了早餐，美盈正在帮菲姐摆放餐具，乔娅穿着睡衣走过来。她走进来，从餐盘里随意拿起一颗樱桃塞到嘴里，一边吃一边盯着美盈看。

美盈微笑说："早啊，乔娅！休息得好吗？"

乔娅说："Wah Lau Eh（我老爸，表惊讶），这是我家，你问我休息得好不好？应该我问你才对吧？"

美盈笑笑，没有说话。

"别以为你像我祖奶奶就做什么都行。你又不是她！对了，你该不是她派来监视我的吧！我最讨厌被人监视知道吗？祖奶奶也不行！更别想来抢走我的一切！什么都抢不走！哼！"乔娅说完便站起身扭头走出厨房。

"天哪！她想什么呢？！"菲姐不可思议地看着美盈。

美盈笑笑，说："还真是个小孩子。"

没一会儿，就听见乔娅给玉海东打电话。

"Then，我告诉你玉海东，你要是想在家里安插个眼线可没门！监视我连门都没有！你知道我会回来，就早安排好了监视我是吧？就因为她长得像祖奶奶，Wah Lau Eh，爷爷居然才告诉我那是祖奶奶！祖奶奶又怎样？谁都休想抢走我的地位！"

"Then，我跟你说哦，玉海东，我看你能研究出什么花样来！能不能干点有意义的事？你什么时候回来？"

"不知道？ Then，那等你回来我们好好谈谈！"

"美盈……"爷爷虚弱的声音传来。美盈和菲姐匆忙放下手里的东西从厨房跑出来。

"爷爷，你醒了。"美盈推开玉鹏程的房门轻声说。

"我没事。"玉鹏程挣扎着要坐起来，美盈和菲姐扶他靠在软垫上。

"嗨，昨天吓着你们了吧，我这全身上下都是钢筋铁骨，偏偏就这心脏老是跟我过不去。哈哈……咳咳……"玉鹏程笑着笑着涨红了脸。

"诶，爷爷，您别说太多话。知道您钢筋铁骨，但也得注意休息啊。您瞧，乔娅妹妹也回来了，您也不必担心她了，这不是开心的事嘛。"美盈温柔地说。

"虚伪！"乔娅不知什么时候站在门口，冷冷地说了一句。

"乔娅！嗨！你这孩子！"

"Guai Lan。"（讨厌）乔娅撇撇嘴不屑地哼了一声，见爷爷不高兴，又转而换了笑脸走到爷爷床边坐下来说，"爷爷，昨晚这是怎么了？我太累了，刚回来睡得太踏实了，什么都不知道。你知道的，我觉大得很。"

"Then，今晚我陪您睡。今晚不需要任何人。爷爷从小到大照顾我，现在也该我照顾您了！是吧爷爷？"

"呵呵，唉，真拿你没办法，你好好的我就开心了。昨晚多亏了美盈姐姐，要不是她及时赶来，你今天早上就见不到爷爷了！傻孩子，爷爷还有好多事要教你去做。爷爷现在还不能走啊，使命还没有完成。"

"爷爷，快别说那么多了，好好休息。"美盈道。

乔娅面无表情地瞟了美盈一眼，转而又拉住爷爷的胳膊说："Then，爷爷，您好好休息，我去给您弄点好吃的。我去……嗯，给您煎个牛排！尝尝我的手艺！我在新西兰新学会了做牛排！"

"小姐，爷爷现在恐怕还是吃点清淡的好，朴医生也交代最近爷爷多吃清淡的利于健康。"菲姐小心翼翼地说。

"乔娅，等爷爷过几天好点再尝你的手艺。我孙女有长进啊，爷爷开心。哈哈。"玉鹏程说道。

"那好吧。"乔娅想了想说。

"小姐，早餐有清粥和银耳汤，爷爷应该能吃。"菲姐又说。

"Then，那我去给爷爷拿来。"乔娅一蹦一跳地跑出房间，在房间门口回头看了看美盈，得意地笑了下，才跑去厨房。

"唉，别跟她计较，太不懂事。"玉鹏程对美盈说。

"没关系的爷爷。"美盈笑笑。

乔娅果然说到做到，吃完晚饭，不顾玉鹏程的阻拦，就让徐行之搬了个折叠床放进他的房间，又拿了条被子铺好。玉鹏程的房间立刻变得狭窄起来。

玉鹏程生气地说："乔娅，你真是不听话。"

"Then，我跟你讲哦……爷爷病了就该我照顾。我一定会照顾好爷爷的，我的爷爷，不需要别人来照顾。爷爷不相信我？那就证明给这个世界看。"

"你在这儿影响我休息，娃子。"玉鹏程又说。

"不会的，爷爷放心好了。"乔娅信心十足地说。

夜已深。

美盈临睡前来玉鹏程房间看他，伸手想给爷爷盖好薄毯，却被乔娅伸手挡住。乔娅甜甜地说："爷爷，该睡了。"

美盈说："爷爷，你好好休息，需要我就随时喊一声。"

"Then，我在这儿，就不劳烦美盈姐姐了。"乔娅说。

"好，那睡个好觉，爷爷。"美盈出去了。玉鹏程闭上眼睛什么都没说。

乔娅想起什么，她将灯光调暗，又说："爷爷，你先睡。我出去一下马上回来。"乔娅放轻脚步快速走到美盈的房间门口，透过门上的一块透明玻璃向里望去。

卫生间里传来流水的声音，很快，卫生间的门开了，美盈穿着睡衣走出来。乔娅仔细看她的脸。

"是真的像，不是假的……可恶！"乔娅咬了咬唇，懊丧地溜回爷爷的房间。

房间里一片寂静，爷爷似乎已经睡着了，听得见他均匀的呼吸声。乔娅坐在床边沉思片刻，便拿起手机发了两条短信。

第一条发给海东：

> 玉海东，我不知道你从哪弄来这个妖女，但可以肯定的是，她就是个魅惑众生的主，她别以为顶着张和祖奶奶一样的面孔就可以为所欲为，你别被她蛊惑了，给骗了。第六感官告诉我，她来到玉家是一场阴谋！你小心为妙！

第二条发给了美盈：

> 我不知道你是从哪里来的妖女，但你记住，我玉乔娅天生就是捉妖师，你蛊惑得了玉海东和我爷爷，休想骗得了我火眼金睛！你还是小心点收起你的伎俩！

很快，她收到了美盈的回复：

> 乔娅，我是受你哥哥之托照顾爷爷的。我不是什么妖女，真的没有什么蛊惑众生的本事，你真是高看我了……

"Eeeyer(很讨厌)，你长得像我祖奶奶，就是罪过！还说不是魅惑众生来了！我感觉得到，玉海东那个王八蛋的心都被你霸占了！我在爷爷心里的位置也快被你给占了！还说不是魅惑众生来了！哼！"乔娅轻声喃喃自语道。爷爷翻了个身，她立刻噤声，只是狠狠地将手机摔在被子上。手机的指示灯无声又愤怒地闪了闪，像在提出抗议，但终究陷在软绵绵的被子里，发不出任何声响。

"玉海东！你敢不回我消息！Eeeyer！"乔娅又在心里对着手机狂喊。

此刻的玉海东，正在伦敦飞往纽约的飞机上。

三个小时之后，玉海东见到了久违的托马斯教授。

第十一章　1821年　东石谭家

一连几日阴雨绵绵。等到大雨初霁,一大早,新鲜的太阳升起来,多日盛满阴霾的心情也都立刻晴朗了起来。昭儿早早便起了床,梳洗打扮,和幺妹乘上轿子,向绸缎庄而去。已经多日没有去绸缎庄,昭儿按照母亲的吩咐,今天要去点货,顺便给家里的几位长辈置办几匹布料,今晚,长辈们都会过来吃晚饭。

因雨水连绵多日,人们都躲在家里,终于等到天晴,就都撒欢跑了出来。街上熙熙攘攘,人们像过节一样面露喜色,如此街边的小商贩们大声吆喝着,也乐得开怀。

幺妹掀开帘子,两个人向外看着,笑着。

忽然轿子受到了猛烈的撞击,昭儿和幺妹身子不稳,两人都趔趄了一下。还好,车子摇晃了几下便停了下来。

“怎么回事?”幺妹掀开帘子大喊。

“小姐,是有人……”车夫还没说完,有个女子走过来。她身后是一顶轿子,她是从轿子上下来的。

“嘿呦,我还没问你们呢!你倒先问起我来了!”那姑娘一边走一边说。

“这不是闵姑娘吗?”昭儿走下来说。幺妹也下了车。

“瞧,还是你们家小姐懂事。我说昭儿姑娘,不,谭小姐,你回来也很长时间了,也没说请我们这些小时候的玩伴来玩一玩,你还真是挺清高的。你是不是觉得,你在京城里待了六年,就比我们都了不起啊?就都瞧不起了是吧?还好,这今儿是在这儿撞上了。若不是在这儿撞上了,你是一辈子都不想见我们东石的伙伴们吧?”

“闵姑娘哪里话?我一直记得你呢!”昭儿伸手要去握她的手。

"少来！别假惺惺了！你是不想记得我们，你是只想记得玉庆瑜对吧？哈哈。别不好意思，谁不知道你们两个好啊？从小就你们两个人玩，不理别人。长大了，你在京城六年，也没忘了他啊。玉庆瑜也很对得起你呀，这六年中，他心里想的只有你一个人，这东石这么大，我们这些女孩子，他连看都懒得看一眼。我就奇怪了，我们究竟差在哪了？你长得像仙女，那就别来祸害人间吧？祸害一个还不够，居然还不止一个甘心被你祸害。今儿碰见了，我就要看看你到底是长了三头六臂还是狐狸精变的，狐狸总会露出尾巴来的吧！"闵如意绕着谭昭儿走来走去，一边看着她的脸一边大声说。

"喂！你血口喷人！干吗污蔑我家小姐！我家小姐哪招惹你了？你个八婆！"幺妹说。

"还就招惹到我了！我莫名其妙被关了两天禁闭，之后才知道，赵公子本来是该喜欢我的，却早被你给勾去魂了！你说你是不是狐狸精！"闵如意道。

"哎哟！"从人群里飞出两个石子，打在她的肩膀和脖子上，她疼得喊了一声，警觉地看向人群："是哪个兔崽子？敢欺负到我闵如意头上了？有胆子给我站出来！"

众人哈哈大笑。

闵如意终于因大家的笑声而慌乱起来，懊恼地捂着脖子上了车。

昭儿朝石子飞来的方向看了一眼，然后和幺妹说："我们上车吧。"

两辆车向相反方向跑去。众人也散去。

"小姐，这闵如意说的什么呀？赵公子是不是那个道台大人的公子啊？"幺妹问。

"应该是吧。"昭儿思忖道。

"那小姐，你是不是惹麻烦了？"幺妹担心地说。

"又不是我惹的，该来的就来吧。"昭儿说。

"哦。"幺妹点点头。

马车到了绸缎庄，昭儿和幺妹下了车走进去。昭儿心不在焉地很快查看了一遍新来的布匹，便和幺妹匆匆走出来。二人正要上车，却见庆瑜走过来。

"昭儿。"庆瑜道。

"你，怎么大摇大摆地来了。"昭儿问。

"我看你脸色不好，有点担心。刚才没事吧？"庆瑜道。

"没事，多亏你那石子了，要不还不知道她要纠缠多久。真是莫名其妙，她这么多年怎么一点没变？"昭儿问。

"所以大家都躲着她走，她自己不知道而已。"庆瑜道。

"好了，别说她了。我听她说，什么赵公子应该喜欢她的，她还被关了禁闭，到底怎么回事？"昭儿问。

"我也不知道她在说什么。不过我听爹爹说前几天闵夫人做寿，请了道台大人和赵公子前往，还有几个总商也去了，我爹和你爹都没请。"庆瑜道。

"好奇怪啊。"昭儿诧异道。

"还很少有这种事，通常东石大小什么事都会请我爹去的，不知道这是怎么回事。"庆瑜道。

"闵总商怎么这样啊，平常你爹和我爹都没少帮他的忙。"昭儿不平地说。

"谁说不是呢。"庆瑜说。

"庆瑜，我的感觉很不好，好像有什么事要发生。我们明天去求妈祖保佑吧。"昭儿说。

"不用怕，那就明天吃过早饭去。"庆瑜说。

"好。"昭儿说。

昭儿和幺妹上了车，庆瑜在后边远远地跟了一段，见轿子已经拐进谭府附近的巷子才停步。

闵如意坐在车里仍然很恼火，骂道："不知道哪个王八蛋敢打本小姐，等让我逮到，小心我弄死他！"

"小姐，别生气了！谭小姐今天也没说什么。"丫头说。

"哈，她还能说什么？她也不用说什么，那个玉公子宠着，赵公子也喜欢着，还想怎么着？怎么好事都是她的！"闵如意愤愤地说。

"是，小姐。"丫头点头说。

车子忽然慢下来，然后停住。

"怎么了？"丫头掀开帘子，却看见赵梦乾摇着扇子站在轿子旁。

闵如意连忙换上笑脸："赵公子……这么巧啊！"

赵梦乾把扇子一收，笑着说："我也没想到，会这么巧。"

闵如意低了下头说："赵公子，那天，真对不住，我不知道是你。"

赵梦乾笑道："姑娘说的是什么事啊？我赵某人记性不好，烦请姑娘提点一下。"

闵如意下了车，说："公子，对不住啊，那天，真是误会，你知道我爹他平时得罪人很多，经常有人来我府上闹事，所以，我就把公子当成……"

赵梦乾："当成什么？"

闵如意："当成……小贼……"

赵梦乾哈哈笑道："真是个笑话！我赵某人长这么大都是被人捧在手里的，居然还有人能出这种笑话！"

闵如意："是奴婢该死，奴婢有眼不识泰山！公子您大人大量，千万别跟小人计较。"

赵梦乾又上前一步："嗯，你的确是个小人。我这在路上走，就听刚才路过的人说，闵如意刚刚在谭家绸缎庄附近撞了车！哎哟，快让我瞧瞧，伤着了没有？哦，对，我忘了，闵如意一身本事，哪能伤得了呢？倒是那位被你撞的姑娘，伤得够呛吧！"

闵如意低下头不敢动："没有没有，我真没伤她。"

赵梦乾慢悠悠地说："哦，那一定是闵如意手下留情了。凭闵如意的本领，若跟那个姑娘动手，那个姑娘性命堪忧啊。"

闵如意的额头已经渗出汗来："怎么会呢！我和谭小姐是小时候的玩伴，我们也是一起长大的。我们挺好的，我怎么会跟她动手呢？"

赵梦乾又盯着她说："哦，是这样啊，那姑娘叫什么？"

闵如意小声说："谭……小姐。"

赵梦乾看向远方说："我耳朵不好，她叫什么？"

闵如意提高了声音说："谭昭儿。"

赵梦乾突然呵斥："大点声！"

闵如意又提高了声音道："谭昭儿。"

"好，记住了！"赵梦乾使劲甩了下扇子，转身便走了。阿元跟在他身后。

留下闵如意呆立在原地，狠狠地咬了咬牙，然后上了车。

"是哪个狗腿子这么快告了状！"闵如意狠狠地说。

"赵公子的那个伙计，我们在谭家绸缎庄门前的时候，我好像看见他了。"丫头说。

"哼！"闵如意使劲擦了擦嘴巴。

傍晚时分，谭家长辈都到齐了。昭儿给大家看了早上定好的布料样子，谭奶奶徐盈秀让昭儿坐在她身边，她拉住昭儿的小手仔细地摩挲，眼里都是疼爱。

"哎，不知将来哪个少年有福气，娶到我孙女这么好的娃子。不管嫁给谁我都舍不得。"徐盈秀说。

"奶奶您说什么呢！昭儿不嫁！"昭儿满脸绯红。

"净说瞎话，早晚是要嫁人的。"爷爷谭楚河道。

"奶奶是真的舍不得呀！谁要是胆敢欺负我孙女，我就跟他拼了老命！"徐盈秀使劲跺了跺脚。

"哈哈，哈哈。我的娘，没人敢欺负的。放心好了！如果谁有熊心豹子胆，我们谭家绝不会饶了他！"大伯谭鸿业道。

谭维民哼着小曲走进门来的时候，一大家子人都在吃饭，有说有笑。

"大少爷回来了。今天几个长辈都在，过来吃饭吧。"孙伯说。

"我吃过了。诶，对了，昭儿在不在？"谭维民道。

"小姐在的啊。"孙伯说。

"对，我有事要问她。"谭维民又转身走进厅堂。

"哥哥，我就听见你回来了。"堂弟谭稚民道。

"维民啊，吃了没？来吃饭吧。"奶奶说。

"我吃过了。"谭维民盯着昭儿看。

"你看我干什么？"昭儿被看得不安，诧异地问。

"我看我家昭儿有福相。"谭维民一本正经地说。

"说什么呢？"昭儿嗔怒道。

"窈窕淑女，君子好逑啊！我妹妹面若桃花，亭亭玉立，也难怪那赵公子一见钟情，哈哈。不过，这庆瑜一往情深，如今又多了个赵公子，这可如何是好？"谭维民嬉笑道。

"你瞎说什么呢！"昭儿红了脸。

"昭儿，你就掩耳盗铃吧，你真以为大家都不知道你和庆瑜的事？哈哈。"谭维民笑起来。

"住口，维民，当哥哥的这么口无遮拦！"谭鸿业道。

"哈哈，是我多嘴，是我多嘴，这不是替妹妹开心嘛。不管是跟哪个好，都是我妹妹的福气不是？"谭维民笑嘻嘻道。

"什么赵公子？"谭鸿业问。

"我喜欢庆瑜哥哥。庆瑜哥哥最好了，他还会保护姐姐。"稚民插嘴道。

"小孩子，懂什么？！"稚民的父亲谭鸿业道，三婶娘孙一凤给他往碗里夹了口菜。

"就是赵道台的公子啦！我听人说赵公子最近一直在找妹妹的麻烦，哈哈。不是真的要找麻烦了，就是君子好逑嘛！还听说十五那天抢走了妹妹的灯笼。"谭维民笑道。

"哦，你是说，那个灯笼？昭儿，那天的灯笼难道是赵公子送来的？"吴媚诧异地问。

"我哪里知道。"昭儿垂着眼道。

"你怎么知道的？"谭鸿业问。

"我当然知道了。我朋友多啊，这东石上上下下，我什么不知道？"谭维民笑着说。

"还有啊，我还听说，闵总商的夫人那天寿辰请了赵道台和赵公子，本想讨好赵公子，把闵如意嫁给赵公子，没想到，哈哈哈，没想到啊，那闵如意居然把赵公子给绑了，哈哈，被他爹给关了两天禁闭。"

"啊？"大家都笑了起来。

"怪不得，那天没请我和玉兄，原来姓闵的还藏着一手。"谭鸿业道。

昭儿也顿时明白了上午闵如意的那番话，不由得也笑了。

"上午在绸缎庄前，那个闵如意故意撞车，没把妹妹怎么样吧？"谭维民又问。

"无碍。"昭儿说。

"啊？撞车？"吴媚惊呼道。

"是啊，那个死丫头故意用她的马车来撞昭儿的，然后给昭儿一顿数落。"谭维民喝了一口茶说。

"昭儿，你没事吧？怎么回来都不说呢？"吴媚埋怨道。

"娘，我没事。哥哥怎么什么都知道？"昭儿说。

"嗨，我有眼线。我还知道你不知道的。嘿嘿。那个闵如意还没到家就被赵公子给治了。那丫头一见赵公子吓得跟什么似的，因为那天绑了的事一个劲地道歉，赵公子警告她不准欺负你。哈哈！"谭维民又乐起来。

"哥哥别说笑了。"昭儿脸颊绯红。

"真的呀，若有半句假话，家法处置啊！"谭维民道。

"好了，维民，你也来吃吧。这饭吃得好好的，你这多嘴的家伙，大家都吃不消停。"维民的母亲郑翠娥道。

"我还不是替妹妹高兴！真是的！我不吃了，我都吃过了，回房了！"谭维民说着走了出去。

"这下麻烦了。"谭鸿业道。

"怎么了？"吴媚道。

"吃饭，快吃饭！来，给我孙女夹个菜。"徐盈秀道。

"奶奶偏心！"谭稚民道。

"来来来，再给我小孙子夹个菜，哈哈。"徐盈秀又给谭稚民夹菜。

一家人正其乐融融，就听见外面有人说话。孙伯跑进来说："老爷，赵道台差人来了！"

谭鸿业站起身来走出门去，就见门外站着一个吏使。

"谭总商好！赵大人有要事相商，想请大人移步一叙。"吏使道。

"哦，好，烦请告诉赵大人，我一会儿就到。"谭鸿业说。

"小的奉大人之命，在这等大人一同前往，车已经备好了。"吏使又说。

谭鸿业这才看见外面还有一辆马车。

"哦，这，怎么好劳烦道台大人。"谭鸿业道。

"谭总商您客气了，赵大人说因为有要事需要烦请谭总商去府上一叙，不必换官服，天色已晚，打搅大人休息，所以让小的接您过去。"吏使说。

"那好，那我就不客气了。"谭鸿业说。

"孙伯，告诉夫人一声，我先去趟赵大人府上。"他又回身对孙伯说。

"好的，老爷。"孙伯看着谭鸿业上了马车，车子一路向远处奔去。

约莫一刻钟，马车便停下来。吏使掀开帘子，说了声："谭总商，赵道台府上到了。您请下车吧。"

谭鸿业下了车，却看见又一辆马车跑过来停下，帘子被掀开，却是玉总商从里面下来。两人都很诧异。

"玉兄？"

"谭兄？"

吏使连忙说："哦，是道台大人让我们去请两位总商过来到府上一叙。"

两人互相看了看，莞尔笑道："原来如此。"

两人随吏使走进赵府。吏使进去通报了一声，赵启胜穿着便衣走出来说："两位快请进，快请进，不必拘礼，不必拘礼啊，哈哈！"

吏使退出去了。赵道台带他们走进书房，房间里被烛光映照得一片橘黄。

"来来来，先请两位坐下。我来这么久，还没有得空请两位来府上一叙。今日没有贪杯，难得偷得半刻闲暇，请来两位一叙呀！"

"道台大人哪里话，我们应该早来拜访大人，实在是每日忙碌，又怕打扰了大人安歇，便始终没有过来。"玉平遥道。

"是啊，大人。大人平日里也是公事缠身，也不敢叨扰啊。"谭鸿业道。

"好好，我们就都不必客气啦。来来来，这是我从京城带来的龙井茶，两位品尝一下。"赵道台拿起桌上的茶壶倒了两杯茶，分别递给玉总商和谭总商。两人呷了一口，都点头说，真是好茶！

玉总商道："不知道台大人有没有什么要事？"

赵启胜点点头："哈哈，今晚呢，公事也是有的，但是次要的，主要的是我们的私事。"

谭总商好奇道："哦？公事是次要的？"

赵启胜沉吟一下说："公事呢，就是想问下两位，毕竟两位是我们东石两大总商巨头，为东石的百姓，为东石地方，多年来祖祖辈辈都贡献了很多呀。这些，我虽初来乍到，但也都很了解。所以，我想问下两位，我们东石的总商，毕竟也还担负着一点盐务运输，这几年的盐务分配情况如何，我想听听二位的意见。"

玉平遥："盐运我们多少都担负了一点，但都还可以承担。虽然盐运不是我们的主要经营内容，但这几年的情况就是盈利不多，不至于拖后腿，维持着平衡。"

谭鸿业："对，我们东石的盐运一向还不错，好在我们东石还没有摊上光泽、邵武两地的盐运。那两个地方的盐运啊，简直能拖死人。"

赵启胜："那里之前一直都不是我们的范畴，这一点还不错的。对了，我来有一段时间了，不知道目前百姓有没有什么急需要解决的难题？"

玉平遥："道台大人急百姓所急，真是东石百姓的福气。东石因为位置临海，几乎家家户户都以打鱼为生，所以渔民很多、出海的船只多。渔民捕鱼和船舶出海，按照我们东石的习俗，大家都是要拜妈祖的。这里最大的事仍然是修缮天后宫和修桥。"

谭鸿业："是啊，道台大人。托老天的福，我们东石虽然以前也有过沉船，但这些年还都不错，也都是仗着天后宫和修桥。"

赵启胜："好，我知道了。我们公事就说到这里，这些以后都慢慢解决。今天主要说我们的私事，哈哈。"

玉平遥道："道台大人您讲。"

赵启胜："我和两位的年纪也没差几岁，我们的孩子们年纪也相仿吧。我呢，只有一个儿子，在京城里长大，被我夫人给宠坏了，来到这东石很不习惯这里呀。我呢想着，他也到了成亲的年龄，是应该给他寻一门亲事了。两位在这里德高望重，自然是对这里的孩子们都很了解。我想请问两位，有没有谁家的千金比较好啊？"

谭鸿业心里一惊，看了玉平遥一眼，玉平遥也看了谭鸿业一眼，两人缄默了片刻。谭鸿业道："我们东石好女孩还真是挺多的，我们去让各位总商都打听下。"

玉平遥道："我看行。"

赵启胜："玉总商家是公子吧？公子可有意中人了？"

玉平遥："哦，犬子，似乎是有了个喜欢的女孩，应该是和他一块儿长大的孩子，青梅竹马，这感情就水到渠成了。"

赵启胜："哎呀，我儿要是有那个好运气就好了。他是没有什么青梅竹马的女孩的，这不，跟着我千里迢迢地来到这异乡，我这当父亲的也不好太委屈了孩子，总得上上心。这孩子也该成个家有人管管了，这么懒散也不妥啊。"

谭鸿业："是，可怜天下父母心啊。"

赵启胜："说的是啊，谭总商理解就好。谭总商家是千金吧，我听说令爱很出众，不知谁家的公子能有福气将来娶到令爱啊！"

谭鸿业："道台大人真是谬赞了！小女福薄，刚躲过一劫，我这做父亲的也是胆战心惊啊。"

赵启胜："哦？怎么会有劫？说来听听？"

谭鸿业："唉，说来话长，还是先不说出来让道台大人见笑了。"

玉平遥："我看，我们明天就把几位总商都找来，跟大家说说，说不定哪个女孩跟赵公子投缘，那岂不是很好？"

谭鸿业："对对，明天一早我们就议一下。"

赵启胜摇摇头："今晚我让两位来府上的事，就不必跟他们说了，免得他们觉得我厚此薄彼，哈哈！"

谭鸿业："当然，大人放心。"

玉平遥："那是自然的，大人放心好了。"

谭鸿业："那我们就不打扰大人，也很晚了，大人您早些休息。"

玉平遥："是啊，大人，那我们先告辞。"

赵启胜："好，两位总商，慢走！帮我送两位总商回府！"

谭鸿业和玉平遥走出赵府大门，相互意味深长地对望了一下，分别坐进来时的马车。两辆马车分别奔向不同的方向。

赵启胜在门廊里灯光阴影处，看着他们的马车远去，捋着胡子笑了一下。

谭鸿业回到府上，昭儿已经睡了。夫人催促他早些休息，他也没多说便躺下。吴媚熄了灯，他久久没能入睡。忽然又坐起身，惊讶道："不对呀！"

吴媚被吓了一跳，连忙也坐起来，问："怎么了这是？什么就不对了？"

谭鸿业道："唉，我有点担心。"

吴媚道："赵道台找你去到底是商量什么要紧的事啊？"

谭鸿业："他其实是私事，是他要给公子张罗亲事了。"

吴媚道："哦，那他可是看上哪家姑娘了？"

　　谭鸿业："十有八九，是看上昭儿了。"

　　吴媚道："啊？昭儿一直喜欢的是庆瑜啊！"

　　谭鸿业："这事就麻烦了。上次那个灯笼，就是赵公子送过来的，赵公子明显是喜欢上昭儿了。但没想到赵道台今天找我过去是说他儿子应该到了成亲的年龄，更没想到玉兄也去了。他把我们两个人叫到一起，说这件事，难道不是知道昭儿和庆瑜的事故意这样做的？"

　　吴媚："啊？那可怎么办？"

　　谭鸿业："难啊！上次那个灯笼，我还以为是少年之间有些情愫，没有什么大碍。可这一旦牵涉父辈，这个赵公子的父亲还是赵道台，这麻烦可就大了。"

　　吴媚："可是昭儿和庆瑜的感情那么深。"

　　谭鸿业："谁说不是呢！"

　　吴媚："昭儿在京城六年，回来和庆瑜一见如故，可想而知这两个孩子这些年互相彼此惦记，实在不易。女儿小小年纪吃尽苦头，虽说这六年是在姨娘家，但我自己的姐姐我还不知道吗？她那个性情！昭儿脖子上那个疤，我当娘的不会猜错，一定是她自己烫的，得多疼啊。哎，这六年女儿受尽了委屈，好不容易回来了，我不想她再委屈。庆瑜从小就护着她，跟着庆瑜，她会很开心的。玉家家业丰厚，玉家人也都善良淳朴，我们这么多年的交情了，昭儿将来嫁过去，玉家会把昭儿当亲生女儿看待的。如果真的嫁给那个赵公子，官宦子弟，肆意妄为，能有多少真情？恐怕也只是一时兴起，图个新鲜罢了。新鲜一过，就没了耐性，又去跟别的姑娘讨好，到将来若是三妻四妾，昭儿性子刚烈，我怕她受不了那个委屈。"

　　谭鸿业："你说的是啊，我也不想自己女儿受委屈。"

　　吴媚："老爷，你不如跟玉兄商量一下，就把两个孩子的亲事早点给办了吧。趁着赵道台现在还没有明说就要我们家昭儿，是不是就可以免去麻烦？"

　　谭鸿业："这事，我们女孩家不好说吧？怎么也得玉兄来跟我们提呀。"

　　吴媚："也是。该怎么办呢？"

　　谭鸿业："睡吧，天还塌不下来。明天我们议事，看情况再酌定吧。"

雾霭重重中，昭儿身着一身锦缎长裙，款款迈进一扇朱红高门。门内庭院辽阔，中央一条长长的通道，通道上雕刻着巨龙飞腾，通道尽头是高高的台阶，每个台阶两侧都有身穿藏蓝色袍服、顶戴花翎的人，他们神情肃穆，颔首垂目。台阶上边是森严的大殿。大殿之上烟雾缭绕，隐约人影绰绰。

昭儿迟疑着，想要转身回去，那扇门却在身后"嘭"的一声合上了。昭儿匆忙跑过去敲打那门，大声喊："我要出去，放我出去！"却没有人应答。那门纹丝不动，四周一片死寂。只有她的回声飘荡在雾霭中。

"啊！"昭儿从噩梦中惊醒，发现天还没亮，外面一片漆黑。她坐起来，点了灯烛。她觉得有些冷，抱紧被子，看着烛火发呆，不由得落下泪来。

庆瑜醒来的时候，渔歌声还没有响起来。他匆忙穿上长衫，将昨晚准备好的小瓶子塞进衣服口袋里，便蹑手蹑脚出了门。玉府上下一片安静，大家还都睡着。不仅是玉府，巷子里、路上也都一片静谧，一切还都在睡梦中。

一出门，他便飞快地奔跑起来。并不是为了赶时间，而是，他就是想要奔跑，因为积攒了一夜的热情就要迸发，他要尽情挥洒。他跑到竹林，脚步慢下来。层层叠叠的树叶上盛满了晶莹的晨露，他欣喜地打开小瓶子，将其瓶口对准树叶尖尖的边缘，小心地将树叶微微倾斜，那上边的晨露便"咚"的一声，一颗一颗滑入小瓶子。在这静谧无边的晨曦，这微弱的声响也足够让他震撼。这一声似有若无的清脆，像昭儿的笑，在他的心里每每绽放。

大半个时辰之后，庆瑜才心满意足地扎紧瓶口，将其塞进怀里，然后又向玉府飞奔回去。

等玉平遥起来推开庆瑜的门的时候，发现庆瑜正在桌前正襟危坐写字帖，桌子上摆着写好的几张字帖，显然他已经用功多时了。

玉平遥走进来踱着步子看着他，似乎有很多话要说，又似乎不知道从何说起，只是看着他，思量着什么。

庆松走进来问："爹，吃早饭了。"

玉平遥只是点点头，但却没有要离开的意思，反而在椅子上坐下来问："庆瑜，我有事问你，你要实话实说。"

庆瑜纳闷道："爹爹，什么事你说吧，孩儿知无不言。"

玉平遥："到了秋天，你就满 18 岁了，也是到了该成家立业的时候了。爹爹这些年一直想让你考取功名，将来对你有好处。但为父又不想让你被功名所累，考取功名也不是一朝一夕的事，先成家立业再考取功名也无不可。"

庆松惊讶地看着父亲。

玉平遥："为父今天想问你，你要跟我说实话。"

庆瑜："好的，爹。"

玉平遥："你心里有喜欢的女孩没有？"

庆瑜挠挠头："说实话吗，爹？我若说了，你会为孩儿做主吗？"

玉平遥："你说。"

庆瑜："爹爹，我，喜欢昭儿。"

玉平遥叹了口气："唉，我就知道。"

他站起身便往外走。庆松也跟在后面往外走。

庆瑜："爹，你为什么叹气呀？这到底是同意还是不同意啊？哥？"

玉平遥："昭儿是个好孩子，爹没啥不同意，就怕有人不同意啊！"

庆瑜："爹说这是什么意思啊？还有谁不同意啊？我找他去！哥，这是啥意思啊？"庆瑜拽住庆松的衣袖。

庆松也一脸迷惑说："我也不知道啊！过来吃饭吧，庆瑜。"

庆瑜赌气道："我不吃。"

庆松："还这么不懂事。"

庆瑜："我还没写完字帖。"

庆松摇摇头走出去。

庆瑜直到父亲和哥哥吃完走出府，才出来潦草地吃了饭，然后便匆匆忙忙走出府。

不到一刻钟，庆瑜便穿过竹林，到了妈祖庙。妈祖庙里一片安静，昭儿还没有到。他转身走近妈祖，仿佛见妈祖笑意盈盈地看着他，他弯腰向妈祖作了个揖。

"庆瑜！庆瑜！"是昭儿的声音。庆瑜转身，便看见昭儿急切地跑进来。

"昭儿！"庆瑜迎过去。昭儿便一下扑进他的怀里，紧紧抱住他。

"昭儿，你在发抖，这是怎么了？出什么事了？"庆瑜诧异地问。

"庆瑜，我做了一个很不好的梦，我很害怕。"昭儿紧紧搂住庆瑜的脖子。

"哦，梦啊。梦都是反的。哪里不好了，说来听听，别怕，我在呢！"庆瑜拍了拍昭儿的后背，昭儿缓解了好多，终于慢慢安定下来。昭儿松开庆瑜的脖子，从他怀抱里出来。

庆瑜握住她的手："手这么凉，做了什么梦了？来，坐下说。"

两个人就在妈祖香炉前面的蒲团上坐下来。

"我梦见好多雾，好多好多，让我辨不清我是在哪里。我应该是在京城，在皇宫里。我走进了皇宫，但我看不清大殿上的人，那应该是皇上吧！我也不知道怎么就进了那扇门，朱红的门漆，红得让人害怕。那皇宫院子好大好大，可是就我一个人站在那儿，在台阶下边。我不清楚我是要往哪里走，也不知道我应该去干吗。我于是想我大概是走错了，我要出去。可是那大红的门就关上了，我无论如何也出不去了，我就被关在那皇宫里了。我好害怕，我怎么会梦到皇宫？我不想去皇宫。我为了能逃脱不当秀女把脖子都烫伤了，落下了疤。我可不想像蕊姐姐那样一辈子被关在里面。可是为什么我会梦到皇宫？这一定是什么不好的预兆。我最近总是感觉会有什么不好的事发生。庆瑜，我好害怕，我怕我见不到你。我不知道为什么会有这样的感觉，真是太可怕了。"

昭儿又抱住庆瑜的脖子，伏在他的怀里。

庆瑜笑了笑，抱紧她说："别害怕，昭儿。就是一个梦嘛，梦见皇宫不一定就是真的皇宫。没准啊，是当年选秀的事给你留下阴影了，你一直心里害怕着这件事。这不又要到每年选秀的时节了吗？所以你可能又想起了这件事。"

"哦，也是，又快到选秀的时候了。大概是因为这个？"昭儿半信半疑地说。

"那肯定了。"庆瑜说。

"哦，那我就放心了。害得我夜里惊醒，再也没睡意了。"

"胆小鬼。对了，昭儿，你的脖子上的伤到底是怎么回事？这个事你还没跟我说。"

"唉，说来话长。还不是那年我姨娘让我参加选秀，我本来寄人篱下，不好反驳，但我又不想参加，就想了这个法子，在选秀的前几天就故意用蜡烛烫伤了脖子，佯装故意打翻了烛台，这样他们就没办法逼我去选秀了。"

"那一定很疼吧！"

"那是自然的，但比起在深宫的日子，我还是幸运得多吧！只是，落下这么大的一个疤，很难看的。"

"不难看。像个谷穗，挺好看的。"

"瞎说。"昭儿笑了。

"真的，要不，我也烫一个，这样跟你一样你就不会在意了。"

"哦别。"

"对了，昭儿，你看我给你带来什么了？"庆瑜从怀里拿出小瓶子。

"哦，是露水吗？"昭儿惊讶地笑了。

庆瑜微笑着打开瓶子："对，是今天早上的露水。你瞧，你用这些露水洗脸，洗谷穗，就会更加漂亮。"

"瞎编！"昭儿好笑地说。

"真的啊，你看，这露水啊，只有清晨才有，凝聚日月之精华和万物之灵气。这日月之精华滋润你，自然会更加美丽呀！"庆瑜一本正经地说。

"说得也不无道理，那我就信你。"昭儿拿过瓶子，闻了闻。

"你要闭上眼睛方能闻到那种芳香，那种空谷幽兰，那种日月光辉照拂下的隐秘的芳香。"庆瑜闭上眼睛煞有介事地说。

"哈哈哈。"昭儿笑了。

"闭上眼睛！"庆瑜忽然严厉地说。

昭儿于是闭上眼睛，仔细闻。"好香。"昭儿一本正经地说。

"嗯，非常香。"庆瑜睁开眼道。

昭儿睁开眼盖上瓶子，又问："庆瑜，我还是担心，也不知道担心什么，最近这心里总是有些不安。"

庆瑜揽住昭儿问："昭儿，你愿意嫁给我吗？"

昭儿愣了下，然后便脸色绯红微微垂眸道："不知道呀。"

"什么？你敢说不知道？"庆瑜倏然变了脸，愠怒道。

"哦。我……"昭儿吓了一跳。

"再说不知道就不给你露水，也不给你贝壳，还有……"他一把夺过瓶子，仔细地一边想着一边说。

昭儿忽然就笑了："那我还是愿意吧。"

庆瑜握住她的手说："拉钩！"

昭儿伸出手："拉钩！"

庆瑜又说："昭儿，我这辈子就喜欢你一个，非你不娶。你也要只喜欢我一个，不许喜欢别人！"

"我谭昭儿此生非玉庆瑜不嫁！妈祖做证，天地可鉴！绝不反悔！"昭儿说。

"我玉庆瑜此生非谭昭儿不娶！妈祖为证，天地可鉴！绝不反悔！"庆瑜说。

庆瑜情难自禁，吻了昭儿，昭儿也没有躲闪，任他深深吻下去。

第十二章　1821年　东石玉家

玉平遥在马车上微微眯着眼一言不发，庆松以为父亲睡着了，便掀开马车帘子小声对车夫说："慢点，我爹睡着了。"玉平遥却闭着眼睛阻止："不要慢，快点赶路，快点到议事馆。"

庆松只好又说："好吧，那就再快点，我爹着急。"

马车迅速飞奔起来，扬起一片尘土。

很快到了议事馆附近的巷子口，却见谭鸿业站在那里。玉平遥会意，对庆松说："你先在车上等一会儿，我和你谭伯伯有话要说。"

玉平遥下了车。谭鸿业道："玉兄，借一步说话。"

两人向巷子深处走去。

谭鸿业道："玉兄，昨晚的事，小弟想跟你商量一下。也不知道这赵道台是什么意思。"

玉平遥："兄弟，你我两家这么多年了，庆瑜和昭儿这两个孩子情深意笃，这我心里有数。我只想知道，赵公子是不是看上昭儿了？"

谭鸿业："应该是。十五那天昭儿要买的灯笼被他占了先机，后来派人把灯笼给送到了家里，当时还不知道是赵公子。我也是昨日吃饭听维民说赵公子纠缠昭儿，这才知道，赵公子惦记上昭儿了。这可如何是好？"

玉平遥："如果昭儿和你们谭家不嫌弃，昭儿嫁到我玉府是我玉家的福气，我们玉家定会好好对待昭儿，这孩子从小在我眼前长大，自然会当亲生女儿一样看待。"

谭鸿业："我当然信得过，昭儿这些年也不容易，我这当爹的，希望她平平安安开心就好了。跟庆瑜在一起我放心。就是，这眼下可怎么办呢？"

玉平遥："既然赵道台还没有说破，那我们不如装把糊涂，就早点把两个孩子的亲事给定下来，也就封了他的口。你看如何？"

　　谭鸿业："哎哎，行啊，我也这么想。"

　　玉平遥："那我们今天回去就准备一下，明日就让庆瑜过去给下个聘礼，也就把孩子们的事定下来了。"

　　谭鸿业："好啊，好啊！唉，也不知道会不会得罪了赵道台。"

　　玉平遥："我们抢了先机，他就算是不高兴也没什么说的。再说，毕竟两个孩子投缘，一块儿长大的，这么多年了。他们才刚来，怎么说也挑不出理来。"

　　谭鸿业："谁说不是呢！"

　　玉平遥："一会儿到了议事馆，我说一下这件事，也免得陷自己于被动。"

　　谭鸿业："好，玉兄，就全听你的。"

　　玉平遥："好，我们去议事馆吧。"他上了车，车飞奔了片刻，便在议事馆门前停下来。

　　谭鸿业也很快走到了议事馆。

　　玉平遥走进议事馆，大家都已经到齐。没一会儿谭鸿业也走进来。

　　"玉兄来了！谭兄也来了！"大家互相问候之后都落座，便安静下来。

　　玉平遥和众人商议了几件公事之后，便说："各位，今天还要跟大家说一件我们玉家的私事。我儿庆瑜和谭兄的女儿昭儿青梅竹马情深意笃已经多年了，这几天就打算给这两个孩子定亲，也了了我这当爹的一桩心事。然后等入了秋，就打算给两个孩子成亲了。是吧谭兄弟？"

　　谭鸿业笑道："是啊，是啊！我们也了却一桩心愿了。"

　　玉平遥："到时候请大家来喝喜酒啊！"

　　各位都喜形于色："好啊好啊！这两个孩子是我们看着长大的，般配得很呢！"

　　闵总商打哈哈道："好事，真是好事！一定去！"

　　然后，玉平遥又道："对了，想起件事来。想问一下大家，赵道台家的公子也到了适婚年龄，刚从京城来到这里，还不太熟悉我们东石，哪家的千金比较出色，烦请告知一下，也好给赵大人推荐一二。"

　　"哦？啊，还没见过赵公子。"

"我看蒋家的女儿就不错。"

"东石出美人啊，西边那个陈家的女儿，那长得叫一个美。"

闵总商咳嗽起来。

玉平遥："我就是拜请大家给留留心，谁家有姑娘，跟我说一声，我们也算帮赵道台一个忙。毕竟，我们也没什么能帮助道台大人的。那今天的议事就到这吧，下周大家再来。"

大家互相又寒暄几句，便四下散去。

玉平遥和谭鸿业也走出议事馆。

幸福来得猝不及防。庆瑜正在熟睡，却听见庆松推门而入："庆瑜，快点起来！"

"什么事啊？"庆瑜倦怠地睁开眼说。

"你想不想娶昭儿？"庆松微笑说。

"啊？"庆瑜诧异道。

"你不是一直想娶昭儿？"庆松又问。

"谁说的？你……怎么知道？"庆瑜的脸腾地就红了。

"哈哈，天下人皆知。"庆松哈哈大笑。

"原来，你们……都知道啊？"庆瑜窘迫起来。

"你那点小心思，掩耳盗铃，你真以为爹娘不知道？"庆松道。

"哦。是要家法吗？"庆瑜紧张地说。

"哈哈，看给你吓得！这回呀，爹要给你做主了，快点出来吧，爹娘都在等你呢！"庆松道。

庆瑜一骨碌从床上爬起来，匆忙提上鞋子，三步两步跑出来，到了厅堂一看，爹娘在椅子上正襟危坐。

"爹，娘，叫孩儿有事？"庆瑜道。

"庆瑜，一大早去见昭儿了吧？"董清芳嗔怒道，眉眼间却含着笑意。

"娘，没有。"庆瑜挠着头道。

"还狡辩！"庆松笑道。

"好了，说正事吧。我和你谭伯父已经商量妥了，你和昭儿自小到大情深义重，为父母的都看在眼里。昭儿那孩子是少有的好女孩，虽然，赵道台的公子也看中了昭儿，和谭家结亲我们玉家有可能会得罪赵道台，但为父决定冒这个险，就在这几日给你们定亲。"玉平遥道。

"啊？真的吗？爹？！"庆瑜惊喜道。

"嗯。"玉平遥点点头。

"孩儿谢谢爹，谢谢娘！"庆瑜跪下来，开心地喜极而泣，然后站起身就往外跑。

"回来！"庆松道。庆瑜这才停住又回来。

"这话还没讲完呢！干什么去？"庆松道。

"孩儿就是太开心了，想……想出去走走。"庆瑜道。

"是想跑去告诉昭儿这个好消息吧！"庆松笑道。庆瑜不好意思地挠挠头。

"昭儿自然会知道，你谭伯伯会告诉她的。"玉平遥微笑地说。

"哦，那就好。"庆瑜也笑了。

"那爹，我啥时候去下聘礼呀？"庆瑜道。

"看你猴急的！"庆松又道。

"这就让你哥哥去准备，准备好了，我们明天就去吧。"玉平遥道。

第二天上午，东石的街上，最有名的媒人王美人带着六辆马车的队伍穿过东石最繁华的街道和巷口，浩浩荡荡向西而去。车上装满了箱子和布匹绸缎，引来众人驻足和围观。

车队在谭府门口停下，王美人对门口的家丁说："进去通报一下，玉家来下聘礼了。"

"好嘞！"家丁连忙跑进去。

一会儿，孙伯跑出来迎接："快请快请，王美人请！"

王美人这才扭了扭腰肢说："请玉公子下车。哎哟，孙管家，瞧瞧，你们谭府这回有喜了！看谁来了？！"

庆松和庆瑜笑眯眯地下了车。孙伯上前道："两位玉少爷，里边请！"

庆瑜道："孙伯不用客气啦！"

王美人道："你们把东西都抬下来吧，都抬下来！"

车上的人搬起箱子和布匹跟在后面也进了谭府。

"好了，东西就都放这吧！"王美人对大家说。

谭鸿业和吴媚走出来，在门口说："王阿婆来了，快里边请！庆瑜，快里边坐！"

王美人扭捏了下腰肢道："哎哟，谭总商，你这回有福了，我还头一次看见这么多聘礼，玉总商真是舍得花钱。这么大的排场，我还头一回见。我送过来的，也沾了些喜气。谭总商，你也瞧见了。人家玉家找我来给说媒，下了这么大聘礼，谭家同意不？"

谭鸿业道："同意同意，哈哈。"

庆瑜："谢谢谭伯父成全。"

吴媚走过来拍拍庆瑜肩膀："哎，我们谭家就这一个女娃，我就这一个宝贝女儿，伯母看着你们长大的，你们两个从小就合拍，我就把昭儿交给你了。庆瑜，可不要让我失望啊！"

庆瑜："伯母放心，我会好好疼昭儿的。"

吴媚拍了拍他的手："那就好。"

庆瑜："昭儿呢？"

吴媚："按照习俗，你们两个今天是不能见面的。哈哈。"

王美人："瞧见没？这得多心急啊？哈哈。"

庆松："那，谭伯父、伯母，这是给昭儿妹妹的聘礼。不成敬意，是我们玉家的一点心意，我们就先告辞了。"

谭鸿业："玉兄抬举了。回去告诉你父亲，我们两家的亲事这就定下来了。"

王美人："回头我帮你们选个良辰吉日，就早日把这亲事办了吧！两个多般配的孩子，我看着都喜欢！"

谭鸿业："那就有劳王阿婆了。"

王美人："好，那我们走了！哎哟，瞧这绸子，多好看！啧啧！"

庆松和庆瑜也都行了礼，一行人又上了马车，车队向东奔去。

庆瑜在马车上掀开帘子往外看，一眼便看见昭儿站在门口，她的眉眼间都是春风。

他笑了。

庆瑜觉得一定要把这件天大的事告诉给全天下的人知道，所以他吃过午饭就匆匆到周先生那里去上课，至少是要让周先生知道的。

周先生是个沉默寡言的人，当然，这并不妨碍他教会庆瑜很多东西。他会很流利的暹罗国语对话，还会很多庆瑜不知道的东西，从盘古开天地到现在的海上远洋，以及从未听闻的遥远国度的故事，他都能娓娓道来，讲得很神奇。他的沉默寡言就在于，除了这些他要讲给庆瑜的东西，关于他自己，他是一点也不肯讲的。也大概是因为这个，庆瑜始终是不喜欢他的。周先生好像有两个天地：一个天地敞开着，庆瑜随时可以在其中自由驰骋和信马由缰地探寻；另一个天地却只有周先生自己能进得去，他就好像把自己封在一个透明罩子里，看起来似乎一目了然，但其实，他始终躲在自己的罩子里，旁人根本无法触及他的根本。这有时候让庆瑜很恼火，但在庆瑜心里，他始终是个值得信赖的人。所以，这样大的喜事是一定要告诉他的。

庆瑜急急忙忙地一路小跑来到了周先生府上。周先生如往常一样，坐在矮桌上一边喝茶一边手捧着书在读。看见庆瑜进来，有点诧异道："庆瑜？今天怎么来了？是我记错了我们上课的时间了吗？"

庆瑜笑道："先生没记错，是我自己要来的。"

"哦？快坐下。有事？还是好事？"周先生看着他说。

庆瑜擦了擦汗坐下来道："先生怎么知道？"

周先生笑了："瞧你满头大汗的，一脸的喜悦，自然是好事了。快说说。我来给你倒杯茶，慢慢说。"

庆瑜笑道："先生真是神机妙算！是有好事，我就急着来告诉先生。"

周先生倒了茶，笑看着他问："难道是，庆瑜要成亲了？"

庆瑜惊叫了一声："啊？先生怎么猜到的？"

周先生："哈哈，我神机妙算啊。"

庆瑜："先生太厉害了！我今天来就是告诉下先生，我和昭儿，哦，她是个很可爱的女孩，要成亲了！今天，已经下了聘礼，我爹说入了秋，找个黄道吉日，就要成亲了。"

周先生："真是件大喜事，恭喜庆瑜啦。看来庆瑜很喜欢这个昭儿姑娘喽。"

庆瑜红了脸："我是……一直很喜欢她的。但是先生你知道吗？我都一直害怕再也见不到她呢。"

周先生："哦？怎么回事？"

庆瑜："我们，其实，失散了六年呢！我都怕再见不到她呢！她终于回来了，我真的好开心呀！"

周先生："哦，失散了？"

庆瑜忽然也想隐藏下什么，便说："算是吧。"

周先生笑了："不过我看庆瑜现在开心得很呢。"

庆瑜也笑："先生笑话我吗？我是不是很没出息？"

周先生："怎么会呢，先生是替你开心！要知道，两情相悦在一起是很幸福的事。"

庆瑜使劲点点头。

周先生忽然站起身，走到窗口悠悠地说："你知道，这天下有多少有情人都不能相聚。"

庆瑜道："周先生……"

周先生没有动，继续背对着庆瑜道："庆瑜，你知道我为什么当初会出洋？出了洋为什么又回来吗？"

庆瑜："庆瑜不知。"

周先生："我在你这个年纪，也有一个很喜欢的女子。我非常喜欢她，她也很喜欢我，但我们没有缘分，终究她嫁给了一个官宦子弟。后来我一气之下出了洋，在暹罗国有一个女孩很像她，我以为我能喜欢上她，但她终究不是那个女子，我还是没办法把她当成我喜欢的女子，终究还是辜负了她。后来听说我当初喜欢的女子和那个官宦子弟过得并不好，染上重病，她托人带口信要见我最后一面。我赶回来，却没有来得及，没能见到她最后一面。后来，我就决定不再娶亲。我当初喜欢的女子曾经想让我带她去外边的天地看看，我于是回来，做生意。我经常在海上漂泊，我还带着当年她给我的信物，就像是带着她远行，游荡四方，我虽孑然一身，但并不孤单。"

周先生转过身来，眼中已有泪光。

"庆瑜，我今天之所以跟你说这些，是想告诉你，虽然你们曾失散，但很多的等待，很多的煎熬，是值得的。先生真的替你高兴。恭喜你呀！天底下没有比这更大的事了！"

"是，先生，庆瑜谨记先生教诲，感谢先生教会我那么多。"

庆瑜忽然觉得先生从那个透明罩子里走了出来，这回真的拉住了他的手。他忽然觉得，好像自己还是很喜欢周先生的。

在回去的路上，庆瑜觉得还是要让全天下的人都知道这件喜事，至少，所有认识他的人都要知道。诶，好像有什么重要的人还没有告诉——是二哥？可是二哥远在京城，估计这个消息大哥会写信告知，过几天他自然会知道的。那么还有谁？他总觉得好像有什么人忘记了告诉。他凝神想了片刻，忽然眼睛一亮，对呀，陈耀云呀！一定是要告诉他的呀！况且，上次他和昭儿还一同前往去看他造船。

庆瑜在傍晚的时候偷偷去谭家后院找到了昭儿，跟昭儿约好一起去把他们要成亲的好消息告诉陈耀云，毕竟，耀云也算他们共同的朋友了。昭儿兴奋地连连点头。

这一回，他们都不用再隐瞒了，庆瑜大大方方跟父亲请示，想去看看泰兴号修得如何了。父亲点头同意。庆瑜又说要带昭儿同去，母亲董清芳笑了说，去吧！昭儿也不用再偷穿哥哥的长衫了，就只说庆瑜要带她同去看大船，吴媚便宠溺地说，去玩吧，就是路上小心点，早点回来。

翌日，两个人像两只自由的鸟，早早登上船只。半个多时辰以后，小船到了邻镇，庆瑜和昭儿下了船，往镇子里走去。

放眼望去，是一望无边的木质桅杆和高耸入云的船帆，庆瑜带着昭儿左转右转穿过无穷尽的桅杆和木料，一路走到了陈家。昭儿心里惊奇，不知道庆瑜是怎样辨认出去往陈家的路的。

"前边就到了。"庆瑜愉快地说。

"你好厉害呀，庆瑜，这里我都分辨不出来方向，到处都是这些木头。"昭儿道。

"那当然。你是女孩子，你跟着我走就行了。"庆瑜说。

"好了，到了。"庆瑜拉着昭儿拐进那个很大的场地。

两个人都"哎呀"一声。

上次横亘在场地中央的只是巨大的船体，船的表面也还只是光秃秃的木头，而今天眼前的船体里边已经有了很多的隔板。它们排列整齐，相互等距。隔板将船体分割成很多个隔间，每个隔间里都有工匠在敲敲打打安装小的木料。

"三少爷！昭儿姑娘！"一身短装打扮的陈耀云从船体里跳出来，"你们怎么来了？"

"耀云，你们这是在干吗？"庆瑜道。

"哦哦，这是在装隔舱板了。"陈耀云的眼光停留在昭儿的脸庞上迟迟收不回来，愣了一下才回答庆瑜的话。

"哦，隔舱板。"庆瑜思忖道。

"对，就是建水密舱。这样一旦哪个舱渗入水，就赶紧处理哪个舱就好了，整条船的其他舱是没有危险的。"陈耀云道。

"真不错！"庆瑜伸手拍了拍大船。

"想不想上去看看？"陈耀云问。

"啊？好啊。快带我俩上去看看。"庆瑜兴奋地说。

"从这里，来吧！"陈耀云走到船后方，那里放着一个很大的木台，木台被做成几个台阶，从台阶可以直接踏上大船。陈耀云踏上船之后，伸手下来拉庆瑜上船，之后，又伸手拉昭儿的手。昭儿犹豫了一下，也伸出手来。陈耀云握住昭儿的小手，她的手温软滑腻，让他想起一种凉糕，他的手心渗出汗来，有点后悔刚刚为什么没有把手擦干净再伸出去。昭儿却丝毫没有留意，以为他手心的汗是因为天太热了。

"快，昭儿，别害怕，上来。"庆瑜也转过身低下头，伸手拉住昭儿的手臂。

在两个人的合力下，昭儿登上了船。

"哇，好大的船啊！"昭儿来回踱着步慨叹道，"从来没见过这么大的一艘船呀！"

已近中午，热辣的太阳照射过来。昭儿来回地走动，她婀娜的影子在船上来回地辗转挪移，竟然像在起舞一样。陈耀云看得有些呆了。

"庆瑜，你来看！"昭儿叫了一声，陈耀云这才反应过来，她是跟玉少爷一块儿来的。

"对了，耀云，看这样子，入秋之前，这泰兴号肯定是能完工了？"庆瑜兴奋地说。

"应该没有问题。"陈耀云忽然有些莫名地难过。

"那真是太好了！耀云，正好，我们今天来，是告诉你一件好消息。"庆瑜快乐地说，看见旁边有工匠，又压低声音说，"耀云，我和昭儿，我们要成亲了！"

陈耀云忽然觉得天色暗了下来，眼看着一片乌云压过来，压得他喘不过气来。他咳了两声道："哦，那真是好消息，恭喜玉少爷和昭儿姑娘了。"

"谢谢你了耀云。"昭儿微微一笑道。

"对了，耀云，到时候你一定要去喝喜酒。我们是好朋友，我到时候安排个马车过来接你和你爹，你们都去。"庆瑜欢快地说。

陈耀云微微点头说："我尽量去，但三少爷也知道，我们这活有可能停不下来，停下一天，这进度就会拖延好几天。到时候如果得空，我一定去。真的祝贺三少爷和昭儿姑娘了。"

"不行，一定得来！"庆瑜霸道地说，"耽误工期也没关系，工期怎么比得上我的成亲重要。到时候让我爹跟你爹说，耽误不了什么的。"

"那好吧，就听三少爷的。"陈耀云挤了个笑容道。

"我们啊，今天也没什么事，是专门来告诉你这个的。有酒吗？我们喝一杯。"庆瑜道。

"有的。我去让人准备点饭菜，你们在这凑合吃点，就是有点寒酸，昭儿姑娘别介意啊！"陈耀云说。

"耀云哪里话，你是庆瑜最好的朋友，也是我的好朋友，好朋友哪说得上凑合。"昭儿道。

"那，我们下船去吧，我去准备下酒菜，你们随便看看玩玩。昭儿姑娘不是喜欢上色？屋里有很多木板可以上色了，跟我来吧。"陈耀云说完便头也不回下了台阶。

庆瑜在后面小心地挽扶着昭儿下台阶，两个人亲昵地说话，陈耀云觉得太阳太大，直叫他要晕过去。

陈耀云带他们进了上次那个屋子，给昭儿找了几个小船板和几桶颜料，便走出去安排酒菜了。昭儿坐下来专心地给木板上色，庆瑜在屋子里来回踱步。

酒菜很快操持了上来。

陈耀云不胜酒力，喝了两杯就醉了。他醉的样子很难看，居然哭了，哭完就睡。昭儿第一次看见男人喝醉了会哭，很是惊讶。但好在庆瑜喝醉了并不哭，只是倒在桌子上睡着了。昭儿无奈地看着面前这两个男人，只好一边上色一边等他们醒来。两个人直到一个时辰之后才都醒来。

庆瑜醒来后带昭儿离去，陈耀云送他们到船上，之后向他们远去的身影久久挥手。

之后，陈耀云踏着夕阳回到屋里，拾起桌上剩余的酒，又喝了起来。

赵府的阿元正在街上闲逛，闻到稻花鸡的味道，便寻觅而去，原来是个稻花鸡的铺子，铺子前面挂着牌子"京城纯正稻花鸡"。阿元喜不自胜，钻进铺子坐下来："老板，给我来一只！"

老板："这位小哥好有眼光，我这可是正宗的京城稻花鸡！小哥稍等。"

阿元："闻起来倒是挺正宗，可别骗我啊！骗我你可要好看了。"

老板："怎么会呢！小哥一看就不是普通人。小哥是在哪里当差啊？"

阿元想了想说："这个，不能告诉你。"

两人正说话间，旁边桌上有人说话："你没看见？昨天玉家请了王美人带着聘礼去的谭家。哎哟，我的天，你猜猜有多少聘礼？这个！六辆车啊！那排场！"

"真的吗？你亲眼看见的？"

"那是自然，那车队就在我身旁过去的。车队后边当时还跟着不少人，都去谭家瞧热闹去了。"

"啧啧，那得多少银子啊！"

"玉总商家娶亲，自然银两是少不了。那箱子差点就把院子给摆满了，掀开来，都是金锭首饰，还有上等绸缎。谭家生了这么个女儿真是福气！"

"那谭小姐也算得上是东石最好的女子了，谭家也是富贵人家。要我说能娶到谭小姐，这还是玉家的福气。"

老板已经将稻花鸡包好，送到阿元桌上。

"这位小哥，你的稻花鸡包好了。"老板客气地说。阿元话也没说，站起身，匆忙跑掉。

"诶，你还没给银子……"老板在后边喊道。

阿元又跑回来从口袋里掏出几颗碎银塞到老板手上，头也不回地跑了。

"诶，这，太多了。这……"老板在后边费解地说。

阿元一路小跑回到赵府，冲进赵梦乾的房间。正在摇着扇子下棋的赵梦乾被吓了一跳，抬头看了他一眼又低头下棋。阿元急得将稻花鸡放到门口的桌上，上前一把抓住他的手说："少爷，快别下棋了，出大事了！"

赵梦乾笑笑："在我这，就没什么大事。"他又去拿棋子。

"少爷！谭小姐，就要成亲了！"阿元气急地高声说。

赵梦乾手里的棋子落在地上，难以置信地问："你说什么？谭小姐？成亲？跟谁？"

"好像是，玉家公子。"阿元着急地说。

"这不可能！这怎么可能！"赵梦乾一下掀翻了棋盘，来回踱步道。

"谁说的？撒谎！谁敢这么胆大包天地撒谎！"赵梦乾使劲抓住阿元的衣领，咬着牙说道。

"少爷，你别怄气了，快想想办法吧。"阿元道。

"到底是哪个王八蛋说的？"赵梦乾怒道。

"我是看见一家卖稻花鸡的，闻着还挺像京城口味的，少爷想念京城，我就想着给少爷买回来解解馋。"

"然后呢？说重点！"赵梦乾着急地说。

"然后就……听旁边的人说，昨日玉家已经给谭家送了聘礼，连王美人都去了。玉家好大排场，整整八辆车的聘礼。我就……跑回来了。"阿元一口气说道。

"啊！该死！都该死！都该死！"赵梦乾飞起一脚踢飞了棋盘。那玉质棋盘咣当一下顿时被摔成几块，黑白棋子飘飞到空中又叮叮当当散落一地。

门外赵夫人听到声音赶过来："这是怎么了？我的儿啊？出了什么事了？"

赵梦乾大吼一声："给我滚！都给我滚出去！"他一把抓住阿元的衣领，将他推出门外。

赵夫人已经来到门前，见阿元垂头丧气站在门口问："少爷这是怎么了？到底出了什么事？"

阿元："夫人，您还是别问了。"

夫人："我怎么能不问啊？阿元，你能不能给我说实话？"

阿元："是，谭小姐，和玉家的公子，已经定亲了。少爷，很难过。"

夫人："唉，这个死心眼的孩子！那谭小姐到底有什么好？不就是一个商人的女儿！凭我赵家，什么样的姑娘找不到啊！就偏偏看上这一个，真是要气死我！真是要气死我呀！这么多年了，还死性不改。喜欢上一个就往死里喜欢，能不能长点心眼！就知道折磨自己有什么用！哎，阿元，老爷呢？赵启胜！你个王八蛋！不是说给你儿子做主的吗？就这么做主的吗？看看你生的儿子！简直要气死我了！来人！"

"夫人，道台大人去衙门了，一直还没回来。您有何吩咐？"管家跑来说。

"去衙门，把赵启胜给我找回来！就说家里着火了！别在衙门躲清静！给我快点回来！"赵夫人又咳嗽起来。

"是，夫人。"管家应道。

管家坐马车去了衙门，把夫人的话带给了赵启胜，之后又返回赵府。

赵启胜并没有马上回府，但他的心里乱成了粥。

他叫来小匣子问道："昨日玉家真的去谭家送聘礼了？"

小匣子道："是。小的昨晚回去听说了此事，今天办了一天的事，还没来得及跟大人汇报。"

赵启胜："那就是说，他们两家合起手来了，想封住我的嘴。哈。"

小匣子道："大人那天不如就直接说少爷喜欢谭小姐了。如果说了，他们怎么也不敢直接违忤大人。不过，据说，这两家一直交情很深，玉公子和谭小姐从小一起长大。"

赵启胜："哼哼，交情深？那是没有遇到事。这两个老东西，那我倒要看看，到底是谁厉害！既然这样，我赵某人也就不必手下留情了。到时候，我看他们的交情还会有多深！"

小匣子道："是，大人。"

七天后的上午，总商们都在议事馆议事。忽听外面有马车停下来，随后小匣子走进来说："道台大人到！"总商们纷纷起立。谭鸿业和玉平遥对视了一眼，然后向前几步迎出去。

"不知道台大人来，有失远迎！"玉平遥道。

"有失远迎啊，道台大人！"谭鸿业说。

几个总商也都行礼道："道台大人里边请。"

赵启胜一脸高深莫测，微笑着向大家点头，不慌不忙一边往里走一边说："几位总商好啊，赵某也是有日子没见到各位，今日也有事情想跟各位商议一下。这里环境不错，大家不必拘束，都随意哈！"

赵启胜坐下来便说："唉，我最近呀也是焦头烂额呀，公事一大堆，家里也不省心。我儿子，也不知道我怎么生这么个儿子，是个情种，喜欢上了个姑娘，这阵子就病了。他这一病，就很难治好，人家不是说，世上最难治的就是相思病。哈哈，真是的，我也不怕各位笑话。都是为人父母，孩子的事，真是很挠头啊！他这一病，这不，我最近，就什么心思也没有了。唉，不说这个了。说说我们东石的贸易吧！我来这里，这一转眼已经小半年了，眼见着这几个月东石的贸易是越来越好了。上边对我们很满意呀，各位总商都对我们东石百姓，对我们东石贸易都作了不少努力，我赵某人在这谢过大家了。"

总商们道："都是应该的，赵道台客气了。"

赵启胜："这东石百姓啊，尤其看重玉总商。玉总商在我们东石可是家喻户晓，提起这三个字人人竖起大拇指，就连钦差大臣和皇上也有所耳闻啊。说起玉家，赵某真是很佩服，天后宫上边的牌匾还是皇上亲笔题写。玉总商真是我们东石的精神所在啊！"

玉平遥："道台大人谬赞了，我玉家祖祖辈辈全靠东石百姓的厚爱，这一点回报是我玉家应该做的。"

赵启胜："是啊，玉家总是身先士卒，真是让赵某很感动啊！对了，还有个不太好的消息。"

大家问："什么消息？"

赵启胜："这几年江南一带的盐务储备不算充足，所以我们东南沿海的盐商多了起来，那么这盐运也就多了。关于盐运一事，在座的各位，有几位总商经营范围里是有这一项的，玉总商、谭总商、闵总商和陆总商都有是吧？往年呢，这个对大家也就是个可有可无的买卖，毕竟跑盐运实在太麻烦。盐运本身的各种关税太多，大家也都挣不了几个钱。好在，我们还都没有摊上光泽、邵武那几个地方，也无伤大雅。但今年上方有意重新分配盐运，我们今年看来是躲不过去了。我前几日去见过钱大人，他的意思是要把这两个省的盐运划到我们东石。"

大家哗然："啊，这可太麻烦了！"

赵启胜："谁说不是呢！但有什么办法呢，上面已经决定，我们是没什么理由拒绝的。毕竟我们一直以来是以运输为主要经营业务，并且，也一直有盐运。如果拒绝，那等于是给督抚大人找难题是吧？"

大家都沉默不语。

赵启胜："在你们这些总商里面，我觉得最有经验的应该是玉总商吧！我考虑再三，也只有玉总商能顾全大局，就劳烦玉总商替钱大人和我分担一下光泽、邵武的盐运吧。当然，这会给玉总商带来不小的压力，但我想，以玉总商的实力，应该不成问题。"

大家面面相觑。

玉平遥垂下眼沉思片刻，莞尔一笑道："好，玉家愿意为赵大人和钱大人分担盐运。"

赵道台起身，走近玉平遥，拍了拍他肩膀大笑道："我就知道，玉总商就是爽快！很好！我会在钱大人面前多多替你美言，不愧是我东石百姓的依靠！甚至比我们官府做得还要好！实在让人钦佩！好了，也不多打搅大家了，我看我在这里大家都还是很拘束啊。赵某告辞，诸位我们过几天再议事！"

赵启胜向外面走去。小匣子看了玉平遥一眼，也跟随赵启胜走出去。

谭鸿业道："玉兄，你怎么就答应了呢！谁不知道那就是个火坑！"

陆总商："就是啊，玉兄，你怎么就答应了呢！我们一起反对，或许就能免了这事。"

闵总商："是啊，这不就是个火坑！谁摊上这俩省明摆着要……"

玉平遥苦笑道："该来的总会来，躲不过去的。只是，来得好快。"

玉平遥和谭鸿业向外走去。

谭鸿业："唉，真是的。"

玉平遥："赵道台果然很厉害。不过，为了两个孩子，我也不后悔。"

谭鸿业握住玉平遥的手："玉兄！"

第十三章　1999 年　纽约

1

我乘坐开往纽约市郊的地铁，在五千米之后下来，穿过一小片灌木丛林，来到树木掩映之下一处僻静之所。那是一座不太高的别墅，黄白相间的门廊和浅灰色外墙已历经岁月的洗礼，有些斑驳。我按了门铃。

一个戴着袖套的白人女子快步走出来开门。

女子辨认了片刻便礼貌而微笑地给我开了门，说道："Welcome!"

"Thanks."我还以微笑，快步走进去。

她快步走到我前面，帮我打开屋门。

"Oh，Mr Thomas is reading in the study."她又说。

"Ok."我走进屋子，径直向后面的书房走去。

我在书房门前站定，敲了门。

"No，No，I don't want coffee."里面传来托马斯教授倔强的声音。

"Not coffee，Professor."女子微笑说。

"So，what?"托马斯教授又说。

"Haha，教授，你还好吗？"我笑了。

"What?""Who?""海东？真的是你吗？我的天哪！"里面响起椅子滑动的声音，之后，门被打开。

"哦！天哪！我出现幻觉了吗？哈哈。"托马斯教授开心地拥抱了我。

"教授，好久不见，您还好吗？"我说。

"哈哈，好。见到你就都很好！"托马斯教授用一口生硬的汉语说。

"快进来！哎呀，今天是什么日子，太阳从西边出来了吗？我要看看。"他因为语速很快，生硬的汉语更显奇怪，但听起来却很亲切。

"我是专程来看望教授，但是因为匆忙，并没有准备什么礼物。"我抱歉地说。

"你就是最好的礼物啊，不是吗！哈哈！我很开心。"他风趣地说。

"教授您的腿……好点了吗？"我仔细打量他的腿。

"好极了，瞧我不是行走自余？哦，不对，是行走自如。唉，汉语还真的是叫咬文嚼字，很不好咬。哈哈。"他又说。

"哈哈。"我笑起来。

"老毛病了，没关系，只是偶尔心情会受到些影响。"他说。

"托马斯教授试过中医吗？中国的古老偏方，或许对您的腿有效。"我问。

"哦？真的吗？"他好奇地问。

"或许。等我回去，我问问我爷爷。中医对于像您这样的慢性病，是很不错的疗法。可能未必有西医见效快，但一定很有效的。"我点点头说。

"好呀！那等你回去问问你爷爷，老人家都是懂得很多。"他绽开笑容。

"没错。对了，托马斯教授，我今天来，是想跟你汇报一下进展，也是想跟您请教下面的工作。"我又说。

"不需要了，那个疯子已经给我打过电话，开心得很。也感谢你这阵子辛苦。"他亲切地拍拍我的肩膀。

"哪里，教授，根据目前已知的信息只能确认凯恩斯打捞作业船附近海底确实存在一艘巨轮，极大可能是中国巨轮。但是究竟是什么样的一艘船，并不知晓。"我又说。

"已经很棒了。你知道打捞沉船，并不是所有沉船都有名字，当然，这些沉船本身自然都是有名字的，当它们还在海上自由航行的时候。但我们作为后来人，如何能够通过一艘面目全非的船去辨认它们的名字？时间已经过去了那么久。能够被打捞上来的沉船已经很幸运了，如果能够被后来人知道船的名字，那真是这艘船的造化了，但那又是多么困难的事。东方人相信缘分一说，我觉得，

189

这也是缘分。它需要有翔实的记录才能够被确认，如果确有记录，那真是造化。"他叹息说。

"我也很希望这艘巨轮有据可查。"我说。

"那就是你的工作了。我的小伙子，我很相信你。"他的眼中有光芒在闪耀。

"托马斯教授，我今天来，也是希望如果您的身体允许的话，接下来能否跟您一起查证，毕竟，我还经验不足。"我又说。

"No，放心去做。以你的实力，完全不需要我的帮助。当然，两个月后，我的腿如果允许，我会与你一起的。这件事我已经感觉得到，它的不同凡响。"他又笃定地说。

"一言为定，托马斯教授。"我说。

"一言为定。对了，我们不是说好了，你要教我些东西？嗯？"他又绽开顽皮的笑容。

"哈哈，自然不会忘记。"我也笑了。

"来，看我写的汉字，是不是有很大进步了？"他神秘地说。

托马斯急切地站起身，打开身后书架的一个柜子，拿出厚厚一沓宣纸。他将它们放在桌上，打开来。都是汉字。

"瞧，怎么样？"托马斯教授的脸上露出孩子般得意的笑容。

"非常棒，托马斯教授。果然比半年前进步了许多，真是进步神速。"我称赞道。

"哈哈，我就快超过你了，对吧？"他快乐地说。

"很快就能了。"我笑着说。

我在离开的地铁上，给乔娅回复了短信：

　　你猜得没错，我的妹妹，我已经被这个妖女蛊惑了，无可救药了。

2

　　当晚，我坐上了由纽约飞往新加坡的航班，20 个小时之后，我在傍晚时分抵达。

　　这 20 个小时，我的心如虫蚁啮噬。我从未如此真切体悟过一个远行的人盼归的心情，也忽然间领悟到了"家"和"家人"的特别意义。

　　因为家中有了特别牵挂的人，才称之为家。但，惭愧的是，我不得不承认，此刻，我最牵挂的人，居然不是养育我长大的爷爷，也不是刚刚归来的乔娅，而是，那个"妖女"。美盈这段时间一直住在我家，也算我的家人了吧！至少，我心里是把她当成了家人。我在心里冷冷地耻笑自己——算什么好人？充什么孝顺？这个事实让我无比汗颜，但心里却偷偷泛起甜蜜和窃喜。我鄙夷地骂了自己，然后咧开了嘴巴。我知道一定很难看。

　　这 20 个小时是漫长的，我的嘴巴因为持续地咧开很大的角度甚至变得有些僵硬。我憧憬着突然走进家门的那一刻。那一张张……尤其那一张俏丽的面容，她的眼波流转中是否藏着我要探寻的秘密？我自然还会面对爷爷一切都了然于胸的神情及乔娅恼火的双眼和她尖厉的嗓音。可是我没有想到的是，家里完全不是我想象的景象。

　　夕阳如火，晚霞格外绚丽，整座房子坐落在树木和晚霞的环抱之中。我从未觉得我的家这样亲切而美丽。

　　我从的士上下来，放下箱子，按响家里的门铃，居然有些心潮澎湃。

　　菲姐快步从房子里走出来，迟疑地在门廊上向外张望了片刻，便快步向我走来。她一边走一边认出来是我，便又加快了步伐，但脸上的表情却有些僵硬。

　　"嗨！菲姐，我回来了！"我快乐地说。

　　"少爷，你回来了。"菲姐欲言又止，然后挤出个笑容。

　　"对呀，我回来了！菲姐，很快吧！"

　　"哪里啊，少爷都走了一个多月了！"菲姐接过我手里的箱子，关了门嘛着嘴巴说。

我仔细看了看她，道："菲姐，爷爷身体这几天还好吗？"

"爷爷还好，还好。"菲姐说，快步跟上我的步伐一起向屋子走去。

"乔娅回来了？"我试探地问。

"是啊，小姐回来一个多星期了。"菲姐说。

"一个人？"我又问。

"哈哈，少爷，你怎么会这么问？是和那个徐少爷一起。"菲姐看了看我，笑着说。

"哈哈，我猜就是。"我笑道。

我没有问菲姐关于美盈的事情，我不想从别人的口中得知我想知道的一切。我要亲自去探寻，从她的眼中。我相信我从她的任何细节都可以得出我探寻的问题的答案——在我离开的这段时间，她是否如我一样，也在牵挂着我？

从大门到门廊，穿过小草坪和半个小花园，不到 100 米的距离。临近门廊，我的脚步慢了下来，我的心开始忐忑起来，我的脸也潮热起来。

"这个天实在是太闷了。"我说。

"是啊，少爷。"菲姐拉开了屋门。我们走了进去。

屋子里一片寂静，似乎我走进来都是对这寂静的打扰。我不由得放轻了脚步。

"爷爷在睡觉吗？"我回身轻声对菲姐问。

"爷爷在后面院子里。"菲姐说。

"哦？爷爷自己吗？爷爷又去灌溉去了？"我又问。

"不是的。"菲姐摇摇头。

"谁呀？Wah Lau Eh！哥，你回来啦！"尖细的嗓音响起，是乔娅。她从二楼探个脑袋出来，然后便蹦蹦跳跳地跑下来，站到我面前，围着我转了一圈，仔细打量我。

小半年未见，乔娅变黑了许多。她的雪白肌肤已经不再，脸上化着浓妆，涂着玫瑰色的口红，原本俏丽的面容变得成熟和诡异。

"怎么这么黑了？怎么把自己搞成这样子？"我皱着眉头说。

"Then 我跟你讲哦，这叫小麦色！懂不懂时尚？"乔娅鄙夷地说，然后又眨眨眼睛，换了个笑脸。

我愣了一下，隐隐感觉哪里不对。

"爷爷呢？"我又问。

"Then 爷爷呀，我让徐行之陪他去灌溉呢！我哪能放心让爷爷一个人去灌溉。Then，我跟你讲哦……哥哥，我把爷爷照顾得可好了。是吧，菲姐？"

乔娅和我一起长大，却从来对我很不客气，也很少叫我哥哥，她通常都是连名带姓地叫我玉海东。每当亲切地叫我"哥哥"的时候，都是她偷偷做了什么坏事，比如说自己闯了祸，弄坏了家里的什么东西，然后栽赃嫁祸给我。她总是觉得自己很高明，却每一次做坏事都自己先暴露了自己。这么多年过去了，她居然还没有意识到自己的这个弱点。

我的心开始下沉。

我静默在那里。从我踏进家门，到此刻，五分钟过去了。乔娅又尖又细的嗓音，这房子里的每个角落都会听得见，但美盈没有出现。

我盯着乔娅看她的眼睛。她的眼中充满诡异，藏着一丝探究，她终于在我的直视下败下阵来，眼神飘移起来。

"And then，哥哥，你有没有给我带礼物啊？"

"没有。"我干脆地说。

"Eeeyer！"她甩了甩袖子，就向楼上跑去。

"你站住！"我呵斥道。

乔娅居然被吓得一激灵，然后回头蛮横道："Wah Lau Eh! 干吗呀你！"

"美盈呢？"我低沉着嗓音说。

"人家有事回去了嘛！那是你爷爷，又不是她爷爷，谁也没有义务帮你照顾的吧？"她又喊道，那倔强的马尾在她脑后甩来甩去。

"美盈被你赶走了！"我又低沉着说。

"Then，我可没那么大本事！她自己走的，我有什么办法？"乔娅站在那，低头摆弄指甲，然后抬头说："Then，我得去看看爷爷了，爷爷在外面好久了，我不放心徐行之。"说完一溜烟跑向后门，溜了出去。

"少爷，消消气。"菲姐说。

"什么时候的事？"我问。

"三天前。"菲姐说。

"到底怎么回事？"我低着头又问。

"我还以为谢小姐会告诉你。"菲姐诧异地说。

"她知道我在忙很重要的事，怕打扰我。"我缓缓说道。

"其实，小姐你还不知道吗？就是任性了点。小姐也是尽心尽力地照顾爷爷了。这个是真的。"菲姐犹豫着说。

"别给她说好话！告诉我她是怎么把美盈赶走的？"我看着菲姐说。

"少爷，我没听见她说赶谢小姐走。只是，三天前的早上，谢小姐来跟我告别。她说给爷爷留了字条，他们杂志社最近有紧急的工作要忙，她需要回杂志社，小姐也回来了，她就不再住在这里了。不过她告诉爷爷说，无论什么事，需要的话随时叫她过来都可以，她还会在新加坡工作一段时间。"菲姐紧张得满脸通红。

"谢小姐告诉我每晚一点钟到两点钟之间是爷爷的危险时段，让我每晚定好闹钟，定时查看。就没再说别的了。"菲姐又说。

我颓然地坐在沙发上，无比沮丧，甚至就要哭出来。

"少爷，谢小姐现在还在新加坡，她知道你回来一定很开心，少爷可以去找谢小姐感谢她。你不在的这段时间，真多亏了谢小姐了。有一天晚上，如果不是谢小姐发现及时，爷爷……后果真是不敢想……"菲姐说。

"好。"我勉强说出一个字来。

"少爷，爷爷这几天都在跟小姐生气，因为谢小姐走了。"菲姐又说。

"我知道了。"我无力地说。

我听见双手紧握的颗颗珍珠悉数跌落下来，在我脚边四散滚落，越来越远，我无力去拾起任意一颗。

"海东回来了？"后门传来爷爷的声音。

我打起精神站起来，应了一声："哎，爷爷，我回来了！"

一个高个子大男孩扶着爷爷走进来，想必就是徐行之。我还是第一次见到他。他的面容和中国人无异，只是他的双眼更深邃一些，他有一头浓密的鬈发，让我联想到非洲草原上的狮子。

乔娅跟在后面，没有说话，一双眼睛小心地打量我。

"爷爷，你怎么样？"我说。

"爷爷当然是很厉害了！哈哈，来，我看看，我的小伙子有什么变化没有？"爷爷高兴地说。

"爷爷，这么短的时间我能有什么变化。"我说。

"不对，有的，当然会有。三日不见，当刮目相看嘛！有些憔悴呀！娃子心里好像有了牵挂，爷爷说得对不对？"爷爷也调皮起来。

"哪有啊，爷爷？爷爷真会取笑我。"我被爷爷成功逗笑了。

"哈哈，好事。我玉家的孩子我一看便知。我每年尽心尽力地请那么多女留学生都没能让娃子动心，就只一个女娃让我娃子动了凡心啊！哈哈！"爷爷又笑着说。

"爷爷，说什么呢！"我红了脸。

"哼！"乔娅忍不住轻轻鄙夷了一声，又赶紧咳嗽一声掩饰。

"哦，对对对，你们还没见过面。"爷爷拉着徐行之对我说，"这是……"

"徐行之，很荣幸认识您，海东哥哥。"徐行之伸出手，慢悠悠地说。他的嗓音很好听，这样的嗓音应该在舞台上闪耀。这样温文尔雅的徐行之是我没有料到的。我还以为，一定是和乔娅一样不羁的男孩，才会俘获她的芳心。看起来，是我小看了乔娅。

我不由得看了看乔娅。乔娅的目光早就闪躲到一旁，去看菲姐。

"辛苦你了。"我由衷地说。

"不辛苦啊，我其实什么忙也帮不上，之前都是谢小姐在照顾。"徐行之又慢条斯理地说。

徐行之怎么会懂我的话？我说的辛苦并不是说他照顾我爷爷辛苦，而是，他陪伴乔娅，会很辛苦。

徐行之的话引起乔娅的大大不满，她使劲掐了他胳膊一把，说："Then，徐行之，会不会讲话？"

徐行之才明白过来，说："哦，谢小姐走后，都是乔娅照顾爷爷的，乔娅照顾得很好的，真的很好的。"

菲姐忍不住扑哧笑出来，向厨房走去。

乔娅又使劲瞪了徐行之一眼，说："And then，菲姐，今晚我们准备个接风宴，我来帮你。"说着便拉着菲姐跑进厨房去了。

"把你那满脸的鬼画符洗掉！还搞什么小麦色！"我冲乔娅喊。她回头冲我挤眉弄眼又狠狠瞪我。

"说说，你的工作，有什么能跟我说的吗？我可是很感兴趣呀，有没有可以泄露的秘密？让我也高兴高兴。"爷爷说。

"好啊，爷爷，还不算秘密，我慢慢说给您听。"我说。

"好呀！"爷爷说。

"那我也去帮菲姐忙。"徐行之很知趣地说，之后就去了厨房。

"这不是很好的男孩吗？"我小声对爷爷说。

"嗨！可惜了，怎么就是混血呢，不说这个。"爷爷摆摆手说。

我扶着爷爷进了房间，让他卧在床上。

"美盈是个很好的女娃。"爷爷突然说。

"哦，我知道。"我微笑说。

"我还没给她讲完故事，我在等你回来，我还得继续给她讲故事。这故事，只有她能写出来。把故事讲给她是我的使命，把故事写出来是她的使命，是我，是我们玉家强加给她的使命。但是我想，她不会拒绝的。"爷爷开心地说。

我笑了："好吧，爷爷，都听您的。"

爷爷拉着我的手笑了："现在，跟我说说你找的那艘大船。有眉目了吗？要是中国船有多好。"

"爷爷，它可能真的是一艘中国巨轮！"我说。

"那太好了！中国巨轮，多希望我能亲眼去看看！"爷爷惊喜道。

"爷爷您好好保重身体，将来我们一定有机会去看。"我说。

爷爷紧紧握住我的手，我分明感受到他血管里的热血在热烈奔涌。

晚上，爷爷已经睡了。我站在阳台上乘凉，却看见乔娅和徐行之在楼下花园里。徐行之一边走一边采花，乔娅双手背在后面，动也不动就站在不远处看着他忙碌。没一会儿，徐行之已经摘了一大束花。乔娅娇滴滴地喊道："可以了。"

徐行之于是站起身来，冲她微笑了下，一手捧花，另一只手整理了一下衣领和头发，然后双手捧花，向她走去。

他走到她的面前，将花送到她的面前，说："乔娅，我的爱。"

"Then 你爱我吗？"乔娅娇滴滴地问。

"我爱你。"

"有多爱？"

"一切在它面前都苍白。"

"还有呢？"

"你是我的公主，你是我的女王，你是我的全部。"

"Then 第多少回了？"

"回公主陛下，今天这是第 167 回了。"

"Then 你厌倦了吗？"

"我怎么会厌倦，我盼望着第 365 回，第 720 回……第 3650 回，第无数回。"

"Then 还不错。道晚安吧！"

"公主陛下，我的爱，晚安！"

于是，乔娅踮起脚尖，吻了徐行之。徐行之快乐得像个孩子，跟着乔娅走进屋里。

我抑制不住地轻声笑了。

临睡前，我犹豫再三，最终没有给美盈发短信。我觉得，我不能只用一个短信告知她我的归来。

3

第二天清晨，吃过早餐，我便出发了。我并不知道美盈的住处，我只知道她在杂志社，所以，我开车直奔她的杂志社。

我不知道为什么自己这么急迫的心情，车却开得并不快。从几千千米以外携来的思念丝毫没有因为距离的迫近而削减，却反而一缕缕地在增添、在蔓延，如丝绸般将我温柔绑缚，让我喘不过气来。我将车窗都打开，请全部的清风都进

197

来，可清风却将我心里的丝绸吹得更加荡漾和漫无边际。

我的车终于在她的杂志社前停下来。我做了几次深呼吸，然后打开车门，向杂志社的大门走去。

我的脚步却被门口穿制服的英俊小哥拦住。

"喂！你找谁？这里是杂志社，闲人勿进。"他皱着眉头说。

"你好，我找谢美盈。"我说。

"谢小姐？谢小姐还没来呢！你谁呀，找谢小姐什么事？"他警惕地上下打量我。我的直觉告诉我，他喜欢美盈。

"我是谢小姐的亲戚，找她……有很重要的事。"我说。

"啊，谢小姐的亲戚啊，失礼失礼。那个，她还没来，但肯定一会儿就来。要不，你先上楼等她？哦，我带你上楼。"他忙不迭地前边带路，领我进了院子，走进一个三层小洋楼。又带我上了电梯，走进三楼最里间的办公室。

"快请进！这是谢小姐的办公室。你就在这儿等，谢小姐就在里面办公。现在的时间是……还早，还没到我们上班时间，大家还都没来。谢小姐她20分钟之内肯定就到。"

"那好，那谢谢你了。"我说。

"不客气，不客气。你坐！你坐！哦，有啥需要你在这里喊一声我就能听见。就这。"他打开办公室南面的窗户，指着外面。我走过去，俯瞰下去，恰好是杂志社的大门，和他刚刚站立的位置。

"好的，谢谢。"我说。

"那我下去了！"他还抬手给我敬了个不知道是什么的礼，然后便下楼去了。

我环顾四周，打量起这个工作间来。外间有两个对面的长条沙发、茶几和两个藤椅，还有绿植和书报杂志架。里外间用一个半透明的玻璃门隔开，但玻璃门里面的风景却看不清晰。不过，想到玻璃门那边就是美盈每日伏案之所，是她的小世界，我有些小小激动。我又回身将目光落在杂志架上。架子上摆放的都是杂志社的《时尚旅游》杂志。我拿起一本，在沙发上坐下来，翻阅起来。

杂志做得很用心。无论是纸张的质感、排版的精巧和图文的选择都让人心生愉悦。我很容易就找到了她的名字，在某篇文章的尾部写着——记者谢美盈。这三个字立刻让我的心中又漾起暖流，让我不能自持。

我的心跳开始加快。我合上杂志，静静地听我呼吸的巨大喧嚣，以及她的脚步声。

我知道，她来了。

她的高跟鞋有节奏地敲击着地板，发出嗒嗒声，清脆而悦耳。我的心跳随着嗒嗒声的走近逐渐绷紧，再绷紧，就要崩断……

她如一朵粉色的莲花款款而来，她的笑容嫣然绽放，她的双眼带着晨露，她的眉间袅娜含烟。我的心弦已经崩断，发出尖厉的声音。我再一次沉沦在她的浩渺之中，像一艘无人掌舵的船。有一缕细微的痛楚的甜蜜从我沉沦的心底升腾，我无法形容这种痛楚的甜蜜，仿佛经历了百劫千难而重获新生，而这一刻的再相见隔了整整几个世纪。

我多想人类真有时光隧道。我多想我们对望的这个瞬间能够永恒，任人间四季更迭，夏日冬雪往复，而它永在。

我的眼中竟有泪水在涌涨和升腾，因这令我颤抖的痛楚的甜蜜。在它们泛滥之前，我的理智及时将它们压制了下去，关闭了闸门。

"你好吗？"我说。

"你回来了？还顺利吗？"她微笑说。

"顺利。你好吗？"我又问。

"我很好。那恭喜你。"她又微笑说。

"谢谢你，对不起。"我说。

"我该谢谢你，让我可以有机会听到爷爷讲这么动人的故事。"她说。

"爷爷说，故事很长，还没讲完，还需要你继续听。"我觉得自己笨死了。

"我知道。我只是最近比较忙，乔娅也回来了，她也可以照顾爷爷。"她又微笑说。

"乔娅……"我不知该怎么说。

"乔娅还好吧？"她打断我的话。

"她有什么不好？她好着呢！"我恼火地说。

"那就好，你的任务都完成了吗？"她问道。

"还没，只是暂时告一段落。过一段时间，还要继续。"我说。

"哦。没关系，你不在的时候，需要我做什么都可以。"她又微笑说。

美盈走过我的身边，拿钥匙打开玻璃门。

"这是我的办公间，很小。进来吧！"她说。

"好温馨。"我走进去。

里间地面铺着深棕色调的波希米亚地毯，空间不大，看起来却很开阔。三面墙壁上都挂有挂画，靠窗的位置是很长的办公桌台，桌台上放着电脑和厚厚的稿件，在桌台成直角的两面墙壁位置，一面摆放着一个长条矮书架，另一面摆放着长条矮柜。书架上面摆满书，矮柜上面是鲜花和各种小艺术品。里间的门对面，是一组黄棕色的小沙发和茶几合围构成一个圆形区域，同色系的沙发和地面极其和谐。

不过办公桌后面超大的软椅引起了我的兴趣。我看着软椅就笑了。她那么娇小，卧在沙发里恐怕就会被沙发的软垫埋起来。

"坐呀，要喝点什么？咖啡还是热茶？"她笑着走到矮柜的桌角，我这才看见，那里放着咖啡机。

"还是，茶吧。"我在沙发上坐下来说。

"那就茶。"她走过来，在茶台的下边拿出茶具，要烹茶，我却一下握住她的手臂说："美盈，你今天，很忙吗？"

"哦，我有个采访任务，不过，还没有约好时间。"她说。

"美盈，我带你去玩吧！"我说。

"啊？去哪里？"她惊讶道。

"去，海底探险？你不是想看海底生物吗？"我说。

"这个……好啊！"她随即说。

"那我们走吧！"我兴奋起来。

我们拦了一辆的士，直奔最大的海洋馆。

一进海洋馆，便进入了仿真的海底世界。鱼群向我们游来，途经我们又四散游走。大大小小的鱼摆动着鱼尾，在海底世界自由游走。各种各样的热带鱼类，让美盈目不暇接，连连发出感叹。

"太漂亮了！"她惊叹道。

"你小时候没人带你来海洋馆看鱼？"我说。

"也去过，但是这么多种类的鱼我还是第一次看到。"美盈说。

"这些都是小儿科，我带你去海底探险吧。"我又说。

"真的？"她说。

"你怕吗？"我迟疑了下。

"你在就不怕。"她说。我的血沸腾了，因为她无意间的这句话。

我握住了她的手："跟我来。"

我带她来到管理室，拿了两套潜水服。等她穿完潜水服出来，我帮她戴好氧气罩，又帮她背好氧气瓶，我带她下海。

"我带你去冒险。"我说，然后我也戴上氧气罩。

"好啊！"她欢快地大声喊。

我拉着她从海面入口处跳进水里，然后，向下游去。我拉着她的手一起在浅水区游来游去，面罩下面有气泡汩汩冒出，周围的鱼群纷纷给我们避让。这里是鱼儿的世界，大鱼小鱼都很有序，各自游行相安无事。它们似乎已经习惯了人类来做客，对我们的到来丝毫不感到好奇，只是礼貌避让，摇摇摆摆地游向远方。美盈因身旁经过的红色、蓝色、黄色、橙色五彩缤纷的鱼儿而驻足，它们身上的图案和斑纹美不胜收。如果不是戴着面罩，美盈会发出无数个感叹。

我带着美盈向深海区游去，犹豫了一下还是在深水区和浅水区交汇的地域停留下来。有大鱼游过来，如我所料，她的身体不由自主向我靠拢过来。我转过身，用双手环抱住她。大鱼的鱼鳍滑动，在我们身边激起水浪。大鱼慢吞吞地游过来，似乎并未把我们放在眼里，只是傲慢地从我们身边游过去。而周围的小鱼，如见帝王般，早已纷纷退避一旁，给大鱼留出充足的空间昂首游行。之后，又有三三两两的硕大鱼类游过，但对我们都毫不在意。美盈丝毫没有放松警惕，一直靠近我的身体，生怕大鱼的侵犯。

我在这个瞬间忽然爱上了这个仿海洋空间的 20 多米海底，她是多么的弱小和需要我的保护。这个瞬间，我更加确认我早已爱上了她；而她，就在这个瞬间，会不会也爱上了我？

我隔着面罩深深地望着她。她感应到了我的注视，也侧过头来望着我。我不敢再继续带她游向更深的海区。在这里逡巡了一会儿，便带她回到浅水区，之后上了岸。

我没想到，她摘下面罩的第一句话是："海东，我好像在哪里见过这些鱼。"

我莫名打了个哆嗦。

她像是在努力回忆什么，好一会儿，她说："可能是在梦里。"然后，她笑了，又说："好过瘾！"

"开心吗？"我微笑问。

"开心，非常开心！"她的笑容好灿烂，瞬间赶走了这里的好多阴霾。

关于乔娅，我并没有跟美盈再多说什么，也无须多言。似乎很多话，在我们之间都是冗余。只沉默，只一眼对望，便一切了然。在面对美盈的时候，我甚至有回到了人类的原始时代的错觉，回到了那个语言还没有诞生，一切都要凭借感知去获得信息的时代。我不知道怎么会和她拥有这样的默契，但这就是事实，我无论如何也无法解释。

几个星期之后，爷爷的身体有了很大好转。爷爷不仅能够如往常一样在花园里忙来忙去，还练起了拳脚。说起来，爷爷一直没有忘记他的中国功夫，因为心脏的原因已经停滞了两年的拳脚，病才刚好，他又练起来了。

在爷爷生日的那一天，爷爷特意吩咐菲姐，要做几个美盈爱吃的菜。他已经有好几天没看见美盈，让我务必将美盈带来见他，还孩子气地说，如果美盈不来，他这生日是不会过的。我哪敢怠慢，立即打电话请美盈务必那一天推掉所有的事情，陪爷爷过个生日。

爷爷生日那天，美盈很早便过来了，还带了蛋糕。但是乔娅很大声地宣布说她已经给爷爷订了最豪华的蛋糕，过一会儿便送过来。于是美盈又悄悄打电话退掉了蛋糕。

爷爷看见美盈便拉住她，让她弹琴，他自己吹起笛子来。乔娅气得跑回房间使劲关上房门，直到蛋糕送来之后，她才得意地走出来。

菲姐给蛋糕插上蜡烛，点燃。大家欢歌祝福爷爷，爷爷很开心地闭上眼睛许了愿，又吹了蛋糕的蜡烛，之后兴致盎然地喝了半杯酒，又打了一通拳。

"爷爷打的是醉拳。"乔娅说。

"哈哈，没错，你爷爷我最会打醉拳。我师傅啊只把这独门武功教给我了，总不能给师傅跌面。"爷爷说。

"啊？爷爷真的会武功？"美盈诧异地问。

"爷爷早年跟一个中国镖局师傅学了些中国功夫。"我说。

"爷爷的偶像是李小龙。"乔娅又说。

"嘿，娃子，李小龙是中国人的英雄！"爷爷说。

爷爷终于累了，坐下来，对美盈说："美盈啊，我还有好多故事没给你讲完，不光我爷爷，还有我的父亲，我爷爷的父亲……我们玉家在新加坡，到海东这一辈已经六代了。六代人的故事，我恐怕要讲上个几年了，哈哈。"

"爷爷，您慢慢讲。"美盈说。

爷爷一整天都很开心，直到傍晚，美盈准备离去。她说："爷爷，我得跟您先告个别，我要回厦门三个星期，三个星期之后我再回到新加坡，再来听您继续讲故事。"

"啊，这个……好吧。美盈啊，能不能，你就在新加坡工作不回去了呢？"爷爷思忖着问。

"哈哈，爷爷。"美盈未置可否，只是笑笑。

"好吧，那到时让海东去接你。"爷爷又说。

"没问题。"我说。

"切！"乔娅不屑地说。

"对了，美盈，你回厦门，可以帮我带回些光碟来吗？那个什么，张学友，什么 Beyond 乐队，还有什么黎明、周华健。哎呀他们的歌都太好听了，可我们这里买不到呢。我从广播里听到，就是买不到光碟。"爷爷说。

"哈哈，好的，爷爷，您太逗了。"美盈笑了。

"哎，等我身体好了，将来有机会回大陆听他们的演唱会！"爷爷期许地说。

"好啊爷爷，一定会有机会的，您就好好保重身体！"美盈鼓励地说。

我去送美盈回来，月色中隐约听到吵闹声，我循声而去，就见花园里有两个人影，其中一个还不断地用手比画着。我叹了口气。是乔娅和徐行之。显然乔娅觉得美盈夺去了她在爷爷心里的地位不开心，到徐行之那里去发脾气找平衡。我不由得同情起徐行之来。

"是谁在那里？"我故意打断。

"少管闲事，玉海东。"乔娅冷冷地说。

"是乔娅？这么黑你们怎么在外面？不如，我们三个就在这喝一杯怎么样？反正现在还早，也睡不着。"

"哼，玉海东，少来献殷勤。我没兴趣！我累了，要去休息了！"她说着便扭身从我身边快步走过去，直奔门廊。

"她又找你麻烦了吧？"我说。

"也不算，是我说错话了。"徐行之沮丧地说。

"哦？什么话这么严重？"我说。

"她问我，谢小姐是不是比她好很多。"徐行之说。

呵呵，这个有意思了。

"你怎么回答的？"我问。

"我就说，也没有好很多，只不过谢小姐要温柔一点。"徐行之垂头丧气地说。

"哈哈。"我笑了，"那她还不跟你翻脸？"

"不过，马上我就说，不管你怎样我都喜欢你呀。可是她还是翻脸了，用高跟鞋使劲踢我。"徐行之满脸委屈地说。

"哈哈，呆子！记住，当着心爱的女孩子的面坚决不要夸另一个女孩，她会恨你的。"我笑道。

我拍拍徐行之的肩膀说："我要进屋去了。"

徐行之懊恼地说："你回吧，我在这坐会儿。"

"好吧。"我摇摇头，走进屋里。

屋子里一片寂静，客厅里辉煌的灯火还在守候。我放轻脚步。菲姐从爷爷的房间里走出来，小心地关好门，向我比了个手势，示意我爷爷已经睡了。我点点头，向楼上走去。上了楼，经过乔娅的房间，房间门并没有关严，我站在门口停顿了一下，向里望去。

乔娅正坐在电脑桌前，在电脑屏幕前打字。随着她的双手的敲击，屏幕上出现了几个大字："谢美盈。谢美盈。谢美盈……你是何方妖孽？我会让你现出原形的！"

"哼！"她忽地猛烈拍击键盘，发出刺耳的声响。我立即小心地关上她的门，生怕惊扰了爷爷，然后叹息一声，向我的房间走去。

　　我躺在床上，又思念起美盈来。

第十四章　1821年　东石

昭儿回到谭府的时候，父亲正在跟母亲吵架。

昭儿道："爹，娘，你们这是怎么了？好好的怎么吵起来？"

吴媚："还不是因为你！"

昭儿："我？"

吴媚道："你爹，想退了玉家的聘礼。"

昭儿："啊？为什么啊？"

谭鸿业："女儿啊，你过来坐，听我说。"

昭儿惊恐地坐下来。

谭鸿业："爹当然知道你和庆瑜两个人打小就很好，中间隔了这么多年也没变，是真心喜欢彼此，为爹娘的哪个能不想成全。但是你知道今天，嗨，你知道今天谁来议事馆了吗？"

昭儿："谁呀？"

谭鸿业："赵道台！赵道台就是专门来说这个事的！他一定是听说了昨天玉家来送聘礼的事，你知道他来干吗的？他是来整治我和你玉伯伯的。他假意说了一堆奉承话，给你玉伯伯下了圈套，让他往里钻啊！"

昭儿："什么圈套啊？"

谭鸿业："唉，这个老家伙居然把光泽和邵武帮的盐运分给了玉家。"

昭儿："哦，那又怎样？"

谭鸿业："天哪，我的女儿啊，你知道这两个帮的盐运意味着什么吗？轻则倾家荡产，重则家破人亡啊！这赵道台的手段太狠辣了。"

昭儿："那他是为了报复我们吗？"

谭鸿业："那自然是了。他儿子看上你了，可是被玉家抢了先机，他自然是生恨，于是来这么一个狠招。天哪！"

昭儿："于是你就害怕了？想退聘礼？"

谭鸿业："为父可不想我们谭家好几辈子的基业，一下子被姓赵的毁了。我谭家做得再大，也终究是个经商之家，官大于商，我们惹不起呀！所以为父想，女儿，委屈你，还是别跟玉家结亲了。赵公子也不错，很喜欢你，听说都病了。我也见过那个孩子，人除了被宠坏了有些任性之外，也还是个善良之辈。昭儿，你听爹的话，玉家接手这两个盐运，就自然会败落了。爹不能眼看着你往火坑里跳啊！"

昭儿愤怒地喊道："可是玉伯伯家也是因为我和庆瑜才这样的。玉伯伯都不怕，你怕什么！你要做忘恩负义的小人吗？言而无信非君子也。这聘礼你退也好，不退也好，我谭昭儿这辈子就认定庆瑜一个人，我不管他什么赵公子还是别的什么公子，我是不会嫁的！"

奶奶闻声走进来："怎么回事？在吵什么？谁欺负我孙女了？"

昭儿哭泣道："奶奶！奶奶！"

奶奶抱住昭儿："乖孩子，别哭，这到底是怎么了？"

玉家一家人正在吃晚饭。邱伯跑来报告："老爷，老爷，你快到门口看看吧！"

玉平遥诧异地问："有人来了？"

邱伯上气不接下气地说："老爷，你快去看看吧！谭家，把聘礼都送回来了。"

"啊？"玉家人都站起来撒腿往外跑。

庆瑜手里的碗落到地上，傻在那里。他半天才反应过来，站起身也向外面跑去。

在庭院里，谭家的家丁正在往下搬东西，几个大箱子已经摆在庭院中央。

"孙伯，你们这是怎么回事？"玉平遥问谭家的管家孙伯。

"玉总商好！我们老爷说，今年年头不太好，小姐和玉少爷的婚事先不急着办，让我们把这些东西先送回来，等以后再说。"孙伯道。

"这是你们老爷说的？"玉平遥不相信地问。

"是的，玉老爷。我们老爷说非常对不住玉总商，但眼下，也只能先把这些东西送回来。"孙伯又吞吞吐吐地说。

庆瑜一下瘫坐在地上。

"庆瑜，你怎么了？"庆松扶着庆瑜问道。

"昭儿呢？她不愿意嫁我了吗？"庆瑜站起来上前抓住孙伯道。

"三少爷，你别难过，真是对不住了。别埋怨小姐，小姐刚刚都哭晕过去了。"孙伯摇着头说。

庆瑜又浑身瘫软差点跌坐在地上，幸亏庆松扶住了他。

"玉总商，东西我都送回来了。您也请爱惜身体。小的就告辞了！"孙伯说完走出去，几辆车往西走去。

庆瑜失魂落魄，被庆松送到屋里躺下，两眼空洞，望着屋顶不再发出半点声响。

次日一早，玉平遥从卧房里出来，刚到厅堂，便看见管家邱伯满脸焦灼地来回踱步。

"哎哟老爷，您可算起来了，我就等您起来呢！三少爷他，不见了！"邱伯道。

"哦？不见了？什么时候不见了？"玉平遥问道。

"我昨晚睡得晚，我睡的时候瞧见三少爷屋里的灯还亮着，想着三少爷心情不好，也没去打扰。今早上我很早就起来了，发现三少爷的房间里灯还亮着，我以为是三少爷忘了熄灯，进去一看，三少爷没在睡觉，屋里没人。我出去转了转，这附近到处也没看见三少爷的影子。一直到现在，三少爷也没回来。老爷，要不派几个人去找找吧，别再出什么事情。"邱伯道。

"那快！来人！"玉平遥急了，高喊起来。

"老爷，有什么吩咐？"几个家丁跑过来问。

"快，都去给我找三少爷，街上、巷子里，一处不落都分头给我找。哦，邱伯，去告诉船坞的伙计们，让他们在船埠找找。"玉平遥道。

"是，老爷。"邱伯应道。

庆瑜起来的时候，天刚破晓。全世界都睡着。他躺在床上看着外面的天光一点点变白，觉得有一点刺眼，并隐约听到像有什么声音在远处召唤，不是渔歌，像是鸟叫的声音。他于是坐起来，穿上鞋子，走出去。

他循着声音而去。他确信是海鸥。只有海鸥才这样成群结队地吟唱，在这悲伤的日子，只有他听得懂，像为谁唱起了挽歌。他向海边走去，海风离很远就扑面而来，将他的长衫鼓起，他的长辫子也被风吹得摆来摆去。果然远远地就看见一群海鸥在海面上空成群结队地飞翔，它们一边高声鸣叫，一边不住地旋转，振翅高飞，让人想起训练有素的士兵。

海浪翻卷着棕黄色的砂砾汹涌而来，像攒足了力气，在这寂静的晨曦，自顾自地喧嚣。要下雨了。这海浪，这怒吼的风，和迟迟不见跳脱出白色笼罩的红日，都昭示了一场大雨的来临。他胸中蕴积了太多的情绪，愤怒、委屈、失望、难过、无措、惊恐，以及绝望，这许许多多的情绪他不知如何安放。它们如不断生长的藤蔓，缠绕得他喘不过气来。他从未如此渴望过一场风雨雷电，来将心中的那些枝蔓砍断和摧毁。庆瑜期盼起这场大雨来。他站在那一动不动，任不断涌来的海浪拍打他的长衫、裤脚，他的鞋子早已湿透，鞋子里也滚进砂砾，但他望着远处一望无际的海面，纹丝不动。

他听到远处有人在喊"三少爷"，他连头都没回，只是又向远处走去。

庆瑜是在快傍晚的时候被周先生送回来的。回来的时候他一身酒气，管家赶紧扶着他到房间里去睡了。全家人见庆瑜安然无恙地回来，都松了一口气。

玉平遥向周先生道谢，周先生说："他一早就到了我那里，只说想喝酒，我就陪他喝了点。就好好照顾他吧！还好他把我当成朋友。需要我之处，定效薄力，尽我所能。"

"有劳周先生了！"玉平遥实在也想不出别的话可说。

周先生很快就告辞了。

对于庆瑜此刻的心境，这世上没有比他更懂的了。周先生叹息一声。

玉家的气氛变得凝重起来，从清早起便被笼罩上了一层阴云薄雾。所有人都小心翼翼，都害怕一不小心，一句话就会将那薄雾戳破，那便是一场狂风骤雨。

大雨还是来了，是在第二天早上。

庆瑜醒来，便听见外面电闪雷鸣。他看着窗外的雨似乎有些激动。雨滴被风吹得歪歪斜斜，猛烈地敲打着窗户，在窗户上留下一串串水痕。那些水痕在窗户上也就只短暂停留了那么片刻，又被风瞬间吹走。又有新的水痕落下来，又散开……窗户上只是湿迹一片，分不清是哪次的水痕，像极了他心上的泪痕。眼泪落了一次又一次，整颗心都被湿透，分不清哪里是第多少条泪痕。那张牙舞爪的闪电惊雷多像他心里的藤蔓，一次次击中他的心，击得他连连颤抖，步步后退，直退到最隐秘的渺小中去。他早已缩成一团，如一颗小小的河蚌，只剩下一个外表坚硬的壳，保护着无比脆弱的蚌肉。可即便那壳看似坚硬，实则只要轻轻一撬，里面的整颗蚌肉就会全部裸露在世人面前。这大雨，这浸入他心里的大雨，多多少少冲刷了无边蔓延的藤蔓，它们似乎停止了生长；至少，在这一刻，他感到了心底有一种痛楚的快乐在慢慢滋生，渐渐发芽。

"庆松，外边下大雨了，我今天要去处理点事情，一会儿雨停你先去船埠看看，然后去找我。"父亲的声音响起来。

"不用等雨停，我这就去看看。"庆松说道。

"那小心点，雨很大。"父亲又说。

"好。"庆松又说。

很快，父亲和庆松一前一后冒着雨出了门。庆瑜坐起来，去厨房吃了饭，也撑开雨伞走了出去。

"哎呀，三少爷，这么大的雨你这是要去哪里呀？"邱伯在后边喊。

"我出去转转。"庆瑜道。

"去哪啊这是，这么大的雨……少爷，你去哪里我给你备个车吧！"邱伯跑出来。

"你回去！我不坐车！"庆瑜将邱伯推回去。邱伯只好站在雨里看着他跑远。

庆瑜忽然在大雨里跑起来，连雨伞也觉得很碍事，索性将伞扔掉。他跑了一会儿，高兴起来，一路向海边跑去。在这大雨里应该是拾不到什么好看的贝壳的，但，万一能拾到呢！好久没给昭儿新贝壳了。如果看到漂亮的新贝壳，她一定会开心的。庆瑜快乐地想，忽然又哭了。脸上的泪水被雨水冲刷，分不清脸上是泪水还是雨水。

他一路跑到海边。因为下雨，海岸上泥泞一片，泥沙混在一起，只能隐约看见几个沾满泥沙的贝壳被海浪冲到岸边。但庆瑜并不气馁，他知道海浪过一会儿还会带着一些贝壳冲过来。他蹲下去从泥沙中捡起几个贝壳，再将它们放到手心让雨水将其冲洗干净，它们的美丽就完全呈现出来了。只是由于出来得匆忙，他忘记了带小袋子。他只好将捡来的贝壳都塞进衣服口袋里，直到口袋已经塞满，才心满意足地站起身。

今天海面上几乎是看不到出海的船只的，船只都躲在自家的船坞里。也有人站在船坞外面看雨，看一会儿便缩着脖子跑回去。一切热闹都被这铺天盖地的大雨遮蔽了，像老天爷忽然间扯下一块大雨幕，扔到人间，人间的一切声响就忽然被它隔断了。众生都失去了嗓音，只是来回奔走的木偶，远远地看去，都那么好笑。

这世上，能跟老天爷对抗的大概只有皇上吧！庆瑜的脑子里忽然冒出这个念头。皇上。京城。不知道昭儿是不是后悔回到东石来。他又哭了，号啕大哭。在这样的大雨里，他可以放心大胆尽情地哭，没人会听得见，连他自己都听不见。从水中的倒影里，他看见一个木偶满脸雨水，在不停地、笨拙地奔跑。

庆瑜终于不再跑了，他实在是跑累了，却忽然被人从后面抱住。

他要挣脱，转身一看，却见是乔民闽（玉家船工的伙夫）。

"三少爷，这么大雨你怎么来了？"乔民闽大声在他耳边喊。

"乔伯。"他笑了笑，任由乔民闽半抱着将他拖了十几步，进了玉家的船坞。

"这，三少爷怎么来了？"船上的开船师傅游涛科问。

"瞧，都湿透了。快，你们，去给三少爷拿件干净的衣衫来换上。"乔民闽对船工说。

庆瑜忽然觉得浑身发冷，哆嗦起来，忽然眼前一黑，晕了过去。

"三少爷！天哪！三少爷发烧了！快，给三少爷把衣服换上，再去烧些热水来！"乔民闽道。

好一会儿，庆瑜悠悠醒来，也不说话，只是静静地躺着。

乔民闽道："三少爷，你好生在这儿歇着，外面雨快停了，等雨停了，我送你回去。我已经差人告诉夫人你在这了，这么大雨怕夫人担心。"

庆瑜道："我想喝水。"

乔民闽道："好，来，喝水哈！好娃子，什么事啊都会过去的，千万别想不开，人这辈子啊，这坎儿啊，真是太多了！来，喝水哈！"

游涛科："是啊，三少爷。"

庆瑜："我大哥呢？"

乔民闽道："哦，大少爷早上来过了，来看看下雨这船坞有没有危险。这有我呢，他还有事，我让他先回去了。"

庆瑜疲惫地闭上眼睛。

外面响起了嘈杂声。有人进来说："师傅，外面打起来了！"

"啊？和谁啊？"游涛科道。

"谭家的船工不讲理，兄弟们就跟他们打起来了！"

游涛科连忙跑出去。

"啊？我去看看，三少爷，你好好休息。"乔民闽也跑出去。

庆瑜猛地睁开眼睛，迅速穿上鞋子也跑到门口。

外面，雨已经小了很多，但仍在下。五六个人吵吵嚷嚷扭在一起厮打着。庆瑜听不清他们在说什么，但看清了，有几个是自家船工，另外几个眼生，应该是谭家的船工。游涛科上前去拉架，船工们却越吵越激烈，玉家又上去两个手拿家伙的船工。庆瑜有点着急，犹豫着要不要出去，却见谭维民跑了过来。谭维民手里拿着根很长的木棒，他使劲抡起棒子，将玉家那两个人手里的家伙打到地上，两个人顿时疼得倒在地上。他又继续抡起棒子，又打伤了两个人。游涛科火了，也顺手拿起一根木棍，喝道："谭家少爷，你这是干什么！怎么还动起家伙来了！"

谭维民放下棍子道："怎么着，来啊，你个老东西！你们家船工居然敢骂我爹！谁敢骂一个字我就打死他！"

游涛科："你谭家忘恩负义还怕人说吗？"

谭维民："你算老几，你们，都算老几？轮得到你们骂吗？真是岂有此理！"

乔民闽："都放下，都给我放下！有话不能好好说吗？"

玉家船工："是他们先动手的！他们撞了我们船还先打人！"

谭维民:"你们玉家不能撞吗?以前呢,看在你家老爷的面子上,我犯不上跟你们动气,但如今不一样了,我们两家没什么关系了。撞你们船怎么了?怕撞吗?怕撞就不要在这海上跑船啊!来呀!来打我呀!老东西!"

庆瑜咬着牙,终于怒火中烧冲了出去,抢过游涛科手里的木棍就向谭维民抢去。

"你再敢侮辱游伯试试!"庆瑜愤怒地说。

"三少爷!"游伯道。乔民闽上前去拉庆瑜。

"哈,这不是庆瑜吗?怎么,这么憔悴,一定是很难过吧。别难过,凭你爹,你啥样姑娘找不着,也就别耗着我妹妹了,这样对你我两家都好。想开点,是不是?哈哈!"谭维民笑道。

"你,浑蛋!"庆瑜挣脱乔民闽,愤怒地冲上去。

谭维民也将长棒抢过来。

"三少爷!"游涛科挡在庆瑜面前,头被击中,倒在地上,血从他的头部流出来,染红了地面,又被雨水稀释,像条红色的小河,四散地流淌下来。

"啊?游伯!"庆瑜蹲下来惊叫道。

谭维民一看事情不妙,立刻要跑,却被玉家船工抓住,绑了起来。

"你们敢绑我!"谭维民道。

"我们还敢杀了你,信不信?"船工道。

"游伯!"庆瑜叫道。

"没事,三少爷,就是流了点血。你没事就好。"游涛科睁开眼睛伸手摸了摸庆瑜的头。

庆瑜落下泪来:"快去请郎中!"

"我去请,三少爷。"乔民闽道。

"哦等等,乔伯,你快去府上,去找管家,让管家去找,他知道哪个郎中好。"庆瑜又说。

"好的,三少爷。"乔伯道。

"快点把游伯扶进去!"庆瑜道。

大家将游涛科扶进船舱里面。

"那三少爷,这个人怎么处置?"船工问。

庆瑜看了谭维民一眼，没有说话，只是走进船舱。

"嘿！我说庆瑜，我不是故意的！"谭维民道。

"还说不是故意的！"船工狠狠捶了他胸膛。

"哎哟，你们敢打我！等着瞧！"谭维民狠狠地说。

半个时辰之后，雨已经停了。外面一辆马车疾奔而来。

玉庆松带着郎中急匆匆从马车上下来。被绑着的谭维民看见庆松，便喊："嘿，玉家大少爷，你快把我给放了！"

庆松瞟了他一眼，便径直走进船舱。

"游伯，你怎么样？"庆松进来便在游伯身旁蹲下，一边看伤口一边问。

郎中仔细看了游涛科的伤口，道："还好，这要是伤口再往前一寸，就正中太阳穴，就这力道，恐怕就不好办了。这也是个狠人啊！"

庆松："那，郎中，赶紧给包扎一下，一定得给治好。这是我玉家的人，请你给用最好的药。"

郎中："好的，玉公子。这位师傅性命无忧，只是伤在这个地方，还是很严重的，痊愈需要的时间会比较长。这两个月就不要乱动，按时敷药和吃药，过两个月就没事了。"

庆松："哦，那就好。游伯这两个月就别出海了。"

乔民闽："交给我吧，我照顾他。"

庆松："就拜托乔伯了。乔伯，我们玉家，不能没有你和游伯。你们两个在，我们才安心。"

乔民闽："放心吧，这有我呢！大少爷有事就先去忙吧。"

庆松这才想起庆瑜来："对了，庆瑜，你怎么在这儿？"

庆瑜垂着头道："我为什么不能在这儿？"

庆松见他穿着一身不合适的衣服，一副可怜兮兮的样子，便拍拍他的头，道："跟我回去吧，回家好好休息，这么大的雨别到处乱跑，会受风寒的。"

庆瑜道："我想再陪陪游伯。今天的事都因我而起，是我对不住大家。"

游涛科不敢说话，只是轻轻握住他的手。

庆松心一软："好吧。"

庆瑜忽然鼻子一酸，红了眼睛，问道："大哥，二哥什么时候回来呀？我想二哥了。今天要是二哥在，他们还敢欺负我们？！"

乔民闽走过来摸摸庆瑜的头，说："你二哥呀，这不是考上了武状元，应该也快回来了。这几天就应该快回来了。"

庆瑜："嗯，好想他。"

庆松："那庆瑜你先在这儿，我先送郎中回去，之后把这辆车给你留下，什么时候想回去都行。其他人，把谭维民给我带到车上，一会儿送回府上关起来，明天就送到衙门。"

几个家丁将谭维民抓到车上，谭维民吓得直喊求饶，一路嘈杂着，两辆马车远去了。

庆瑜忽然又想到了什么，连忙跑出去追，车子却都已经跑远。

庆瑜又跑回来对游涛科说："游伯，对不起，我有急事，得回去，再晚就来不及了。乔伯，你好好照顾游伯呀！"

游涛科挥手示意他快走，庆瑜便撒腿跑了出去。

庆瑜跑得上气不接下气。他必须追上那辆载着谭维民的车。他讨厌极了这个当面羞辱和戏谑自己的家伙，看这家伙那张嘴脸他就生气，这家伙还将游伯打伤，这种种恶行让他咬牙切齿。但无论如何，谭维民是昭儿的哥哥，如果被送进官府，昭儿一定会很难过。庆瑜是舍不得昭儿难过一分的啊。这几天，昭儿已经很痛苦了，不能再给她增加痛苦了。他没法想象，如果昭儿听到哥哥被送进官府的消息，会怎么样。所以，他必须阻止大哥，他必须违心地把这个恶棍救下来。他不知道自己和昭儿还有没有未来，也不知道还能为她做些什么。或许，这是他能为她做的最后一件事了吧。

庆瑜一路狂奔。刚下过雨，路很滑，跌倒了好几次，却都马上爬起来，继续跑。庆瑜终于踉踉跄跄地进了玉府。

邱伯看见庆瑜歪歪斜斜地走进来，衣服上还有血迹，吓了一跳。

"三少爷，你这是咋了？咋成这样了？这血，三少爷，你伤着哪了？"邱伯跑过来问。

"人呢？"庆瑜问道。

"什么人啊？"邱伯说。

"人啊，我大哥把他关到哪儿了？"庆瑜又说。

"哦，你是说谭家少爷啊。"邱伯这才明白庆瑜在说什么。

"对啊，他在哪儿？"庆瑜抓住邱伯急切地问。

"嗨，三少爷，在仓房里。这个家伙实在可恶，谭总商怎么生出这么个儿子来！跟昭儿姑娘简直不像是一个爹娘养的……哎哟……"邱伯说完才想起来，不该提起昭儿两个字。

"三少爷，我扶你进去休息吧。唉，这大雨天的你怎么就出去了，看搞成这样，夫人看见指不定怎么心疼呢。"邱伯扶着庆瑜回到卧房，帮庆瑜找了衣服，又给他倒了茶水，安排妥当，这才出去了。

庆瑜换了衣服，擦了把脸，便在屋子里来回踱步。一会儿，便下定了决心，走出卧房。

"三少爷，你不在房间里休息，怎么又出来了？"邱伯问道。

"邱伯，我想吃桂花糕了，你能帮我去买点吗？"庆瑜说。

"现在吗？今天上午一直下雨，也不知道能不能卖。少爷想吃，那我现在就去给你瞧瞧，万一买得到呢。"邱伯说。

"哎哎，就知道你最疼我。"庆瑜挤出个微笑来。

"贫嘴！等着吧，我一会儿就回来。"邱伯脸上浮起笑意。

"好，邱伯你慢点走，路滑。"庆瑜冲着他的背影说。

"好嘞，知道了。"邱伯回头笑笑。

见邱伯已经走出玉府，庆瑜便向后院的仓房走去。仓房门口只有后厨的小四在守着，门上了锁。

小四见庆瑜走过来，便说："三少爷！"

"嗯。"庆瑜趴着窗户朝里边望，就见谭维民被绑坐在柱子上，闭着眼睛，昏昏欲睡。

"把门给我打开。"庆瑜说。

"三少爷，大少爷吩咐过，闲杂人等都不准进去。"小四为难地说。

"连我也不能进去？！我也成了闲杂人等？"庆瑜瞪着眼睛说。

"这……"小四犹豫道。

"开门！"庆瑜又喝道。

小四赶紧给开了门。

"我有点饿了，你去厨房给我弄点吃的送到我屋里，我一会儿就回去。"庆瑜说。

"好吧，三少爷，你可小心点，这家伙不是善茬。"小四想了想说。

"我知道。"庆瑜点点头。

"那三少爷别忘了一会儿出来把门锁上，免得他跑了。听说他打伤了游伯，还出口不逊，大少爷说要把他送到衙门去呢。"小四又不放心地说。

"嗯。好，你去吧。"庆瑜道。

小四跑远了。庆瑜叹息一声走了进去。

谭维民正昏昏欲睡，就觉得眼前的光线被挡住了，睁开眼一看，是庆瑜，便乐了。

"呦呦，还是三少爷关心我呀，这么快就回来了，这回来就来见我了？哈哈，你是真喜欢我妹妹呀！我还真多亏有个好妹妹，看来你是还我自由身的。哈哈。"

"你好狂妄！"庆瑜低声喝道。

"我说得没错吧？你这个时候，一个人来，那一定是来偷偷放我的，我猜得对不对？"谭维民故意压低声音说。

庆瑜恨得牙痒痒，忍住怒火道："你出言不逊，将我玉家人打成重伤，就这两条，就够你在大牢里待上半年！"

"可是你不是来救我了吗？我这就是有福之人呀，谁让我是昭儿的哥哥了呢。"谭维民笑道。

"看在昭儿的面子上，我来放你回去，但如敢再侵犯我家人，你可以试试。"庆瑜道。

"哈哈，小弟弟，昭儿果然没有看错你。我回去呀，再劝劝我爹，说不定还能再成全你俩呢！你到时候感激我还来不及呢。"谭维民又笑道。

"少说废话！你赶紧走吧，等我大哥回来我也救不了你！"庆瑜将他身上的绳子一点一点解开。

"哈哈，这就舒坦了。哎哟，我这筋骨啊！"谭维民装腔作势地活动活动筋骨，又说。

"这仓房后边有个小矮门，我和小妹小时候经常偷偷带小狗出去玩耍，就从那里来回走，你现在从那儿出去不会有人发现。你赶紧走吧！还有，你别说是我放你走的，就说是你自己跑的。"庆瑜忍着怒气说。

"狗洞……你这不是骂人吗？"谭维民瞪起眼睛说。

"你是想要坐等牢狱之灾吗？"庆瑜冷声道。

"我走，我走，能屈能伸大丈夫，我走了。谢过！"谭维民立刻说，然后匆忙跑了出去。

庆瑜在仓房里站了半天，找了个铁片将绳子砍断了一角，又使劲将窗户砸个洞，这才走出去锁好门，走回卧房。

刚好，小四来送食物，将篮子里的菜摆到桌上。庆瑜不慌不忙地吃起来。

小四刚出去，门外便传来嘈杂声，是大哥庆松和父亲玉平遥回来了。庆瑜的心里一沉。

果然，他们撞见了小四，小四说是给三少爷送吃的。然后，父亲和大哥便推门而入。

"我的儿啊，你没事吧？"玉平遥说。

正吃东西的庆瑜连忙心虚地放下筷子说："我没事，爹爹。"

"哦，那就好，那就好！"玉平遥仔细打量他说。

"就别乱跑了，在家好好待着。"玉平遥又说。

"是，爹爹。不会乱跑了。"庆瑜点点头。

"爹，怎么处置谭维民？他简直太嚣张了。"庆松说。

"这，我们玉家和谭家如今闹到这个局面，真是让我很难相信。"玉平遥说。

"这也不能怪咱啊！我们玉家哪点对不住他们谭家了？真没想到谭鸿业平时看起来人模人样的，做起事来还真不手软啊！头天接聘礼，第二天就给退回来，这种事都做得出来。"庆松愤愤地说。

"他也有难处吧。唉，也是惹不起赵道台。"玉平遥说。

两个人正在说着话，小四突然跑了进来。

"大少爷，老爷，谭家公子，跑了！"小四慌张地说。

"啊？怎么可能？"庆松惊讶道。

庆瑜呛了一口，猛烈地咳嗽起来。

"是真的。他跑了！我就给三少爷送了点吃的，就这么个工夫，他就跑了！"小四吓得跪在地上。

"带我去看看。"玉平遥道。

小四爬起来走在前边，玉平遥和庆松紧跟其后，走出庆瑜的房间。

庆瑜吃不下去了。他将菜碗推到一边，站起来要走出去，走到门口又走回来，到桌子前，铺好纸张，开始研墨，力度没有用好，墨汁溅到纸上。他将纸团成一团扔到旁边，又铺一张纸，魂不守舍地写起字帖来。

庆瑜还没写完字帖，便听见外面有脚步声。

"玉庆瑜！你给我出来！"是大哥庆松。

庆瑜吓得笔掉在纸上，站在那不知所措，然后，又下定决心，拿起笔坐下继续装作写字帖。

"玉庆瑜！你干的好事！"庆松在庆瑜的门口高声叫嚷，引得爷爷奶奶和母亲，以及妹妹筱女都跑了出来。

"这是怎么了？"董清芳跑过来问道。

"庆瑜怎么了？你这么吼他？"奶奶跑过来拦住庆松。

"奶奶，你让开！你知道他干了什么吗？"庆松生气地说。

"你别在这装模作样，你给我出来！真是胆大包天了你！"庆松不容分说跑进来抓住庆瑜的衣领就将他拖出来，一直拖到厅堂，使劲踹了他一脚。庆瑜不由得跪下。

庆瑜抬头一看，父亲玉平遥坐在面前椅子上正在生气。

"爹，我。"庆瑜又把话吞下去，低下头谁也不看。

"到底是怎么回事啊？庆松啊，平遥啊，干吗这么对庆瑜啊？"奶奶着急起来。

"这是干吗？老爷，庆瑜做什么错事了吗？"董清芳说。

"问他，让他自己说！"玉平遥道。

庆瑜不说话，也不看大家。

"这小子！上午去了船埠，恰好上午谭家的船工跟我们家的船工打起来了，那个谭维民还用木棒打伤了好几个人，把游伯也打伤了。我让人把姓谭的给抓回来关在仓房里，等父亲回来，想明天送到衙门去。结果这小子，他偷偷把那浑蛋放了！真是气死我了！你说，是不是你干的！"庆松道。

"你以为你把绳子砍了，把窗户砸了，我们就能相信是他自己跑的了？小子，你爹我还真是小瞧你了，你还真是啥事都敢干啊！"玉平遥道。

"还反了你了！"庆松道。

"是谁给你的这么大胆子！这回不惩罚你，你就不知道自己犯了多大错！给我家法！"玉平遥又说。

"啊！老爷，不要吧！庆瑜最近身体这么弱，吃不消的啊！"董清芳阻拦道。

"再这么放任下去，谁知道他会干出来什么！家法！谁都别来劝！"玉平遥道。

邱伯回来，在门口看到这一幕呆住了："这……"

庆松："给我绑了！"

邱伯："大少爷！"

庆松："老爷的话你没听见吗？你也想跟着受罚吗？哦，对，你还给他买桂花糕，他骗你你就信！"

邱伯："这……"

庆松："来人，给我把三少爷绑起来吊到大门口，今天不准给他吃喝！"

家丁进来把三少爷绑了，并把他送到大门口吊了起来。

玉平遥："自此，我们玉家和谭家两家就恩断义绝。"

玉府大门外很快有人来围观。

"这不是玉家三少爷吗？这是犯了什么错了？玉总商这么惩罚他？"

庆瑜只是面无表情地看着远方。

筱女一直站在门口的角落里看着庆瑜。等大家都散去，她走出门，拉拉他的袖子问："三哥，你饿不饿呀？"

"我不饿。"庆瑜勉强挤出来个笑容，"去吃饭吧，该吃晚饭了。"

"我也不饿，我就在这陪着你。每次我做错事都是三哥陪着我，好不容易我可以陪你一次，我就坐在这陪你。"筱女说。

庆瑜笑了："你是女孩子，不必这么懂事。"

"不，我已经不小了，理应给三哥做点什么，但是，我能做点什么呢？三哥一定很难过吧。"筱女道。

庆瑜忽然就红了眼眶，咽了下口水说："不难过，三哥是做错了，有什么难过的。"

筱女："我懂的，三哥，我知道你是怎么想的。你是不想昭儿姐姐难过。"

庆瑜苦笑道："小孩子知道得还不少。"

筱女："我真的不是小孩了，三哥。昭儿姐姐如果看见哥哥被吊在这里，一定也会很难过的。"

"不要告诉她。爹很快就会消气了，我就没事了。"庆瑜说。

"好吧，那我就不告诉昭儿姐姐吧。"筱女说。

然而，昭儿还是知道了。

那晚玉家的聘礼被退走后，昭儿哭得晕了过去，醒来后整夜无眠。一连几日茶饭不想，不出房间半步，也不再和父亲说一句话。这一日一大早便电闪雷鸣，暴雨突至更加扰乱了她的心绪，她不知为何惴惴不安。终于等到雨停，又出了太阳，三婶娘孙一凤好说歹说，昭儿终于和她一起来到后院的染坊，将那些染好的布匹挂在架子上晾晒。

昭儿一边晾晒，一边看着地上的影子发呆，却见幺妹从远处跑来大声喊她："小姐，你在哪儿？小姐，不好了！"

昭儿道："在这儿，什么事？"

幺妹跑到昭儿面前，却见三夫人孙一凤从布匹间探出头来："什么事啊，这么慌张？"

幺妹赶紧道："啊，三夫人，您也在这儿呢，也……没什么大事。"

孙一凤："那这么大呼小叫地干吗？真是的。"

幺妹："我不知道三夫人在这……"

孙一凤转身走了。幺妹焦急地等她的身影消失，才低声说："小姐，出大事了。"

昭儿："到底怎么了？"

幺妹："小姐，你千万别难过呀，我也不知道，该不该跟小姐说。"

昭儿："快说，急死我了！"

幺妹："小姐，是，三少爷……"

昭儿一下抓住她的手腕："他怎么了？"

幺妹："他……被吊在玉家大门口。"

昭儿："啊？为什么？"

幺妹："大家都在看呢！听说，是在船埠，我们两家的船工打起来了，然后三少爷和我们家大少爷打了一架。"

昭儿："啊？我哥？"

幺妹："是。"

昭儿："然后呢？"

幺妹："大少爷打伤了玉家的人，之后大少爷被三少爷的哥哥给抓回府，准备送衙门，然后被三少爷偷偷给放了。"

昭儿："那三少爷有没有受伤？"

幺妹："三少爷没受伤，是玉家的游老伯给挡了，游老伯伤得够呛。"

昭儿："然后，快说。"

幺妹："然后呢？玉老爷回府发现了，就把三少爷给吊起来家法了。"

昭儿只觉得腿一软，跌到幺妹怀里。

幺妹着急道："小姐，你，你要撑住啊，大家都跑去看了。我刚听说就跑来找你了。"

昭儿流下泪来，咬着牙："谭维民！我得去救三少爷。"

幺妹："怎么救啊？"

昭儿泪水涟涟，啜泣道："我去玉家赔礼，给玉家道个歉，都是我们谭家做得不对，最后还让三少爷受责罚，三少爷岂不是太冤枉了。"

幺妹："可是，老爷和夫人都在家，不会让你去的。"

昭儿："我管不了那么多了。"

昭儿向大门跑去。幺妹拉住她："小姐，走后门吧。"

昭儿又跑向后门，幺妹跟在后面。两个人刚到后门，便听到三婶娘孙一凤的声音："昭儿，你爹爹让你去书房一趟呢。"

昭儿和幺妹弯腰躲在灌木丛后面没有回答。三婶娘诧异道："这是去哪了？"

三婶娘走远了，昭儿和幺妹便跑出后院门。

两个人释然地匆忙向东走去，未料，刚走出100米不到，就听见后面有辆马车追上来，很快挡住她们的去路。

谭鸿业从马车上下来，愠怒道："昭儿，你要去哪里？是要去玉家是吗？我就知道，你一定是要去的。幺妹，你给报的信是吧？小姐的事情都是你给出的主意！昭儿，你去玉家也不想想，玉家能有好脸色吗？怎么会给你面子？你不是丢为父的脸吗？"

昭儿气急："你也知道丢脸？这一切还不都是因为你做的错事？不仁不义！我哥都是你给惯坏了，他打伤了人，难道不应该去给人家认个错吗？你们不去，我替你们去，也不行吗？"

谭鸿业："不准去。"

昭儿："你自己没脸见玉伯伯吧！玉伯伯待你恩重如山，你可倒好，一夜之间就变卦了，我都替你羞耻。"

谭鸿业："小孩子懂什么！不准去！"

昭儿："我是要去的，为我们谭家赔罪！"

谭鸿业："给我把她带回去，连这个丫头一块！"

几个家丁上前把昭儿和幺妹带到车上，塞进轿子里。马车原路飞奔起来，没一会儿就回到了谭府。

谭鸿业吩咐将昭儿关在房间里，让幺妹看好，并扔下一句话："给我好好看管小姐，如若发现小姐再偷偷出去，我就打断你的腿。"

幺妹垂头丧气地说："小姐，真是对不起，我是不是不该告诉你三少爷的事？"

昭儿又流下泪来："这天大的事如果你都不告诉我，那我就更加对不起三少爷了。"

幺妹："小姐，现在该怎么办呢？你也出不去了。"

昭儿忽然止住啜泣说："但是你能出去呀。"

幺妹："对，小姐，老爷没说不让我出去。"

昭儿："你去一趟，就说我绣花的丝线用完了，要去一趟绸缎庄挑一些五彩的丝线来，再带几块素色绸子回来。他们应该不会阻拦。你顺便把这个帕子给三少爷送去，至少让他知道，我是觉得很对不住他的，他也会开心一点。"

　　昭儿擦了擦泪水，从衣袖里拿出帕子递给幺妹，又说："对了，告诉三少爷，让他跟玉伯伯认个错，玉伯伯就不会责罚他了。还有，告诉他，我会一直一直等他的。"

　　幺妹将手帕放进衣服口袋，说："好，小姐，我都记下了。那我走了，你别哭了，眼睛都哭得像核桃了。"

　　昭儿："好。你快去。"

　　幺妹跑出屋子。昭儿看着她的背影，久久才关上门。之后，贴着门蹲下来，泪水又喷涌而出。

　　没过多久，昭儿便听见外面传来惨烈的叫喊声。是哥哥谭维民的声音。想来，是父亲在责罚他了。她听见木鞭一下一下抽打的声音，也听见哥哥的求饶和一声高过一声的"冤枉"。还有母亲、三婶娘、大娘的声音，到后来爷爷奶奶也都跑过来了，大家都在求情。

　　哥哥生性顽劣，从小到大这样被父亲打过也不是一次两次了。每一次，当木鞭一下一下抽到哥哥的身上，都像抽打她的心，她都会感觉到无比的疼痛。甚至有一次，她小小的年纪，竟然扑过去用小小的身躯挡住哥哥，迎着那带着十足力道从高处降临的鞭打。那一次，父亲惊呼："你疯了？！"然后那次的惩罚便停了。过后，哥哥还称赞她说，她是巾帼英雄，因为还没有一个小女孩敢于反抗，他居然是被一个小他七八岁的小妹妹救下来的，实在神奇。他于是许诺说，这辈子，都会做一个好哥哥，会庇护她，保护她，不让她受一点点的委屈；还说将来她嫁了人，那个男人也不可以欺负她，一丁点都不行。

　　那个曾经她救下的哥哥此刻又受到了责罚，那个她一直引以为傲的哥哥让她觉得陌生。他已经走得离她很远，她觉得自己无力再救他了。昭儿此刻不想走出房间一步，只是听着那一声一声的鞭打，心在啜泣。

　　幺妹果然顺利地出了谭府，她先去了绸缎庄，给昭儿挑好了丝线和绸缎，回府的路上小心地看四下没人，便去了玉府。

幺妹离很远便看见三少爷被吊在玉府门前，门前已经没有驻足围观的人，但路过的人还是放慢了脚步侧目过来，然后摇摇头，再走开。幺妹快步走过去，叫了一声"三少爷"。庆瑜被吊了快两个时辰，又有太阳晒，已经精疲力竭，闭着眼睛头昏脑涨。此时猛然听见下边有人叫他，便睁开眼，看见幺妹，有点惊喜："幺妹？"

　　幺妹："三少爷，我家小姐让我来给你送这个。"她仰望着庆瑜，庆瑜被吊着，她是够不到的。于是她看了下四周，大门旁边的柱子两侧都有石台，她便爬上石台，从衣服口袋里掏出帕子，塞到庆瑜的衣服口袋里。

　　庆瑜问："昭儿，她还好吗？"

　　幺妹："小姐很难过，她觉得很对不住你。本来她都跟我跑出来看你了，却被老爷给带回去了，给她关了起来，不让她出来。"

　　庆瑜有点心酸，眼中有泪光在闪："别让她哭。"

　　幺妹："三少爷，小姐说，她觉得很对不住你，让你跟玉老爷求个饶，玉老爷就不会生气了。还有，小姐说，她会一直一直等你的。我都，一个字不落地告诉你了，这都是小姐的话。三少爷，你保重，我得走了。他们要是发现我来了，以后小姐的话我也传不了了。"

　　庆瑜："好，谢谢你，幺妹，告诉小姐，我没事。让她别难过，我会想办法的。"

　　幺妹从石台上爬下来，又仰起头说："三少爷，那我先走了。"说完快步离去。

第十五章　1821 年　东石玉家

赵道台府。

阿元绘声绘色地将听来的消息讲给了赵梦乾：谭家如何退了聘礼；谭家和玉家的船工如何在暴雨中打了起来；玉家人如何被谭维民打伤；谭维民又是如何被玉庆松抓回府；玉庆瑜又如何将他偷偷放了而受到责罚，如今被吊在玉家大门口。

"真想不到会有这等精彩好戏！一定是爹爹使了什么法子！"赵梦乾一边摆弄着手里折起的扇子，一边兴奋地在房间里踱步。

"那也就是说，谭家和玉家，这下结了梁子了！退了聘礼还打成这样，这还不就恩断义绝了？"赵梦乾喜不自胜地说。

"那肯定的了。"阿元连连点头。

"所以说，我爹爹还是厉害！瞧他们狗咬狗这个热闹。哈哈，真不错。"赵梦乾又说。

"胡说什么呢？"外面突然传来赵启胜的声音。

"呀，爹爹，您回来了？我们就是随便说着玩的，也没别人听到。我这不是乐和乐和嘛。"赵梦乾道。

"呀，老爷回来了。"赵夫人也容光焕发地从卧室里走了出来。

"管管你儿子，别整天的胡言乱语。"赵启胜又对赵夫人说。

"哎哟，知道了。"赵夫人抿嘴笑道。

"爹，这回谭家和玉家已经恩断义绝了，那这回我就可以娶谭小姐了吧？"赵梦乾问道。

"别高兴得太早，眼下有件要紧事。"赵启胜道，"我刚从钱大人那里回来。

钱大人说，今年的武状元人选出来了，是我们东石有个叫乔培松的，听说他是玉家的义子，已经在返乡路上，三日内就会到东石了。钱大人的意思是，让我准备一下，给摆个接风宴。"

"啊？"赵梦乾的笑容立刻消失，"玉家怎么还会有个武状元？"

"我也是今天才知道。据说今年的武状元大赛，本来还有个姓吴的公子也很厉害，但后来被人举报说，前边的文试作弊，被请出场地。这个乔培松前边的文试成绩一般，最后武试的时候就突然锋芒毕露，非常厉害，得到了两广总督黄宗汉黄大人的赏识，黄大人在圣上面前还替他美言了几句。圣上恩准，还特别赠了他一块玉牌。"赵启胜道。

"哦，这么厉害？"赵夫人道。

"所以，你们说话做事千万小心，还不知道别人的底细，别玩火把自己搭进去。"赵道台道。

"那我该怎么办？"赵梦乾道。

"什么怎么办？该干吗干吗去。"赵道台道。

"那玉家有了武状元，我是不是就不能娶谭小姐了？"赵梦乾担心地问。

"那倒也未必。"赵道台说。

"哦，爹爹，怎么说？"赵梦乾又面露喜色问道。

"因为我已经把光泽和邵武的盐运交给了玉家，玉总商是个言出必行之人，又视百姓疾苦为己任，这两个地方的盐运已经开始，就已经没有回头路。这两个地方的盐运，便是他玉家霉运的开始。用不了多久，玉家很快就会家道中落。河水一旦开始泛滥，再后来用什么堵截都是挡不住的，也是无法弥补的。先下手为强，就是这个道理了。"

"啊，爹爹，是不是有点……我只是想要谭小姐，我没想要害玉家，玉总商还挺好的。其实，也是我要抢谭小姐，玉公子也没做错什么，只是惩罚惩罚他们就可以了。爹爹这样做，是不是有点太……不仁义了。"赵梦乾低声说道。

"混账东西！不知好歹！要不是你一定要娶那个谭小姐，我犯得着做这些？我懒得理你，我还有要事。听说那个玉家的公子现在被吊在玉府门口，我得去趟玉家送个人情，免得过几天摆宴太过突兀。哼，不懂事的东西！"

赵启胜说完便甩甩袖子走了。

227

赵夫人叹气说："你爹，还不是为了你好。"

赵梦乾犹豫着点点头。

玉府。

被吊在玉府门口的庆瑜昏昏沉沉中，隐约听到马车疾驰而来，接着便听见一个陌生的声音："这是玉家三少爷吧！这玉总商怎么能这么对自己儿子。"

庆瑜睁开眼，看见一个长者从马车上下来，走到玉府门口，在下边望着他。这长者宽额厚脸，一双伶俐鹰眼深不可测，他穿着暗褐色长衫，上边绣满暗黄铜钱，头上戴着黑色纱质、石青锦缎镶边的便帽。庆瑜没有见过他，但显然他不是个普通人。庆瑜又看了看那辆车，那车也和普通的马车似乎有些不同。在他身后的马车旁，站立着两个带刀护卫。

来者的身份庆瑜在心里猜到了十之八九，但他只是沉默地看着，面无表情。

"还不进去通报？道台大人来了！"长者身后跟着的人喊道。

"啊？"门口的家丁赶紧跑进去通报。

没一会儿，玉平遥亲自快步走出来。

玉平遥："道台大人！不知您前来，有失远迎。"

赵启胜："啊哈哈，玉总商，我今天不来都不行啊！"

玉平遥："道台大人说笑了，可是有什么事惊扰了道台大人？"

赵启胜："哈哈哈，玉总商，你这家法未免也太狠了点。这玉公子被你吊在门口，已经闹得满城风雨了，我再不过来，都说不过去了。赶快把三少爷给放下来吧，你这样惩罚孩子这得是多大的错！给我个薄面，给孩子放下来。"

玉平遥："这，是！快把三少爷给放下来！道台大人里边请！"

家丁上前七手八脚把庆瑜放了下来。

玉平遥："给他送到房间去吧。里边请，道台大人！"

赵启胜："哎呀，我还是第一次来玉总商家做客，玉总商可否陪我走走？"

玉平遥："好，道台大人，请。"

赵启胜："红砖大厝，亭台楼阁，这院子真是不错呀！"

玉平遥："道台大人见笑了。我们这儿天气炎热，一年四季都是夏天，三面临海，植物茂盛，也只能按照这里的气候因势造些亭台，院落也都比较简单。不比京城里四季分明，楼阁都很繁复隆重。"

赵启胜："哎呀哪里，我倒是很喜欢这里的感觉。非常通透，非常通透，就好像玉总商，也很通透哦，哈哈。"

玉平遥："道台大人真是抬举我了。"

赵道台走进一个长廊，在长廊里的桌子前坐下来说："这里很好啊，真的很好。我们坐一会儿。"

赵启胜："对了，玉总商，我听说玉家有个义子，也去考武状元了，不知现今结果如何呀？"

玉平遥："哦，是，玉家是有个义子，说来话长。这孩子是我家船工的伙夫乔民闽的儿子，因为我的两个儿子和他年纪差不多，一起长大，一起在船上玩耍，这孩子特别招人喜欢，我大哥恰好没有儿子，就收了他为义子，在我们家排行老二。"

赵启胜："哦，难得呀，你们居然能够相处这么好。"

玉平遥："乔大哥的父亲曾有恩于我父亲，我们也都拿他当玉家人。"

赵启胜："哦，那这二少爷他叫什么名字呀？"

玉平遥："乔培松，已经考上了武状元，三两天就应该回到东石了。"

赵启胜："啊，那得庆贺一下啊！这样，我来摆宴，让东石的达官显贵都过来，大家庆贺一下！"

玉平遥："哦，不必麻烦道台大人，不必惊动大家了。"

赵启胜："不不不，必须要庆贺一番！这么大的喜事，武状元归来，那也是我东石的荣誉不是？这事就这么定了，三日后我来摆宴。到时候东石的显贵由我来通知，这也是我东石的大事！时候也不早了，我就不打扰了。三少爷，以后也不要太责罚了啊！少爷也还年轻，有什么事不能好好说啊？玉总商做总商雷厉风行，对孩子可还是要手下留情啊！哈哈哈！告辞！不必送了，留步吧。"

玉平遥："道台大人慢走！替我送道台大人出去。"

玉平遥看着赵启胜的背影，沉思良久。

庆瑜躺在屋里，邱伯忙着吩咐下人给他端来饭菜。下人们来来回回送东西，都小心翼翼，尽量不发出声响。等饭菜都在桌几上备齐了，邱伯走过来小声说：

"三少爷，起来吃一点吧，都饿坏了。"

庆瑜只是闭着眼躺着，沉默着。

邱伯没有办法，只好说："三少爷，快点吃啊，别都凉了。"他又等了一会儿，庆瑜仍然没有回答，他只好叹息一声走了出去。

庆瑜只觉得意识有些模糊，昏昏沉沉中就听见母亲的声音："庆瑜怎么样了？吃东西没？"

隔了一会儿又听见她说："赵道台来干什么了？"

父亲说："庆瑜被吊起来的事闹得满城风雨，他来送个人情，重要的是，他要亲自给培松接风洗尘，三日后。"

母亲又问："他是怎么知道的？"

……

父亲和母亲的声音越来越远，越来越模糊，庆瑜的意识渐渐飘远。他觉得自己的身体很轻，像昭儿小时候吹起的皂荚泡泡，飘飘悠悠就飞上了天，在天际游荡，天是那么蓝，云是那么软……

庆瑜睁开眼的时候，又听见了渔歌。渔歌还是一如既往地高亢、有力和动听，但他浑身都毫无力气，像散了一地的砂砾，无论如何也抓不起来。他不知道自己是如何穿上鞋子，如何走出去的，意识仍然在飘忽，这飘忽的意识藏在飘忽的外皮里，一不小心就会悉数散落。海风迎面吹来，这飘忽的外皮没有裹住飘忽的意识，飘忽的意识就被这海风带走，随着它一路飘荡、一路颠簸、一路回旋，越过山崖、越过海面，向无涯的海那边飞去。

三少爷又不见了！

玉平遥早上醒来之后就听见了这个惊雷。

这一次，是真的不见了！

又到了潮汐的日子。这海水涨涨落落，像极了玉家人的心情。一连两日，从早上天亮，到深夜灯火通明，玉家全家人都在找三少爷庆瑜，连极少出门的爷爷和奶奶也拄着棍子出去寻找。可是，从船埠到街头，哪里寻得半分三少爷的影子？

开始只是以为庆瑜怄气，故意不回来，但整整两天不见踪影，连玉平遥也慌了。两日后的傍晚，玉平遥开始怀疑，他是不是悄悄跟随哪个船只去了海洋的另一头，毕竟每一年跟随大船偷渡出洋的人也是有的。他亲自去了海边船埠，去问各个船家，哪怕小船也不放过。问他们，是否看见庆瑜上了大船，又可曾有人溺水。可是没人看见。庆松还专门去了周先生府上找庆瑜，可是周先生说，自上次庆瑜在他那里喝醉之后，已经好多天没有去过他那里了。

庆瑜就好像凭空消失了，生死未卜。

更加令玉平遥焦灼的是，次日便是培松回乡，赵道台已经准备好了接风宴，想必整个东石的达官显贵都会前来拜访庆贺，而他此刻，担忧着庆瑜的安危，对接风宴是丝毫提不起兴趣，又无法拂了赵道台的面子，还要佯装喜悦赴宴。

次日一早，玉家就张灯结彩，准备好了迎接培松回府。筱女早早地就起来也帮忙递灯笼。玉家一家人都在一起吃早饭。玉平遥说，我今日还是继续找找庆瑜，接培松的事就还是大哥你带着管家一块儿去吧！筱女立刻说，我也去。吃过早饭，玉平风便带着邱伯出门，筱女连饭也没吃完，赶紧跟了出来。他们向船埠走去，乔民闽和几个船工已在那里等候。船埠周围渐渐也聚满了看热闹的人。

一直等到快近中午，遥遥地就见一艘大船迎风破浪向船埠开来，待慢慢驶近，清晰可见船头挂着个大红的绸子。船的甲板上站着个人，剑眉星目，修长身影，一身紫红长袍，英武不凡。大船终于在岸边停泊。那修长身影敏捷地下船，脚步迅疾，几步便跨到玉平风和乔民闽的面前，跪下来。

乔培松："培松拜见义父、爹爹。"

两个人一起将他拉起来："哎哟，快起来，快起来。恭喜我儿，恭喜我儿啊！"

筱女一下捉住他的胳膊："恭喜二哥！"

培松见是筱女，便伸手摸摸她的头："半年多没见，小妹长高了。"

筱女骄傲地说："那是自然。"

邱伯："二少爷，可算回来了。恭喜二少爷呀！"

培松："邱伯，你也来了！"

邱伯："是啊，昨晚啊，你爹爹和你义父几乎一夜没睡。"

培松："啊，那怎么成？"

他四下望了望道："怎么没见大哥和三弟？三弟今天去上学了吗？"

玉平风道："邱伯呀，快让培松上车，我们先回府。"

邱伯说："二少爷，颠簸了一路实在是累了。先上车，咱回府再说。"

一行人上了车，回了玉府。

回到府上，筱女迫不及待地将半年来府上发生的事都讲给了培松，他这才知道，原来，庆瑜失踪了。没一会儿，道台差人送来了帖子，邀请玉家人晚上去兴隆酒家赴宴，庆贺培松的胜利归来。但培松无论如何也高兴不起来了。

掌灯时分，玉家人乘着两辆马车去了兴隆酒家。兴隆酒家门庭若市，已经有好多辆马车都停在门口不远处。门口的守卫见玉家人下车，便上前躬身道："武状元公子，快里边请！两位玉老爷，快请进！道台大人等候多时了。"

他们一行走进里边，见上下两层楼的座位已经坐了大半。几位总商都带着家眷来了，连谭鸿业一家也来了。大家看见他们走进来，都站起身作揖道："恭喜恭喜呀！二少爷胜利归来，真是名震四方！"

赵道台走过来，笑吟吟地看着培松道："这位便是武状元培松公子？"

玉平风："培松，这是道台大人。"

培松双手抱拳行了个礼："道台大人。晚辈有礼了。"

赵道台捋着胡须道："啊哈哈哈！不错不错啊！真是风姿飒爽，器宇不凡，实属了得啊！"

培松："道台大人过誉了。"

赵道台笑道："哪里哪里，公子如今乃武状元荣归故里，我这道台也都跟着沾光啊！"

培松："道台大人真是折杀我了。"

赵道台："来来来，先就座，就座！各位请！"

玉家人就座。赵道台便举起杯道："各位，在座的各位！都差不多到齐了。今日大家在此一聚，一来，是为了迎接我们东石的武状元荣归故里；这二来呢，我也有私心，借此机会，和在座的各位一起畅谈一番。毕竟，我来了这么久，还是第一次将大家团聚在一起，我们也借此喜庆一番。在座的各位都是东石举足轻重的人物，我们和东石一荣俱荣，东石的兴衰大家责无旁贷，也希望日后，我们能齐心协力，共同把我们本地的各项事情一并搞好啊！来，这第一杯，先敬我们东石的武状元！"

培松端起酒杯："谢道台大人！谢各位长辈！培松愿为家乡效力！"他将杯中酒一饮而尽，环视四周，眼神掠过，却在东南角落望见了一双久违的清澈眼睛正凝望着他。是谭昭儿。他心里一颤，眼神却没有停留，放下酒杯落座。

他离家半年之久，昨晚归来从筱女那里才知道，东石发生了太多的事。这第一件大事便是谭昭儿回来了。六年前，她离开东石的那一天，没人知道有一个人远远地跟在后面，看着她上了船。谭昭儿是不知道的，庆瑜也是不知道的。因为那天她走的时候刚刚黎明，一切还都在沉睡中。只有他，因为每日早起练武，看到了昭儿的车经过，他一路在后面看着她上船。他当时还未曾想过那便是告别，此后六年杳无音信。

培松还想过，这一次考取了武状元，在京城里要不要去看一下昭儿。却终究觉得不合适，因为毕竟没有一个合适的身份和说辞，去见一个六年未见的同乡女孩，也实在无暇，便没有去看她。想不到，他刚刚赴京，她便回到了东石。这算不算是擦肩而过？或许他们之间的缘分早有定数，他们始终都是要错过的，他和她之间，始终隔着一个庆瑜。那是他无论如何不想伤害的弟弟，那样全身心依赖他的弟弟。昭儿，始终是庆瑜的昭儿，而不是他的。他也只能在心里挂念着她，也挂念着庆瑜，希望他们都好，便好。如今听说谭家将聘礼送了回来及其他种种，培松的心里泛起隐忧，也不知道庆瑜现在身在何方，他是否还安好？

培松又仰面饮了一口酒。

大家都客气地敬了酒，便都自由起来。总商们相互敬酒，家眷们都七嘴八舌相互攀谈起来。培松起身向外走去，他要到外面去透透气。兴隆酒家的后院是一片树林。他向树林走去。

"培松哥。"后面有个温柔的声音响起来。

培松整个人被定在那里。

培松慢慢转过身来，定神看了她片刻，换上笑脸道："哦，是昭儿啊？我听小妹说你回来了。"

昭儿："是啊，培松哥，恭喜你呀，武状元。"

培松不好意思地笑道："你是在取笑我吗？"

昭儿："怎么会取笑，替培松哥开心呢！"

培松："那谢谢昭儿了。"

昭儿："对了，培松哥，怎么庆瑜没来呢？"

培松脸上的笑容顿时凝固，犹豫着要不要告诉昭儿，却听筱女跑过来说："我三哥失踪了，三天了，昭儿姐姐。"

昭儿："什么？庆瑜失踪了？"

筱女着急地说："是啊，昭儿姐姐，我们都找了三天了，也没找到。"

昭儿："他不会有什么事吧？培松哥哥。"

培松："我刚回来，你别着急，昭儿，我想想办法。"

昭儿："会不会被劫匪给绑架了啊？"

培松："筱女，这几天有没有什么人来给家里送口信要钱？"

筱女："没有，什么消息也没有。"

筱女："三哥他不会是……跳海了吧？"

昭儿吓得一激灵，"啊"了一声差点跌倒。筱女赶紧扶住她。昭儿忽然抬起头说："庆瑜，他不会死的，我知道他在哪里。"

培松："你知道？"

筱女："你真的知道吗？昭儿姐姐？"

昭儿："庆瑜他应该没有大碍，我应该知道他在哪儿。但是，培松哥，明天你能陪我一起去找他吗？"

培松："可以啊。"

筱女："那我也要一同去。"

昭儿："筱女，你还是先留在家里吧，害怕惊动的人太多。你年纪也还小，还是我和培松哥两个人去。"

筱女："那好吧，可是昭儿姐姐，谭伯父不是要把你关起来，不让你出来？"

昭儿用手做了个嘘声的手势道："我会偷偷跑出来的。人命关天，我得去找庆瑜，管不了那么多了，也别告诉别人。"

筱女："好，就我们三个知道。"

培松："一言为定。"

第二天清晨，万物还未醒来，培松便走出玉府。踏着露水，疾步如飞，很快来到了海岸边。昭儿早已在那儿等候。她身着粉白锦裙，外罩一件轻纱斗篷，头上也戴了薄纱半遮面，一双清澈的眼睛有些红肿。见他过来，昭儿上前一步道："培松哥你来了！"

培松："昭儿，我们这是去哪里？"

昭儿："先上船，到了你就知道了。"

昭儿招呼他上船，他这才发现，旁边有个小船在等候。他随昭儿上了船。

昭儿："老伯，我们走。"

"好嘞，坐稳了两位。"老伯划起木桨，海面上泛起阵阵涟漪，接着荡起微澜。

清晨，一切都在浅睡中，也已经做好了被唤醒的准备。只需轻微的一声蝉鸣就能叫醒万物。有渔歌传来，声音高亢、有力，传到很远。最先被这高亢的声音唤醒的是海鸥。它们成群地飞过来，在海面上来回飞旋，井然有序，像是海上的士兵在进行清晨的某种仪式。

培松感叹："好久没看到过海鸥了。"

昭儿："培松哥离开有半年多了吧。"

培松："是啊，一下子就半年多了。真是好快。"

昭儿看着海鸥说："好快，一下子我们就都长大了。"

培松："昭儿，我还以为你在京城不会回来了呢。"

昭儿感叹道："是啊，一下子就六年过去了。现在这群海鸥应该不是六年前的海鸥了吧。"

培松："应该不是了，毕竟我们都要长大，海鸥应该也一样会长大，会变老。"

昭儿忽然难过地垂下头："嗯。"

培松："对了，昭儿，你在京城过得可还好？"

昭儿的双眼在笑，眼中却涨满水汽："还好吧，就是很想念这里。"

培松不敢再问就换了话题："哦，昭儿，起这么早很困吧，你要不睡一会儿吧。"

昭儿："好。"

老伯忽然回过头来说："你们先睡，到了我告诉你们。"

培松："好的，老伯，那麻烦你了。"

昭儿虽然极力掩饰，却藏不住不安和担忧，她安静地靠在那儿眯起眼。培松实在不知道该和昭儿说些什么，便也只好眯起眼打盹。

约莫半个时辰之后，老伯叫醒了他们。昭儿带着培松下了船，上了岸，往镇子里面走去。只见桅杆林立，高耸入云，到处都堆满了木料。培松明白了身在何处。

昭儿带着培松穿过层层木料、桅杆，又拐进一个很大的门廊，在一个屋子前停住脚步。昭儿看了看培松，点点头。

培松："这里？"

昭儿又点点头。

培松敲门道："庆瑜！庆瑜！"

里面有了窸窸窣窣的动静，一会儿，有人来开门。是陈耀云。

"昭儿姑娘？你怎么来了？"陈耀云很惊讶地问，又看了看培松。

"耀云，我是来找庆瑜的。他在你这儿吧？"

"他……没在我这儿啊，三少爷怎么可能在我这儿？"

他话音刚落，庆瑜跑出来："昭儿！你怎么来啦？"又惊喜道："二哥！二哥你回来了！"

耀云挠挠头："不是说不让我说你在这儿吗？"

"二哥，你可算回来了！"庆瑜抱住培松，在他的怀里不起来。

培松笑了："你这么想我吗？"

昭儿微笑道："那我回去了，看来我很多余，培松哥一个人来就可以了。"

庆瑜放开培松，转而拉住昭儿的手道："你怎么来了？这么远的？偷跑出来要受责罚的。"

昭儿松了一口气："你还活着就好，家里人都要被你吓死了，这一下子就失踪了好几天。昨晚看见玉伯伯，嘴上都起了泡。庆瑜，快别闹腾了，先回去吧。"

庆瑜松开昭儿的手道："我不回。我在耀云这里挺好的。"

培松道："庆瑜，你已经快成年了，做事情不能耍小孩子脾气，要以大局为重。我义父和你爹年纪也大了，家里还有很多事需要你帮忙。"

庆瑜："家里事从来不需要我。"

培松："怎么会不需要？之前一切太平，长辈们只想让我们无忧无虑。如今，我这次回来，昨晚看见那个道台大人，似乎也不是个省油的灯。你走了这几天，家里一团糟，游伯父还在卧床，船工们也都义愤填膺，很多事都需要解决。你回去，无论如何，需要的时候能多个人手不是？再者，我也可以继续教你几招，以后万一什么时候我不在，你也可以保护下家人。"

培松的诱饵很成功，庆瑜终于点头说："那好吧。那我就跟你们回去吧。"

耀云："昭儿姑娘和二少爷一路上也很劳累了，不如在这里吃个午饭再回去吧。"

庆瑜："也是，正好，我带二哥看看我们玉家的新船。二哥还是第一次来船坞，我们玉家的船都是耀云他们陈家造的。"

培松看了下昭儿道："那也好，那就叨扰耀云了。"

耀云："哪里叨扰，昭儿姑娘，二少爷，我先带你们去看船。"

几个人走出屋子，又走了几十米，来到船坞。培松立刻被巨大的船只震撼了。泰兴号的外观已经基本成型，高耸的桅杆直入云霄。三个船帆迎风鼓起，像攒足了力气就要乘风破浪的勇士。

培松感叹道："好大的船啊！"

陈耀云带他们上了船。

庆瑜："二哥，泰兴号是我们玉家最大的船了。在这东石再没有比它更大的船了。看，二哥离开半年，它已经就快造好了。"

培松："真是太棒了！这样一艘巨船问世，我们玉家威武！鹏程万里呀！"

庆瑜："是啊，二哥！"

昭儿："真是好大啊！"

培松："这些门是什么？"

陈耀云："这就是水密舱。可以隔离每个空间，如有漏水，不至于淹没整个船舱，只修复一个水密舱就可以了。"

庆瑜："耀云，这回泰兴号快造好了吧？"

耀云："这回真的快了，大概要不了一个月。"

昭儿："哇，那太棒了！"

庆瑜："那我们家又可以开洋了！让他们别人家羡慕去吧！"

陈耀云："那两位少爷，昭儿姑娘，我去安排些饭菜来。"他匆匆下了船。

庆瑜和昭儿、培松又在船上玩了一会儿，陈耀云便叫他们下来回屋吃饭。

屋子里一下子进来好几个人，立刻显得很是狭小。饭菜都已摆好，几个人围桌而坐。耀云本想在旁边用小工具磨木料，被培松拉过来一起吃了饭。之后，耀云便送几个人走出去。

庆瑜："耀云，你快点做，下个月一定就完工了吧，我有空就来看你。"

耀云："好的，三少爷，我一定尽快。估计就很快了。"

昭儿："耀云，谢谢你照顾三少爷。如果没有你这个朋友，不知道庆瑜这几天怎么过。"

培松点点头："是啊，耀云，真是多亏了你。"

耀云："这不是我应该的吗？三少爷一直拿我当朋友。做朋友的，还有啥说的，只要我能做的，吩咐我就好了。玉总商人坦荡又讲义气，能给玉家做事，也是我们陈家的福气。这么多年了，玉家人一直待我陈家不薄，我也没有别的本事，但凡能帮上少爷的，自然义不容辞。"

培松道："好，那再会。我也还会再来的。"

耀云目送几个人上了船，看着那个袅娜的身影满心惆怅。似乎每次见到昭儿姑娘便是为了送她似的，见面就是告别。他的心绪在这每一次匆匆的告别中不断滋长出触角，之后被他无情地砍掉，但在某个时候，那触角又会不知不觉地滋长出来，于是他再砍掉。它再长，他再砍。日子就在这不断循环中飞逝而过。

见到培松和昭儿的欢愉暂时压抑住了庆瑜心里的愁苦，上了船，已经要回去，心底的愁苦便又升腾起来。半个时辰之后，他仍然要面对的是，他和昭儿的分离。这个分离或许永无止境。他看着昭儿又难过起来。

他拉起昭儿的手："昭儿，你这阵子还好吗？"

昭儿红了眼眶："我挺好的，庆瑜，倒是你，要照顾好自己。我不会嫁给别人的，我会一直等你，直到我爹他们准了为止。"

庆瑜苦笑道："傻姑娘，胳膊怎么能拧过大腿呢！你爹，现在是怕了道台大人了。"

昭儿："我是不管什么道台不道台的，我连选秀都没去，一个区区道台在我眼里又算得了什么？"

庆瑜叹息一声。

培松一直侧脸坐在角落里，静静地望着远处的海面。海风吹来，海面上有波浪起伏，他的心里反倒平静下来。

半个时辰后，三个人下了船。

昭儿说："我就先回去了，庆瑜，你自己保重。"

庆瑜抓住她的手道："昭儿，你这样回去我不放心，会不会挨板子？我送你回去。"

培松道："我送昭儿回去吧。我就说是我请昭儿一起去找你的，或许谭伯伯能给我个面子。你在这里等我一会儿。"

庆瑜："对，二哥，现在你是武状元，那你去送昭儿吧。"

培松道："放心吧，庆瑜。昭儿，我们走吧。"

昭儿一步三回头地看庆瑜。庆瑜又冲她的背影喊道："昭儿，下个星期五，我等你。如果实在出不来，就算了。那就再下个星期五，还是老地方。"

昭儿："我记住了。"

培松将昭儿送回谭府。谭鸿业本来想发火，见是乔培松送昭儿回来的，当即赔笑说："哎哟，培松啊，没事没事。三少爷找到就好，找到就好，真是让人惦记。"

培松笑笑，便告辞了。

培松从谭府出来，就看见庆瑜已经走到谭府附近。庆瑜见他出来便急切地问了谭鸿业的态度。培松拍拍他的肩膀道："放心吧，没有责怪。昭儿没事。"

庆瑜松了一口气："那就好。"

培松："那我们回府吧，家里人都等着呢。小祖宗。"

玉平遥正在厅堂里喝茶，便听见邱伯高声喊叫："三少爷回来了！三少爷回来了！"玉平遥立刻放下杯子站起身。

邱伯已经跑进来："老爷，三少爷回来了！"

玉平遥："在哪里？"

邱伯："回来了，二少爷带他回来啦。"

玉平遥惊喜万分："啊？"

说话间，培松和庆瑜已经走进厅堂。玉平遥立刻收起笑容。

培松："叔父，三弟回来了。"

庆松从里边快步走出来，怒斥道："还不快点跪下！"

庆瑜一边跪下一边垂着头说："爹爹，孩儿不孝，让你们担心了。"

奶奶和爷爷从里边也拄着拐棍快步出来："我孙子回来啦？哎哟，快起来，让奶奶看看。"奶奶心疼地拉庆瑜起来："快起来，好啦，回来就好。可吓死奶奶了。走，去奶奶屋里，不理他们！"老太太拽着庆瑜就要往后边去，却被庆林挡住。

庆林道："奶奶，你也太偏心了，我三哥犯了这么大的错，这几天搅和得家里鸡犬不宁的，回来连责骂你都心疼，我可从来没有过这么好的待遇。"

爷爷道："好了，好了，争个什么！庆瑜呀，你这是去了哪里？"

庆瑜："我就是去了船坞，看泰兴号去了。"

爷爷："知道你心情不好，但是再怎么说，你想去哪儿得给家里留个话啊。你这一失踪好几天，你们几个，谁真要有个好歹的，我这把老骨头也就没法活了。因为你不见了，昨日迎接你二哥回来大家都没心情。"

庆瑜："爷爷，我错了，对不住大家。"

玉平遥："培松是怎么找到庆瑜的？你从来都没去过船坞。"

筱女："是昭儿姐姐，带二哥哥去找的。昭儿姐姐说三哥肯定在那儿。我们昨晚看见昭儿姐姐，就约好了的。二哥，我现在可以说了吧。"

培松笑道："可以。是的，叔父，是昭儿今早带我去了船坞，这才找到庆瑜。"

玉平遥："唉，真是难为了昭儿这孩子。那她现在在哪儿？"

培松："我们刚送她回去了。叔父放心，谭家没说什么，昭儿她没事。"

玉平遥："他还说什么？说起来，庆瑜这几天这样，也不还是他给闹的。唉，算了。庆瑜一会儿去休息吧。"

玉平遥看了一眼庆林："庆林，你也别老说偏心，哪有什么偏心。这样吧，你不是一直想去江南吗？正好下个星期福临号要到浙江运一趟货，你大哥跟我在这里走不开，家里人手不够，不如就你去跟一趟吧，让邱伯跟你一起去，遇到什么事你要听邱伯的。到时候一路上需要跟谁打点的你大哥会告诉你。"

庆林："真的吗？"

玉平遥："这回这个重任就交给你，可别光顾着游山玩水，要把货运好。如果这次你押运得不错，下次就还你去。"

庆林："放心，爹，我肯定会好好押运的。真是太快活了！那我啥时候动身？"

庆松笑："你猴急什么？装货还得好几天呢。"

玉平遥："就下个星期吧，另外回来的时候也是要装满货的。你大哥都会告诉你。庆松，你到时候安排吧。"

庆松："好的，爹。"

玉平遥："其实我是有些放心不下，不过，这次也只好你去。你大哥是无论如何走不开，庆瑜最近又这个样子，培松刚回来，说不准什么时候就得返京或者离开，得随时听候圣意安排，做这个也不合适。这一次就你去吧，要记得万分小心，小心驶得万年船。"

庆林："放心吧爹，我都记住了。再说，你总得相信我一回不是？"

玉平遥："好吧，那就都去休息吧。培松，你这连日奔波刚回来也没休息着，快去休息吧，大家都去休息吧。"

第十六章　1999 年　伦敦

1

我没有等到美盈回到新加坡就又出发了，因为凯恩斯带着他的打捞巨船已经重新奔赴格拉斯海峡。

8 月天气异常闷热起来，我在一个周末的傍晚收到了凯恩斯的邮件。

> 嘿！海东先生，我争分夺秒地准备，终于准备好了，今天晚上我的大船就要启程，一天之后就会到达格拉斯海峡。哦，我现在想念起格拉斯海峡来了。那里有一艘大船在等着我。这一个半月以来我经常失眠，我觉得我们这次一定会成功。小玉先生，请你也尽快启程吧！我到达格拉斯海峡之后就会立即启动打捞，然后马上把结果告诉你，你做好继续研究的准备吧！

半个小时之后，我也收到了托马斯教授的手机短信：

> 海东，你休息得如何了？凯恩斯那个疯子已经提前做好了全部准备，奔赴格拉斯海峡，你准备好了吗？是时候再次启程了。
>
> 好的。教授。我安排下家里，尽快启程。我回复道。

然后我也回复了凯恩斯：好的，我知道了，不日启程。祝你成功！可是最后这几个字我犹豫着又删掉了。我的心里仍然有两种声音在争战不休。

我给美盈打了电话。

"美盈，你哪天回来？"我问道。

"我下周回新加坡。"美盈说。

"很抱歉，我明日就要启程，恐怕不能等你回来了。"我沉默了下说。

"没关系的，我等你回来。"她停顿了片刻说。

"好吧，美盈。我们回来见。"我无奈地说。

"乔娅……如果有什么事立即告诉我。"我又说。

"好！"美盈说。

爷爷身体已无大碍，这一次我可以放心地去，但是乔娅……还好，有徐行之，总归不会闹出太大的事情来吧！乔娅听说我要出发，压抑着开心说："Then，哥哥你别太劳累了，早日回来。祝你成功！"

我只是笑笑。

第二天清晨，我在祠堂拜了先辈的牌位，之后，便出发了。

2

我于第三天傍晚到达伦敦，吃过晚饭，便收到了凯恩斯的新视频邮件。我点了接收，然后，便看到了凯恩斯满面笑容的脸。

"海东！嗨！瞧瞧！我的打捞作业船！多么棒！一定能成功的是吧！"他自豪地说。

我不得不惊叹那艘船的巨大。它是一个漂浮在海面的综合功能巨大的轮船，是凯恩斯的宝贝，已经为他披荆斩棘立下过汗马功劳。据托马斯先生之前给我的介绍说，凯恩斯的这个宝贝长 60 米、宽 15 米，装配了 50 吨重的起重机和减压舱，并且能够满足 50 位船员的住宿要求。它的四角已被固定，牢牢地停泊在那一小块海域，确切地说，应该是在即将被打捞的那艘中国巨轮遗骸的正上方。

打捞作业船上有很多船员正在走来走去。船上放置着许多物品，因为距离稍远，我不敢确信我看到的物品。

然后，凯恩斯就拿起酒瓶对着镜头快乐地说："海东，让我们庆祝一下！你到伦敦了吗？哈哈！太好了！我们今天早上就已经开始打捞了！瞧我们今天的成绩！这满船都是宝贝啊！哈哈！"他躲开身子，于是我看到了他身后船上白花花一片，晶莹发亮。那是中国的瓷器，一摞摞、一堆堆……很多。船工们正在忙来忙去，搬来搬去。我沉默地看着，并没有很兴奋，而是心情沉重。

"嘿！瞧这些！"他又从后面船板上拾起一些小玩意儿拿给我看。

"瞧，这些工艺品，看，这些印章，还有主人的姓名。但是它们太多了，这么多东西，让我怀疑它到底是不是中国船了。"

"你看啊，海东，船上有这么多的陶瓷，那就像中国船，但是今天有个伙计打捞上来一枚西班牙硬币，上边有日期，是 1797 年。还不止有西班牙硬币，还有中国硬币和欧洲硬币，所以我要晕了，这究竟是一艘什么样的船呢？什么样的船上会有这么多东西？你知道我打捞了二十几年，还从来没有看见过这样一艘奇怪的船。有这么多的东西，这么多的中国瓷器，并且还有欧洲的货币！哦！我要疯了！天哪！海东你赶快帮我解决！告诉我这是一艘什么船！不过我敢断定，这不是一艘普通的船，一定不是！"

"看，这些酒瓶！这明明就是欧洲人的酒瓶，但你瞧这个盒子，它一定是来自东方，来自中国！这个盒子里还有这个毛乎乎的东西，看起来像是一坨黑色头发。这到底是什么？"

我看到了，那是黑色的头发，一小卷一小卷地被叠放在一起。它或许是一个化妆盒，或许是一个女孩赠予心上人的情丝，这样小心缠绕，小心封好。这小小的化妆盒藏着多少柔情和甜蜜。可是，男孩带着女孩的三千情丝，一起堕入这茫茫深海，与女孩永别，女孩是否知晓？我的心里已经描绘了一个故事。在这艘船上，每一个人都有一个故事。而我，正在帮助凯恩斯打捞这些故事。这些让人泣血的故事被打捞上来，或许，也会给我一些慰藉。那么，我的此行，也具有了一种意义。我使劲吸了吸鼻子，不知为何，看见这些旧物我的鼻子发酸。

"你看，海东！按照我们的测量，这里是沉船最高的部位了。我们在沉船的前面部位打捞上来一摞瓷器，就这些，看见没？"

"嘿，把它们放下，就放在这里。"他对船工说。

几个船工搬着高高的一摞瓷器走过来，按照凯恩斯的指示放在他前边的桌子上。

"你们小心点！"凯恩斯说。

"海东你看！"

我看到了那些15—18英尺高的瓷器，从屏幕里看到格外地亲切，然而我很难过。

"瞧，这些盘子。"凯恩斯拿起一只盘子伸到屏幕前。

"你看见了吗？这个盘子上边的图案和我之前在'哥德马尔森号'（南京号）上发现的盘子是同一种图案，一模一样的。那这说明什么呢？"

我望着屏幕，凯恩斯的船员们还在继续下海打捞，陆续打捞上来各种精美瓷器等物品。凯恩斯还在继续说着什么，我却陷入了深深的思考。

这艘船到底是为欧洲人建造的，穿梭于本地港口之间的欧洲货船，还是一艘中国船只？凯恩斯更倾向于它是一艘欧洲货船，乘船的大都是欧洲人。直觉告诉我，它一定是一艘中国巨轮！或者，是打捞上来的这些故事指引我，它们属于中国！

一个新的想法突然蹦到我的脑海：会不会是他们把船搞错了？

这艘巨轮的身份和它的沉船日期像一个谜，凯恩斯在甲板上走来走去，像被困在牢笼里的困兽。迷雾重重，我却感觉到，我离那个巨轮和它的故事，不远了。

第二天清晨，我匆匆吃过早饭，再次前往英国国家海洋博物馆。我必须要找出所有问题的答案。它的沉船日期及它究竟是谁？首先，我需要知道，这艘船的沉船日期。

我又走进那片古代馆藏。我一步步，踏着历史的烟尘，向历史的深处走去。所有的馆藏都在静默地等待重启。在微微漂浮的烟尘中，我仿佛看见文献上面那些字母和字母背后的故事向我滚滚涌来，如狂涛巨浪，川流不息。

我再次找到了詹姆斯·霍斯伯格的《驶向东印度群岛的航行路线》，但我忽然想到，或许我需要找出不仅一种版本。漫漫历史，每一次交接、每一次更迭，即便一个微小的遗漏和疏忽便会造成历史的重大贻误和不可修订的遗憾。我找出了《驶向东印度群岛的航行路线》所有的版本，共计五版。

我在靠窗的位子坐下来，将五版并排放在桌上。然后，我拿起最后一版，1843年修订的第5版，是最新一版，我仔细翻阅查找，终于在记录中找到了这艘沉船。然后我再翻开1809年的第1版，但在1809年没有提及这艘巨轮。我又翻阅了1827年修订的第2版，里面也未提及这艘船。但很有意思的是，第3版也是于1827年修订的，而这一版终于提到了这艘巨轮。所以我便推测，这艘巨轮应该是沉没于1817年到1827年，并在贝尔维得暗礁处沉没。

我虚脱一般向后靠在椅子上，长长地呼出一口气。这个结论，让我自己很满意。我感觉得到，我已经撬动了百宝箱的锁。当然，接下来还有浩瀚的史料要去研究。虽然我已经缩小了范围，但仍然还有十年的海洋历史需要查阅。

我在桌前来回踱步，打开窗户，透过高大的枝叶看向灰白的天空。天空无云，辽阔的灰白色天幕像掩盖着莫大的秘密，正在凝视我。

我该如何从十年浩瀚的海洋历史打捞出这艘中国巨轮？我忽然想起霍斯伯格提及的那位值得称赞的英国船长，这位船长是否在返回加尔各答时曾经停泊在某个港口？或许这是一个突破点。

"请神灵保佑我！"我忽然突兀地说。

我去了科林达的英国报纸图书馆。我借阅了十年的《加尔各答日报》，希望在厚厚的报纸堆里能够找到那位船长的踪迹。年代久远，旧报纸像风烛残年的老人，在我手里打着寒噤瑟瑟发抖。即便我用了放大镜，即便我坐在辉煌的灯下，那些字迹也已经难以辨认。这十年的报纸，全部查阅下来至少要耗时好几个月，并且，文献或许会有遗漏。我有些绝望。我推开厚厚的报纸冥思苦想，终于想起来，奥德马德船长在那本书里除了提到铁圈，他还提到了一艘中国巨轮，就在距离格拉斯海峡3000千米的厦门港沉没。在提到这艘巨轮时，他同时还提到了那位名叫伯尔的英国船长，营救了一些生还者。那艘巨轮的沉船日期是1822年。而我刚刚已知的信息是，霍斯伯格在他的第5版的书里面也提到了这艘中国巨轮。如此，对英国船长和沉船日期的描述与霍斯伯格记录的信息高度一致，或许奥德马德弄错了沉船地点，而沉船日期是对的。我又开心起来。我决定直接调查1822年，或许1822年就是那枚打开宝箱的钥匙。

我没有想到，我真的找到了那一天的记录——1822年5月31日的《加尔各答日报》记载了一艘中国巨轮在从厦门出发前往爪哇岛的途中，在贝尔维得暗礁中沉没。

原来奥德马德的确弄错了沉船的地址，但至少沉船日期是正确的。《加尔各答日报》明确记载了这场灾难的巨大规模和死亡人数。我惊讶于那些数字——1800人丧生，这是多么巨大的海难！我的同胞！

我的鼻子又发酸，我又吸了吸鼻子。

我已经知道了下一站的目的地——荷兰海牙。

晚上，凯恩斯又给我发来视频邮件。可是我呆呆地望着红色小喇叭，任其跳跃了很久，直到熄灭。我没有开灯，我又一次将自己完全"囚禁"在黑暗里，窗子还是透过来一丝外面的霓虹。那霓虹在我的眼前模糊，像遥远的血红，来自一个不可考据的暗夜的深海。

3

一天后的清晨，我到达了荷兰海牙，奔赴东印度公司的博物馆。这里曾是荷兰在东南亚殖民活动的中心，在他们的交易记录中，详细记载着大量贸易信息。根据我所掌握的信息，这艘中国沉船上的货物信息应该会在此留有记录。

我走进东印度公司的博物馆，心中有异样的情绪在升腾。东印度公司，这个英国人曾经在东南亚制造罪孽的原始地，如今依然可以看到从前的面貌。我无法想象，曾经有多少船只货物从这里流通运输，无以计数的鸦片直奔东方，给中国带来多么深重的灾难！

又有多少中国人因鸦片的输入、国家的败落而流亡海外，颠沛流离。爷爷说，我们玉家，在新加坡已经有六代了。可是我们没有一刻忘记自己的先祖是中国人，那是我们的根，爷爷说，我们终归是要回去的，总有一天！

我做了几次深呼吸，向那些尘封的文献走去，穿过厚厚的历史尘埃，我的心忐忑起来。我搜寻着1822年的记录。

我在琳琅满目的文献中找到了 1822 年的文献。我拂去它上面的灰尘，仔细翻阅。

我的手在一页纸上停了下来。

我不敢相信，我真的找到了它——1822 年，一艘名为泰兴号（或真星号）的中国货轮由厦门出发去往巴达维亚……并在贝尔维得触礁。这艘船上载有大量瓷器、丝绸、茶叶、黄金等货物。

我的手颤抖起来，我对着那行字啜泣起来。2000 人的货船，1800 人遇难，是我的中国同胞！我的泪水滴在"泰兴号"三个字上，瞬间这三个字被放大了几倍。我看着被水汽包围的字，仿佛看见近 200 年前巍巍巨轮在海面上航行，却终究被巨浪淹没。我赶紧伸手将那水滴弹走，文献已经被微微濡湿。我将文献拿到窗口，推开窗，任风将纸页吹干。纸页因风的吹拂而摇摆，微微作响，我一直盯着纸页上的那行字，仿佛看到它背后的故事，以及巨轮上那 2000 个鲜活的生命。

我逃也似的离开了东印度公司，多一刻钟也不能够在这里停留。我也逃也似的离开了荷兰。当我到了机场，终于在机场大厅的椅子上疲惫地坐下来，我急切地给美盈发了手机短信：美盈，我找到了。

然后，我像刚刚经历战场上的厮杀，用尽了全部的力气，颓然地向后靠去。

我陷入了一个难题。

现在，此刻，整个世界，只有我一个人知道这艘巨轮的秘密。这艘巨轮带着它的全部秘密已经在海底静静地沉睡了近两个世纪。近 200 年间无人问津，无人打扰，已经被历史遗忘得干干净净。可是，这个秘密因为一个叫凯恩斯的贪婪的猎人灵敏的嗅觉而被人类发现，被历史再次重启。而我，是那个重启的人。

于我来说，这是一个无与伦比的奇迹。然而同时，我不知道这算不算一个罪过。因为这艘巨轮即将被一个猎人伏击，成为他的战利品。这个猎人贪婪的属性让我对他不存在任何美好的幻想。可是我又不得不将一切告知我的教授托马斯，此番打捞我只是帮托马斯一个忙。事实上，即便没有我的存在，似乎也阻挡不了凯恩斯的行动，按他的话来说，这是他的事业。他的事业已经持续了很多年，并且取得了他引以为傲的成就。他因他过往的成就而被称为专家、奇才。这一次，我已经预见到他将再一次炫耀他的成就，或许他还会因这次的成就被载入沉船打捞的史册。而我，无法骄傲地和他并肩站在一列，我的良心，我对中国的眷恋让我为此感到痛苦和不安。

可是即便此刻我隐瞒泰兴号的真正身份，也无法阻止凯恩斯继续打捞和探究的雄心，或许他还会以极大的耐心等待托马斯的身体恢复好转帮他继续调查。或许不是所有人都如我一般好运，我几乎没有费太大的周章就找到了真相。或许是神灵保佑，或许是那逝去的1800个生灵的护佑，我以我的赤诚解开了谜题，重启了这段历史。我不确定下一个会不会有我的好运气，但终究阻挡不了凯恩斯的猎枪。

而打捞沉船这件事，目前世界上再无比凯恩斯更专业的团队，无论美国、英国，还是中国。所以，我很私心地希望，他能够将这艘沉睡了近200年的中国巨轮打捞起来。

在经过深思熟虑之后，我决定还是将实情告诉凯恩斯。

我还是先给托马斯教授打了电话，将我查到的信息都给他说了一遍，跟他确认，他肯定地说，那就是泰兴号了！托马斯教授在电话里很激动，开心地哈哈大笑。我却高兴不起来。

我在第二天返回伦敦之后，给凯恩斯打了电话。

凯恩斯很快接通，我仿佛看见他眼中闪烁出急切的光芒："嘿！海东，好消息是吧！快快告诉我！这是一艘什么船？"

"是的，它叫泰兴号，是中国巨轮，于1822年从中国厦门出发，去往巴达维亚，在贝尔维得触礁沉没。"我说。

"哦，这艘船有名字？这么大一艘船，我的天哪！1822年！中国人好厉害！这么大一艘船！"凯恩斯惊叫起来，像受了强烈刺激的怪兽。

"没错，中国人，很厉害。"我说。

"我要疯掉了！哈哈！我要对全世界宣告，我找到了！天哪，快200年的船了！"凯恩斯狂喜道。

"是的，近两个世纪。"我悠悠地说。

"啊哈哈哈！天哪！上帝保佑，我就说我们一定会成功！我该怎么感谢你小伙子！"凯恩斯又高亢地喊道。

"我只是帮托马斯教授个忙。"我淡然地说。

"哪里哪里,你是帮了我大忙。我的天哪!"凯恩斯已经不知道如何表达他的兴奋和狂喜。

"我给你发了视频,给你看今天的成绩!"他又说。

我接收了他发来的视频文件,看见了他身后船员在忙碌的情景……

我的调查工作应该至此已经结束,我却总感觉还有什么没有完成。

不过,我打算回新加坡了,我急切地想见到爷爷,亲口告诉他,我找到了一艘中国巨轮泰兴号。他一定很开心的吧!

我在登机前才看到美盈于 10 个小时前发来的短信:真的吗?那太棒了,祝贺你成功了!

成功这两个字刺痛了我。我不知道这成功意味着什么,我已经完成了我的任务,我就是帮个忙而已,至于其他,至于接下来任何事,应该与我无关。我在心里一遍遍地说给自己听,像在劝说 个忏悔的人。

4

我回到家的那天,正值周末,天气晴好。难得乔娅没有闹脾气,跟徐行之在打闹。美盈也在,正在用光碟机给爷爷播放光碟,光碟机里传来 Beyond 的豪迈高亢的声音。他们的欢声笑语掩盖了门铃声,只有菲姐注意到了门铃响,起身给我来开门。他们当然没有料到我的归来,因而,我在他们讶异的目光中站在了他们的面前。

"Wah Lau Eh!玉海东,你怎么这么快就回来了?这才几天呀?"听乔娅这么说,我就放心了,她没有做坏事,至少还没来得及做,我就回来了。或许我的突然归来打乱了她的什么计划也不一定。

"就知道你不欢迎我回来。"我说。

"爷爷,我回来了!"我对爷爷说,眼睛却越过乔娅,落在美盈的脸庞上。

"哈哈，我的小伙子，回来得还挺快！怎么？是想爷爷了，还是想念美盈了？"爷爷笑眯眯地说。

我没想到爷爷说得这么直接，丝毫没有给我留一点点的面子。我立刻否定："爷爷，我是任务完成了！"

"哦哦，那是我说错了？哈哈。"爷爷笑道。

美盈含笑看着我："你回来了，祝贺你呀！"

我点点头，突然想起来问："美盈，你什么时候回来的？"

"美盈姐回来好几天了，怎么，什么都得跟你汇报？玉海东，你是不是管得宽了点。"

"嘿！"徐行之拍了一下乔娅的肩膀，示意她别乱说话。

"Then，我说得不对吗？玉海东你现在啥身份啊，就管人家？切！好了，让给你，我们好好的聚会被你给打断了，你真够烦人的！"乔娅说着站起身，快步向屋子走去，又忽然想起什么，回身叫道，"徐行之，还不快点走了！"

徐行之赶紧站起身，冲我点点头："那我先回房间，我们找空再聊。"

"好。"我微笑说。

"海东，坐，说说，完成任务了？调查出来那艘船了？"爷爷问道。

菲姐给我倒了一杯冰茶，我喝了一口说："是啊，爷爷，我这么急着回来就是想告诉你，那真的是一艘中国船。嗨！你知道吗爷爷，那艘沉船沉没于1822 年！"

"近 200 年前？"美盈惊讶道。

"是的。"我说。

"18……22 年？"爷爷忽然颤声道。

"是啊，1822 年。"我说。

"是什么样的一艘船啊？它叫什么名字？查到它的名字了吗？"爷爷急切地握住我的手，他的手抖起来。

"爷爷，你怎么了？"我诧异地问。

"名字？"爷爷又问。

"哦，它叫泰兴号，或者真星号。"我握住爷爷的手说。

爷爷的手剧烈地抖起来，不止是手，他的身体也颤抖起来，泪水充盈了他的

251

双眼。他难以置信地问："海东，你别骗我，它真的是泰兴号？"

"是呀爷爷，您到底这是怎么了？"我纳闷地问。

爷爷忽然从我的手中抽出手来，瞬间转身向着南方跪下来哭诉道："感谢神灵！泰兴号终于被我的孙子找到了！我们玉家的第六代孙子海东找到了！"

"爷爷，爷爷！"我有些发蒙，看着爷爷。美盈不敢说话。

爷爷忽然挣扎着起来拉着我快步向屋里走去。

"爷爷，这是干吗呢？"我一边跟着他走，一边问。

爷爷也不说话，只是拉着我走进屋里，穿过厅堂，来到祠堂先辈的牌位前。

"来，跪下！"爷爷拉着我跪下来。

"各位列祖列宗在上，我玉家的第六代孙玉海东终于找到了泰兴号。我万万没有想到，也是给列祖列宗一个交代了。快200年了，我死也可以瞑目了。太爷爷，爷爷，父亲，你们泉下有知，可以欣慰了。呜呜！呜呜！快200年了！泰兴号！泰兴号！我每一天都不敢忘，却不敢想，能有一天找到泰兴号！"爷爷哽咽着说。

我没有再问。我已经明白了什么。

这便是为何我会觉得，我还有什么事没有做，我的确还有未竟之事要完成。

美盈一直静静地站在门旁，没有问一句，却仿佛一切都已知晓。

深夜，在经历了心里的惊涛骇浪之后，爷爷很久才睡去。等我送美盈回来，走进房间，却见乔娅正坐在我的电脑桌前等着我。

"乔娅，你怎么没睡？在这里干吗呢？"我纳闷地关上门。

乔娅站起身，围着我转个圈，然后靠在桌角上问我："Then，我跟你讲哦，玉海东，你还真是见识短。"

"我怎么就见识短了？"我说。

"切！我看你就是个呆子，你能告诉我到目前为止你谈过几次恋爱吗？"乔娅说。

"你知道的，就现在一次。"我走进卫生间拿了条毛巾一边擦汗一边说。

"所以呢，你见识短！"乔娅说。

"你想说什么？"我说。

"我一直在这里看着你呢！从你送谢小姐出门，一直到你回来，你那表情动作已经暴露了你的心早已被谢小姐占满，一点空隙都没有了。"她撇撇嘴说。

"哦，是吗？你看得这么清楚？"我哭笑不得地说。

"还想瞒得了我吗？谈恋爱这件事我从5岁就会了，到今天已经有18年历史，你个愣头青怎么跟我比？"乔娅骄傲地说。

"呵呵，我啥时候说要跟你比了？"我笑了。

"Then，我跟你讲哦，你小心点，这个女人不简单，爷爷说你跟她就是偶遇，我才不信。哪就那么巧的，就遇上个跟祖奶奶长得一模一样的女人！这也太奇怪了，显然是蓄谋已久。"乔娅的口气像个侦探一样。

"哎，乔娅，我很累了。我和美盈真的是偶遇，但是确实很奇怪，我觉得是一种很难解释的缘分，我很珍惜。你就别捣乱了，让我歇歇吧。"我疲惫地说。

"Wah Lau Eh！你居然说我捣乱！玉海东你还是不是玉家人？你还是不是我哥？你心里就只有那个狐狸精了，没有我这个妹妹了是吧？别否认！就是！就是！"乔娅气急道。

"乔娅，爷爷身体不好……"我低声说。

"Then，那你回来照顾啊！我明天就走，既然你们谁都不需要我，我离开行了吧？"说完她摔了门走出去。

我站在那儿发愁，她却又回来关上门神秘地说："And then 我告诉你，玉海东，我对她的调查早就开始了！她不就冲着爷爷和我玉家的名望来的吗？狐狸尾巴早晚会露出来的！她现形的那天，休怪我不客气，谁都休想拦着我！你也不行！Eeeyer!"说着她伸手使劲推了推我的胸膛。我打了个趔趄，也不知道这丫头是使了多大的劲。

乔娅说完，得意地踮起脚尖跑回自己的房间。我无奈地叹息，然后关上门。

5

凯恩斯的打捞还在继续着，时间已经到了9月中旬。

我常常失眠。

我闭上眼睛就是那艘巨轮在向我驶来，就是那1800个鲜活的生命在向我招手。大船越来越近，他们的轮廓由模糊逐渐变得清晰，那上边一对年轻的情侣在远远地凝望着我……我不能自已，终于，落下泪来。

一切都还远未结束。

9月下旬的一个深夜，天已破晓。我在房间里来回踱步，终于在桌前坐下来，给美盈发了短信：

> 美盈，我决定去格拉斯海峡打捞现场，我觉得我必须要亲自看到这艘船被打捞上来。

美盈居然很快发了回复给我：我可以跟你一起去吗？

我犹豫了一下打了过去："美盈，打捞沉船这件事条件很艰苦，我也不知道要持续几天。"

美盈打断我："我觉得我必须要亲自看到这艘船被打捞上来。"她重复了我的话，却又不只是重复。似乎有某种神秘的东西正在滋生。

我不再拒绝："好的，美盈。但是，毕竟这是一艘中国沉船，我觉得先不要暴露你是中国记者身份比较好。"

美盈："好。"

我又说："我还需要跟托马斯先生申请一下，我要找个合适的理由和借口。"

我耐心地等到天亮，在托马斯早餐前给他打了电话："托马斯教授，我可否向您申请去凯恩斯的打捞现场去实地考察，我也好借此机会做一个研究课题？"

"哦，你的主意不错。我跟凯恩斯说一下。你自然拥有这个权利，要知道是你找到了这艘沉船的名字。"托马斯教授痛快地说。

"那谢谢教授，祝您新的一天愉快！"我说。

准备就绪，我可以带美盈出发了。

出发前，照例，按照我们玉家的传统，我要在祠堂跪拜列祖列宗。但这一次，是美盈和我一起。我和美盈走进祠堂，我点燃了香烛，拉着她在我的身旁跪下来。她跪下的那个刹那，我恍然觉得，这个情景似曾相识。那么遥远而模糊，却又如此真实。我们一起向列祖列宗的牌位虔诚地跪下来，双手合十，叩首。然后，我拉着她起来。她盈盈抬头，望着牌位，望着祖奶奶的画像，她的眼中点点晶莹。

爷爷也在旁边鞠了躬，说："列祖列宗在上，请保佑两个孩子平安顺利！"

家里的司机刘叔送我们去机场。上车前，爷爷忽然将我拉到一旁，悄悄问我："徐行之怎么样？"

"很好的男孩啊。"我说。

"我也觉得他是个很好的男孩。"爷爷思忖着说。

"爷爷，你怎么了？这都哪跟哪啊？"我好笑地说。

"唉，爷爷老了。爷爷就是突然觉得，冥冥中自有天意。或许一切都是定数，包括美盈的到来，以及徐行之的到来。"

"是的爷爷。爷爷保重，我们尽快回来。"我拥抱了爷爷，便上了车。

我回头向后望，看见乔娅从大门走出来，看见我的车，侧头问爷爷什么。这个懒丫头，刚刚才起来，什么都不知道。

第十七章　1821年　东石玉家

"嘿呦嘿……嘿呦嘿……"

庆瑜又是在渔歌声中醒来。他眯着眼，翻了个身，还想睡去，却不想，门被人推开了。有人快步进了房间，几个碎步来到他身旁，将手伸进他的衣领，挠得他的脖子直痒。他心烦地说："这么早来捣什么乱！"

"哎呀，三哥，二哥不见了！你快起来！跟我去找二哥！"筱女道。

"二哥，肯定是去习武了呀！你去院子里找找。我再睡会儿。"庆瑜不耐烦地说。

"三哥，院子里我都找遍了，他真的没在。"筱女又说。

"那就是去海边了嘛。"庆瑜翻了个身。

"你陪我去找。"筱女不依不饶地说。

"你怎么今天这么早起来？每天叫你都不醒的！"庆瑜嘟囔道，只好起来。

"嘿嘿，快走。"筱女拉起庆瑜，庆瑜忙不迭地穿上鞋子，跟着筱女跑出门。

培松果然在海边。两个人远远地就望见培松在海边舞弄拳脚，海风吹起他的衣角，他的身影在朝晖笼罩下显得格外柔和。他身形矫健，忽而收敛屏气，忽而伸臂出拳，忽而腾空跃起，转瞬间辗转腾挪让人目不暇接。

"哇，二哥好厉害呀。"筱女小声说。

"你以为武状元是徒有虚名的吗？"庆瑜小声说。

忽见培松做了一个收住的姿势，一边从口袋里拿出帕子擦汗一边说："出来吧，来了还躲在那里干什么？"

"哦，二哥，你知道我们来了？"筱女过来兴奋地拉住培松的胳膊。

"二哥，真是好厉害呀！我什么时候能变成二哥这样就好了。"庆瑜也走过来说。

"哈哈,你呀,还是好好做你的三少爷。这个武状元可不适合你,你适合读书。"培松道。

"为什么?"庆瑜不解地问。

"因为你聪明,不读书真是浪费了。这个打打杀杀的事呢,就还是我这样不聪明的人来干就好了。"培松说。

"二哥这不是在嘲笑我吗?"庆瑜道。

"哪里,我说的是实情。对了,你们这么早过来找我,是有急事吗?"培松问。

"是她,一大早起来就到处找你找不到,把我也给叫起来。"庆瑜道。

"我就是想看二哥练武啊!二哥,你一个人习武也很孤单吧,我陪你练武好不好?你也教我吧!"筱女摇着他的胳膊说。

"习武太辛苦了,女孩子不需要这么辛苦。"培松说。

"不,我就要陪你一起习武。以后我们可以对打,多好玩啊!"筱女憧憬地看着培松说。

"那我就教你一些简单的吧,会一点功夫能防身也好。"培松说。

"那就一言为定,二哥可不许反悔!"筱女摇着培松的手臂说。

"好好。"培松说。

"二哥真好!"筱女一下从后面抱住培松。培松一愣,很快挣脱她的手臂转身说:"我们快回去吧。"

"看你给二哥吓得!筱女,你已经是大姑娘了,男女授受不亲啊,不要见谁都抱啊。"庆瑜笑道。

"我就抱二哥,我喜欢二哥!有什么不行!"筱女不高兴地说。

"哎哎哎,别瞎说啊!小妹,我是你哥!"培松道。

"又不是亲的!"筱女不屑地说。

"咳咳,还是没长大。我们还是快点回去吧。"培松大步流星地向前走去。筱女嘟囔着:"谁说的,我长大了。"她一边说一边和庆瑜加紧步伐,却怎么都追不上培松,始终落下一步的距离。

培松倒是没有食言,此后每天清晨起来就教筱女习武,但是一定也叫醒庆瑜，教他们两人一起学武。自从那日开始学武，筱女每天都很开心，庆瑜的情绪也好了很多。

福临号要启程之日，一大早便天气阴沉。吃完了早饭，奶奶望着外面，挂着拐棍摇着头说："这天气不好，大概不是好兆头。"

庆林道："奶奶你瞎说什么？这哪天还没有出海的。下大雨出海的也是有的，又不是出洋，就只是去个浙江，有什么好担心的。"

奶奶挂着拐棍看着天，又说："唉，又要有事情啦。小心点吧，千万别闯什么祸出来。"

"知道了！"庆林不耐烦地说。之后走出玉府。

玉平遥、玉平风、庆松、邱伯随后跟出来，一道来到船埠。船工们正在往船上搬运东西。

玉平遥："邱伯，这一趟往浙江运送的是杉木和茶叶，回程要运回来景德镇的瓷器和杭州的丝绸。这来回都要万分小心。"

邱伯："好的，老爷，放心，我一定看护好小少爷。"

庆林："爹，你就放心吧。对了，为啥还那么远运景德镇的瓷器，我们这德化不是有瓷吗？"

玉平遥："你不懂。我们玉家对洋人的生意分好多种，这西洋人呢喜欢的是景德镇的瓷，德化的瓷主要是暹罗国那些国家喜欢。这次有西洋人跟我们订了些货，我们做生意的，自然是要做的。"

庆林："孩儿知道了。"

庆松："这是路上各个关卡需要打交道的人，还有各个州府的官员，以及到了那边要找的人，我都写在这上边了，你万万带好了。"他从上衣口袋里拿出一张信纸，交给庆林。

庆林将信纸放进上衣口袋里："好，大哥，我收好了。"

玉平遥不放心地说："如果路上有什么急事，让人迅速给家里带口信。无论遇到什么事都不要鲁莽行事，万万小心。"

庆林："知道了，放心吧，爹。"

船工们已经将货物装好，有人来报："老爷，少爷，货已经装完，我已经清点完。"

"那，爹爹，大伯，大哥，我们就上船了！"庆林双手作揖，便和邱伯走上船，来到神堂前为几位神仙一一上香，之后叩首。甲板上的人也都跪拜叩首。玉平遥三人在下边也虔诚地双手合十。庆林朗声说："感恩诸神，感恩大海，今我福临号启程，愿风暴无扰！"之后庆林对船上的舵手说："开船！"

船工解开绑缚在岸边的绳索道："起锚喽！"

福临号慢慢启动，缓缓向大海驶去，溅起浪花翻涌。玉平遥和玉平风、庆瑜站在船埠上看着福临号渐行渐远。

连日来风平浪静，福临号一路顺利，如约到达了越中（绍兴）几个港口。按照玉平遥的安排，庆林与几个港口的总商接洽，将杉木和茶叶都一一完好运送到达，又沿着京杭大运河，一路行程经过苏州和杭州。虽然苏杭素有"人间天堂"之称，但庆林并无太多兴趣，只匆匆而过，无意过多逗留。倒是最后一站扬州，是庆林一直期盼要来的地方，因为皇帝每年都会来扬州寻访。既然是皇帝都要来的地方，必有过人之处。且听说扬州是诗人李白最喜欢的地方，庆林功课虽然不好，但对李白的喜爱是不比庆瑜少半分的。福临号到达扬州那天，比预计的日子还提前了几天。于是，庆林便决定在扬州多停留几日再返程。

福临号在运河岸边停泊下来，岸上便有穿着吏服的小厮走过来询问船上的货品，让船主到不远处一个高棚子里去做登记。邱伯下船走过去登记，庆林在船上等着，没一会儿来接洽的人便到了。

只见一位中年男子带着几个人自岸边直奔福临号走来，那男子衣着虽然平实，却难掩奢华富贵，后边的几个人也穿得整整齐齐。

中年男子上前道："请问这可是东石来的玉家福临号？"

邱伯道："正是，请问您是？"

中年男子："哎呀，我焦浩明。"

邱伯："哦，失敬失敬，原来是扬州焦总商。我是玉家的管家邱伯，我们老爷让我代他给您问安。"

焦浩明："等候你们多日了，总算到了，不过还是比之前预计的提早了两天。玉老板可还好啊？"

邱伯："还好，还好。我家老爷本想亲自来，但实在是家里事情很多，分身乏术，便让我跟随我家小少爷过来给焦总商送货。"

庆林正在下船，往下望见他们，便说："是焦伯伯吗？我爹一直惦记您呢！"

焦浩明："这位便是玉家小少爷吧，一表人才呀！"

庆林走到他面前："多谢伯伯夸奖，我初次前来，还请伯伯多加关照。"

焦浩明："那是自然，那是自然。这样，邱伯，我先给二位安排住处，你和小少爷稍作休息后，晚上我请客，我们凤凰阁一聚。"

邱伯："这……焦总商不必麻烦，我们每次来扬州，都是在鸿达客栈休息，鸿达客栈和我们玉家也很熟，已经给我们安排好了，我们就还在那儿就可以了。"

焦浩明："那怎么行？这一趟我的货可是不少，我怎么也得尽地主之谊不是？就听我的，来人，用车将两位送到东昌府酒店，就说是我送过去的朋友。"

旁边人立刻道："是，老爷。"

"来来来，听我的，你们先上车，这里交给我，我让人一会儿就来卸货。我们晚上再叙。"

"伯伯盛情难却，那就感谢伯伯了。"庆林爽快地说便拉着邱伯上车，邱伯犹豫着也跟着上了车。

路上经过扬州市井，庆林掀开帘子，只见一片繁华。街上店铺林立，人群熙攘，各种店铺挤挤挨挨在一起，散发出的气味在空气中混合成一种好闻的若有若无的香氛，店铺里进进出出的人都笑意盈盈，让庆林感觉他们的脸都被扬州的香氛抹了蜜。最好看的是那些走在街上的女子，裙袂轻薄，袅袅娜娜，蓦然回首，面若桃花或掩面羞涩、或嫣然一笑，不经意间就在庆林的心里掀起阵阵涟漪。

庆林不由得叹息："真是太美了。"

邱伯笑道："少爷说的是扬州的女子，还是说扬州啊？"

庆林慨叹道："说扬州，扬州真是好繁华啊，比我们东石可是繁华多了。这扬州的女子，也好美啊，我从来没见过世间竟然有这么美的女子。相比之下，我们东石真是相形见绌啊。难怪皇帝会来这里，这里才是人间天堂。苏杭算什么？"

邱伯道："哎，别瞎说，小少爷。说苏杭是人间天堂呢，是说苏杭的景色在这世间可是绝无仅有的。这扬州，美景、美人倒是都有。"

庆林："我说吧，要么就是当时写这话的人，还没来过扬州，也是孤陋寡闻。如若先来过扬州，再去苏杭，那苏杭也不过尔尔了。"

邱伯："好吧，我不懂那么多，我呀，就管照顾好你，哪管什么苏杭，什么扬州的。不过，小少爷，还是要小心啊，我们出门在外，万事稳妥为好。"

庆林："哎呀，真唠叨。知道了。我就是觉得这扬州真是太好了，要是能一直住在这里就好了。也不知道皇帝来的时候是住在哪里的，他来到这儿都干些什么？一定有很多美人陪着吧？"

邱伯："嘘！小少爷。车停了，我们好像到了。小少爷，别什么都说，小心隔墙有耳啊！皇上的事岂能随便说，万万小心啊！"

车停下来，就听车夫说："东昌府到了，两位请下车！"然后帘子被掀开，车夫已站在车前。

庆林和邱伯下了车，便看见一个富丽堂皇的酒店。

"我带两位进去，两位请。"那车夫前面带路，往酒店里面走去。庆林和邱伯一边环顾四周一边走进去。

刚走进去，账房先生就从柜台后面小跑着迎上来："两位客官可是要住店？哎哟，这不是焦总商家的小伙计吗？这是焦总商的客人？"

伙计："你倒是精明得很。"

账房："这小孩，这是夸我呢，还是损我呢，我权当是夸我呢！焦总商的客人，我自然是会好好款待，告诉焦总商放心就好。"

伙计："呵呵，到你这还真省心，你啥都知道就好。那两位就交给你了，两位，晚上我再来接你们去凤凰阁，你们先好生休息。"

账房："好嘞，您慢走啊，小伙计。那两位，跟我来吧，我给两位找个楼上的房间，这楼上的房间啊，都是清静之所。"

账房带着两个人上了楼。在一处门前停下，他分别打开两个房间的门。

账房："就这两间挨着的，是我这最舒服的两间了。我看二位这穿着打扮，肯定也不是一般人，焦总商能请到我这里来的客人，都是非富即贵。那二位这是打哪儿来呀？方便告诉下我不？"

庆林："也没什么隐瞒的，我们是东石的，这次来给焦总商运货。"

账房："东石的？那和前两天那个你们不是一起的？"

邱伯："哦？还有谁来过？你说的是东石的？"

账房纳闷道："哦，好奇怪的。那人本来说好了是在我这住的，房间都订好了，但是我等了大半天也没来。后来我这伙计说是焦总商后来又不让他住这了，给接到府上去住了。我还以为你们是一起的。"

邱伯："你是说有东石的人来，焦总商请到府上去住了？"

账房："啊，我也只是听说，也可能是伙计们瞎说，我也就顺口一说。两位别介意哈。那两位先好生歇着，我就先下去了。一会儿让我伙计给两位送些水啊，吃喝啊，两位有什么需要就吩咐一声，马上就送来。两位请！"

邱伯："等下，账房先生。你刚才说的，焦总商请的人，可知道姓甚名谁？现在是否还在他府上？或是已经走了？"

账房为难地说："这……人家的私事，我只是个开酒店的，也不好多问，多管闲事是会惹麻烦的。请的谁，我哪能知道，现在在哪儿，那我也不知道啊。"

邱伯："好，账房先生，那就不难为你了。多谢你。"

"两位好生休息。"账房将门关好，便下楼了。

庆林："真是见鬼了，难道东石还有别人在跟姓焦的做生意？"

邱伯："小少爷，我们小心点吧。我觉得这里面有事情。据我所知，这个姓焦的这么多年来只是跟我们玉家做生意，东石除了我们玉家，并没有其他人跟他来往。这突然又冒出来一个人，这其中必有蹊跷。"

庆林："也没准是哪个伙计瞎说。"

邱伯："我感觉不太对，回去一定要跟老爷报告一下这件事。"

庆林："好，那不会影响我们这次的生意吧？"

邱伯："那倒不会。如果不是刚才这个账房问，我们还不能想到，其中是不是有什么问题。他这一问，至少给我们提了个醒。少爷，晚上见到他，也别表现出来异样，我们把这次的生意做完，来日方长，等回去报告老爷，再做定夺。"

庆林："好。"

账房派人送来干果和茶水。两个人简单吃了些，便各自睡去了。

邱伯昏沉沉醒来，是因为账房先生来敲门。邱伯去开了门，账房先生便说，焦总商的伙计已经备好了车，在酒店门口等候了。邱伯赶紧去叫庆林起来，两个人又各自换了件衣服，便下楼，上了车，车子直奔凤凰阁去了。

夜幕将至，扬州城已经不是来时见到的那个繁华景致，而是又换了一个景致。即将褪去的晚霞将一切都变得有些朦胧，人影绰绰，有了某种神秘的味道，却让庆林想起家乡熬制糖料的时候，那可以拽出老长的糖丝。他只觉得心里有很多的糖丝，正在被某种力量向外拽，越拽越长。

　　凤凰阁离东昌府酒店并不远，车走了约莫不到 20 分钟便到了。邱伯一路上一直沉默着，想着什么，只任由庆林掀开帘子看热闹。等车放慢速度，就要停下时，邱伯低声对庆林说：“少爷，一会儿，多听，少说，也不要多问。我们还是尽快回去。”

　　庆林道：“好好好，都听邱伯的。我就听着，你们说。”

　　邱伯：“少爷，我们出门在外，这扬州城，鱼龙混杂，我们自当万分小心呀！”

　　庆林：“知道，邱伯，听你的。”

　　车子停下，那车夫走过来掀起帘子，庆林和邱伯下了车。车夫领他们走进凤凰阁。

　　庆林从来没有见过这样的去处，之所以叫凤凰阁，是因为酒店中央的山石间有一个凤凰的山石雕刻。酒店分为上下两层，上下都有很多木质阁楼。他们环顾四周，就见焦总商和几个人走上前来。

　　焦总商：“来来来，玉公子，邱伯，来，请上阁楼！这是犬子未凡，这是我的义兄楚江南。来，两位请！”

　　邱伯：“公子请！焦总商请！楚兄请！”

　　几个人先后登上了阁楼，落座，立即有人送来茶水和小吃。焦总商又点了几个凤凰阁的拿手好菜及扬州的特色菜肴。没一会儿，热气腾腾的菜饭就被端了上来。焦总商又请几个人喝了扬州佳酿。庆林不胜酒力，刚喝了二两，便微微有些醉意。

　　焦总商无比热情道：“玉少爷第一次来扬州吧，不知道对扬州印象如何呀？喜不喜欢扬州？”

　　庆林：“喜欢，简直是太喜欢了。”

　　焦总商：“东石也是好地方，我想着，明年有机会也到东石走一遭，也去看看玉兄。东石也是临海，这气候应该更加湿润，不知道比扬州怎么样？"

庆林已经有些醉态："唉，我们东石啊，跟扬州真是没法比！扬州多热闹！我们东石一比起来，简直就是荒无人烟啊！"

邱伯立即打断他："少爷有点喝多了，少爷，要不我扶你先去休息吧。"

庆林："别碰我，我还没喝够扬州的酒呢！这扬州什么都是甜的，这空气都甜，这街上的姑娘也甜，这酒也甜。怎么那么甜呢！"

邱伯："少爷，真是喝多了！"

焦总商："啊哈哈，少爷只不过开心了。我看玉少爷是无比喜欢扬州，那这样，好不容易来一趟扬州，我焦某怎么也得尽到地主之谊。明天起就让犬子陪着玉少爷和邱伯多玩玩，邱伯如果嫌累，也可以跟我去看看货，我争取几日内把景德镇的瓷器都装好。等船装完，他们也玩得差不多了，这样两不耽误，到时候，再回东石也不迟啊。"

邱伯："哦，少爷就跟我们一起去看货就可以了，不必麻烦焦少爷。焦少爷一定也有很多事要做。"

焦未凡："不麻烦，不麻烦，正好我们年纪差不多，我平时也很少出去玩，好不容易爹爹允许，那我带玉公子好好转转。扬州城啊，好吃的好玩的多着呢！他肯定会很开心的！"

庆林拍着桌子嚷道："好啊，好啊！那就一言为定！明天我们出去玩！"

邱伯："少爷，这哪行！少爷！"

"就这么说定了！"庆林倒在邱伯怀里。

邱伯："哎，少爷！让焦总商见笑了。我家少爷平时不怎么喝酒，这一喝就醉了。说的醉话，焦少爷别当真！"

焦未凡："那哪成！就这么定了，我陪玉少爷好好在扬州城里转转。明天一早吃过早饭我就过去接他！然后邱伯你跟我爹去装货就行了。"

邱伯："好吧，那就有劳焦少爷辛苦！也多谢焦总商一番美意，我先代我们老爷谢谢焦总商！"

第二天一早，焦总商家的车就到了。一共两辆车，一辆是焦少爷来接庆林一起出去玩的，另一辆是接邱伯去焦府。焦少爷坐在车里等，邱伯不放心地又嘱咐庆林，要他万事小心，千万不可莽撞，也不可随意答应别人什么，如有需要作决定的事，一定等晚上回来跟他商量方可定夺。庆林欢喜地答应邱伯，然后跑出东昌府酒店。邱伯在后边叹息着，也走出酒店，上了焦府的车。两辆车分别向不同的方向疾驰而去。

庆林坐在车上，掀开帘子向外看，问道："焦少爷，我们去哪里玩啊？"

焦未凡笑道："怎么还叫我焦少爷，叫我未凡吧，我也叫你庆林。"

庆林："好，未凡，这名字真洋气，比我的名字好多了。"

焦未凡："庆林，这扬州城里玩的地方可多了，带你玩个十天八天都玩不完。只可惜你们停留时间短，不能玩遍所有地方。要不，我带你玩点特别的。"

庆林："什么特别的？你说！"

焦未凡："若说山水呢，你们东石也是有的，可能扬州城里的山水还不如东石的有魅力。所以这山水呢，我就不带你玩了。若说这扬州城里什么最特别，当然是民风习俗啊！虽说扬州城比不了京城气派，毕竟京城是皇城，但京城因在皇帝脚下，管制森严，民风未免受到各种限制，也自然古板了许多，毕竟稍有造次那可能就有被砍头的危险。这扬州城呢，离皇城比较远，但却是实际上的繁华中心，民风自然也自由多了。就说这吃的，真是应有尽有，随处就可以尝遍。景致呢，处处是美景。但不知道你有没有感觉到，我是自认为扬州的女子恐怕是最美的女子了。虽然我没去过很多地方，京城我也没去过，但我觉得我们扬州的女子，应该是比那皇帝后宫三千佳丽毫不逊色的。要不就说，这皇帝每年还想来扬州一游呢！"

庆林："是啊，我是觉得扬州特别的美。哪里都美，女子更是美不胜收，个个都那么好看。我们东石也有很多美人，但说实话，跟扬州的女子比起来，怎么看都好像差点什么。"

焦未凡："哈哈，哈哈！我看庆林你就别回去了，就在扬州住下吧，在这里我帮你安个家。"

庆林："那倒是也挺好的，哈哈，就是怕我爹打断我的腿！"

焦未凡："哈哈！"

庆林："未凡，那我们到底玩些什么特别的？"

焦未凡收起笑容，神秘地问："你想不想知道皇帝每次来都是怎么样的？都玩些什么？"

庆林："想啊！你知道？"

焦未凡："我可是知道个地方，那里可以玩个把戏，就是装皇帝的一天。我以前从来没去过，你也知道，我爹不让我到处跑。今天不如我们去瞧瞧？也不枉你来扬州一趟。"

庆林："啊？那得多好玩啊？"

焦未凡："那肯定好玩啊，那我们现在就去？银子你不用管，我走哪都不用带银子，他们到时候都会去找我爹结账。"

庆林："好啊，好啊！"

焦未凡掀开帘子喊了一句："去西园。"

"是，少爷。"车夫应了一声，马车便向西奔去。

焦未凡眉飞色舞："跟你说，这个老好玩了，以前我听人说过，还从来没去玩过。"

庆林点点头，满脸期待。

约莫20分钟之后，马车停下来。焦未凡掀开帘子向外看了下，说了声"到了"，便拉庆林下了车，之后吩咐车夫不用等了。

庆林抬眼看见这是一座园林，入口的门扉上写着"西园"字样。一眼望去，里边曲径幽深，亭台楼阁一应俱全。门口有身着华衣的侍卫，见两人过来便客气地说："焦少爷，不知焦少爷来到，可有约定？"

焦未凡："没有。"

侍卫："那需要小的去通报一声不？"

焦未凡："也好，去通报一下吧，说我带了个很尊贵的朋友来玩，想玩你家那个扮皇帝的游戏。"

侍卫："好的，小的明白。两位请稍候。"说着，那侍卫便小跑着向里面去了。

焦未凡拉着庆林慢慢往前走。庆林这才发现，这里边的游廊每隔三四十米就有侍卫把守，这些侍卫穿着同样的华衣，戴着同样的帽子。

庆林小声道："他们好像是宫里的侍卫啊。"

焦未凡："哈哈哈，那是自然啦！你进了这里，就等于进了颐和园，他们就等于是宫里的侍卫。要知道，你今天要登的座位，是皇帝的宝座！"

庆林："啊？"

焦未凡："怎么了？就是玩个游戏嘛！游戏也得做足不是？"

庆林："哦。"

那侍卫已经跑回来，后面跟了一个中年女子。女子面上涂了厚厚的粉，看不出年龄，只是一双眼睛很是灵活，左一瞟，右一瞟，走到他们跟前便满脸笑意："哎哟，这不是焦少爷吗？这是什么风把您给吹来了！这是还带来个朋友，两位赏脸，一定让两位玩个痛快。焦少爷，这位……"

焦未凡："玉，玉少爷。"

女子："玉少爷，两位请！"

女子在前边领路，两个人跟随她向园林深处走去。

走过两个游廊，就见前边一个很高的建筑，前面有很多台阶。每个台阶的两侧都站着侍卫。

女子忽然转身问道："两位是轮着来呢，还是哪位扮上？"

焦未凡一指玉林："他，他来扮上，我陪他玩。"

女子："那好，那请随我来换衣服。"

女子说完又带他们走进那建筑旁边的一个屋子。屋子中央是一个很大的屏风，贴着窗子放着一个衣服架子，架子上挂着很多的衣服。女子从架子上拿起黄色的袍子递给庆林："这件。"

庆林笑嘻嘻道："这衣服真好看。"

女子笑笑没有说话，只是将袍子帮庆林套在身上，又从衣服架子上拿下来一个腰带，帮他前后穿好。

焦未凡惊讶道："哇，真好看哪！庆林！"

女子又让庆林在铜镜前坐下来，为他用黄色缎带束好头发，又戴上一顶帽子。

焦未凡："别说，还真像呢！"

庆林看着镜子里的自己，呆了："这还是我吗？"

焦未凡想起了什么，问女子："你们这儿有画匠吗？"

女子："少爷是想……"

267

焦未凡："给我的客人画一幅画啊，多难得当一回皇帝！"

女子："这扬州城倒是有几个画匠，就是不知道现在在不在扬州。小的这就安排。那这位玉少爷，不，现在得称您为皇帝陛下了。皇帝陛下，我们这就出去吧，你就可以上朝了。"

庆林："哦哦，早朝吗？哈哈。"

女子："是的，早朝。陛下请随我来。"

女子带两个人走出屋子，走上台阶。女子又道："皇帝的一天就开始了！小的告退！"女子作揖，然后便转身走了。

"请吧，陛下！"焦未凡在庆林耳边说。庆林于是登上了台阶。

台阶的尽头，便是"大殿"。大殿上有几名"宫女"立在那里，前边是"龙椅"。庆林刚在大殿上站定，看着那龙椅发愣，忽然听见大殿下传来一声"陛下吉祥"！接着有很多人齐声说"陛下吉祥"！庆林吓了一跳，忙转身，却见台阶上黑压压站满了二十几个"大臣"，每个都顶戴花翎，让他眼花缭乱。

"哦。这……"庆林有点慌了。

旁边的焦未凡笑着说："你就说众爱卿免礼平身！"

"哦。众爱卿免礼平身！"庆林鹦鹉学舌道。

"陛下坐下呀。"焦未凡又说。

庆林试探着小心在"龙椅"上坐下来，发现龙椅很舒服，又左右动了动身子，终于坐定。

众"大臣"都站了起来，双手作揖等候"皇上"发话。

"我说什么呢？"庆林又问焦未凡。

"众爱卿，有事来奏，无事退朝。"焦未凡说。

"众爱卿，有事来奏，无事退朝。"庆林又大声重复一遍。

一位"爱卿"上前一步说："陛下，最近这西北蛮夷已有向我和解之意，这西北边陲连年征战，终于功夫不负有心人，上个月，已经有了和解之意。给陛下报喜呀！"

庆林："我怎么说？"

焦未凡："陛下想怎么说就怎么说，您是陛下，天下没有比您更大的了。"

庆林点了点头，咳了一下道："很好，很好，朕很高兴。"

又有一位"大臣"上前道："陛下，近两年来，东阁大学士一直在修改《四十二章经》，孜孜不倦，尽心尽力，目前还是人手不够，陛下可否恩准再添人手，是否可以破格提拔人才呀！"

庆林："好啊，好事，朕准奏！"

又一位大臣上前道："陛下，陛下是否想过再选位妃子。臣等为陛下选了几位佳人，恳请陛下择日成亲，以定国兴邦！"

庆林："啊，哦，好啊，爱卿，自然可以。"

大臣又道："陛下，择日不如撞日，不如就今天如何？"

庆林又看了下焦未凡，焦未凡点点头。

庆林："准。"

大臣："那臣等这就去准备。"

庆林等了一会儿，没有大臣再上前，便想了想说："退朝！"

众大臣齐声说："陛下吉祥！"

焦未凡拉起庆林："大家都在等陛下离开呢。"

庆林问："那我应该去哪？"

焦未凡示意，庆林这才发现，这大殿左右两侧是个走廊，通往别处。庆林于是走进了左边的走廊。

庆林压抑着兴奋："这就是早朝了？"

焦未凡笑道："对啊，好玩吧？"

庆林："好玩。"

焦未凡："当皇帝的感觉怎样？"

庆林："简直不可思议呀！怪不得那些皇子们都要争着当皇帝呢。"

焦未凡："接下来还有好玩的。"

庆林："我们这是去哪儿？"

焦未凡："自然是去皇帝的御书房。皇帝每日上完早朝必然会在御书房批阅奏折。"

两人进了"御书房"。果然是御书房，书架上面摆满了书和卷轴，桌子上堆满了"奏折"。

焦未凡笑道："陛下，请！"

庆林惊讶道："这么多奏折，我哪批得过来呀！再说，我功课不好，他们都写的什么呀，我认不全呢。"他一边打开奏折一边说。

焦未凡："没人敢为难陛下，你就先马马虎虎批着，这旁边这玉玺，看见没？奏折批完了，就印上玉玺，才算完。"

庆林："哦，这样啊！"

焦未凡："对呀！"

两人正说着，门口传来女子声音："陛下，画匠来了。"

焦未凡："请画匠进来吧！"

女子在门口说："那小的就不进去了。小的告退。"

画匠走了进来。焦未凡对他说："你给皇帝画个像，就画他批奏折和盖玉玺的样子。"

画匠点点头："小的知道了。"

焦未凡又走近画匠，小声说："给我画得清楚点。"

画匠胆战心惊："是，小爷。"

庆林装模作样地开始批奏折，批完之后用玉玺盖上印。画匠画得很认真，焦未凡一直在旁边看来看去。大半个时辰之后，庆林已经很烦了，画匠才画好。焦未凡连连称赞说画得真像。庆林走过去看，很是惊讶。他还从来没有过一幅画像。

焦未凡又对画匠说："画得很好，照着这个，再给我画一张。到时候我们每人一幅，也做个纪念。你可以先回去了，赏银我会差人给你送过去。千万给我画好！要一模一样的！"

"是，小爷！"画匠说完，拿着画走了出去。

有人在门口喊："陛下，该用膳了。"

"好了，陛下，陛下批完奏折，实在是很累了，自然是该吃饭休息了。"焦未凡道。

庆林哈哈大笑。

女子带两个人穿过一个长廊，走进一个屋子。确切地说这是个厅堂，厅堂里也有台阶，台阶上边摆着一个很大的长桌，桌上已经摆好了丰盛的菜肴和美酒。台阶下边摆着四个矮桌，每个矮桌上也摆了一些菜肴。已经有几个"大臣"站在那里等候。庆林远远地就闻到香味，肚子早已经饿了。

焦未凡道："陛下，请坐！"

庆林坐下来，说："你坐呀。"

"陛下，哪有奴才跟陛下平起平坐的道理！陛下请用餐！我在那边坐。"焦未凡在最靠近他的那个桌子前坐下来，"大臣"们也都在各自的桌前落座。

庆林在桌前坐下，旁边走过来一个侍卫手里拿着一个小碗和银针。就见他用小勺子在一盘菜里盛了一点放到小碗里，用银针在碗中的菜里戳了一下，等了片刻，又将勺子里的菜放到嘴边，小口品尝了一下。又等了片刻，才说："陛下，您可以吃了。"

庆林看了看焦未凡。焦未凡说道："陛下吃饭前，要先试菜。每道菜都要试一下是否有毒。"

庆林点点头："哦，这样啊。"

接着，侍卫又继续试菜，将桌上的每道菜都试了一遍。庆林吃吃停停，觉得有意思极了。

"陛下，臣子敬陛下一杯！"焦未凡倒了一杯酒，端起酒杯道。

"好好好，各位爱卿请！"庆林已经乐得不知说什么好。

焦未凡又道："陛下，不如我们热闹一下。乐师和歌舞在哪里？"

很快就有三四个乐师手里拿着乐器小跑过来，将乐器在厅堂的中央摆好。又有七八个妖娆的女子身披轻纱，步履轻盈地走进来。那乐师手中的琴弦响起，女子袅袅娜娜舞起来。正中央的女子媚眼如丝，怀里还抱着个琵琶，一边舞动一边弹奏。那舞姿曼妙异常，琵琶声声入耳，竟让庆林惊得住了筷子，眼睛再也离不开那张面容。

焦未凡将这一切都看在眼里，笑了笑，又走上台阶给庆林倒了一杯酒。庆林看都没看，接过酒杯一饮而尽。

一曲唱罢，庆林觉得意犹未尽，又让继续。如此，庆林在美人、美酒中醺醺欲醉。

庆林的意识已经有些模糊，就听曲子忽然又停了下来，焦未凡道："陛下累了，需要休息了。你们先下去吧。"

有人端来一个盘子，送到庆林的面前。庆林一看，盘子里都是写着名字的小木牌子。他好奇地拿起来一个问："这是什么？"

焦未凡："陛下，牌子呀，陛下就寝是需要有人伺候的，好多嫔妃都等您翻牌子呢！您翻到哪个，就是哪个今晚侍寝呀！"

庆林道："哦，那不要，都不要。就刚才跳舞那个。对了，不是还要选妃吗？就她了，我就选她做妃子了。"

焦未凡："听明白了吗？"

有人道："是，少爷。"

焦未凡："那还不去准备？"

有人喊："这就准备！准备侍寝！"

庆林趴在桌子上昏昏欲睡。

焦未凡："陛下，别睡呀，这不是你睡的地方。"

庆林口齿不清："那哪里，是我睡的地方？"

庆林蒙蒙眬眬中就觉得自己被人抬了起来，飘飘悠悠地又落入一个很软的床榻。满眼都是耀眼的黄色有点刺他的眼，他闭上眼睛，只觉得身上的衣衫滑落，身上一阵微凉，然后一个绵软的身体抱住他，他的身体燥热起来，又有人在他耳边耳语道："我不想害你……"他渐渐失去了意识。

庆林醒来的时候，旁边坐着一个半裸的女子。正是那个跳舞的女子，女子正一脸温柔地看着他。庆林一下惊得坐了起来。

"你，怎么在这儿？"庆林道。

"陛下，不是你让臣妾来侍寝的吗？"女子嫣然一笑，"怎么陛下睡了一觉就什么都忘记了？"

庆林忽然额头渗出热汗来。他连忙穿上衣服问："未凡！焦少爷呢？"

女子："焦少爷这会儿啊，应该也在温柔乡。陛下，臣妾服侍的您还满意吗？"

庆林害怕起来："我睡着了，不知道你在说什么。"

女子："这位公子，我看你是个面善之人，我不想害你，你睡着之后，并没有发生什么。公子，你还是赶快走吧。这场游戏不是好玩的，你还是快点逃命吧！"

庆林："你说的是什么意思？我没听懂。"

女子："唉，公子，我不好多说。我就先走了。你也赶快走吧，离开这个是非之地。"

庆林："焦少爷呢?"

女子："公子，你，不要相信任何人。公子保重!"

庆林隐隐觉得自己闯了大祸，着急地四处找衣服，但床榻边上放着的都是黄袍。他想起来，自己的衣服在进门的那个屋子里，自己一直都是穿着这黄袍进来的。他无奈，只得又穿上黄袍，刚蹬上靴子，就听见嘈杂的人声和脚步声。很快，门被推开。

"就是他!"一个侍者带着一堆吏使推门而入。

庆林呆愣在那里。

"你!好大的胆子!敢在这自称皇帝!忤逆圣上，知道这是要杀头的吗?"一个吏使说。

"啊? 不是啊! 我只是装皇帝而已，就是玩玩，不是真的呀!"庆林吓得立刻腿软，跌坐在地上。

"他撒谎!就是他强迫我们要扮演大臣和宫女，他说他家是福建巨富。"

"哦? 那好啊! 巨富，我倒是要看看，你们府上这回要糟蹋多少银子。"吏使说。

"给我带走! 押到衙门!"吏使说道。

"冤枉啊! 我真的没有……"庆林已经吓得语无伦次。

"还说冤枉，还说没有，你穿的是什么? 黄袍马褂，那只有当今圣上才能穿的。你还有什么可辩解的，给我带到衙门!"吏使不容分说，几个人上前将庆林反手绑缚，押着他向外走。

"焦少爷! 焦少爷你在哪儿? 你个王八蛋!"庆林这回反应过来，自己大概是上了焦少爷的当了，但为时已晚。

庆林被吏使带上了车，押到了衙门。

吏使带庆林走进去，一脚踹他跪下，然后说："知府大人，这人想要自己称帝，有人举报，给您抓来了，您看怎么定夺?"

庆林抬眼一看，公堂上坐着的人正喝着茶水不慌不忙地看着他。听吏使说完，知府放下茶杯冷笑了一声道："这么大胆子，你咋不把天捅个窟窿呢! 还敢称帝，真是不想活了。那就铡刀伺候，一会儿就斩了！"

庆林吓得浑身颤抖："啊！冤枉啊！"

知府："你说，怎么冤枉了。"

庆林："我要找焦少爷，是焦少爷带我去的。我是第一次来扬州，他说带我出去玩，还说带我玩点特别的，我就信了。"

知府："然后呢？"

庆林："然后，他们就让我穿上这个衣服，然后就假扮皇帝了。"

知府："说说，当皇帝都干吗了？"

庆林："上朝，吃饭，还看了歌舞。"

知府："还有呢？"大人又喝了一口茶水。

庆林："还有，我喝多了，好像还翻牌子有女子侍寝了。"

知府："啊哈哈哈，你这真是皇帝呀！"他忽然翻脸道："还说没当？什么都干了还说没当？"

庆林："大人，我，你找焦少爷来，让他跟你说。我真是被冤枉的。"

知府："到了这里，你要想出去，便很难了。"

庆林："啊，大人，求求你，让我见见我邱伯吧！让我邱伯来救我出去！"

知府："邱伯是谁呀？"

庆林："是我府上的管家。求大人让我邱伯来。"

知府："呵呵，他来，也未必救得了你呀。"

庆林："大人，我不能就这么被冤枉死了，你总得让我见一面我家人吧！我们是来扬州运货的，我真的无意冒犯圣上。"

知府："哦，那好吧，那个邱伯在哪里？"

庆林："在东昌府酒店。"

知府："那你们去，把那个邱伯给他找来。"他又不慌不忙地喝茶水说道。

邱伯没一会儿就被找来了。

邱伯下午就回到了酒店，迟迟不见庆林回来，很是担忧，想到是焦少爷带他出去玩，应该也不会有太大闪失，也就没有出去找。但不知为什么总是坐立不安，心里一直忐忑。正在担心，吏使便来告知庆林在衙门，邱伯差点没晕厥过去。路上问了几句吏使，心里明白了七八分。这应该是，焦少爷故意下了圈套给庆林钻，可下圈套的原因是什么，邱伯一时间想不明白。但显然，这件事是焦总商授意，玉家暴雪将至。

邱伯走进衙门，便见庆林穿着黄袍可怜巴巴地跪在地上。

庆林看见他便落了泪："邱伯！"

邱伯心疼地弯腰抱住庆林："这是怎么了孩子！"

庆林哭着说："我也不知道是怎么回事，焦少爷说，我来一次不容易，带我玩个特别的，让我扮演皇帝。然后他们让我穿上黄袍，又跟我演了早朝、吃饭、看歌舞，还有侍寝。我喝多了，等我醒来，他们就把我抓来了。"

邱伯："小少爷别怕。焦少爷呢？"

庆林抹着眼泪说："我醒来就没看见他。"

知府傲慢地喝着茶说："下边何人哪？"

邱伯："大人在上，小人福建东石人，大家都叫我邱伯，是玉总商府上的管家。这趟跟随小公子来，是给焦总商运送一批货。"

知府："哦，邱伯。看样子是个精明的人，要不然，你家主人也不会放心你和小少爷来押货。"

邱伯："大人谬赞了。小人不才，但对我家主人忠心耿耿，有什么事，也还能做半个主。"

知府放下茶杯："哦？那就好。"

知府又说："这件事是要杀头的。"

邱伯："大人，您大人大量。我家少爷年少轻狂，被宠溺惯了，不知轻重，无意中犯了错，还请大人放孩子一条生路。大人的恩德，玉家定没齿难忘，我今天可以替我家老爷做主，定当重谢大人，就拜托大人了。"

知府："你知道这件事的后果吗？"

邱伯："小的自然知道。"

知府："知道就好。"

正说话间，吏使来报，焦总商带着公子来了。

知府："哦？让他们进来。"

焦总商和焦未凡很快走了进来。焦总商先行了礼道："大人，在下焦某，带着我的儿子深夜叨扰，请大人恕罪。"

知府："焦总商来得也正好。这位福建总商的儿子，说是跟你家少爷一起去的西园。"

焦未凡："啊，大人，请容我来解释。"

庆林期待地说："未凡，你可来了，你快帮我跟他们解释清楚。"

焦未凡："大人，事实上，是我今天要带他出来玩。他说特别喜欢扬州，因为毕竟扬州是皇帝都要来的地方，然后他就想让我找个地方帮他装一天皇帝。看在我爹和他爹是生意上的朋友的分上，我只好就遂了他的愿，找人帮他当皇帝了。"

庆林："未凡，你怎么撒谎呢？"

焦未凡："大人，小人绝无半句谎话。小人怎么敢撒谎呢？这是天大的事。"

庆林："姓焦的，你居然让你儿子来害我！"

"哎，小孩子，别乱说话。"焦总商说，又转向知府，"大人，不管怎么样，这两位是我的客人，我理当照顾好，是我照顾不周。大人可否给我个薄面，让我把他们领回去，一切的事情，都好说。玉家也是大户人家，绝不会亏待了大人的。"

知府："嗯，这个面子我可以给你，你可以把人带回去。"

焦总商："谢谢大人。"

"但是，"知府又停顿了一下说，"但是呢，这个事，我才是个五品，这件事事关重大，毕竟藐视圣上，我一个人是做不了主的。我自然是要上报给督抚大人，究竟怎么处置，那就得等督抚大人定夺了。"

庆林又要哭了："啊！"

邱伯："那多谢大人手下留情。"

知府："好了，你可以把人先带走了。"

焦总商和邱伯道："那谢谢大人。"

庆林："邱伯，我冤枉啊！"

邱伯低声喝道："闭嘴！快走！"

庆林于是不再吭声，快步跟邱伯走出去。

走到衙门外面，焦总商道："邱伯，委屈了玉公子，真是不好意思，犬子管教不严，我一会儿回去定当家法伺候。玉公子受了惊吓，不如就到我府上暂住吧，我差人好好照料。"

邱伯："不必麻烦了，焦总商。这已经很麻烦总商了。我带他还是住回我们玉家常住的旅馆，估计要多住几日了，毕竟，闯了这么大祸，我需告知我家老爷，也等等他的消息。也多谢焦总商及时赶来相救，不然，我家小少爷今晚可能就要在衙门里过夜了。"

焦总商："那两位坐这个车走吧，我们坐另一辆。"

邱伯："也好，那有劳您了。焦总商要运走的货，就请先差人准备好，然后我走之前再去找人装货即可。"

焦总商："好！"

邱伯："那告辞了，焦总商，焦少爷。"

焦总商："告辞。"

邱伯和庆林上了车，庆林一下抱住邱伯的脖子："邱伯！"

邱伯："好了，别怕。"

庆林："邱伯，这是没事了吗？我不会再被抓进衙门了吧？"

邱伯附在他耳朵边说："应该不会了。别怕，他们要的是银子。嘘！"

庆林："哦。这到底是怎么回事啊？我都不明白。"

邱伯叹了一口气道："我也不明白。"

邱伯让车在鸿达客栈门前停下来，然后打发了车，和庆林走进去。

账房刘小跑着过来："哟，邱伯，这是从东石来了？怎么也没给个信提前准备下。"

邱伯："这回，恐怕是要多住几天了。这是小少爷庆林。这是账房刘叔。"

账房刘："哦，这是小少爷呀！还是第一次见，玉家的少爷随便一个都是一表人才呀，玉老爷真是好福气。"

庆林："刘叔。"

账房刘："诶诶！"

邱伯："账房刘，先找个房间吧，小少爷累了。"

账房刘："好，我先带二位去楼上，最好的房间一直都给咱玉家留着呢！咱玉家不来人啊，房间也不会给别人住。"账房刘拿着钥匙前边带路，邱伯和庆林跟在他后面上了楼。账房刘打开两个宽敞的房间，让他们进去。

账房刘一边推开窗一边说："你们先坐下休息，我这就差人上来给你们把床单啊都换新的。小少爷还是第一次来，扬州城好玩着呢，明儿差人跟小少爷出去玩玩。"

庆林："我哪也不去了。"

账房刘："哦，这是怎么了？"

邱伯："没事，账房刘，少爷太累了。"

账房刘："好，我这就让人上来换，你们快歇着。"他小跑着下了楼。很快，就有两个女子拿了崭新的单子将被子、枕头都换上了新的，又下楼端了吃的喝的送上来。

庆林什么也不想吃，只是萎靡地躺在床上。

邱伯点了灯，又喊账房刘拿了笔墨上来。他沉思半晌，在桌上铺好信笺，写起信来。

老爷：

> 我与小少爷已于前日顺利抵达扬州，货物安全运到。不料今日小少爷受焦总商公子蛊惑，假扮皇帝，被人通报衙门，焦总商来衙门求情，县衙欲将此事上报督抚定夺。我和小少爷目前安全，在鸿达客栈小住，明日我将会给县衙送去厚礼通融，但督抚那里，结果如何，尚未得知，只能静观其变。只是所带银两不多，不知是否充足。几日内应有消息，我再写信告知老爷。小的疏漏，酿成大祸，惭愧万分。我即便拼了命，也必护少爷周全。不能很快返回。请老爷放心。祝府上安好！

邱伯写完信，转身看见庆林已经在床上睡着，满脸委屈。他叹息一声，便将信笺装入纸袋，封了火漆，拿着信笺走下楼，去找账房刘。

邱伯："账房刘，给我找人送个信。"

账房刘："哦，好，邱伯。"

邱伯抓住他的手道："加急，十万火急！"

"哦，这是……出什么事了邱伯？"账房刘感觉到了事情的严重，立刻放下手里的活，"这就去找。"

账房刘小跑着出去了。

三日后的深夜，东石玉家。

庆瑜正卧床想着心事，就听外面有说话的声音，没一会儿，有人跑进来，接着是大哥庆松急促的声音。

"爹爹！"庆松道。

庆瑜一下坐了起来，推门走出去。

庆瑜道："大哥，怎么了？是庆林他们来信了吗？"

庆松："对。来吧。"庆松推门进了父亲书房，庆瑜也跟了进去。

玉平遥："这么晚还来送信？"

庆松担心地将信递给父亲："是，是加急。爹，该不会是有什么事吧？"

玉平遥接过信，拆开来看，立刻神情变得凝重。

庆松急问道："爹，怎么了？是庆林出了什么事吗？"

父亲把信递给他俩："你们看看吧。"

兄弟两人看完，吃惊道："啊？这……这怎么办呢爹？"

玉平遥沉声道："庆松，去叫你大伯过来，还有培松，都过来，别让爷爷奶奶知道。"

"好。"庆松转身出去。

没一会儿，玉平风和培松都来了，玉平遥将信递给他们看完。大家都沉默半晌。

玉平风："我看事不宜迟，我们得去一趟扬州。"

玉平遥："我也有此意。但家里不能没人。我看，家里的事就庆松来打理，毕竟庆松一直跟着我，跟各位总商都很熟，处理起来比较稳妥。庆瑜也帮一下你哥庆松。大哥，你和培松跟我一块儿去趟扬州吧，看来此番祸端我玉家是躲不掉了。我们不走水路，快马过去吧。"

几人异口同声："好。"

玉平遥："这一次，恐怕要倾家荡产了，浙江督抚如若上报，那庆林便是死罪。家里的银票都带上吧，还有金锭银锭，能带多少带多少。"

玉平风："银子，我们可以再赚，还是先救孩子吧！"

玉平遥："好，那我们一会儿分头去准备。万万不可告诉其他人，尤其爷爷奶奶年纪大了，会受不了这个打击，就不要告诉他们，免得担忧。就说邱伯他们在扬州遇到一个新的商家想跟我们做几笔大生意，我们为了稳妥起见，得去看一看。"

培松："好。但是，叔父，庆林怎么就被人蛊惑了？这事好蹊跷。"

玉平遥："后悔不该让庆林出这趟远门啊！他被宠坏了，什么都不懂。这个焦总商，与我相识多年，我们两家生意也做了好多年，哪承想，给我设了这么大一个局。"

培松："我还是觉得很奇怪。以前焦总商和我们做生意做得好好的，如今怎么突然就设局给我们家呢？一定是有什么原因。"

玉平风："看来这就是故意让我们倾家荡产。毕竟庆林刚到扬州，在那里也没得罪什么人，更别说得罪那个焦少爷了。难不成，是我们玉家得罪了什么人？要知道福临号下浙江这事，东石可是都知道的。会不会是有人跟我们过不去，故意在扬州等着报复我们呢？"

玉平遥："也不是不可能。若说我们玉家得罪的人，之前应该还没有，但自从赵道台来了之后，就有了。第一个就把他得罪了。"

庆瑜："是因为我吗？爹。"

玉平遥："唉，其实我儿什么错也没有，只是那赵道台，我总觉得他为人不厚道，其实庆瑜和昭儿两个孩子两情相悦，他就因为自己儿子看上了昭儿，就把光泽、邵武两省的盐运交给我们，这不就已经在惩治我玉家了。这一次，目前还说不好是怎么回事。我们到了以后，小心行事，先把庆林保回来，一切再斟酌。"

"好。"

次日一早，天蒙蒙亮，玉平遥、玉平风和培松便乘着三匹快马上路了。

第十八章　1821年　扬州

玉府连日来变得空荡荡的，玉平遥和玉平风不在，似乎连空气都散漫了许多，整个玉府处在隐隐不安中。

这一日是拜妈祖的日子，庆瑜惦记着要去妈祖庙见昭儿。事实上，他已经连续两个星期五都去妈祖庙等昭儿了，但昭儿都没有来。昭儿自然是没能够偷跑出来见他，谭家看管得很严。但这一日不同，这一日是正式拜妈祖的日子，昭儿的母亲十有八九会带昭儿去拜的。那他就可以见到昭儿，至少，远远地看她一眼也好。

庆瑜一边吃着早饭，一边想着心事。

"大哥，今天需要我做什么事不？"庆瑜忽然说。

"不用，你在家好好温书吧，有什么事我再叫你。"庆松说完，放下筷子，便出去了。

爷爷奶奶也回房去了。

莫大的自由给了庆瑜堂而皇之的理由，庆瑜回房换了件月白长衫，便出了玉府。他很快走进竹林，林中鸟儿一直在他前方不远处盘旋，像在预示着他和昭儿今日的见面。

今日一定能见到昭儿的吧！他开心地奔跑起来。愉悦的心情像第一次去等候昭儿，心里的雀跃比鸟儿还有过之而无不及。尽管在远方的庆林此刻还吉凶未卜，尽管父亲一行三人还在一路颠簸，但此刻，一切都被置诸脑后，脑子里只有昭儿。她的笑颜和她脸上的泪痕，都让他的心荡来荡去，像在海浪上颠簸的船。

穿过竹林，他很快便到了妈祖庙。他小跑着径直跑到里面，远远地便看见那个俏丽身影站立在殿堂里面，头上戴着绿色的步摇。他放慢脚步，缓缓走近她。

她恍若已经感觉到他的到来，那绿色的步摇在微微摇晃。她转过身来，绽开笑容。庆瑜只觉得心要融化了，只觉得这原本有些阴沉沉的天豁然开朗，一片晴好起来。他长舒一口气。

她没有说话，只是向他走过来。

他也没有说话，向她走过去。

四目相视，竟无语凝噎。

而后，他抱住她，耳鬓厮磨，无声相拥。庆瑜只觉得脖颈一片湿滑，他松开昭儿，她已满脸泪珠。

庆瑜心疼地为她擦去泪滴："别哭。"

昭儿："庆瑜。"

庆瑜："昭儿。"

昭儿："你愿意娶我吗？"

庆瑜："我今生非昭儿不娶。"

昭儿："我此生也非庆瑜哥不嫁。庆瑜哥，我们，今天，就成亲吧！"

庆瑜："啊？可是你家人还都没应允。"

昭儿："不用他们应允了，我自己做主就好。"

庆瑜看着她，昭儿一脸决然。

昭儿："庆瑜，我今天来，就是来跟你拜堂成亲的。"

庆瑜："可是昭儿，我什么都没有准备，总不能委屈了你。"

昭儿："庆瑜，你不需要准备什么。我告诉过你，我在京城六年，我姨娘逼着我去选秀我都差点以命相搏。那老巫婆原也说，昭儿命薄，活不长的，从11岁到16岁，若不是因为心心念念都是庆瑜哥，或许早已不在人世。那些荣华富贵在我看来都比不上我跟你在一起的快乐。昭儿什么都不需要。"

庆瑜："那好，昭儿，我们这就拜堂成亲，就让妈祖做证。"

昭儿："好。"

昭儿："瞧，庆瑜，我还特意穿了一件喜庆的衣衫。"庆瑜这才注意到，昭儿穿了一件红色漳绣锦缎裙，格外艳丽。

庆瑜笑了："好漂亮！只是，我的这件……差了点。"

昭儿："庆瑜，你的这件也很喜庆呀，你莫不知道今日是大喜之日？"

庆瑜"哈哈，那大概是心有灵犀。"

昭儿："瞧，我还带了什么？"昭儿欢快地回身跑回殿堂，庆瑜跟了进来。在香炉旁边的桌上，放着一个小包袱。昭儿解开包袱，从里面拿出一个红色绢帕，抖开来。

庆瑜："这是？"

昭儿："红盖头呀！"

庆瑜："啊，对对，红盖头，真好。"

"我先上香。"庆瑜欢喜地点燃三炷香，将其插到香炉里。

"还有这个，喜烛。"昭儿又从包袱里拿出两支红蜡烛。

庆瑜："啊，这，从哪弄来的，昭儿。"

"我在家里翻到的。"昭儿笑道。

两个人又分别将两支喜烛点燃，立在桌子上。

然后，庆瑜将红盖头盖在昭儿的头上。两个人在妈祖像前跪下来。

庆瑜："妈祖在上，我玉庆瑜。"

昭儿："妈祖在上，我谭昭儿。"

庆瑜："妈祖在上，今日我玉庆瑜娶谭昭儿为妻，请妈祖为证，我必对昭儿此生不渝。"

昭儿："妈祖在上，今日我谭昭儿嫁玉庆瑜，我必对庆瑜此生不渝。"

两个人对妈祖拜了三拜，之后，又相互对拜了三次。之后，庆瑜为昭儿揭开盖头。两人相视而笑，昭儿的眼中噙满泪珠。庆瑜红着眼吻她的泪水，吻她的唇，忽而抱起她，走出殿堂，走进台阶上边的棚屋。

他将她放到垫子上，一点一点小心翼翼地解开她的衣襟，裸露出雪白的肌肤，他心旌荡漾，痴迷地循着她的香氛一路吻下去。她温润的唇、滑腻的脖颈、大红绸缎藏匿下的一双跳脱的玉兔和纤巧的腰肢，都让他连连颤抖，他变成了一只烦躁的困兽，急于征服四海八荒，要在每一寸领地称王。她的头发散乱下来，三千发丝毫无章法地在他的心弦上胡乱弹拨，搅得他心驰神迷。她的柔弱，她的娇媚、她的娇嗔、她的喘息，她无助的挣扎和攀附，都使他如同醉了酒般阵阵晕眩。他已经听不到自己的呼吸，只觉得四肢百骸都在战栗，体内有巨浪层层翻涌而来，积蓄已久的山洪如滚滚春潮，终于暴发。中原逐鹿，征战四野之后，他也终于气壮山河高亢地呐喊，仿佛在向天地明誓。而她，只觉得自己死去了，幸福地死在他怀里。她的意识渐渐飘远，是庆瑜带着她轻飘飘地飞上天际，一切都坠入绵软的云朵里。

不知过了多久，庆瑜亲吻着昭儿喃喃道："你是我的，昭儿。"

昭儿似乎被唤醒，喘息着说："我是你的，夫君。永远。"

昭儿："下雨了，夫君。"

庆瑜："那岂不更好。今日我们大婚，没有人来打搅我们。"

庆瑜："我的夫人。"

昭儿："嗯。"

"你好美。"庆瑜托起昭儿的下巴又吻下去。两人久久地缠绕在一起，像两条戏水的鱼。

雨幕像天地放下的屏风，将棚屋的甜蜜与外面隔断，似乎老天也为这一对小夫妻的情谊而涕泪横流。

雨势很大，一直下了两个时辰才渐渐变小。

看着淅淅沥沥的雨，昭儿说："雨快停了，庆瑜哥，等雨停，我们就回去吧。"

庆瑜："我都不知道下次什么时候能见到你。"

昭儿："我再偷偷溜出来，我反正已经嫁给你了，还怕什么？"

庆瑜："那我也不能让我夫人挨板子。对了，今天你是怎么跑出来的？一会儿回去会不会受责罚？"

昭儿："今天又是我爹和我娘出去会客的日子，我自然是要跑出来的。这会儿啊，他们应该在山上庙里，一时半会儿是回不来的。"

庆瑜："哦，那就好。那在他们回来之前我们赶回去。"

庆瑜回到玉府，董清芳正在厅堂里吃饭。

董清芳问道："庆瑜，出去了？"

庆瑜："啊，是，刚出去了。"

董清芳："去哪里了这是？都淋湿了，快去换身衣服过来吃饭。"

庆瑜："啊，好，我这就去换。"庆瑜逃也似的快步走进房间，一下栽倒在床上，枕着双手，仰望屋脊傻笑，忽而又坐起来沉思，一会儿又下床咧着嘴巴来回踱步。终于，他哼着曲将身上的湿衣衫脱下来，从衣柜里找了件月白的衣衫穿上，又推门出去。

"哎，这是又要去哪里？这还没吃饭呢！"董清芳喊道。

"我不饿！"庆瑜敷衍地说完，就向大门走去。

"这孩子怎么了这是？怎么有点魂不守舍的？神神道道的。"董清芳自言自语。

董清芳吃完饭，去了庆瑜的房间，从柜子上拾起他的湿衣衫要送去洗，忽然闻到了香味。她将衣衫贴近鼻子闻，原来这香味是从衣衫而来。庆瑜，莫不是偷偷跟谁约会去了？那还会是谁，自然是昭儿吧？可这谭家现在是不允这门亲事的，这庆瑜可不要闯什么祸才好。毕竟，这儿女私情是极难处理的事。可是，这私情，又岂是说剪断就能剪断的？这可如何是好？只能是多多提点他，不要做出辱没门楣之事啊。董清芳深深叹息了一声。

庆瑜的心里像藏了一匹野马，正在一望无际的原野上策马奔腾。双脚如上了弦的弓箭，正在射向远方，他一直在奔跑，只听见耳边的风声和芦苇的"嚓嚓"声。他终于跑不动了，慢下来，心里的野马仍在奔腾，一会儿，又继续跑，一直到了周先生的府上。

庆瑜气喘吁吁地推开周先生的门。周先生正在写字，看见他闯进来被吓了一跳："庆瑜？你怎么来了？这是怎么了？"

庆瑜也不说话，就是狂喜地看着他。

周先生："庆瑜，出了什么事了？好事啊看来。"

"周先生！"庆瑜抓住他的胳膊，"周先生，我……"庆瑜犹豫着又停住了。

周先生："我先给你倒杯茶。"周先生拍拍他的后背，便要去给庆瑜倒茶。

"周先生！"庆瑜又抓住他的胳膊，"周先生，我，我和昭儿私定终身了！"

"哦。"周先生愣在那儿。

"周先生，快恭喜我呀！"庆瑜摇晃着周先生的胳膊。

周先生笑了。

"恭喜你呀，庆瑜！你好大的胆子！竟然敢私定终身！"周先生微笑道。

"不过，倒真是我的学生。哎……等等，我可没教你去私定终身！"周先生又凛然否定道。

庆瑜也笑了："哈哈，周先生，你也替我高兴的对不对？"

周先生去给庆瑜倒茶："唉，你现在高兴，将来恐怕也还是有难关要过呀！"

庆瑜握起拳头："我不怕，我什么都不怕。"

周先生："你就那么喜欢这女孩子吗？"

庆瑜："对，非她不娶。我已经和她拜了天地了，就在妈祖面前，此生不渝。"

周先生："好吧，还是要恭喜庆瑜幸福！"

庆瑜："嘿嘿，我就知道周先生会祝福我们的！"

周先生："我去准备点酒菜来，我们庆贺一下。"

庆瑜："好嘞！"

周先生："有没有想过，一旦两家都不允许，你们怎么办？"

庆瑜笑着脱口而出："没想过，不允的话大不了私奔。"

周先生惊讶道："私奔？"

庆瑜也被自己的话吓了一跳，想了想说："嗯，那就私奔呗，我反正一定要跟昭儿在一起。"

周先生："你父亲一直希望你能考个功名，那岂不是枉费了他的苦心？"

庆瑜："那是他的苦心，又不是我的苦心。我可不想做官，那些做官的就没有一个好人。收受贿赂，合伙欺骗，设局陷害，哼！"

周先生："庆瑜这是怎么了？怎么突然对官府这么恼怒。"

庆瑜："新来的那个道台，仗着自己的权势，就因为他儿子看上了昭儿，昭儿不答应，他就把光泽、邵武那两个省的盐运派给了我爹。"

周先生："啊？"

庆瑜："这两个月来，这两个省的盐运非常不顺利，每一站都被盘剥，步步艰难。我大哥说，这两个地方的盐运丝毫利润都赚不来不说，我们自己还会花费大量的银子，才能完成一次盐运。这样下去，我玉家早晚要倾家荡产。"

周先生："光泽和邵武这两个地方的盐运我也有耳闻，是没人乐意去做的。这赵道台也太欺负人了。"

庆瑜："我和昭儿定亲的事让他记恨了，他就想把我玉家往死里整。"

周先生："哦。"

庆瑜:"还不止这些,恐怕还有别的。"

周先生:"还有什么?"

庆瑜:"现在,还不好说,但我觉得他不会罢手的吧。"庆瑜想告诉周先生庆林的事,但想起父亲临行前的交代,便没有说。

周先生轻轻叹息了一声:"不管怎样,今日终归是个大喜的日子。来,帮我去院子里摘几根黄瓜和蔬菜来,我来做几个小菜,我们来庆贺一下!"

"好呀,我这就去!"庆瑜快乐地跑出去。

玉平遥、玉平风和乔培松骑着快马日夜兼程,终于在四日后的黄昏到达扬州。几个人风尘仆仆来到鸿达客栈。账房刘一见玉平遥和玉平风,惊喜万分地说:"啊?两位老爷怎么亲自来了?快请进,快请进!啊,这真是的,快进来!"又吩咐伙计道:"快去楼上告诉下小少爷和邱伯,就说老爷来了!"

玉平遥:"不用通报了,我们上去吧。"

账房刘:"哦,好,老爷,我现在带你们上去。哎呀,这今天是什么日子呀,两位老爷居然都亲自过来了,看来这是有要紧事啊!"

玉平遥:"少爷和邱伯在这,多亏您照顾。"

账房刘:"哎呀,哪里,老爷,都一家人,这不是我分内的嘛!"

几个人来到楼上,账房刘轻轻敲了下门,说道:"邱伯!小少爷!你们猜谁来了?"

邱伯正坐在椅子上沉思,听到账房先生的话,立刻猜到,两步跑到门口打开门:"老爷,你们终于来了!"几个人走进去。

玉平遥:"邱伯,你和庆林还好吗?"

账房刘:"老爷,一会儿给您安排几个房间,再给您准备一桌好酒菜。你们先聊着,有需要随时吩咐我,那我先下去了。"他将门关好,下楼去了。

"爹!"庆林一下跪在地上,低着头等着受罚。

"快起来吧,我们先解决事情。"玉平风拉着他起来。几个人都就座。

玉平遥:"说说到底怎么回事?"

庆林垂头丧气地又将事情原委说了一遍。玉平遥听罢叹息一声:"这分明是有人设局啊!真是没想到,焦总商居然是如此小人。"

邱伯："也是怪我大意了，我怎么也没想到，会有这样的游戏。那天焦总商执意要让他的公子带小少爷去游玩，实在是盛情难却，我也就应允了。我也再三叮嘱小少爷万事小心，可是小少爷毕竟毫无心机，哪能想到这是有人设好了圈套等他往里钻。"

玉平风："看来，我们玉家这趟押运，有人早就在等了。"

培松："我们究竟得罪了什么人？"

玉平风："我们玉家在东石这些年虽然没少做善事，也对东石百姓尽心尽力谋福利，但天地昭昭，总会有些人利欲熏心，我们无意中得罪的人应该也是有的。多年来这总商之位，也是人人趋之若鹜。各个总商之间尔虞我诈，互相争抢的局面也是有的，若不是你爹行得正，以大局为重，这总商之间恐怕都要打破了头，不管怎样，倒霉的还是东石的百姓。所以你爹为了平衡总商之间的利益冲突，我们玉家也没少花费银两和精力。但，虽说平衡了，也还是会有人觉得不公平，所以结下梁子可能我们也还蒙在鼓里。"

玉平遥："当年吴道台在的时候，就对我说过，这些总商，若他在，大家会风平浪静；若他不在，恐怕就会巨浪滔天。赵道台刚来这几个月，暂时还算太平，但吴道台当年跟我说的这句话，我一直记得。吴道台是个严谨的人，很多话，他放在心里不肯跟我多说。很多事，他都是自己悄悄做了。对，说起吴道台，这回正好我们来了扬州，离他所在的米窑县不远，等这件事办完，我要去看看他，和他一叙。"

玉平风："好。"

玉平遥："邱伯，那个知府那里打点得如何？"

邱伯："第二天我就送去了八百两银锭，又买了扬州的丝绸和一些玉器都给送了去。因为不知道接下来督抚那里还需要多少来打点，也就没敢把手里的都送过去。那知府还算满意，说是已经连夜呈给督抚大人了，让我这儿天等消息。这已经是第四天了，我等得心急如焚啊！不过，你们来了，我心里踏实许多，毕竟，老爷肯定是带来银子了。"

培松："邱伯，我们带了银票。"

邱伯搓着手道："那就好，唉，那就好啊！若是小少爷出点什么事，我也不活了！"邱伯落下泪来。

庆林："邱伯！不关邱伯的事，都是我不懂事，上了人家当了。"

玉平遥："这样邱伯，你和庆林一会儿还在这里等消息。我们先吃饭，事不宜迟，一会儿吃完便去一趟焦府，打他个措手不及。我倒要探个虚实。"

"好，我去叫饭菜。"邱伯下楼去了。

没一会儿，几个伙计就将饭菜都送到楼上来了。几个人匆匆吃完，玉平遥三人便走出客栈骑马向远处奔去。

焦总商正在卧室躺着，就听有家丁来报，说是有三个骑马的人要见总商大人。

焦总商坐起来惊讶道："骑马的人？"

家丁甲："对，老爷。"

焦总商："说是谁了吗？"

家丁甲："没说，就说是焦总商的朋友。"

"朋友？"焦总商很纳闷地想了半天也没想出来，"快请进来吧。"

家丁甲："是。"

焦总商："等等！少爷在哪里？"

家丁甲："少爷，不知道，没看见，一下午都没看见。"

焦总商："好，先去请他们进来。"

家丁甲："是，老爷。"

焦总商："来人！"

家丁乙："老爷有什么吩咐？"

焦总商："去告诉前院的朋友，就说我有客人来拜访，让他先不要出来。"

家丁乙："是，老爷。"

焦总商向前厅走去。

未料，玉平遥一行三人迎面走进来。焦总商愣在那里。

焦总商："玉总商，怎么是你？哦，快请进！"

玉平遥笑道："怎么，不欢迎吗？哈哈，不速之客深夜造访还请原谅啊！"

焦总商："哪里话，玉兄客气了，我焦某人这里玉兄何时来都是可以的。玉兄是我想请都请不到的啊，这次突然前来，可是因为小少爷的事？"

玉平遥："哈哈，焦总商快言快语，那我也不隐瞒，的确是接到了家书便立即赶来，自然是要先来拜会一下焦总商。"

焦总商："好，我们里面慢慢说，都快请进！请进！"焦总商一边带他们走进厅堂，一边迟疑着向外面前厅方向张望了一下，才又快速走进去。

焦总商："各位请坐！来人，上茶！"

大家都落座，有人来给倒了茶。焦总商一脸歉意地说："这件事啊，不瞒玉兄，都是我的错。我就不该让两个孩子单独出去玩，弄出这么大一个祸端来。犬子也是顽劣，居然带玉少爷去了那个地方。"

玉平风冷着脸道："那个地方一直都是有扮皇帝游戏的吧？"

焦总商："额额，这个，我也不太知道，你知道我平常实在是很忙，谁知道现在的游乐都有些什么花样。唉，人老了，对那些玩乐啊，都不太感兴趣。"他说罢掩饰地喝了一口茶。

培松站起身说道："哎，我好像把东西落在马上了，我还是去取一下。"

焦总商："还没来得及问，这位年轻人是？"

玉平风："这是我玉家的二少爷，培松。"

焦总商："二少爷也是一表人才，要不要让伙计带你出去？"

培松："不必，我能找到。我就回来。你们先聊。"

玉平风："不用管他，他学武的，这点小事难不倒他。"

焦总商："哦，玉家公子个个厉害啊！改日能否也教犬子一二？"

"可以啊！"培松回头笑笑，走出厅堂。

焦总商："那天啊，我把犬子打了一顿，我这气得好几天了都吃不下饭。唉，少爷这事如果办不好，我这心里实在是过意不去呀！你我这多年的交情了，这让我怎么对得起你呢！"

玉平遥："我们运过来的货想必焦总商都已经清点好了，你要运送的东西都准备得如何了？"

焦总商："正在准备，还差点。玉兄，虽然在这个时候说，有点不太合适，但我还是想跟玉兄说一下。这个价格，你看能不能再给我们涨点，我们两家的生意已经做了好几年了，这几年都是按照这个价格，一点幅度没涨过。按说，我也不该提涨，但扬州好几家大的生意我看打去年起都有所涨。扬州这地方啊，吃穿用度都很高，所以我还是想请玉兄考虑一下，能不能把这个价格稍微提上一点。"

玉平遥："焦兄，我们合作有好几年了，一直相互信任，还合作得很愉快。既然焦总商今日提出来价格涨幅问题，那容我们回去再仔细商量一下。毕竟此行主要是为了我儿，我儿现性命攸关，实在无暇考虑其他。"

焦总商："啊，对对，那是自然，那是自然，现在小少爷的安危是第一位的。"

培松走出焦府，将三匹马重新拴好，仔细打量了一下四周，又走回焦府。他并没有沿着原路去厅堂，而是快步向园子里面走去。

园子很大，树木葱郁，亭台别致。天色已晚，一切都被披上了暗影。他走向园子深处，恍惚听见说话的声音。他蹲下来，将身体藏匿在灌木丛中，循声而去。

在一个长游廊里，有两个人影正坐在藤椅上，借着月色分辨得出是一男一女。

培松停下脚步，蹲伏在那里，仔细听。

男子："就多待些时日嘛！好不容易来一趟。"

女子："这已经好多天了，我都想我娘了。我还从来没离开我娘这么久过。"

培松很诧异，这个女子的声音他似乎在哪里听过。

男子："那将来要嫁过来怎么办？你也还是想你娘？"

女子："呸！谁要嫁给你！"

男子："诶，你怎么赖账啊！我都按你和你爹的意思做了，他们家这回算栽了，至少得损失过半。我这小人都当了，还不是为了你，再说你爹都答应了的。"

女子："我爹答应了也没用。你真的敢娶我？我可是会打人的！"

男子："我就喜欢小辣椒。"

女子："去！别碰我，再碰我杀了你！"

男子："哎，别，我怕了你还不行吗？嫁给我吧，你要啥我都给，只要我焦府有的。"

女子："哼，摊上这样的爹我也算倒霉！他不是答应给你们两倍的价钱！他巴不得早点把我推出去，哪有这样的爹！哼，别以为我不知道他的秘密！我告诉你我恨他，我真想让全天下都知道他的秘密！"

男子："秘密？"

女子："哼！自然是天大的秘密！"

男子："哈哈，什么天大的秘密？"

女子："你不信？你知道巫毓吗？"

男子："巫毓是谁？不知道。"

女子："哼，所以，你什么都不知道。我爹不过就是想把我卖了，卖给你。我真贱。算了，不说了，回去了，我累了。"

男子："哎，别呀，等等我！"

培松蹲坐在地上半天没起来，他已经知道这女子是谁，恍然明白了许多。两个人已经走远，他站起来，又弯着腰藏匿起身影快步走回前厅。

焦总商见培松进来，便说："二少爷去了良久，可是找不到东西了？"

培松笑道："东西倒是还在，就是马差点惊了，耽搁了半天，也是我高估了自己，进来又有点迷路，走了些冤枉路。"

焦总商："哦，找到就好，哈哈。玉兄，也不必太担心，这督抚大人我也见过，也是经常来扬州啊。实在不行，我也会帮小少爷说说情。毕竟，这还是犬子带小少爷闯的祸，按说，我也难辞其咎。"

玉平遥："焦总商这一句话，我就宽慰多了。那就先这样，我这边先等知府大人的消息，然后再予定夺，如有需要焦总商之处，还请您多多帮忙。"

焦总商："哎，放心，人命关天，我怎么会袖手旁观呢。"

玉平遥："那好，焦总商，我看时候也不早了，我们也叨扰了许久，就先告辞，等我儿事情尘埃落定，我再请焦总商一聚。"

焦总商："好，一言为定！我做东，我做东，一定好好尽一下地主之谊。"

玉平遥双手抱拳道："好，焦总商请留步，我们告辞。"

焦总商也双手抱拳："来人，帮我送玉总商！玉兄慢走！"

玉平遥一行三人走出焦府，骑上马，向鸿达客栈飞奔而去。

培松一边骑马一边说："叔父，这里边有蹊跷！我看到……"

玉平遥看了看四周，制止了培松："嘘！一会儿再说。"

培松："是。"

几个人回到鸿达客栈。庆林已经睡了，邱伯焦急地等待着，听见他们上楼的声音，便小跑着打开门。几个人走进去。

邱伯问道："怎么样？老爷，有收获吗？"

玉平遥："看来是焦某人做的局毫无疑问了。"

邱伯："可是，为什么呢？我们不是一直生意做得好好的？"

玉平遥："大概就是因为生意做得好好的吧，才有人想不好好的了。都这个时候了，他居然还提到了以后要涨价，那么只有两种可能，其一，有人给了他高于我们的价格，他想再衡量对比一下再作选择；其二，也可能借机跟官府拉上关系，借花献佛，他毫不费力地就给官府送了个大人情。"

培松："叔父，我刚才好像看见了一个人。"

玉平风："你是说在焦家？"

培松："对，我其实并没有落下东西，我就是想出去看看，结果被我歪打正着。我在他们府上花园深处恰好看见有两个人在说话，我就偷听了一会儿。"

玉平遥："哦，对，你刚才说，有蹊跷，他们说什么？"

培松仔细将二人的讲话说了一遍。玉平遥道："那这难不成真是有人在跟我们抢生意？难道就是为了抢生意才设了这么大的局？"

玉平风："应该不止那么简单。目前来看分明就是要我玉家败落。若只是抢生意，那边只是抬高价格便也可以办到。"

培松思忖着说："叔父，这个女子的声音，我觉得好像听过。"

玉平遥和玉平风异口同声："哦？是谁？"

培松附在他们的耳边低语几句，玉平遥微笑了："与我猜得差不多。"

培松惊讶道："叔父，你早就猜到啦？"

玉平遥叹息道："我心里想过，但始终也不太敢相信，如今，这算是证实了。"

培松："还有，叔父，那女子说了两个字，你知道什么意思吗？"

玉平遥："什么字？"

培松："巫毓。"

玉平遥惊讶一声："啊？"

培松不解地问："怎么了？叔父？"

玉平遥叹息说："巫毓，是一个商人，一个专门和外国人做鸦片生意的中国商人。"

培松："那，这究竟是怎么回事啊？"

玉平遥缓缓地说："看来，很多事千丝万缕终有渊源。大家先早点休息吧。"

"账房刘已经把房间安排好了，二楼的这几个房间都是我们的，可以随便住，他说就不让别的客人上来打扰了。我这就下去告诉他们再给老爷准备洗澡水，连日奔波，老爷们都累坏了，洗个澡解解乏。"邱伯说完便下楼去了。

又等候了一日，一行人仍然没有等到知府的消息。傍晚时分，玉平遥便和玉平风、培松一起去了知府的府上拜访。

玉平遥不卑不亢："知府大人，在下东石玉平遥，玉庆林是我的儿子，今日我们兄弟前来叨扰，给知府大人道声感谢，也来跟知府大人商议一下。"

那知府一见三人器宇轩昂，并非等闲之辈，便打哈哈道："啊，东石巨富，早有耳闻啊，这不远千里赶来，想必是救儿心切。玉总商的心情，老夫感同身受啊！"

玉平遥开门见山："前日邱伯想必已经代我表达了谢意，感谢知府大人解救小儿于水火之中。以后若有用得着我玉某人的，大人开口吩咐便是。"

知府："哎，哪里哪里。我也是官职卑微，很多事也是自己做不了主啊！"

玉平遥："敢问大人，听邱伯说，大人已经上报给督抚，不知督抚大人那里有消息没有？"

知府："督抚大人回复了，但，不太乐观啊！"

玉平遥："大人，怎么讲？"

知府："督抚大人是个很严谨的人，向来做事都很小心。你也知道，贵公子拿穿黄袍马褂当儿戏，这件事往轻了说是游戏一番，往重了说，那就是要称帝谋反。这件事若是再向上通报，是要砍头的，并且，可能还要株连九族。所以，贵公子的性命啊，就全在督抚大人一个人的手心里攥着了。他若肯就此止步，那贵公子和贵府上下全家无忧，他若是禀告朝廷，那恐怕你们整个家族都会受到牵连。"

玉平遥："大人说的玉某懂。事关重大，所以玉某连同我的兄弟连夜出发，日夜兼程不敢怠慢，就怕贻误了时机。玉某一家就全仰仗知府大人了，相信大人一定能帮我们想办法跟督抚大人通融通融。玉某也听说了，督抚大人一直对知府大人赏识有加，知府大人的建议督抚大人一定会多少听从一些。"

知府："嗯，我倒是愿意帮这么忙，毕竟贵公子也是无心之过，年纪还小，不太懂事，也无恶意。若是再牵连九族，那就更是让我看不过去了。我呢已经跟督抚大人美言，督抚大人的夫人啊，跟我夫人还不错。所以我开口呢，这件事或多或少都还能有个回旋的余地。但这件事毕竟事关重大，我也不能让督抚大人白白承担风险。所以我想，那还是你们玉家表示一下诚意吧！"

玉平遥："那是自然，知府大人做主就好。"

知府："我看，要不这样吧。督抚大人一直喜欢郑板桥的画，但他是个性格古板的人，无论如何拿不到他的真迹。不如，玉总商送督抚大人一幅郑板桥的画，他必会很心仪。督抚大人自然是不缺银两的，但玉总商表示下诚意自然是好的。这玉总商想必也是日进斗金，不会差几个银两的。"

玉平遥："督抚大人喜欢郑板桥的画，这个我应该能够办到。恰好我有个熟人和郑板桥后人有些渊源，我出钱让他帮我去买来，随后专程送过来。不怕大人笑话，我玉家本来也不差几个钱，但今年自从接了光泽和邵武两个省的盐运，这几个月来一分没赚不说，这一路上已经搭进去了几千两黄金。这样下去，到今年年底，我玉家是个什么状况还未可说。但不论我玉家现在是何等状况，督抚大人肯高抬贵手，我们即便倾家荡产也会重谢大人。我已经把现有的 15 万两银票都带来，就等大人找个时间，给督抚大人一并送过去，也表达一下我们玉家的诚意。"

知府："嗯嗯，那好，就这么办。"

玉平遥和玉平风对视了一下，两人各自从胸口拿出一沓银票，递给知府。

玉平遥："大人，请收下。这是我们玉家现在能拿出的所有了，就拜托知府大人了。"

知府立刻笑眯眯道："嗯，好，我先收下。明日我就给督抚大人送过去，你们就等好消息吧！"

玉平遥："那就拜托知府大人，我们就告辞了！"

玉平风和培松道："告辞，知府大人。"

知府底气十足："好，送客！"

骑马走了一会儿，培松生气地骂道："黑心的贪官！看他那副嘴脸！"

玉平风："嘘，别乱说话！"

培松："本来就是！这不就是敲诈吗？"

玉平遥喝道："快走！"

几个人回到客栈，培松仍愤愤不平。

培松："这也太欺负人了！就这么把15万两银票都给这该死的贪官了。那万一他拿了银票还是不给督抚怎么办？他又说督抚还是要上报怎么办？那我们是不是还得继续给？"

玉平遥："只能赌，他给不给是他的事，毕竟上报不上报其实也只是他的事。我们也不知道这件事他是不是真的报给了督抚，所以，一切只能是在赌。若老天真要灭我玉家，那我们也毫无办法。这件事，我们是有口难辩，穿黄袍，就是欺君谋反，若报上去，则株连九族。所以，无论如何，我们现在只能凭天意。只要还能拿银子换性命，就值。至于背后到底是谁在做鬼，那得我们赌赢了才能去探究，赌输了，连探究的余地都没有。"

玉平风和邱伯都叹息着。

"不过，"玉平遥又说，"我觉得这个知府狮子大张口也就到此差不多了。哼，这两天就暂且在这儿等消息吧。我觉得，一两天就会有消息，我们就应该可以回去了。"

庆林："啊？那我没事了？"

玉平遥："哎，八成吧。"

玉平遥又说："明日，我们去一趟米窑县，我去看看吴道台。"

第十九章　1999年　格拉斯海峡

1

我和美盈在两天后抵达格拉斯海峡。我们的船靠近凯恩斯的打捞作业船，我便向他一边摆手一边喊："凯恩斯先生！"他仔细辨认了一下，猜到是我，欢快地大笑起来，说："哈哈，欢迎你，我的海东先生！来跟我一起见证奇迹吧！"

他让人放下船梯，我和美盈从船上下来，登上他的船梯，然后上了他的打捞作业船。

他好奇地打量了一下美盈。

"这是我的女朋友，来跟我度假。"我说。

"度假？哈哈，来这里度假吗？很棒的假期！"

凯恩斯又竖起大拇指附在我耳边说："So beautiful girl! Angel!"

"Thank you."我笑着说。

"You good luck.You are so lucky boy."他又说。

"Chinese girl？"他又忽然有些警惕地问。

我早有准备，立刻摇头说："No，she is mixed blood.（混血）"

于是凯恩斯又放松下来，哈哈大笑，拍拍我的肩膀说："Oriental girl so beautiful! perfectly!"

从他的眼神里，我猜，如果他再年轻20岁，他一定会狂追美盈。

"Come on!"他让船员把我们的箱子接过去，然后带我们向甲板中央走去。

船员们的打捞工作井然有序，穿好装备的船员两人一组下海打捞，一组上来，另一组下去，交替进行着。瓷器和其他文物源源不断地从打捞网里浮出水面，有专门的船员清洁它们的外表，他们将这些瓷器和打捞物清洗干净并做好记录。

凯恩斯告诉我们，到目前为止，潜水员已潜入了沉船的深处。那里的瓷器相对更加光洁无瑕。

凯恩斯带我们进了打捞作业船的控制室，潜水专家正在跟踪海底实况，并指导搜索队伍行动。对海底实况的实时跟踪对于潜水员的安全至关重要，可以观测到附近周围大的景观是否有危险，以及下一步行动的方向，也同时实时指导他们小心谨慎地打捞。

"嘿，小伙子！你来得正好，过一会儿，我就要亲自下去打捞了。成败在此一举，看看我能打捞出来些什么。啊！那金灿灿的黄金正在等着我！"

说完，凯恩斯就跑出控制室，到甲板上穿上装备，背上氧气瓶，戴上护目镜。我和美盈跟出来，帮他坐进来回运送潜水员下海打捞的升降货架。然后，他冲我们摆摆手，说："去看我伟大的征程！看我都打捞出来什么！"然后，船员将升降货架的绳子放下，再放下，直将他送到深海。

我和美盈回到控制室，在屏幕上清晰地看到凯恩斯在海下的一切。

凯恩斯和另一个潜水员小心翼翼地在残骸堆附近游动，用抽吸软管清除覆盖在泰兴号船体和货物上的泥沙。泥沙如烟尘一般在附近的海水中四散漂浮。待泥沙散去，他们缓慢打开一个包装的木箱，然后，我们看到了洁白的瓷器倏然映入眼帘。那些瓷器整齐地立在那里，历经近200年，它们完好如初，仿佛什么都不曾发生。

我惊呆了。

"啊！"美盈不由得惊讶万分。她拿起相机拍了照片。

凯恩斯和伙伴们继续用抽吸软管清除覆盖在泰兴号船体和货物上的泥沙。烟尘滚滚之后，我们见到了泰兴号，看到了已经破碎不堪的木质船身。他们开始测量。我们从他们量尺上的刻度可见，泰兴号宽9米多、长50多米，几乎和我们目前所在的凯恩斯的这艘巨大的打捞作业船大小相仿。

泰兴号这巨大的船体守护了它的瓷器长达近200年的时间，是怎样一个奇迹！在这艘巨船的内部，更有一摞18英尺长的瓷器几乎毫无损坏，这又是怎样的奇迹！

前方忽然出现了一个很大的柱形物品。凯恩斯绕着它游了一会儿，又向前游去。我们跟随他们，依次看见前方又出现6个类似的柱形物品。

"那是什么？"美盈问。

"应该是加农大炮。"我想了想说。

凯恩斯和潜水员在海下已经近两个小时，达到了最大极限。控制室的操控员向他发出了警报，凯恩斯有些不甘心地比了比手势，但还是向上游来。

美盈一直在按着快门，拍了很多照片。

我和美盈走出控制室，美盈又在甲板上迅速按了很多快门。

凯恩斯坐着升降架上了船，便立即被两个潜水员扶着进了紧闭舱去降压。降压是不可缺少的程序，因为海下面的压力和海面上的压力存在巨大差异，如若不经过降压，很可能会导致潜水员因压力过低导致减压病。

凯恩斯从压力舱走出来的时候，那7门大炮已经被船员们打捞上来。

凯恩斯疑惑不解地问我："这是怎么回事？为什么只有7门？难道是在海底被人盗了？怎么可能？"

我思忖半天明白过来了。近200年前，当时清政府对商人拥有大炮是限制的，每艘商船只允许拥有1门大炮。这艘巨轮里发现7门，那已经是很多了，多出来的6门，应该是泰兴号私自偷运的大炮了。但我没有说，这个谜我不打算给凯恩斯解开。

今日的打捞工作宣告结束，凯恩斯和船员们已经准备吃晚餐。因为我们的到来，凯恩斯特别吩咐厨房煎了牛排和海鱼。

很快，甲板上摆满了桌椅，又很快摆满了餐盘和啤酒。我惊讶地发现，船上有七八个中国面孔。

凯恩斯让我和美盈坐在他的旁边，船员们也开始吃晚餐。我不太能喝酒，只是礼貌地陪他少喝了点。因为酒精的作用，凯恩斯兴奋得口若悬河起来。

"嘿！海东！我们发大财了！你看，这些，知道多少不？"他兴奋地说，"30万件！30万件瓷器呀！啊哈哈！这是中国瓷器，两百年前的瓷器，价格昂贵。

瞧我这大船，真是我的宝贝！我就知道，这宝贝战无不胜！我就知道这次会搞出大明堂来！嘿！托马斯老头！托马斯应该看一看的，来看看我的战绩！哈哈！我要让全世界都看看我的战绩！我就是最伟大的打捞者！你知道这 30 万件瓷器都是从 100 英尺的海底打捞上来，没有发生一个闪失。啊哈哈！我从来没有这么顺利过！"

"很了不起！"我平静地说。我的目光不由自主地向隔壁桌子上那几个中国人望去。他们中的两三个人注意到了我的目光，回我以微笑。

"你知道，这 30 万件瓷器都需要清洁，再把它们叠放整齐、分类、打包，转运到新加坡，然后运去欧洲。"凯恩斯喝了一口酒说。

"哦，是要运到欧洲吗？"我一惊。

"那当然！啊哈哈！要不呢？"他笑起来。

我当然没有设想过这些古物的结局。因为，不敢想。美盈的手悄悄握住我的手，紧紧地。

"啊哈哈，就要结束了！恐怕拿破仑也向往这样的功勋！"他骄傲地向海面吹了两声口哨。

"已经接近尾声了吗？"我又问。

"对，就快结束了。"凯恩斯又仰头喝了一杯酒，他连续喝了好多杯，舌头已渐僵硬，一会儿，便伏在桌上不省人事。

夕阳已落，甲板上渐渐暗淡下来。有一些船员在喝酒聊天，也有和凯恩斯一样醉倒睡过去的，还有一些已经散去。有船员走过来将凯恩斯扶起回了船舱，又有人走过来带我们去了凯恩斯给我们安排的舱间。那是一个很安静的靠甲板边缘的舱间，在走廊的尽头，和凯恩斯的舱间隔着一个过道。我和美盈在沙发上坐下来，打开窗子，便看见船头和船体上空偶尔飞来的海鸥。

"怎么样？美盈，都拍下来了吗？"我低声说。

"都拍下来了，看，好多。"美盈轻声说。

"好，小心点，凯恩斯疑心很重。"我说。

"我知道。"美盈点头说。

美盈走到门口，透过门上的小窗口向走廊望了望。然后，她从袖子里拿出一个很小的瓷娃娃。

"看，这个，我偷偷拿的。"她说。

"哈。"我笑了，"真可爱。"

"我不光是因为好玩才拿的，而是，你看这个。"美盈将瓷娃娃倒过来，我便看到了它的底部，上面印着两个字"德化"。

"德化？"我诧异道。

"对，德化。"美盈点点头。

"这是什么意思？"我诧异地问。

"我知道我们中国有个地方叫德化，是生产瓷器的。"美盈说。

"哦，我只知道景德镇。"我说。

"所以，这个应该就是产地，它们产于德化。"美盈说。

"可能。"我点头说。

"是一定。我看了好多瓷器，每一个的底下都印着这两个字。所以，这整整 30 万件的瓷器，都是来自我们中国的德化！"美盈肯定地说。

"天哪！你可以做专家了！"我笑着说。

"为什么是德化，而不是景德镇，我很好奇。还有，我想我可以写一篇报道了，为泰兴号。至少，我要让我们中国人知道，这是我们中国的历史，属于我们中国的宝藏！"美盈的双颊因激动而微微泛红，更显娇俏。

"嘘！"我听到外面有动静，立即示意美盈。美盈立刻噤声。

2

第二天一早，我和美盈刚起来，就见凯恩斯已经站在甲板上，船员们已经开始了新一天的打捞工作。

"早啊，凯恩斯！"我说。

"嘿，早啊，海东！早啊，漂亮的姑娘！"凯恩斯大声说。

"早！"美盈微微一笑。

"瞧，今天是个好天气！"凯恩斯的眼睛明显浮肿，是昨夜酒精过多的结果。

有海鸥在船的周围飞旋盘桓，发出高亢的鸣叫声。

"早上好！你们！"美盈对海鸥欢快地说，然后，不由得拿起相机拍照。

"哈哈！她还喜欢拍照！"凯恩斯笑着说。

我却意识到不妥，却无法制止美盈。

凯恩斯指挥潜水员们下海作业，我和美盈转身去看甲板上的那些瓷器。我翻来翻去，翻到一件很特别的碗。那应该是众多瓷器当中的翘楚，它的图案异常精美，我似乎能想象到当初的工匠以其细腻的笔触在这瓷器上描绘这些芦苇与花草，他精描细绘，专注而忘我，脸上是春天般的笑容。瓷碗的碗口有外延的卷边，更显精致。

美盈轻声叫我，她手里拿着的瓷碗比较罕见。

"这个图案好奇怪。"我说。

"这是雕版印刷，就是将图案快速印上去。你看，这里有接缝。但是无伤大雅，仍然很美观。"她说。

"真了不起！"我点头赞叹。

一位中国船工搬着一篮子新打捞上来的瓷器走过来，将它们放到我旁边。我想起他就是昨晚对我示以微笑的三个人中的一个，我于是试着用汉语打招呼说："你好！"

"你好！"他微笑说。

"哦，你真的会说汉语。你是中国人？"我问。

"也可以说我是中国人。我是华裔后代。"他说。

"你们，怎么会在这里？"我好奇地问。

"华人在这里工作，不止我一个人啦，还有很多人。我们听说这艘打捞船打捞的是中国的沉船，大家都很乐意来帮忙。"他又说。

"我们华人在这里有很多吗？"我问。

"对，我们大家都是专门做海洋工作，帮助打捞沉船啊什么的。这条船在这里打捞已经3个月了，开始的时候人手不够，招募可以工作的人，我们知道消息后，大家就都来了。因为是中国沉船，我们是一定要来的。"他微笑说。

"哦，很辛苦吧？"我说。

"辛苦不算什么的。我们从没有去过中国，不对，我们从没回过中国，但是我们能为中国做点事情，大家都很高兴。虽然可能祖国都不知道我们在做这件事，但是这件事对我们是很有意义的，我们都很高兴。"他淳朴的脸上浮起笑容。

"谢谢你们。"我由衷地说。

"哪里用谢的。我们当然希望中国的沉船能够被打捞上来。这上边是我们的同胞，遭到海难，我们也很难过。沉船上边有这么多中国的宝物，我们也希望能够让这些宝物都回到中国。"他又说。

"是啊，这都是我们中国的宝藏。"我慨叹道。

"我们听说是你帮忙确证了这艘船的名字和沉船时间，你是我们的英雄。"他又说。

我笑了。

"谢谢你们。"我说。

"大家都在为祖国尽一点力。"他憧憬地看了看远方的海面，"我们将来有机会，一定会回到祖国去看看。我们祖辈来到这里很艰难的，来到这里就是为了有一天能够回去，能够回去有个很好的生活。"

"回去吧，中国再也不是从前那个被欺凌的中国，我们的祖国现在很强大，每个人都会有很好的生活。"我说。

"我先去忙了，见到你很高兴。"他说，然后跟我挥挥手便拿着篮子走远。

"再会！"我说。

中午的时候，我们站在甲板上，我却收到了美盈的短消息。我看了她一眼，仔细读起来。

"海东，我很激动。泰兴号的发现远不止是一个沉船和成功寻宝的故事，无论是对于我们现在所在的海底的巨轮的打捞，还是巨轮上几十万件瓷器的发现，无一不向我们展现了一个伟大帝国没落的故事。一个鸦片商人出人意料的英雄事迹，还有 1800 多条逝去的生命。在泰兴号沉没两个世纪后，这艘巨轮为我们复原了一段被遗忘了的东方历史。浩荡乾坤，巍巍巨轮，我作为一个中国记者，能够亲眼看见这一切，是何等的幸运，又是何等的使命在肩。这是我们中国历史的一部分，如此珍贵，我已拍了大量照片。无论如何，我会将这一切曝光给世人！"

我回复："据我所知，这批货物的伟大在于数量巨大，我相信它是至今为止被打捞上来的数量最大的瓷器货船。"

美盈："我们如何能够让这些宝藏回归中国？"

我："不容易。"

美盈："为什么？只要我通知中国国家文物局就可以了啊！他们一定会想办法收回这些宝物的啊！"

我："没有那么简单的，美盈。"

美盈："到底为什么啊？"

我："就因为《无人认领的沉船可以拍卖》的国际公约条款，这就是凯恩斯为什么敢在近20年的时间一直在冒死打捞沉船的原因，也是他的免死金牌。"

美盈："为什么会有这样的公约。"

我："是的，这条国际公约它的确存在。"

美盈："怎么会这样。"

我："非常让人难过。我们中国的古代文明实在是太发达了，或许因为我们中国古代的航运贸易太过繁盛了，所以国际间往来贸易船只非常之多，也因此，曾经留下许多沉船。近年来中国沉船越来越多地被发现和打捞出来。哎，在泰兴号之前，还有很多沉船都被外国人、外国的公司团队打捞出来。近年来，中国南海成为国际组织争相打捞的焦点。就在10年前，凯恩斯，在中国南海成功打捞上来'哥德马尔森号'（南京号），上面大量文物全部被他拍卖。中国国家文物部门本想全部买回来，但凯恩斯是个贪婪的野兽，拍卖的价格实在昂贵，后来，这些文物大都被德国人和美国人买去。中国国家文物部门只收回了很少的一部分。"

美盈："那我们只能眼睁睁地看着这些宝藏流失吗？"

我："我们可以向国际组织提出抗议，并且也可以寻找有实力的收藏家收购。"

美盈："太棒了！"

我："或许，还有个办法，但我也只能试一试。"

美盈："什么办法？"

我：“希望凯恩斯的心还没有完全被蒙上猪油。”

晚上，一整天的打捞工作已经结束，船上的人都已经吃完晚饭，都各自回到自己的舱间休息。我拿着一个酒瓶和两个酒杯敲了凯恩斯的房间门。

“谁？”凯恩斯慵懒地打开门，看见我手拿酒瓶便笑了，“哦，是想和我喝一杯吗？ Very good!”

“一起去甲板上吹吹风？”我提议。

“好啊！”他朗声说。

于是我和凯恩斯走出门，走出狭窄的走廊，从舷梯走到甲板上，随便找了个地方坐下来。

夜就要来了，大船上高悬的几盏小灯泛黄的光晕因风而不断摇摆，在甲板上投射出几个小而圆的影子。海面由湛蓝渐渐变成墨蓝，漆黑无涯，深不可测，倏尔有海浪翻卷袭来，敲打着船沿，一会儿，海浪又悄无声息地隐匿，不见踪影。海风变得强劲，迎面吹起我的头发，鼓起我的衬衫，拍打着我的胸膛。

“啊，今天的海风真大！”凯恩斯说。

“是啊。”我说。

“你好像有话要说？小伙子？”凯恩斯看着我说。

“我是想给你讲讲我的故事，还有我家。”我说。

“哦？那好极了，我很感兴趣。”凯恩斯好奇地说，一边和我碰了碰酒瓶，然后，仰头喝了一口酒。我也喝了一口酒。

“我很喜欢海。”我说。

“啊哈哈，我也喜欢，我喜欢，是因为大海能给我我需要的一切。大海给了我全部的财富和成就，所以我很喜欢大海。你喜欢大海是因为什么呢？”他问。

“因为我就生长在海边。”我说。

“啊哈哈，没劲！我还以为有什么劲爆的故事。”他有些失望。

“是有个劲爆的故事。”我说，然后我看向遥远的海面。

“哦？说说看！”他又好奇起来。

“凯恩斯，我是新加坡人，但我的祖先，是中国人。”我幽幽地说。

"中国人？哦，中国人。"他仔细审视我。

"是的，我爷爷的爷爷，当年从中国来到新加坡，此后就再也没回去。"我看着他说。

"为什么没有回去？"他仔细盯着我的眼睛问道。

"可能种种原因吧。从此，我家的人就都成了新加坡人。"我叹息一声。

"哦，每个国家都有这样的人。"他耸耸肩膀。

"你知道，我爷爷的爷爷为什么来到新加坡？"我又跟他碰了碰酒瓶，然后，喝了一口。

"为什么？"他也喝了一口酒。

"因为，我爷爷的爷爷的父亲和母亲，当年所乘坐的那艘船，遇到了海难。"我又看向远方，看那夕阳消失的海面。

"哦，好遗憾，我很难过。"他拍拍我的肩膀。

"我爷爷的爷爷的母亲，在那场海难中丧生，我爷爷的爷爷的父亲带着我爷爷的爷爷，被救活了下来。后来，从我爷爷的爷爷开始，我家在新加坡生活了六代，每一代都不敢忘记那场海难。"我又喝了一口酒。

"哦，你爷爷的爷爷的父亲和母亲，也遇到了海难。哎，真的是太不幸了。"他仿佛很诚恳地说。

"可是，就在前几天，我爷爷的爷爷的母亲和父亲遇难的那艘大船找到了。"我又说。

"哦，那真是太好了！真是太不容易了。"他仿佛被我的话感动了。

我转向他，凝视他说："那艘船就是——泰兴号。"

我的声音并不大，但凯恩斯手里的酒杯忽然掉到甲板上，发出乒乓的声音。

"泰兴号？"他难以置信地说。

"没错，凯恩斯先生，非常凑巧，就是泰兴号。"我缓缓地说。

"这，这太不可思议了！"凯恩斯站了起来，摇着头，退了两步。

"我没有编故事，凯恩斯先生。"我说。

"我想，这艘巨轮的秘密由我重启，大概也是某种神谕。"我慢慢站起来说。

他仿佛感觉到了我要说的话，他的眼中充满警惕。

"凯恩斯，所以，这艘巨轮，和这巨轮上的中国宝藏对我具有非凡的意义。"

我说。

"你想说什么？"他的眼中之前呈现出来的同情、怜悯都已经完全不见，代之以冷漠和抗拒。

"凯恩斯先生，我知道，你就要将这批宝藏运送到欧洲去拍卖。凯恩斯，我请求你，可否看在这艘船承载着我的全部家族的苦难的分上，让我把一部分宝藏带回中国，让它们回归故土，船上曾经的生灵，也会得以安息。全世界都会为你的慷慨而感动，你将为世界文物史立下不朽的丰碑！"我有些激动地说。

"开什么玩笑！"凯恩斯愤怒地说，"难道我花了大半年的时间，耗费了巨额资金和巨大的精力，就是为了把沉船打捞上来之后将它拱手让人？哈哈。小伙子，你太年轻了。我不得不说，你家的故事我很感动，但这点苦难，这遇到海难的人多得很，每一个故事都很让我感动，但你我会因为感动放弃财富吗？怎么可能？"

"凯恩斯先生，我真的是恳求你。"我说。

"没用的，年轻人！我会把它们运到欧洲拍卖，如果中国人想收回，来拍卖会！现在，它们都是我凯恩斯的！哼！"他摔了酒瓶下了船舷。

看来，凯恩斯的确是被猪油蒙了心。

3

第二天一早，在大家都还没醒来之前，我和美盈悄悄下了船，登上了一艘经过的大船。

我们即将在大船到达岸边后，直奔机场，飞往新加坡。可以预见的，在两日后，有关泰兴号的消息就会遍布整个世界。那么，这艘大船和它此刻承载的几十万件中国宝藏，就有很大可能回归中国。

然而，我们没有料到，在我们的大船行驶了500米的距离，就有一艘快艇飞快地划来，拦截了我们的大船。快艇上的几个人穿着潜水服，正是凯恩斯的船员，我们昨天还看见他们下海。但是他们一改昨日的乖顺，冲我们大声呵斥道：

"给我下来，你们两个！"

大船上的人一片哗然。"枪！""啊！枪！"有人说。

我这才注意到，他们中有人拿着枪。

"嘭！"枪声响起。"你们！下来！不然这船上的人都得死！"拿枪的船员向空中开了枪，凶狠地说。

"美盈，别怕！"我说。

"为什么？发生了什么事？"我对拿枪的船员说。

"别问为什么，你，拍了多少照片？交出来！你们这么急着走，是要去干什么？"他用英文说。

我倒吸一口凉气，凯恩斯还是反应过来了。

"嘭！"他又向空中放了一枪。

"好好好，我们跟你们走，别伤害无辜。"我只好说。

那人侧头示意我们下来。我拉着美盈走下大船，上了快艇。

之后，大船便迅速开走。船上一双双惊恐的眼睛都望向我们。

两个潜水员将我和美盈用粗大的绳索捆绑起来，快艇载着我们向凯恩斯的打捞作业船驶去，却见一艘军舰向我们开来。

"是印尼军舰！"拿枪的船员赶紧把枪收起来，又把我们身上的绳索解开，只绑住双手背在身后，然后他坐下来。

印尼军舰越来越近，很快开到快艇旁边放慢了速度。

"哪里来的枪声？"印尼海军端着枪问。

"哦，不是我们，不是我们。"潜水员说。

"救命！"美盈说。

"救命！"我说。

"怎么回事？"印尼海军警惕地问。

"我们被他们劫持，请救命！"我大声说。

"救命！"我站起来。

"你们胆敢在这里劫持人质！放人！要不然开枪！"印尼海军呵斥道。

那几个人见船上十几个海警都端着长枪，严阵以待，便给我们松了绑。我和美盈迅速从快艇上跳下来，蹬着印尼军舰的船梯上了军舰。

"你们没事吧？"印尼海军问。

"没事，谢谢你们及时赶来。"

"我们听到了枪声。"

"是的，他们有枪。"

"那艘大船是什么船？很多人在做什么？"

"是一个海贼！"我气愤地说。

"怎么会有海贼？"

"是一个英国人在打捞一艘中国沉船。"

"哦？这里是印度洋海域，不经我们允许他们没有这个权利。我们去看看。"印尼海军说。

印尼军舰向凯恩斯的打捞作业船划去，没一会儿便靠近了打捞作业船。

凯恩斯已经看到我和美盈，咬牙切齿却脸上堆满笑意打招呼："嘿！海东！漂亮姑娘！你们怎么回来了？"

"请你出示证件！你在我们海域打捞，打捞作业船只需要我们的许可，请你出示证件。"

凯恩斯满脸堆笑地喊："当然，当然！我已经不打算继续了，我已经打算离开了！证件当然是有的。"

有船员拿给凯恩斯一个证件，凯恩斯又将证件递给印尼海军。

印尼海军拿着证件仔细翻看，之后摇头说："你这个证件是假的，在我们海域你造假打捞是犯法的。我命令你立即离开！"

"可是我们的工作还没有最后完成，就剩最后两个船舱没有打开了。"凯恩斯不甘心地说。

"不，你们没有权利继续打捞，你知道后果很严重。"

"好的，好的，我们这就离开！"凯恩斯一边说一边看着我咬咬牙。

"现在，请你们离开！"印尼海军不客气地说。

"好的。大家！我们做离开的准备了！"凯恩斯暂时顾不上跟我们怄气，去吩咐大家做准备去了。

"好，我们会一直在这里，直到你们离开。"印尼海军端着枪说道。

"好的。"凯恩斯又盯着我们看。

半个小时后，凯恩斯的打捞作业船向格拉斯海峡对面的方向仓皇逃去，海底巨大的泰兴号船体，他终究没能来得及打捞。泰兴号依然栖息于印度洋海底，目送它守护了近200年的珍宝重回人间，却永远离它而去。

美盈落下泪来。我抱紧她。

之后，印尼军舰载着我们在海上航行，一刻钟后将我们送到了岸边。

而我们彼时不知道的是，在我们乘着印尼军舰离开两个小时后，凯恩斯的打捞作业船又重新返回了那里，潜水员又潜入海底，用锤子将泰兴号上还没来得及打捞的20万件中国瓷器全部打碎摧毁。

4

我和美盈千恩万谢下了军舰，上了岸。

我们向附近的人问了路，准备去机场。

我们正在路边等的士，恰好有辆的士在我们身边停下来。我拉着美盈匆忙上车，在司机后面的座位坐下来。

"机场。"我说。

司机没有说话，却有笑声响起来。从副驾驶的椅子下钻出来一个人，是凯恩斯的那个潜水员，他坐在副驾驶的位子上，用枪抵着司机的后腰，回头向我们笑着说："去哪里，得听我的！"

"往前开！"他对司机呵斥道。

美盈紧紧握住我的手。

"凯恩斯不是已经成功了吗？你怎么还跟着我们？"我说。

"这是为了成功的保障！不能有半分差错，不能让你们坏了我们的好事！"他说。

"我怎么会坏了你们的好事？是我帮助凯恩斯查出的沉船名字。"我说。

"那也不行！在一切成功之前，不能马虎！"他说。

"呵呵，我就是一个文人。嗨，我就是一个搞科学的人。"我怕他听不懂什么叫文人，又补充说。

"少废话。大船没打捞上来，我们已经损失了！"他又说。

"你这是要带我们去哪里？"我又问。

"向左，下个路口向右！"他指挥着司机。

"少废话！好地方！"他又说。

过了好一会儿，经过很长一段颠簸的土路，车子七拐八拐地在一个偏僻的地方停下来。潜水员这才让司机停了车，让我们下来。之后，他又用枪抵着司机的脑袋冷冷地说："你什么都不知道，懂吗？敢胡说八道，这个脑袋，就会开花！"

"懂，懂……阿门！"司机吓得脸色惨白，迅速开车离去。

然后，潜水员带我们向前面的一个院落走去。这里像是一个废弃的公园，荒芜许久，但依稀可辨从前的印迹。公园门口的两扇镂空铁门已经锈迹斑斑，院落里面枯木很多，高大的树枝横七竖八地倒在地上，偶尔可以看见长条木椅孤单地立在树下，椅子上早已被落叶盖满，无人打扫。更有几处雕像也已经被枝叶掩映，面目全非。想来从前这里也是郁郁葱葱，却不知为何会这般凋零景象。

潜水员带我们最终来到一座小房子前，这应该是这里唯一的一个房子，或许它曾经是这个公园兴盛之时看门人的住所或者管理机构。走进去，里面有一个办公间和一个卫生间。

我和美盈诧异地看着潜水员，他笑着点点头："Yes，here，here！"

我和美盈就将被他囚禁在这里。远离闹市，无人知晓。

我这个时候特别后悔，没有跟爷爷学几手功夫，那样的话，至少我可以保护美盈，不至于使我们陷入这样的困境。

潜水员见我陷入沉思，便说道："别白费劲了，这里离机场 5 千米，离地铁站 2 千米，平常是没有的士过来的。因为这里是个不吉利的地方，司机都不愿意过来，哈哈。你们就好好在这里休息，到时间我会放你们走的。"

"到什么时间？"我问。

"就是到你们可以走的时间。"他说。

"你就不担心我们告你们？"我又问。

"啊哈哈，到时候随便告都可以，没关系。"他笑着说。

"你！我真不知道该说什么好了。"我说。

"好了。现在，你，把你的相机，还有你的胶卷都交给我。全部。"他说。

"那怎么行？相机里有我的隐私照片。"美盈努力争取。

"哦，NO，NO，你必须都给我，否则，我的枪可不长眼睛！你瞧，事实上就是你们坏了我们的大事，凯恩斯还没跟你们算账。现在，乖乖交出来，保你们的性命。"他又说。

美盈摇头不肯，潜水员的耐心用尽，跨步过来，一下抢走美盈的背包，将背包倒过来，里面的东西哗啦啦都落在地上。相机撞击地板发出很大声响，之后，终于伏在地上不动。潜水员蹲下来满意地拿起相机和旁边的一卷胶卷，揣到衣兜里。之后，又拎起包。

"还有你们的手机！快！都给我！"他不客气地说。

他又抢走了我们的手机。

然后，他又说："你们就在这里待着，哪都不许去，我会每天给你们送饭过来。哈哈，还有酒啊！乖乖地待在这里，到时候就会放你们出去，放心，不会亏待你们的！哈哈。"

说完，他便走了出去，然后，关上门，又从外面给门上了锁。

他的背影远去了。

"美盈，你没事吧？"我上下打量美盈。

"我没事，只是，我的相机和胶卷……"晶莹的泪水从美盈的眼中滑落，在我的心里荡起涟漪。

这一刻任何安慰的话都很苍白，我将她揽在怀里，沉默着。

"我们现在得想办法尽快从这里出去。"我说。

可是这个家伙把门上了锁。

我们只好先歇息下来，然后慢慢想办法。

我这才仔细打量了这个办公间。办公间还算宽敞，设备极其简单。一个大的桌子和椅子，贴着墙边放置了两个长条沙发。因为废弃已久，沙发上也落了厚厚的尘土。里面的卫生间也很简陋，但还好，洗手池和马桶还都有。

桌子几乎被横七竖八的旧报纸盖满，还有一些玩具和勋章。勋章应该是铜质的，但因为被厚厚的灰尘遮盖，已失去光泽。我拿起勋章，吹掉上面的灰尘，便露出黄色来，但说不清这是什么勋章。我顺手翻开那些报纸，却在报纸底下意外地发现了一部电话。

"电话！"我欣喜地说。

"啊，太好了。"美盈道。

可是我们还是失望了，这部电话被切断了电话线。

"哦，还是没用！"美盈说。

我愤怒地将电话摔在地上："真扫兴！"我骂起人来。

我开始在房间里到处寻找，寻找生机。我发誓我找了每一个角落，但天知道，这屋子里的东西真的是乏善可陈，屈指可数。最终，我找得到的用具有一把小牙刷、一把小剃刀、一把小锤子和几个螺丝钉。这些东西加在一起，战斗力也是个笑话。可是我们总不能被一直困在这里。

那就只有等潜水员的到来。他是会给我们送饭的，只有从他身上打开缺口，别无他法。

屋子里连条毯子也没有。美盈只好让我帮她扯下两个窗帘，盖在身上。我们疲惫地在沙发上睡去，直到傍晚潜水员来送饭。

潜水员是开车来的。这让我仿佛看到了一丝生机。

我听见车停下来的声音，便坐起来，然后，潜水员开门走进来。他的手上拎着两个袋子，袋子里面是给我们的饭菜。

"嘿，怎么样啊你们，还习惯吧？我来给你们送饭了。瞧瞧，凯恩斯吩咐，不要亏待了你们，毕竟还有个漂亮姑娘。哈哈，凯恩斯这个家伙。"他说。

"不管怎样，谢谢你给我们送来吃的。"我改变了态度，微笑对他说。

美盈也已经坐起来。

"哦哈哈，你当然得感谢我，我是和你们一起受罪。瞧，牛排！嘶！我最爱吃的牛排！这里只有那家牛排店的牛排最好吃，我开车好几千米才买来的！来来，吃吧。"

他将饭盒放在桌子上，还恋恋不舍地看着饭盒。

我将饭盒打开，陶醉地说："好美味啊！啊啊，我已经太饿了，就要吃了。"

"哈哈。"潜水员满意地向外走。

"嘿，伙计！"我叫住他。他回头看我。

"你不吃吗？"我说。

"我在车上吃，我当然得给我自己留一份。"他笑嘻嘻地向车子走去。

我需要慢慢获得他的信任，不能着急。于是，我只是笑笑说："那祝你好胃口，谢谢了。"

潜水员在车上吃完便要开车走。我连忙喊了一句："嘿！伙计，你明天别忘记给我们送早餐啊，我要吃三明治。"

"你还要求挺多的！"他骂骂咧咧地说，但却跟我笑着摆了摆手。

"也不知道我的相机和胶卷都被他拿到哪里去了，还有我们的手机。我们在这里根本和外界无法联系。"美盈焦灼地说。

"别担心，总会有办法的。看起来凯恩斯并不打算伤害我们，所以，我们不要激怒他。"我说。

"好。"

我和美盈在一起的第一个夜晚就在这无比糟糕的情形中度过了。躺在满是尘土的沙发上，呼吸着积攒了不知多久的灰尘，以及心中充满对我们自身和泰兴号命运的焦灼。

但是我在黑暗中听得见美盈若有若无的呼吸，感觉到她的馨香丝丝缕缕地传来，我已经觉得自己身处仙界，流连于芳香国度。

5

第二天一早，潜水员就过来给我们送早餐了。

他提着饭盒走进来，便看见我坐在椅子上看报纸，而桌子上的报纸已经被我摆放得很整齐。他有一丝讶异。我放下报纸，冲他笑笑。

"你的早餐。"他大概是被我的主人公做派弄蒙了，一时间竟然口吃，只说了这几个字。

"嘿，伙计，你果然待我们很好，这么早就送早餐过来。谢谢伙计！"我礼貌地说。

他板着面孔点点头，就要走出去。

"嘿，伙计，早餐有点多，你要不要拿去吃一点。"我说。

"我有我的那份。"他看看我说。

"好吧。那我在这里等你的午餐。"我说。

不知为什么，他开车走了。不过我知道，他很快会回来，只需四个小时。

四个小时之后，潜水员又回来了，带了烤鸡腿和比萨，还有两瓶啤酒。

"哇，谢谢你，还知道我想喝酒。"我说。

"别谢我，是凯恩斯让买的，他说了，不要亏待了你们，毕竟他其实也很感谢你。"他说。

"我都理解，其实是他想多了。我是托马斯教授的学生，托马斯教授和凯恩斯是那么要好的朋友，我怎么会给朋友捣乱呢？"我趁机说。

潜水员没吭声，只是看着我，似乎在等着我的下一句。于是我继续说："嘿，伙计，你可以问问凯恩斯，有他这样对待朋友的吗？他把我关起来这件事托马斯应该不知道吧？如果托马斯知道了会怎么想？难道不会很伤心吗？毕竟，我是他的学生，我也是奉托马斯之命来帮凯恩斯的。结果呢，我做了我应该做的，所有的，可是凯恩斯反过来是如何对我的呢？我只是陪我的女朋友来度个假。她只是好奇，只是觉得好玩。这是多好玩的一件事啊！如果不是多出这么一个闹剧来，这是多么让人难忘的旅行和假日。"

"是啊，我从来没有见过这么伟大的奇迹，完全不可思议。"美盈接着我的话说。

"能够见证这个奇迹真是我的幸运。要知道不是所有人都有幸看到这个奇迹。我是多么感激凯恩斯！多么感谢你们，让我此行，甚至，我的一生也会铭记这一刻的。这太奇妙了！我无法形容。我甚至会因为见证了这个奇迹而感觉我自己的人生也很非凡。可是多么遗憾，凯恩斯先生在我的眼前铸造了奇迹，却又亲手在我面前毁了它。那么一块丰美的蛋糕，凯恩斯和你却狠心摔在地上并狠狠地踩了它。多让人心伤！这么美好的蛋糕为什么要毁掉？我真的不明白！"美盈夸张地眼含热泪说。

不知道潜水员是被我说服了，还是被美盈动听的嗓音打动了，总之，他拘谨地双腿绷直，双脚内扣，站在门口，像个受训的小学生。他望着我们，似乎在仔细咀嚼我们的话，仿佛想要在心里将每个字都背熟，然后讲给凯恩斯听。

我们三个人，像在表演一幕舞台剧。我一边比画一边说，最大可能地赋予言辞和表情以感染力。这是不同寻常的演出，这是关乎生死的主宰和被主宰的战斗。而这场战斗，我们和潜水员的角色，正在悄无声息地互换。

等我们说完，才一齐静默地看着潜水员。他仿佛才从梦中醒来，重新调整了姿势，挠了挠头，说："凯恩斯，是个很奇怪的人。"

然后，他快步走出去，开车远去。

我长长地舒了一口气。

我已经说服了潜水员，我已经获得了生机，但没想到，接下来的两天，他对我们不理不睬，进来送完盒饭，一刻也不停留，转身便走。

不过，我还是觉得，他的心里某处已经松动。

第四天中午，潜水员又来送午饭时，他的电话响了起来。他一看来电显示便立刻按了接听键，甚至忘记了放下盒饭。

话筒里传来一个稚嫩的童音："爸爸！你在哪里？"

"哦，我的乖女儿，爸爸在海上忙。"潜水员的声音变得无比柔和。

"爸爸你答应回来陪我过生日的！"小女孩娇嗔地喊道。

"我的乖女儿，爸爸很抱歉，爸爸现在回不去呀！不过爸爸答应你回去送你个漂亮娃娃！"潜水员很耐心地赔着不是。

"那不行。今天我过生日，我要爸爸和我一起过！"小女孩又喊道。

"这，爸爸在海上，怎么跟你过呀。"潜水员非常为难地说。

"那爸爸你给我讲个海上的故事吧！海里都有什么呀？"小女孩又说。

"故事……这个……你知道爸爸不会讲故事。"潜水员吞吞吐吐地说。

"那不行，呜呜，爸爸是个骗子！说好的回来也不回来，爸爸还从来没给我讲过故事……"小女孩不依不饶道。

"哎，乖女儿，你别哭啊！别哭！"潜水员站在那里手足无措，焦急地对着话筒说。

"我来给她讲个《海的女儿》的故事吧。"美盈说。

"啊？"潜水员一脸惊讶。

"好呀好呀，爸爸你在跟谁说话？我要听故事。"小女孩说。

"来，我来讲。"美盈站起来拿过话筒。

"阿姨给你讲……从前啊，有一片海，海里有一个特别美丽的公主，叫海的女儿……"美盈的声音如风铃起舞，又如大珠小珠落玉盘，听得话筒里面的小女孩咯咯咯笑个不停。

美盈的故事讲完，小女孩说："真好听，我也要做海的女儿。"

"你就是海的女儿啊，因为你爸爸就是海上的英雄。"美盈说。

"我就是海的女儿！我就是海的女儿！"小女孩开心地喊起来。

潜水员的脸上满是笑容，眼中竟泛起泪花。

挂断了电话，潜水员对美盈由衷地说："谢谢你。"

我知道，我们逃走的机会就快来了。

之后，潜水员跟我们的态度有了 180 度翻转，并且每天晚上都会给我们带酒过来，有时候甚至还会跟我们一起吃。我向他讨教如何打捞沉船的细节，他会跟我滔滔不绝地讲起凯恩斯过往的那些成就都有他的战绩。我表现出无限钦佩，不吝赞扬。他渐渐地放松了对我们的警惕，甚至允许我们走出去，坐进他的车，在某一天夕阳落尽之前，他还趁着醉意开车带我们在院子里兜了一圈。

第九天来临。我和美盈做好了充足的心理准备。潜水员还是如往常一样，哼着歌，在夕阳落山前来给我们送晚饭。这一天是周末，潜水员忽然很玄妙地跟我们说："你们就快自由了！"

"哦？那有多快？"我说。

"总之就是很快啦！你们自由我就自由啦！"他快乐地说。

我隐隐感觉到，凯恩斯的计划就快成功了。我们已经被滞留在这里整整九天，九天的时间足够凯恩斯完成他的伟大计划。我们不能再等了！

我和美盈对视了一眼，便已做好确认——行动就在今天。

"嘿，伙计，又带了酒，我们来喝一杯！"我说。

"好呀，但是不能多喝，酒多误事。哈哈。"他说。

"能误什么事！我们三个现在已经是伙伴了。"我一边打开一瓶酒一边说。

"对，伙伴！哈哈。"他说。

"来，今天我来给你讲讲新鲜事。"我说。

"什么新鲜事？"他问。

"其实也不能算新鲜事了，正确的说法是，别的沉船的事。"我说。

"我跟凯恩斯干了20年，什么沉船我没见过！"他说。

"不不不，海洋这么大，你一定有没听说过的。我给你讲一艘印度船的故事。"我说。

"你说！"他说。

"来，喝酒喝酒！"美盈说。

我胡编瞎说了一个沉船故事，不停地给他倒酒，终于将他灌醉。他趴在桌上不省人事。我翻了他的衣兜，找到车钥匙，又和美盈用窗帘将他绑到椅子上，然后，我们拿着他的车钥匙跑出门去。

我开车直奔公园的大门，美盈在后排座位的底下找到了她的包，里面手机和相机以及胶卷还都在。但手机已经无法开机，相机已经被摔坏，胶卷也被扯断。

"强盗！"美盈说。

"我们要快！几个小时后他就会醒来。当然，他和这个世界已经失联。"

我们终于顺利到达机场，一个半小时后登上了回新加坡的航班。

第二十章　1821 年　扬州

清嘉庆二十五年（1820 年）农历七月二十五日深夜。

万籁俱寂中忽然想起连绵不绝的钟声。那钟声来自远山庙宇，响彻夜空，在昭告天地生灵。

玉平遥猛然坐起，披衣下地，匆匆下楼，推开客栈的门。

是了。那钟声连绵不绝，浩浩荡荡，在宣告一个时代的终结。

"皇上！吾皇安息！"玉平遥跪下来，叩首。

"啊？皇上驾崩了！皇上驾崩了吗这是？"客栈里的人都纷纷跑出来，也对着遥远的钟声叩首。

培松和庆林是最后出来的。培松难以置信道："陛下！几个月前皇上还看过我比武，怎么说走就走了呢？"他落下泪来："皇上！皇上！皇上安息！"

账房刘赶紧跑出来将红色灯笼换下来，又挂上了个白色的灯笼。

"也不知道是怎么回事？皇上怎么突然就驾崩了呢？"众人叩首之后面面相觑，小声道。

"哎，大家都先去休息吧，我等百姓还没有接到官府通知，不过估计打明日起就是国丧了。既然是国丧，大家都换上素衣，做事也都注意一点吧。"众人散去。

"老爷，起吧。"邱伯扶玉平遥起来。

"弟弟，我们现在在扬州，估计这举国上下明日就该都知晓了。我们家里也会知道的。不知道京城现在是个什么情形，估计也一定是戒严了。这国丧期间，不宜在这儿多逗留，我们还是趁早把事情办完，快点回去吧。"玉平风说。

"好。"玉平遥道。

玉平遥夜不能寐，天不亮便起来了，等几个人都起来吃了早饭，三人便走出客栈骑马上路。

果然，一大早，扬州城里的吏使便都出来在大街小巷张贴了布告，宣告嘉庆皇帝驾崩，令闲杂人等在国丧期间要遵守秩序，有恶意寻衅滋事者格杀勿论，百姓100天内不准作乐，49天内不准屠宰，30天内禁止嫁娶。

几个人牵着马也跟随众人看布告，却听到旁人的议论：

"嗨！听说了吗？皇帝是被劈死的。"

"别瞎说。"

"真的！我听说皇帝是在避暑山庄木兰秋狩遇疾，后来卧床，昨日忽然天降骤雨，电闪雷鸣，寝宫遭遇雷击，皇上就被雷劈了。"

"我的天，你是想死吗？敢说这种大逆不道的话！"

"我听说的跟你说的有点不一样呢。说是皇帝是在跟一个小太监幽会，昨日一个火球飞进小楼，那火球就在皇上身上炸开了，皇上当时就没命了！"

"是谁在那说话？谁敢妄言株连九族！"两个吏使走过来，一群人立刻都噤声，跑开了。

扬州城里本来人群密集，经此一事，更是到处都是三三两两的人在神秘地低语。玉平遥三人也只好牵着马慢行。

"皇上因为突然驾崩，也都没有准备，棺木都是简单拼凑的。然后呢，怎么着也得把这棺木运回京城啊！可这棺木说什么也抬不动，只能一直不断地增加人手。一直到棺材能被抬起的时候，你猜多少人？将近8000人。8000人才抬起了皇上的棺木。你说惊奇不惊奇！肯定是这棺木这么简陋皇上不甘心。"有人小声议论道。

培松询问地看了玉平遥一眼。玉平遥沉吟道："上马，我们快走！"

三个人便骑上马跑远。

很快出了扬州城，向东奔去。一路上走走停停，几次打听，终于来到米窑县附近。

几个人骑在马上极目四望，目之所及都是整齐的稻田，许多人挽着裤脚弯着腰在插秧和修整稻田。有人抬眼看见他们，便直起腰来打量他们。

培松下了马跑过去问："嘿，老伯，知道吴道台大人的住处吗？"

老伯："哪个吴道台？道台大人怎么会到我们这里，穷乡僻壤的。"

玉平遥下了马，一边走过去一边问："吴明达，这个名字您可曾听过？"

老伯："哦，你问的是吴先生啊，知道知道。就从这里直走，遇见下一块稻田向左走五百米就到了。"

"好的，谢谢您啦。"玉平遥回身要上马。培松也跟着上马。

老伯："喂，对了，你们是什么人？找我们知府大人有什么事吗？"

玉平遥："老伯放心，我们是他的旧相识，来看看他。"

老伯："哦，旧相识。吴知府可是个大好人哪！"

玉平遥三人骑上马很快便到了吴明达的府前，是一处非常简陋的房舍。三人下马，玉平遥看着房舍叹息一声，敲了门扉。

"怎么才回来呀！"有人来开门。

"玉总商？"开门的是吴道台家的管家冯阿宝，他惊喜地叫道。

玉平遥："冯管家，好久不见！"

"啊，快请进，我去通报老爷。"冯阿宝一边小跑一边喊，"老爷！看谁来了！看谁来了！"

玉平遥、玉平风和培松跟在后面进了堂屋。

吴明达站在那里说不出话来，眼圈忽然红了。

玉平遥眼含泪光："吴道台，我们来扬州办事，来看看道台大人。"

吴明达："啊，玉总商，好久不见。啊，快请坐，请坐。哎呀，这一晃已经一年多了。真快呀！啊，今天的功课就上到这里吧，我有贵客，我们下次再继续吧。"

玉平遥几个人这才注意到，靠窗户摆着一张长桌子，桌子后面坐着三个少年，在直愣愣地看着他们。吴明达手里拿着书卷，应该是正在给他们讲学。

"那知府伯伯我们先告辞了！"几个少年从桌子后面起身，便跑出去了。

"嘿，顽皮。是我的几个弟子。你知道我的，待不住，哈哈。这里太清闲了，我乐得找个事情做。快，都坐下。哎哟，这小伙子我认识，这是二少爷吧，立志考武状元的那个对吧？今年的科考怎么样？"吴明达问。

"还好，他考取了武状元。"玉平遥说。

"哦，真是不错，不错呀！"吴明达点头笑道。

冯阿宝给三人倒了茶水便站在一旁听他们说话。

玉平遥犹豫了一会儿说:"吴道台,皇上,驾崩了。"

"啊?"吴道台一下喝呛了,咳嗽起来,好一会儿,咳嗽止住了,便哭了,"皇上!"

玉平遥:"道台大人,别太难过了。"

吴明达:"什么时候的事?"

玉平遥:"昨夜听见丧钟。可能你这里比较偏僻,消息还没有传到,估计很快了。道台大人可不要太难过了。"

吴明达:"唉,怎么就突然驾崩了?毫无预兆啊!"

玉平遥:"我在路上也是道听途说,都说觉得很神奇,有的说是遭了雷劈。我们平民百姓也不知道究竟是怎么回事,就安分守己地度过这国丧吧。"

玉平风:"道台大人,恕我多问一句,您不怨恨皇上吗?"

吴明达:"呵,怨是有的,恨也是有的。怨他听信谗言,恨他不能明察是非。不过,我虽然被贬,在这里也还挺好,过上另外一种生活,如陶渊明一般世外桃源,也是一种幸福吧。就让从前的恩恩怨怨,随着他的驾崩散去吧!吴某力不从心,不能为民除害,就偏安一隅,造福乡里,培育几个读书人也是很好的。此生不奢求更多了。老夫不怕死,但那些恶人,还给我留了条命,哈哈,大概已经是我的造化了。这条命,别的也做不了什么了,就安享这安逸,岂不美哉?"

玉平遥:"道台大人,您知道,我们很舍不得您走啊。"

吴明达拍拍玉平遥的肩膀:"知道,知道。"

吴明达:"我也很舍不得东石那个地方,山清水秀,人又淳朴。那一望无际的大海,恐怕我此生是再也见不到了。"

玉平遥:"道台大人,我一直想查出到底是谁在背后做了手脚,将您陷害的。"

吴明达:"这事啊,已经不重要了,你们也不必查了,这背后的关系网复杂着呢。唉,历朝历代到头来都躲不过同样的命运,这朝廷上上下下到了最后,都成了某个人、某一群人的巢穴,他们从四面八方敛财、敲诈勒索、鱼肉百姓。这官府,倒成了藏污纳垢之所,所有挡路的,都会免不了如我一样的下场。可惜呀,我没能以一己之力阻挡污秽之泛滥,实在是我力量微薄,惭愧呀,惭愧!"

玉平遥:"道台大人,至少我们要明白明白,不能就这么稀里糊涂地被人陷害了。"

吴明达："说说，赵道台来了以后，有没有什么为难之处？东石百姓可还好？"

玉平遥："大人，勉强说得过去。"

玉平风："大人，我们玉家可能惹麻烦了。"

吴明达："怎么回事？"

玉平遥："说来话长。谭总商的女儿去年从京城返回了，与我儿庆瑜两个孩子青梅竹马，情投意合，没想到赵道台的公子看上了昭儿。我给谭家下了聘礼，赵道台于是将光泽和邵武的盐运派给了我玉家。这几个月来，我玉家已损失几千两黄金和白银。"

吴明达："啊？这……这样下去玉总商是要倾家荡产的呀！那两个省的盐运就是赔钱的买卖。"

玉平遥："谁都知道，但我又没有任何托词可以拒绝。"

吴明达："那玉总商这次来扬州，是来押货吗？"

玉平遥："不是的。这趟货本来是小儿庆林来押货，没想到在这里被焦总商的公子蛊惑，扮演了皇帝，结果被官府抓去，那知府又说要上报给督抚大人。这不，我们连夜赶来，三天三夜没敢合眼一路快马赶来，带了半数家当，希望能救我儿一条性命。"

吴明达："焦总商的儿子？"

玉平遥："是的，道台大人。"

吴明达："怎么会出这种事？简直闻所未闻，这分明是下了圈套要谋财害命！"

吴明达气急，站起身来踱步："可是如今，我已经不再是东石的道台，和这扬州的知府没有半点交情，跟督抚更是说不上话啊！这可如何是好？"

玉平遥："不打紧，道台大人。我昨日已经将银票和银子一并交给知府，我看他当时的样子，应该问题不太大，还有回旋的余地。这件事大不了我就赔上家当。"

"等等，等我一下。"吴明达说着便走到桌子旁边，研了磨，铺好纸张，认真地写了一封信。

之后，他把信折好，放进信封，将信封交给玉平遥，说道："实在撑不下去的时候，拿着这封信，去找两广总督黄宗汉。他是我的师兄，想来，多少会给我一个面子。老夫已经黔驴技穷，别的，实在帮不上什么忙了。"

"真是太感谢道台大人了！"玉平遥感动得落泪，就要下跪，被道台拉起来："唉唉，别，你我之间，不需要这个。我在东石10年，我们之间也算是肝胆相照。倒是我在东石的时候，你没少帮助我做事。我能做的，已经没什么了。小少爷的事，如若你这半数家当都奉上，仍然无法解救，那也还是去找黄大人，让他帮忙想想办法吧，总不能眼看着孩子丢了性命。"

玉平遥还是跪了下来："道台大人！您让我说什么好！"

吴明达将他拉起来："唉唉，使不得使不得。"

玉平风："道台大人，我始终想不明白，您是不是知道了什么秘密，才遭到别人陷害？咱东石，有什么秘密吗？"

吴明达："这个，本来不想让你们知道太多，知道多了会很麻烦的。但现在看来，玉家屡屡遭难，还是告诉你们一些比较好。我在东石10年，跟玉总商肝胆相照，玉总商你可知你的位子一直有人惦记？"

玉平遥："这个，我也想过。"

吴明达："嗯，另外那几个总商，路总商、闵总商，甚至谭总商，也是想觊觎的。这个，玉总商你要心里有数。毕竟，这是最大的总商之位，人性如此。"

玉平遥点点头。

吴明达："另外，我想我可能触碰到了钱督抚的利益，具体来说，应该是鸦片。"

三个人都很惊讶。

玉平遥："你是说钱督抚他在做鸦片生意？"

吴明达："不，钱督抚怎么会自己去做鸦片生意？他那么聪明的人，不会自己往深渊里跳给别人以口实的。而是，他把这个买卖交给别人去做，而他只需要别人上供给他一部分利益就可以了。"

培松："哦，那是谁在替他做？"

培松忽然又惊讶地说："我知道了，道台大人。叔父，是那个鸦片商人巫毓，一定是他从英国人那里买来鸦片，然后卖给替督抚做事的那个人。然后这个人，也可以将鸦片再卖给别人。天哪，我知道替督抚做事的那个人是谁了！怎么会呢！"培松用口型说出那个人的名字，难以置信地看着几个人。

吴明达："没有什么不可能的！"

过了半晌，吴明达的夫人从屋里走出来，对三人说："三位，大老远地跑来，就为了看一眼道台大人，我们没有在东石白待10年。来来，已经过了晌午了，刚才你们说话我没敢打扰。我去安排做了几个菜，这会儿已经好了，几位吃个饭吧。"

玉平遥："哎呀，夫人，这，有劳夫人啦。"

吴夫人："哪里话，好不容易见一面，吃个饭再走不迟。"

吴明达："对，阿宝，把我那两瓶好酒给我找找，今儿故友相逢千杯少啊！哈哈！"

很快，阿宝和下人将菜肴端到桌上。不算丰盛，但足见情谊。

吴明达笑吟吟地说："来来来，如今啊，我在这里不比在东石，粗茶淡饭，山野素食，也不知道各位远道而来，还请见谅啊！"

玉平遥："哎，道台大人客气了。有情何须隆重，那我们就不客气啦。"

"来来来，这是我藏了10年的陈酿，贵客登门，正好品尝一番。哈哈！来，阿宝，给打开打开！"吴明达很开心地给几个人斟满酒，大家一起举杯畅饮。

待酒足饭饱，已是下午约莫三点钟光景，玉总商一行人匆匆告别。吴明达心有不舍，感慨良多，和几个人依依惜别。

三人快马加鞭，直到夜幕降临，才又回到扬州城内。城内戒备森严，大街小巷失去了往日的艳丽颜色，到处高悬着白色灯笼。官吏在四处走动，百姓身着素衣，不敢大声喧哗吵闹，也不再有悠扬琴声，人人自危，行色匆匆。整个城内比平日安静了许多。

他们终于回到鸿达客栈，将马交给伙计，走进客栈。账房刘一见他们回来，便跑过来说："老爷，你们可算回来了，再不回来这要担心死人啦！"

玉平遥："怎么了，出什么事了吗？"

账房刘："今天你们刚走一个时辰，就有官吏来府上传话，说是让邱伯去一趟县衙。"

玉平遥："哦，邱伯现在人在哪儿？少爷呢？"

账房刘："在楼上呢！邱伯去了一趟，回来高兴着呢。就等着你们回来呢，快点上去吧！"

玉平遥："哦。好。"他说完快步上楼，玉平风和培松也紧跟其后。

账房刘："老爷，我给你准备饭菜，一会儿给你们送上去。"

"好。"

玉平遥正要开门，门却开了。

邱伯高兴地说："老爷！"

几个人走了进去。

玉平遥："怎么了，邱伯？"

邱伯："老爷，这回没事了，小少爷没事了。"

玉平风："哦？到底怎么回事？慢慢说。"

邱伯："今天你们刚走一个时辰，那知府就派车来接我，我就去了。去的不是衙门，是知府的府上。知府说，督抚大人已经回话了，国丧在即，这事就不追究了，也不让传出去。我看那意思，新皇帝即位，他们都措手不及，似乎来不及理这档子事。"

玉平遥："哦，也是，新皇帝即位，这王公大臣们都忙着搞帮派，自顾不暇，自然是无暇管其他的事。"

玉平风："那很好啊，有他们忙的呢！这皇上驾崩，之前的那些宠臣们，地位岌岌可危，下一级的官员，也都忙着赶快找好位子，该争权的争权，该夺位的夺位。此时不作为，更待何时。所以，都忙自己呢，倒是救了我家庆林。"

培松："那我们事不宜迟，赶紧返回东石吧。"

玉平遥："培松，晚饭后你和邱伯去一趟焦府，告诉焦总商明日装船，我们后天返回。"

第二日一早，邱伯就来到船上，焦总商也早早带着伙计将货物装到船上。中午以前，都已经装好。

玉平遥几个人收拾好东西，准备离开客栈。离开客栈前玉平遥交代账房刘去一趟吴道台处，告知吴道台，小少爷已经脱险，他们今日启程。

玉平遥安排让玉平风和培松带着庆林上船押货回东石，而他和邱伯两人骑快马陆路回程。玉平遥和邱伯来到京杭大运河岸边送福临号回程，福临号缓缓起航，向远方驶去。

焦总商："玉总商，小少爷安然无恙，真是极大的好事，真是太好了。哎呀，这怎么说，我还没有尽到地主之谊怎么就匆匆走了呢。"

玉平遥："很感谢焦总商帮忙了，正值国丧，也就无须客套了，来日方长，我们以后再聚。"

玉平遥和邱伯骑马向远方疾驰而去。

焦总商看着他们的背影摇头叹息："生逢乱世，英雄又如何！"

北风呼号，外面又纷纷扬扬下起大雪来。赵梦乾深一脚浅一脚走在雪里，一直向那朱红色的大门走去。朱红色的围墙长得没有边际，他望不到尽头。那朱红的大门也高高耸立，威严壮丽。太阳从雪的缝隙中投射下来，他抬起眼，小心地向上看，那雪自太阳的光圈里落下如落英缤纷，宛如太阳在簌簌落泪。眼前的那片红色被白色的雪花润湿，竟越发地红，红得有些诡异。却见那大门忽然洞开，里面走出一个窈窕女子来，她身披红色斗篷，却将斗篷的帽子摘下来，任雪花落在她的头发上、脸上。风声越来越大，雪片飞扬，他被雪片打得睁不开眼，看不清她的面容，但他知道，那是蕊，她出奇地美丽。

他跑过去要拥抱她，她也跑过来。但雪太大了，他实在跑不起来。蕊在这大雪里也行走艰难。忽然，蕊站在那不动了。然后，他就看到了一片红色。不是来自她身后的宫墙，是来自她的身体。她在流血。她脚下的雪开始变成红色，那红色的范围越来越大。她就站在那里，像被什么东西圈定，遥遥地看着他，笑着，任由她的血汩汩流淌，将这地上的雪一寸一寸晕染。那被晕染的血红色在太阳的照射下极其妖媚。那铺天盖地的雪蜂拥而来，直塞进他的胸口、他的身体的每一寸皮肤。

"啊！蕊！不要啊！"赵梦乾狂喊起来。

"少爷，你快醒醒！"阿元将赵梦乾摇醒。

"啊！呜呜呜！"赵梦乾睁开眼，痛哭起来。

"少爷，又做噩梦了这是，别怕，只是个梦哈。"阿元拍拍他的后背。

"不，阿元，她出事了！她出事了！"赵梦乾紧紧抓住他的手说。

"少爷，都好几年了，不是都好了吗？怎么又这样了。唉。"阿元安慰道。

"不，我知道，她真的出事了！"赵梦乾痛哭失声。

"少爷，不会的，姑娘在宫里好着呢！你就别操心了，还是爱惜下自己身子吧。"阿元拍着他的后背说。

"不行，我知道的，她真的出事了！"赵梦乾挣扎着坐起来。

"唉，宫里能出什么事。少爷，真是的！"阿元又说。

"少爷，可别胡思乱想了，别再让老爷夫人担心啦！好了，少爷，你先待会儿，我去给你弄点吃的来。"阿元说完推门走出赵梦乾的房间。

"哎哟，老爷！你这么早回来了？"赵梦乾听见管家和父亲的说话声。

赵启胜："对，我回来一会儿还要出去。管家，去叫所有人到前厅来。"

管家："是，老爷。这是……出什么事了？"

赵启胜："少爷呢？"

管家："在房间里，好像刚醒来。"

赵启胜："把他也叫出来，所有人。"

管家："是，老爷。"

阿元闪身溜进来说："少爷，我刚要去后厨，就看见老爷回来了。我看老爷脸色不好，就没敢离开。少爷，我们最近应该没惹什么麻烦吧？"

赵梦乾没精打采道："没有，不关我的事。"

阿元："那可能就是哪个下人最近惹事了。不管怎样，少爷，我们先出去吧，老爷要大家都出去呢。"

管家在门外喊道："少爷，老爷有事要跟大家说，少爷这就去前厅吧！"

阿元："知道了！"

赵梦乾磨磨蹭蹭地下了床，整理好衣服，又梳理了下辫子，这才懒洋洋地走出房间，来到前厅。府上的人都已经到齐，连母亲都已经坐在椅子上，就差他和阿元了。

"爹，什么事啊？这么严重。"赵梦乾吊儿郎当地拿着扇子在母亲旁边坐下来。阿元站在他身旁。

赵启胜："人都到齐了，现在我要宣布一件事。前日，皇上驾崩了。"

尽管赵道台的声音已经尽量压得很低，大家还是惊讶万分，立刻喧哗起来。

“啊？皇上驾崩了？”

“哎呀天哪！”

“怎么会呢？”

赵启胜："好了，都别嘀咕了。我要说的是，接下来是国丧百天，你们是我赵府的人，任何人不得擅自妄加揣测和议论。如有半点不敬，别怪我不客气。"

“是！”大家齐声道。

赵启胜："好了，也不必惊慌。虽说皇上驾崩，但国有栋梁，新皇帝已经即位，我等子民就做好自己该做的就是了。只是大家这段时间要恪尽职守，不要乱了秩序，也别给我赵府抹黑，惹出什么幺蛾子事端来。"

“是，老爷！”大家又答道。

“好，大家去吧。”赵启胜又说。

大家散去。

赵启胜又对赵梦乾说："诶，你小子给我安生点，别出去惹祸！"

赵梦乾没有说话，只是坐在那里呆若木鸡，他的扇子早已掉落在地上摔断。他喃喃自语："她出事了。"

阿元："皇上是驾崩了，不过跟我们其实也没有太大关系，我们毕竟离得这么远。"

赵梦乾又失神地说："她出事了。"

赵启胜怒斥道："皇上驾崩跟你有什么关系？你就别到处去给我惹祸了！"

他又回身对夫人说："好了，我得回衙门了，这么大的事，我得赶快去安排一下。督抚大人已经派人来送密件，让赶快料理好东石地方事务。这个逆子就交给你了。还有你，阿元，别整天跟少爷出去瞎混，你们最近不准出门，就给我在府上待着！"

阿元："是，老爷。"

赵启胜看了一眼赵梦乾便急匆匆走了。

赵梦乾忽然“哇”了一声泪流满面，吐出一口血来。

赵夫人惊慌失措道："啊！我的儿！这是怎么了？"

阿元小心翼翼地说："夫人，少爷说的是，姑娘出事了。"

赵夫人："啊？哦……这……我的儿，你是要吓死我吗？快来人啊！"

管家跑来："夫人！"

赵夫人："快去请郎中！少爷吐血了！"

管家跑出门："我这就去！"

夫人抽泣着说："快点，再来个人！把少爷给扶到屋里去！"

傍晚，谭家。

谭鸿业正在和夫人、昭儿说皇上驾崩的事，就听管家孙伯跑进来说，赵道台派人来了。

谭鸿业赶紧起身出去。

来人道："谭总商，赵大人有事相求，想请您和谭小姐去帮个忙。"

谭鸿业："哦？我和我的女儿？"

来人："是的，谭总商。"

谭鸿业："这……什么事啊？需要我的女儿去，我们能帮什么忙？"

来人："谭总商到了就知道了，大人说这件事，只有谭小姐能帮。还请谭总商能快点，事不宜迟。"

谭鸿业："这……"

来人："谭总商放心，赵大人只是想求谭小姐帮个忙。"

谭鸿业："这……好吧。那昭儿，随我去一趟吧。"

谭昭儿和谭鸿业都一脸迷惑地上了车。

昭儿："爹，到底是什么事啊？我能帮什么忙？真是好奇怪。"

谭鸿业："不管怎样，我们见机行事。放心，爹不会让我女儿吃亏的，到时候多多看我眼色。"

昭儿："反正，我不乐意的事，我是不会干的。"

谭鸿业："好好好，我的好女儿，放心哈，爹怎么也不会让我女儿吃亏的。让我女儿吃亏，我就敢跟他们拼命！"

车很快在赵府门前停下，两个人下了车，便看见赵府的管家在门口等候。

管家："谭总商，谭小姐，里边请，老爷在里边等候多时了。"管家带他们走进厅堂。

赵启胜迎上来："哎呀，不好意思呀，将谭总商和谭小姐请来，实属无奈呀。

两位请坐！"

谭总商："赵道台不必客气，是有什么急事？我谭某能帮得上忙的就请直言，理当万死不辞。"

赵启胜："实不相瞒。我儿梦乾病了。"

谭总商："哦？"他想听下文。

赵启胜："是这样的，我儿这个病已经好几年了。先不说他，先说皇上驾崩。想必两位也已知道皇上驾崩的事了。"

谭总商："我们也是刚刚知晓。"

赵启胜："其实皇上驾崩，跟我们也没多大关系，毕竟，这东石离京城至少几千公里，就是这驾崩的消息我们也是迟了一两天才知道。皇上驾崩，新皇即位，其实什么都轮不着我们操心。但是，这宫里有个女子从前和我儿有过一段感情，这皇上驾崩，我儿忧心她的处境，就又病了。唉，这已经不是第一次了，这一次病得尤重，这实在是我心里的一个不可解的难题。"

谭总商："哦，那我们，能帮上什么忙？道台大人不妨直说。"

赵启胜："这个女子，你们认识。"

谭总商："哦？"

赵启胜："她的乳名是蕊。"

"啊？蕊姐姐？"昭儿惊讶道。谭总商也惊讶万分。

赵启胜："是的，就是你的表姐。"

昭儿忽然醒悟，难怪总觉得在哪里见过赵梦乾，原来他就是那个曾经和蕊姐姐有私情的少年。几年前在京城里她还小，那一次偶然帮他们相会，她并没有刻意去记住他的容颜，但人过留痕，他还是在她的记忆里悄悄留下了淡薄的痕迹。昭儿此刻也忽然醒悟，原来她也在他的记忆里曾经留下过某种印记，于是，再相逢，记忆便自己找上门来。记忆是有嗅觉的，至少嗅到了她和蕊之间的某种隐秘的关联。这记忆的嗅觉引导他走向她，他于是便要纠缠于她。她不禁感叹，这世间的关系实在是不可想象，冥冥中谁又逃得脱各自注定的因果。

于是，她懂了，这便是赵道台要找她来的原因，似乎，赵梦乾从她的身上就看得到蕊姐姐的影子。他实在是病入膏肓了。

昭儿神游良久，才发现赵道台和父亲都在看着她，她一激灵缓过神来。

谭鸿业："昭儿，你去跟赵公子说几句话，救人一命胜造七级浮屠，看在蕊姐姐的分上，也帮他一下。"

昭儿点点头："好，爹。"

赵启胜带他们向赵梦乾的房间走去："昭儿姑娘请这边来。"

赵启胜打开门，赵梦乾正僵直地躺在床上，两眼空洞面无表情，一声不吭，像身体里的魂魄已被收走，毫无半点生气。旁边的妇人正在抽泣，一见赵道台带人进来，急忙擦了擦眼泪快步走过来说："谭总商和谭小姐吧？请谭小姐帮个忙，我儿这一关不知能否度过，实在是毫无办法，只能靠谭小姐帮忙了。"

昭儿："夫人，您别难过，我跟赵公子说几句话试试。"

赵夫人："昭儿姑娘，谢谢你。"

昭儿："夫人客气了。"

昭儿走到床边，蹲下来说："赵公子，我是谭昭儿，公子可还有印象？"

赵梦乾没有任何反应，似乎已经沉睡在自己的噩梦里。

昭儿慢慢说："赵公子，蕊，是我的姐姐。"

赵梦乾喃喃道："蕊，蕊。"

昭儿："蕊姐姐，挺好的。"

"蕊！啊！她出事了！她出事了！"赵梦乾一下抓住昭儿的手。昭儿往后缩了一下，却没有挣脱开，只好任由他抓住自己的手。

昭儿又说："蕊姐姐，挺好的。"

"蕊没有被处死吗？啊？新皇上即位，不是都要把原来的嫔妃杀死的吗？啊？你骗我！"赵梦乾一下坐起来扇了昭儿一个嘴巴。

昭儿疼得"啊"了一声，又说："蕊姐姐给我们捎信来了。虽然皇上驾崩，但她安然无恙，新皇登基，她们和一众嫔妃新皇上都给安排妥当，她只是搬去了别的住处，也不是冷宫。有宫女陪着她，她挺好的。"

赵梦乾半信半疑，声音大了起来："蕊真的没事？"

昭儿又沉稳地说："蕊姐姐没事。"

赵梦乾又抓住昭儿的手放在他的脸上哭起来："呜呜，蕊没事就好，没事就好。"

昭儿："蕊姐姐说，让赵公子不必再惦念她，让赵公子好好照顾自己，她就安心了。"

赵梦乾又哭道："呜呜，蕊，你还记得我……蕊，我再也见不到你了！你好狠心啊！"

昭儿："蕊姐姐说，辜负了赵公子的一片痴情，她很难过，此生遇见赵公子，她也知足了。请赵公子以后善待自己，此生无缘，不如相忘。"

赵梦乾又痛苦道："好，蕊，我听你的，我会好好的。可是我忘不了啊。"

昭儿："赵公子，蕊姐姐说挺好的，便挺好的。既然无缘，何必自戕，又何必让家人担忧。毕竟为人子嗣，孝悌忠信礼义以孝为先，赵公子可曾想过父母心力交瘁不堪重负？"

赵梦乾像忽然苏醒，转过脸来看昭儿，松开昭儿的手，说道："谭小姐？"

昭儿："是我，赵公子。"

赵梦乾惊讶道："你是蕊的小妹？"

昭儿："是，蕊是我姐姐。"

赵梦乾忽然微笑了："你就是她的那个小豁牙子妹妹吗？"

昭儿笑了："是的，我小时候豁牙。"

赵梦乾又抓住昭儿的手："原来是你！"

昭儿缩回手："赵公子，好好休息。"

谭鸿业黑着脸道："赵道台，我看少爷没事了，我就带女儿先回去了。"

赵梦乾："哎，别，谭小姐，再陪我说说话吧！"

昭儿："赵公子，染坊还有事，我该回去了。"

赵启胜："谭总商，跟谭小姐留下来吃饭吧。"

谭鸿业："哦，不必了道台大人，我们就先回去了。"谭鸿业拉着昭儿就走出赵府，赵道台吩咐车将父女两人送回谭府。

谭鸿业拉着昭儿下了车，进了家门，便怒气冲冲地喊道："他奶奶的赵启胜这个王八蛋老东西！他赵家敢打我女儿！我谭鸿业还没死呢！等着我把女儿嫁给他赵家，想得美！我死了都不会把女儿嫁给他赵家！"

吴媚跑出来问："怎么了？女儿？我的儿，他们怎么你了？啊？这脸怎么红成这样？"

昭儿道："没事的娘，那个赵公子是心病，久疾不愈，那会儿可能都不知道自己在干吗了，就打了我一巴掌。"

谭鸿业："我女儿长这么大，老夫一个手指头都舍不得碰，今天一下子就给我女儿打了。那就是个疯子！谁嫁给他个疯子！想得美！"

昭儿："我刚才是信口胡诌的，也不知道蕊姐姐现在到底怎么样了。"

一个星期后，谭家收到来自京城的消息。

刘氏女子蕊，因皇上驾崩，新皇即位，宫廷骤变中，遭一宫中护卫侮辱，后不堪羞辱自缢而亡，时年 23 岁。

赵梦乾有一晚又梦见了蕊，蕊笑吟吟地向他走来，告诉他说，她想和他一起去看雪，以后再也不会跟他分开。

此后，赵梦乾好像病就好了，再也没有做过噩梦。

第二十一章　1821年　东石烟馆

　　一家人到底还是知道了庆林在扬州的事情，所以庆林的归来，玉家如释重负，却又因这形势实在高兴不起来。玉府不知是被这国丧，还是被别的什么笼罩着阴云，大家都惴惴不安。除了庆瑜，他是个例外。

　　庆瑜每天都在数着日子。距离上次去看泰兴号已经差不多一个月了。上次陈耀云说，只需要一个月的时间，泰兴号就会造好了。庆瑜非常想带昭儿去看已经造好的泰兴号。在所有人都看见这艘大船之前，他想和昭儿做第一个看见它全貌的人。毕竟，他和昭儿，也算参与了整个大船的制造。那样雄伟的大船，在海上乘风破浪，想想都好气派。

　　庆瑜也曾小心翼翼地问过父亲，泰兴号若是造好了，该什么时候开洋呢？父亲叹息了一声才说，这国丧期间，一切从简，即便是开洋，也就我们自家人简单走个形式罢了，不必再大动干戈了。这个月，我还要处理一些非常要紧的事，等下个月吧！

·　　庆瑜可等不了那么久，毕竟泰兴号已经等待他们许久了，像翘首期待出嫁的姑娘，已经将自己打扮妥帖，就等着被娶进门。庆瑜又想到了那日昭儿蒙着红盖头的样子，昭儿还没有被玉家娶过门，却已经被他娶了，这终究是让他无比开怀的事。庆瑜胡乱地想着，便又找了机会偷偷和昭儿约好，带她去看泰兴号。

　　那日早上又起了雾，两个人匆匆上了小船。因雾气缭绕，昭儿就坐在庆瑜对面，庆瑜却觉得昭儿离他不够近，又起身坐到昭儿身旁来。他转脸仔细打量昭儿，缥缈的雾气若隐若现，让昭儿的俏脸更加飘逸出尘，她粉红的裙衫被风吹起，裙上的丝带被吹到他的臂弯，在他的臂弯里荡来荡去，玩耍嬉戏。他笑了，拿起那飘带摩挲着，又透过薄雾仔细看昭儿。昭儿的眼神却充满倦怠，没有精神，脸色也有些差，额头还渗出细密的汗来。庆瑜心里生出许多怜惜来。

"昭儿，不舒服吗？"庆瑜握住她的手，小声问道。

"大概是睡得不好罢，没什么的。"昭儿笑笑说。

"你脸色不好，病了吗？"庆瑜伸手去探她的额头，发现并不烫，便放下心来，说道，"没什么大碍，是不是最近没休息好？"

昭儿点点头："嗯，最近睡得都不太好。"

"可是思虑太多？"庆瑜又问。

"似乎，也还好。"昭儿说着，便忽然捂住嘴巴转身趴着船沿干呕起来。

"昭儿！怎么了？"庆瑜吓坏了，赶忙站起身扶住她。

昭儿一直呕了好一会儿才止住，又喘息了一会儿说："许是最近休息不好晕船了，可是我之前从来没晕过船。头晕得不行。"

庆瑜将她揽在怀里说："不舒服就多休息，多躺着，什么也别干，累坏了身子我可不答应。"

昭儿轻轻"嗯"了一声，便伏在庆瑜的怀里昏昏欲睡。

"睡会儿吧，还有一会儿才能到，到了再叫你。"庆瑜又说。

昭儿没有说话，只是卧在他的怀里，昏沉沉睡过去。

半个时辰之后，小船在小镇靠岸，昭儿被庆瑜叫醒。她睁开眼，晨雾已经散去，朝阳像个巨大的彩色圆盘，那万丈光芒如一支支利箭，就要穿透云层在东边的天空蓄势待发。昭儿身上的力量似乎也被唤醒，朝气蓬勃起来。

"好美呀！"昭儿感叹道。

"是很美，我们到了，昭儿！"

两个人下了船，便向小镇里面走去。在层层叠叠高耸入云的桅杆中穿行，左转右转，一会儿便来到了陈耀云的小屋子。

庆瑜敲了门，陈耀云披着衣服睡眼惺忪地出来开门。一见他们两个，便兴奋地说："三少爷，谭小姐，你们来了！你们再不来，我就要去找你们啦！"

"是不是泰兴号造好了？"庆瑜道。

"是啊是啊！走，我带你们去看！"陈耀云一边穿衣服一边带他们向船坞走去。

远远地便望见了那艘巨轮。

那不是一艘普通的船。那是一艘巨轮，一艘所有人都没有见过的巨轮。庆瑜远远地站在那儿，呆呆地望着它，好久都没有动。

它浩大、广阔、磅礴、豪迈……庆瑜不知道应该怎么样才能描述它。他曾对周先生说起过这艘船，他只知道它是一艘很大的船，他也曾见过好几次它还没造成的样子，但，在它终于完成了它的样貌之后，庆瑜不知道该如何向周先生来描述它。

这样的气势如虹，他被震撼了。它高耸的桅杆直入云巅，或许可以抵达凌霄宝殿和最深邃的旷宇。桅杆上面挂着三层庞大的船帆，那不是船帆，那是硕大无比的鲲鹏正欲展翅高飞。那庞大的红色船体，如海底的鲸鱼，静卧在浩瀚的蓝色海面上，睥睨着未知的风暴、潜流和浪潮。那蓝天白云、那蔚蓝的大海和红色鲸鱼，如此鲜亮决绝的壮阔景象竟然让他感动得就要落下泪来。

昭儿也在那里看得呆了，不敢挪动一步，似乎怕惊扰了它的平静和美丽。

"三少爷，谭小姐，怎么了？"陈耀云看他们惊呆的样子，笑了。

"真是太棒了，耀云。"庆瑜喃喃地说。

"太棒了，耀云。"昭儿也赞叹道。

"还给你们留了最后一个工序，等你们来，才算最后完成。"耀云笑道。

"哦？真的吗？快！"庆瑜兴奋极了。

"跟我来。"陈耀云带他们走近泰兴号。

"看，这艘船还没有龙眼，看见没？它还没有眼睛。这龙眼，我留给三少爷来点了。"耀云指着泰兴号的船头说。

"哦哦，好，快点！我来画！那个，什么颜料的，都在哪呢？快呀！"庆瑜已经急不可耐。

"我上去拿，都给你留好了。"陈耀云说着跑上船，提了一个小桶和一个小箱子又跑下船来。他从小箱子里面翻出毛刷递给庆瑜，又把小桶的盖子打开，说："用刷子蘸上红色的颜料涂到这两处，看见没？"

庆瑜和昭儿这才看见船头陈耀云已经画好的两个浅色的眼睛轮廓。庆瑜点点头，将毛刷伸进颜料桶，蘸满颜料，又用毛刷小心翼翼地将那两个眼睛轮廓描红。

昭儿激动地拍起手来："真好！"

庆瑜放下毛刷退后两步，站远一点看龙眼，问耀云："还行吗耀云？"

"蛮好的，蛮好的！这就算大功告成了！"耀云也快乐地说。

昭儿忽然又干呕起来。庆瑜慌了，忙跑上前拍她的后背，说道："怎么了这是？晕船这会儿还没好吗？"

"我也……不知道，好像是这颜料的味道，忽然就觉得难受。"昭儿喘息着说。

陈耀云呆愣在那里，刚才还一脸的笑容骤然消失，变得无比萎靡，宛如霜打的茄子。

"那耀云，快把这个颜料拿走吧，昭儿她闻不了这个味道。"庆瑜说。

耀云拿起颜料桶和小箱子，魂不守舍地走远。他神情恍惚起来，只觉得一切都在慢慢飘远，远远地传来他们的声音。三少爷的声音在说，好些了吗？可这声音，遥远得恍如隔世。

不知过了多久，陈耀云才发现自己和他们在一起吃饭。他好像冬眠了之后又慢慢醒来，又慢慢恢复了知觉。他意识到，三少爷在跟他说话。

"嗯？"他又重复了一遍，因为他不知道三少爷刚刚说了什么。

庆瑜："我跟你说个秘密，耀云，你别对别人讲。"

陈耀云："好的，三少爷。"

庆瑜神秘地说："我和昭儿，偷偷拜堂了。"

陈耀云："哦，恭喜三少爷和谭小姐呀！"

陈耀云不知道自己是怎么笑着说出这句话的，似乎说话的是另外一个人。他很奇怪自己怎么会有两副面孔，自己的体内怎么还有另外一个自己。这样也好，一个自己实在难过的时候，就可以隐藏起来，换作另一个自己出来。反正两个自己长的是一个模样，谁也不会发现。他也直到这个时候才发现，原来这么多年一直都是两个自己在相互依偎着长大。

"嘿嘿。耀云，你是我最好的朋友了，我和昭儿敬你一杯！"庆瑜拿起酒杯说。

"耀云有幸成为三少爷的朋友，真是无比荣幸，也受宠若惊啊！"耀云发觉两个自己都异口同声地说。

"对了耀云，我爹说，目前因为皇上的事，暂时不宜开洋，他也有要紧的事要办，就要等下个月再开洋了。"庆瑜说。

"好，我这随时等候就是了。"耀云道。

酒足饭饱之后，庆瑜见昭儿一直不舒服，便匆匆和耀云告辞。

陈耀云再一次送他们上船。

小船已经远去，他们的身影越来越小。

"再会！昭儿！"他第一次叫了昭儿的名字。

昭儿一早跟母亲谎称要和幺妹去绸缎庄，这才蒙混过母亲和父亲的耳目，偷跑出来。故而此刻下了船，庆瑜便送她去了绸缎庄，幺妹正在等她。一见她走进铺子，便说："小姐，我刚帮你挑了些好看的料子，你看一看。"

昭儿匆忙看了看，意兴阑珊。幺妹见昭儿有些疲惫便赶紧和她上了车。

昭儿微闭着眼睛，向后靠着，忽而又干呕两声。

幺妹惊讶地小声问："小姐，你这是怎么了？"

昭儿摇摇头："今天不知道怎么了，一直晕得厉害，去的时候也晕船，闻到颜料味道突然就要吐。我是不是吃坏什么东西了？"

幺妹又仔细看了看她，只见小姐脸色蜡黄，迟疑地附耳问道："小姐，你这两个月好像没有来月红吧？"

昭儿眯着眼疲惫地说："是吗？我没注意，不过好像是好久没有来了。"

幺妹："小姐，你……你该不是……有了？"

昭儿眯着眼道："有什么？"忽然她睁开眼诧异地看着幺妹："你说什么？"

幺妹："小姐，你和三少爷是不是？"

昭儿立刻脸色绯红低下头，又说道："是，我和三少爷偷偷拜堂了，除了庆瑜我此生谁都不嫁，我就是他的人。不过，不会那么巧吧？"

幺妹："那应该就是了，小姐，唉，你真是胆子太大了。"

昭儿笑了："我怀了他的孩子，挺好的。"

幺妹："小姐呀，你可真是胆大包天呀！这，早晚是瞒不住的。"

昭儿嗤嗤地笑："我很高兴。"

幺妹连连摇头。

昭儿又说："这件事别告诉别人，等我生出来再告诉全天下。这回他们谁也没办法逼我嫁给那个姓赵的。"

幺妹想了想说："可是有了上次小姐去帮忙的事，赵公子恐怕是有了借口来纠缠小姐了。"

不出所料。昭儿悄悄养胎一个月后，赵梦乾还是打破了她的宁静。

因上次的事，赵梦乾非常堂皇地差阿元到谭家给昭儿送来贵重首饰，阿元说赵公子对上次失手误打谭小姐一事非常抱歉，这些首饰是赵公子一片心意，并邀请小姐去玉溪茶楼一叙，当面谢罪。

昭儿推辞说："上次赵公子也是无意之举，不必记挂在心，我也没有在意。首饰就免了，也不需要去什么茶楼赔罪。"

阿元立刻跪下来说："小姐若是不收首饰，那至少要去茶楼，不然他这今晚就会没命。"

谭鸿业在房间里听到这厮这么说话，气得摔了杯子。昭儿赶紧扶阿元起来说："我去就是了。"

阿元立刻喜滋滋跑回去复命了。

傍晚，赵梦乾和阿元早早地就到了茶楼等昭儿。昭儿和幺妹在上灯时分才来到。

这玉溪茶楼，说是茶楼，实则是文雅之地。远道而来的文人墨客都会到此一游，更是会留下墨宝真迹。赵梦乾特意选了这个地方，自然是并未将昭儿视为等闲女子，觉得这等高雅之处才是昭儿该来的地方，也是适合他今日此番心意之地。赵梦乾为了这次见面，昨夜夜不能寐，已然做了充足的准备。

昭儿和幺妹一进茶楼，小二便跑过来问："这位可是谭小姐？"

幺妹道："正是。"

小二："谭小姐您跟我来二楼，赵公子已经等候多时了。"

小二在前边带着昭儿和幺妹上了二楼。二楼也是个开阔之所，游廊迂回，环境优雅，有两个穿着同一样式裙衫的女子静静地立在游廊尽头。

小二正带她们往前走，游廊深处走出一个人来，是赵梦乾。

赵梦乾手持扇子，眉眼含笑，向她们走过来："谭小姐，我等你多时了。快请进！"

昭儿深吸了一口气，走过去："赵公子，最近身体可好？"

"好，好得很。多亏了昭儿姑娘。快请进来！"

几个人走进包间，小二退了出来，将门关好。

偌大的房间，陈设豪华，房间正中放着一张大茶桌，茶桌上摆放着紫檀木的茶盘、紫砂茶壶、几个茶杯和茶洗。房间的四壁都摆放着茶案，上边陈列着各式茶具和摆件，大都是瓷器。蓝白相间的青花，或镂空或透明、或庞大或小巧，形状各异又无比繁复的工艺让昭儿忽然移不开眼睛。她不由自主走过去小心地拿起来仔细看。

"真好看！"昭儿感叹道。

她又仿佛回到了半年前，仿佛又和庆瑜置身于龙窑。她想起了胡老伯的吹青、想起了那奇异的熔炉。

她拿起一件瓷器，瓷器的白色表面附着着点点蓝墨，蓝墨下却又露出浅淡的白色，如雪花如棉絮。

"这个是吹青，真好看。"昭儿说。

"哦，谭小姐懂得真多啊！"赵梦乾感叹道。

她又拿起一件瓷器，用手指轻轻在那上边的金色线条上描画，细腻、光滑的触感让她想到婴儿的脸庞。她笑了。还有那个柚红的青花，她仿佛看见了它刚从熔炉里涅槃，她托在手中，像托住迷离的梦。

"昭儿姑娘喜欢的话，这里的东西我都让他们给送到府上去。"赵梦乾大喜道。

"哦，不必了，赵公子，我就是随便看看。"昭儿说道。

"茶好啦！赵公子，是不是上茶？"小二又敲门进来问。

"好，上茶上茶！谭小姐请坐！"赵梦乾急切地吩咐。

"这茶是我们茶楼最好的茶了。来！"小二带着一个姑娘走进来，提着一个大壶，往桌上的壶里倒满了茶水，然后他站立一旁。那姑娘提起壶，往茶盘倒了茶水，又将茶杯茶盏冲刷一遍，之后，将茶杯和茶盏翻过来，又提起茶壶向茶杯和茶盏里倒了一遍茶。如此反复倒了三次茶，这才做了个手势道："茶好了，请慢用。"

"好，下去吧。"赵梦乾说。小二和姑娘退了出去。

赵梦乾又看了看幺妹和阿元说："你们，也出去吧。"

幺妹犹豫着不想出去。赵梦乾又说："怎么，怕你家小姐吃亏？哈哈，放心，我不会吃了你家小姐的，上次的事我已经觉得很对不住了。你就在门口，我又跑不了。对吧？"

昭儿对幺妹说："幺妹，你先退下吧，我相信赵公子也是一番诚意，不用担心。"

"那我出去候着，小姐，随时叫我。"幺妹还是警惕地盯着赵梦乾，赵梦乾摇着头笑笑。

"我先出去，少爷，有事您吩咐。"阿元也说。

阿元退了出去小心地将门关紧，回身看见幺妹正瞪圆了眼睛盯着他。

"看什么看？"阿元道。

"你关那么紧干什么？"幺妹说。

"这门关紧和不关紧，它都是一样的，里边说什么，你都听不见。连这都不懂。"阿元道。

"狗仗人势的东西！"幺妹小声骂道。

"你敢骂我是狗？"阿元道。

"这里有狗吗？我怎么没看见？"幺妹笑道。

"你！"阿元气得要伸胳膊。

"你敢？"幺妹瞪着眼看他。

"算了，也就是我家少爷看上你家小姐了，我好男不跟女斗，就让你一回。"阿元泄气地说。

"你家少爷可千万别看上我家小姐，看上也没用。"幺妹道。

"啥没用？咋没用呢？"阿元道。

"哼。"幺妹不再说话，因为再说下去，就要泄露天机了。

房间里。

赵梦乾端起茶杯："昭儿姑娘，请！"

昭儿："赵公子请。"

赵梦乾："这茶，味道如何？"

昭儿："好茶。味道很好。"

赵梦乾："昭儿姑娘喜欢就好。喜欢的话，我让这茶楼每日给送府上一些，这样你就可以每天都喝到这茶了。"

昭儿："实在不必这么麻烦，我平常其实也不怎么喝茶的。"

赵梦乾："哦。那我就先言归正传。今日请姑娘来，实在是因为那天无意中打了姑娘，在下实在是心里过意不去，得当面给姑娘赔个不是。"

昭儿："好，这个不是我就收下了。那天你神志不清，当时自己在做什么应该也不太知道。我没有记挂这件事，就请公子以后也不必再挂念了。"

赵梦乾："多谢姑娘体谅，那天也多亏了你。"

昭儿："没什么，举手之劳。我也不知道我能帮上这个忙，也无非就是试试，和你说了几句话。"

赵梦乾："姑娘的话，我都记得。我想我是不是应该叫你一声昭儿妹妹。那天之后，我就好几次想起小时候的你，那个小豁牙的小姑娘。你小的时候笑起来特别可爱。哦，当然了，现在仍然可爱……"

昭儿："赵公子，小时候的事就别再多说了，我已经长大了。"

赵梦乾："可是你不觉得这是缘分吗？原来那个时候我们就见过，我说怎么一见如故呢。自打我爹来到东石任职，我们一家从京城里来到这里，人生地不熟的，我谁都不想见，觉得好像这世上没什么值得我留恋的东西了。那日灯会一见，我就忽然又有了念想，原来，我们早在京城就见过。昭儿，你不觉得这是缘分吗？"

赵梦乾激动起来，站起身走到昭儿身边握住昭儿的手。

"昭儿！我想娶你！"

"啊，不！"昭儿立刻挣脱他的手，站起身后退两步。

"赵公子，你可能是想错了。其实一直在你心里的人，是我蕊姐姐，这个从来都没变过。我们在京城是见过，那也是因为蕊姐姐，我也只不过是帮你们见面。或许我和蕊姐姐身上有什么相似之处，毕竟我们是姐妹。但，我绝不是她的影子，我也不希望这辈子活成别人的影子。再说，我有喜欢的人了，我们一起长大，很多年了。你也知道，你对蕊姐姐的感情，别人是代替不了的，那，我心里的人，别人也是代替不了的。所以，赵公子还是别再这样了，也别再让你父亲为难我父亲和玉伯伯了。恕我告辞！"昭儿说完，便向门口走去。

赵梦乾仿佛傻了，站在那儿，看着昭儿走出去，才恍然反应过来，又追出去喊道："昭儿！我没有把你当成蕊的影子啊！"

昭儿和幺妹已经走出茶楼上了车，马车疾驰而去。

庆瑜已经好多天看不见二哥的人影。培松每天早出晚归，神出鬼没不知道在忙些什么，每每看见他的身影，他又都是在书房跟父亲和大伯不知道悄悄商量什么。

有一晚庆瑜还分明看见二哥穿着一身黑衣快步走出去，那哪里是走，分明是飞出去的，"嗖"地一下，他就不见了。他去了哪里呢？庆瑜猜不到，但二哥这身打扮，显然是去做大事情。

可能早晚也会知道吧。庆瑜想。

是夜，沿海船埠火烛熹微，只有东边海岸上两艘毗邻的船上灯火通明。一个黑影匆匆上了船，躲在暗处。那船上方烟气缭绕，香气扑鼻。管账房的胖子在打算盘，胖子旁边的女人正懒洋洋地嘴里叼着个短烟袋一个人摸牌。

几个富家子弟吵吵嚷嚷地上了船，那女人立刻停下手里的牌，迎上前去："哎哟，这不是贾公子吗？好久不见，来来来，房间啊，一直给你留着呢！今天这是带朋友来了，那就多给公子们来几个房间。来呀，姑娘们！过来伺候着！"女人扭着身子走在前边，后边几个人推推搡搡向里边房间走去，再后边跟着几个年轻姑娘。

胖子只抬了抬眼，继续打算盘，却不想胳膊被人扳到身后，一把锃亮的尖刀逼在他的脖子上。

培松："别出声，小心狗头！"

胖子："好汉饶命，有话好说。"

培松："巫毓在哪儿？"

胖子吞吞吐吐地说："我听不懂你在说什么。"

培松低声喝道："想死吗？"

胖子："我说，我说。他有时候住在湛江客栈。他不经常来我这儿，只是有货才吩咐阿金来送货。他小心着呢，知道一不小心就会丧命。好汉，他真的不在这儿。"

　　培松："阿金什么时候来？"

　　胖子："半个月前来过了，下次，应该……应该今晚来，可是，一直还没来。"

　　培松手上加了力道，那尖刀在他的脖子上使劲蹭了蹭。

　　胖子："饶命！我没撒谎，是真的还没来。一会儿，就能来，我保证！"

　　培松狠狠地说："好，我就在这后边等着，饶你条狗命，敢走漏风声小心你脑袋搬家！"

　　胖子吓得汗流浃背："好汉，我懂，我懂。"

　　培松："你还知道巫毓什么？"

　　胖子："不……不知道了。"

　　培松："他是在和谁做生意？"

　　胖子："这，小的不知啊。"

　　培松："嗯？"

　　胖子吓得要哭出来："饶命，我是说了也是死，不敢说啊。"

　　培松："说，饶你不死。"

　　胖子像蚊子一样地挤出几个字来："闵，闵总商。"

　　培松："果然是他。"

　　胖子哭丧着声音："对，好汉看来都知道。小的知道的就这么多了，好汉饶命！小本生意，真的是掉脑袋的生意，年底就不打算做了。"

　　那女人的声音远远地传过来："我说胖子！仁美姑娘呢？"

　　培松松开刀子，倏然不见了身影。胖子如释重负，用袖子擦汗。

　　那女子走回来问："问你话呢，仁美姑娘呢？上次是不是仁美伺候的贾公子？贾公子点名还要上次那个姑娘。她在哪个房间呢？"

　　胖子还是心有余悸地擦汗。

　　女子："你这是怎么了？热成这样。"

　　胖子："是很热，这屋子里太闷了。仁美好像是在伺候徐大人，这，徐大人咱也得罪不起呀。"

　　女子："那可怎么好？"

胖子不耐烦地说:"再去给找个别的姑娘。"

"好吧。"女子又扭着身子走远。

厅堂里安静下来,只是胖子仍然嗅得到危险的气息,他仍然惴惴不安地擦着汗。

门忽然又开了,走进来一个跛子,肩上扛着一个木箱。胖子立刻紧张地走出来迎上前去。

"胖哥,我来了。"跛子笑哈哈地说着,把木箱放下。

"阿……阿金,你来了?"胖子犹豫地说。

"来看看,都是上等的烟草!"跛子说着从衣兜里拿出一个短木片,将捆木箱的绳子割断,又伸手将里面的棕黑色烟草拿出来让胖子看。

胖子六神无主地用眼睛环顾四周,敷衍地说,"哦,还是和往常一样地好。"

阿金:"对呀!新货。"

培松不知道从哪里冒了出来,立在他们面前:"这货我都包了。"

阿金:"你?你谁呀?"阿金询问地看着胖子,胖子低头假装看烟草。

培松:"我是谁不重要,重要的是,你这货我都要了,并且,双倍的价钱。"

阿金:"哦,这,我做不了主。"

培松:"你回去问你的老板,有买卖做不做。以后,你老板所有的货,我都出两倍到三倍的价钱,他就不要再卖给别人了。"

阿金:"啊?这……可是我们老板的买家都是固定的。"

培松:"呵,固定的?皇上突然驾崩这天下人可曾想到了?万事都有变数,而利益是不变的。不论和谁做生意,大家不就是图个银子吗?回去跟你们老板说,不论以前那个买家是谁,我都出比他多一倍的价钱来,我希望你老板的生意,以后跟我一个人做。"

阿金:"哦,那……那我回去跟老板说。"

培松:"好,我明天还这个时间在这里等你消息。当然,如果你老板不愿意做,那也没关系,反正等着我的银子的人有的是。"

阿金:"好好,那怎么称呼你呢?老板?"

培松:"姓宋。"

阿金:"那宋老板是在哪里做生意的?"

培松："我嘛，没有固定的地方，四海为家，哪里有生意就去哪里。此处不留爷，爷就要去南洋了。"培松说完走出去。

阿金："好，宋老板，您慢走，我这就回去跟老板禀告。"

阿金问胖子："那这货？"

胖子："暂放我这吧，既然这位宋先生要了这批货。可是我这怎么办，岂不是断货了？"

阿金："那要不，我跟老板说，看能不能给你留一部分？嗨，我这瞎说什么呢？我又不是老板。我先回去了。"阿金一瘸一拐地走了。

胖子狠狠地打着算盘，说道："这算什么事啊！这不是劫匪吗？"

女子扭着腰肢走回来问："什么劫匪，有劫匪吗？那还不报官？"

胖子气恼道："报什么官报官？不要脑袋了吗？我看不是劫匪，分明就是海贼！"

女子："你到底在说什么？"

胖子："啥也没说，该干吗干吗！"

第二日夜里，培松身着华贵锦袍，又来到船上。胖子一见他进来，忙说："宋老板来了，有人等您多时了！"

培松不慌不忙地走进来："哦？是吗？"

"是呀！"胖子跟培松使了眼色，跛子阿金正在椅子上坐着等他。阿金见到他便站了起来说："宋老板，我们老板想请您一叙，不知方便否？"

培松："哦，好吧。"

阿金："那宋老板请上车，我带您去见我们老板。"

阿金说着出了门。门口有一辆车，培松跟他上了车。车走了一会儿，在一处祠堂前停下来。阿金带培松走进祠堂。

祠堂里灯火有些晦暗，供像前燃着香火，一个中等身材的人长袍宽袖，伫立在供像前。那人听到后面脚步声，便转过身来。

阿金："老板，宋老板来了。宋老板，这是我老板。"

培松走近他："巫老板，久闻大名。"

巫毓警惕地问："哈哈，不是什么好名吧！宋老板是如何知道我的？"

培松："因为我也是做生意的，也想做大生意，自然是要知道了。"

巫毓："宋老板是本地人？"

培松："哪里，我年少随父一直在南洋，不料父亲去年过世，所幸这许多年来一直经商，留了点微薄钱财给我，我就回来四处看看，做点生意。听说过巫老板，不想，昨夜在烟袋馆子遇见阿金，这也是缘分。"

巫毓："哦，宋先生是南洋富商？"

巫毓仔细打量了培松一番。只见他衣着华美，连腰带都是玉刻金镂，手上的翡翠玉戒一看就是价值连城。

培松："哎，不敢当，哪里什么富商，钱财略有一二便是。"

巫毓："我听阿金说，宋先生愿意多付一倍的价钱跟我做生意？"

培松："对，不知之前巫老板是和谁做生意？"

巫毓："额，东石这里呢，我之前的生意伙伴一直信誉很好，已经合作了多年，如若断了合作，恐怕不太仁义呀！"

培松："呵呵，巫老板，我们生意人讲究的是利益，当然仁义也是要讲的，但仁义和利益并存，岂不是更好？我愿意为巫老板的仁义再添百分之二十的价钱。"

巫毓大笑道："啊哈哈哈，看来这位小兄弟很懂得经商之道。"

培松笑道："年少就跟随父亲经商，学了点皮毛。"

巫毓："但不知小兄弟这么多货，都销往何处？"

培松："这个，小弟不好多说，巫老板知道广州十三行吧？小弟的几个好兄弟，都在那里。"

巫毓："哦？那我们以后多多合作。"

培松："那一言为定，多谢巫老板关照。"

一个月后的一天晚上，庆瑜从父亲书房走过，听到他们在里边秉烛夜谈。

玉平遥说："那这个阿金他真的肯做证吗？"

培松道："对，我付了他一笔银子。他说他也不愿意给巫毓做这等坑害自己同胞的事，无奈西北土地贫瘠，实在吃不上饭，他又无依无靠一个人，便一路南下，遇上巫毓，肯保他衣食，他也就跟了他两年。这回有了银子，他就不打算再

348

帮他做这伤天害理之事了。阿金说的跟我们猜想的一样。"

玉平风："很好很好。可有拿到来往的账目？"

培松道："只有最后两次的，这是巫毓还没来得及从他这拿走销毁的，以前的巫毓都会拿走销毁。你看，叔父。"

玉平遥："培松，真是太好了。奔波了这么多天，多亏你有智有谋，找到巫毓。"

培松："事关重大，已经关乎我玉府存亡，龙潭虎穴也在所不辞。"

庆瑜犹豫着敲了门。

玉平遥："进来。"

庆瑜："父亲，大伯，二哥，你们是不是在商量什么大事情，我也想听。"

玉平遥："好，坐下来听。"

庆瑜道："巫毓不是那个鸦片贩子吗？二哥去找他了？"

培松笑了："我和他做了笔买卖。"

庆瑜："啊？你也买鸦片了？"

玉平遥："你二哥不去找他做生意，又怎么能接近他呢？"

玉平风："没错，你二哥啊，厉害了，做了一回细作。"

庆瑜："啊？细作？"

培松："哈哈，对，我就是细作。但是，我这个细作，可是也豪掷了一笔银子，才取得了巫毓的信任。"

庆瑜："这到底是怎么回事啊？"

玉平遥："去睡觉吧！哦，这件事暂时要保密，别跟任何人讲。"

庆瑜站起身："知道了。"

庆瑜回了房间，却有些郁闷。他忽然觉得自己好没用，这个家里的一切他似乎都不知道；人人都觉得他是玉家的掌中宝，他却总是觉得自己是玉家的宾客。而对于大哥和二哥，父亲和大伯总是给予他莫大的信任，什么事情都会让他们去做。也是了，二哥是武状元，有胆有谋；大哥呢，虽然不会武功，但足智多谋又有胆识，从他记事起，大哥就跟在父亲左右帮忙处理玉家的大小事务了。而他呢，从小到大他的事情只有一个——去读书。可是即便考取了功名又怎样，还不是要去京城或者别的地方去做官，离开玉家，离开昭儿，那是他万万不想的。而今，已然和昭儿成了亲，更是不会丢下昭儿一个人。想到昭儿，庆瑜心里一阵柔软，不自觉地绽开笑容。

唉，什么时候能和昭儿每天都在一起就好了！庆瑜想着，终于渐渐睡去。

第二十二章　新加坡玉家

1

在那个阳光灿烂的周末上午，我带美盈回到家。

当然，被囚禁多日，我们一身狼狈。所以，菲姐看见我们的时候很吃惊，上下打量我们，问道："少爷，谢小姐，这是怎么了？"

我笑笑说："没什么，菲姐。你们都还好吗？"

"Alamak！玉海东，你们这是从贫民窟回来吗？Wah Lau Eh！一向讲究的玉先生居然这么邋遢……Wah Lau Eh……你们该不是逃难刚回来吧？Then，我知道了，你们两个是不是偷渡被抓了？哈哈……"乔娅从屋里走出来，一边惊奇地打量我们，一边笑道。徐行之惊讶地站在那，然后握住她的手臂，示意她住口。

"Alamak，好逗。爷爷，爷爷！"乔娅如同见了新大陆，猛然回身去叫爷爷。爷爷已经走出来了。

"海东，美盈，你们回来了，发生什么事了？你们没事吧？"爷爷紧张地问。

"哈哈，瞧他俩，爷爷，从难民营回来的，哈哈，乐死了。Then，还不快去洗澡换衣服！"乔娅嫌弃地说。

"乔娅，就你吵！"徐行之说。

然后，乔娅忽然眨了眨眼睛，用甜腻的声音说："Then，美盈姐，玉海东带你去的地方没什么好玩的吧？"

乔娅还是第一次这样称呼美盈，一定是有什么坏主意。我警惕地瞪着她。

"还挺好玩的。"美盈笑笑说。

"哦。"乔娅若有所思地看着美盈说，然后便跑回楼上去自己房间了。

"快进来，孩子，发生了什么事？"爷爷担心地拉住我和美盈，上下打量。

"没事啊，就是海上条件不好，我们待了这么多天，那可不很狼狈嘛！"我说。

"哦哦，那没事就好，没骗我吧？"爷爷又问。

"哪能呢？爷爷，您还好吧，这阵子？"我说。

"我好得很，你瞧！"爷爷转了个圈。

"Then，那还不是我照顾得好！"乔娅在楼上探出身子又说。

"哈哈，对，是我孙女每天照顾得好。"爷爷又说。

"爷爷，那我们先去洗洗，换换衣服。"美盈说。

"快去吧。"爷爷在我们身后说。

我和美盈分别回了房间去洗澡。热水从头顶流到脚底，将我冲洗干净，但心里某处像有被撕裂的伤口，因热水的浇注而隐隐作痛。

我走出房间来到客厅，美盈已经换好衣服，将两部手机充了电。我拿起手机开了机，很快，迎来一条短信。是托马斯教授于两日前发给我的短信。

> 海东，你回到新加坡了吗？对课题有想法了吗？这次的实践一定很
> 有趣吧？啊哈，拍卖的时候，如果身体允许，我是一定要去的，我要去
> 看看这些珍贵的中国瓷器。凯恩斯慷慨地要赠送我几件。到时候你也过
> 来一起吧？那样我们就又能再见了。然后，我们，还有凯恩斯，三个人
> 一起喝一杯。啊，想想就很期待。好了，我的女管家又在催我吃药。

显然，托马斯教授并不知道我和凯恩斯之间发生了战争，并不知道我被凯恩斯囚禁，更不知道这艘巨轮对于我的意义。他什么都不知道。

这一刻，我忽然觉得，我和托马斯教授之间隔着深深的鸿沟，昔日的师生情谊，在这一刻，变得如此浅淡。我们分属于两个民族，身上流淌着各自文明的血液，拥有截然不同的信仰和追求。而我的民族，从前遭受另一个民族的践踏。如今，从某种意义上说，仍然被另一个民族欺凌。我不能自已。好一会儿，我才想

起来，上次答应托马斯教授的中药偏方还没有来得及问爷爷。

我回复：好的，托马斯先生，下次见面，正好我把中国的偏方一并带给您。祝好。

"海东，泰兴号，怎么样？快跟我说说。"爷爷迫不及待地问。

"爷爷，本来呢，美盈拍了很多照片可以拿给你看，但是不巧，我们不小心把胶卷弄坏了一些，我不知道能不能修复好。如果能修复好，您就能看见那些宝藏了。"我说。

"好好。"爷爷连连点头。

"泰兴号大吗？我的爷爷说那是艘很大的船。"爷爷又说。

"是的爷爷，泰兴号长50米，应该是当时最大规模的船。在泰兴号上，成功打捞出来35万件中国瓷器。它们产于中国德化龙窑。"我没有说事实上泰兴号上面有60万件瓷器，有20多万件已经被强盗摧毁。

"哦，德化瓷，德化瓷。"爷爷激动起来。

"都很漂亮。它们被一点点地打捞上来，搬到船的甲板上，一摞摞地摆放起来，整整齐齐，洁白，如玉。"我说。爷爷不住地点头。

"最有趣的是，在海底，在船的周围，发现了7门加农大炮，这是泰兴号当时私藏的。"我又说。

"好厉害，好厉害！唉，这么大的一艘船，怎么说沉就沉了呢？"爷爷又伤感起来。

"爷爷，过去的年代，科学技术不够发达。在海上你知道的，遇到狂风巨浪是一点办法也没有的，海难也是常常发生的事。"我安慰地说。

"哎，看来妈祖和龙王也没有保佑人们太平。唉，那么大一艘船，说沉就沉了。海底，一定很冷吧。"爷爷说着哭泣起来，然后站起身，向卧室走去。

爷爷的背影看起来孤单又羸弱，像个无助的孩子。我吸了吸鼻子，跟在他后面，走进他的房间。

爷爷站在床头的柜子前，双手捧着一个红色的木船模型仔细看，一边仔细打量一边用手轻抚它的船沿、船身和船舷。

"爷爷，这是哪来的船？我怎么没见过？"我诧异地问。

"这是上次美盈回大陆给我带回来的福船。你上次走得匆忙，没看见。"爷爷说。

"哦，福船。"我说。

"我听我的爷爷说起过，泰兴号就是这样的福船。它就是泰兴号。你祖奶奶和祖爷爷当年就是乘坐它去了远方，祖奶奶却再也没能回来。如今，这艘船找到了，祖奶奶也永远回不来了。"爷爷颤声说道。

"她泉下有知，会欣慰的。我猜，她什么都知道。她一直在保佑我们祖祖辈辈呢！她每天都在微笑地看着我们。"美盈不知什么时候站在门口，说道。

"是啊是啊！"爷爷长叹一声，仿佛释然了。

"爷爷，泰兴号的宝藏很快就会进行拍卖，到时候我们去买回来一些。"我说。

"好啊，一定。"爷爷又颤声说。

2

果然，晚上，乔娅又来到我房间，一边吃着苹果，一边走进来。

"玉海东，你是想让她做我未来的嫂子了，Tio Bo？（对吗）"她说。

"嗯？这个问题我还没有想过，不过，应该是不用想的。"我想了想说，"应该是，不，一定是了。"

"Then，那她答应将来做我嫂子了吗？"乔娅嚼着苹果说。

"这个，我还没问，应该能答应的吧。"我说。

"切！"乔娅使劲咬了一口苹果。

"我帮你调查过了。"她拍拍我的肩膀说。

"调查？"我诧异道。

"And then 是啊，你知道我手下的队员遍及五洲四海，查一个女孩应该是很容易的。"乔娅一边吃一边围着我转圈。

"那你查出什么了？"我问。

"And then 很奇怪呀！玉海东，我真不是打击你，全天下的人我都能查到，但是她，我没查到什么。"她停下来说。

"你想查到什么？"我有些恼火。

"Then 那当然是从小到大都应该事无巨细，但是不够详细。喏，她是厦门《时尚旅游》杂志社的光荣使者，就是最好的记者的意思。我查到很多她的采访和文章。And 我的队员也去了她的公司。据说，她人特好，人人都喜欢她。还听说，好多人都在追求她。"她又咬了一口苹果，含混不清地说。

"哦，那也不奇怪。"我说。

"Alamak 玉海东，你还真是心大！你自己小心吧，我告诉你，没准她是个间谍！"乔娅神秘地说。

"乔娅，你最近在看侦探小说吧？"我摇摇头说。

"Yes，东野圭吾。不过你怎么知道？"乔娅点点头说。

我笑了。

乔娅有了被拆穿的感觉，哼了一声便向外走去，走到门口又回来说："And then 不过，如果她不跟我抢地位的话，我会原谅她的。"

然后，她将吃完的苹果核扔到门口的垃圾桶，冲我笑笑，走出去。

"徐行之！徐行之！你在哪？"乔娅一边下楼一边喊。

然后，楼梯上响起徐行之的声音："怎么了？乔娅，我在这。"

"Then 还不快点下来，要去花园了！"乔娅又说。

"啊，来了来了！"徐行之箭一般从楼上飞奔下来，那膨胀的鬈发像极了非洲狮子。我从未见他的鬈发因暴怒而膨胀。显然，这是一只快乐奋勇之狮。

我知道，接下来便是他们的第 N 回游戏，不，应该是仪式，周瑜打黄盖，两个人乐此不疲。

我看着他们的背影摇摇头。我很心疼花园里的花儿们。

乔娅对美盈的态度发生真正转变源自两天后的一个学校演出。

那日一早，我便被乔娅的声音吵醒。

我坐起来听了半天，原来是乔娅准备参加学校演出的一件旗袍，被菲姐熨烫坏了一个洞。

我于是下楼，去了厨房。

乔娅仍在不依不饶地责怪菲姐。徐行之也跑进来问："怎么了怎么了？"

菲姐已经哭了，连声说着对不起。

"Alamak 对不起有什么用？过两天就要演出，我好不容易托人买的，你让我穿什么去演出？这下糟透了，我完蛋了！我会被所有人耻笑，连台都上不了！这还是我回来之后第一次参加演出，那些嫉妒我的人都在等着看我的笑话！可倒好，家里，菲姐你真的让我成了一个笑话！呜呜！怎么办！"

"你先别吵，乔娅，烫坏得严重吗？"我问。

"是的，少爷。"菲姐愧疚地说。

"我不知道这个料子是这么薄的，恰好刚刚我想起了厨房的锅还烧着，忘记了关火。我一着急，没有注意刚刚才调了高温烫棉衬衫，结果这温度，小姐的旗袍就被烫坏了。"

"哦。"我仔细看了一下，有直径两指宽的圆洞，说大不大，但位置就在领口下方，无论如何是穿不了了。

"再去买一件呢？"徐行之问。

"Si Peh Sway 这个时候了，我到哪里去买一件相同的旗袍来？这里哪有这么漂亮的旗袍。我那个演出没有旗袍怎么演？角色就是要穿旗袍的。不穿旗袍，整个演出就不成立了！！"

旗袍……旗袍……我忽然想起，之前看过美盈的杂志，上面有旗袍的图片。想必她对旗袍有所研究，或许她有旗袍也说不定。

我打了电话给美盈。美盈听懂了整件事的来龙去脉便说："或许我能帮她补好这个洞。"

"啊？"我惊讶道，"这个，可以吗？"我又问。

"我可以试试，如果，乔娅信得过我的话。"美盈说。

"Then……信得过，信得过。"乔娅在旁边急忙插话。

"好，那我一会儿过去。"美盈说。

乔娅从没这样期盼过美盈的到来。她在客厅里坐立不安，一会儿，跑到院子里去等候；一会儿，又有些怀疑和懊恼。

美盈在中午前到来，随身带了一个不大的很精致的盒子。乔娅一看见美盈便迎上去说："Then 美盈姐，快点帮我看看吧！真是要急死了！"

美盈跟着乔娅走进客厅，那件旗袍就放在桌子上，领口下的圆洞尤其刺目。

"Then 怎么样？能补好吗？"乔娅急切地问。

美盈伸手摸了摸圆洞的边缘，又将手伸到圆洞底下，然后点点头说："我试试看。"

"好，好。"乔娅连连点头。菲姐紧张地站在客厅地门口看了片刻，然后去了厨房。

美盈在旗袍前的沙发坐下来，打开带来的盒子，里面现出五彩斑斓的丝线、几包绣花针和一个圆形的竹圈。她比对着旗袍，从盒子里拣出同样颜色的一卷丝线，又拿出一根绣花针，把丝线穿进绣花针里。再将竹圈固定在旗袍破洞的附近，然后，便开始在竹圈上下穿针引线。就见那针线绕着竹圈上下翻飞，在那破洞周围开始一点点编出丝网，丝网由疏变密，渐渐破洞消失。然后，沿着之前破洞的边缘，赫然出现了几朵同色的莲花。那莲花簇拥着领口，娇而不艳，极其雅致。可是那莲花是如何变出来的，我并没有看懂，真是让人称奇。

"Wah Lau Eh 哇！美盈姐，你太好了！呜呜！太感谢了！啊啊！"乔娅兴奋地拥抱了美盈。

菲姐站在客厅门口拍拍胸口大大地松了一口气。

"And then 菲姐，我原谅你了！你又不是故意的！还不是好心帮我烫一下！"乔娅忽然又拥抱了菲姐。

然后，她拿起旗袍飞也似的跑回卧室，又以闪电般的速度飞回来——她已经换上了旗袍。

"好漂亮！乔娅妹妹很适合穿旗袍，非常漂亮，气质雍容，又很典雅。"美盈说。

"真的吗？"乔娅瞪大眼睛问。

"当然是真的！"美盈含笑点头。

"这几朵莲花好漂亮！简直比之前还好看！"乔娅满意地转圈圈。

"Then 对了，美盈姐，你怎么会补洞的？好厉害啊！"乔娅又说。

"是啊，谢小姐居然会绣花，可否什么时候教我一下？"菲姐说。

"从小看我姨妈绣花，就学会了。我也只会简单的苏绣，菲姐想学我可以教你。"美盈莞尔一笑。

"Then 我也想学，你刚才绣花那样子像变魔术一样。"乔娅说。

"那好啊！改天我们一块儿绣花。"美盈微笑说。

"古代女子都要学绣花的，叫女红。我看乔娅就应该多学学女红，免得整天地蹦蹦跳跳，哪里像个女儿家的样子。"我说。

"And then 你说什么呢玉海东？谁不像个女儿家？我不像难道你像？"乔娅伸手就来打我，我赶紧跑。

"你像是吗？敢说我不像女儿家？"乔娅不依不饶地追过来，迎面撞上从外面回来的爷爷。

"你们干吗呢，这么热闹。"爷爷说。

"Then，爷爷，你回来了！"乔娅只得作罢，冲我做了个鬼脸。

晚上，我和美盈在爷爷的房间，又说起泰兴号。

乔娅端着水果盘推门进来，看见我们神色有异，便说："玉海东，你们两个干吗呢，说什么话呢，让爷爷这么难过？"

我沉默地看着她。

爷爷忽然说："乔娅，你跟我来。"

爷爷拉着她的胳膊走出去。

"去哪啊，爷爷？"乔娅问。

"是时候让你知道玉家的一切，你该懂点事了。"爷爷拉着她进了祠堂。

爷爷在祖辈的牌位前燃了香烛，对乔娅说："乔娅，跟我一起拜！"

乔娅抗拒道："我又不出门，我干吗要拜？"但看见爷爷肃穆的神色，便跟着爷爷一起跪下来。

"列祖列宗在上，太奶奶在上，泰兴号与我玉家是如此渊源已久。这艘巨轮曾带给我们玉家祖辈无上荣光，也带给了我们几代人以深重的苦难。快 200 年了，泰兴号的回归，意味着我们玉家的苦难终于要结束了。在我有生之年，终于能够看到我们玉家的传奇即将画上一个圆满的句号。"爷爷泪光斑驳。

爷爷又转脸对跪着的乔娅说："乔娅，近 200 年前，你祖奶奶和祖爷爷乘坐一艘大船离开中国，他们本以为乘坐那艘大船就可以到达幸福的彼岸，没有想到，在就要到达终点的时候，遇上了海难。你祖奶奶遇难，你祖爷爷带着太爷爷得救生还，流离至此地，从此再没回到中国。"

"Alamak……原来祖奶奶……"乔娅哑然。

"是的，你的祖奶奶遇难，是我们几代人挥之不去的痛。"爷爷又说。

"And then 我懂了，爷爷，小时候的事我不怪你了。"乔娅落下泪来，给祖奶奶磕了头。

"祖奶奶，对不起，是我不懂事，我不知道您遇难。"乔娅又说。

"感谢你哥哥，他找到了这艘船。"爷爷道。

"Wah Lau Eh 玉海东？"乔娅惊讶地问。

"是的，你哥哥他这几个月来的奔波，就是在查证这艘巨轮。很凑巧的，这艘巨轮就是当年的泰兴号，这是冥冥中的天意。"爷爷说。

"Then，原来玉海东不是个废物……哥哥好厉害。"乔娅自言自语道。

"是的，乔娅，我们家族苦难的历史，因这艘巨轮而起，而今，也该结束了。"爷爷噙着泪说。

"And then 美盈，其实也挺好的。"乔娅若有所思地说。

爷爷被逗乐了。

我站在门口吸了吸鼻子，悄悄离开。

3

在美盈的努力下，我们和中国的有关海洋专家取得了联系，我们联合向国际组织提出了抗议，要求凯恩斯遵守 1982 年制定的《联合国海洋公约》，与文物的来源国中国共同协商泰兴号沉船文物的处理办法。然而，凯恩斯带着那 35 万件瓷器销声匿迹，不知所踪。

我向托马斯教授问过几次凯恩斯的消息，托马斯教授都说，凯恩斯此后再未和他联络，他根本不知道那个疯子将那些瓷器藏到了哪里。凯恩斯就像人间蒸发了，和那些瓷器一起下落不明。

但我知道，凯恩斯会出现的，他只不过要给全世界一个巨大的冲击。

而不久我们得知，中国已经开始派遣海军南下巡逻，保护南海海底宝物，而且亲自打捞南海沉船珍宝。

我们得知凯恩斯的消息已经是在一年后了。托马斯教授告诉我说，德国纳高拍卖行（Nagel Auktionen）已经帮助凯恩斯在互联网上搭建了一个拍卖网站，并且确定泰兴号的拍卖将于 2000 年 11 月 17 日到 25 日举行。而我获悉消息的那一天距离拍卖只剩下不到 10 天的时间。

美盈再次启程回中国，她将以记者的身份回去召集有实力的收藏家，以及通知德化当地政府。而爷爷已经抵押了全部资产，并给我的父母、叔叔和姑姑打了电话，他们已经准备不日启程直接奔赴拍卖地德国。

2000 年 11 月 16 日，我和爷爷、乔娅、徐行之坐上去德国的航班。前一天，朴医生已经来给爷爷看过诊，并给爷爷备齐了急救药。爷爷压抑着激动的情绪，但他的手一直在微微颤抖。乔娅这一天没有化浓妆，没有戴假睫毛，也没有涂五颜六色的指甲，她只是素颜，却格外俏丽。

我们在德国斯图加特市下了飞机，乘坐的士前往"泰兴号"帆船楼大型预展会，预展会在废弃的火车站附近，周围人群熙熙攘攘，密不透风。我和爷爷下车，在人群簇拥下挤进去。

走进展楼，一个硕大的木帆船矗立在大厅中央。无疑，这是为了这次展览而仿造的泰兴号模型船。但无论如何，我都亲切不起来——它怎么可能和真正的泰兴号媲美！

模型船上陈放着 35 万件沉船遗物，包括中国瓷器、黄金、丝绸、工艺品。每个展品器的底部都印有"NAGEL AUCTIONS TEK SING TREASURES"字样，是为德国纳高泰兴号沉船拍卖专场标志。其中的一些展品在这次拍卖后还将被运往澳大利亚、亚洲、欧洲和北美的 11 个城市巡回展拍。

模型船周围簇拥着的那些高鼻深目的白色皮肤，和这些瓷器的莹白相形见绌，赞叹声、惊呼声不绝于耳。我仿佛看见每一个人伸出手来，就要将这些珍宝抢劫一空，一如当年的八国联军。

爷爷看着模型船和上面的珍品泪水涟涟。

"爷爷。"我轻声唤他。

"好，真好。"爷爷拿出手帕擦了擦眼睛。

"如果都能回到大陆该多好！"爷爷感叹道。

"是啊，爷爷。"我叹息道。

"喂喂！这个，我要了！"有个人用德语说。

"好的，明天拍卖，你可以来竞拍。"走过来一个管理员说。

"不，不，我现在就拍掉，不等到明天。"德国人说。

"这一件拍价980美金。"管理员说。

"哦，这么贵。"德国人犹豫了。

"不算贵了，如果明天拍，有可能拍到五倍的价格。"管理员说。

"好，那我现在拍下。"德国人又说。

"请跟我来付款。"管理员说。

爷爷想到了什么，对我说："海东，不如我们今天把这些都拍下来。"

我看着展品摇摇头说："爷爷，最好的东西不在这里，他怎么可能把最好的提前放出来？这是预展，只不过是抛砖引玉，最珍贵的，都在明天才能揭晓。"

爷爷叹息一声。

乔娅忽然变得很安静，像变了一个人，不再吵闹，不再叛逆。她只是默默地凝视那些古物，默默地跟随在我和爷爷的身后。

我的父母、叔叔和姑姑于傍晚时分抵达德国斯图加特市与我们会合，他们都难掩激动。

乔娅破天荒地热情拥抱了姑姑，让姑姑很是受宠若惊。仿佛这一刻，乔娅终于感觉到了自己身为玉家的一员，有了某种神圣和担当。徐行之礼貌地问候姑姑，在这一特殊时刻，姑姑也没有抗拒，反而和他微笑寒暄。

我想，在特殊时刻能够在一起的人，必是渊源极深，命定之人吧！

美盈于当晚8点才抵达，但她却不是一个人，她给我们带来了惊喜。随她前来的是几个大陆收藏家和德化县政府的两位领导。

自然地，我的姑姑和叔父因美盈的容颜而感到了震撼，他们用目光询问我，我回以微笑。

美盈为大家介绍了彼此，两位领导便紧紧握住了我的手。

"感谢你呀，年轻人！听说是你确证了这艘船。"

"是我的荣幸。"我说。

"也感谢小谢姑娘，是她及时来通知我们，我们才能有机会来接我们的宝贝回家。"他们说。

"是我应该做的，我是中国人。"美盈说。

"只是，非常遗憾，我们可能没有那么大的力量。"他们感慨地说。

"竞标价格不会低。"我说，"我很了解凯恩斯，他会不顾一切放出天价，这些是他此生牟取最大暴利的筹码。"

"我们会尽力的。"他们说。

"我们也会尽力。"几位收藏家说。

第二天一早，为了防止节外生枝，我和美盈没有进拍卖现场，而是留在车里，在外面远处等候。叔叔和姑姑带着爷爷，以及德化县政府的两位领导、几位大陆的收藏家去拍卖现场。

11月的德国，寒风料峭。8点钟，我们到达拍卖场附近，拍卖场设置在一个并不高的建筑里，还没有开放，外面早已排起一条长队。这些闻讯赶来的欧洲人，分不清是德国人还是英国人甚至是法国人，他们裹着厚厚的大衣在寒风中瑟瑟发抖，但脸上都洋溢着春天般的笑容。他们或窃窃私语，或朗声笑谈，像极了拿破仑的那些士兵，齐心合力要去奔赴一场战役，蓄势待发，而不久即将凯旋。

大门一开启，拿破仑的那些"士兵们"便蜂拥而进，完全失去了队形。他们拿着刺刀疯狂跑进战场，找到最优越的位子和角度，开始疯狂厮杀。

爷爷带着一众人等，走进了那扇门。

然后，我看见一辆车从我们的车旁驶过，在大门旁停下。一个穿着带肩章的黑色大衣的人，昂首挺胸从车里走下来。他下车的时候，莫名向我们车的方向看了一眼。于是，我和美盈对视了一下。

是凯恩斯！

不，这是"拿破仑"本人。他正在走进他的凯旋门。这扇门便是他的凯旋门。他就要走进去，向全世界宣告他的赫赫战功，无可企及。

他走进了他的凯旋门。

于是全世界再一次听到了"拿破仑"富有激情的演讲："各位先生、各位女士，大家好！你们今天将有幸跟我一起见证一段历史。这无疑是在座的各位的幸运。当然，更有幸的是，将这份幸运带回家，让它属于你！好，今天泰兴号藏品拍卖现在开始！想想看，这些宝物在海下已经接近 200 年。你们很幸运！"

接着，掌声雷动，经久不息。

之后，便没有了秩序。

里面不断地传来尖叫声、呐喊声和叫骂声及主持人不得不敲击桌子来控制喧哗的声音。拍卖现场的厮杀一直持续到了下午。其间不断有人气急败坏地从门里走出来，因空手而归而大骂价格的高昂和离谱；也有人抱着盒子兴奋至极，伸手祷告，感谢上帝的恩惠。

不不不，我想说，这不是上帝的恩惠，是中国的恩赐。

我的手机响了起来，是托马斯教授的短信。

> 海东，你来德国了吗？我就在拍卖现场。现场非常精彩。哦，我还是第一次看见这么多中国瓷器，还有很多珍品，这辈子都没见过这么棒的宝贝！中国人太了不起了！

托马斯的话刺痛了我。我回复：很抱歉，托马斯教授，家里有事，我没能赶赴德国，亲眼看到拍卖。祝你愉快，下次再见！

托马斯又回复过来：

> 那好吧，海东，太遗憾了。真的太美妙了！

我觉得我和托马斯先生渐行渐远，尽管我知道，他什么都不知道，他很无辜。

但我从心底，已和他决裂。

爷爷他们一直到这一天的拍卖结束才走出来。这一天，爷爷以高昂的价格拍下了泰兴号上的一个精致的盒子，里面有一支绿色的步摇。这支步摇，和我家那幅画像上我祖奶奶戴的那支一模一样。我的泪水肆意奔涌。

我深深地拥抱了美盈，没有原因。

在回程的车上，我们一直沉默。每个人的心里都在啜泣。

由于泰兴号的珍品被凯恩斯所设价格昂贵，在接下来的 6 天里，我们玉家倾全家之力，拍下 50 件珍品。几位收藏家拍下 60 件珍品，福建省德化县政府也买回 72 件珍品。

而在 8 天的拍卖会期间，泰兴号上 35.6 万件珍品分为 16100 组拍卖品，全数卖出，成交总额为 2240 万马克，合 1100 万美元。

在这场拍卖会上，共有多达 5000 人次参与现场拍卖，另有 4000 人次以邮寄方式出价，300 人次通过电话出价，另有 300 人次通过拍卖网站出价，在世界拍卖史上创下了空前纪录。

此次拍卖，大部分珍品被德国本地人买走，另有约 750 位买主来自欧洲和亚洲其他地区。

泰兴号的 35 万件珍品就这样，在 8 天之内，被瓜分完毕。

"拿破仑"从他的凯旋门走出，仍旧要奔赴下一个战场。

而我们，带着我们沉睡近 200 年的宝贝，回家。

无论如何，百转千回，迎接宝贝回家，是多么让人欢欣鼓舞的事！

我们一行人于隔日回到新加坡。爷爷带着我们将拍回的所有宝物放在列祖列宗面前，向他们深深叩拜。

之后，爷爷说，我玉家飘零已久，是时候回去了。

深夜，万籁俱寂，我久久未能入睡，准备出去散步。我走出房间下楼，却看见祠堂的灯亮着。我好奇地向祠堂走去，却见姑姑站在祠堂的门口，虽然是背对着我，但她分明是在擦眼泪。我于是在离姑姑不远处停下来，也向祠堂看去。

在祠堂的透明拉门里面，徐行之正跪坐在蒲团上，面对着列祖列宗的牌位，哽咽着说话。

"祖奶奶，祖爷爷，太奶奶、太爷爷……各位先辈在上，请受我一拜。拜千次万次也行啊。我知道，我没什么资格。白天，大家都拜了，但我不敢说话，因为我还是不被承认的一分子。你们知道吗？祖奶奶和祖爷爷的事情，有多让我感动，我甚至觉得，我是多么荣幸能够成为这一切的见证者。这是一个多么让人感怀的伟大家族。我是多么、多么、多么地渴望成为这个家族的一员。我有多爱乔娅，什么山盟海誓，我觉得都不足以表达我爱她的万分之一。但很遗憾的是，我不是一个纯正的中国人。我甚至有点怪我的爸爸妈妈了，那么草率地把我带到这个世界，却给我这样一个身份。我多么希望我是一个中国人，那样我就会很有底气地申请加入你们的家族。可是，虽然我不是一个纯正的中国人，却并不影响我的中国心。是的，我的心已经完完全全被中国占满，中华民族，这是个多么神奇的民族，只有这样的民族才盛产这样的传奇。虽然我的血液不够纯正，但我敢保证，我有一颗深爱乔娅的心呀。虽然乔娅骄傲又顽皮，但在我眼里她就是公主，我也愿意一辈子把她当成公主一样去爱、去呵护。所以，我徐行之在这里求祖奶奶、祖爷爷、太奶奶、太爷爷，帮我个忙，让我成为这个家族的一员吧。我愿意用一生来验证，你们的决定是对的。"

徐行之用手擦了擦眼泪，然后三叩首。

"起来，孩子。"姑姑走进去，扶起他。

"阿姨？您怎么还没睡？"徐行之窘迫地说。

"孩子，谢谢你这样爱着乔娅。"姑姑说。

"阿姨？您这是……不反对我们在一起了吗？"徐行之不敢相信地问。

"欢迎加入玉家。"姑姑说。

"哎！"徐行之擦了擦眼泪使劲点头。

第二十三章　1821年　东石

一个月后，泰兴号终于开洋了。

因正值国丧期间，不宜操持过大，故而玉家没有请乡里的人，一切从简，只是自家简单举行了个仪式。

但是那一天，庆瑜还是激动万分。

泰兴号在前一天下午就已经被运到玉家船埠。庆瑜跑过去看，那样的庞然大物立在船埠不动声色，整个船埠却仿佛都要颤抖起来。和它比起来，那些海面上的大船自愧不如，那些小船更是渺小如蝼蚁。

这一远洋巨轮长 50 米、宽 10 米，载重量 1000 多吨，拥有 5 个船舱、3 个桅杆及可调角度的船帆，最高的桅杆高 35 米，基部有 1 米多粗。四棱形船头的两只龙眼炯炯生威，船尾设有炮舱。甲板上还搭建了附加的舱房和帐篷。并且，在水线之上环船还加了 1 米宽的边缘，以便于船员在船首和船尾之间行走活动。

整艘巨轮红白黄黑四色相互映衬，气势磅礴。它静静地卧在蓝色海面，宛如正在休憩的巨龙。

陈耀云也来了，庆瑜手搭着他的肩膀开心地笑起来。

庆瑜："真气派呀！"

陈耀云："是呀，三少爷，你看，你画的龙眼多威风！"

庆瑜："它真像一条龙。真好。"

陈耀云："是呀，三少爷，真像。对了，三少爷，你和谭小姐，最近还好吗？"

庆瑜："还好，挺好的。"

陈耀云还是忍不住问道："谭小姐，怎么没看见？明天会来吗？"

庆瑜："昭儿明天会来的，我已经偷偷告诉了幺妹。"

陈耀云："幺妹是谁？"

庆瑜："昭儿身边的丫头。"

耀云低头舔了舔干裂的嘴唇："哦。"

庆瑜："怎么了耀云？"

耀云挤出个笑容："没什么，三少爷，明天就开洋了，你开心吧？"

庆瑜看向远方道："那是自然！都等了大半年了，终于要开船了。"

第二天上午，庆瑜早早地就跑去船埠等候昭儿。他知道昭儿无论如何都会来的，毕竟这艘船，对于他们两人有着特殊的意义。

果然，没多久昭儿就匆匆赶来。

"昭儿！昭儿！"庆瑜兴奋地跑过去，"我还担心你会来不成呢。"

昭儿："庆瑜！我……怎么了？"

庆瑜："哦，没什么。"

昭儿："我当然会来啊！"

庆瑜："偷跑出来的吧？回去会不会受罚？"

昭儿："受罚也不怕。"

庆瑜："我爹谁都没有通知，你爹应该不会来。"

昭儿："谁知道呢！"

庆瑜："我们找个隐蔽的地方。"

庆瑜拉着昭儿环顾四周，却见陈耀云在船上向他们挥手："三少爷！谭小姐！上来！"

庆瑜："耀云，你早来了？"

陈耀云："我一大早就来了，等你们好久了。"

两个人上了船，陈耀云看了庆瑜一眼，又仔细打量了一下昭儿道："嗯，我带你们去个地方，来跟我来。"

庆瑜："去哪啊？"

陈耀云带着他们下了舷梯，来到船的底部，穿过两排船舱，他打开最里边的一个船舱的门，带他们走进去。

庆瑜感叹道："这里好大啊！"

这是个偌大的船舱，米色舱壁整洁利落，里面红木桌椅床榻和白瓷餐具一应俱全。

昭儿环顾四周道："这里真好看。"

陈耀云看着昭儿笑："你们喜欢就好。我和伙计们把两个船舱改了一下，变成了一个大的船舱。这样宽敞些。"

陈耀云没有告诉他们，上次看见昭儿干呕，他便知道了，昭儿已身怀有孕，不知为何，他便决定要改造一个船舱。至少，每次昭儿来船上玩的时候，有个可以休息的地方，哪怕片刻也好。

"哦，我还准备了一些吃的给你们。"陈耀云又走到舱壁的一个角落，打开一个抽屉，抽屉里面是一个果盘，里面盛满葡萄和红枣。他小心翼翼地将果盘端出来，走过来放到昭儿身旁的桌上。

"谭小姐，三少爷，吃葡萄吧！"陈耀云说，却不敢抬头看他们，自己的脸早已红了。

"哦，谢谢耀云，想得真周到。"庆瑜拿起一颗葡萄递给昭儿，"昭儿，吃。"

"耀云，你也吃。"他又拿起一颗葡萄递给耀云，耀云却退后一步说："你们先歇着，我去看看外面。"

昭儿吃了一颗葡萄，说："好甜。"

耀云正走上舱梯，听见昭儿的话，笑了，脸色却立刻又阴郁起来，轻声叹息一声。

庆瑜吃了一会儿葡萄，不见耀云回来，便说："昭儿，你在这歇着，我去看看，是不是开洋的时间到了。"庆瑜也跑出去，蹬上几节舱梯向上张望。

尽管没有通知乡里，但泰兴号如此巨大的一艘船本身就是最大的通报。时辰还没有到，船埠周围已经聚集了许多人。玉家人已经到齐。陆总商来了，庆瑜并不奇怪，奇怪的是，谭鸿业和闵总商居然都来了，谭维民也来了。而且看样子两个总商和父亲相谈甚欢。

庆瑜有些纳闷，小跑回到船舱告诉昭儿："我看见你爹了！"

昭儿立刻吓得站起来："啊？你爹不是没有告诉别人吗？"

庆瑜："可是泰兴号昨天运回来大家都知道，就算我爹不通知，可能也都知道今天开洋。"

昭儿："那，我爹该不是来找我的吧？"

庆瑜："我看谭伯父还挺开心的。"

陈耀云走进来："谭小姐不用担心，你们就在这歇着就行，从舷梯上也能看见上边，上边的人不会知道下边有人的。"

昭儿："那就好。"

庆瑜："我们去舷梯看吧。"

三个人在"之"字形的舷梯的拐角处，恰好既可以看见甲板上面的热闹，又可以看到船下边岸上的一切。

一切从简，故而并没有请鼓手，但船舷上还是插满了小红旗子。甲板上的神堂是无论如何不能省却的。

只见玉平遥已经在神堂前点燃了香，带领玉家人跪拜下去。甲板上的人也都行了拜礼，连谭鸿业和陆总商、闵总商也都双手合十拜了。然后玉平遥站起身来拉开手中的卷轴，朗声诵读："感恩诸神，感恩大海，保我玉家世代平安，今我泰兴号开洋，愿风暴无扰，年年顺利，更获丰收，岁岁平安！"玉平风将整坛陈酒打开，倒入大碗，玉平遥和玉平风将酒碗高举过头顶，唱起了祝酒词。之后，将碗里的酒，洒向海面。随后，玉平遥转身冲船上的舵手游涛科说：开洋！

游涛科喊起号子："拿橹喽！"

船上的水手齐声应和："嗨嗨！"

"起锚喽！"

"嗨嗨！"

"出海喽！"

"嗨嗨！"

随着游涛科的号子声响起，泰兴号缓缓驶向大海。

"泰兴号开洋了！"庆瑜激动地握住昭儿的手。

"我们的泰兴号动了！"昭儿也激动地说。

耀云看着昭儿的侧脸很开心地笑了。

海天相接，远方是一望无际的蓝色。太阳照射过来，将大船的影子投射在船两边的海面上，影子又因风吹海浪而跌宕起伏，却一直跟在大船的左右，在海面上飘荡。一群海鸥盘旋而来，又倏然盘旋远去。

海风迎面吹起昭儿的头发，带来丝丝凉意。昭儿微眯着眼道："真好啊！"

庆瑜感叹道："坐大船和小船的感觉太不一样了。"

陈耀云："是啊。"

昭儿："你说，庆瑜，海那边是什么呢？"

庆瑜憧憬地说："是南洋。"

庆瑜："有一天，我也想带你去南洋。"

昭儿："乘坐这样的大船就能到吗？"

庆瑜："当然，泰兴号就是要去南洋的船。我爹就是想造一艘最大的船，可以去到南洋，到英国，哪里都能到。"

昭儿："真的吗？耀云？"

陈耀云："三少爷说的是。之前玉府的船只有一两艘可以到南洋，有了这艘泰兴号，以后便更畅通无阻了，哪里都可以去。"

昭儿也憧憬道："真好。那我们将来或许可以去南洋。"

耀云目光黯淡下来，沮丧地舔了舔干裂的嘴唇。两个人再说了什么，他都听不见了，只听见海风呼啸而来，有无数的浪花似乎都蜂拥着塞进他的耳鼓。不知道过了多久，他听见庆瑜说，已经往回返了。他的目光更加黯淡下来，离岸边越来越近，又快到要说分别的时候了。

没多久，泰兴号回到了船埠。甲板上的人正在下船。却听见岸上有人在喊："玉总商！你好大的胆子啊！"

大家都愣在那里。

是穿着官服的赵启胜和他的吏使。

赵启胜："正值国丧，你居然不顾国祭在这聚众娱乐！"

玉平遥赶紧走下船："赵大人！"

玉平遥："赵大人误会了。这哪里是娱乐？我这船已经拖延了两个月之久才胆敢开洋，您看，我连乐手鼓手都没有请，就只是我玉家自家简单行了个礼。毕竟，我也是等着船开洋好做生意呀！"

赵启胜："哼，这么多人还不是聚众娱乐？"

玉平遥："赵大人明鉴，这些都是乡里的百姓和朋友，我玉某绝无告知任何人啊。我也没有想到今天会来这么多人。"

众人："我们是自己来看看的。"

众人："对，玉总商没有告诉我们，我们都是自己来的。"

赵启胜："谭总商也是自己来的？还有闵总商？"

谭鸿业："诶，赵大人，谭某的确是自己前来。泰兴号早已造好多时，我们都知道啊，我们总商之间向来也是像自己家里人一样，有什么事，不必通报，也都会来呀。"

陆总商："诶，赵大人，我也是呀，昨晚这泰兴号就运到了，其实我就看见了，今日也是来凑个热闹。"

赵启胜："哼！总之，下不为例！"

玉平遥："是，赵大人。"

赵启胜："不过，你这艘大船还真是很大，哈哈。"

玉平遥："是啊，大人，不知道大人前来，若是知道，刚才就请大人一同上去开洋了。"

赵启胜："我现在上去也不迟啊。"

玉平遥："啊，那请赵大人上去一阅。"

赵启胜："好。"

赵启胜带着吏使大踏步上了船。玉平遥又让游涛科开船在附近转了一圈才算罢了。

庆瑜骂道："这个不要脸的东西！"

昭儿："嘘！小心点。"

下了船，赵启胜又扔下一句话："按理说，国丧期间举行这等隆重之事是要受责罚的，但，我看你也是从简了，就免了吧！"

玉平遥："谢赵道台体谅！"

赵启胜带着吏使扬长而去。

庆瑜三个人一直等到所有人都远去了，连游涛科也下了船，这才下了船来。

陈耀云："我也该回去了，三少爷，谭小姐，那我去乘船了。"

庆瑜："好呀，这回我们送你上船。"

陈耀云："好的，泰兴号开洋了，我就要忙别的活了。那三少爷和谭小姐有时间过去玩吧！"耀云说着便去坐了船。

庆瑜挥着手："一定！我会去找你的！"

这时庆瑜还不知道，就在不久的将来，他还会去找陈耀云。

庆瑜纳闷道："昭儿，你爹，今天怎么会替我爹说话？他是不是又同意我们的亲事了？"

昭儿也纳闷道："我也不知道。不过，自从上次从赵道台那儿回来之后，我爹态度好像就变了。"

庆瑜着急地握住昭儿的手："啊？我怎么不知道？你没跟我说，去赵道台那干吗了？"

昭儿："唉，说来话长了。那个赵公子，其实我小时候见过。"

庆瑜："啊？"

昭儿："是的，他原来就是我蕊姐姐的那个相好的，后来因为蕊姐姐进了宫，这么多年一直不快乐。"

庆瑜摇摇头："哦，说起来也是个可怜人。"

昭儿："对，上次是因为皇上驾崩，他突然就想起了蕊姐姐，非常牵挂，就又犯了病。赵道台也不知道从谁那打听到我和蕊姐姐的关系，就找我爹，说是让我帮个忙。我就去劝了几句，没想到他当时神志不清，无意中就打了我一巴掌。我爹就很生气。"

"啊？还有这事？这个该死的赵公子，看我下次不揍他！"庆瑜急了，用了力道，昭儿疼得"哎呦"一声，庆瑜又赶紧放开她的手。

昭儿嗔怒道："哎呀，没事了，他也道过歉了。当时神志不清，就别计较了。"

庆瑜："哦，那他后来怎么样？"

昭儿："好像听了我的话就好了。"

庆瑜又皱起眉头："你说什么了？"

昭儿："我就是胡诌了几句，什么蕊姐姐挺好的，说让他忘了她，好好的。蕊姐姐说辜负他很对不住，这类的话。"

庆瑜："哦，蕊姐姐真这么说的？"

昭儿笑了："哪里，都说了，是我胡诌的。我猜这就是他一直想听蕊姐姐说的话嘛。"

庆瑜无奈道："哦，好吧。那蕊姐姐到底怎么样了？"

昭儿语塞，红了眼眶："蕊姐姐她……"

庆瑜仔细看着昭儿："怎么了？"

昭儿哽咽道："那之后没几天，我姨娘就寄信过来，说是蕊姐姐，没了。"

庆瑜惊呼："啊？"

昭儿："嗯。"

庆瑜："那你不是骗了赵公子？"

昭儿擦了擦眼角，叹息道："如果他知道，可能就是两条人命了吧。逝者已逝，生者何必再遭摧残，毕竟，他何罪之有？"

庆瑜又蛮横起来："他纠缠你就是罪过。"

昭儿忽然捂住腹部弯下腰："他也不过是把我当成蕊姐姐的影子而已，他惦念的其实还是蕊姐姐吧。哎哟！"

庆瑜赶紧搀扶昭儿："怎么了昭儿？"

昭儿疼得半天说不出话来，好一会儿才喘息着说："没事。"

庆瑜看昭儿额头上有汗，伸手去帮她擦汗，昭儿却抓住他的手红了脸，嗔笑道："别动！"

庆瑜纳闷道："怎么了？"

昭儿停顿了好一会儿说："庆瑜，我，有了。"

庆瑜迷惑不解："有什么？"

昭儿羞红着脸道："你的，孩子。"

庆瑜惊叫起来："孩子？"昭儿立刻捂住他的嘴巴。

庆瑜又难以置信道："你是说，我们的孩子？"

昭儿点点头。

"天哪！"庆瑜又惊呼。

"嘘！"昭儿又伸出手指示意他噤声。

庆瑜看了下四周没人，一下抱起昭儿。

"啊啊啊！太高兴了！"庆瑜又喊起来。

"快点放我下来，小心别人看见！"昭儿道。

"看见也不怕！哈哈。"庆瑜兴奋地喊道。

庆瑜怀揣着这巨大的秘密回到府上，虽然故作镇静，但还是抑制不住内心的狂喜。这突如其来的喜悦在他的胸膛里如波涛阵阵冲撞着海岸，让他不能自已。夜深人静，万籁俱寂，他推门走出去，这巨大的喜悦像火球让他周身都在焦灼、燃烧，只有将其在天地释放。他走到院子里，舞起二哥教的招式来。

"嘿哈嘿哈！嘿哈嘿哈！"

清风习习，树木枝叶轻轻摇晃，似乎听到他心里的喜悦，在说着恭贺。好一会儿，他终于站定，仰面看那月亮。今夜月圆如盘，洒下温暖光辉，似乎也在为他的喜讯而绽开笑颜。

他踱步向自己的房间走去，脑海里忽然出现了一个小小婴儿的样子。小东西睁开眼睛对着他笑，笑得口水直流。那双眼睛如弯弯月牙。他笑了，又抬起头望望月亮，快步向房间走去。

庆瑜经过父亲的书房，又隐约听到说话声。他顿住脚步，仔细听了片刻，是父亲和大伯、二哥。他们将声音压得很低，故而听不太清。只是，他隐隐感觉到，玉府，似乎正危机四伏。他想起白天赵道台的话。虽然父亲不说，但自从上个月弟弟庆林被滞留扬州之事起，他便感觉到了，玉府正在面临一场从未有过的浩劫。尽管父亲和大伯极力掩饰，努力营造平静，然而，风雨欲来风满楼，他已经清晰地感知到巨大风暴即将来临。

一个月后，新皇登基，普天同庆。大街小巷又变得五彩斑斓，自朝野到百姓，衣着鲜艳，一切都焕然一新。

这日，庆瑜还没起来，便听见邱伯说："老爷，赵道台派人来了，说今日是新皇登基第二天，让大家都过去衙门议事。"

庆瑜睡眼惺忪地坐起来，就看见父亲急匆匆和大哥从窗下走过，走出了玉府。

新皇登基，这该是个好事情吧！以前听爷爷讲过，每个新皇帝登基，都会大赦天下，想来这回很多囚徒可以获得自由了吧！

庆瑜一边胡乱想着，一边去吃了饭，之后便去了海边。

遥遥地就看见海鸥在高高地飞翔，它们高声叫着，一会儿奋力向上，一会儿又从容向下，向不远处的海崖飞去，又从海崖飞回到海面上空。那样昂扬、那样豪迈，让庆瑜有变成海鸥和他们一同飞翔的冲动。

海浪欢声笑语地一路相互追逐着拍打过来，打湿了他的鞋子和长衫的衣角，又突然逃回海里。他笑笑，索性脱了鞋子，光着脚踩在沙滩上。日光还不太充足，沙滩微凉，却很细软，他弯下腰去找贝壳、海星。那扇形的、四边形的、五角形的、棕色花纹的、透明的闪亮的贝壳在太阳照射下闪着光芒，他仿佛已经看到昭儿见到这些贝壳的样子，这些光芒怎抵得过她眼中光芒的万分之一。

庆瑜拾了很多贝壳，快乐地回到府上，却见父亲和大伯、大哥和二哥都在厅堂里坐着，邱伯在桌旁打着算盘，忙着什么。每个人都一脸肃穆。

"父亲，大伯，大哥，二哥。"庆瑜声音不高不低地说。

大家似乎都没有看见他，仍然蹙眉深思。

"我，去海边了。"庆瑜觉得还是自己先交代比较好。

"嗯。"父亲只发出一个词，便不再看他。

庆瑜想了想，在这里似乎并不适宜，便又说："我该去写字帖了，今天的还没完成，这就去完成。"他是想了半天才说出的这几句话，自己觉得这几句话是毫无破绽的。第一，没等父亲说出来，你今天的事情做完了就去海边？自己先说了去海边。然后说，该去写字帖了，如此表明，自己是知道要做事情的。最后再说，今天的还没完成，这就去完成。免得父亲说，还不去做事！

庆瑜悄悄溜了出来，回到了自己的房间。他对自己刚才的表现很满意，庆幸父亲都没注意到他的鞋子和衣服都湿了，连脸上也有细沙。

厅堂里只有邱伯一直不停地打算盘的声音。庆瑜连忙脱掉鞋子，换了一双，又找了件衣衫换上，还用帕子擦了脸和头发，这才坐在书桌前铺开纸张、研了磨，写起字来。

他却听打算盘的声音停住，邱伯说道："老爷，总计花销是200万两，还余130万两。"

大伯叹息一声："这根本不够啊！"

大哥庆松道："想不到这近半年来光泽、邵武的盐运竟然耗费了这么巨大的数额。"

二哥："这可如何是好啊，叔父？"

厅堂里传来父亲深深的叹息："这赵启胜等的就是这个结果。从他知道庆瑜和昭儿的事情开始，就已经对我玉家下手了。如今，新皇登基，他名义上要重新修桥，实则公报私仇。明知道我玉家经这半年来的盐运和庆林扬州之事，已经耗费大半家业，这个时候是无论如何拿不出从前的数额来捐桥了。我想，他是想要我让出总商之位。"

庆瑜的手一抖，字顿时写坏了。他气恼地抓起纸，团成一团扔到地上。

父亲："可是，我们玉家拿不出，别人却能拿得出。闵总商刚刚当场就说了，要捐80万两，赵道台大加称赞。"

二哥："卑鄙小人！狼狈为奸！"

父亲："是卑鄙，但我玉家的确已大不如前。那也只好拿出40万两吧！毕竟还有全家老小生计支出，这一年也是要花费巨大啊。"

大伯："弟弟，我们去找黄总督吧！这样下去，我玉家真的要被这盐运拖垮了。"

邱伯："是啊，老爷，我看我们势必要去求黄总督帮忙了。"

父亲："也好，等我把手头的事情办完吧。"

二哥："还有，要将手上的证据给他看一下。"

父亲："好。"

庆瑜愤怒地写着字帖，每个字都丑极了，到最后，胡乱画起来，画几笔便将纸撕扯粉碎，又使劲将毛笔摔到地上。

庆瑜没想到事情会坏到这样的程度。

几天之后，玉平遥郁郁寡欢地回到府上，在吃晚饭的时候对大家说："我已经不是总商之首了。"然后，他就回了房间。

"就因为没有捐最多的钱吗？爹爹？"庆瑜不知从哪里来的勇气大声地问。

玉平遥没有回头。

"快吃饭吧！庆瑜。"大伯说。又隔了一会儿，大伯又说，"那个赵道台，分明就是陷害我们玉家，好不容易找到个借口，将总商首位给了姓闵的。大家都快吃饭吧。"

"这也太欺负人了吧！我爹，我们玉家这么多年为这东石百姓做得还少吗？那所有的总商加起来做的和捐的也不如我玉家一家多吧！"庆瑜喊道。

"好了，庆瑜，世道不由人。官大于商，这没人改得了。"大伯道。

"好了，庆瑜，别吵了，叔父已经很烦心了，就别再说了。"培松道。

庆瑜摔了筷子，跑回房间。

第二日中午，庆瑜正要去周先生那里，却听有人来敲门。

邱伯去开了门。

来人却喊："邱伯，天后宫老皇上御赐玉家的牌匾被摘下来了，你们快去看看吧！"

邱伯："啊？谁说的？"

来人："我看见官府的人正在往那赶，我听他们说的，就赶紧来报告你们一声。"

邱伯"好，谢谢你。"

"老爷！老爷！出事了！"邱伯一边跑一边喊，"老爷！御赐的牌匾，官府已经要摘了。老爷快去看看吧！这怎么行？！"

玉平遥："唉，邱伯，随他们去吧！官府要摘，我们何以阻挡？"

邱伯："那可是御赐的牌匾啊！"

玉平遥："是老皇帝，如今新皇登基，已改朝换代。"

邱伯："啊！这……"

玉平遥："还没明白吗？这姓赵的就是要趁机将我玉家的一切剥夺。上次泰兴号开洋，尚且来问罪，欲加之罪，何患无辞？摘了就摘了吧，反正我也已经不是总商了，那个荣誉在那放着，人家总商不好做。呵，随他们去吧，只是，不要为难我的家人便好了。"

庆瑜愤怒地跑了出去。

他一路狂奔，跑到天后宫附近，远远地便看见一队官吏在摘那块御赐的牌匾。周围围了好多人，大家都在指指点点议论着。

"怎么就摘了呢？"

"这御赐的牌匾也给摘啊？"

"这是对玉家不满意吧？"

庆瑜冲过去，他要阻拦他们，即便会被他们抓进大牢，他也要捍卫玉家的荣誉和尊严！庆瑜愤怒地大喊一声："住手！"他却没有听到自己的声音，而是被人捂住了嘴巴，随即胳膊被一双有力的臂膀扭住，他丝毫动弹不得。他下意识地想用脚踢后边的人，却只觉得身体轻飘飘地腾空而起，以迅雷不及掩耳之势被带离了那个地方。等他觉得自己的双脚落地，已经是在一片灌木丛中。他的胳膊被放开，他扑到灌木丛上。

他愤怒地转头看俘虏他的人，原来是二哥培松。

庆瑜："二哥？你干什么？！"

培松："庆瑜，你险些闯下大祸！"

庆瑜："我乐意！我不能眼看着他们羞辱我们玉家！"

培松："庆瑜，这个时候了，更不能给人以把柄。叔父让我来截住你的。"

庆瑜："爹怎么知道？呜呜。"

培松："你跑出去我们都看见了。"

庆瑜："那你们怎么不来截住他们！任由他们这样羞辱！"

培松："庆瑜，我们不能再惹一点点麻烦了，只要稍有不慎，就会给整个玉家带来弥天大祸。你懂吗？"

庆瑜："二哥！可是二哥……"

培松抱住他的头："没事的，没事了，我们回去吧。"

外面风声鹤唳，玉平遥却吩咐了下去，一切事情都不要让爷爷和奶奶知晓。他们年纪大了，先皇赐予的牌匾是他们半生的荣耀，突然失去，恐难承受。然而不可避免地，玉家笼罩在一片阴霾之中。所幸，几日后有喜讯传来。说是喜讯，也是让人有些怅然——该来的都分毫不差地来了。

那日，赵启胜又身着官服，带着一众随从亲自来到玉府。

"乔培松接旨！"赵启胜拿着圣旨道。

培松立即在庭院中间跪下接旨。玉平遥带领家人也在庭院里跪下来。庆瑜只是在自己房间里偷偷咬着牙向外望，并没有出去。

赵道台打开圣旨折子念道：

> 武状元乔培松在科举中可见异禀天赋，现赐予一等御前带刀侍卫。现河北一带频繁出现流寇，我京城有陷于危险境地之隐忧。特命乔培松助力河北廊城，以扫除流寇、护佑我京城安危为己任。鉴于东石距离京城路途遥远，限三十日内到河北廊城复命。钦此！

"谢主隆恩！皇上万岁万岁万万岁！"培松说道。

"谢主隆恩！皇上万岁万岁万万岁！"玉家人也跟着说道。

"都起来吧，哈哈。"赵启胜笑了，"真是恭喜乔大人！这回也得称呼大人了。这带刀侍卫可是很厉害的，哈哈哈！玉家真是出人才呀！"

"道台大人说笑了。"培松道。

"我是特别喜欢学武之人啊！可惜呀，犬子是个逆子，不然，我也让他学上一二，即便不能考取个武状元，至少也可以防身，是吧？这年头，万一哪个在底下使黑下绊子，你都不知道，自己一身武艺，终究是谁都不怕的。对了，乔大人，这新官就要上任，哪天启程，告诉老夫一声，我也送大人一程！将来，毕竟也是同朝为官！"

"就不麻烦道台大人了，培松自在惯了，礼节多了反而会很不适应。启程之日还没有想，这一去就不知道什么时候能回来团聚，所以还是想，在家里多待些日子再走。道台大人您平日里忙碌得紧，我这点小事就不麻烦道台大人费心了。"培松道。

"嗯，玉总商，这乔大人年纪虽不大，却是个懂事理之人，实在难得，你们玉家有福喽！我那逆子，若是这般懂事我就省心喽！嗨！不说了，那我就告辞了。"赵启胜说着转身向外走。

"道台大人您慢走。"玉平遥道。

"不必送，留步。"赵启胜也没回头，直接上了轿子。

赵启胜走了。玉家人却高兴不起来。

玉平风："培松，一会儿去船埠告诉下你爹爹，让他过来晚上一起吃晚饭，我们也庆贺一下。然后，何日启程，我们商量一下。"

培松："我启程前，我们还是去一趟广州吧，毕竟，我和黄总督还有一面之缘。"

玉平风："也好。"

玉平遥："事已至此，我们也只有一搏了。"

培松连夜找来阿金。次日一早天没亮，玉平遥、玉平风、培松和阿金四人便骑了快马直奔广州。

日夜兼程，第二天傍晚，一行四人便到达广州。他们在城中找了客栈安顿好，也顾不上吃晚饭，玉平遥和培松便去打听黄大人的住处。却听人说，黄大人前日去了外城，这两日都不在广州。几个人只好在客栈先休息，只能祈祷黄大人早点回来。

一连三日，都没有黄大人的消息。第四日，几个人正在客栈休息，就听外面嘈杂声起，客栈里的人都往外跑。培松也跑出去，原来是有一列队伍经过，那前边有几个官吏抬着轿子，后边又跟着好多官吏。

"好大的排场！"培松心想，又问旁边的人，"知道这是哪个官员吗？"

"钦差大臣黄大人啊，这你都不知道？"旁边人说。

"啊？是黄大人？"培松惊讶道。

"当然！"

培松立刻冲出人群，拦住轿子，在轿子前跪下来。

"诶！你干吗的？胆敢拦截钦差大臣！"官吏怒喝道。

"黄大人！"培松喊道。

"黄大人恕罪！我乃吴明达大人的朋友，有要事禀告，别无他法见到大人，才出此下策，请大人恕罪！"培松又喊道。

听到了吴明达三个字，黄宗汉下了轿子。

"黄大人！"培松道。

"你是？吴大人的朋友？"黄宗汉问道。

"对，黄大人，我见过您，不知您是否还记得我？"培松道。

"哦，好像是，你是？"黄宗汉想了想说。

"乔培松，在今年武状元科考上。"培松道。

"哦，我想起来了。哦，这样，你跟我到府上来吧。"黄宗汉说。

"谢黄大人。"培松说。

黄宗汉拉培松起来，然后上了轿子："好，我们稍后再聊。"

培松抬眼便看见玉平遥三人，向他们点点头，几个人便跟在轿子队伍后面一路来到了黄府。

几个人到了黄府，却见黄府的门开着，门口的守卫问道："哪位可是姓乔？"

"我姓乔。"培松道。

"几位请进。大人刚刚吩咐，如若你们到了就带你们进来。"守卫道。

守卫将他们一路带到书房。黄宗汉正坐在椅子上等着他们。

"黄大人！"乔培松跪下来。玉平遥三人也跪下来。

"诶，快请起。几位可是吴大人的朋友，是从哪里来？"黄宗汉道。

"黄大人，这位是我的义父和叔父，这位叫阿金。我们从东石而来。"培松道。

"哦，想必是有要事。"黄宗汉点点头。

"黄大人明鉴。这是吴道台写给您的信。"培松将信交给黄宗汉。

黄宗汉打开信：

宗汉吾弟：

我在东石十年，与玉总商肝胆相照，比之兄弟。此番兄弟有难，万望宗汉解救，为兄托付。

宗汉吾弟诸事顺遂！

兄安好，勿念！

黄宗汉红了眼眶，折起信笺，问道："吴大人可还好？"

培松："吴大人还好，只是无法跟在东石比。不过吴大人一向为人淡泊，山水雅趣也算逍遥，还很愉快。"

黄宗汉叹息一声道："自古英雄多劫难！哦，说说，你有什么劫难老夫能帮得上的？"

玉平遥："黄大人，我和吴大人共事10年，侠肝义胆，此行有两件事。第一，想替吴道台申冤昭雪，吴道台现在的遭遇不公啊！第二，想请黄大人帮我玉家一个忙，这个忙，是吴道台让我来求大人相助，大人若不相助，我玉家恐怕就要家破人亡。"

黄宗汉："哦？"

玉平遥："黄大人，吴道台身受不白之冤，我作为东石多年来总商之首，一直以来都觉得其中蹊跷，这一年多来也一直在为吴道台的事奔走查访，就在两个月前终于查清。吴道台在任以来廉洁公正，处处为民着想，为我东石百姓立下汗马功劳。但可恨的是，钱督抚和闵总商勾结，一直在和鸦片贩子做鸦片生意。"

黄宗汉："哦？"

玉平遥："吴道台在任期间，一直对鸦片生意是禁止和排斥的。而钱督抚却是赞成的，因为他可以从中获得大量好处。闵总商不知道是什么契机和钱督抚打得火热，两人背着吴道台一直在和鸦片贩子在做鸦片生意。他们的生意越做越大，吴道台便是横在他们中间的一颗钉子，所以钱督抚势必要拔掉这颗钉子，于是便找了个拙劣的借口将吴道台拔掉了。"

黄宗汉："嗯，我也猜到是吴道台妨碍了钱督抚的某种利益，但始终没有什么证据，口说无凭啊！"

培松："证据我找到了。黄大人，他叫阿金，是鸦片贩子巫毓的跟从，一直跟着巫毓做了好几年鸦片生意了。我极力劝说他才愿意做证。"

阿金："对，黄大人，我这有最后两次的账目。"

黄宗汉："哦。阿金？"

阿金："对，我叫阿金。"

黄宗汉："那巫毓他人在什么地方？"

阿金："他应该还在东石一带。"

黄宗汉："仅有阿金做证恐不能扳倒钱督抚啊，还需找到巫毓本人做证才行。毕竟，这账目上面只有闵总商和巫毓的字迹，并不能说明钱督抚在其中有任何的牵连。"

培松："可是他是幕后的最大获利者，那个闵的利润都是要分给他一大半的。"

黄宗汉："是，但，上告是要拿出真凭实据的。你们不知，新皇登基，钱督抚在朝廷上的一系又新得了势，现在人人惧怕，人人自危。不是不告，而是证据若不足，弄不好反会被噬。到那个时候，吴道台重见天日无望不说，你玉家因诬告朝廷重臣，会导致家破人亡，株连九族，我也是无力回天啊！"

培松："那大人，就眼睁睁看着他们这样伤天害理吗？"

黄宗汉叹息一声："这世间哪有公道一说？"

黄宗汉次日便派了几个人悄悄去了东石，但遗憾的是，那巫毓岂是等闲之辈？他一看阿金不见了踪影，便立刻嗅到危险的气息，逃之夭夭。黄宗汉派去的人无功而返，玉平遥一行也只好又回了东石。

不过，黄宗汉写了一封信给钱督抚，钱督抚找到赵道台，问及光泽和邵武的盐运之事，让赵道台很是又惊又怕。他立即给黄宗汉写了回信，表示光泽和邵武这两个地方的盐运本来不属于东石管辖，他也是帮人之忙，没有想到会给玉家带来这么大的麻烦，必将即刻解除玉家的盐运，不再多管这两个地方的盐运了。

如此一来一去，已经半月过去，培松无论如何是要启程了。

启程前，培松还有一件重要的事要做。

培松花了两天时间才等到机会找到幺妹。幺妹从绸缎庄出来，穿过闹市走进一条长巷子，就隐隐感觉到后边有人在跟着她。她警惕地左转右转却仍然没有甩掉，后来又跑进一条巷子，正要撒腿跑，却听见后面的人叫了她一声："幺妹！是我！"幺妹胆战心惊地回身，原来是玉家二公子。

"哦，是二少爷！你，跟着我干吗？吓死我了。"

培松："幺妹，我是有事相求。"

幺妹："什么事？"

培松："我想，见一下昭儿。"

幺妹："小姐？她，她现在已经不能出门了。"

培松："哦？是病了吗？"

幺妹："哦，不是病，是……哦，对，是老爷不让她出来呀。"

培松："幺妹，算我求你。我有很重要的事，在临行前一定要见到昭儿。"

幺妹："临行前？二少爷是要走了吗？"

培松："对，不日就要启程赴京，也不知道什么时候才能回来了。在走之前，我必须把这件重要的事情办了。"

幺妹："那，好吧。那就明天这个时候，还在这里，我把小姐偷偷带出来。"

培松："多谢幺妹了。"

幺妹："诶，还不一定啊，万一老爷看得紧，小姐可能出不来。"

培松："拜托幺妹了。"

次日，培松早早就到了长巷等候。人高马大的人却紧张得满脸是汗。他来回地踱步，不住地用袖子擦脸上的汗。还好，等了没多久，昭儿和幺妹就到了。

昭儿远远地走过来，步履很小心，好像胖了许多。幺妹压低声音喊道："二少爷，小姐来了。"

"昭儿，好久不见！"培松说着迎上前几步。

"哦，培松哥，好久不见！"昭儿微笑道。

培松见昭儿脸色不太好，似乎还有些喘，便问道："昭儿是不是身体不舒服？"

昭儿："没有，我很好。幺妹说培松哥有很重要的事？"

"嗯。"培松犹豫着，低下头，又看了下幺妹。幺妹立刻说，我去看看巷子头有没有人来，便跑远了。

昭儿又问道："培松哥？"

培松还是犹豫："昭儿。"

昭儿："培松哥是快启程了吧？"

培松："是啊，所以，我一定要来找你的。"

昭儿："哦。"

培松一下握住昭儿的手："昭儿，我。"昭儿愣了一下便明白了，慢慢缩回手。

培松："昭儿，我明日就要启程，临行前想来问你一句，你愿不愿意跟我走？我，别的可能暂时不能给你，不敢说大富大贵，但只要我有一条命在，定会保你此生无忧。昭儿，其实，我，一直心里都有你。"

昭儿微微弯腰行礼，说道："二哥，我得叫你一声二哥。昭儿何德何能博二哥青睐，昭儿愧不敢当啊！二哥是顶天立地的好男儿，侠肝义胆又聪慧有加，若哪个女子能嫁给二哥，那实在是天大的福分。只是，昭儿就把这个秘密告诉二哥吧，昭儿，早已是庆瑜的人了。庆瑜和我，在几个月前已经在妈祖面前拜堂。此生，就没办法追随二哥了。缘分天定，昭儿就对不住二哥一片好心了。"

"啊？"培松忽然明白了昭儿为何发胖，脚步发散，时而晕眩。

昭儿："二哥，实在对不住了。二哥明日启程，昭儿因家父看管太严，就没办法去送二哥了。昭儿祝二哥平安吉祥，照顾好自己。"

培松落下泪来："昭儿，你知道，我玉家已经家道中落。将来，你会受苦的。"

昭儿："二哥，既然是玉家人，不论将来玉家如何，我也没有任何怨言。"

培松："昭儿！我多想带你走。"

昭儿："二哥，对不住了。二哥不管是去戍边还是去京城做侍卫，刀剑枪炮都是不长眼的，请二哥照顾好自己。"

"昭儿！"培松终于含泪转身踏步而去。

是夜，玉平遥、玉平风、乔伯和培松聊到深夜才睡去。

第二日，玉家人早早吃过早饭，送培松启程。培松换上了簇新的长衫，跟大家一一告别。

培松没看见筱女，便问："筱女呢？"

庆瑜："是啊，怎么没看见小妹？"

众人都四下环顾，的确没有看到筱女。

玉平遥："好了，不用管她了，说不定上哪里疯去了，时辰不早了，赶紧启程吧。"

"好。"培松上了马车。

"等等我！"后面传来筱女的声音。

大家回头一看，筱女跑出来，背着个包袱。

庆瑜："小妹，干吗呢这是？"

筱女不由分说向马车跑去："二哥！带我一起走！"

大家都愣在那儿。

"筱女，干什么？二哥要去京城复命，你小孩子干什么？"玉平遥感觉到了异样，忙上前说。

筱女："爹，我今日就要跟二哥去！"

马车已经走了几步，培松听到后面有吵闹声，便让马车停下来。他掀开帘子向后看，就看见筱女一路小跑过来。

培松赶紧下了车。

培松："小妹，你这是？"

筱女："二哥，我要跟你去京城！"

培松："去什么京城！那可不是闹着玩的，你好好在家里待着！"

筱女："不！乔培松！你听着，我玉筱女不是闹着玩！还有你们，都听着！我不是小孩子了！我早就长大了！我一直喜欢乔培松！"她一下抱住培松。培松愣了，缓过神来，想拉开她，筱女却死死抱住他不肯松开。

筱女："你若不带我走，我今日便死在这！我这辈子就跟定你了！还有你们，若不应了我，我今日就撞死在这树上。"

玉平遥气得不知说什么好："这……这个疯丫头，净说些疯话！"

玉平风："那是你二哥！"

筱女："她不是我哥，他是乔培松！在我心里，在我很小的时候，你就是我心里的夫君了。你从来都没把我当真正的女人看，我知道你的秘密！我也知道你喜欢谁，但是你喜欢的人，人家也有喜欢的人了。你就不能喜欢我吗？"

培松："小妹！"

筱女："不！我是筱女！"

培松："对，筱女，你听我说，婚姻大事怎能儿戏？你知道我此去，前途未知，万一我给不了你想要的……"

筱女："我在你身边就好了。今日你去赴京，我便再也找不到你了。你带我走！"

培松："筱女！"

筱女放开培松，跑去上了车。众人很无奈。

培松："这……"

乔伯："培松，既然小姐愿意跟你同去，你就不要推辞了，别伤了小姐的心，带着她一起走吧。"

培松："可是……"

玉平遥："培松，我玉家就这么一个千金，玉家的前程也是吉凶未卜，我就把筱女托付给你了。我也相信，无论如何，你不会亏待了她。我也是才知道，原来这孩子一直喜欢你，那就先遂了她的愿，跟着你去吧。只是，这个孩子骄纵惯了，你为兄也好，将来若是为夫也罢，就多多担待吧！叔父，谢谢你了！"

培松落下泪来。"好，爹爹，叔父，义父，那培松从命，我就带小妹一起走了！"

"好，启程吧。"

培松上了车，众人挥泪，车子一路疾驰而去。

昭儿前日从巷子里回到府上，便迎面差点撞上往外走的吴媚。

吴媚："哎哟！昭儿，什么时候出去了这是？干吗去啦？"

昭儿急忙向房间走去："哦，娘，我就是和幺妹去了趟绸缎庄转转。"

"哦。"吴媚转身往前走，忽觉哪里不对劲，停住脚步又回身喊，"等等！"她迟疑着向昭儿走去，上下打量着昭儿。

吴媚："昭儿。"

昭儿故作镇静："娘。"

吴媚又围着昭儿转了一圈，然后咬着牙道："怪不得他们最近总是小声嘀咕，我当是说谁，原来是你个死丫头！你给我过来！"

幺妹看着昭儿二人面面相觑。昭儿知道瞒不住了，索性豁出去了，就跟着吴媚走进卧室。吴媚回身关严门。

昭儿轻声道："娘。"

吴媚："幺妹，你给我跪下！"

幺妹扑通就跪了下来。

昭儿："娘，不关幺妹的事！"

吴媚："看我不打死你！你怎么照顾小姐的？！竟然干出这等伤风败俗之事！"

昭儿："娘，真不关幺妹的事！都是我自己，心甘情愿的。"

吴媚："我还当这下人们嘀嘀咕咕说的是谁家的姑娘，每次看见我就不说了。好嘛，怪不得你这两个月不出屋了，原来是偷偷养胎。真是气死我了！说，谁的？多久了？"

昭儿："是，庆瑜的，明天就7个月了。"

吴媚："啊？我的天哪！我说怎么带腰身的都不穿了，整日的穿宽袍大袖的。现在你就算宽袍大袖也是遮不住了。我的天，这可如何是好？都这么大了，堕了会死人的！这可怎么是好！唉！造孽呀！你这娃子怎么这么胆大，居然敢做出这等事来！"

昭儿："娘，我和庆瑜是在妈祖面前拜了天地的，所以，也不算伤风败俗。"昭儿的声音越来越小。

吴媚："你是看我没法打你是吧？简直要气死我了你！"

吴媚推开门大声喊："招娣！招娣！你给我过来！"

没一会儿，招娣跑进来，一看见昭儿跪在那里，便什么都明白了。

招娣："娘！"

吴媚："别叫我娘！你们眼里还有我这个娘！我就问你，昭儿的事你知道不知道？"

招娣："娘，我知道。"

吴媚："对，我就知道你知道。这阵子没少照顾昭儿对吧？很辛苦对吧？居然敢不告诉我和你爹就包庇她做这种事情！我打死你！"

招娣："诶，娘，你打我行，别让昭儿再跪了，会出事的，娘！"招娣不由分说把昭儿拉了起来。

吴媚气得直喘："你说，你们说，这可怎么办？这孩子都这么大了，你们还想瞒到什么时候？"

招娣："妹妹说，她只有把这个孩子生下来，赵公子才能死了心，她才能跟庆瑜在一起。我也是觉得，妹妹应该嫁给庆瑜才好。"

吴媚："那怎么生？你觉得能瞒天过海吗？生孩子这么大的事，这东石每家每户，可有一件能瞒得过众目睽睽的？天哪！真是要气死我了！"

招娣："娘，我本来想，再过几天就把昭儿送到我娘那里去，等生完再回来的。还没来得及跟你说，你就知道了。"

吴媚："你们气死我得了。你当这赵家是好惹的？这么一来恐怕我们谭家就麻烦了。"

招娣："那怎么办？"

吴媚："怎么办？谁知道怎么办？唉，真是气死了！"

昭儿："娘，不如你们就让我嫁给庆瑜吧，让玉家娶了我，反正事已至此。赵家反正早晚也是会知道的。"

吴媚："诶，等你爹回来再议吧！天哪，这可如何是好？"

吴媚还是心疼女儿，便让幺妹扶着昭儿回房休息去了，又让招娣去厨房吩咐给做些莲子羹来补一补。

昭儿卧在床榻上，又累又乏，却毫无睡意。没多久听到父亲回来，和孙伯打了招呼便去了卧室。之后，好久都听不到厅堂里有动静。再之后她听见父亲长叹一声匆匆走出谭府。幺妹悄悄打开门，踮起脚尖走进厅堂向外望，只见老爷走出大门，坐上马车，向东去了。

"老爷这是去哪了？"幺妹又悄悄回来诧异地对昭儿说。

"或许，是去找玉伯伯了吧。"昭儿说道。

昭儿猜得没错，谭鸿业慌慌张张地来到了玉家，说有要事和玉总商相商，邱伯便带他进了书房。

一会儿，玉平遥便走进来。

玉平遥："谭兄，出什么事了，如此慌张？"

谭鸿业："唉，玉兄啊，唉，这可怎么说好？"

玉平遥："谭兄有话尽管说，怎么欲言又止？"

谭鸿业："唉，真是，我实在是说不出口，可这……"

玉平遥："谭兄但讲无妨啊，你我多年朋友。"

谭鸿业："玉兄可知三少爷和我那个死丫头他们两人已经……嗨……"

玉平遥："他们……怎么了？"

谭鸿业："还能怎么？两人私自拜了天地，如今，昭儿……已经……7个月了……"

玉平遥："啊？谭兄，你可别胡乱说啊，这可不是小事。"

谭鸿业："嗨，你我兄弟多年，这等事，我能随便乱说吗？我谭某虽算不上什么英雄，但做人还算清白。你去把庆瑜叫来吧。"

玉平遥："这……这个逆子！庆瑜！庆瑜！"

庆瑜被邱伯叫来。

"你个混账东西！"玉平遥伸手扇了庆瑜一个大嘴巴。

庆瑜："啊！爹！"

玉平遥："给我跪下！"

看见谭鸿业，庆瑜明白了，也不狡辩，立刻跪下来。

玉平遥："说，你干了什么？"

庆瑜："你们不是都知道了吗？"

玉平遥："你个逆子！你个浑蛋！"

庆瑜："我要娶昭儿！你们答应我们的婚事吧！"

玉平遥："可恶！"

庆瑜："就算不答应，我们也已经自己成了亲，还不如答应我们。"

玉平遥："你，还敢犟嘴！"

谭鸿业："好了，好了。现在怎么说都没用了，还是想想该怎么办吧。"

"给我滚出去！"玉平遥气得摔了椅子。

谭鸿业："唉，这件事怪我，我当初就不该怕了那姓赵的，害了两个孩子没办法，被逼成这样，才有了今天。孩子没错，错都在我。两个孩子是在我们眼皮底下长大的，情深意切，难能可贵，我真是惭愧呀！上次，那个姓赵的儿子病得厉害，让我和昭儿去帮忙瞧瞧。原来赵公子这些年心里一直惦念着刘蕊。"

玉平遥："哦？可是前一阵子没了的那个秀女？"

谭鸿业："对。她入宫前和赵公子有段情缘，入宫后赵公子就一直念念不忘，那日听说皇上驾崩突然心病发作，那赵道台不知从何而知昭儿是蕊的妹妹，就让我带着昭儿过去劝说一二。没想到赵公子中途失手打了昭儿，我这心都滴血啊！这孩子虽说是女娃，长这么大我何曾动过她一个手指头！我怎么敢把女儿嫁给这样的人家。我宁肯女儿在我身边一辈子，也不会将昭儿送到虎穴之地。所以我也打定主意，不论这姓赵的如何刁难，绝不会把昭儿嫁入赵家。之前的事，都是我不对，但我也不是贪生怕死之人，我就把昭儿交给庆瑜了。两个孩子一直情深义重，我们不能给分开呀！"

玉平遥："明白了，谭兄。那我们商议下眼下这事情该如何解决的好。"

"不如，我和昭儿私奔吧！"庆瑜推门而入道。原来他一直在偷听。

"你，进来！"玉平遥生气地说。

庆瑜："爹爹，谭伯父，不如让我和昭儿远去天涯，你们就说不知道我们去了哪里，做个假象我们自己跑掉的。到时候你们再做做样子到处找找，那就和你们都毫无关系，不会牵连你们的。"

谭鸿业："别瞎说。"

玉平遥站起身来回踱步："私奔？私奔？好像也只能这样做。现在若给他们成亲，那我们就是明摆着和赵道台对着干，我们两家都会吃不了兜着走的。而不成亲的话，昭儿有孕已经 7 个月了，马上就瞒不住了，再过一阵子孩子落地，恐怕赵道台知道了，找个借口我们两家也会很麻烦。所以，似乎也只能是私奔。唉，你们啊，真是做事不留一点退路啊！"

庆瑜决绝地说："爹，我和昭儿是真心的，就没打算留后路。"

玉平遥欲言又止："可是……唉！"

谭鸿业发愁地说："可是私奔能去哪里呢？"

庆瑜兴奋地说："爹，那我带昭儿去南洋吧！"

谭鸿业惊讶道："南洋？"

庆瑜："对，南洋。我一直想去南洋，昭儿也答应跟我一块儿去呢！如今事已至此，不如就称了儿的心意，我和昭儿去南洋闯荡一番。对了，我去找周先生，周先生可以送我们去，他不是原来在南洋吗？让他去帮我们安顿好，我们在那把孩子生下来，过几年等我们的事业有了眉目，再回来接爹爹和谭伯父，我们两家人可以都到南洋去团聚，就再也不回来了。这里的官府欺人太甚，南洋大家都平等，都做生意。我们凭自己的双手赚钱，还会有很多很多的财富，足够我们两家世世代代生活下去。多好啊！"庆瑜慷慨激昂起来。

玉平遥："南洋，你大伯倒是去过暹罗国和南洋的人做生意。周先生也是从南洋回来的，他也能帮你们安顿好，这个我倒是相信。只是，那个地方，昭儿能习惯吗？"

庆瑜拍着胸脯道："没事啊，有我呢！有我在，不怕昭儿不习惯。我们带几个丫头伙计一块儿去，保证照顾好昭儿。"

玉平遥："谭兄，你看呢？"

谭鸿业："嗯，倒也可以。如今这东石也好，南方北方也好，哪里都不景气，生意萧条。主要是这官府腐败透顶，到处是起义军，官府一直在派人四处剿杀，老百姓的日子到哪都是难过。这若是私奔到那里，恰好遇上起义军和官府军队对峙那也是很麻烦，还不如去南洋太平。"

庆瑜："爹，泰兴号10天后不是要去南洋？正好我们可以乘泰兴号去啊。"

玉平遥叹息道："唉，谭兄你回去再和夫人商议一下，我晚上也再和家里人商议一下。我们明晚定下来，事不宜迟，尽早安排吧！"

谭鸿业："好，那我先告辞！"说罢，他匆匆走出去。

经两家商议，庆瑜和昭儿将于10天后乘泰兴号奔赴南洋。为避免外人猜忌他们是乘坐泰兴号走的，两天后昭儿和庆瑜佯装"私奔"。那日天没亮，庆瑜和昭儿乘坐小船，奔赴陈耀云处躲避，等候一周之后再上船。

谭家和玉家立刻行动起来，晌午便开始散布两人私奔的消息，并且谭维民还去了玉家要人。一时间整个东石都沸腾起来。赵启胜很快便知道了：玉庆瑜和谭昭儿私奔了，并且两家反目成仇。赵梦乾闹着要赵启胜派人去寻找私奔的两个人，赵道台气得扇了他两个大嘴巴。

陈耀云无论如何没有想到，他会以这样的方式和昭儿再次见面，也无论如何想不到，这便是他们的诀别。

第二十四章（上） 1822年·泰兴号

清宣宗道光二年，农历正月初十（1822年1月14日），吉。泰兴号将于晌午启程。

晨曦中，陈耀云将昭儿和庆瑜送到了泰兴号包间。他似乎有很多话要说，却始终不知道从何说起，终究满腹的话都还是止于沉默。他看看外面，天色越来越亮，太阳在东方冉冉升起，可月亮却还是高悬在云海中不忍离去。他只觉得那月亮像极了自己，明明只剩下稀薄的月光，明明新的太阳已经在照耀四方，那月亮却还是努力地耗尽最后一点白光。那白光越发惨淡和浅白，渐渐如透明的纸片，唯留最后一点余光，也不可避免地被那太阳的光芒万丈遮蔽和隐藏。

他不再看那月亮，他知道那月亮正在慢慢遁去。他站起身，用力地看了昭儿一眼，又看了下庆瑜说："三少爷，谭小姐，我得下去了。这会儿，估计马上就有人来装货了，一会儿就会有很多人上船了。你们俩在这里歇着，我下去看看，你们府上的人到了，我就带他们上来。"

庆瑜："好，那耀云，就拜托你了。"

陈耀云："三少爷，谭小姐，就再会了，耀云感谢三少爷一直厚爱，也祝福三少爷和谭小姐平安到达南洋之后，能够一切顺利。如果三少爷有闲暇，耀云希望将来能收到三少爷的家书，若有需要我做的，三少爷和谭小姐就随时吩咐，耀云自当效犬马之劳。"

庆瑜："耀云，言重了。我们到了那边就写信给你，你是我最好的朋友。这一下子离开了，我还真有点舍不得。"

耀云："那三少爷，谭小姐，就此别过，三少爷珍重！谭小姐，珍重！"耀云落下泪来，双手紧握行礼。

庆瑜："耀云，珍重！"庆瑜扶起他，抱住他，也落下泪来。

昭儿微微躬身："耀云，珍重！"

耀云立刻扶起昭儿："小姐，别！小心！"

耀云转身快步走下舷梯。

他脚步飞快，逃下船去，正要下船，却不小心袖子刮在一块铁片上，他用手去捒衣袖，右手食指却被那铁片划破，顿时流出血来。他"嘶"的一声，将手指伸到嘴里吸吮鲜血，心里却泛起浪潮。他隐约感觉到了莫名的恐惧袭来，他回头望了望船上，在这里已经看不到昭儿和庆瑜，他犹豫着，他是什么也改变不了的。手指的血止住了，他叹息一声，向船的后面走去。

"嘿呦嘿呦嘿……嘿呦嘿呦嘿……"

渔歌又响彻海域。在包间里的庆瑜对昭儿道："听见了吗？渔歌，这可能是最后一次听渔歌了。也不知道到了南洋之后，还能不能听到渔歌。"

"还能的，只不过，可能跟我们这里的渔歌不一样了，是另外一种渔歌。"昭儿说。

"可能吧，那也挺好的。"庆瑜将双手枕在头下，憧憬地说。

没一会儿，玉家人和谭家人都来了。毕竟，这两个孩子一别，便是很久。但他们无论如何也想不到，是比很久更久的永久。

吴媚："昭儿，你看谁来了？"

昭儿："啊？奶娘？你怎么来了？"

奶娘："我当然得来，你身怀有孕这么大事，我怎么能不在身边。"

吴媚："让奶娘跟你去南洋，这一路上也有个照应，到了那边，人生地不熟的，有奶娘照看着你和孩子，娘也就能安心了。"

昭儿落下泪来："奶娘，娘！"

吴媚："幺妹和奶娘都跟你去。"

昭儿："谢谢娘想得这么周到。"

周先生："你们放心吧，到了那边我安排庆瑜和昭儿，我在南洋生活了好多年，很熟的，那边一切我都会安排好。等都安顿好了，我再回来。"

玉平遥："周先生，这回，真的要拜托你了，我就把这两个孩子都交给你了！"他紧紧握住周先生的手。

周先生："周某定不会辜负玉总商的重托，都放心吧！"

董清芳："好，那我们就放心了。奶奶腿脚不好，一直嚷嚷着要来送你们，我没让来，人太多了也会惊动某些人。"

庆瑜："替我们告诉爷爷奶奶，请他们放心吧，我们到了那边安顿好了就会给你们写信，将来合适的时机，把你们都接过去，我们就不在这里受气了。爹，娘，大哥，你们都多保重啊！儿子不孝，就暂时不能陪伴左右了！"庆瑜跪下来磕了三个头。

谭鸿业："好了，我的孩子，我们该走了，一会儿人就多了，就不方便了。那周先生，我们就下船了。"

"好，放心吧！都回吧！"周先生和庆瑜送他们下了舷梯。

玉家人和谭家人挥泪而去。

外面，渔歌嘹亮。火红的太阳高高升起，那光芒如万条黄色丝绦从天空向大地散射下来，大清早就如火如荼，热烈得让人无处躲避。一群海鸥忽而在海面上盘旋，忽而又高声呐喊着冲向海崖，忽而又向远方盘旋而去。

庞大的泰兴号，仿佛还在昨夜的静谧中沉睡，还不知晓这海鸥声声已经为它吹响号角。连那船头的两个龙目都还萎靡着，不肯扬帆起航。它只是淡然地看着这片海域，或许在积攒力量，似乎已经知晓即将发生的一切，又显得无比肃穆和庄严。

很快便有人陆陆续续向泰兴号走来，最先来到船上的是游涛科和水手们。为了保证这次远航顺利，玉家为泰兴号配备了 100 名水手，游涛科亲自做舵手，此外还配有一条小船万康号跟随。水手们上了船，很多游客便来到了。没一会儿，港湾附近开始沸腾起来。

听见外面吵吵嚷嚷，庆瑜便想出去看看。他不顾昭儿和周先生的阻拦，偷偷跑到舷梯附近，便看到了外面的景象。庆瑜惊呆了。

虽然以前也和伯父出过海，却从来没见过这么多人啊！大人、小孩、年长的和年幼的，有衣着华美的，也有衣衫破旧不堪的，这些人拥挤着、推搡着，还提着各种东西物件争先恐后地要登上船来。好在有水手在入口处拦截，否则真的要踩踏出人命来不可。

那些水手在验船票。有些没有船票的想趁机跑上来的，都被水手不容分说踹了下去。庆瑜看得直皱眉头。

"没船票还想上船，你当这是救济所呢？我们这可是泰兴号！我们玉总商已经都将船票降到最低了，现在经济不景气，知道大家手头紧，但你也不能没有船票对吧？你没船票那还不就是偷渡？偷渡不光你们被抓，各个地界都有关卡，我们也会吃不了兜着走是不是？都别找麻烦，没船票的，就别来挤，挤也上不去！都有点次序！都排队！排队！"

船的侧面，有一些水手正忙着将游客的物件放到水密舱里，忙得不亦乐乎。

就在入口不远，庆瑜看见一堆木箱子，箱子旁边站着一个很胖的人。此人一双大眼异常灵敏精明，一看便是异国商人，衣着华贵却十分俗气，头上戴着个礼帽，手上的金戒指在太阳照射下闪着晶亮的光。他正在紧张地看着水手们往水密舱里搬木箱。从木箱的缝隙可见里边洁白如玉的瓷器，想必他是做中国瓷器生意的富商。每装进去一箱他都紧张兮兮，那样子竟让庆瑜笑出声来。

在下边站着的更多的人身着布衣，甚至不乏衣衫褴褛者。更有几个容貌俊俏女子浓妆艳抹难掩轻浮，想来，也是去南洋靠姿色讨生活的吧。

港湾已经沸腾一片，人越来越多，箱子和箩筐也越来越多，水手们越来越忙。那一箱箱的瓷器、陶罐、茶叶和绸缎被纷纷装入水密舱中，这等繁华景象让庆瑜叹为观止。这是要把我大清的宝贝都搬到南洋去吗？我大清原本这等富贵，这下面的人却要到南洋去讨生活，这是何等的悲哀！

有人上船来了，庆瑜赶紧跑回了包间，却仍通过门口的缝隙向外看。

泰兴号船尾的高层木屋里有 15 个包间，可以供 200 多人乘住，很快就上满了人，当然都是有身份的人。更多的人蜂拥而至，都在甲板上拥挤着，快速地占领栖居之地，每个人只有一个席子大小的躺卧之处。后面上来的人再蜂拥着向里面跑去。庆瑜叹息一声，遇见灾年，想必百姓也是如此仓皇逃难的吧！所幸，此去南洋，大家都还怀着希望。虽说憧憬的不同，但毕竟都是希望。

庆瑜终于不忍再看，关紧了包间门，往里面走去。奶娘和幺妹已经在房间中央挂起了一道帘子，又在昭儿的床榻前围了纱帐。如此，将房间分割成两半，既方便照顾昭儿，又方便庆瑜和周先生自处。

"哦，奶娘想得真周到。"庆瑜微笑道。

奶娘笑笑说："外面太吵了，乘船时间久，昭儿得多休息，这样方便些。"

"昭儿，躺下。"奶娘又说。

庆瑜走过来扶着昭儿躺下，说："我看外面很多人，都在上船呢！"

周先生说："估计人满为患了吧，这去南洋的船只少，好不容易等到泰兴号，自然是都抢着夺着也要上来。"

庆瑜道："我还从来没看过这么多人上船。"

周先生："嗯，那是自然。整个船舱里的大部分都应该是去南洋做生意的富商，还有个别去留学的。那甲板上的人就复杂多了，大部分是去南洋的劳工，也有沦落风尘的女子，还有梦想着发大财的淘金人，也还会有没落世家去逃难的，甚至有通缉犯。"

庆瑜惊讶道："啊？周先生，你又没去看，你怎么知道？"

周先生："嗨，我曾经在南洋和内陆之间往返，又怎会不知？"

庆瑜："哦，还是周先生见多识广。"

外面的嘈杂声一直持续到了近晌午。庆瑜几个人在包间里已经昏昏欲睡，才听到外面水手喊："要开船了！送行的就不要靠近了，准备开船了！"

庆瑜一激灵，又站起身来跑到窗户旁趴着窗棂向外看。他看见了陈耀云，他惊喜地向耀云招手，但耀云在外边是看不见他的。

陈耀云已经伫立多时了，他在等待泰兴号的起航。下面的水手已经解开船体下的绳索，泰兴号缓缓滑入海中。船上的水手们已经竖起桅杆，拉起船帆，那船帆在日光的照射下，像巨大的鹏鸟就要展翅高飞。他多想拉住那船帆，拉住那巨大的鹏鸟，让它不要飞去，可是他是如此渺小，他什么也改变不了，什么也主宰不了。他早已看到自己的命数，他就只能眼睁睁地看着这巨大的鹏鸟从他的视线之中飞走，飞到遥远的未知中去，飞离他的生命。

泰兴号已经起锚，缓缓地向前驶去，这巨大的红色鲲鹏，终于在他的视线中渐行渐远。

"昭儿！昭儿！你一定要好好的！三少爷！你要好好待昭儿啊！"陈耀云在岸边大声喊着、哭泣着，终于蹲下来，跑进海水中，痛心地用手拍打着海面。

"我们起航了！起航了！"站在窗棂前的庆瑜兴奋地看着船离开了船埠，向一望无际的前方驶去，便去扶昭儿起来看。

"真好。"昭儿说。

海天相接，远方是无涯的蔚蓝，灿烂千阳，光芒万丈，远处海面波光粼粼，像海洋温柔地牵起嘴角。船的侧面荡起清浅波涛，泛起的浪花和白色的泡沫是为这盛大的远航献礼的簇簇花朵，一路航行，一路绽放。自远处飞来群群海鸥忽远忽近地来回盘旋，振翅飞行的姿态极其美丽，它们为这盛大的远航唱起赞歌，歌声嘹亮而高亢，更像是某种仪式般的告别。那海鸥终于向着遥远的太阳飞去，像是完成一项使命一般的庄严和壮烈。

看着远去的海鸥，昭儿的心里也生出一种悲壮来。"好美。"她感叹道。

"庆瑜，我有些想念这里了。"昭儿又说。

"这才刚要离开就想念了。"庆瑜笑道。

"这一去，真不知什么时候还会回来，也不知道还会不会回来。"昭儿轻声叹息道。

"先别想那么多了，不是都说好了吗？到了那边安顿好了，将来把府上的人都接过去，大家在一起，就好多了。只要家人在一起，哪里都是家。"庆瑜说。

"好。"昭儿道。

"你还是回去躺着吧。"庆瑜又扶她回到床榻躺下来。

"周先生，反正我们在这船上也没什么事，比如我们下棋玩怎么样？"庆瑜道。

"好啊！"周先生笑着说。

"呵呵，你们玩你们的，我和幺妹照顾好小姐就行了。"奶娘说。

"好，那我去拿棋。"

庆瑜从随身带的包袱里拿出棋盘，和周先生玩起来。两人对垒，有一搭无一搭地说着话，玩得不亦乐乎。昭儿在那边已经睡去。

昭儿醒来的时候天色已将晚，她让奶娘扶着走到窗口。远处光线微弱，海面下隐隐波涛汹涌，似乎藏着许多秘密，那墨蓝的海水让她想起染坊来。染布曾是她最大的乐趣，平日里她和嫂子招娣将蓝草叶晒干捣碎制成蓝靛，水浸七日，取其汁水，用以染布，因蓝靛有菘蓝、蓼蓝、马蓝、吴蓝、苋蓝五色，即可得藏青、毛蓝、水花各式蓝色印染。之后再去将印染好的布料晾晒，充足的日光，迎风飘扬的染布……那是何等奇妙的事情。然而目之所及的这深蓝的海域，她是再也不能从中捞起那些缤纷的蓝色印花，透过它们看阳光和阳光下自己的身影。

"昭儿，起风了，回去吧，小心着凉。"奶娘说。

昭儿点点头。

没一会儿，就有两个水手拎着篮子送饭进来，说是游伯特意吩咐厨房做的，还给昭儿做了单独的饭菜。庆瑜笑着说谢谢游伯费心了。几个人吃了晚饭，正在闲聊，便听有人敲门。

庆瑜去开门，正是在开船前他看见的那个胖子商人。

胖子商人："这位爷，我就想问问，有没有好东西卖？"

庆瑜不解："什么好东西？"

胖子商人探头往里面看："自然是……嘿嘿。"

周先生站起来："你说的可是烟？我们还真没有。"

胖子商人："哦，那唐突了，哈哈，唐突了，我去别处找找。"他于是便点头哈腰地掩上门。

庆瑜："这船上，还会有人吸鸦片？"

周先生："这吸食鸦片已成风气，毒害不浅啊！"

过了没多久，便有隐隐的香气飘进来，庆瑜惊讶地叫了一声："天哪，这个胖子真的弄到鸦片了。"

周先生："快把门关紧，对谭小姐不好！"

奶娘："是啊，真是的！"

庆瑜忽然道："可是，是谁这么大胆居然敢在这船上公然兜售鸦片？要不要我去让游伯他们搜一下？"

周先生："还是别惹事端。行船时间不过十几日，我们还是先保证自己平安就好了，毕竟，谭小姐还需要人照顾，别节外生枝。"

庆瑜："好吧。"

外面夜色凝重，船上也渐渐安静下来。庆瑜一行人也渐渐睡去。

远航的第一日就这样过去了。

第二日清晨，庆瑜是被吵醒的。不再是渔歌，而是有人在说话。

"早安！""早安！""嘿嘿！早安哪您！""早安哪您！"

庆瑜听了半天才听明白，这是一个人在说话，另一个人在对答，确切地说是在重复。说话的声音似曾相识，像是昨天的那个胖商人，可这对答的声音，又急促又尖厉得奇怪，不像人的嗓音。

"是鹦鹉。"周先生笑着说。

庆瑜坐起来，才看见周先生已经醒来。

庆瑜："哦，先生，早安！"

周先生："哈哈，早安！"

奶娘和幺妹、昭儿都醒来了，大家都笑了。

周先生："那个胖子住隔壁，这一大早地就开始逗鸟。"

庆瑜："我怎么没注意他还带着鸟上来的？"

周先生："这是个经常乘船航行的人，习惯了船上生活，自然是不会让自己寂寞的。哈哈。"

几个人说着，便听隔壁门响。庆瑜拉开门，见那胖子出了门，在过道里说："早上好啊各位！"那鹦鹉也说："早上好啊各位！"于是过道里热闹起来，各个房间里都走出人来看这只聪明的鹦鹉，互相打招呼，大家都变得相熟已久的样子。

庆瑜远远地看着胖子和他的鹦鹉，鹦鹉披着一身黄绿色的羽毛骄傲地站在鸟笼子里，看着周围的人，毫不窘迫，像是洞悉了人类的本性。这些围观的有身份的人，它只要敷衍地恭维一下，便立刻会受到他们的恩宠，它也乐于享受他们的赞美和逢迎。鹦鹉说了一会儿，似乎看腻了周围的人，不再说话，只是冷眼看着他们。胖子于是又提着鸟笼子，带着他的鹦鹉哼着曲儿信步继续向远处走去，直走向甲板上更多的人之中。可以想象，所到之处，无不引来一阵喧哗和赞美。

新的一天就这样开始了。昭儿的心情也很不错。没一会儿，水手们送来饭菜，大家吃完，便听到外面又热闹起来。胖子商人已经在过道里摆了个长桌，正在和几个人一起打牌。自然是有人上前来看热闹，于是人越来越多，没一会儿，不算宽敞的过道里就站满了人。就见那胖子坐在正中间，从上俯视可见他的手上戴着黄灿灿的戒指和色泽极好的玉镯，他的腰间还缠着一条很粗的金腰带。那金腰带上刻有图腾花纹，他身上的每一处都彰显着他显贵的身份。

不过，你也不过是个异国的富商，若比财富的话，还未必比得过我玉家。庆瑜心里想。他穿过过道，穿过甲板上熙攘的人群，向船头走去。庆瑜要去找游伯。

到了船头，庆瑜便被水手拦住："诶，三少爷，你怎么来这儿了，这儿危险！"游涛科正站在船头掌舵开船，庆瑜看见他的背影，迎风而立，好不威风。

"我找游伯！"庆瑜说着便不顾水手阻拦走上船头。

水手："诶，三少爷，这不行啊，太危险了，这哪是你能来的地方！"

庆瑜："我怎么就不能来了？我就是要体验一下。"他又往前走。

庆瑜："哇，这里真好，多么开阔！"

"三少爷！你怎么来了？我的天！"游涛科听到庆瑜的声音，回头说。

"师傅，我来替你吧！"有个水手上来说。

"好，你来替我一会儿。"游涛科走下来说。

"游伯，让我来试试呗。"庆瑜调皮地说。

"那怎么行？这不是闹着玩的，这整艘船上 2000 条人命啊，可不是闹笑话的。等下回乘小船，哪怕福临号都行，没人的时候让你体验一下。"游涛科说。

"游伯，我是说，你来开，我就站在你身后，把着你的手感受一下就好了。我就是想知道一切都在掌握中是什么样的感觉。"庆瑜道。

"那好吧，那就让你感受一下。来，我来开。"游涛科摇摇头。

"我就知道游伯最好了！"庆瑜快乐地说。

游涛科又站在舵前，双手握住舵盘慢慢摇动。庆瑜站在他身后，伸出双手搭在舵盘上，随着舵盘慢慢左右摇动。

"啊，太棒了！简直太棒了，哈哈，我开船啦！"庆瑜开心地大喊，船头站立着的几只海鸥被惊起，扑棱棱仓皇飞走了。

游涛科："哈哈哈，你瞧你，把鸟都给吓跑了！"

庆瑜："哈哈哈，我也感觉自己飞了呀！"

游涛科："三少爷，你是不是有事要找我呀？"

庆瑜："哦，对呀。游伯，我是想问你，我们什么时候到南洋？周先生想要个地图有吗？"

游涛科："有的，一会儿拿给你。正常来说，我们到南洋要 20 天吧，还要看天气，现在是东北季风。回来的时候最好能赶上西南季风。也要看路上顺不顺利，若是遇见海贼，那就比较麻烦了，自然是会再耽搁。"

庆瑜："海贼？"

游涛科："是啊，海贼这两年很是猖獗，我们正常的航线，是必会遇见海贼的，不过不用怕，我们可以避开他们，我们走另一条航线，虽然会迟几日到达，但比较安全。毕竟，这艘船上的货物都是价值连城啊！"

庆瑜："还是游伯想得周到。"

游涛科："好啦，下来吧，我拿给你地图。"

游涛科从舵盘下来，水手上去替他。他走到一个舱壁旁，拉开抽屉，拿出一张羊皮纸递给庆瑜。

游涛科："这便是这附近海域的地图。"

庆瑜："哦。好，我一会儿拿给周先生看。"

庆瑜又来回地走来走去，忽然发现了船头舱室沿着四壁放着好多粗管。

庆瑜："游伯，这是不是大炮？"

游涛科："没错，加农大炮。"

庆瑜："可是，不是说官府只让带一门？"

游涛科："这可是泰兴号啊！这么大一艘巨船一门大炮哪够用？老爷想得周到，早就悄悄地准备好了。"

庆瑜："1、2、3、4、5、6、7，7 门大炮？"

游涛科："没错。"

庆瑜："还是我爹厉害！弄来这么多大炮。"

游涛科："这才叫装备精良。"

庆瑜："这么多大炮，跟外国人打仗都够了吧。"

游涛科："那肯定是够了。"

庆瑜："啧啧，我爹不当官可惜了。"

游涛科："哈哈，老爷不当官也是盖世英雄。"

庆瑜："哈哈。游伯，那我先回去了，他们还等着我呢。"

游涛科："好，三少爷，你小心点，有什么需要的，随时吩咐一声。"

庆瑜："知道了。"

庆瑜哼着小曲走过甲板，在挤挤挨挨的人群中，那几张娇俏的脸庞格外引人注目，她们换上了颜色鲜艳的衣服，正在对着小铜镜打扮，在镜子里看到有人盯着自己看，不时地回眸冲那人笑笑。那廉价的衣衫和美丽的容颜极不相称，但那笑容里的妩媚又和那身衣着极为相称了，庆瑜也不知道自己的想法怎么会自相矛盾，索性不再去看，快速穿过甲板，来到过道。过道里也已经人满为患。也不知道这胖子商人哪来的魔力，竟然一个人让所有包间的人在极短的时间内都打成了一片。此刻，那胖子正在给众人讲南洋的趣事。

"我猜，这船上有淘金的，你是吗？"胖子问一个人。

"我不是。"

"你呢？"

"哈哈，我也不是。"

"嗯，淘金的那帮估计是躺在甲板上还在做着淘金梦没起来呢！"

众人哈哈大笑。

"这淘金啊，现在是太热了。不过，淘金真正的地方不是南洋。"

"那是哪儿？"

"是美洲啊！我给你们讲啊……"

庆瑜好不容易挤过人群，推门走进包间，紧紧关上门。

"简直吵死了，这个死胖子。"庆瑜说道。

"庆瑜，你回来了。"昭儿正在窗口看风景。

"昭儿你别站那儿太久，有风。"庆瑜也和奶娘学会了，鹦鹉学舌地说。

"周先生，我拿来地图了。"庆瑜兴奋地从口袋里拿出那张羊皮纸。

"对了，昭儿，我刚才开船了，哈哈。"庆瑜又说。

"你开船吗？"昭儿不相信地说。

"你别不相信呀，真的。我刚才就站在游伯的身后，我把手搭在舵盘上，跟着游伯一起摇动的。"庆瑜骄傲地说。

"哦，那真是好玩呀！"昭儿说。

"是啊，只是这人太多了，没法带你过去。这过道里都是人，那个死胖子把所有包间的人都招出来了，那边甲板上的人更多，人挤人、人挨人的。唉，他们都只有一个藤席那么大的地方。"庆瑜说。

"我大清就是人多。"周先生说，"这么多的人，都要去南洋讨生活。"

周先生正在仔细地看地图。

庆瑜："周先生，快看看，我们现在在哪里了？"

周先生："我们是从这里，东石出发，这里是我们的目的地（爪哇岛），顺着这条航线走，今天是第二天，我们现在应该是在这里了。"

庆瑜："哦，哦。这都是哪里呀？"

周先生："你看，这周边的是琉球、南召、林邑、狮子国，然后驶向格拉斯海峡和贝尔维得礁，最后到达爪哇。"

庆瑜："看着并不远呀。"

周先生："但是实际上还是很远的。地图是按照比例把实际路程缩小。你看，这一个指头的路啊，就够我们在海上航行好多天了。"

庆瑜："哦，好厉害呀！"

周先生："是的，能画这个地图的人很厉害，航海家也很厉害。"

庆瑜："周先生，你一直在南洋，外面那个胖子一直在吹嘘南洋的事，你也给我们讲讲南洋的事吧。到了那边，我们都干些什么？"

周先生："好，闲着也是闲着，我就给你们说说。"

昭儿："太好了。"

虽说船上人多拥挤，嘈杂不停，船上的空间也狭窄逼仄，也并没有如家里一般的舒适闲逸，但也不失为一种乐趣，毕竟这船上2000多人的目的地是同一个。大家都是要奔赴南洋，奔赴新生活。经过一天多的时间，昭儿和庆瑜渐渐适应了这船上的生活。有外面的胖子商人，有周先生，船上的日子似乎也没那么漫长。

泰兴号一路顺利航行了四天，在第四天傍晚时分到达了宾利海峡和宾利海湾。

那巨大的落日在海面上起起伏伏，始终不甘心沉沦下去。那浮起在海面的巨大半圆将蓝色海面染成一片橙红，海面泛起一层暖意，像谁涂的黏稠蜜糖，海面荡起阵阵涟漪，像蜜糖的汁水荡漾开来。而在海的两侧，渐渐浮现出高山和断

崖。两面高山的间距越来越窄，泰兴号速度慢了下来，缓缓驶入那狭窄地带。落日终于完全沉沦下去，天空顿时变得暗淡下来，

周先生向外望，说道："好像进了海湾。"

庆瑜："海湾？"

周先生："对，这里很窄，过去就好了。"

庆瑜："哦。海湾很长吗？"

周先生："好像很长，估计今晚就只能在这了。天要黑了。"

外面船上的水手已经登上桅杆去挂灯笼。庆瑜觉得困意又袭来，很快靠着床榻迷糊过去。因为昭儿需要多休息，屋子里一直没有点燃灯笼，只有外面的微弱光线从窗口斜射进来。

"嘭！""轰隆！""啪啪！"庆瑜是被吓醒的，也不只是他被吓醒，大家都被吓醒了。

庆瑜惊讶道："什么声音？"

周先生："像是火枪的声音。"

庆瑜："啊？火枪？"

"听起来像。"周先生利落地跑到窗口去看。庆瑜也跑过去。

就见在不远海面上有一艘小船正在逼近。那小船上火光四射，有人正在用火枪射击，射击的目标正是他们所在的泰兴号。

庆瑜："这，这是哪来的船啊？"

周先生："海贼船。"

庆瑜："啊？"

周先生："我们撞上海贼了。"

庆瑜："啊，游伯说从这条航道走不会遇到海贼的，怎么还是遇到了啊？"

周先生："现在海贼猖獗，也或许早料到了泰兴号会从这里走。"

庆瑜："那怎么办啊？我们束手就擒吗？"

周先生："我们现在不能动，我们没有武器，再说，昭儿小姐行动不方便，贸然暴露会很危险。"

对方又开枪过来，却只是朝泰兴号的船身射击。

"嘘！"周先生拉着庆瑜蹲下来，"将窗帘拉好，不让外面的光线透进来。"

只听门开了，有水手气喘吁吁跑进来低声说："三少爷，游伯让我来保护你们。遇上海贼了，千万别慌，也不用怕，他有办法。你们就在这里别出声，安静等待就行了。"

庆瑜："好。"

外面火光冲天，海贼船向泰兴号的船头冲了过来。泰兴号猛然扭头闪避，与之擦身而过，而后，急速向前开去。那海贼船没有料到，仍然向径直方向开去，只听"嘭"的一声巨响，便撞到礁石上。

泰兴号因猛然倾斜，快速滑行，导致船上的物品倾斜倒塌，船上的人群因失重而纷纷摔倒，趴在地上。人群慌乱起来。又有奔跑互相踩踏者，惶恐着大喊大叫。

"不要乱！大家都不要乱！我们遇上了海贼，请大家别慌，配合我们，大家请保持安静！"水手们大喊。

昭儿也摔倒在地上。"啊！"她大叫了一声。

"昭儿！"奶娘从地上爬起来立即去扶昭儿。

庆瑜跑过去抱昭儿。

"疼！"昭儿艰难地说。

"快，扶好。"奶娘紧张地说。

外面的海贼船喘息了一会儿，又重整旗鼓向泰兴号追来。船上的人破口大骂着听不懂的语言，又偶尔开枪示威。却无人注意到后面有个小船快速驶入海湾，向海贼船全力以赴冲来。那便是一直追随泰兴号的万康号。万康号的舵手周景亮远远望见前面的情景便全速航行至海贼船的斜后方，在礁石的阻挡下，迅速逼近海贼船，趁其不备向其开枪。那几个海贼发现身后有敌人，便转过身来，将火力对准万康号，并向万康号撞去。万康号体积较小，比较灵活，迅速掉转角度，擦肩而过，但船尾还是被狠狠撞了一下。海贼船上响起幸灾乐祸的笑声和叽里咕噜的骂人声。

周景亮胳膊受伤，无法继续开船，换了个水手来开船。海贼船见万康号已无法构成威胁，继续追踪泰兴号，几个海贼向泰兴号开炮，因距离较远，光线很暗，并没有击中泰兴号。游涛科命水手们将船尾炮舱里的三枚大炮装好，设好距离，向海贼船同时发射。海贼显然未料到会有熊熊炮火攻来，立刻惊慌失措乱作一团，船闪躲开来，炮火打在礁石上，海贼船只受到了一点点损伤。几个海贼下了船，向泰兴号游来。海贼船也穷凶极恶追来。游涛科立即开船，同时指挥水手再次向海贼船开炮。只听"轰"一声，海贼船上火光震天，几个海贼葬身火海。游到中途的海贼也在海面巨大的火焰中飞起。而后，周围又恢复了宁静。

只是万康号一直没有开过来，还是在礁石附近停泊着。

两个水手下了船，游到万康号附近。万康号船体因撞击有轻微损坏，开始漏水。上面的水手也有两人受伤。

"游伯！万康号开不了了！周船长也受伤了！"他们向泰兴号上的游涛科喊道。

"船先停在这儿，我去看看万康号。赶快，小五，跟我过去帮周船长，给受伤的包扎一下！"游涛科说。

游涛科带着小五迅速从船的外沿走到船尾，下了梯子，游到万康号旁，又上了万康号。

"小周，你感觉如何？"游涛科快步走到周景亮身旁，见他胳膊还在流血。

"我没事，就是胳膊受了点伤，他们都比我严重。"周景亮指着旁边的两个水手说。

"小五，快！"

小五将背着的箱子放下，迅速打开，从里面拿出几条毛巾和帕子，将周景亮的胳膊包住，血终于止住了。小五又给另两个水手包扎了伤口。

周景亮："我们还是得尽快离开这里，游伯。海湾地区海贼很多，说不准还会有别的海贼。"

游涛科："你说得对，我们得赶快离开这里。那你好好休息，我们这就下去了。"

周景亮："好，游伯小心。"

游涛科："你们也小心。"

游涛科带着小五又回到泰兴号。泰兴号和万康号继续航行。

是夜，泰兴号离开了宾利海湾，驶入开阔的海面。

大家都在庆幸躲过了一场劫难，却未料，清晨到来之后，等待他们的是一场忙乱。

晨光熹微，一切都很宁静，昭儿忽然大喊起来。

"啊！"她喊叫道。

"昭儿？！怎么了？肚子痛吗？"奶娘紧张地问。

"好疼！"昭儿已经说不出话来，脸色暗淡。

"昭儿，你怎么了？"庆瑜握着她的手说。

"啊？血？"幺妹吓得喊出来，"小姐，你流血了！"

"我的天！"奶娘手抖了一下。

"啊？这，昭儿，你可不要吓我啊！"庆瑜的额头冒出冷汗。

周先生在帘子那边来回踱步："这，谭小姐该不是早产了吧？"

昭儿："庆瑜，我，可能要死了。"

她说完便昏了过去。

"啊！昭儿！"庆瑜惊慌失措。

"快，掐她人中。"奶娘道。

几个人手忙脚乱地忙了半天，才见昭儿悠悠醒来。

"哦，好疼。"她无力地说。

"昭儿，别怕，你这是要生了。昨晚受了惊吓，船又太颠簸，才会早产。没事的，别怕，有我呢！幺妹，去弄热水来！"奶娘说。

"好。"幺妹连忙跑出去，没一会儿两个水手每人提着两大桶热水进来。

"幺妹，给我找剪刀。"奶娘又说。

"哦哦，好。"幺妹手忙脚乱。

"你们两个男人先出去吧，不用你们了。"奶娘又说。

庆瑜犹豫着，周先生拉着他走出包间。他又跑回来握住昭儿的手说："昭儿，我就在外边呢，别怕。你一定好好地把我们的孩子生下来。我等你啊！"

奶娘将庆瑜推出去，关上门。然后让幺妹扯了个布单子将昭儿的身体罩住，伸手一点点按压她的腹部，一边按压一边说："没事啊，昭儿好样的。小宝宝就要出来了。"

昭儿痛得一声一声惨叫。庆瑜在包间外面搓着手走来走去，一会儿就揪住周先生的袖子问："昭儿不会有事吧？周先生？"

周先生也没法回答，只是拍拍他。

过道里已经来了很多人，都在小声地说话，也都在为里边的昭儿担心和紧张。

因已经流血，破了羊水，昭儿的喊叫声并没有持续很久，便听到一声洪亮的婴儿啼哭声。

"哇！"那婴儿的哭声响彻苍穹。庆瑜只觉山摇地动，巨大的狂喜从他的胸膛、他的皮肤、他的四肢喷薄而出，久久地回荡在天空。

多年以后，庆瑜每每想起这一瞬间还总是落下泪来。

"昭儿！"庆瑜推门闯进去，却又被幺妹推出来。

"小姐没事。放心吧。"幺妹说。

"那就好，那就好！"庆瑜擦着眼泪说。

"我的儿！对了，是男孩女孩啊？"庆瑜又敲门道。

"恭喜少爷，是个小少爷！"幺妹笑道。

"谢谢老天爷！"庆瑜跪下来，双手合十虔诚地拜谢天地。

"我说这位小爷，真是恭喜了！这小少爷出生在海上，我还是头一回见到，刚刚躲过一劫，这小孩看来福大命大，将来定是不同凡响啊！"那胖子商人中国话说得还挺流利，如果不看容貌丝毫听不出来是个异国人。

过道里的人们也都凑过来道喜：

"哎呀，真是恭喜呀！"

"恭喜这位公子了！"

"真是难得呀，这航程还真是有意思，又是海贼又是小孩出生的。哈哈。"

"别瞎说，遇见海贼难道还是好事了不成？倒是这小孩的出生有点神奇。"

"昨晚虽然遇见海贼，我们也不是有惊无险？这难道还不够运气好吗？"

"嗨，也多亏了泰兴号装备齐全，那尾随的万康号不是都被损毁了吗？好家伙，昨晚可是给我吓坏了。"

"是啊，这要是海贼上了这艘船，那我们别说财物，就是命都难保喽！"

"唉，但愿接下来会顺利到达，不会再遇见什么海贼了。"

"不会了，我们已经离开了海湾，在这等开阔海面，海贼一般是不敢过来的。

毕竟这帮海贼也是见不得光的，一定要找个栖身之所，有海湾，他们可以隐蔽起来，开阔的海面，直接暴露，他们是不敢的。"

"那就好喽！"

"哇哇！"婴儿又啼哭起来。

"哈哈，小孩又哭了。"

幺妹推门出来又去找水手进来，和奶娘里里外外地又忙活了好一会儿，才叫庆瑜和周先生进去。

"三少爷，您可以进来了。周先生也进来歇着吧，在外边站了这么久了。里边都安顿好了。"幺妹说。

周先生推辞说不累，庆瑜拉着他进去了。

房间里安静下来。庆瑜放轻脚步走到昭儿床榻边，昭儿疲乏地躺在那，慈爱地看着身边的婴儿，唇边露出淡淡的微笑。小婴儿闭着眼睛安稳地睡着，粉嫩的小手和脚丫让人想起柔软的花蕊。有阳光从窗子射进来，昭儿有些凌乱的头发和小婴儿头上的绒毛被罩上一层光晕，让庆瑜觉得有些不真实，恍然在梦中。

婴儿又啼哭起来，小小的脸皱成一团，嗓音那么嘹亮，像要对这大海，对这天地宣告什么。庆瑜这才确信，这不是在梦中，是真真切切的眼前。他于是笑了，俯下身想抱起这小小的东西，却又不知该如何抱，犹豫着，两只手不知何处安放。

昭儿笑道："别动，让奶娘来。"

"哦。"庆瑜不甘心地站起身。

"哈哈，三少爷，我来。"奶娘小心地抱起小东西。

"他好小啊！"庆瑜道。

"你出生的时候也是一样大的，都这么大。哈哈。"奶娘又说。

大家都笑起来。

"昭儿，你怎么样？"庆瑜这才想起问昭儿，俯下身握住昭儿的手说道。

"多亏奶娘在呢，要不然我都不知道现在还是不是活着。"昭儿说。

"小姐别胡说。我们昭儿啊是有福之人，这不，又顺顺利利生下个有福的小宝宝。"奶娘道。

"就是，小姐，我们躲过昨夜的劫数真就是命大呢！然后今天小少爷就降临了，这难道还不是福大？小少爷将来肯定不同凡响。”幺妹又说。

“嗯，这等身世也算是传奇了。小少爷将来必成大器。”周先生说。

“就盼着这接下来的几天不要再有什么，我们平平安安到达南洋就好了。”奶娘一边抱着小婴儿一边说。

小婴儿躺在奶娘的臂弯里又睡过去了。奶娘一边低头看一边说：“瞧瞧小少爷这个俊俏，这眼睛这嘴巴都像昭儿，这鼻子和脸庞像三少爷。哎哟，真是个俊啊，我就没见哪个婴儿这么俊的，像个粉团子一样。真让人疼啊！”

“是啊是啊，小少爷长得真好看！”幺妹说。

“幺妹，去把我的包袱拿来。”奶娘又说。

幺妹把奶娘的包袱递给她。奶娘打开包袱，翻了翻，找出一个小红锦缎盒子。她打开盒子，拿出里面的银质长命锁和一条红线绳。

奶娘俯下身来：“昭儿，这是我送给小少爷的。”

昭儿：“这是什么呀？奶娘？”

奶娘：“这是长命锁，和你小时候的一样。我早给小少爷准备好了，就是没想到这么早就拿出来。等小少爷百天的时候给戴上，现在他还太小了，戴着不舒服。就先戴这个红绳，拴住他，也是保佑他平平安安。我把两只小脚脖子都用红绳给缠上，他就平安啦！”

昭儿拉住奶娘的衣襟：“奶娘，你真好。”

奶娘感慨道：“我也是这样看着你长大的，现在轮到看着你的宝贝了。这人生啊，有多快呀，一晃眼就十年二十年过去了。”

周先生：“到了南洋，就给家里寄信过去，府上若是知道娃子生了，该有多高兴啊！”

庆瑜：“好，到了那边就写信。”

庆瑜伸手小心翼翼地抚摸婴儿的小脸，又轻轻捏捏他的小脚丫，小东西恍然不觉，仍然沉睡着。庆瑜便大着胆子又捏捏他的耳朵和小腿，他仍是不动。

他好奇地问：“他怎么不动呢？”

奶娘：“他在睡觉，刚出生的小孩醒来的时间很短，都是在睡着。睡觉是在长身体，除了饿了、尿了、渴了，都不会醒的。”

庆瑜：“哦，是这样啊。”

奶娘："对，以后睡觉的时间会变短，会越来越短。"

庆瑜："哦，哈哈哈。那好吧，让他睡吧。"

奶娘："他再醒来就应该是饿了。现在刚离开娘胎才没多久，是不饿的。"

庆瑜："哦，那饿了怎么办？"

奶娘："当然是昭儿给他喂奶。但我看，昭儿的奶水未必充足，三少爷还是要想想办法，早点做下准备。"

庆瑜："做什么准备？奶娘你说。"

奶娘："昭儿刚生完，需要补身子，不知道船上厨房有没有鸡肉蛋类，还有鲫鱼米粥这些。尤其做些米汤，一旦奶水不足，可以喂一点给小少爷。"

庆瑜："好，我这就去。"

庆瑜快步穿过过道，走过甲板，本来要去厨房，却拐去了船头，他要告诉游伯这个喜讯。

游涛科正在掌舵，庆瑜看见他的背影便兴奋地跑过去从后面抱住他，大喊着："游伯！游伯！"

游涛科："哎哟，三少爷，恭喜呀！真是恭喜三少爷了！"

庆瑜："啊？游伯你知道了？"

游伯："我当然知道了！小顺子他们回来说了，再说了，小少爷的嗓门这么亮，我也听见了！哈哈！"

庆瑜："啊？真的传这么远吗？"

游涛科感叹道："是啊是啊！玉家有福了！玉家又添丁，兴旺发达呀！多好！"

庆瑜："是啊，我到了南洋便给家里写信，赶快告诉他们，我爹我娘、我爷爷奶奶他们一定会开心的。"庆瑜遥望着前方的大海，憧憬地说。

游涛科："对呀，对呀，哈哈哈！"

庆瑜："哦对，游伯，我是来问下厨房，有没有鸡鱼之类的，或者蛋类，昭儿身子恐怕需要补一补。若是有小米汤，奶娘说给小少爷喝一点。"

游涛科："有的有的，哈哈，这么远的航程，食物准备自然是足足的，就放心好了，一会儿我就让厨房准备，三少爷安心照顾少奶奶就好了。少奶奶刚生完，身子虚弱，你多照顾她。"

庆瑜："知道了游伯。"

游涛科："对了，昨晚海贼偷袭，你们没事吧？"

庆瑜："还好，不过昭儿就是受了惊吓，所以今天才早产的，奶娘说她还差一个半月的时间。"

游涛科："哦，那母子平安，也是大喜。"

庆瑜："是啊游伯。我们还会再遇见海贼吗？"

游涛科："应该没有大问题了。接下来大部分都是开阔的海面，狭窄海域比较少，我们尽量白天穿行过去。"

庆瑜："好嘞，游伯，那我就放心了。那我先回了。"

庆瑜哼着曲往回走，穿过甲板的时候，意外看见胖子商人和那几个娇俏模样的女子坐在一起正在攀谈，他说了句什么，那几个女子立刻笑了起来。胖子商人于是将脸凑近一个女子，那女子双眼妩媚地望着他，嗔笑着，用手中的帕子打了他一下，他便捉住女子的手。

庆瑜收回视线扭转头，感觉到一束火辣辣的目光从角落里向他射来，他不由自主向那目光看去。此人身着青蓝布衣、蓬头垢面，双手交握沉闷地孤单一人坐在那里，身旁放着一把雨伞，只是静静地看着庆瑜。此人虽蓬头垢面，目光却炯炯有神，似有火焰在灼烧。庆瑜莫名觉得，此人有些像周先生。但周先生总是很体面，是无论如何不会像他这样蓬头垢面的。可是这人，却莫名让庆瑜觉得不该在这甲板上这露天的住处，而应该是和他一样，和周先生在一起，住在上边船舱里的。

庆瑜加快了脚步，又慢下来回身看那人。那人仍在看他。

莫非他曾和我相识？庆瑜有些疑惑了，可是那人又没有要和他相认的意思，只是维持一个姿态，静静地看着他。庆瑜又加快了脚步，穿过甲板，又穿过过道，回到包间。

庆瑜："真奇怪。"

周先生："怎么了？"

庆瑜："刚才在甲板上看见一个人，好奇怪的人。"

周先生："哦？哪里奇怪？"

庆瑜："这个人，很落魄的样子，但是我却不知道为什么觉得他应该是和我们一样住在船舱里的。"

周先生："哦？说说看，为什么？"

庆瑜："他的眼睛，很奇怪。他有一双和您一样的眼睛。"

周先生："你是说他长得很像我？"

庆瑜："不是的，是他眼中有一种东西，我说不上来，我只在你的眼中见过。"

周先生："哦。"

庆瑜："周先生你不知道吗？我说不上来你眼中的那种东西是什么，但是每次看见你，我就很安心，我就觉得很踏实。"

周先生："信念。它叫坚定的信念。"

庆瑜："对，是吧。"

周先生："他长什么样？"

庆瑜："嗯，说不好，很落魄，蓬头垢面，但我看得出来他和别人不一样。"

周先生："一定是刚经历过什么吧。"

庆瑜："他是不是认识我？"

周先生："很有可能，你是玉家少爷，很多人都认识你，你不认识别人。"

庆瑜："我猜也是这样，要不然他不会一直盯着我看。他究竟是什么人呢？"

周先生："或许就是通缉犯。"

庆瑜："啊？"

周先生："呵呵，别害怕，我也只是瞎猜。或许是个起义军的首领，起义失败，全军覆没，到处在通缉他，他无路可走，便乘船去南洋休养生息择日再举事也说不定。"

庆瑜："天啊，周先生，你是在编故事吗？"

周先生："嗯，蓬头垢面或许也是故意的，免得人看出他的长相。"

庆瑜："啊，越说越离谱了周先生。"

周先生："哈哈，起义失败被通缉的事也是有的。我也是这么一说，闲着也是闲着。"

庆瑜："不过，周先生这么一说，我倒是想起来，好像最近真有个起义军全军覆没，官府也一直在通缉。难不成……"

周先生："别说出去，放他一条生路。"

庆瑜："我知道的，周先生。起义军都是为了百姓，还不是官府欺人太甚，民不聊生？我们，不是一样地要逃出谋生？"

周先生感叹道："唉，大清几百年的基业，终究是要衰败下去了。"

外面已近黄昏，晚霞将西边的天空映照得一片火红，云海深深，层层叠叠，海面上映出红彤彤的倒影，波光粼粼，像细碎的金片在此起彼伏地闪耀。这海天相映，辽阔无际，如此壮丽和辉煌，让庆瑜为之动容。

这不是一个平凡的日子，这是一次如此伟大的航程。

过道里响起了急促的脚步声，是水手们拎着篮子来送饭菜。

庆瑜揭开盖子，饭香立刻充溢了整个包间，厨房特意给准备的鸡肉和煮蛋，还有鲫鱼汤和蔬菜，更有喂食小少爷的小米汤。

"哇！小米汤！"庆瑜端起汤盆。

"少爷，您小心烫。"水手说道。

"蛮好的蛮好的。"奶娘说。

水手将菜饭都端出来放到桌上，便出去了。

帘子外面，庆瑜和周先生吃饭。帘子里面，奶娘和幺妹照顾昭儿和小少爷。

昭儿在黄昏前已经喂了小少爷一点奶，小家伙只吃了几口便不吃了，又昏昏睡去。这会儿，不知是不是知道来送饭了，总之大嗓门哭了两声，表示他饿了。

奶娘赶紧抱起来，笑着说："还真知道时候，正巧，你的饭来喽！"

幺妹用小汤匙舀起一点米汤，奶娘接过来说："还是我来吧，你不会呢。"

奶娘将小少爷放到幺妹怀里，她来喂。昭儿躺在那里欣慰地看着她们两个人忙来忙去。

等小少爷喝足了，昭儿才吃了点东西。

小少爷又睡去了，睡得那样安然，似乎这世间的一切与他再无关系。

敲门的声音传来，庆瑜去开门。是一男一女，看样子是一对小夫妻，庆瑜在过道里见过。

男人："玉少爷，很冒昧打扰了。"

庆瑜："你们是？"

男人："玉少爷没见过我们，我可是知道玉少爷。我姓邓，父亲邓品页，家父曾受过玉总商的恩惠。有缘在这船上遇见玉公子，实属缘分，得闻小少爷出生，可喜可贺，特前来道贺。"

庆瑜："哦，快请进吧！"

两个人走进来。

邓先生："可否一见小少爷？"

昭儿在里边说："请进来看吧。"

庆瑜带两个人走到床榻旁。

邓夫人惊讶道："好俊俏的小少爷！粉粉嫩嫩的，真是招人喜爱。"

邓先生："将来定然也是一表人才。"

庆瑜："还不肯醒来，哈哈。"

邓夫人从口袋里拿出个小银镯子递给昭儿道："弟妹，之前也不知道会在这里见到小少爷出生，没有准备，实在仓促，我贴身就带了这个小银镯子，就留给小少爷戴吧。"

昭儿："哦，这怎么好呢？"

邓夫人："一定要收下，这是给小少爷的见面礼，也是难得我们有缘在这里见到。"

邓先生："对，一定要收下，这是我们的一点心意。玉总商于我邓家有恩，将来到了南洋，我们也定会报答。"

庆瑜："那多谢邓大哥。"

邓先生："不客气，那就不打扰弟妹休息，我们先告辞。我们就住在隔两个房间，有事就说一声。"

庆瑜："好好，谢谢邓大哥！"

晚上，昭儿忽然说："对了，庆瑜，还没有给小少爷起名字，正好周先生在，你和周先生给小少爷起个名字吧。"

庆瑜道："对呀，周先生，你看取个什么名字好？"

周先生："小少爷是在这泰兴号上出生，不如就带个兴字？"

庆瑜："很好很好。那就叫兴民如何？若他日或有转机，若恰好他有抱负，就荣归故里兴国兴邦。"

昭儿："我儿一生平安就好了。"

奶娘："平安是自然的了。"

昭儿："那就叫兴民吧，玉兴民。"

次日清晨，泰兴号到达印度支那海岸。小少爷仍然只顾着睡觉。庆瑜有点气恼地问，他怎么不睁开眼睛呢？奶娘笑着说，他要自己睡够了才会睁开眼睛。周先生说，接下来要穿过马来半岛。

小少爷睁开眼睛是在泰兴号到达马来半岛之后。那日晌午，他如常哭喊起来。奶娘赶紧跑过来问："小少爷这是饿了还是尿了，我来看看。"

就见那小东西瞪大双眼在看着她，号啕大哭。

"哎呀！少爷！昭儿！快看，小少爷睁眼睛了！"大家都跑过来看。

小东西见大家都跑过来哭声更大了，一边哭一边瞪着大家看。

"啧啧，这漂亮的大眼睛！哈哈，别哭，别哭，我看看，哎哟，原来是尿了呀！快！幺妹，给拿干的单子过来！"奶娘赶忙和幺妹给换了尿布，几个人都欢喜地看着。

"哈哈，太可爱了。"幺妹说。

换完了尿布，小东西便止住了哭泣，打了个哈欠便在奶娘的怀里睡过去了。

庆瑜："哈哈，他这就睡了吗？"

奶娘："是啊，干爽了，舒服了，就该睡觉了。"

庆瑜："哈哈哈，真没出息！"

周先生："你小时候也一样，都是这样长大的。"

庆瑜："我小时候就不尿床。"

周先生："嘴硬。"

庆瑜："我们离南洋还有多远了？"

周先生："应该快到了，船现在是往南边开的，就快到达格拉斯海峡了，到了格拉斯海峡，就很快到达爪哇的巴达维亚港。"

奶娘："总算是快到了。"

周先生："对，要不了三四天就到了。"

小少爷似乎也对南洋的新生活充满期待，自出生以来的 8 天，安静地沉睡，像是在安静地积攒力量成长，也在安静地等待上岸。

夜色阑珊，船上的嘈杂声渐渐隐去，只听见外面的海浪声声，火烛摇曳，灯笼映在窗户上，影子被拉得狭长。

船不知怎么就停下来了，昭儿在窗口看见蕊穿了一件极美的绣花锦裙，踩着她的莲花鞋，仪态万方地慢慢走上船来。她穿过甲板，穿过过道，一路走来。甲板上的人和过道里的人都站在那一动不动地看着她袅娜地走过。她美极了，微微一笑，连万花都黯然无色。她一路走来，终于穿过了所有的人群，来到昭儿的房间，推开门。那炽烈的阳光照在她的脸上和头发上，让她全身都沐浴在黄灿灿的光线中，像是美丽的幻影。她又走到昭儿的床榻前，她不是在走的，更像是在飘的，如云一般地飘到了昭儿的床榻前。她俯身看着小少爷，疼爱地说："多好看的小伢子，我的小外甥，姨娘来看你了。今儿特意来看你了。姨娘走了好远才来的呢！这个红绳要戴好了，万万不可摘下来。"她对昭儿说："我的好妹妹，还是你聪明，你不肯进宫，到底还是跟喜欢的人在一起了，还生了小外甥。姐姐我真的好傻，也好羡慕。不过，说到底，我们还是要殊途同归的。当年那个老婆子算的其实也是对的，说到底，这命数我们谁都躲不过。"她又转向窗口说："这海真是辽阔，京城即便繁华又如何比得？我倒是懂了妹妹，妹妹在海边长大，自由惯了，自然不肯做笼中之雀。妹妹，我也想跟你去南洋呢，我还从来没有坐过船，没有看过大海。"

昭儿道："蕊姐姐，那跟我一起去南洋吧！"

昭儿伸手去拉她，蕊却不见了，只有一群蝴蝶呼啦啦从阳光中四散飞起，直飞到窗外，飞向遥远的大海。

"蕊姐姐！"昭儿大喊一声，坐了起来。原来是一场梦。

已然晨曦，小少爷正在啼哭。昭儿立刻抱起小少爷，下意识地摸了摸他脖子上戴的红绳，又抱紧他。

"哦哦，不哭哦，不哭！"昭儿哄着，小少爷却啼哭不止，怎么也哄不好，直吵得大家都醒来了。

"小少爷是饿了吗，还是尿了？我来看看。"奶娘跑过来。

"不知道，一直在哭。"昭儿说。

"来，奶娘抱抱！"奶娘抱起他，"是尿了呀！哈哈。"幺妹过来给他换了干尿布，奶娘抱着他在包间里来回踱步。小少爷却不肯睡。

"是饿了？昭儿，给喂点奶吧。"奶娘又说。

昭儿又给小少爷喂了奶，但小少爷喝了奶之后还是继续哭。

"这是怎么了？该不是闹肚子了？昨晚睡觉着凉了？"奶娘诧异地问。

奶娘抱着他在包间里来回走，后来又推门出去，在过道里走了一会儿，但小少爷仍然哭啼不止。昭儿害怕起来。

"庆瑜，我有话要跟你说。"昭儿自3日前已能自如行走，她拉着庆瑜走出门。

各个包间还都没有起来，过道里很安静。

庆瑜："怎么了昭儿？"

昭儿："庆瑜，我做了个梦。"

庆瑜："哦，什么梦？"

昭儿："我很害怕，我担心不是好梦，该不是什么预兆？"

庆瑜："怎么会呢？梦到什么了？说来听听。"

昭儿："我梦见了蕊姐姐。"

庆瑜："啊？"

昭儿："蕊姐姐在梦里说，我们殊途同归。还告诉我说，小少爷的红绳要戴好，万万不可摘下来。"

庆瑜："哦。"

昭儿："庆瑜，我怎么觉得要出事啊。"

庆瑜："别瞎说，我们就快到了，还有两三天就到了。周先生说今天就应该到达格拉斯海峡，那就离巴达维亚港很近了。别害怕啊！"

庆瑜拉住昭儿的手，才发觉她的手指冰凉，在微微颤抖，便抱紧她又说："不会的，我们马上就到南洋了。想想，等到了我们马上就安顿下来，给家里写信，报个平安，然后，我们在南洋安安稳稳地把我们的儿子养大。用不了两年他就会走路，会跑会跳，会爬树，也会不听话，不听话呢，我就给他家法。虽然玉家的长辈们都不在南洋，但我们老祖宗的家法不能废，还是要好好把他培养成人，让他读书。对，给他送到书院去读书，再过个十几年他就会长大，也像我们现在这样，也会有喜欢的小女孩，我们就给他们定亲、成亲。到时候帮他们成家立业。

那个时候，我玉家的人和谭家的人都应该已经被我们接过来了。我们到时候给孩子们操办婚事。你说好不好？"

昭儿笑道："好。你想得那么多。"

庆瑜："对了，我们还不止会有这一个孩子，还会有个小二少爷、小三少爷，也再来几个小小姐，那就热闹了，你说是不是？"

昭儿含笑点头。

庆瑜又抱紧她说："我们终于能在一起了，多好！虽然我们这算私奔，虽然漂洋过海，离开了家人，但也是暂时的，我们在一起就好了。我会好好照顾你和孩子们的。"

昭儿："好，庆瑜。这辈子，能做你的妻，能为你生下小少爷，我就很值了。"

庆瑜："还不够，还有小少爷的弟弟妹妹呢。"

昭儿："你是想累死我吗？"

又传来小少爷的啼哭声，昭儿道："可是庆瑜，我早上醒来小少爷就一直在哭，一直也哄不好，我又做了那样的梦，我很害怕，不知道这是不是有什么预兆。据说小孩子什么都知道。"

庆瑜："才不是呢！梦都是反的，既然梦见了蕊姐姐，那就说明她在保佑我们的儿子！放心好了！"

昭儿半信半疑地点点头。

小少爷的啼哭持续了整整一天，昭儿的心也忐忑了整整一天。但整整一天，大海风平浪静，泰兴号的航行一如既往，大家都安然无恙。过道里大家仍然围在一起看胖子商人和几个人打牌、聊天，并且，胖子身旁还坐了一个娇俏的女子。那女子搔首弄姿和胖子嬉笑着很是亲密，胖子的金戒指也戴在了那女子的手指上。甲板上仍然人来人往。

一切都安然无恙。

只是，小少爷仍然在啼哭。

到了傍晚，大家正在吃晚饭，忽然听到风声呼啸，窗户哗啦啦响，很快，船便失去了平衡，猛烈地摇晃起来。包间里的东西因剧烈的摇晃而四散落在地上，发出刺耳的噼里啪啦叮叮当当的声响。

昭儿惊恐起来，马上抱起小少爷。庆瑜跑过来抱住他们说："别怕，就是风。

又没有海贼，一会儿风就停了。"

但是，并没有如庆瑜所说的一会儿风就停了。是夜，他们遇到的是东北季风。

风势越来越大，在海面卷起滔天巨浪，泰兴号在海浪中摇摇晃晃，像失去方向的陀螺。风卷海浪，泰兴号渐渐被海浪裹挟着偏离了航道。

桅杆上的灯笼早已被风打翻，泰兴号被黑色的汪洋吞噬。翻涌的海浪不断地拍打船体，巨浪如黑色的恶龙跃动摇摆，凶狠地向泰兴号袭来。游涛科艰难地一遍遍爬起来，跟跄着去转动舵盘，但那舵盘如同被魔力驱使，完全不受他的控制，他惊骇地看着海浪卷挟着泰兴号向前方的礁石狠狠地撞去。

一阵晕眩。游涛科和水手们被巨大的冲力甩倒在地。而后，便有黑色的泡沫从船破损的裂缝处涌进船舱。游涛科和水手们站起身竭力转动舵盘，那恶龙岂肯罢休，又扭动身躯冲来，游涛科和水手们被恶龙击溃倒地，渐渐被无边的汪洋淹没。

海浪带着恶龙的恶意肆意奔涌。船上的人都惊慌失措，无助地叫喊。

"海难！"有人高喊道。

"我们遇见季风了。命休矣！"又有人喊道。

"救命啊！救命！"

海浪以不可阻挡之势迅速抵达每一个角落，奋力地冲撞着门窗、甲板和物品。撞击声、断裂声、惊恐的高喊声混杂在一起，让人怀疑这是天庭在发怒。

"昭儿！别怕！"庆瑜爬起来奔过去抱住昭儿和小少爷。

周先生："庆瑜，小少爷没事吧？"

庆瑜："没事，周先生你还好？"

周先生："还好。"

庆瑜："周先生，这是怎么回事，我们该怎么办？"

周先生："别慌，不要管那些东西，把我们带的伞和竹席、绳子都拿过来。"

幺妹赶紧和奶娘跟跄着找到这些东西。

周先生："现在，庆瑜，把小少爷绑在你身上。快！"

庆瑜："好！"

几个人齐手把小少爷绑在了庆瑜的背后。小少爷忽然停止了哭泣，在庆瑜的背上睡着了。

昭儿："他不哭了？"

周先生："睡了。"

奶娘："看来他真的什么都知道。有灵性的小孩在危险的时候会很安静。小少爷，什么都知道。"

奶娘跪下来祷告："妈祖保佑！求妈祖保佑我们泰兴号平平安安！"

昭儿和幺妹也跪下来："求妈祖保佑！求海龙王保佑我一家人平安！"

海浪正在蔓延，大船像个醉汉，摇摇晃晃，几个人也都无法站立，一会儿便被摔倒。外面的人越加慌乱，惊慌失措的人跑来跑去，到处是嘈杂声和惊恐的喊叫声。

"船长死了！"

"船长被浪拍死了！"

"我们这船现在已经没人开了！"

听着船上传来的声声喊叫，庆瑜立刻落下泪来："游伯，怎么会呢？游伯很厉害的！我要去看看他！"

周先生一把拉住庆瑜道："庆瑜，非常时刻，不能去，你还有小少爷和少夫人要保护。"

庆瑜停住，问道："那我们怎么办？我听你的周先生。"

周先生踉跄着跑到窗口向外看，然后回头说："我们准备跳船吧。"

庆瑜："啊？跳船？"

周先生："泰兴号撞到了礁石上，船正在下沉，我们很快就会没命了。刚才的竹席呢？我们赶快做个竹筏子，跳下去。"

庆瑜："哦，那快！"

门因季风和海浪的拍打而来回地开关晃动。周先生朝着过道里喊了一声："大家都别慌，把伞和竹席拿出来做竹筏子，然后跳船吧！"

有人听到了，便又大声喊叫相互转告："船撞到礁石上了！沉船了，大家做竹筏子快跳船！"

毕竟只有少数人带了伞和竹席，大家将舱室里能用的木板、木条和绳子都用上了，做成了竹筏子。周先生还在屋里的每个人身上都用绳子绑缚了一块木板。

匆忙中做好了准备，周先生将竹筏子扔下船，让庆瑜第一个跳了下去。船上陆陆续续有人也准备跳下来。昭儿正要往下跳，但，来不及了。

偌大的泰兴号在恶龙面前变成了它玩耍的玩具，恶龙将玩具狠狠地向礁石撞去，它在恶龙的手掌中摇摇欲坠，整艘船上的人都如提线布偶，恶龙伸出爪子恶作剧般地忽而提起、忽而抖动。恶龙的狂涛呼啸着、翻滚着，泰兴号在狂涛里旋转、漂移，恶龙长啸一声，忽地又卷起千层黑色浪涛，狠狠地将泰兴号向礁石甩去。泰兴号在狂涛巨浪中愤然发出惊天动地的轰鸣，海浪立刻从船体破裂处涌入，黑色的洪流和泡沫向甲板弥漫开来，像张开巨大的黑色罗网。甲板上的人们瞬间陷入巨大的罗网之中，拼命挣扎着，在黑色泡沫中荡来荡去，沉沉浮浮。

泰兴号终于因底部船舱过于沉重的货物和船体的破损渐渐向下坠去。

庆瑜清晰地看见昭儿用尽全力趴在船沿上，伸出一只胳膊向他挥手，大声地喊着："庆瑜！儿子！"

一个海浪打过来，昭儿趔趄着，在泡沫中又站起，重新趴在船沿上喊着："庆瑜！庆瑜！照顾好儿子！永别了！来世见！庆瑜！"

无边的暗夜，巨浪滔天，风声呼啸，甲板上的人们姿态各异地被黑暗吞噬着。他们惊恐的喊声，像奇怪的海鸟发出的嘶吼，在滔天巨浪中偃旗息鼓。

昭儿的声音他却听得那么清晰，昭儿脸庞上的泪滴竟然是这暗夜中唯一的光亮。他清晰地看着她眼中的泪珠一颗一颗垂落，像珍珠落入山泉，发出叮咚的声音。他要去接住那些瑰丽的珍珠，他要再为她穿起五彩的贝壳项链。他爱极了这个珍珠般的妻子。

可是他什么也说不出来，只是惊愕地看着她满脸是泪地对他笑着，随着那艘大船渐渐地下沉，渐渐地在海面上消失，毫无踪影。

那艘巨大的泰兴号像从未在这世上存在过。

它只是一个传说。

庆瑜坐在竹筏上，不敢相信自己的眼睛。他失神地看着泰兴号沉没的海面，好久才大喊一声："昭儿！昭儿！我的昭儿！"

"啊！"他发出猛兽般的号叫，在天地间回荡。

他奋力向泰兴号沉船的海面划去。背后的小少爷却又哭起来，似乎是在阻止他的靠近，又似乎在为娘亲的丧生而哀恸。

他大哭不止，洪亮的嗓音穿过云层，在整个海面回荡。恶龙似乎也被震撼，海浪渐渐平息，只有小婴孩的哭泣声惊天动地，昭告这无边的悲痛。

"昭儿！我的妻啊！"庆瑜大喊一声。

万康号收到了游涛科在遇难前的求助信号，迅速赶到，泰兴号已经以不可阻挡之势渐渐沉没。周景亮大喊着："游伯！你在哪啊？我来救你啊！"万康号上的水手们看着泰兴号的沉没被惊骇得说不出话来。周景亮忽然转身对水手们说："还不快救人！"

大家这才醒悟过来，放下梯子，纷纷下水，将漂浮在海面的人逐一救到小船上。然而，当救上来18名乘客后，小船已经不胜重力。

仍有人漂浮在海面上大声呼救。周景亮又要去救，一个水手拦住他说："周大哥，万康号，恐怕装不了那么多人了，这样下去，也会沉的。"

周景亮落下泪来："我知道。对不起了，我能做的，就这么多了。"他闭上眼，好一会儿，终于决绝地说："开船！"

第二十四章（下） 1822年·印第安纳号

晨光熹微。那红色渐渐在海面的东方显现，海上一片金红。我们突然看到，在前方海面上，有石头向我们的船纷纷涌来。我们不能不惊奇，犹豫着要不要更改航线。待船渐渐驶近，方辨认清晰，那不是石头，而是沉船的漂浮物——船板、木头、桌子、椅子……浩浩荡荡涌来，绵延数公里。

更惊奇的是，每块漂浮物上，密密麻麻趴着许多背着雨伞的东方人，大的木板上居然有四到六个东方人……

那晨阳已越加巨大，将半个海面染成一片血红，那些漂浮物就在血红的海面上荡来荡去，奔涌而来。那晨阳的光圈，像太阳的泪，氤氲了整个苍穹。

——《印第安纳号 Indiana　1822年航海日志》

1822年1月18日，印度加尔各答港湾。一艘英国船只印第安纳号停泊在那里。港湾附近到处摆满了箱子，箱子上都贴着东印度公司的标签。很多穿着英式工装的水手在将箱子搬运上船。

船长詹姆斯·伯尔正一边吸着雪茄一边查看箱子里的货，不时地伸手探进箱子缝隙向里面抓捏几下，再将抓捏出来的碎末放到鼻子下边闻一闻，偶尔被呛得打几个喷嚏，却对旁边的大副劳伦斯大笑道："好货色，好货色！"

劳伦斯哈着腰温顺地赔着笑脸："伯尔上尉，这都是公司给您的最新货，要比之前的好上不知多少倍呢！"

詹姆斯·伯尔："不错，不错，这回一定会更受那些中国人的欢迎。你知道吗？现在整个中国，都差不多在吸我的鸦片，就没有不喜欢我的鸦片的男人！连那些王公大臣们都在吸！"

劳伦斯："要说这大清啊，以前还说是多么多么稳固的国家，其实还不是外强中干，我们英国人只用小小的鸦片就把他们给摧毁了。我觉得女王陛下应该给上尉以奖赏，至少颁发个勋章才对。"

詹姆斯·伯尔："哈哈，你这张嘴啊，真是让我心花怒放。不过，我可不是为了政治，你知道我要远离政治，我已经不再是上尉，我现在是个商人。我只认得钱，英镑，白花花的中国银锭、金锭，哈哈。"

劳伦斯："上尉大人，但愿这一路可别遇见什么海贼之类的。"

詹姆斯·伯尔："海贼是不会对我这鸦片感兴趣的，他们只对金银财宝感兴趣。"

劳伦斯："海贼蠢货们是不懂的，这鸦片是比金银财宝更值钱的东西。"

詹姆斯·伯尔："哈哈，等他们懂得，那估计要到下一个世纪了。"

劳伦斯："我相信中国人一定会按时到达。"

詹姆斯·伯尔："中国人都是比较讲信用的，也一直在期待我这批货，我想他们也许现在已经在那里迫不及待了，哈哈。"

劳伦斯："哈哈。我觉得也是。"

水手们已经将箱子都装满船舱。有水手喊道："船长大人，我们可以准备起航了。"

詹姆斯·伯尔喊道："好，知道了！"

劳伦斯："对了，怎么没看到苏小姐？"

一位黄皮肤的年轻女人走了过来："我这不是来了？"

劳伦斯笑了："没有苏小姐，伯尔上尉是不会开船的。"

詹姆斯·伯尔："你说得没错，苏小姐不来，印第安纳号到了中国寸步难行啊，我可不会说那些方块字。哈哈。"

劳伦斯："是啊，苏小姐至关重要。"

苏晴柔笑笑，上了船："你们不要这样称赞我，我会骄傲的！"

詹姆斯·伯尔："好了，劳伦斯，印第安纳号这就准备起航了，可不要想我啊！对了，如果你有幸见到女王陛下，告诉女王陛下，若是想赐给我勋章，那一定要再增加一个赐给苏小姐。"

劳伦斯："好的，上尉先生。我从没见过哪个黄皮肤的女子如苏小姐一般漂亮和勇敢，还说得一口流利的三国语言。"

詹姆斯·伯尔："再见劳伦斯！"

劳伦斯："再见上尉！再见苏小姐！"

印第安纳号缓缓滑入海中，慢慢向海洋深处驶去。

"上尉，这次的货好多啊！"苏晴柔站在甲板上，一边端着红酒杯，一边迎着海风说。

"是啊，最新的货。猜猜我这船货能赚多少？"詹姆斯·伯尔仰头喝完杯中红酒，又拎起旁边的酒瓶往酒杯里倒了半杯红酒。

苏晴柔笑道："猜不到啊。"

詹姆斯·伯尔："哈哈，这一船货能赚到的，要比我之前的三次加起来还多。"

苏晴柔："真的吗？"

詹姆斯·伯尔："你知道我从来不撒谎。"

苏晴柔："哈哈。上尉真是太厉害了！"

詹姆斯·伯尔："我要感谢中国人！"

苏晴柔："哈哈。来，我们为中国人而干杯！"

两人碰了杯。

詹姆斯·伯尔："好了，你在这里吹风吧，苏美人。我得去看看。"他喝完杯中酒便走下甲板。

苏晴柔看着他的背影轻轻地叹息一声，转而又伏在栏杆上，看向遥远的大海。风吹起她的头发和衣衫，她轻轻地说，"China……中国。"

夜色阑珊，印第安纳号航行在广阔的大海上。船的桅杆上已经挂了煤油灯。船的甲板上也灯火通明，甲板角落的一台留声机里正在播放一个男中音的唱片，十几个水手们正在伴着音乐载歌载舞，詹姆斯·伯尔和苏晴柔也在跳着华尔兹和伦巴。苏晴柔的高跟鞋有节奏地踢踏着甲板，詹姆斯·伯尔热情地晃动着腰肢、肩膀，两人跳得极其精彩，惹来水手们一阵阵兴奋地吹起尖厉的口哨。

"嘿嘿！我的老伙计们！"詹姆斯·伯尔拍着手大声喊道，"你们信不信，这次航行回来，你们中的每一个人，我是说每一个！都会成为屈指可数的富翁之一！当然，就我们这些人啊！这个世界，整个东方，都将臣服于我詹姆斯上尉，也必将臣服于在座的各位！来！为我们这伟大的航程干杯！为我们美好的未来干杯！"

有水手端来酒杯和蛋糕，大家一抢而空，齐举杯高喊："为我们美好的未来干杯！干杯！"

詹姆斯·伯尔："哈哈！大海会祝福我们的！我们的女王陛下会为我们感到骄傲的，为我们，在座的每一个人！我的老伙计们，干杯吧！我们跳起来吧！还有什么比这更伟大的事业呢？绝对没有！你们将在我的带领下，见证一个奇迹！一个伟大的东方奇迹！那古老的中国，必将自我们手中而堕落。我们将见证一个新的大不列颠王朝的崛起。相信吗？各位，伟大的大不列颠王朝即将自我们手中走向辉煌！这是多么了不起的事业！干杯吧！我的老伙计们！我的永世的朋友们！我要向你们致敬！干杯！当然，我还要向中国人致敬，哈哈！向愿意接受我们伟大之举的淳朴的中国人而致敬！"

狂欢持续升温。几支舞跳罢，又有水手端来酒杯和蛋糕，众人哄闹着举杯、欢歌，又继续踉踉跄跄地跳舞。醉着、笑着、吵着、跳着，终于在黎明时分醉倒在这甲板上。

印第安纳号一路载着鸦片和欢乐向着东方财富和美梦航行而去，顺利地沿着苏门答腊岛海岸线上行到达爪哇海，于2月7日到达格拉斯海峡。

夜夜欢歌，印第安纳号到达格拉斯海峡的时候，正值黎明时分，只有值班的水手在睡眼惺忪地开船，甲板上的水手还没有醒来。詹姆斯·伯尔和苏晴柔还在各自的房间里睡觉。

印第安纳号的速度渐渐慢了下来，因忽然季风袭来，猛烈的东北季风将印第安纳号吹离了航道。风声呼啸，海浪拍击船体和甲板，甲板上的水手都纷纷醒来。詹姆斯·伯尔和苏晴柔因窗户忽然被刮开和猛烈拍打、撞击而被吓醒。

詹姆斯·伯尔立刻从床上爬起来蹬上鞋子就向水手舱跑去。

"什么情况？"他一边推门进去，一边大声问道。

掌舵开船的水手道："上尉，忽然遇到季风，航道好像偏了！"

詹姆斯·伯尔："慌什么？你给我稳住！这该死的季风！给我好好开船！"

水手："是，上尉。"

詹姆斯·伯尔："你们，赶快把窗子挡板给我挡好！"旁边的几个水手赶快将地上的挡板挡在两侧舱壁上。

詹姆斯·伯尔："对，给我稳稳地开！你们两个人一起，不能有任何闪失！老伙计们，赶快离开这里，快开！"

水手："是！上尉。"

詹姆斯·伯尔："前边是什么？"

水手："看不清，上尉。"

詹姆斯·伯尔："继续开。"

水手："是，上尉。"

水手："上尉，像是岩石？是不是礁石碎片？"

詹姆斯·伯尔："想办法绕过这片岩石，不能让它们撞坏我们的船。"

水手："可是，上尉，你看，这到处都是岩石，太多了，绕不过去，我们只有掉头，换个方向才绕得过去。"

已是晨曦，海面渐渐有了光亮。东方隐隐有红日正蓄势待发。

"那些不是岩石，是竹筏！上边有人！上尉！"苏晴柔不知何时站到了上尉的身后。

詹姆斯·伯尔："啊？"

水手："是的，是人！好多人！"

苏晴柔："是落水的人啊！一定是有海难！天哪！"

在前方海面上，数不清的中国人趴在竹筏上拼命喊着，那些竹筏是用藤条或一捆捆遮阳伞制成。

詹姆斯·伯尔："立刻减速！"

水手："是，上尉！"

詹姆斯·伯尔："他们在说什么？"

苏晴柔："救命！他们在喊救命！伯尔！"

詹姆斯·伯尔："救人！快向前开！"

水手："是！"

詹姆斯·伯尔："伙计们，我的老伙计们！大家准备好绳索，准备下梯子，给我救人！"

水手："是！上尉！"

詹姆斯·伯尔："快去把伙计们都给我叫起来！救人哪！"

水手们没一会儿便全都被叫起来，并且都穿好水手服，绑好了充气袋，蹬着梯子下来，浮到海面上。船接近了难民，水手们游过去，将他们扶到梯子上，上边的水手再将他们拉上船去。

"哇！哇！"婴儿高亢的啼哭声响起。

"小孩子？"

大家诧异地循声而去。那啼哭声来自远一点的一个竹筏，一个男子趴在竹筏上一动不动，他的背后背着个小孩。那小孩伸着小手在空中抓来抓去，发出声声啼哭。

"快救小孩！"

几个水手游到竹筏旁，奋力搀扶着男子游到梯子旁，上边的水手又拉他上船。那婴儿使尽全力大声地啼哭，让人不由得落泪。

男子浑身湿透，奄奄一息。苏晴柔跑过来将他身上的绳子解开，抱起婴儿。那男子忽然不知哪来的力气又伸手使劲将婴儿抢夺了过来，又抱紧在怀里。

苏晴柔："你别怕，我不是坏人。小孩子是不是饿了？"

男子警惕地看着她，沉默着。

苏晴柔："我做过护士。哦，就是帮助郎中的，也略微懂一点医术。你们，是不是遇到了海难？小孩子，一定受了很大惊吓，我可以帮你看看他吗？"

男子犹豫着，仍然沉默。

苏晴柔："我姓苏，苏晴柔，是这艘船的随船翻译。请你相信我，我不知道你们在海上已经多久了，小孩子是需要照顾的。这小孩子，应该刚出生没多久吧？至少，我先给他换件干的床单，不然，他会生病的。小孩子生病会很麻烦的。"

男子又沉默了片刻道："你会说中国话？"

苏晴柔："对，我也是中国人。请相信我。"

"救救我的孩子！"男子忽然抓住她的衣襟，跪了下来。

苏晴柔："哦，先生，别，快起来。如果你还能走路，那就跟我一起来吧。来，我来抱抱他。"

男子将婴儿交给苏晴柔，奇怪的是，婴儿到了她的怀里就不再哭了，安静地看着一切。

"快随我来！"苏晴柔抱着孩子快步向船舱里面走去。男子跟在她的身后。

水手们还在继续奋力营救其他落水的中国人。附近的落难者已经都被营救上来，上尉又让船继续向前，接着营救前面的中国人。季风还在怒吼，海浪还在翻涌，但水手们都不畏风浪，全力以赴。

印第安纳号船停泊在格拉斯海湾整整一天，直到日落时分，终于将附近海面上的遇难者全部救上船来。晚上，印第安纳号离开格拉斯海湾继续航行。

苏晴柔给小婴儿换下湿衣衫，用干净的单子将其包裹，婴儿似乎极为高兴，舒服地打了个哈欠。苏晴柔轻声笑了："真可爱的娃子。"

苏晴柔："他一定还饿着，我去给他弄点热牛奶来。"

男子："谢谢你，苏小姐。"

苏晴柔："救孩子要紧。"她匆忙跑出去，没一会儿便端着一杯热奶回来，用汤匙小心地一点一点喂小婴儿。那婴儿吸吮着，极其乖巧，一会儿，喝饱了，便满意地睡去。

苏晴柔叹息着摇摇头道："这孩子真是命大。他叫什么？"

"玉兴民。"庆瑜道，说完，泪如雨下。

"昭儿！"他闭着眼念道。

"昭儿！"庆瑜低头痛哭。

外面响起嘈杂的脚步声和听不懂的说话声。在众多听不懂的话中却有一个似曾相识的声音："哎呀，谢谢你们救了我呀！我有的是钱，等我回去定当重谢，重谢呀！"

庆瑜忽然止住泪，抬起头来向外看去。

"胖子？是你吗？"庆瑜站起身走到门口。正是那个胖子商人。

胖子："哎呀，小爷！你没死啊？"

庆瑜："对，我没死。"

胖子："小少爷呢？"

庆瑜："他也还好。"

见庆瑜脸上满是泪水，胖子拍拍他的肩说："小爷，别难过了。遇上这么大海难，神仙也救不了。我们这几个活下来的，就算是神仙开恩，格外护佑。别哭了，好好照顾小少爷吧！小少爷福大命大，这小孩绝对不是等闲之辈，将来，等着他光宗耀祖吧！也就不辜负他娘亲辛苦在海上生下他。唉！"

"好。"庆瑜用衣袖擦眼泪。苏晴柔递给他一块帕子，庆瑜接过去，又用帕子擦眼泪。

庆瑜："还有谁得救了？"

"我那个相好的，也死了。"胖子也落泪了。

胖子又说："哎，好不容易找到个喜欢的女子，刚好没两天，我都想娶她呢！这会儿，也灰飞烟灭了。"

庆瑜："是，船上那个姐姐吗？"

胖子："是啊，是很命苦的女子，无依无靠无奈遁入风尘，也是想去南洋讨生活，还能怎么讨生活？人长得俊，我甚是喜欢，我心疼她，不想让那些坏男人玷污她，本想娶了她。唉，这下，我倒是省了钱了。可我留着那么多钱有何用呢？怎么海难死的不是我呢！唉，老天爷，这又是闹的哪一出！"

一夜无眠。

第二日天气晴好，海面风平浪静，云朵层层叠叠，像从未发生过任何事情。印第安纳号在晌午时分到达加斯帕岛屿附近。詹姆斯·伯尔一边喝着啤酒一边看着远方海面。远处群山巍峨，有飞鸟自不远处的海滩飞起，它们成群地高声叫着向印第安纳号飞来，叫声凄厉又尖锐，在印第安纳号前方久久地盘旋不愿离去。

詹姆斯·伯尔："哪来的鸟？"

水手："从海滩飞过来。"

伯尔这才向海滩仔细看去，他忽然扔掉啤酒杯大喊："快！那儿还有落难的人！"

就在沙滩上，成群受伤的生还者蜷缩在那里。

印第安纳号很快开到海滩附近，水手们下了梯子，将那些生还者救起。他们浑身湿透，惊恐万分。持续到下午时分，水手们终于将附近目之所及的生还者救上船。之后，印第安纳号离开海滩，向婆罗洲海岸驶去。

终于，泰兴号上的190人获救，剩余1600多人，还有100多个船员全部随船沉没。

　　农历正月初十那晚，赵梦乾又梦见了昭儿。他站在海岸上，看见昭儿慢慢地坠入海中，他跳下海，向她游去。她的裙袂绸带在海底漂浮，如仙子的羽翼飘飘欲飞。她的姿势好美，像仙子在水中起舞，一点一点坠入深海。她洁白的肌肤在海水中像白瓷一样莹润，她的脖颈向上扬起，美丽的弧度让人想要亲吻。她的一只手臂也向上擎起，像要托起一束落入海洋的月光。成千上万彩色的鱼簇拥着她，无数的珊瑚和水草为她戴上花冠。她缓缓地、缓缓地从他的面前坠下去，坠下去……

　　赵梦乾深潜下去，在海面下向昭儿奋力游过去。水草却将他缠住，他动弹不得，他伸手去抓那些轻轻飘荡的绸带，它们却戏弄般地飘走。

第二十五章　1822年　余音

1

印第安纳号全速航行，仍然没能如期抵达加尔各答港。印第安纳号到达的时候，已经晚了整整一天。加尔各答港口已经关闭了航线。

"Shit！"詹姆斯·伯尔气急败坏地从船舷上冲下来，去跟港口的大副交涉，但无济于事。詹姆斯·伯尔举起拳头就要对着大副捶下去，他的胳膊却被一双温柔的手握住。

"伯尔，伯尔，你听我说。"苏晴柔说。

"伯尔，你是个英雄，这船上的人都很感激你。"

"感激我有什么用？我真是昏了头了！居然为了救这些中国人耽误了这么大的事！我这整整一船的货怎么办？怎么办？谁来赔？"伯尔满脸通红焦躁地踱来踱去。

"伯尔，中国有一句话叫'救人一命胜造七级浮屠'。你救的不是一个人，是近200条生命啊，你知道这是多了不起吗？没有什么比生命更重要了。这些货物，即便它们可以换来再多的金钱，也没有生命珍贵。天地会记得，你的善意。"苏晴柔诚恳地说。

"哎，好吧。晴柔，你知道，我喜欢你，哎，怎么你说的我都爱听。你什么时候肯嫁给我呢？那这些货物我都可以抛之脑后，没什么比你更珍贵。好吧，我只是，好吧，我只是想救他们，你知道，我没法见死不救。可我怎么也没想到，会耽误我这么大一笔买卖，这可是巨资啊！"伯尔焦灼地说。

"我当然知道，伯尔。我替中国人感谢你。"苏晴柔又说。

"嗨嗨嗨，别这样，晴柔，你又不是中国人。"伯尔道。

"我，可能也有中国人的血统。"苏晴柔停顿了下说。

"哦？哈哈，那还不错，那岂不是，我救了你的同胞？那我对你岂不是也有了恩惠？"伯尔饶有兴趣起来，忽然笑了。

"是的，伯尔。"苏晴柔微笑说。

"好吧，好吧，我认命，这些货我们只能在新加坡便宜售卖了。我亏本了。不过能博得晴柔你的青睐，我也是很开心的。只是，哈，我放了那个中国商人的鸽子，那个中国商人估计麻烦大了。哈哈。谁让他出卖自己的族人，也是自食其果。哈，不管了。明天，我们只好在新加坡解决这些货了。"伯尔释然地耸耸肩。

"好样的，你没有让我失望，伯尔。谢谢你。"苏晴柔比了个夸奖的手势说。

"那你什么时候答应我的求婚呢？我会用全部的财富来娶你。"伯尔饱含深情地握住苏晴柔的手。

"伯尔，真的谢谢你，会有更好的姑娘来爱你，相信我。"苏晴柔真诚地说。

"唉，你还是不肯答应。我知道你喜欢东方人。好吧，先不难为你了，我可以等，反正一生那么长，总会等到你的吧？"伯尔又失落地说。

"伯尔，不要等我，去找自己的幸福。"苏晴柔又说。

"你这是连一丁点机会都不给我了？"伯尔沮丧地说。

"哪里，伯尔，相信我，你会找到很爱很爱你的姑娘。"苏晴柔紧紧握了握他的手。

"我就很爱很爱你。"伯尔深情地说。

苏晴柔只是微笑看着他。

"好吧，你总是能轻易劝服我，我总是不能劝服你，你是怎么做到的？你是个坏人！"伯尔从头上拿下礼帽，又愠怒地戴上，头也不回地朝远处走去。

苏晴柔看着他的背影笑了。

———————

2

———————

中国东石。

一个身着褐色缎面长衫、戴着黑色礼帽和眼镜的神秘男人已经在港口附近逡巡了多日。从每天早上天亮到晚上夜幕降临，神秘男人一直守在港口附近来回踱步，不时地从长衫口袋里拿出一块金色怀表看看，再将怀表塞回口袋。偶尔，神秘男人还会走到驳船旁边去问那些船家几句话。船家们都摇摇头，神秘男人于是向海的远方望望，再失望地离开。

如此循环往复了多日，神秘男人不再出现。东石的港口仍然一如既往地繁忙和热闹，海浪仍然一如既往地在海岸嬉闹和玩耍，仿佛从未来过这样一个神秘的男人。

又多日之后的一个夜晚，赵启胜已经睡下了，却听有人"嘭嘭嘭"敲门。赵夫人连声咳嗽坐起来，赵启胜心疼地也坐起来一边拍着她的后背，一边穿衣服下床问："是哪个讨债的，这么晚来敲门！真是不得安生。"

管家匆忙来报："是闵总商，老爷，小人拦不住他，他硬闯啊，说是有天大的事。"

"什么事啊，还天大的事？"赵道台不满地唠叨，慢吞吞地走出卧房。

赵启胜走进厅堂，便看见闵总商在厅堂里来回踱步，用袖子不住地擦额头的汗。

闵总商见赵启胜走进来，立即小跑上来："赵道台，不好了！"

"什么事这么慌张？"赵启胜不屑地看了他一眼，然后坐下来。

"哎呀！"闵总商又用袖子擦了擦汗，走上前附耳过来小声说，"大人，巫毓不见了！"

"什么？怎么会不见了？"赵启胜一惊。

"真的不见了啊！这几天我琢磨着，时间差不多了，那批货早该到了，却不见他来找我，我就派人去找他。结果，派了好几个人都没找到，好不容易找到他最后住的店家，那店家说这家伙在十几天前就退了房。"闵总商擦着汗说。

"啊？都十几天了？也没找到？"赵启胜一下子站起来。

"哪都没有啊！能找的地方我都找了。这家伙向来行踪诡异，栖身的也就那么几个地方，不会再多。恐怕，他这回是，是……"闵总商嗫嚅着停住。

"是什么？难不成还跑了不成？"赵启胜怒声呵斥。

"大人啊，我估摸着，这家伙可能真是跑了！所以我才这么急来找您啊，这可怎么办哪！我可是押上了大半身家，就指着这批货翻倍呢。"闵总商已经汗流浃背。

"你押上了，我就没押吗？我押多少你心里不清楚吗？还有钱督抚。我的天，这要出事的！我就该听夫人的话，早知道会出这档子事，我怎么会蹚这浑水……我们，可是挪用了官府的白银……这可如何是好！"赵启胜急得在屋子里来回奔走。

"赵大人，都是我对不住大人和督抚啊，现在快想想办法吧。"闵总商扑通一下跪在地上。

"我能有什么办法，他要是真的跑了，我们都完蛋了！这可是巨额亏空，如何补得上！现在就小心别走漏了风声，否则我们三个，都倾家荡产不说，这，这，后果不堪设想……"赵启胜连连抚额。

"我们去找钱督抚吧。"闵总商道。

"哼哼，找他？这个时候，你以为钱督抚还能帮你吗？他若知道恐怕你我连他的门都走不出来。"赵启胜冷声道。

"啊？"

"呵呵，吴道台那么清廉的官都被钱督抚祸害，你我的结局又能好到哪去？他会把所有的过失都推在我们身上，他会置身事外。唉，天要灭我呀！"赵启胜仰面长叹。

"那我们现在怎么办？"闵总商哆嗦着说。

"等天明，我让手下暗中再去搜捕，看能不能找到吧。"赵启胜颓然地坐在椅子上。

然而，赵启胜和闵总商都无比失望了，赵启胜的手下倾巢出动，暗中寻访，却始终没有找到巫毓半个影子。

直到到处都张贴了告示，港口的船工们才猛然想起来，告示上被通缉的这个人大半个月前曾经向自己打听过一艘外国船。原来，这个告示上的通缉犯叫巫毓，是贩卖鸦片坑害中国人的鸦片贩子，现在正在被官府通缉。

又过了几个月后，船工们又听说，钦差大臣来了。据说，是乘船来的，钦差大臣来的时候没有穿官服，是微服私访，是专门来办一件要案。于是船工们窃窃私语，纷纷议论，都争先恐后炫耀说钦差来的那天，是自己的驳船接他上岸的。

又不久之后，又听说钦差大臣走了，是和赵道台一起走的，据说是去了京城。这回钦差大臣没有乘船，改陆路了。船工们议论纷纷：钦差大臣此来，究竟是为何案？

很快，小道消息就出来了。

据说那个神秘男人巫毓在一个深夜偷偷上了一艘去南洋的大船，在船上被外国人发现偷渡，慌张之下跳海身亡。

据彻查，福建省督抚钱尚野、道台赵启胜和闵总商与鸦片贩子巫毓官商勾结，挪用官府巨额白银，以至福建省连年亏空，新皇大怒，连同吴道台的冤案两案一并审理。钱尚野因上边有人力保，被贬去西南做了个四品知府，并责罚钱家后代永世不得踏入京城为官。赵启胜被罢黜官职，成为庶民。闵总商家产被搜缴充公，入狱十年方得解脱。

吴道台冤案得雪，皇帝为其恢复官职。吴道台却启奏圣上，愿做闲云野鹤，独善其身，一生自在。

之后，没有人再见过闵如意。闵如意在一个清晨启程，与母亲惜别，乘船远嫁，再未归来。

不久，赵梦乾就失踪了。三年后，有人在一座寺庙看见过他。他每日向佛祖祷告，是他害死了最爱的人，他要终生赎罪。

泰兴号没有如期归来。这是玉家和谭家始料未及的，也是陈耀云做梦也不曾想到的。玉家奶奶因孙儿下落不明，不久便心气郁结而去。玉家和谭家倾尽全力寻找多年无果，玉平遥晚年命庆松和庆林为庆瑜夫妻以衣冠冢入葬，泪竭而亡。

陈耀云此后便有瞭望海的习惯，坐在海边岩石上，海面忽而平静，忽而翻涌，他则如雕像般静止不动，他全部的灵魂已经散落在深海。他的怀里一直揣着一枚银发卡，那是他的全部了。

第二十六章　1999年　中国大陆·泉州陈家

1

泉州是没有四季的，只有酷热的夏天。泉州也是没有闲暇的，只有忙碌异常的日日夜夜。17岁的陈盼盼从小到大的愿望就是有朝一日走出泉州，随便世界任何一个地方，无论深山野谷、大漠荒岛，只要不是泉州就好，只要一个小小的角落就好。她实在是对泉州忍无可忍了。

那出生便充斥耳鼓的"咚咚咚"榔头的敲击声，睁开眼便漫无边际的长短不齐的木板木片和木墩，以及从小到大飘荡在空中的松香味道，霸占了她还不算长的整个人生，让她无可逃避。从小到大她都喜欢上学，因为学校是泉州唯一清静的地方，只有在学校，她才能享受片刻的安宁。所以，陈盼盼一直都是上学最早、回家最晚的孩子。陈盼盼也很喜欢雨天。因为雨天就听不到那些讨厌的声音，大雨哗啦啦地从天而降，整个世界都变得哑然，一切都要臣服于雨点或徐或急的声音，那些雨点像穿了线的珠子，将天空和地面连接起来，密密匝匝，层层叠叠，变成奇异的雨帘。雨帘欢快地跳跃着，节奏明快，在地面溅起一个又一个水洼。陈盼盼就踩着那些水洼，哼起歌来。尽管那些木墩木片仍然在那里，但显然，它们因雨水的洗礼而变得颜色黯淡，没了生气。而那些平日里嚣张的松香，也会被雨水稀释很多，变得不那么难闻。

其实在小时候，陈盼盼也是喜欢过那些木块木板和木墩的。那时候她还懵懵懂懂，爸爸常常会用一些小木条做些漂亮的小玩偶，再涂上颜色，给她当玩具，小小的她爱不释手。她曾以为她自己是多么富有，因为她拥有一个引以为傲的玩具王国，但渐渐长大她才知道，爸爸做那些玩具简直是太小儿科了，那真的就是他随手拈来糊弄小孩子的把戏。爸爸真正厉害的是造船。她的玩具王国里全部都是爸爸随便做的这些小玩意儿，却一件其他样式的玩具都没有，爸爸没有时间去给她买别的样式的玩具。于是她后来常常有上了爸爸的当的感觉，也对这些小木块、大木块厌烦起来，包括那些木块被抛离出来时的漫天木屑，以及刺鼻的松香味道。自从她闻到过许多多身上的香水味之后，便更加对松香味厌烦起来。

但是有什么办法呢？陈盼盼还是要每日忍耐、忍耐，再忍耐。但她的心里有个念头早已扎根：她要考上最好的大学，上了大学，便永远都不回这里了。

陈家祖祖辈辈都在这片海域造船，在这里敲敲打打。外面的世界那么精彩，她不想再像祖祖辈辈那样，把自己关在这里一辈子和这些木头为伴。她要拥有一个精彩的人生。如何精彩她还不知道，但总归是会很精彩的吧！至少，要比这里的生活精彩。

教室里静悄悄的，同学们早已放学回家，只剩下陈盼盼一个人。肚子咕噜噜抗议，陈盼盼才从书堆里抬起头来，望向窗外。夕阳正在渐渐隐去，西边天空唯剩的几条红色绸带像正在被谁抽走，渐渐消失。天色便暗下来。

这个时候了，船工们一整天的工作应该结束了吧，也终于可以回家了吧？陈盼盼思忖着，开始将桌上的书一本本装进书包，直到书包被全部塞满，桌上干干净净，她才满意地站起身，走出去。

经过校园中心展览栏，她的照片被赫然摆放在展览栏最醒目的位置。她冲着照片上的自己笑笑，哼着歌走出校门。肚子又咕噜噜地叫起来，她却走得不紧不慢。走过长长的码头，白日里来回往返于海面的忙碌的舟楫，此刻都整齐地泊在岸边，在水面波光映照下，惬意而舒适地休憩。湛蓝的天空，湛蓝的水面，湛蓝的舟楫，还有黄橙色的粼粼波光，这美妙的景致让盼盼驻足停留。她在岸边蹲坐下来，从书包里拿出画纸和画笔，认真地画起来。好一会儿，她才对着自己的画纸笑笑，满意地将画笔和画纸又装进书包，起身向家的方向走去。

果然，万家灯火初上，"咚咚咚"的声音已经没有了，全世界都在渐入沉静。陈盼盼轻快的脚步踏过青石板路，很快到家。

"啊，你这个小鬼，这个时候才回来，别告诉我你又是学习到这么晚的，都不想回来吃饭的吗？"盼盼踏进屋门，妈妈姚玲玲便说。

"我真的是在学习，好吗？"盼盼不理妈妈，走进房间放下书包，又从书包里小心翼翼地拿出刚刚画的画，然后，才去卫生间洗手。

"爸爸和哥哥呢？"盼盼问。

"你爸爸当然是在忙啦！你哥哥去帮你爸爸。是哪个又要造船，请你爸爸帮帮忙。"姚玲玲一边端菜一边说。

"哦。他们总是找爸爸呢？干吗不找别人？"盼盼说。

"谁让我们陈家是最大的船家。呵呵。你爸爸可是老陈家第 25 代传人，你哥哥和你那就是第 26 代。"姚玲玲的口气充满骄傲。

"哎哎，别拉上我，别带我。就我哥哥就好了，我没兴趣。"盼盼一边吃一边说。

"你这个小鬼，这样子说话让你爸爸你爷爷他们听到会难过的！让别人听见多丢人！陈家世世代代都以造船为生，造船是老陈家的骄傲，你这个小鬼不可以这样说话的啦！"妈妈嗔怒道。

"哼！好，我不说，可是也真的别带上我吧！我真的不喜欢。"盼盼将勺子弄得叮当响。

"那你喜欢什么？喜欢画画！造船也不妨碍你画画啊。"姚玲玲又说。

"那怎么会是一回事！画画是画画，造船是造船！根本风马牛不相及。"盼盼翻了个白眼。

"哪里就妨碍你画画了？造船是本事，画画算啥子本事啦？我们老陈家世世代代都吃这口饭的，你看我们老陈家多兴旺！这整个泉州，从老早的时候一直到现在，哪家能比得过我们老陈家的？没有的啦！你女娃娃不喜欢也没关系啦，可以帮忙做些别的，比如妈妈也一直在帮忙，也不会造船。毕竟造船太复杂了，我们又力气小，是男人们才干得起。你考学可以，如果考不上呢，也没关系的啦，就在家里帮妈妈，帮爸爸和哥哥，我们一样会过得很好的啦。将来呢，找个好人家，你终归要嫁人的嘛！妈妈爸爸不会亏待你的，嫁的人呢，一定要疼爱我女儿才行的啦！"姚玲玲还在絮叨，一转身，盼盼已经不见了踪影。

"这个小鬼头，我这些话算是白说了。"姚玲玲冲盼盼的房间嘀咕道。

陈朝阳和儿子陈尧玄很晚才拖着疲惫的身子回到家。姚玲玲已经卧在沙发上昏昏欲睡，见父子两个人回来，立即起来去给两个人热了饭菜，又重新摆好，然后回身从柜子里拿出一瓶米酒给两个人倒满杯。累了一天了，这父子俩是少不了这口的。

陈尧玄仰起头一口喝掉一杯，姚玲玲又说了重复了八百回的话："哎呀，不要这么急，要喝坏的！"

父子俩当她没说，照旧大口喝酒。

"今天事情办得怎么样？"她又问。

"还可以啦，今天合同已经签好，明天一早就开工。"陈朝阳说。

"哦，要不要多加点人手？"姚玲玲问。

"我们自家的兄弟足够了。"陈尧玄说。

"明天休息日，要不要休息一天再开工吧，上一个工才刚忙完。"姚玲玲又说。

"还要什么休息日？那么奢侈的。"陈朝阳喝了一口酒说。

等父子两个吃完，陈朝阳才想起来问女儿。

"盼盼睡了？"陈朝阳问道。

"应该还在学习吧，灯还亮着。"姚玲玲说。

"哦，我去看看。"陈朝阳说着起身向女儿房间走去。门虚掩着，轻轻一推就开了。地板中央立着个画架，画架上是没有完成的画稿。陈盼盼以很奇怪的姿势斜躺在床上，手里还拿着个画笔，床单被画笔晕染上了颜色。这已经不是第一次了。显然，小姑娘画累了，或许只是想休息一下再继续，没想到，就此睡过去了。

陈朝阳凝神注视了女儿好一会儿，叹息着将她的画笔轻轻拿下来，又将她的眼镜摘下，给她盖好被子，然后熄了灯，轻轻退出来。

"这个孩子画画比她的命还重要。"姚玲玲在门口说。

"像我当年开始学造船，也是这样子，经常拿着木头就睡着了。"陈朝阳笑了笑。

"遗传点什么不好？偏偏遗传这个脾气。"姚玲玲道。

"没有这个脾气怎么做大事！"陈朝阳笑笑。

"做什么大事，一个女孩子。"姚玲玲瞪了他一眼。

"盼盼要是个男孩就好了，生错了啦。"陈朝阳叹息道。

"好啦好啦，去睡吧，明天还要赶工。"姚玲玲不耐烦地说。

2

陈盼盼一早便被"咚咚咚"的声音叫醒，她捂着被子烦躁地眯着眼睛，翻了几个身之后忽然想起来，今天是周末。她期盼了整整一星期的周末终于又来了。于是她咧开了嘴巴。她忽然间睁开眼睛坐起来，穿上鞋子，快速跑去洗漱。这一连串的动作丝毫没有停顿，像个准备奔赴沙场的战士，之后又以极快的速度洗完脸，从卫生间里跑出来，迎面差点撞上端着水盆的妈妈。

"今天不上学，你起这么早干啥？"姚玲玲奇怪地看着她问。

"我知道不上学。"盼盼又匆忙往自己房间跑。

"要干吗？"姚玲玲又问。

"不干吗。"盼盼敷衍道。

"小鬼头，又是要去许老师那里画画对吧？这么早，人家还没起床。你瞧瞧这才几点钟？船工都才刚开工。"姚玲玲说。

提到船工两个字，盼盼立刻烦躁起来："我干吗跟船工一个时间，我起来学习不行吗？我还有半年多高考，我当然要早起复习功课。"

"哼，小鬼头，还撒谎！跟你说啊，今天上午你不能去许老师那里。"姚玲玲又说。

"为什么？"盼盼嚷起来。

"因为你哥哥的古船店今天没人照顾，你哥哥跟爸爸一起去做工了，我又离不开，我要去照顾你姥姥。你哥哥中午才回来。你去帮忙照顾一下，中午以后你再去嘛，也不迟。"姚玲玲一边说一边往门外走。

"啊？我不去！我才不去帮他照顾那个破店，那么多人闹死了！"盼盼烦躁地抗拒道。

"唉，怎么不懂事呢？今天周末，来旅游的人多，很多人都会来店里买古船的。你不去怎么办？生意总是要做的，要不我们吃什么喝什么？喝西北风不成？你以为你那些画笔画纸的都是哪里来的？要不是你哥哥这古董店，家里哪来的钱给你买？小孩子，不懂事。有时间就帮大人做一点啦，又耽误不了你很多时间。"姚玲玲说。

"怎么就耽误不了很多时间，什么都不懂！"盼盼理亏，只好小声嘀咕着。

"那说好了，我只帮他看到中午，中午以后我就去画画了，我都好多天没好好画上一幅画了。"陈盼盼噘着嘴说，然后慢吞吞回了房间，好一会儿，才背了书包出来。姚玲玲正掀开锅盖，热气蒸腾，烟雾缭绕中陈盼盼最喜欢吃的面馍整齐地排列在锅帘上露出笑脸，像等待检阅的士兵，但盼盼毫无兴趣，连看也没看一眼就走了出去。

"喂！小鬼头，早饭也不吃了吗？"姚玲玲追着问。

盼盼头也没回，只说了声"不饿"便走出了大门。

去古船店势必要经过船厂。"咚咚咚"的声音越来越近，声音越来越大，连绵不绝，像重锤敲击着陈盼盼的心脏，就要把她的心脏敲出来。时间还早，船工们还没有全部开工，但这咚咚声就已经赶走了一天的清静。陈盼盼皱着眉头快步从船厂大门走过，嫌弃地向里面望了一眼，却在七八个人里面很容易就发现了爸爸和哥哥的身影，她停下了脚步。按照惯例，爸爸和哥哥是没有什么休息的，一年中365天都是在清晨6点半起床，早早地吃过早饭就来到这里，开始一天的辛劳。他们穿着橙红色的工作服，戴着鸭舌帽，这么鲜亮的颜色，即便是将自己陷于木屑堆里也很显眼。身上的工作服脏兮兮的，满是污渍。两个人手上戴着的手套已经看不见原来的白色，而是灰突突的颜色。爸爸30年如一日地每天在凿、钉、磨、锤中度过自己的岁月，那双被手套掩藏的手上布满了老茧。此刻，爸爸手持一个长柄铁锤在对着船木使劲敲打。那最重的一声"咚咚咚"或许就是爸爸这锤子敲打出来的吧！陈盼盼伸手捂住耳朵，又噘起嘴巴。

陈盼盼是不希望拥有一个这样的爸爸的，甚至于不希望自己拥有一个这样的家庭。陈盼盼一直觉得自己应该有一个很体面的、很有学识的爸爸，比如，她从电视上看到的那些文化界名人，再如拥有很渊博知识的大学教授，甚至像许老师那样的艺术家。他们每天穿着有品位的衣服，每天从事的活动都令人敬佩，他们以不同方式为人类的发展和进步作出贡献，以自己的魅力迎来赞叹和敬慕。而不是像她爸爸这样，穿着邋遢的工作服将自己的全部人生都淹没在这些毫无意义的木屑堆里还沾沾自喜。

如果有那样的父亲，作为他的女儿，那该是多么荣耀的一件事啊！可是很遗憾，她没法选择一个爸爸，没法选择一个家庭，但她总可以逃离他们的吧？陈盼盼咬了咬唇。蓦地，爸爸似乎感觉到了她的到来，停下来抬头向她的方向看过来。

"啊哈！小鬼头，你睡起来啦？"爸爸开心地喊道。哥哥也停下来微笑地望向她，旁边的人也都抬起头来看她。

盼盼沉默了片刻才说："我去店里。哥哥你中午回来吧，我下午还要复习功课。"

哥哥喊道："好的！盼盼好好学习呀！"

爸爸只是微笑望着她。爸爸的微笑让盼盼很不安，她于是挤出一个微笑说："我去店里了。"然后撒腿就跑。

她听到后面有人在说："盼盼越来越漂亮了。盼盼今年要考大学是吧？考哪里呀？"

"考哪里，一定考得越远越好！再也不想看见这一切！"陈盼盼一边跑一边自言自语。

"咚咚咚""咚咚咚"，陈盼盼的心都要被敲碎了。她一路小跑，不知道是在逃避爸爸的那个慈爱的笑容还是在逃避"咚咚咚"。可是那笑容在她心底沉淀下来，将她的心紧紧缠绕，让她透不过气来，那"咚咚咚"连绵起伏，此消彼长，在这一方水土和广阔世界之间架起无形的屏障，构筑深深的沟壑。这一刻她觉得那些生而聋者或许在某种意义上也是幸福的。

陈盼盼跑到古船店门口的时候，发现已经有好几个人等在那里。她很诧异，这么早的吗？

盼盼拿出钥匙开门。

"哎哟，小姑娘，你总算来了。我们都等你好半天了，我都转了两圈了，你才来，这么做生意可是不行的啊！"一个老奶奶说。

盼盼没理睬他们，只是低头走进店里，将书包放到桌子上，然后去打开窗户，之后才在椅子上坐下来，看着窗外。她才没心情搭理这些游客。每天都有很多游客来来往往，也自然有很多人只是听闻她家的古船，顺便来看看而已。至于生意，那暂时跟她还搭不上关系，她今天只不过是替哥哥看一会儿店，她是不肯跟这些闲得无聊的游人说话的。

"哎哟，你家的古船果然不同凡响，名不虚传。"一个老爷爷一边看满屋子的古船模型一边赞不绝口。

"还好吧。"盼盼敷衍地笑笑。

"啧啧，真是精致啊！"那老爷爷小心地拿起一个古船模型，放在手上仔细观看。

"这算什么？我爸爸可是造大船的，这些还只是模型而已！"陈盼盼忽然说，这些话让她自己吓了一跳。她这是在炫耀吗？她怎么会炫耀起爸爸来？她说完挠挠头。

"哦，那你爸爸真是好厉害呀！小姑娘，你爸爸在吗？能不能跟你爸爸聊聊？"老爷爷又说。

"我爸爸是不会在这里的，他忙着造船，没有时间在这里。"陈盼盼又说。

店里的几个人正在仔细看船模，导游姑娘拿着旗子在门口喊起来："大家集合了！大家集合了！这是泉州市最有名的陈家古船，大家刚才已经看过了，我们现在去下一个景点！还有没买完东西的叔叔阿姨，再给大家三分钟时间，三分钟过后我们立即出发！"

店里的几个人着急起来，都纷纷拿着船模跑到盼盼跟前来交款。

"这个多少钱呀？"

"300元。"盼盼随便说。

"好，我要了。"

"我也要了。"

"再给我来一个。"

他们交了款匆忙兴奋地跑出去，陈盼盼有点蒙，她只是随便说了个价钱。事实上，她忘记问妈妈了，这个船平常是卖多少钱的，怎么这些人这么有钱啊？她只随便说了个价钱，他们就蜂拥抢走了？陈盼盼心里愧疚起来，她真不是故意骗人的。但是，既然陈家古船店是泉州最出名的古船店，那这船，或许就真的应该值这些钱的吧？她说服了自己，看着手里的钞票，开心起来。

整整一上午，店里的顾客来了一拨又一拨。陈盼盼没有想到这一个上午的时间，她就收了厚厚一沓钞票。她开始仔细打量起那些船模来。游客们都说，是慕名而来。"慕名而来"，陈盼盼反复想着这四个字。她站起身看着墙壁上挂的画，对着它说："我们陈家真的有那么厉害吗？"

不知不觉中午已经过了，陈盼盼的肚子早就咕噜噜叫了，因为没有吃早饭，所以她感觉格外饿。她开始焦急起来，哥哥怎么还不来？她在门口望着大路，好不容易才看见哥哥的身影。哥哥脱去了那件橙色工作服，穿着一件黑色 T 恤和牛仔裤，正快步走向这里。

唉，还是太简单和随意了。盼盼对哥哥的穿着很不满意。哥哥将来也只能随便找个渔民的女儿成亲了，一辈子窝在造船厂里，和爸爸、爷爷、祖祖辈辈一样，简直太没出息了！盼盼摇摇头。

"盼盼，饿了吧？瞧我给你带来什么？"哥哥神秘地变出个纸口袋，里面装着两个糯米团子。纸袋还很烫手。

"糯米团子呀！"盼盼乐了。这是她最喜欢吃的东西了。

"快吃，吃完就去复习功课吧，我来看店。"哥哥说。

"瞧，上午赚了这么多！"盼盼指了指那一沓钞票。

"还不错嘛！都给盼盼拿去买颜料。"哥哥说着就把钞票都装进盼盼的书包。

"啊，我颜料够用了。"盼盼拒绝道。

"这是你今天自己赚的，拿着。哈哈。"哥哥又说。

"那太好了！"盼盼心里乐开了花。

3

从古船店走出来，走过五个街口，再转两个弯，陈盼盼一蹦一跳地来到许老师家门口。盼盼的脚步慢下来，放轻，还整理了一下书包的肩带和上衣，捋了捋头发，这才敲了门。毕竟，许老师的课堂是高雅的，盼盼觉得自己要整理好才能走进这高雅的世界。有阿姨笑吟吟地来给她开门。盼盼脱了鞋子，将鞋子放到鞋架上，摆好，又穿上那双漂亮的粉色绸子面的拖鞋，小心地踏进这个高雅的世界。

在这个不到60平方米的客厅里，摆放着十几个画架，每个画架后面都站着和她同龄的孩子，他们都是许老师的学生，都是许老师的弟子。而许老师，戴着眼镜，就在最里面那个大画架旁，潇洒地一手托着调色板，一手拿着画笔往画布上洋洋洒洒，画远山、画瀑布，也画安静的女子。这里的一切都是那么让盼盼心仪，每次走进来，走到自己的画架旁甚至心里还有小小的悸动。正午的强烈光线被窗纱遮挡，窗棂在地板上投射出好看的阴影，风时而掀起窗纱，轻轻荡漾。这里静悄悄的，十几个人都沉浸在自己的作品中，无暇顾及其他。一切都似乎凝固，唯有那因风而飘舞的窗纱在这凝固的世界里欢腾跳跃。

陈盼盼蹑手蹑脚地向自己的画架走去。许老师恰好完成浓墨重彩的一笔，抬起头来，看见她走进来，冲她比了个手势，示意她加油。盼盼点点头，也回了个加油的手势。然后，许老师又沉浸到自己的创作中去了。盼盼将书包放下，从书包里拿出画笔和颜料，坐在椅子上，准备画画。一阵香氛袭来，盼盼贪婪地嗅了嗅。真好闻呀！然后，她的眼光便又向右前方望去，那香氛来自许多多，许老师的掌上明珠。她虽然只是个侧影，就已经让很多女孩汗颜了。

今天的许多多穿着一件白色蕾丝领的红黑格子短裙，把头发高高绾起，头发上戴着一个闪亮的黄色丝带，像骄傲的公主。她正在全神贯注地画白雪公主。但在陈盼盼看来，许多多自己就是白雪公主，甚至要比白雪公主漂亮和幸福。她有漂亮的容颜和极好的艺术天分，最幸运的是，她有一个这样出色的艺术家爸爸，成长在这样一个无比优渥的环境，可以托举她成为最美好的人。盼盼又抬眼望了望许老师，然后，低下头，怅然地拿出画笔，开始画画。陈盼盼究竟还是爱画画的，只用了一小会儿，她便什么都忘了，完全沉浸在面前的画纸上，她将心里的那个美好世界，一点一点勾勒出来。

傍晚，大家都走了，只剩下陈盼盼还在认真地画。许老师走到盼盼身边，看了一会儿她的画，点点头说："加油，陈盼盼，画得好棒！盼盼将来一定会成为一个很有造诣的人。"

"真的吗？许老师？"盼盼怀疑地问。

"当然，相信我，你会成为一个有成就的艺术家的。"许老师点点头。

"会成为像您一样的人吗？"盼盼又怯怯地问。

"会成为比我更优秀的人。"许老师笃定地说。

"我会吗？"盼盼的眼中闪出光芒来。

"为什么不会？"许老师微笑道。

陈盼盼觉得眼睛里有热乎乎的东西流下来，顺着她的脸颊滴落在地板上。

"哎哟，怎么哭了？快，多多，给盼盼拿点纸来。"许老师连忙说。

"来啦！"那香氛又袭来，直扑到她眼前。许多多连手里的纸都是香的。

"快别哭了！小心你的画被你给弄湿了。"许多多笑道。

"许老师，谢谢您！"陈盼盼转过身，给许老师深深鞠了一躬。

"哈，为什么呀？盼盼。"许老师笑了。

"谢谢许老师，因为从来没有人告诉我，将来我会成为一个艺术家。我妈妈只是让我将来帮爸爸造船。他们，他们只知道造船……"盼盼没有说下去，尽管心里憋着一肚子委屈，但还是不好意思在艺术家面前悉数倒尽，那样会折损了自己未来艺术家的身份。

"爸爸妈妈只是不会画画，但他们懂造船。造船，许老师可是个白痴啊！"许老师又说。

"哈哈。"许老师的话把盼盼和多多都逗笑了。

"你看，许老师就不会造船，许老师给你爸爸当徒弟你爸爸或许都不稀罕，还可能说许老师笨死了！对吧？"许老师又耐心地说。

"嗯。"盼盼高兴起来。

"所以呢，每个人擅长的东西都不一样的。陈家祖祖辈辈造船，是很了不起的。"许老师说。

"嗯。"盼盼又使劲点了点头。

盼盼从许老师的画室回去的时候，特意绕了路，经过船厂。爸爸仍然穿着橙色的工作服戴着鸭舌帽低着头在敲敲打打，但盼盼亲切地叫了声："爸爸！"

"呀，小鬼头，你怎么跑进来了？这里脏，快出去！瞧这都是木屑，弄脏了你的裙子。"陈朝阳连忙说。

"没关系的，爸爸。"盼盼微笑说。

"你画完了？看来今天画得很开心。"陈朝阳打量着女儿。

"嗯，爸爸你早点回家吃饭。"盼盼又微笑说。

"哦，好，你快回去吧，饿了你们就先吃，别等我。爸爸赶工呢！"陈朝阳笑了。

"好，那我先回去了爸爸，你也快点！"盼盼高声说。

"好的。"陈朝阳慈爱地挥挥手。

"咚咚咚"的声音仿佛也不那么刺耳了，松香味似乎也没那么难闻了，盼盼一蹦一跳地跑回家。

4

接下来的那个周末清晨，陈朝阳和陈尧玄正在吃早饭，陈盼盼睁开眼睛便跑出来笑嘻嘻地说："今天我还去帮你们看古船店，哥哥中午回来就好了。"

"哦？这么好？这是太阳打西边出来啦。小鬼头，是不是有什么事瞒着我们哩？"陈尧玄诧异地问。

"我能有什么事瞒着你们？"盼盼笑笑说。

"那好极了，回头哥哥给你买糯米团子。"陈尧玄摸了摸盼盼的头，说。

哥哥对盼盼挤了挤眼睛，盼盼有点生气，哥哥想什么呢？难道我就是那两个糯米团子能收买的吗？即便那一沓钞票也是收买不了的。但，为什么又要去帮他们看店？她自己也说不太清楚，总之，她觉得，她这个忙是可以帮爸爸和哥哥的，她是应该做点什么的。所以，她噘着嘴巴对哥哥说“不稀罕”，便跑回房间去了。

她在房间里仔细听着外面的动静。爸爸是个沉默寡言的人，她一直觉得爸爸挺笨的，爸爸看着她的眼神总是闪着光辉，那光辉她看得懂，里面满是称赞和疼爱。可是爸爸从小到大就不会表达，从来不会把他对自己的疼爱和称赞说出来。而她是多么需要他的称赞啊！可是没有，从来没有。而妈妈姚玲玲又是个多么爱唠叨的妈妈，从她那里也从来听不见赞扬，只有责怪和不满。所以她对爸爸妈妈喜欢不起来也是没什么不对的吧？就只有哥哥，能懂她的心意，常常逗她开心，偶尔还偷偷给她买个新鲜玩意儿，因而，盼盼对哥哥倒是很亲近。

盼盼听见外面爸爸和哥哥稀里呼噜地喝粥声音，勺子和碗、盘子轻轻撞击的声音，时而夹杂一句半句妈妈的话，终于，爸爸说，好了，我们走吧！哥哥也说，那我们去做工了。要出门了，哥哥又大声喊了句，“盼盼，我和爸爸去船厂了，你去店里中午我去换你哦！”

“哎呀，不用管她，小鬼头主意多着呢！她不会去这样早的，还要赖床，还要吃早饭呢。”姚玲玲说。

盼盼听到妈妈这样说，便不开心地跑出来，在桌前坐下来道：“谁赖床？”

“哦，来吃早饭了？哈哈，来来来，给你盛粥。”姚玲玲笑了。

陈盼盼很快吃完早饭，回房间又迅速背书包出来，扔下一句：“我去店里！”便走出门去。

姚玲玲看着盼盼的背影摇头：“不懂事的娃子。”

天空中堆积了厚厚的云，太阳已经被云遮盖，天色阴沉下来。陈盼盼望了望天空，雨就快要来了。她快跑起来，跑过造船厂，跑过长长的青石板路，终于跑到古船店门前。或许因为今天有雨的关系，门口并没有顾客在等。不过也好，难得清静，她可以专心复习功课，当然，也可以画一幅画。

陈盼盼用钥匙开了门，走进店里，从书包里拿出书本，便伏在桌上认真地复习起来。外面的雨下起来，估计不会有什么人来了。于是她去关上店门。

雨由刚开始的细雨渐渐变得猛烈，像羞怯的小姑娘正在发怒，窗前的树枝正在因雨水的拍打而摇摆，像在连连说"NO，NO，NO"。哈。盼盼忽然想画那正在和雨抗争的树枝。它因雨水的浸润鲜嫩欲滴，绿得好不真实。盼盼将书本推到一边，从书包里赶紧拿出一张画纸，又拿出颜料，调了调颜色，然后开始画起来。

忽然有声音从门口传过来，"嘭嘭嘭"。盼盼停住笔，迟疑地看向门口。这么大的雨，还有人来吗？她又听了一会儿，"嘭嘭嘭"声音又响起来，的确是有人在敲门。盼盼快步走过去开门。

雨水借着风势飘进屋里，迎面而来的冷气瞬间灌进盼盼的口鼻，让她喘不上气来。门口站着个打伞的美人姐姐，那透明的雨伞几乎已经不起什么作用，雨水顺着伞檐像小瀑布一样顺着她的肩膀流淌。她身上的淡蓝色衬衫和蓝色牛仔裤也已湿了大片，牛仔裤的裤脚高高挽起，露出洁白的脚踝。她的头发、脸庞都被打湿。

盼盼愣住了，这位姐姐好美啊！即便此刻的她完全可以用"狼狈"两个字来形容，但却宛如出水芙蓉。那从天而降的雨水似乎就是为了增添她的美感而来。她就静静地站在雨中，却是一幅绝美的画卷。

她轻启唇角，努力地在雨中微笑，说："你好，小姑娘，还好，你在。"

只见她美妙的两片唇一弯一翘，画着好看的弧度，露出一排洁白的牙齿，然后，又合起来合成一个半圆的弧度。

"小姑娘？我可以进来吗？"她又说了一遍，盼盼才反应过来。赶紧拉她进来。

"好大的雨！"她走进来说。

陈盼盼还是痴愣着看着她。陈盼盼有生之年17载，从没见过这样好看的人，她周围的同学里没有，她看的电视里也没有，就连许老师的女儿，那个骄傲的公主许多多，跟眼前这位姐姐也是没法比的。这应该是天仙才有的容颜吧！

"你是从哪里来？"盼盼不由得问。

"小妹妹，我从新加坡来，哦，不，我应该说，是从厦门来。"天仙姐姐又说。

"哦。"盼盼揣度着，人间还有这样漂亮的人。

"你是来？"不知为何，盼盼觉得她和之前那些旅游的顾客不一样。

"我是慕名而来呀，小妹妹。"天仙姐姐又说。

又是慕名而来。盼盼有些失望，原来跟那些人没什么不同。

天仙姐姐似乎看出来盼盼的心思，嫣然一笑道："小妹妹，我是厦门《时尚旅游》杂志的首席记者，对陈家古船关注好久了。我今天来是想采访陈朝阳先生，我听说这是陈家的古船店，就来这里了。如果我猜得不错，你是陈朝阳先生的女儿吧？你可否帮我找到你爸爸？"

这一番话的信息量有点大，盼盼转了转眼睛，好一会儿才明白。天仙姐姐果然和那些人是不一样的，是个记者！她有点高兴起来。等等——采访我爸爸？他有什么可采访的？再说现在这雨这么大……

于是盼盼微笑说："哦，姐姐好，你猜对了，陈朝阳是我爸爸，我当然能帮你找到他。不过你得告诉我你要采访他什么？再说现在下着大雨，我们走不出去的，很远呢！"

"那先谢谢你呀，我不着急，也正好借此机会看看陈家的古船。"天仙姐姐说。

"你还没告诉我你采访陈朝阳什么呢？"盼盼又问。

"哈哈，当然是采访你爸爸关于造船。"天仙姐姐又露出那让人着迷的笑容。

"哦，造船有什么好采访的，这里好多人都会造。"盼盼努力不去看她。

"可是只有你爸爸是陈家古船的传承人呀。"天仙姐姐说。

"你怎么知道的？"盼盼诧异地问。

"哈哈，我是记者呀，我必须要知道，才能来找你爸爸呀！"天仙姐姐又耐心地说。

"哦。"

"你叫什么，小妹妹？"天仙姐姐问道。

"陈盼盼。"

"好听。"天仙姐姐又温婉一笑，盼盼看得呆了。

天仙姐姐拿起一艘古船仔细看，之后又拿起另一艘。盼盼决定要矜持一点，即便是面对天仙姐姐也要保持自己的风骨，毕竟，将来自己也会是个艺术家呢！于是盼盼又拿起画笔继续画画。

"小妹妹，你喜欢造船吗？"天仙姐姐走过来。

"不喜欢。"盼盼没有抬头。

"哦？"天仙姐姐有些诧异。

"造船有什么好？一点意思也没有。"盼盼又说。

"那小妹妹喜欢画画？"天仙姐姐又问。

"对，但是我画的你们都看不懂。其实我画得很好的。"盼盼不知为何有点委屈，说道。

"你怎么知道我看不懂？"天仙姐姐微笑道。

"这里的人都不懂的。这个不是谁都能随便懂的。"盼盼抬头看着她说。

"你画得很好呀！很有天分，小妹妹。"天仙姐姐沉默了片刻说。

"你怎么知道的？"盼盼放下笔，诧异地看着她。

"我懂一些。小妹妹，你几岁了？"天仙姐姐说。

"我17岁，就快考大学了，考上大学就不再回这里了。"盼盼又调了调颜色。

"哦？呵呵，为什么呢？不喜欢这里？爸爸妈妈都在这里，你是这里长大的吧？"天仙姐姐惊讶地说。

"那又怎么样，我要去找我自己的生活。"盼盼落寞地说。

"那是什么样的生活？"天仙姐姐好奇起来。

"反正跟他们都不一样。我烦透了造船……我要成为一个艺术家。"盼盼吞吞吐吐地说。

盼盼不知道为什么自己说出这么多话，这些话从来都没对任何人讲过，是她心底的秘密，却在和天仙姐姐认识不到10分钟便自己倾肠倒肚，真是邪了门了。怪不得说红颜祸水，看来这个天仙姐姐真是有什么魔力，能让自己发昏，主动招供。她心里开始对天仙姐姐抗拒起来。

"哦，姐姐懂了。不过，成为艺术家也不妨碍你喜欢造船呀！"天仙姐姐微笑说。

"那是两回事。"盼盼不服气地说。

"你爸爸就是个艺术家，一个天才艺术家啊！"天仙姐姐又说。

"啊？我爸爸？陈朝阳？就他？艺术家？"盼盼被逗乐了。

"姐姐，你别逗。哎，我爸爸要真是艺术家那我开心死了。"盼盼又说。

盼盼又继续去画画。

"艺术有很多种，造船就是造型艺术，小妹妹。"天仙姐姐认真地说。

"哦，是吗？"盼盼停住画笔，看向她。

"对呀，所以，陈朝阳先生是很厉害的艺术家。"天仙姐姐说。

"哦，原来是这样。"盼盼若有所思。

"你打算考哪里呢？有没有想好哪个学校？"天仙姐姐又问。

"我想考，清华美院……"盼盼鼓足了勇气说。

"那很好啊！"天仙姐姐微笑说。

"可是我还不知道，我能不能有机会？我也不知道，我到底画得怎么样。再说，我爸爸妈妈还不知道我要考这里。我妈妈一直希望我将来帮爸爸的忙，想让我考理工大学或者考不上也可以。爸爸怎么想的我还没敢问。"盼盼低下头，小声说，"因为我们这里，没有懂艺术的人，哦，不对，是没有懂画画的人。只有一个从上海来的许老师，他原来是个画家，后来身体不好，要来泉州养病，就在这里办了画室，我才跟他学的。不过，许老师也说我，将来能有成就。"

"小妹妹，如果想考清华美院这类艺术类院校，你现在就要准备作品了。你开始创作了吗？"天仙姐姐问。

"还没有，因为一直没有想好该画什么。"盼盼说。

"我可以给你出个主意呀！"天仙姐姐沉默了片刻说。

"什么主意？"盼盼问。

"小妹妹，我觉得你可以画爸爸造船呀，这是多好的主题！这应该是你最熟悉的素材了。你在这里长大，对于大海、对于船、对于爸爸造船，应该是信手拈来的呀！我觉得你一定能画好的。"天仙姐姐微笑说。

"啊，姐姐你的主意太好了！真的太好了，我怎么没想到呢！"盼盼惊喜地说。

"等你作品完成之后，姐姐可以帮你找个艺术界的朋友鉴定一下你的水平如何，那样你就知道自己画得怎么样啦。"天仙姐姐继续说。

"啊，太好了，姐姐，那太谢谢你啦！"盼盼开心地说。

"对了，姐姐，我爸爸已经是陈家古船的第 25 代传人了，将来到我和我哥哥，就已经是第 26 代了。爸爸说，我家从很久很久以前就开始造船。当年郑和下西洋的战船还是我们陈家祖先造的呢。"盼盼放下画笔，坐到天仙姐姐身边来。

"真是了不起！"天仙姐姐赞叹道。

"你瞧，这个小船，别看它小，它其实是按照实际尺寸等比做的模型。真的船叫福船，我们泉州这一片海域从唐宋时期就很繁盛，来来往往的都是福船。"盼盼拿起一个福船，讲给天仙姐姐听。

"哦，好厉害！"天仙姐姐又称赞道。

"而且，你知道吗？你瞧这个，这个叫水密舱，就是把这一个个的船舱分别隔离的技术，这样就保证一个船舱进水的时候，就关闭这个船舱，不至于让整艘船都进水。这个技术，我们中国近 200 年前就有了，是我们的发明哦！当时欧洲船只都没有的，一直到现在，欧洲大船还一直在用我们这个技术。"盼盼已经不知道该怎么感谢天仙姐姐，将自己知道的全部秘密都悉数奉告。

"实在是太了不起了！"外面的雨停了，太阳露出笑脸，雨后的枝叶闪着晶莹，随风摆舞，像是在为盼盼鼓掌。盼盼向外望了望说："姐姐，天晴了，我带你去找爸爸！"

"好！"

见到记者的陈朝阳毫无防备，不知所措，他从来没有想到有一天自己会成为被采访的对象。

以前在电视上看见过新闻里面的记者采访，那都是有身份的人才有资格被采访的。可自己，全身上下脏兮兮，每天和木头铁钻打交道的人，居然有一天也有记者来采访，这样的荣幸实在让他始料未及。不只是他，整个船厂的人都闻讯赶来围观。好在记者姑娘很善解人意，建议说，让他找个合适的场地，换件衣服，再开始录制。

于是，儿子陈尧玄飞跑回家给他拿来那件他一直舍不得穿的藏蓝色条纹衬衫和麻布裤子，又经过大家的好一番帮忙整理，半个小时之后，这场采访在一艘大船上正式录制。陈朝阳如众星捧月般坐在大船甲板中央的椅子上，周围的船友们都安静地暗中为他鼓劲和加油。他面对着话筒，侃侃而谈。他的左前方，有一双晶亮的眼睛崇拜地看着他，是他的女儿——陈盼盼。

"我们陈家古船的手艺到我这里，已经传了 25 代……"陈朝阳一脸肃穆地说。

陈盼盼笑了，她就知道爸爸会说这句话，爸爸严阵以待的样子看起来有点喜感。她听不见接下来爸爸说的是什么了，她只看见整艘大船上，爸爸成了众人瞩目的焦点。那不是甲板，而是一个硕大的舞台，爸爸和主持人坐在舞台中央，而她和其他人都是观众，舞台上的精彩对话引来观众阵阵掌声，观众欢欣鼓舞，热烈异常。太阳正盛，光芒万丈，天仙姐姐面若桃花，而爸爸像个圣者，心怀慈悲普度众生。

"好的，我有个建议，陈家的古船手艺传承了 800 年，陈先生完全可以申请国家非物质文化遗产。"天仙姐姐说。

"什么遗产？"陈朝阳诧异地问。

"非物质文化遗产，非常珍贵。"天仙姐姐又说。

"谢谢你。"陈朝阳一脸诚恳地说。

5

天仙姐姐走了之后，陈盼盼连续几夜失眠。天仙姐姐应该真的是老天送给她的礼物吧。自此，她常常给天仙姐姐写信，天仙姐姐很忙，常常不能及时回复，但即便等的时间很久，即便天仙姐姐的回复很简单，哪怕只是个只言片语的祝好的明信片，也让盼盼开心极了。现在不只是许多多的背后有许老师托举的力量，她陈盼盼如今也有了托举的力量，而且这力量还是来自一个老天赐予的天仙姐姐，要知道，天仙可不是那么容易随便下凡的。一下凡，偏偏就来到了她的身边，这是何等的幸运！

连妈妈姚玲玲都说："这个记者姑娘啊，和我们陈家有缘啊。你看，她来过之后，你爸爸就成了泉州的名人。什么电视台呀，广播呀，还有杂志，都来采访你爸爸，我们的生意也是越来越好了。连我们这里的政府都在帮助我们陈家申请非物质文化遗产，那虽然不是什么钱，但却是我们陈家的骄傲啊。现在很多人都去赚钱了，原来会这门手艺的也都不做了，因为赚不到什么钱。只有我们陈家，只有你爸爸这么多年一根筋地还在造福船模型。唉，我每次跟你爸爸说，我们不要造这船了，我们也去做点别的生意，你爸爸就说，这都是老祖宗留下的手艺，丢了可惜，不能丢啊！想想我和你爸爸这大半辈子，虽然没有大富大贵，但就你爸爸这骨气，我嫁给他还真没后悔过。这下好了，这个非物质文化遗产申请成功，那也是我陈家的造化，也不枉你爸爸几十年如一日地守着这门手艺了。蛮好蛮好，这记者姑娘跟我们不是有缘是什么？不远千里地过来，就是为了指点我们的，这啊，都是老天爷派来的。"

"你这是迷信！"盼盼笑话妈妈。盼盼才不告诉妈妈，其实自己也是这么想的。

"不管是迷信还是什么，人家给我们陈家带来了好运，让我们发达，让我们好起来，我们就得感谢人家。多好的姑娘。对了，你给她写信都写什么？"姚玲玲又问。

"那是我的秘密。"盼盼笑着跑掉了。

盼盼夜里睡不着的时候，便爬起来开始创作。她用铅笔画了几稿素描人物，左改右改，最后留了两幅觉得还不错。到了周末，盼盼就把自己创作完成的系列组画《造船的爸爸和哥哥》小心地用纸盒封好，然后去了邮局。她还是第一次邮寄，第一次邮寄就寄这贵重的东西，这是她17年人生中最珍贵的东西了。她请邮递员叔叔将纸盒严密地封好，又趴在桌子上一笔一画、无比认真地在信封上写下收信地址和自己的寄信地址。然后，轻轻吹干那些字迹，再看着邮递员微笑着将信封贴到包装好的纸盒上，再然后，纸盒被邮递员放入一堆等待邮寄的纸盒里面。

"叔叔，它不会被压坏吧？"

"不会的，放心好了。"

"需要几天能到厦门呀？"

"很快的，两三天就到了。"

"哦，那也很慢呀。"

"小姑娘，这已经很快啦！"

"好吧。"迈出邮局，陈盼盼又回头望了望玻璃柜后面自己的纸盒，一颗心似乎终于落地，她使劲呼了一口气，额上的刘海被掀起老高。然后，她又跑起来，一会儿仰面看看天空，一会儿又向码头望去。跑了一会儿，她终于向远方的海洋喊起来："陈盼盼！你要加油啊！"

6

天仙姐姐果然没有让盼盼失望，两个星期后，盼盼就收到了她的回信。那天刚好做完课间操，盼盼正和同学们往教室走，就远远地望见一辆绿色自行车立在收发室的窗口，自行车两边的巨大绿色口袋里，盛满信件。然后，收发室的门开了，邮递员叔叔从里面走出来，骑上车，从大门口骑出去。

盼盼飞也似的向收发室跑去。她也不记得自己这样向收发室跑去是第几次了。是第七次，第八次，还是第十次？总之，自从将画稿寄走，她每天都要从收发室的窗口向里张望，也会跑进去翻看桌子上的那些信件。每次都有点失望，但她相信，她一定会等到天仙姐姐的信的。天仙姐姐怎么可能不忙？她是记者啊！

终于，这一次，在桌子上的信件里，她找到了那个已经很熟悉的字迹。它就和那些信件一起，整齐地排列在桌子上。但显然，它要醒目得多。虽然那些信件里有来自北京的，但也没什么了不起，在她看来，这封信最为珍贵。这是个漂亮的红色大信封，贴着两张五毛的彩色邮票，上边的半圆邮戳像故意来破坏那图案的和谐，但不要紧，丝毫不影响那邮票的靓丽。当然，最美丽的是天仙姐姐小巧精致的小楷字体。在信封的中央是几个大字——收信人：陈盼盼（小妹妹）。在自己名字的下方，是天仙姐姐的名字——寄信人：谢美盈。哦，多么好看的字，多么好听的名字！每次收到信，看到这两个名字并列写在信封上，她都有一种强烈的幸福感和骄傲感。

当然，最珍贵的是这张信封里面包裹着的信息。盼盼一边拿着信封跑出门，一边回头喊了一句："谢谢伯伯。"伯伯说："哎哟，什么信，小心点，别滑倒了！"盼盼已经一溜烟跑远了。

盼盼向操场后面的小树林跑去。同学们都刚做完课间操，有一部分回教室去了，也有些同学乘着课间余下的 10 分钟跑去小卖店买零食或者相互勾肩搭背说说谁的坏话，讲讲昨天看过的电视剧。盼盼从来不跟他们为伍，在她眼里，她跟他们都是不同的，她太忙了，她必须要在有限的时间内完成好功课，才能有时间去画她的画。

盼盼终于气喘吁吁地跑进小树林里，在长凳上坐下来，拆开信封，小心地从信封中拿出信纸。却不是一张，是两张，是不一样的两种信纸。盼盼有些奇怪，将第一页展开来，便看到了天仙姐姐的字。

亲爱的盼盼小妹妹：

你的画稿我已于两周前收到，并且我已请我的一个艺术界的前辈看过，前辈非常肯定，大为赞许。听到她的评价我也很开心。我觉得，妹妹你可以大胆地去实现你的梦想，你有这个资本。为你而骄傲！

在此，附上前辈给我的回复。

盼盼啜泣着又展开另一张信纸：

美盈，好久不见，寄来的画稿我看了，你说这是出自一个 17 岁女孩之手，我有点震撼了。这是一个很有天赋的女孩，如果她能持久创作，假以时日，她未来的艺术之路必会顺达，祝福这个小姑娘！

盼盼哭起来，哭了一会儿想起来，千万别把信纸弄湿了，又忍住哭泣，破涕为笑了。她终于开心地将信纸小心叠好，放回信封里，拿着信封向教室跑去。

7

清华美院开始报名的那一天，陈盼盼在教室里待到很晚，她一直看着夕阳，她想，即将等待她的必是一场无可回避的战争。直到夕阳已经落幕，她才觉得似乎已经将自己武装好了，走出教室。

回家的路从未这样漫长。她慢吞吞地走着，家附近的路灯似乎已经等她太久，对她不耐烦，已经熄灭了。她推开家门，爸爸和哥哥显然还没回来，妈妈也不在厨房，屋子里很安静。扑鼻而来的饭菜香味让她本已饿了的肚子叫得更欢，可是她对满桌子的菜肴丝毫不感兴趣，只是慢吞吞经过它们，钻进自己的房间。

没一会儿，陈朝阳和陈尧玄便推门进来，妈妈也从外面回来。

"什么好日子，做了这么多好吃的？"陈尧玄问。

"今天是你爸爸的生日啊！"姚玲玲神秘地笑了。

"呀，我都给忘记了！"陈尧玄拍了下额头。

盼盼的心里一沉。这个日子似乎不适合战争，但是，已经开始报考了，拖延，就来不及了。盼盼狠狠心，还是决定要发动这场战争。

盼盼走出来，说："爸爸生日快乐！都没有给你买礼物。"

爸爸慈爱地说："盼盼和哥哥就是爸爸最大的礼物啊！将来盼盼会更有出息，那爸爸就更快乐了。"

"哈哈，爸爸生日快乐！"陈尧玄说。

"快坐下来吃饭，吃饭。"姚玲玲说。

妈妈给每个人都倒了米酒，盼盼想了想说，今天不能喝这个，应该喝点啤酒。于是她从柜子里翻出一瓶啤酒，又给大家倒满，说："爸爸，生日快乐！我们干杯！"

"诶，你不能喝那么多的。"姚玲玲阻拦。

"我干吗不能喝酒，今天是爸爸生日，就得多喝！"盼盼固执地说。

几个人开心地就快吃完时，陈朝阳问道："盼盼，这几天就快报考了吧？"

盼盼一惊，抬头看陈朝阳："你怎么知道？"

"我女儿考学这么大的事，我怎么能不知道？"陈朝阳笑了。

"哦。"盼盼还在犹豫，要怎么开口。

"盼盼想考哪个学校？"陈朝阳又问。

"我……"盼盼看了看姚玲玲，低头沉默。

"看我干吗？我是恶人吗？会吃了你是吧小鬼头？"姚玲玲说道。

"我想考……清华美院。"盼盼说完就把筷子放下，等着迎面而来的责骂。

空气刹那间凝固了。盼盼低着头等了半天，准备奔赴战场。

然而，忽然陈朝阳喝了一口酒说："好啊！爸爸支持你！"

"啊？"盼盼惊讶地抬起头。

陈尧玄笑道："看把你给吓得，爸爸和妈妈早就商量好了，我们都同意你考清华美院。"

"妈妈，真的吗？"盼盼看向姚玲玲。

"我是恶人吗？你这样提防我？"姚玲玲嗔怒道。

"哦，那太好了，谢谢爸爸妈妈！还有哥哥！"盼盼开心地说。

"我不同意怎么说得过去？你那天仙姐姐都找人给你看了画稿，都说你有天分，我总不能拦着吧，真是的。"姚玲玲一边说一边给盼盼夹了一口菜放到碗里。

"啊？你怎么偷看我的信？"盼盼惊讶道。

"看怎么了？你小时候还不都给我看光光了？大了就藏起来了吗？你藏得住吗？就你那点小心思。"姚玲玲用筷子敲了下盼盼的头。

"那是我的隐私，知道啥叫隐私吗？"盼盼怒道，但她的怒火终究被快乐占了上风。

两个月后，陈尧玄陪着陈盼盼去了北京。在清华美院的考场，盼盼画了一幅水彩画。她先勾勒出船厂的概貌，然后，在层层木屑中，勾勒出爸爸和不远处的哥哥。他们的双手沟壑纵横，布满茧子和划痕，但他们的脸上洋溢着幸福的笑容。她在画的上方庄重地写下画的名字——造船的爸爸和哥哥。这幅作品震撼了全体考官，她被清华美院破格录取。

回到家，妈妈特意做了一桌子菜肴以示祝贺。爸爸还说，他会送盼盼去北京上学。但盼盼作了个决定——她将来会学成归来的，她要用她的画笔，绘制造船人的辉煌人生。

盼盼特意跑到邮局去给天仙姐姐打电话，将好消息告诉天仙姐姐。天仙姐姐非常高兴，又鼓励了她，并且说，不久，她将陪伴一位老人来拜访爸爸。

盼盼有点奇怪，在回去的路上反复琢磨，天仙姐姐说的是拜访，而不是采访。那是什么意思？她猜不出来，但是至少，她能很快看见天仙姐姐啦！她开心地笑起来。

第二十七章　1999 年　中国大陆·谢美盈

我是谁？

我为何而存在？

我在我之外，

我为追寻而来，

为一场未尽的告白。

不要叫我醒来，因为我想沉睡。

我在蔚蓝中徜徉，

我在湛蓝中痴狂，

我在深蓝中永眠。

那无穷尽的蓝，是我无可挣脱的网，

也是我不愿逃离的故乡。

1

　　我已经不记得我的这首小诗写于哪一年，只是，在我的记忆里，我很小起便对蓝色有着极致的痴狂。我从小到大的头绳、各式发夹都是蓝色，我的上衣、裙子大都是蓝色，我的鞋子也有很多蓝色，我日记本的封套都是蓝色，我的背包大都是蓝色。我的世界仿佛只有一种蓝色，但它从不单调枯燥，而是层次繁复，或

喜乐轻盈，或浩瀚深邃，它无所不在，它缥缈无垠，它是我生命的底色。我就在这无涯的蓝中长大。

很小的时候姨妈讲给我听《海的女儿》，那时我便向往做那个小美人鱼，或许我也曾是一条美人鱼，就为了遇见我的王子，宁愿放弃自己 300 年的寿命。为那美妙的一瞬，纵然放弃生命又如何。那极致的璀璨，便是生命之光，生命之魂。

我一直向往着蓝的世界，我也执拗地认为，我的王子就该在那片蓝中等待着我。因而，当我大学毕业，一种不可抗拒的力量蛊惑着我，让我从繁华的北京来到蓝的世界——厦门。这里才是我驻留的地方。

于是，我有一些如愿以偿。

比如，我可以肆无忌惮地在沙滩上奔跑，我可以坐在海滩等待东方一轮红日跃出海面冉冉升起，我也可以陪伴那夕阳落幕一点点沉没于海的墨蓝。那些浪花调皮地成群结队而来和我嬉戏，我蹲下身伸手去捉它们，它们却又敏捷地成群结队逃走，只有掉队的几个浪花在我手里偃旗息鼓又变身为水珠从我的手指缝里逃离。我在午后的沙滩上将自己用细沙包裹，守着那片蓝，晒着太阳。我以蓝色为调，翩翩起舞；我以沧海为酒，不醉不休。

但我还有一些没有如愿以偿。比如，我还不知道我的王子，他到底在哪里。

他一直没有出现，直到，我从这片蓝飞到另一片蓝。

我等待他已经很久了。我的王子，他终于来了。

不知道是他找到的我，还是我找到的他。

不论怎样，我们找到了彼此，在无涯的蓝里。

那幅画像我似曾相识，我确定我见过它，在很久以前。但印象是如此模糊，让我一时找不到它在记忆的哪个角落。但我觉得我可以找到它。我在我的记忆里搜寻了许久，终于找到它，却不是那幅画像。我记忆里的应该是另外一幅画像，画像上也是和她一样容颜的女子，只不过，我记忆里的那幅画像没有玻璃框，只是一幅画轴，边缘饰以锦缎，画轴上面的女子应该比这一幅画像上的女子年少一两岁，但她们的头上都戴着同样的一支绿色步摇。

是了。这幅更加年少的画像很早便印在我的记忆里，却只是一瞬。还是在我年少的时候，在我的北京老家，我的家人整理旧物的时候我与这幅画像有过一面之缘。我奶奶当时念叨了一句：瞧，小家伙长得多像她。而那个时候的我并不关心谁跟我有几分相像，我只关心我的布娃娃。于是，奶奶拿着画像向后屋走去。我清晰地看见画像上的女子一点一点后退，渐渐离我越来越远，阳光倾泻下来，她的整个面容被光芒笼罩，她的双眼凝望着我，深沉又祥和。

我不知道这两幅画像之间是否有什么关联，他们与我又都有着怎样的渊源，我和海东的邂逅，是一场偶然还是一场必然？

我又想到了那三个深奥的哲学命题：我是谁？我从何而来？我为何而存在？

我思故我在。笛卡儿的回答让我常常发笑。

我在的理由，或许无可奉告。

见到海东的那一天，我坐在海边，成群结队的蓝色蝴蝶向我飞来，一簇簇迎风舞起，如极尽欢腾的蓝色火焰，直冲云霄。

2

是我侵犯了乔娅的王国，虽然我并无恶意。我知道乔娅去调查我了。我在杂志社的同事已经给我打过电话，说有人来到公司问了我的情况，还有我家人的情况。

事实上即便乔娅找到我在公司的一切信息，她也根本无从真正了解我。因为我从来都不是谢美盈。事实上我应该早就不在人世了，我可能死于十几年前的那次溺水，如果不是被人及时救上岸。

或者我已经死去过，至少有 20 秒。我清晰地看见自己轻飘飘地从身躯里飞出来，像羽毛那样轻，我就落在手术室壁橱顶端，向下俯瞰。我看见我的躯体躺在手术台上，我的头部在流血，我的身躯一动不动。手术台周围有五六个穿着手术服、戴着手术帽，把自己包裹得严严整整的人。他们紧张地商讨，然后开始行动，旁边的两个人相互配合拿起剪刀，剪掉我头部伤口附近的头发，又用镊子夹住棉球蘸了药水擦拭了伤口附近。然后，另外一个人又用针管向我的胳膊注射了药水，还有人在我的手臂上埋了针管，悬挂起一个高高的输液瓶，有药水开始汩汩流入我的静脉。但我的躯体仍一动不动。他们静止了好一会儿，大概足足有 10 秒，然后，他们拿起一块布盖在我的脸上。再然后，中间那个人向旁边的人伸出手，旁边的人将剪刀放到他的手里，他拿起剪刀，将我头部的那个伤口处剪开……

我清晰地看见了他有多残忍。可是那个躺在那里的我的身躯仍一动不动，默默地承受。奇怪的是，我这样看着，也毫无感觉，感觉不到一丝丝的疼痛。

我笑了。瞧，即便你用最尖锐的利刃对我也是无济于事。他还在那里忙来忙去，甚至头上渗出汗来。旁边的人拿起毛巾为他擦汗。我看到他双手沾满鲜血，是我的鲜血。

可是我无动于衷。在我看来，他们就是在进行一场滑稽表演。因为丝毫伤害不到我，这无疑是一场毫无意义的徒劳的游戏。

我觉得无聊起来。于是我从壁橱上飞到地上，我仔细打量这个壁橱。这手术室通常是没什么东西的，壁橱里空空荡荡，只有几本医疗药品的书籍和几本关于手术的书。我翻了翻，觉得索然无味。我转身看见壁橱旁边有个桌子，桌子上摆放着几个小瓶子，瓶子上贴了标签，上边写着酒精、碘酒。好无趣啊！

我拉开一个抽屉，这抽屉里有点意思，里面有几盒零食和水果。或许这是为了手术过程中补充能量准备的？可在这样的环境，真的能吃得下吗？

我又打开另一个抽屉，可能是我的力气太大，也可能是抽屉太老旧，不小心抽屉就掉落下来，随之落下的是一本医学书和一张残破不堪的旧地图。抽屉跌落撞击地板发出很大的声响，我被吓了一跳，下意识地望了望那群正在忙碌的人。可是他们似乎没有听见，仍然认真而紧张地忙碌着。

这张残破发黄的地图引起我极大的兴趣。我蹲下来，打开，看到了上面的字迹——"清帝国海域全图"。地图上的线纵横交错，在每个海域都画有小船标识出来。我从上到下看着，当看到厦门、南海、琉球，我停了下来。清帝国？清帝国？厦门？琉球？我思考着。

忽然我不知为何又飞了起来，飞回了我的躯体。

当我苏醒，睁开眼。我仿佛做了一个漫长的梦。

我问我的姨妈，我怎么会在医院里？姨妈说是因为我在和同学郊游的时候游泳去了深水区，之后又撞了岩石，差点没命了；还好医生抢救及时我才又活过来了。

我试着对我的姨妈和医生说，在手术室里我看见了他们怎样为我做手术。我还去翻了他们壁橱里的东西，我还把抽屉弄掉，抽屉里的东西都掉在地上。他们都觉得我是不是脑子真出了问题，但却不得不承认，手术室里的确有壁橱，壁橱里的东西和抽屉里的东西与我描述的分毫不差。

我知道，我死过了。至少，我已经在死亡的边缘游走了一阵子。那个地图，我请医生送给我。但遗憾的是，等医生想起来去找，它已经被打扫的阿姨当废纸给清理走了。

此后，我经常做梦，总是会梦见一艘超级大船，红色的。那样庞大的船我在现实中从来没见过。我又对姨妈说过几次我亲眼看见医生给我做手术的情景，我姨妈吓坏了，她既不敢肯定，也不敢否定，她越发怀疑我的脑子大概真的被撞坏了。她害怕极了，为我专程去庙里祈福。此后，她给我改名为谢美盈。

是的，她连姓氏都给我改了，就为了我能平安喜乐。

因而，也可以说，我不是谢美盈。我知道乔娅根本调查不到我什么。而我和海东的感情，不知为何，我觉得我们已经认识很久很久了。我心中还有很多疑问无法解释，或许需要时间，也或许命运早已安排好了一切，我们的每一步都是在受命运的驱使，无论是我走向海东，还是海东走向我。从见到他那一刻起，我开始相信命运。从我遇见他的那一刻，我便和玉家的故事紧密相连，我似乎也无法割裂与泰兴号的隐秘关联。

到底是爷爷的故事让我痴迷，还是我自己甘愿深陷其中？我无法解释，一种莫名的感召让我走向这艘巨轮，因而我跟随海东飞到格拉斯海峡，只为见一眼那艘巨轮。当我在凯恩斯的船上看到我们中国莹白的瓷器，我不能自持，这些来自近 200 年前的德化古瓷，何其亲切！而它们即将被人盗走到欧洲拍卖，又让我何其心痛！所幸，爷爷在有生之年，能够亲自将玉家先辈的遗物带回，这于他已是极大的欣慰。

然而，爷爷还有心愿未了。那便是，叶落归根，找到大陆的玉家人。

3

很凑巧，在几天前我接到了好朋友小詹的电话。小詹在电话里求我帮她个忙，是一位伯伯在寻找失散多年的亲人，希望我们的杂志能够将他家里的资料刊登出来。小詹将资料发来给我，我惊呆了。这位老人，他姓玉！

会有这样的巧合吗？我立即打电话给小詹联系对方确认，但遗憾的是，小詹打了许多电话都没有联系上这位玉伯伯。

不过，我将此事告知了海东和爷爷，爷爷已经准备亲自去见他。

于是，在5天后的中午，在中国福建省泉州市的一个幽静的古厝，玉家迎来了时隔近200年的拥抱。

"这座老屋就是当年我们玉家的古厝，经过几辈人的修缮，一直保存到了1930年左右。后来日本人来了，老屋被他们征用，一直到新中国成立后才又收回，后来又在1960年以后失去，直到1980年以后，我爷爷又用大部分积蓄将它买回来。"玉伟岸带我们进屋，一边走一边说。

"好，真好！"爷爷说。爷爷仔细打量这座红砖古厝，透过岁月的尘埃，玉家昔日的辉煌依稀可辨。

醒目的燕尾脊上翘的脊端如飞扬的羽翼，挺拔而俊逸，上面附以高浮雕的花鸟虫鱼，虽边角已有残缺，却仍栩栩如生。镜面墙的石雕和檐下的木雕已失去从前的色泽，却仍然看得出雕工精良。古厝内树木葱郁，门庭斑驳，岁月留下深深的印痕。风从厅堂里肆意穿梭，像是钻进来观看一场盛大的喜剧。阳光从雕花镂空的门板投射下好看的阴影，阴影随风的穿梭而不停舞动。

爷爷叹息一声，200年前，他的太爷爷就坐在这间厅堂里，读书写字的吧？

走进屋里，玉伟岸从柜子里拿出一个盒子，戴上白手套，然后打开盒子，从盒子里小心地拿出一个残破的本子来。

"叔叔，你看，这就是我们玉家的家谱。"玉伟岸说。

家谱的边缘已经破损得厉害，纸页像中国北方秋天寒风中的枯叶，只要一阵微风，就会凋零落下。那纸页上的线条框框，像极了枯叶的叶脉，已经被岁月抽去了汁液，奄奄一息。只是那些字，还用尽了力气，倔强地立在那些框里，像逝去的生灵，告诉后人他们曾来过。

爷爷用颤抖的手指一排一排地比着那些名字，翻开一页、两页、三页，终于在第 22 页看到了两个名字——玉庆瑜，谭昭儿。

> 玉平遥——大儿子玉庆松，妻招娣；养子乔培松，妻（三妹）玉筱女；三儿子玉庆瑜，妻谭昭儿（庆瑜与妻于 1822 年乘坐泰兴号下南洋，未归）。

"找着了，找着了！呜呜！太爷爷，太奶奶，我们终于可以回家了。我们 6 代人在新加坡漂泊已久，终于可以回家了！"爷爷顿时失声，泪流满面。

"叔叔！我是玉庆松的曾孙，看，在这里，玉庆松，这是我的曾爷爷。是玉庆瑜的哥哥。我叫玉伟岸。欢迎回家！欢迎你们，孩子们，欢迎你们回家！"玉伟岸动容地说。

"我的太爷爷太奶奶乘坐泰兴号去了南洋，最终在新加坡滞留下来。整整 6 代人，6 代人远离故土。不过，他们从来都没有忘记自己是中国人。玉兴民的儿子玉汉明后来兴办学校，将教育机构做大，又到西方留学，接触到了西方先进思想，回来开始经商，卓有建树。接着下一代玉子龙继承了家业，再下一代玉清河在教育和商业都有建树，在新加坡参加了孙中山的同盟会，并为辛亥革命提供了很多经济上的支持。再接下来，到了我父亲玉疆野这一代，我父亲去世前还叮嘱我，一定回到中国，要和大陆进行贸易。我呢，已经老了，但为时还不晚，在我有生之年，能够亲自将这些流离了近 200 年的旧物找回，带着我们整整 6 代人的夙愿回到故乡，这便是我此生最大的成就了。我们 6 代人都在为这一天作着努力，今天，终于归来。"爷爷已经泪满双眼。

"太奶奶，太爷爷，我带你们回家了。"爷爷又说。

我们也不由得掩面而泣。

"当年的那艘大船，载着祖奶奶和祖爷爷一去不返，后来，我的太祖父每年都要到海上去寻找。可惜，很多年过去了，也没有消息。但据说后来有回来的人，说是，泰兴号，沉了。不过，我们终于团聚了。"玉伟岸说。

4

我还要给爷爷一个惊喜，这也是我不曾想到的。我不曾想到，我无意中的一个采访对象在日后的某一天会为爷爷的夙愿画上一个句号。

我们的中巴开往泉州陈家，在下午三点前抵达造船厂。陈朝阳正穿着工作服弯着腰用铁锤敲打一个木船船板。我走进去，直到我走到他身边，他才注意到我的到来。他站起身来立刻说："呀！谢记者！你怎么来了？"

"我带爷爷来拜访你呀，陈先生！"我说。

"谁？拜……访？"他看见门口站着一行人，愣在那里。

"是的，陈先生，我们，是为泰兴号而来。"我说。

"泰兴？"他手里的铁锤掉落在地上。

"陈先生，泰兴号，是陈家先辈造的吧？我查询了很久，寻寻觅觅，原来，最终是您的祖辈造了这艘巨轮。他们，是您一定要见的人。"我又说。

"好，好，我们走！"陈朝阳激动地走出来。

"你好，陈先生，我姓玉。"爷爷急切地去和他握手。

"玉？哦，老伯，您好。"陈朝阳若有所思，然后，紧紧握住爷爷的手。

"我们，要不还是去到我家的船店去吧。"陈朝阳说。

"也好。"爷爷点头。

我们上车，10分钟后到达古船店。我们刚下来，便看见窗口探出个头来，陈盼盼两只眼睛滴溜溜地正在向外看。然后，她便飞奔出来。

"哎呀！天仙姐姐！你怎么才来呀！"陈盼盼拉住我的手说。

我愣了，我什么时候变成了天仙姐姐了？

"瞧你，盼盼，没大没小的，谢记者带他们来有重要的事跟爸爸谈。"陈朝阳说。

"哦。"盼盼努努嘴，然后附耳告诉我说，"姐姐，我下个星期就开学了，我就要去清华美院上学了！"

我也小声对她说："真好！盼盼真是个了不起的妹妹！"

"我特别特别感谢姐姐，也……好喜欢姐姐。"陈盼盼腼腆起来。

"姐姐也特别特别喜欢盼盼呀！"我笑了。

"我可以在屋里吗？我什么都不说，就待在一边可以吧？"盼盼乖巧地眨了眨眼睛。

陈朝阳呵呵乐了，然后又收住笑容。

"来，玉伯伯您坐。"陈朝阳说。

爷爷环顾四周，拿起一只古船模型说："多精湛的工艺。"

陈朝阳说："可惜，现在这门手艺就要失传了，现代船都用钢铁建造了，木船已经没有用了。"

"木船航海时代一去不复返了，但木船一度给中国航海带来繁盛，我们也不能忘记。"爷爷说。

"哪里敢忘记，老祖宗留下的手艺，绝不敢丢啊！我们现在就造等比例的小规模福船模型，来旅游的人，像伯伯您这样的都会带回去一只，以解乡愁。"陈朝阳说。

"是啊，陈先生，泰兴号，是你们陈家所造吧？"爷爷慨叹道。

"是的，老伯。唉，这三个字是我们家的禁忌。这艘大船是我的曾祖父当年和他的爸爸带领众人所造，船体巨大，有 50 米长，能容纳下相当多的人。但是很遗憾的，泰兴号船沉了，据说在印度洋那里触礁，船上的人都没有能再回来。好在，有新闻说泰兴号上的宝物都被打捞上来，被一个英国人给拍卖了。不管怎样，找到它的下落就好。"陈朝阳说。

"这艘船，一直是我曾祖父的一个心结。"陈朝阳又说。

"哦？"

"给你看一样东西。"陈朝阳从柜子里拿出一个小盒子，打开它，里面是一支小巧的花朵银钗，银钗很老旧，已然泛黄。

"这个，是我曾爷爷一直保存的一个饰物。听我的爷爷说，是他当年喜欢的一个姑娘戴着的，那个姑娘，和她的心上人最后乘坐泰兴号去了印度洋，就再也没回来。我爷爷一直守着这个饰物，他总说是自己害死了那个姑娘。我曾祖父一直到 40 岁才娶亲，却终生都没有忘记这个姑娘，我曾祖母为此恨极了他。老伯，那位姑娘的心上人，姓玉，就是您的曾祖父吧。我曾祖父在离世前告诉他的后辈，这个饰物，应该属于玉家，如果将来有一天，能得遇它的主人，请把它还给玉家。"陈朝阳红了眼眶。

我的泪无声地流下来。为那个痴情的陈家先祖，也或者为这岁月磨砺的银钗。

今日，从高空俯瞰格拉斯海峡，那里只是一个小黑点，是泰兴号上 1800 人梦想开始的地方。可是这一个小黑点，却曾引发了世界上最大的海难。

很多人说，每个人都是一座孤岛。

不，没有人是一座孤岛，每个生命的背后，都有不可割舍的万千。

所有生存于世的人啊，都该永远热烈地活着。

从 1821 年到 1999 年，悠悠近 200 年余音荡漾，漫长岁月，人间更迭，若问何为永恒？泰兴号可谓永恒，那 35 万件莹白的瓷器可谓永恒，那翠绿的步摇可谓永恒，那泛黄的银钗可谓永恒。谭昭儿对人间的眷恋可谓永恒，玉庆瑜对于亡妻的深情可谓永恒。

以及，我和海东的爱情，将会永恒。

这永恒，深海不能阻，生死不能隔，与天地同存，与日月同辉，以痴醉为魂，以癫狂为赋，长长久久，永无尽头。

我闭上眼，便又听见船工们的"咚咚咚"声，不绝于耳。那是遥远的鼓声，巨大如磐的鼓，来自远古，来自原始图腾，人们正围着篝火在跳舞，山林，海洋，天地万物，生生不息。

5

几天后，我的姨妈乔诗诗回国，我去机场接她。我们上了车，我将最新一期的杂志上面我的采访拿给她看。姨妈看了一会儿忽然说："美盈，你的名字是我给你后改的，你还记得吗？"

"我怎么会不记得？"我一边开车一边说。

"你也不姓谢，其实你姓谭。"姨妈看着我幽幽地说，眼神有些迷离。

"谭？"

我一个急刹车，瞪大了眼睛看着姨妈。

"姨妈，我们家里原来是不是有一幅画像，画像上的人长得很像我？"我问。

"不是她像你，是你很像她，像你的祖奶奶。"姨妈说。

我的泪落下来。

如此，另外一半故事或许还需要再追寻，但我知道，无论如何，我此生已经圆满。

2001 年 2 月 7 日，泰兴号沉船 179 年沉船纪念日，爷爷带领我们一家人在福建古厝，远在新西兰的乔娅父母，在日本的海东父母、叔父婶婶一并向罹难的先辈深深祭拜，也向泰兴号上逝去的 1802 个生灵送上祷告。愿祖奶奶和所有罹难的人们在另一个世界一切安好！

我仿佛看到了祖奶奶明媚的笑容，她的眼中写满祝福。

【尾声】 谢美盈采访 & 玉兴民:《梦中人》

谢美盈:"玉先生,您说过您还珍藏着您太爷爷临终前的一段录音,可否给我们听?"

玉鹏程:"当然。我要让全世界都听到我太爷爷的声音。"

玉兴民录音:

我从没见过我的母亲,但我知道她异常美丽。在我小的时候,我经常在睡梦中看见她,她伸出柔软的手臂,将我抱在怀里,温柔地看着我,哼起动听的歌。她有一头乌黑的发髻,碎发在光洁的额头前扫过。我在她怀里安稳地睡熟,可我睁开眼,她就变成了另一个面容,一个更有风韵的面容。我在睡梦中闻到的那种让我心安的草香味道,也变成了她身上的更香氛的气息。我就在这样睡梦和现实的交替中渐渐长大。明明醒来后面对的面孔更真实,可我不知为何,总是对梦中的女人眷恋异常,总是想寻找她的影子和她让我心安的味道。

我不知道她是谁,但我知道,我要找到她,我思念她,绝望地思念。

随着我日渐成长,她在我梦中出现的频率越来越少,可是这种感觉却越加强烈,每次在梦中她和我告别,我都会有撕心裂肺的痛楚。

我越来越不想醒来,只想在梦中一直停留,哪怕阳光已照耀我的眼,哪怕另一个女人已经在温柔地握住我的手,轻抚我的头发,我的眼中滑落泪滴,将枕头浸湿,这个女人只是小心翼翼地说,又做噩梦了。

是的,她又和我告别,这是一个无休无止的梦魇。而我,永远无法解脱,也不想解脱。

我渐渐意识到，她在与我渐行渐远，她在我梦里陪伴我的时间越来越短，我担心她终有一天会弃我而去，我要把她永远留在我身边，可我没有别的办法。于是在我5岁生日那天，我因没有等到她的祝福，便很突兀地跟这个女人说，我要学画画。

　　这个女人和父亲都无比开心，因为这是我第一次跟他们提出一个要求。我知道晴柔阿姨是多么想搞定我，因为那样她才能获得父亲的爱。可是，我的父亲，就如一块冰封的冻土，任阳光炽烈，都无动于衷。而我也无论如何不明白，晴柔阿姨又为何在做那个太阳，怀着无限的悲悯。

　　我不知道到底是在谁的怀里长大，是梦中的那个她，还是晴柔阿姨。或许，我一直是在半梦半醒，梦中，我的意识属于她；醒着，我的意识属于晴柔阿姨。不，即便是醒着，我的意识也仍然属于她——我的母亲。

　　我自很小的时候就充满悲痛，这世界明明一片明媚，但我心底，悲痛丛生。只要我想起梦中人，便无法抑制，泪流满面。

　　当我终于学会了画画，我很快学会了画人物。而看到我的第一幅人物素描画，晴柔阿姨温柔地笑了，她说，你把我画得太好了，阿姨哪有那么好看。我不想告诉她，这画上的人，不是你，她长存在我的梦中，记忆中，已经陪伴我许多年，我画得分毫不差。她的眉眼，就是这样温柔漂亮，你永远比不上她。果然，我没猜错，我父亲看见这幅画便落下泪来，他哽咽着问我，我的孩子，你怎么会画这么好的一幅画，好美！

　　我的心里忽然就快慰起来，我知道她在我梦里也在笑呢，她就站在阳光下，那样灿烂的笑容我从来没见过。

　　我知道我的母亲叫昭儿，多么好听的名字。我是在父亲的梦话里听到的这个名字。他无数次地哭喊着这个名字，将我从我的梦中惊醒。每每从惊梦中醒来，他会起身下床，走到桌案前点上油灯，研墨写字，再另外给自己倒一壶酒，边写边喝，直到天破晓，他伏在桌案上酩酊大醉过去。我小时候就知道，父亲是离不开酒的，酒之于他，正如水之于花，是万万少不了的。

在我的记忆里，我的父亲从来不会笑，就好像女娲造人的时候少了一道工序。他的眼神也永远是游离的、飘忽的，像是一阵风吹来便会吹灭他眼中的光辉。除了按时去学院讲课，父亲对什么都不感兴趣，总是陷入自己遥远的思绪里。他也总是一有闲暇便坐在海边，遥望着大海，像是在等待什么，从日出到日落，听着海水的波涛滚滚、海浪嬉戏，永无止息。我总是乖乖地坐在他的身旁，陪着他。他会失神地转头看看我，轻抚我的头，偶尔眼角涌出泪滴。我伸出手帮他擦掉泪滴，他将我抱紧，久久地拥在怀里。

我常常感到父亲的无助，尤其在这样拥抱的时刻。在我那样小的年纪，父亲的怀抱没有给我以丝毫的力量和温暖，相反，我却觉得他需要我的温暖和力量。他像一个在寒夜瑟瑟发抖的人，需要我的拯救。可是我实在太小了，我实在不知道该如何拯救他。

我也从很小的时候起就不爱说话，我不想打破我父亲的宁静，我知道他的心里装着大海，装着另一个世界，被填得满满的。他不想说，而我也不懂。但我知道，我父亲的世界很荒凉、很悲苦，让他寝食难安，让他活得艰难。

我不知道他会不会也梦到我的母亲。她应该也会常常来看他的吧。或者，她因为把大多数的时间都用来陪伴我，就少了很多时间来看父亲，那我应该说声抱歉。我也很少对父亲说起我的梦中人，我觉得那是我自己的秘密，即便是对父亲，我也不想分享。毕竟，父亲也还有晴柔阿姨陪伴他。而我，从来没见过我的母亲，我只有梦中的那一点点温存，少得可怜。

我是很少哭的。因为小时候便看惯了父亲的落泪，我感受得到父亲的羸弱，尽管他尽力地掩饰和表现出强大，我从很小就知道我是应该要保护我父亲的。所以，我不说话，只是默默地陪伴我的父亲。我也没有其他的玩伴，我没有兴趣和别人玩耍。

我父亲一直在一所学校里当教员，晴柔阿姨常常背着药箱来看父亲，也来看我。听说晴柔阿姨之前是叱咤风云的女子，常常跟随巨轮到各国去，她还会说好多种话，我每次沉默太久她都会用好多种不同的话逗我开心，她也教会我说外国话。但不知为什么，晴柔阿姨在遇见我父亲之后便放弃了从前人人羡慕的生活，而是在一所学校里做了教员，还把爸爸也介绍到了学校做了教员。也就是说，他们从此成了同一所学校的教员同事。

我对晴柔阿姨不感兴趣，因为我总是处于半梦半醒之中。或许是因为父亲实在看不下去我对她的漠视，所以他告诉我说，他和我的两条命都是这个女人救的。也就是说，我们父子俩欠她两条人命。这是好大的人情。我懂了。于是我不得不对这个女人换上敷衍的笑脸，但也只是敷衍，她是无论如何比不过我的梦中人的。我的梦中人，每每想起，我就会心口颤抖。她温柔的眉眼、温柔的声音，还有她带着草香的呼吸，以及那热烈的日光都让我沉醉，让我想沉浸在梦中永远不再醒来。

我在半梦半醒中听人说："这个孩子病了。"

我想睁开眼，可是我努力了好久还是睁不开，但是我看见了那只有梦中才有的热烈日光，我被沐浴在金色日光中，像她温柔的手在轻抚我的脸庞。

"这个孩子患上了自闭症。"有人在遥远的地方说。

我不懂什么叫自闭症。但从那一天起，学校里的孩子们都不敢再惹我，不再在我背后骂我是个没娘的孩子，不再骂我是个小杂种，也不再说我是个要饭的，甚至也不再说我是哑巴，也不会再偶尔跑过来撞我、看老师没注意偷偷打我几下，不会再往我的书桌抽屉里塞吓人的东西，不再有任何的恶作剧。他们都变了，变得很友好，变得对我很友爱。他们对我说话细声软语，经常送我礼物，他们都把我当成了最重要的朋友。我不知道是不是该感谢这个自闭症了，但我依然可以对他们所有人不理不睬。

我并不介意他们骂我小杂种。我和他们是不一样的。我并不是新加坡人。或许他们对我的敌意有一半来自于此。我从很小就知道，我是中国人，来自海那边的大陆。对我来说，他们才是小杂种，但是我不屑于骂他们。我有我自己的秘密，我的秘密比天大。我父亲对我说，总有一天，我们会回到那片土地，总有一天。我的梦中人，我的父亲，和我，都来自那里，我们，早晚要回去。因而，无论他们对我做什么，我都嗤之以鼻。

我缓慢地长大，我的父亲却一年又一年地迅速苍老下去。连晴柔阿姨的太阳般的温暖对他也无济于事。很多年来，他一直固守和蜷缩在这小小屋檐下，不肯向任何人开放一点点领地。而晴柔阿姨，居然毫无怨言地陪伴着，蹉跎着她的大好年华。

晴柔阿姨原来也是一个"小杂种"，她在很小的时候就跟随父母来到新加坡逃难，但不幸的是，她的父母因偷渡被船上的船工扔到了海里。所幸她被一家富足的好心人救了下来并收养她做了义女，还供养她读了高等女子学校，学了洋文，她才有了后来的生活。但"小杂种"的阴影和曾经的阴霾她从未忘记过。大概也是因为自己的身世，她才甘愿放弃优越的生活，而一直陪在父亲左右。这大概就是那句"同病相怜"。她和我同病相怜。她和父亲也同病相怜，因而才能这样宽容地对我，才能这样将全部的柔情都给了我的父亲。

当我已经22岁，已经是1844年，我同龄的少年们都已经成了亲，但我从来不想成亲。我恍惚觉得，我一旦成亲，我的母亲就会弃我而去。但我也已经长得玉树临风，也到了成亲年纪，这件事不能再拖，我的父亲像猛然想起我的亲事来。我同龄的土著新加坡人都不愿意将自家高贵的女儿嫁给一个小杂种的，更何况这个小杂种还是个自闭的人。唯一喜欢我的是一个叫阿雅的姑娘。

我也喜欢阿雅，阿雅的身份很特殊，她的母亲是个中国人，父亲是新加坡人，所以她才是个地地道道的小杂种。或许从小就对我的处境深有体会，所以在学院里她是唯一一个愿意接近我的人。她是那个在我每次被恶作剧的孩子们欺负之后给我糖果的人。她给我的糖果，是我成长过程中唯一强烈感受到的一缕阳光。再长大一点，我发现在某个瞬间，阿雅和我的梦中人有相似之处。说不上是笑容还是眼神，也或许是她身上的那种温柔，让我产生了向往。于是，我对父亲说，我打算向阿雅求婚。父亲和晴柔阿姨都没有反对，于是，阿雅成了我的妻子。

果然，如我所料。

在我大婚的前一晚，我的母亲盛装来看我。她好美啊！她戴着一支绿色的步摇轻轻缓步而来，那样慈爱的笑容和眼神让我感受到了从头到脚的幸福，我的每一个毛孔都在畅快地欢唱。

"我的儿，你终于长大了。为娘终于等到你要成亲的这一天了。娘不能亲自参加你的婚礼，为娘就在这里送我儿以祝福吧！祝福我儿大喜，此后和爱妻恩爱百年，祝福我玉家人丁兴旺，家大业大，代代相传。为娘恭喜我儿啦！"

"儿谢娘亲！"我跪下来，叩谢母亲，早已泣不成声。

"快起来我的儿！娘高兴啊！"我的母亲泪眼婆娑，我上前要为她拭去泪水，她却忽然转身，飘然而去。

"娘！"我大声疾呼。

但我知道，娘此来是道贺，也是告别。此后，恐怕来看我的时候会少之又少了。

我挣扎着睁开眼，起身，走到桌案旁，点起油灯，仔细研好墨和颜料，铺开宣纸，一笔一画地画了母亲的画像。

我没有想到，这是我为母亲画的最好的一幅画了。此后，虽然也一再试过，但每每不尽如人意。不论容颜或是神韵，都与这一幅相去甚远。而最后，我将这幅画留存了下来。

我和阿雅如愿以偿成了亲。阿雅温柔恬静，深得我心，但是，我更愿意在半梦半醒中抱紧她，长久地拥紧她、依偎她，沉睡过去，不想醒来。

父亲一直惦念着海那边的那片土地。他总是希望有朝一日能够回去。他一直关注着海那边的消息。每每有报纸发行，他都要买回来，尽管他根本不认识那上面的英文。他会很急迫地去找晴柔阿姨，让晴柔阿姨用汉语读给他听。

我一直觉得父亲在从报纸的消息里寻找什么，但他年复一年地寻找，年复一年地失望。终于到了 1848 年的时候，他从报纸上得知英国派兵入侵了中国广东的消息，我的父亲，像个孩子一样痛哭失声。

"完了！我们！我的国家完了！"他捶胸顿足地哭喊着说。

"我们成了亡国奴，我们永远回不去了！"他哭晕了过去。

"庆瑜！庆瑜！你能不能振作点！"晴柔阿姨愤怒地喊道。

可是，令我惊讶的是，我的父亲，在醒来后没几天，忽然像变了一个人。他愤怒地说："我们不是亡国奴，我们是顶天立地的中国人！"

不久，我的父亲，在新加坡建立了一个华人文化沙龙。在新加坡所有和我们同样遭遇的中国人都团聚在这里，互相帮助，共同学习，在接下来的 10 年间，这个华人文化沙龙迅速膨胀壮大，后来成为新加坡最大的华人自助组织。我的父亲，成为新加坡第一代华人富商的代言人。

但我父亲的心，仍是空空的。晴柔阿姨说，我父亲的心早已随着我的母亲沉入海底，永远都浮不上来了，也永远都打捞不上来。晴柔阿姨一直陪伴我的父亲很多年，终于在我父亲的劝说下，最后嫁给了一位爱慕她多年的律师。而我的父亲，终身未再娶。

父亲临终前的那几天，要我将那幅母亲的画像拿过来，他放在身边仔细地看了又看，忽而微笑忽而落泪。终于在最后的那一天，他对着画像上的母亲说："昭儿，你来了？你终于来接我了。我好想你啊！我们终于能在一起了！你看你，怎么还是龅牙呢！你还戴着我给你的贝壳项链！我还以为你没戴着了，原来你还都戴着呢！这贝壳都旧了，我再给你穿一串新的。昭儿！我们不坐船了。我们再也不坐船了。我还带你去看烧瓷吧！还是烧瓷有意思！我们走吧，去龙窑看烧瓷！昭儿！"

我的父亲走了。我哭了，但我很开心。我替他开心。他终于可以不再忍受痛苦的折磨，他终于和我的母亲相聚了。

我父亲唯一的牵挂，是让我将这幅画像永远传承下去，我保留下来了。我也垂垂老矣，时日不多，我想我留给你们的最大遗产便是这幅画像，和这个旷古未有的传奇。你们也要牢记，我们，是中国人。